케임브리지 대학 추천 도서

도스토옙스키

케임브리지 대학 추천 도서

도스토옙스키

게리 솔 모슨 외 지음 | 조주관 옮김

우물이 있는 집

차 례

논문 저자 소개

로버트 L. 벨크납(Robert L. Belknap)은 1950년대부터 콜롬비아 대학교에서 러시아 문학을 가르치면서『카라마조프가의 형제들』에 관한 책 두 권을 펴냈고, 응용심리분석학회의 회원으로 20년 넘게 활동을 하고 있다. 콜롬비아 대학의 주요 교육과정을 맡고 있으며 일반 교육에 관한 책의 공동 저자이다. 최근에 문학구조의 성격과 사용에 관한 연구를 하고 있다.

보리스 크리스타(Boris Christa)는 퀸즈랜드 대학교에서 25년째 교수로 재직 중이며 러시아 학과 학과장을 맡고 있다. 안드레이 벨리의 서정시에 관한 연구서 저자로서 상징주의자들의 시적 기법에 관한 논문을 다수 집필했다. 최근에 실용기호학의 양상에 관한 출판활동을 활발하게 하고 있다.

수잔 푸소(Susanne Fusso)는 미국 코네티컷 주에 있는 웨슬리대학의 러시아어문학 부교수로 재직 중이다. 『죽은 혼 디자인하기: 고골 작품에 담긴 무질서의 해부』의 저자이며 프리실라 메이어와 함께 『고골에 관한 에세이: 로고스와 러시아어』를 집필했다. 현재 그녀는 도스토옙스키의 『미성년』에 관한 연구를 진행하고 있다.

말콤 V. 존스(Malcolm V. Jones)는 노팅엄 대학교 러시아학과의 명예교수이며 도스토옙스키 국제학회의 전(前) 회장이기도 하다. 도스토옙스키에 관한 많은 책과 논문을 썼으며, 그의 책 『바흐친 이후의 도스토옙스키』(케임브리지대학 출판사, 1990)는 러시아어로 번역되었다. 로빈 푸에르 밀러와 함께 『케임브리지가 추천하는 러시아고전들』(케임브리지대학 출판사, 1998)을 공동 편집했다.

윌리엄 레더바로(William Leatherbarrow)는 쉐필드 대학교 러시아학과 교수이다. 도스토옙스키에 관한 많은 책과 논문의 저자이며, 데렉 오포드와 함께 『러시아 사상사: 계몽주의부터 마르크스주의까지』(1987)를 공동으로 편집했다. 최근 저서로는 『도스토옙스키와 영국인』(1995)과 『악령: 비평서』(1999)가 있다. 최근에 도스토옙스키 작품 세계 속의 악마성에 관한 논문을 마쳤다.

게리 솔 모슨(Gary Saul Morson)은 노스웨스턴 대학교 인문예술대학의 프란시스 후퍼(Frances Hooper) 석좌교수이고, 미국의 인문과학 학술원 회원이다. 저서로는 『장르의 경계: 도스토옙스키의 작가 일기』(1981), 『평범한 시선 속에 숨겨진 것: '전쟁과 평화'에 담긴 내러티브와 창조적 가능성』(1987), 그리고 『내러티브와 자유』(1994) 등이 있다. 최근에 (알리샤 추도라는 필명으로) 러시아 문화의 패러디에 관한 시리즈물 『보드카가 고요하게 흐른다』(2000)를 펴냈다.

데렉 오포드(Derek Offord)는 브리스톨 대학교에서 러시아학과 학과장을 맡고 있으며 러시아 지성사를 가르치는 교수이다. 출판물은 19세기 러시아 자유주의 사상가들에 관한 책들과 혁명기의 포퓰리즘에 관한 것들이다. 가장 최근에는 역사학에 관한 롱맨 학회의 시리즈물 중 하나로 『19세기 러시아: 독재 정치에 대한 반대』(1999)를 집필했다.

다이앤 오닝 톰슨(Diane Oenning Thompson)은 케임브리지 대학교에서 슬라브 연구 학과 객원교수로 재직 중이다. 『카라마조프가의 형제들과 기억의 시학』(케임브리지대학 출판사, 1991)의 저자이며 도스토옙스키에 관한 다수의 논문을 썼다. 『도스토옙스키와 기독교 전통』(케임브리지대학 출판사, 2001)의 공동 편집자이다.

윌리엄 밀스 토드 III(William Milles Todd, III)는 하버드대학 러시아학과 교수이다. 러시아 문학에 관한 많은 책과 논문을 썼다. 주요 저서로는 『푸시킨 시대 문학 장르로서의 서한』(1976), 『푸시킨 시대의 소설과 사회: 이데올로기, 제도, 그리고 서사』(1986) 등이 있다.

페이드 빅젤(Faith Wigzell)은 유니버시티 칼리지의 슬라브 및 동유럽 연구 대학 러시아학과 부교수를 맡고 있다. 그녀는 「러시아의 행운 점치기」(1998)라는 논문을 비롯하여 러시아 민속 문화와 문학에 관한 많은 논문의 저자이다. 또한 (Faith C. M. Kitch라는 이름으로) 『현명한 에피파니에 관한 문학 스타일』(1976)이라는 책을 쓰기도 했다. 또한 『러시아 작가들에 관한 러시아 작가들』(1994)과 『니콜라이 고골: 텍스트와 콘텍스트』(1989)의 공동 편집자이다.

편집자의 글

이 책에 쓰인 도스토옙스키의 작품은 30권짜리 학술원판 전집, F. M. Dostoevskii, polnoe sobranie sochinenii v tridtsati tomakh(Leningrad: Nauka, 1972~1990)에서 원문을 인용한 경우 몇 권, 몇 쪽으로 표시했다(예: 14권, 255쪽). 출판사가 한 권을 두 부분으로 나눈 경우 추가적인 숫자가 붙는다(예: 29권/1, 375쪽). 다른 표시가 없다면 그 밖의 다른 번역은 모두 작가 개인이 쓴 에세이의 러시아어 원본을 따른 것이다. 소설의 인용은 도스토옙스키 작품의 영문판 번역본으로 읽는 경우 편의를 돕기 위해 부(Pt.), 편(Bk.), 장(Ch.) 그리고 섹션(Sec.) 등으로 구분했다.

러시아어 인명의 표기는 발음 구별 부호 없이 도서협회가 정한 표준 표기법을 따랐다. 그러나 영어식의 표기가 더 일반적인 러시아 차르의 이름인 경우(예: 표트르 1세가 아니라 피터1세), 혹은 기존에 사용되던 표기를 바꾸면 불명확하게 전달될 여지가 있는 경우(예: Chaikovskii가 아니라 Tchaikovskii)는 예외 규정에 따른다.

여기에 실린 논문 저자들의 깊은 통찰력 덕분에 편집자로서 이 책을 펴내는 것이 커다란 기쁨이었다. 그들에게 감사의 말을 전한다. 또한 이 책이 출판되기까지 세심하게 신경을 써주고 기다려준 케임브리지대학 출판사의 린다 브리와 레이첼 드 왓쳐에게도 감사의 마음을 전한다.

01. 서문

W. J. 레더바로

『케임브리지 대학 추천도서 도스토옙스키』를 만들어보자는 이야기가 나왔을 때 사람들은 두 가지 사실을 인정했다. 첫째, 도스토옙스키는 러시아에서뿐만 아니라 서구에서도 오랫동안 비평가들로부터 매우 좋은 평가를 받아왔다는 사실이다. 둘째, 학생들과 일반 대중에게 도스토옙스키를 소개하는 **'새로운 책'**을 만들 명백한 필요성이나 타당한 이유가 있어야 한다는 사실이다. 두 번째 사실을 인정하는 것은 도스토옙스키의 스타성이 약해졌다거나, 작품의 굉장한 인기가 하락세를 보인다고 말하는 것과는 완전히 다르다. 항상 그래 왔듯이, 21세기 초반에도 그의 작품은 매우 높게 평가되고 있다. 그가 죽은 지 백년이 지났지만 전 세계 문화 활동에 끼치는 작품의 영향력은 아직까지 계속되고 있다. 게다가 이러한 경향은 '상위'층이나 '엘리트' 계층의 문학 활동에서만 느껴지는 것이 아니라,

더 대중적인 추리소설 장르에서도 나타난다. 간단히 말해 도스토옙스키는 한때 동시대인들에게 영향을 끼쳤던 작품의 작가 즉, 동시대인들이 존경할 만한 **'최고 수준'**의 작가라기보다는 여전히 현대인들에게도 자신의 영향력을 과시하고 있는 작가라고 할 수 있다. 수없이 인용된 문구처럼, 도스토옙스키의 소설은 동시대인들이 느꼈던 것과는 다른 의미로 현 시대가 직접 당면한 관심사들과 아직도 끈질기게 관련되어 있다. 사회적으로나 시대적으로 거리감이 있음에도 불구하고, 도스토옙스키의 『죄와 벌』이나 『악령』에 묘사된 세계는 톨스토이나 투르게네프가 묘사한 세계보다 훨씬 더 지금과 닮아 있다. 조지 스타이너는 '도스토옙스키가 톨스토이보다 현대 사상의 구조를 더 깊게 통찰했다'는 도전적인 주장을 펼치기도 했다. 즉 현대소설의 **'형식과 심리'**를 결정하는 데, 그리고 현대소설의 아젠다(의제)를 설정하는 데 도스토옙스키가 19세기의 어느 작가보다 더 많이 기여했다는 조지 스타이너의 진보적인 주장이 지나친 과장으로 보이지 않는다.[1] 알렉스 드 종 역시 도스토옙스키는 프루스트와 함께 그 당시뿐만 아니라 우리의 시대를 **'대표하는 최고의 예술가'**이며, 후대의 독자들에게 지속적으로 강한 반응을 일으키는 19세기 소설가라고 주장한다.[2] 한편으로 도스토옙스키는 알베르 카뮈로부터 '20세기 실존주의를 예언했다'는 찬사를 받았다.[3] 그런가 하면 블라디미르 나보코프로부터는 '러시아 문학의 천덕꾸러기이며, 무례한 문학적 표현과 싸구려 멜로드라마 같은 취

---

1 조지 스타이너, 『톨스토이냐 도스토옙스키냐』(London: Faber, 1959), 346~347쪽.

2 알렉스 드 종, 『도스토옙스키와 강도(Intensity)의 시대』(London: Secker & Warburg, 1975), 1쪽.

3 『시지프스 신화(Le mythe de Sisyphe)』(Paris: Gallimard, 1942), 140~150쪽 참조.

향으로 인해 명예의 전당에 올라갈 가치가 없다'는 평가를 받으며 무시당하고 조롱당했다.[4] 존 미들턴 머리로부터는 '도스토옙스키의 소설은 소설을 초월한, 깨달음을 주는 예술이자 **<형이상학적 외설>**이 흘러넘치는 소설이다'라는 찬사를 들었고,[5] 조지 무어로부터는 '선정적인 싸구려 소설이나 쓰는 예능인'이라는 경멸에 찬 평가를 받았다.[6] 도스토옙스키는 현대 과학의 아버지 아인슈타인에게 상대성이론과 현실의 불안정성에 대한 영감을 불어넣어주었으며, 그에게 '가우스나, 다른 어떤 사상가보다도' 더 많은 영감을 주었다.[7] 하지만 데이비드 허버트 로렌스에게 도스토옙스키는 그릇된 비전을 가진 **'거짓 예술가'**이자 어둠 속을 도망 다니는 쥐처럼 아주 큰 골칫거리였다.[8]

이처럼 20세기 문화 기관 곳곳에서 그 자취를 느낄 수 있는 도스토옙스키의 유령은 설명하기가 복잡하다. 그러나 우리는 직관적인 생각을 동시에 떠올릴 수 있다. 우리는 왜 아직도 그의 작품을 읽고 있는가? 그리고 왜 계속 읽어야만 하는가? 하는 질문들이다. 19세기의 영국 소설가들이 말한 것처럼 도스토옙스키가 러시아 제국의 권력과 남성적인 성격을 상징하고, 우리가 그런 것들을 이해하는 데 도움을 주기 때문에 그의 작품을 읽어야만 하는 것은 아니다. 그의 작품을 읽어야 하는 이유는 곧 알게 되

---

4 블라디미르 나보코프의 『러시아 문학 강의』(London: Weidenfeld & Nicolson, 1982)에 나오는 '표도르 도스토옙스키' 97~135쪽 참조.

5 존 머리, 『표도르 도스토옙스키: 비평 연구』(London: Martin Secker, 1916).

6 조지 무어, 도스토옙스키의 『가난한 사람들』의 서문, Lena Milman 번역 (London: Elkin Mathews and John Lane, 1894), vii~xx쪽.

7 B. 쿠즈네쏘프, 『아인슈타인과 도스토옙스키』(London: Hutchinson, 1972), 7쪽.

8 레더바로가 편집한 도스토옙스키에 대한 로렌스의 견해 요약, 『도스토옙스키와 영국』(Oxford and Providence: Berg, 1995), 31~33쪽 참조

겠지만, 그보다는 오히려 도스토옙스키가 문화적 붕괴의 원인과 과정을 정확하게 파악하는 통찰력을 제공했기 때문일 것이다. 사실 탈(脫)공산화 이후 러시아는 경제적 붕괴를 겪으며 초강대국으로서의 지위를 점점 잃어 가고 있었다. 도스토옙스키가 지속적인 인기를 누리는 또 한 가지 이유는 이른바 진지하고 지적이며, 감성적인 **'고급'** 이슈들을 접하고자 하는 독자의 욕구를 충족시켜 주면서, 동시에 **'저급'** 소설의 기법과 서사에서만 맛볼 수 있는 즉흥적 욕망도 만족시켜 주기 때문이다. 이 대목에서 우리는 도스토옙스키가 빈민가 소설, 멜로드라마, 그리고 저급한 낭만주의 문학의 초석을 세웠다고 인지한 나보코프의 말이 옳았다는 것을 알 수 있다. 조지 무어는, 도스토옙스키가 대중소설에서 가장 자주 쓰이는 **'이야기 유인기법**(narrative hook)'을 사용하여 독자들의 흥미를 계속 붙잡아둔다고 말한다. 이처럼 도스토옙스키를 모욕하면서 드러내는 두 작가의 우월감은 우리보다 이전 시대의 특징에서 비롯되었다고 할 수 있다. 그 시대는 오늘날처럼 민주적이고 대중문화가 상업화된 시대가 아니었다. 그 시대의 **'엘리트'** 소설은 역동적이고 환상적인 구성, 과도한 멜로드라마 기법, 극단적 상황과 과장된 캐릭터들, 그리고 싸구려 통속소설들의 비정상적인 심리학 등을 도용하여 소설의 질을 낮추는 것을 허용하지 않았다. 허나 오늘날 우리는 엘리트 계층이 아닌 일반대중을 겨냥하여 만든 상품들에 둘러싸여 그것들에 쉽게 반응한다. 그 결과 우리는 소위 **'고급'** 예술이라는 명목 하에 만들어진 작품들의 미학과 담론을 받아들일 준비가 훨씬 잘 되어있다. 도스토옙스키는 **'전형적인 상류사회 계층'**의 문학인이지만 투르게네프나 톨스토이보다 훨씬 더 '우리들 가운데 한 명'과 비슷한 문학인인 것이다.

지속적으로 인기를 유지하는 도스토옙스키 소설의 또 다른 특징은 과거 100여 년간 지배적이었던 문학비평과 문화이론의 변화를 잘 해석하고 그에 순응했다는 점이다. 그의 소설들이 처음에 러시아와 서양에서 환영받았던 이유는 그것들이 비판적 리얼리즘과 사회적 리얼리즘의 대표적인 예들이었기 때문이다. 뿐만 아니라 그의 소설은 가난과 범죄, 소외, 돈 등 당시의 사회적 관심사들을 화두로 다루며, 19세기 중후반 산업화와 함께 대두된 **'급성장하는 자본주의'**와 과도한 물질주의에 따른 **'전통적인 정신 가치의 쇠퇴'**라는 시대의 주요 쟁점으로 가득 차 있었다. 시간이 흘러 리얼리즘이 유럽의 세기말적인 퇴폐주의, 모더니즘, 그리고 탐미주의에 자리를 양보하자, 그의 소설들은 사회적 통찰력을 갖는다는 측면보다는 형이상학적이고 반(反)물질주의적이며, 객관성에 대해 의심을 제기한다는 점에서 높은 평가를 받았다. 우리는 이미, 그의 소설들이 실존주의 철학과 아인슈타인, 하이젠베르크 등이 창안한 새로운 물리학에 기반하여 인지혁명을 입증하는 데 사용되었음을 살펴본 적이 있다. 파시즘이 득세하던 유럽의 두 대전(大戰) 시기에는 양측 모두 도스토옙스키와 그의 작품을 자신들의 이념에 동원했다. 한편 소련의 공식적인 비평가들은 도스토옙스키의 사상을 수용하는 것에 대한 의구심은 일단 제쳐둔 채, 그의 작품이 전쟁의 이념과 일치할 수 있도록, 작품 내에 담긴 반(反)독일정서와 국가적인 메시아 신앙을 발견하는 임무에 착수했다. 한편 독일 나치 정권하의 비평가들은 도스토옙스키의 작품이 자신들의 국수주의와 반유대주의, 문화적 제국주의를 정당화한다고 주장했다.[9] 비평가들이 자신의 입장에 따라 도스토옙스키를 이용하는 예는 얼마든지 더 제시할 수 있다. 하지만 우리는 작가를 이렇게 이용하는 것이 단지 그의 작품이 사회적이고 이념적인 내용을 담고 있기 때문만은 아니라는 것을 알아야 한다. 그의 소설이 갖는 전형적인 특성뿐만 아니라,『작가의 일기』같은 저널리즘 작품의 특성들 역시 비평가들의 지속적인 주목을 받았기 때문이다. 또한 주지의 사실로 그의 전기 에세이에 수반되는 노트들과 참고자료는 바흐친의 서사이론을 포함한 러시아 형식주의에서부터 포스트모더니즘에 이르기까지 많은 문학이론들을 정립하는 데 빈번하게 인용되었다.[10] 러시아 비평가 비사리온 벨린스키로부터 사회적 리얼리즘의 깃발을 높이 든 작가라는 극찬을 받으며 1840년대에 문단에 데뷔한 도스토옙스키는 그 후 19세기 후반과 20세기의 대다수 미학 선언문에 등장하게 된다.

하지만 스타이너가 지적했듯이, 도스토옙스키의 작품이 지속적으로 인기를 끄는 현상을 설명할 수 있는 가장 강력한 이유는, 그가 시대를 초월하는 영향력을 갖고 현대성에 대해 훤히 꿰뚫고 있다는 데 있다. 그의 소설과 이야기들은 주제적 측면과 서사적 형식에서 정치적, 사회적, 정신적, 과학적, 그리고 지적인 확신을 지켜왔다. 그로써 상대주의와 즉흥적이고 단기적인 쾌락의 추구 앞에서 무너져 내려가는 것을 경험하는 이 세

9 Richard Kappen's Die Idee des Volkes bei Dostojewski (Würzburg: Triltsch, 1936) is an example of such an approach. It is now of historical interest only.

10 도스토옙스키의 비평 수용에 대한 전반적인 견해에 대해서는 레더바로의『표도르 도스토옙스키: 참고문헌 가이드』(Boston: G. K. Hall, 1990), xv - xxxi 쪽을 참고.

대 대부분이 공감하는 존재적 불안감과 가변성을 포착해 내고 있다. 『지하로부터의 수기』의 주인공은 과도한 물질주의와 과학적 진보의 '이익'에 대해서 삐딱하게 반항하고 거부하면서 당대의 독자들에게는 혼선을 주었다. 하지만 오늘날의 독자들은 오히려 과학과 합리주의, 객관적인 절대불변의 힘 앞에 개인을 희생시키려는 도식적인 책략을 불신하는 주인공의 신념에 공감한다. 『분신』에 나타난 카오스적이고 불안정한 서술방식, 혼란스러운 경험과 환영, 그리고 이야기 진행을 방해하는 주인공의 불안한 측면은 벨린스키의 인내심을 한계에 이르게 만들었을 것이다. 그러나 그것은 제임스 조이스나 다른 현대비평이론을 잘 아는 독자들에게는 그렇게 낯선 것이 아니다. 흥미롭게도, 도스토옙스키 스스로도 자신의 예술적 감각이 미래에 더 인정받을 것이라고 예감했다. 『미성년』의 작가노트에서 발췌한 아래 문단을 보면, 그의 작품 자체가 미래 세대와 지속적인 관련성을 갖는다. 그의 작품이 예언서로 자리매김할 것이라는 사실뿐만 아니라, 동료 작가들이 인지하지 못한 현대적 삶의 불안정성을 본인만은 알고 있었다는 것이 느껴진다.

> "사실들. 그것들은 우리를 스쳐 지나간다. 누구도 그것을 발견하지 못한다. (……) 나는 스스로 가면을 벗을 수 없으며, 내가 실제 삶을 묘사하지 못한다는 비평가들의 혹평은 나를 좌절시키지 않는다. 우리 사회에 기반은 없다. (……) 하나의 거대한 지진이자 마치 처음부터 존재하지 않았던 것처럼 모든 것을 종결시키고 붕괴시키며 끝장내 버릴 것이다. 이것은 서구에서 그런 것

처럼 표면적인 진실이 아닌, 내면의 도덕적 진실이다. 주로 중산층의 삶을 묘사했던 톨스토이나 곤차로프 같은 우리의 훌륭한 작가들은 스스로 대다수 사람들의 삶을 그렸다고 생각할 것이다.[11] 내 생각에 그들이 그린 것은 예외적인 삶이며, 내가 그린 것은 일반적인 법칙 그 자체의 삶이다. 미래의 세대들은, 더욱 객관적인 그들의 시각으로 이것이 실로 그러하다는 것을 파악할 것이다. 나는 진실이 내 편에 있음을 확신한다(16권, 329쪽)."

이 문단에 나타난 도스토옙스키의 견해는 자신의 **'리얼리즘'**이 불안정하고 붕괴되어 가는 **'리얼리티'**의 본질적 성격을 반영하고 있기 때문에, 영향력의 차원에서 그의 '리얼리즘'이 동시대인들의 리얼리즘보다 우월하다는 것이다. 이 문단에는 생애 마지막 10년이나 전(全)생애에 걸쳐 정기적으로 주장해 왔던 그의 견해가 잘 나타나 있다. 가장 유명한 문구는 삶을 마감하기 전에 작성한, 날짜가 없는 노트 첫 부분에 적혀 있다. 도스토옙스키는 자신이 인간 영혼의 심연을 모두 묘사했다고 주장한다. 그는 스스로가 **'보다 높은 의미에서의 리얼리스트**(좀 더 고차원적 의미에서의 사실주의자)'라고 주장했다. 이것은 도발적이면서도 여운을 남기는 애매모호한 주장이다. **'보다 높은 의미에서의 리얼리스트'**라는 말은 대체 무슨 뜻인가? 만약 소설의 리얼리즘이 삶에 대한 박진성(迫眞性)과 진실성, 즉 경험의 정확한 묘사에 근거한다면(오늘날 **'리얼리즘'**이라는 용어의 사용에 대한 문제나 특정 상황의 논쟁에 참여하려는 의식적인 준비가 부족했

11 이반 곤차로프(1812~1891)는 소설『오블로모프』(1859)로 알려진 러시아 소설가.

기 때문에 도스토옙스키의 동시대 작가들이 그렇게 주장했을 수도 있다) 어떻게 더 '높거나 낮은' 형태의 리얼리즘이 존재할 수 있단 말인가? 도스토옙스키의 소설 『백치』에서 화자는 예술적 리얼리즘에 대해 고민했으며, 작가는 '사회적 유형(현실에서는 마주하기 매우 힘들지만 현실보다 더 현실적인 유형)을 선택하고, 그것을 예술적으로 표현할 수 있어야 한다'고 결론지었다. 작가는 **'보다 높은 의미의 리얼리스트'** 혹은 **'리얼리티 자체보다 더 현실 같은'** 예술 세계의 창조를 암시했다. 동시대의 다른 위대한 러시아 소설가들이나 유럽 작가들에 의해서도 드러났듯이 도스토옙스키에게 전통적 리얼리즘은 리얼리즘 예술의 첫 목적을 달성하기에는 다소 부족했으며 불가능하기까지 했다. 그는 동시대의 현실을 효과적으로 정확하게 복제해야 한다는 환상을 갖고 있었다. 1869년 2월 26일, 도스토옙스키는 친구 니콜라이 스트라호프에게 보내는 편지에서 다음과 같이 언급했다.

"나는 예술에서 리얼리티에 대한 나만의 견해를 갖고 있다네. 대다수 사람들이 환상이나 매우 예외적인 것으로 취급하는 것들이, 내게는 가끔씩 리얼리티의 진수로 느껴진다네. 그런 것들에 대한 사소하고 평범한 일상적인 시각들이, 나에게는 리얼리즘에 못 미칠 뿐만 아니라 심지어 반대되는 것으로 여겨진다네(29권/1, 19쪽)." 바로 직전에 보낸 1868년 12월 11일의 편지에서 그는 또 다른 친구인 A. N. 마이코프에게도 비슷한 견해를 밝혔다. "나는 리얼리티와 리얼리즘에 대해서 우리 비평가들이나 리얼리스트와는 다른 견해를 갖고 있다네. (…….) 그들의 리얼리즘 시각으로는 현실에서 일어난 실제 사실들에 대해 백분의 일도 충분히 설명할 수 없다네. 하지만 우리는 우리 자신의 이상주의에 따라 사실들을 예언해 왔다네(28권/2, 329쪽).”

이러한 언급들은 모두 톨스토이나 곤차로프가 시도한 관습적인 리얼리즘으로는 소설 형식 안에서 리얼리티의 견고한 환영을 구축하는 목적을 달성하지 못했다는 것을 암시하고 있다. 스트라호프와 마이코프에게 보낸 편지에서 도스토옙스키는 일상적인 리얼리티를 자연주의 기법으로 묘사하거나 겉으로 드러나는 모습만 표현하는 것은 리얼리즘이 추구하는 하나의 독점적인 주요 목적에 부합하지 않는다고 말한다. 대신에, 그의 '사실들을 예언한 그 자신의 이상주의'라는 문구에서 알 수 있듯이, 도스토옙스키에게 이러한 리얼리즘의 목적은 **'리얼리티의 본질'**을 단순히 '설명'하는 것이 아니라, 리얼리티에 내재된 구조나, 그것의 가장 깊숙한 본질에 주목하는 것이었다. 만약 이 과정에서 전통적인 자연주의적 기법과 표현방식에 대한 수정이나 전면거부가 필요하다면 그렇게 해야 한다. N. D. 폰비지나[12]에게 보내는 1854년 1월의 편지에서 도스토옙스키는 자신을 **'시대의 아이, 불확실성과 의심의 아이'**라고 표현했다(28권/1, 176쪽). 이러한 시각은 그의 저널리스트적인 에세이들과 후기 소설들의 등장인물들을 통해 수차례 반복적으로 반영된다. 예를 들면, 『백치』에서 레

12 나탈리아 폰비지나(Natalya D. Fonvizina)는 데카브리스트 당원 폰비진의 부인으로서 도스토옙스키가 시베리아에서 유형 생활을 하면서 4년간 읽은 바로 그 복음서를 건네준 사람이다. 이후 그녀에게 보낸 편지에서 도스토옙스키는 그리스도보다 더 아름답고 심오하며, 연민에 넘치는 동시에 합리적이고 용기 있는 완벽한 존재는 없다고 쓰고 있다(역주).

베데프는 근대사회에는 19세기 유럽의 정치적, 사회적, 그리고 개인적인 삶이 가진 특성들 사이의 분열과 불화를 방지하면서, 인간과 자연을 하나로 통합해 줄 수 있는 견고한 아이디어가 존재하지 않는다고 불평한다(8권, 315쪽: 3부, 섹션4). 도스토옙스키가 아니었다면 주목받지 못했을 이러한 인물이 이러한 견해를 피력하는 것을 두고 게리 솔 모슨은 **'아이러니의 기원'**이라고 평하는 동시에 레베데프의 울분을 관통하는 작가 고유의 가치관이 명백하게 드러난다고 분석한다.[13] 도스토옙스키에게 러시아를 포함한 유럽은 그 당시 사회적, 도덕적, 심리적으로 굳건히 지탱되어 오던 오래된 구조가 쇠락하면서 동시에 새로운 구조는 아직 자리를 완전히 잡지 못한 과도기에 있었다. 1877년 1월『작가의 일기』에서 도스토옙스키는 러시아에서 오래된 농노제가 '새롭지만 아직은 불확실하고 급진적인 변화를 거치고 있으며 (……) 잠재되어 있어 말로는 표현할 수 없지만 참신한 방향으로 거대한 재건 과정'을 어떻게 거치고 있는지 묘사하고 있다(25권, 35쪽). 도스토옙스키가 보기에는, 러시아와 유럽 전 지역에 불확실하고 예측할 수 없는 일상의 쇠퇴와 재건이라는 과정이 일어나고 있었다. 동시대 사람들은 정치적, 사회적, 그리고 문화적 현상에서 혁명이 일어나고 있음을, 자본주의와 산업혁명의 물살이 사회적이고 경제적인 질서를 급격하게 바꿀 것임을, 교회와 가족처럼 사회적 구조를 견고하게 통합했던 전통적 질서가 붕괴하면서 개인주의가 새롭게 대두될 것임을, 그리고 그 사회의 미적 질서와, 문화적 질서는 낭만주의적 흐름을 따를 것임을 천

13 게리 솔 모슨,『장르의 경계: 도스토옙스키의 작가일기와 유토피아 문학 전통』(Austin: University of Texas Press, 1981), 77쪽.

명했다.

도스토옙스키가 살았던 시대는 '수많은 거대하고, 경악스럽고, 빠르게 변하는 현실(실재)의 사건들로 속속들이 채워진 천둥과 같은 시대'였다(25권, 193쪽). 그 시대는 확실하게 규명된 상태라기보다는 하나의 과정이었고, 시대의 잠정성과 불확실성이라는 특수한 본질을 다루기 위해서는 확실히 새로운 **'리얼리즘'**이 필요했다. 그러나 많은 소설가들은 아무런 혁신이 필요하지 않은 것처럼 글을 써댔다. 『미성년』의 결말에서 자신의 난삽한 회고록을 보낸 적이 있는 주인공의 전(前)멘토[14]가 지적하기를 현 시대에 안정되고 질서정연한 삶의 패턴(모범)을 묘사하고자 하는 작가는 사라진 리얼리티에 대한 역사소설을 쓰는 것 외에는 다른 도리가 없다. 왜냐하면 현재도 그러한 안정과 질서는 존재하지 않기 때문이다. 이어서 그는 다음과 같이 말한다.

> "아, 역사소설의 형식을 취하더라도, 영혼을 고양시키면서 마음에 진한 감동을 주는 수많은 사실들을 상세하게 묘사할 수 있어야 한다! 만일 소설가가 역사적 장면을 현대적 관점에서도 개연성이 있는 것으로 서술한다면, 여전히 그는 독자들을 사로잡을 수 있을 것이다. 그리고 위대한 재능이 있는 자에 의해 쓰인 그러한 작품은 러시아 문학에 속하는 것이 아니라, 오히려 러시아 역사에 포함되는 것이라고 할 수 있다. 즉 그러한 작품은 러시아의 신기루를 예술적으로 완벽하게 표현한 그림이라고 할 수 있다. 그러나 그것이 신기루라는

14 모스크바에 살던 시절에 주인공 아르카지를 보살펴 주었던 마리야 이바노브나의 남편인 니콜라이 세묘노비치이다(역주).

것을 아무도 모른다면 그것은 실제로 존재했던 것이 된다(8권, 454쪽)."

러시아적 삶의 신기루를 그려내는 **'위대한 재능'**은 동시대의 다른 리얼리스트들과 톨스토이에 대한 언급에서 희미하게 드러난다. 도스토옙스키에게 톨스토이의 작품은 불화와 분열만을 초래하고 안정성과 영원성을 제시한다는 점에서 오도하는 것 아니면 궁극적으로 비현실적인 것이었다. 대부분의 독자는 아마도 톨스토이를 한낱 역사 소설가로 무시한 도스토옙스키의 의견에 동의하지 않을 것이다. 그러나 모슨이 자신의 책에서 말하는 것처럼, 도스토옙스키의 예술은 현실적인 삶을 과정으로 강조하면서 톨스토이의 소설을 단순히 거부하는 것이 아니라, 그것을 발전시키고자 하는 것이다. 바로 이 점이 톨스토이의 소설에서 그가 말하고자 하는 바였다. 톨스토이의 도덕 세계와 예술 세계의 중심에는 정상 상태의 지속적인 힘이라는 믿음이 남아 있다. 이것은 등장인물들을 통해 드러난다. 다른 사람들에 의해, 또는 격변하는 역사적 사건에 의해 개인적 비극을 겪으면서도 가치를 굳건히 지키는 『안나 카레니나』의 오블론스키 가문이나, 『전쟁과 평화』의 로스토프 가문이 정상 상태의 대표적인 시금석으로 제시된다. 안정성은 톨스토이 소설 세계의 기조이다. 인생은 결국 스스로 재구성된다는 것이다. 순간적으로 표면을 위협할 뿐인 파동(물결)은 궁극적으로는 변하지 않는 근본적인 사랑을 드러낸다.

반면 도스토옙스키에게 파동(물결)은 근본적으로 영구적인 속성이었다. 자신의 예술에서 그는 사람들이 묘사하고자 했던 시대의 불확실성을 최종화하거나 안정화시키지 않는 새로운 예술형식을 고안하고자 했다. 그는 풍경화나 초상화처럼 인간을 묘사하던 기존의 방식에서 벗어나 가장 깊고 어두운 인간 영혼의 심연을 천착하는 예술형식을 추구했다. 그가 추구한 것은 우연, 상징, 신화가 박진성(迫眞性)을 제약하려고 위협을 가하는 예술형식이었다. 도스토옙스키는 서사의 관점이 위험 없는 안전한 관점으로 고정되는 것을 거절하고, 독자를 인지적 의심과 존재론적 의문에 빠뜨리는 예술 형식을 원했다. 그는 얌전하고 제한된 대화와 응접실에 갇혀 있는 인물이 아니라, 악령에 홀린 캐릭터들의 영혼에서 울려 퍼지는 사상을 무한한 공간에 표현하는 예술형식을 추구했다. 게리 솔 모슨[15]은 도스토옙스키가 기존의 전통적인 서사 방식에서 어떻게 대안을 찾았는지 밝혀낸다. 기존의 서사를 보면 대단원은 이미 짜여 있고 충분히 암시가 되어 있어서 누구나 직관적으로 알아차릴 수 있는 닫힌 결말로 끝나기 마련이었다. 도스토옙스키는 기존의 방식을 버리고 결말을 매우 불확실하게 끝맺는다. 이러한 비(非)결정적인 서사의 특성들 가운데 하나는 진짜 자유를 소설에 부여하고, 사람들의 삶을 소설 속으로 이끄는 형식이다. 모슨은 그것을 서스펜스라 정의한다. 선택에 직면한 캐릭터의 강렬한 순간은 결국 독자로 하여금 선택의 리얼리티를 경험하게 한다. 그 밖에 도스토옙스키는 다음과 같은 새로운 서사 기법을 창조한다. 시간을 '**직선상의 한 점**'이 아니라, 구조적으로 결정된 것이 하나도 없는 수많은 '**가**

15 게리 솔 모슨(1948~)은 예일 대학에서 러시아 문학을 전공하고 동대학원에서 박사 학위를 받았다. 저서로 『장르의 경계』(1981), 『명료한 시선의 맹목』(1987), 『서사와 자유』(1994), 『바흐친의 산문학』(2006) 등이 있다. 현재 노스웨스트 대학 러시아 문학 교수다(역주).

능성의 장(場)'으로 묘사하는 '**동시다발적 제시**(sideshadowing; 예시기법의 반대 개념)'의 기법이 그것이다. 의식은 끊임없이 변하며 진화하는 과정에 있다는 시각을 기반으로 한 심리학적 접근 등이 그에 속한다. 도스토옙스키의 작품에서 등장인물의 행위는 과정의 일부일 뿐, 결론이나 결말로 이어지지 않는다. 이런 특성들은 '매 순간 작가는 자신이 무엇을 하고 있는지는 알되, 무엇을 하고자 하는지는 모른다. 작가는 하나의 완성된 디자인이 아니라, 발전하는 가능성들로 인도된다'는 소설 형식에 기여한다.

전반적으로 도스토옙스키 예술의 본질을 해석하는 문제에 쏟아진 엄청난 비판들은 관례적으로 두 부류의 글들로 나누어진다. 하나는 '**노련한**' 도스토옙스키 학자들로 구성된, 학구적인 독자층을 겨냥한 전문화된 글들이다(따라서 일반 독자나 이 작가를 처음 접하는 사람들은 접근하기가 어렵다). 그리고 다른 하나는 일반 독자층을 겨냥한 '**소개**'하는 글들이다(그래서 전문가들의 많은 관심을 끌지 못한다). 이 같은 관례적인 분류는 너무나 오랫동안 이어져 왔기에 대부분 고정불변의 진리로 자리를 잡았다. 하지만 여전히 이 분류는 모호하며 많은 의문을 남긴다. 우선 첫째로 위의 분류는, '**고급**' 독자가 보다 정교하고 복잡하게 사유하기 때문에 도스토옙스키의 더 나은 독자라는 가정을 담고 있는 듯하다. 하지만 이런 가정은 명백한 오류다. 이 난해한 소설가의 작품을 처음 읽었을 때의 충격을 기억하는 사람이라면, 누구든지 그때의 독서를 저급한 독서 경험으로 치부하지만은 않을 것이다. 둘째로 그 분류는 도스토옙스키와 그의 '고급' 독자들 사이에 오가는 필수적인 비평 이론이나 담론이 일반 독자들에게 필연적인 글과 같을 수 없으며, 전자가 후자를 배제한다는 암시를 담고 있다. 그러나 현실적으로 대중에게 지명도가 높은 **'인기'** 작가에 대해 이해하기 어려운 담론을 펼치는 저자는 최선의 경우엔 판단 오류를 저지르는 정도가 될 것이다. 최악의 경우엔 러시아 작가 알렉산드르 게르첸[16]이 '학자 단체'를 묘사하며 교묘하게 조롱하는 인용문으로 설명될 수 있을 것이다.

> "이 질투 어린 카스트 제도는 자기 자신에게만 빛이 비추기를 염원한다. 이 카스트 제도는 지식을 장황한 용어와 대단히 낙관적인 언어, 즉 스콜라 철학의 숲으로 에워싸 버리려 한다. 같은 방법으로 농부는 자신의 작은 경작지 주변에 가시 달린 관목을 심는다. 그리하여 경솔하게 그 밑을 기어 지나가려는 사람들이 열두 번씩 찔리게 하고, 그들의 옷이 갈기갈기 찢어지게 만든다. 모든 것이 헛되도다! 지식을 갖고 귀족 운운하는 시대는 이미 지나갔다……."[17]

그러므로 이 책은 도스토옙스키 전문가들에게 참신한 통찰력을 제공하면서도, 새로운 독자에게도 접근 가능한 비평서가 될 것이다. 따라서 전자는 물론이고 후자의 독자들에게도 이 책은 열려있어야 한다. 이 두 가

16 알렉산드르 게르첸(1812~1870)은 러시아의 사상가이며 소설가이다. 처음에는 서구 문화를 도입하여 러시아 개혁을 주장하는 서구주의자로 활약했고, 사회주의 이론의 발달에도 공헌했다. 그 후 서구주의를 버리고, 러시아의 농촌공동체를 기초로 하여 자본주의를 거치지 않고 사회주의에 도달할 수 있다고 주장했다. 주저로는 『과거와 사상』이 있다(역주).

17 레더바로와 오포드가 편집한 『계몽주의와 마르크스주의까지의 러시아 사상사』(Ann Arbor: Ardis, 1987)에 나오는 A. I. 게르첸의 "과학에서의 딜레탕티즘"(1843)(136쪽) 참조.

지 목적을 모두 달성하기 위해 『케임브리지가 소개하는 도스토옙스키』는 시리즈가 작가 한명에게만 집중했던 방식과 다르게 접근해 보려고 한다. 물론 도스토옙스키에게 **'접근하기 쉬운'** 기존의 평론과도 다른 길을 가보려고 한다. 기존의 연구가들은 다양한 **'삶과 작품'**을 다루며 작가의 전기, 작가가 가진 사회적, 역사적, 문화적, 지적 '맥락', 그리고 그의 '주요' 작품들에 대해 단순하게 평가하는 식의 설명을 제공했다. 이런 종류의 설명을 또 하나 만들어내는 것은 불필요할 뿐이다. 아주 오랫동안 이어져 왔기에 이미 그의 예술과 너무나 친숙한 접근법에 쓰이는 암시와 가정을 재확인하는 것에 그친다는 점에서 틀림없이 도스토옙스키에게도 해(害)가 되는 일일 것이다. 그러한 접근이 잘못된 것이라는 말은 아니다. 오히려 콘스탄틴 모출스키의 『도스토옙스키: 그의 삶과 작품』(1967), 에드워드 바지올렉의 『도스토옙스키: 주요 소설』(1964), 그리고 가장 최근에 나온 조셉 프랭크의 전기 비평시리즈(1967~2000)[18]는 도스토옙스키 연구에 걸출한 기여를 했으며, 미래 독자들에게도 없어서는 안 될 글들로 남을 것이다. 그러나 그들이 사용했던 접근 방법이 **'소개'**하는 연구에 적절한 유일한 방법은 아니다. 이 책에서 우리는 도스토옙스키 예술의 특징을 파악하며 **'전기와 작품'**, **'텍스트와 문맥'** 같은 것 외에 어떤 추가적인 변수가 더 쓰일 수 있을 지 알아볼 것이다.

우리는 기존의 **'전기와 작품'** 연구가 실질적으로 무엇을 달성했는지 자문을 시작해봐야 한다. 이런 연구들은 독자가 책을 읽을 때 '부수적인' 효

18 『도스토옙스키: 당대의 작가』, 조셉 프랭크, 프린스톤 대학 출판사, 전 5권

과들을 일으킬 수 있는가? 이는 작가가 직접 의도한 것에 덧붙여지거나, 혹은 작가조차 아예 예상치 못한 효과로 이어지는가? 하는 의문들을 가져야한다. 내가 생각하기에 이 연구들이 불러일으키는 효과들은 다음과 같다. 첫째로 의식적이든 무의식적이든 독자는 스스로 독서를 통해 젊음에서 경험으로, 예술적 미성숙에서 천재성으로 나아갈 수 있다고 여긴다. 물론 이러한 진행이 실제로 가능할 수도 있지만, 종종 지나치게 단조롭고 낙관적이어서 도스토옙스키가 창조한 예술작품들을 다르게 보는 것을 방해하기도 한다. 둘째로 이처럼 진행된다면 도스토옙스키의 **'중요한'** 그리고 **'덜 중요한'** 작품에 대해 이의를 제기할 수 없을 만큼 고전으로 여겨지는 해석이 만들어지게 된다. 『죄와 벌』이 도스토옙스키의 초기 미완 소설 『네토츠카 네즈바노바』에 비해 우월하다는 것과 같은 가정에 대해 반론할 수 없을 만큼 타당한 이유들이 생겨나는 것이다. 무엇보다 중요한 것은 우리의 의도가 **'문화 연구'**의 가장 극단적인 형태에서 발견되는 문화 상대주의의 **'판단 오류'**를 조장하려는 것이 아니라는 사실이다. 그보다는 도스토옙스키를 전통적으로 해석하던 기존 이론에 참신한 시각으로 의문을 던질 것이다. 설령 기존의 연구방법이나 담론들에 허점이 많다는 점이 밝혀진다 해도 놀랄 필요는 없다. 이 책에서 『죄와 벌』은 당연히 『네토츠카 네즈바노바』보다 더 많은 주목을 받는다. 그러나 이는 기존의 연구 방법을 답습하지 않고, 도스토옙스키를 새롭게 바라보기 위해 선택한 접근법의 당연한 결과일 뿐이다. 이를 통해 독자들은 도스토옙스키의 텍스트들을 다른 시각에서 자유롭게 접근할 수 있다. 셋째로 도스토옙스키에 관한 전통적인 접근 방법들 대부분은 **'전기'**와 **'작품'**을 번갈아 검토하면서 특정한 경향성에 빠진다. 즉 도스토옙스키의 **'텍스트와 문맥'**, 예술 작품과 그것이 창작된 환경 사이의 관계에 대해 주로 후자가 전자에 **'영향'**을 미친다고 지나치게 단순하게만 바라보는 것이다. 게다가, 그러한 '영향'의 맥락과 근원을 짚어낼 때, 전통적 접근 방법들은 일반적으로 **'고급문화'**라고 흔히 일컬어지는 것들이 **'저급문화'**에 우선한다고 여긴다.

이 책은 독자들이 도스토옙스키와 그의 예술에 대해서 **'전기'**와 **'작품'**을 중심으로 하는 접근 방법의 가정들과는 전혀 다른 방법으로 생각해 볼 수 있도록 새로운 방법을 제안하면서 학계의 틈새를 파고든다.[19] 즉 현대에 출판된 다른 저작들에 비해 논문 모음집으로서의 지위를 충분히 활용한 색다른 접근법을 채택했다. 이 책은 가장 저명한 현대 서구 도스토옙스키 학자들의 통찰력을 모아 저술하여 천편일률적인 비평에서 벗어나면서도 일관성을 잃지 않도록 하고 있다. 다수의 저자들이 쓴 비평서들은 이미 도스토옙스키 연구에 친숙한 형태이다. 최근에도, 아주 오래전에도 이러한 방식으로 이루어진 성공적인 사례들이 많았다. 하지만 이런 책들은 전체적으로나 부분적으로 전통적인 접근법과 그 가정을 따르는 경향이 많았으며 **'주요'** 작품들만 따로 분리하기 위한 에세이들이 포함되어 있었다(가끔은 '중요하지 않은', 또는 초기 작품들에 대한 더 일반적인 사전적 에세이가 있기도 했다). 이 책은 단순히 도스토옙스키의 창작활동을 동일선상에서 출발하는 시각으로 보지 않는다. 그래서 저자의 생애와 작품, 그

19 르네 웰렉이 편집한『도스토옙스키: 비평문 모음』(Englewood Cliffs: Prentice Hall, 1962)과 말콤 존과 가스 테리가 편집한『도스토옙스키에 대한 새로운 비평』(Cambridge University Press, 1983)을 참조.

리고 문화적 배경에 대해 도스토옙스키의 삶과 작품을 연년(年年)에 따라 검토하거나, 각각의 텍스트별로 검토하는 선형적인 '**수직적**' 방식이 아니라, '**수평적**'(넓게 말하자면, '주제에 따른')이라 부르는 접근법을 채택한다(물론 독자들이 도스토옙스키의 창작활동을 연대순으로 알고 싶어 하는 근본적 욕구를 존중한다. 따라서 선정된 주제들이 작가의 전기적, 사회적, 그리고 문화적 경험에서 어떻게 등장하게 되는가를 설명하고, 동시에 주요 사건들과 작품들의 연대를 사용하여 함께 참고할 수 있도록 한다). 이 수평적 접근법에 맞는 주제를 선정하기 위해 편집자와 공저자들은 우선 도스토옙스키의 작품들이 사회적 구조와 문화적인 자극을 기반으로 쓰였다는 사실에 주목했다. 동시에 우리는 이 기반들이 역으로 작품을 조종하고 있는 범위와 그 영향력에 대해 알아볼 필요가 있었다. 도스토옙스키 작품에 내재된 사회 구조와 문화적 자극 간의 관계가 미치는 영향은 매우 공공연하고 명백했다. 대부분 러시아의 문학 전통이나 동시대의 정치, 사회, 과학적 담론들과 같은 고급문화로부터 발생한 것이었다. 다른 부분은 이보다는 사적인 상황과 저급문화의 형태나 관계에서 발생했다. 도스토옙스키의 텍스트를 읽는 독자들에게는 직접적으로 덜 드러나기는 하지만, 전자와 후자 모두 작품의 생성 과정에 있어서 아주 사소한 것까지 영향을 미쳤다. 후자의 예로는 도스토옙스키가 전업 작가로서 마감 시간에 휘둘리는 경제적인 상황, 연재 출판에 대한 요구, 독자들의 문학적 취향과 도덕적 취향에 대해 그가 느낀 예민함, 민간 구비 설화와 전통에 대한 그의 인식, 그리고 검열의 요구사항들 — 노골적으로 드러나 있든, 작가 자신이 자체적인 검열로 추정했든 — 을 열거할 수 있다.

여기서 우리는 '**고급**' 문화의 영향과 '**저급**' 문화의 영향이 분명하게 분리된다는 가정에는 오류가 있다는 사실에 주의해야 한다. 우선 독자는 이러한 용어들이 어떤 의미인지 합리적으로 따질 수 있을 것이다. 범주적 정의를 이론화하려는 시도는 다른 곳에서도 이루어진 바 있다. 이 책의 범위를 벗어나는 일이지만 이 책에서는 아래 사실들을 구분하기 위해 보다 빈번하게 그런 용어들을 사용하기에 미리 밝히고자 한다. 첫째로 고급 문화의 영향은 일반적으로 '**하향식**'으로 일어나고, 가장 큰 권력을 누리는 엘리트 계층의 사회, 개인 그리고 단체들로부터 생겨난다. 그 권력은 정치적, 경제적, 문화적 권력을 모두 포함한다. 여기서 상업적이고 대중적인 문화를 포함하는 뜻으로 사용되는 이른바 저급문화는 작가가 작품을 쓸 때 작용하며, 주로 대중문화에서 작가가 받은 영향을 통해 '**상향식**'으로 작동된다고 인식된다. 물론, 현실에서는 문화 형태들 사이에서 복잡한 간섭이 일어난다. 대중문화는 도스토옙스키 같은 작가의 작품에까지도 영향을 미치는데, 이는 문화의 영향력이 순수미학을 추구하는 문학에까지도 직접 닿을 만큼 크다는 것을 시사한다. 그리고 검열은, 그것이 공식적인 형태이든, 또는 특정 저널이나 그 편집장들의 이데올로기적 경향에 따른 것이든 간에, 마찬가지로 '**아래에서 위로**'의 방식으로 작용할 수 있다. 작가는 필연적으로 의식적이든 무의식적이든 자신이 피할 수 있다고 생각하는 방향으로 글을 쓸 것이기 때문이다.

이 책에 나오는 에세이들이 다루는 주제에 대한 토의가 이러한 복잡성을 조금이나마 해소할 수 있기를 바란다. 이 책을 편집하면서 세운 전반적 원칙은 도스토옙스키 문학이 가진 강한 영향력과 반향(공명, 울림)을 찾아내고자 하는 것이다. 전부가 아니라면 일부에서라도, 과거의 비평적 접근법에서는 적절하게 또는 정교한 방식으로 찾아내지 못했던 부분들까지 면밀히 살피려고 한다. 여기서 다루는 주제들은 첫째로 도스토옙스키의 유년 시절과 사회 초년생 시절에 겪었던 핵심적인 사건들이 향후 그의 작품에 어떤 영향을 미쳤는지 우리가 이해할 수 있게 도와준다. 첫 번째 접근방법을 통해 유년기와 청소년기에 그가 경험한 가족 생활이, 19세기 중반 러시아 가족 구성의 현실과 그런 가족관계가 반드시 갖추어져야 한다고 그가 예상한 이상적인 형태를 추구하는 시각과 어떤 관련이 있는지 살펴보는 일이다. 그리고 이러한 시각은 그의 글쓰기 전반에 드러난 사상적이고 관념적인 측면에까지 명백하게 영향을 끼치고 있다. 어린 도스토옙스키가 겪은 가족생활의 경험은 다소 복잡하다. 그가 기숙학교로 가기 전 몇 년간은 가족 간의 정을 나누었다고 할 수 있지만, 그럼에도 불구하고 엄한 아버지의 훈육은 도스토옙스키로 하여금 부모를 떠올릴 때 따뜻한 헌신보다는 두려움이 뒤섞인 경외심을 갖게 만들었다. 반면 그의 형인 미하일과는 1864년 미하일이 죽기 전까지 서로에게 가장 친한 친구이자, 든든한 문학 동료로서 각별히 친한 사이였다. 한편, 1837년 어머니의 죽음을 경험했을 때, 그는 학교에서 삶의 고됨과 어려움을 깨달았다. 그리고 뒤이어 1839년에는 아버지마저 세상을 떠났다. 정확하지는 않지만 그의 부모가 부리던 농노들에게 살해되었을 가능성도 있었다. 이러한 경험들로 인해 도스토옙스키가 가족이라는 개념에 대해 굉장히 혼란스러운 감정을 느꼈을 것이라고 짐작할 수 있다. 수잔 푸소[20]는 자신의 에세이에서 도스토옙스키가 어떻게 톨스토이와 투르게네프의 전원적인 삶에 그려진 19세기 러시아 가족의 모습과는 정반대의 가족을 형상화해내고 있는지 그 발전과정을 설명한다. 이 에세이는 도스토옙스키가 시민의 의무와도 같은 가족형태가 어떻게 분열되어 가는지 묘사하는 과정을 다루고 있다. 사실 도스토옙스키에게 가족의 분열은 더 넓은 의미에서 러시아의 삶의 방식과 다른 서구 이데올로기를 포용하려는 인텔리겐치아의 시도에 휩쓸려 사라져가는 러시아의 전통적인 정치적·사회적·도덕적·영적 가치의 집합체가 붕괴되어가는 모습을 상징한다고 할 수 있다. 사회가 공유하는 도덕적 가치, 무조건적인 사랑, 그리고 상호관계를 기초로 한 생물학적인 가족 관계는 이상적인 사회 질서에 맞춰져야 한다고 생각한 그의 신념이 작품에 드러난다. 즉 도스토옙스키는 자신의 신념에 따라 죄책감과 책임감으로 뒤섞여있는 혈연의 주제를 반복적으로 보여준다. 다시 말해 그의 작품에 반복하는 가족이 계속해서 등장하는 이유는 그의 신념이 드러나기 때문이다.

기숙학교에서의 생활 이후 1838년 1월에 도스토옙스키는 상트페테르부르크 공병사관학교에 입학한다. 이곳에서 그는 몽상적이고 낭만적인 자신의 천성과는 맞지 않는 군사훈련을 받게 된다. 그러나 이곳에서 젊은

---

20 수잔 푸소(Susanne Fusso)는 19세기 러시아 산문, 특히 고골과 도스토옙스키 전문가이다. 저작으로 『죽은 혼'의 설계: 고골 작품의 무질서 해부』(Stanford University Press, 1993)와 『도스토옙스키 작품에 나타난 섹슈얼리티 발견』(Northwestern University Press, 2006) 등이 있다(역주).

층의 미적 취향을 만족시키는 데 한몫을 한 이반 쉬들롭스키와 친해지고 수많은 문학가들의 작품을 탐독한다. 이 시절 그는 푸시킨과 고골의 작품들, 그리고 유럽의 위대한 고전인 셰익스피어, 괴테, 코르네이유, 라신의 작품들과 월터 스콧의 모험소설, 호프만의 환상소설, 실러의 작품들, 발작과 조르주 상드, 빅토르 위고, 유진 수의 사회극을 접한다. 그리고 1843년 8월 도스토옙스키는 공병학교에서 학업을 마치고 육군성 제도국 소위로 임관한다. 그러나 군대에 더 이상 흥미를 느끼지 못한 도스토옙스키는 문학으로 진로를 바꾼다. 그는 1844년 발자크의『외제니 그랑데』를 번역했고, 1846년 직접 쓴 작품『가난한 사람들』을 발표하면서 소설가로 문단에 데뷔했다. 이 작품은 비평가들로부터 극찬을 받았으나, 연이어 발표한『분신』은 혹평을 면치 못했다. 이 시기는 그에게 재정적으로 힘든 시기였다. 형과의 편지에서, 도스토옙스키가 끊임없이 문학 창작과 돈에 집착할 수밖에 없었던 사실이 드러난다. 이 지점에서 우리는 도스토옙스키의 창작활동이 재정적 어려움과 상업적으로 성공을 거두어야 한다는 현실적인 압박감에서 자유로울 수 없었다는 것을 알 수 있다. 문학과 돈이라는 두 가지 요소가 도스토옙스키의 창작 환경을 이루었다는 증거는 현재 출판되는 그의 에세이들에도 명백하게 드러나 있다. 저자가 도스토옙스키의 초기 작품을 메타 소설적으로 분석하는 전략은 젊은 도스토옙스키가 세상을 바라보고 기술하는 방법이 어느 정도는 문학적인 경험에 통합되었다는 점과 그가 읽고 쓴 행위들이 초기 작품에 주제로 구현되었다는 점을 논증하는 작업으로부터 시작한다. 우리는 에세이에서 첫 번째로,『가난한 사람들』을 통해 독자이면서 동시에 작가인 주인공을 만들어내는 서간체 형식의 서사 방식이 어떤 식으로 다면적이면서도 체제 전복적인 서사의 아이러니를 창출해내는지 알 수 있다. 두 번째로 도스토옙스키의 초기작에 이어서 발표된 작품들을 관통하는 동일한 주제를 살펴보면서 이정표처럼 작동하는 **'원천'** 텍스트를 사용하는 복잡한 방식에 대해 논증해 볼 수 있다. 보리스 크리스타는 이전까지는 논의되지 않던 주제인 도스토옙스키의 작품에서 돈이라는 요소가 차지하고 있는 독특한 위상을 다루며 그를 분석하려고 한다. 그의 소설에서 돈은 권력이면서 동시에 고뇌의 원천으로 작동한다. 뿐만 아니라, 정확하게 제시되는 돈의 액수는 도스토옙스키의 텍스트를 더욱 명료하게 해석해주는 기호학적 표시이기도 하다. **'돈이 말을 한다'**는 크리스타의 유창한 표현을 빌리자면, 도스토옙스키의 소설에서 돈은 문학적인 의사소통을 심오하게 수행한다. 등장인물의 정체성과 플롯을 구축하거나 해체하는 주요한 요소로서 돈이 획득되는 상황(범죄를 통해)이나 돈이 요구되는 상황(도박에서)은 돈의 소유주나 인물의 행동과 의도를 정확하게 언술한다는 측면에서 효과적이다. 이는 또한 텍스트 안에 담은 함축 의미들이 당시의 사회 관습으로는 허용되지 않았던, 문학적이고 사회적인 금기와 정면으로 대치하는 것을 가능하게 한다. 도스토옙스키 소설의 배후에 숨겨진 성애(性愛)의 의미를 추론하는데 가장 분명한 예는 성적 복종과 착취에 돈이 사용된다는 점이다. 즉 금전 거래와 재정적으로 얽힌 관계들이 손쉽게 성적인 거래와 성관계로 해체되는 것이다.

1846년 봄, 도스토옙스키는 금요일마다 토론을 주최하는 공상적 사회주의자 미하일 페트라솁스키[21]의 집에서 모임을 갖게 된다. 그는 이 모임에 정기적으로 참석했다. 여기서 푸리에, 블랑(Blanc), 생시몽, 르루(Leroux), 프루동의 정치사상과 황제 니콜라이 1세의 무지몽매한 반동정치를 주제로 토론했다. 정치적 동물은 아니라 해도(그러나 나중에 그는 『작가의 일기』에서 자신에게 반동적이고 위험한 성향이 있다는 사실을 고백했다), 도스토옙스키는 정치적 음모에 말려들어 1849년 4월 페트라솁스키 사건[22]으로 체포되었다. 도스토옙스키를 포함한 주요인물은 수감되었고, 사형을 선고받았으나, 그는 사형에 처해지기 직전 시베리아로 추방되어 끔찍한 노역생활과 감옥 생활을 하게 되었다. 이후에도 수년간 망명생활을 해야 했고, 도스토옙스키는 러시아로 돌아오지 못했으며, 중단된 작품 활동을 1859년까지 재개하지 않았다. 그의 전기(傳記)는 그 시기가 그에게 얼마나 중요했는지를 다룬다. 그 시기는 그가 일반 범죄자들(정치범들과 구분되지 않았다)과 섞일 수 있는 시기였다. 이 과정을 통해 그는 평범한 일반 러시아인들의 내면의 힘과 정신적인 깊이를 발견했고, 러시아 지식인들이 이러한 깊이와 힘에 대해 얼마나 무지했는가를 깨달았다. 그는 어린 시절 아버지로부터 주입받았던, 자신의 가장 깊은 신념에 대해

---

21 미하일 페트라솁스키(1821~1866)는 샤를 푸리에와 함께 프랑스의 공상적 사회주의를 추구했다. 페테르부르크 대학 법대를 졸업하고 외무성에서 통역 및 번역 요원으로 근무했다(역주).

22 실제 모임의 성격은 혁명적이고 반체제적이라기보다는 당대 젊은 지식인들이 가지고 있던 일반적인 사회 비판에 가까웠다. 그러나 1848년 2월 혁명으로 프랑스 왕 루이 필립이 축출되고 제2공화국이 들어선 것에 러시아 황제 니콜라이 1세는 체제 유지에 위협을 느끼고 검열과 감시를 강화한다. 1849년 3월 11일부터 이 모임에는 비밀경찰의 위장 스파이가 잠입했다. 체포 당시 4월 15일자 보고서에 따르면 도스토옙스키는 당대 최고의 불온 문서였던 벨린스키의 「고골에게 보내는 편지」를 낭독했다. 일주일 뒤 대대적인 체포가 이루어진다(역주).

다시 생각했고, 종교적 신념을 재발견했다.

페이드 빅젤(Faith Wigzell)은 도스토옙스키와 러시아 민속 문학에 대한 에세이를 썼다. 빅젤은 전통문화에 대한 도스토옙스키의 관심이 시베리아 유배생활을 통해 어떻게 변화했는지에 대해 서술했다. 또한 감옥 안에서 발견한 사람들과 신앙에 대한 풍부한 지식이 그를 도덕적이고 지적으로 발전하게 만들어주었다고 주장했다. 즉 도스토옙스키는 러시아 식자층을 감염시킨 서유럽 지성주의라는 질병으로부터 러시아를 구원해준 열쇠인 종교문화와 구비문화에 내재된 **'평범한 러시아인들의 가치'**를 알아본 것이다. 빅젤은 도스토옙스키의 소설들(특히 『카라마조프가의 형제들』과 『백치』)에 이러한 시각이 잘 표현되어 있다고 서술한다. 그 소설들의 철학적·종교적·서사적 핵심들이 민속적 담론을 참고하면서 풍부해졌다는 것이다. 러시아 민속 문학에 대해 잘 모르는 독자들에게 '도스토옙스키가 시도한 노력'을 보여준 그녀의 에세이는 그의 작품에 대한 충분한 찬사이다. 빅젤이 도스토옙스키의 시베리아 경험이 훼손되지 않은 원형 그대로의 러시아 민속 문화를 경험하게 해주었고, 유배 생활 뒤에 그를 단순한 크리스천이 아닌 크리스천 작가로서 다시 태어나게 만든 점을 기술한 것에 대해 말콤 존(Malcom Jones)은 자신의 에세이에서 호평했다. 그러나 크리스천이라는 요소가 도스토옙스키 예술의 큰 부분임에도 불구하고, 그 신념의 핵심에는 문제점이 있었다. 왜냐하면 그의 소설들은 명확하고 최종적인 크리스천적인 신념을 보여준 것이 아니라, 오히려 **'무신론과의 가장 외로운 싸움의 정점'**에 있는 신념을 보여주었기 때문이다. 시베리아 생활 이후의 작품들은 도스토옙스키가 신앙보다는 **'과학'** 시대에 발생하는 여러 가지 도전들에 크리스천들이 어떻게 대응하는지 새로운 시각으로 바라보는 그의 상상력이 기반한다고 말콤 존이 분석했다. 작품의 가장 큰 성취는 크리스천들의 대응이 불명확하고, 도스토옙스키의 견해가 '그가 무엇을 하는지 알고 있으나, 앞으로 무얼 할지는 모른다'는 모순적인 표현과 정확하게 일치한다는 점이다. 존이 결론 지었듯이, **'실제작가**(real author)'가 믿거나 열망한 것이 무엇이든 간에 **'내포작가**(implied author)'는 해결되지 않았고 앞으로도 해결될 수 없는 질문들로 가득 찬 세상에서 독자들과 마주하고 있다.

시베리아로 추방되어 유배생활을 하는 동안 이러한 급격한 변화를 겪은 사람은 도스토옙스키뿐만이 아니었다. 그가 돌아온 1860년대 초의 러시아는 몇십 년 전의 러시아와는 전혀 달랐다. 니콜라이 1세는 30년의 통치 기간 동안 강압적인 법을 이용해서 러시아를 정치적, 경제적 고착 상태로 몰아넣었고, 크림전쟁에서 패배하여 러시아를 서양 강대국의 손아귀에 넘겨주고 1855년에 세상을 떠났다. 새로운 차르인 알렉산더 2세는 구조적 개혁을 약속하며 왕좌에 올랐으나, 1861년 농노해방령을 공포하고 농노제 폐지를 선언했다. 이렇듯 새롭고 관용적인 사회 분위기는 자유로운 지식인들의 목소리에 힘을 불어넣었고, 주요 쟁점에 대한 토론들이 각 신문과 정기간행물에서 폭발적으로 증가했다. 그러나 이와 같은 새로운 지적 열풍은 보수주의자들 간의 파벌싸움을 이끌었고, 자유주의자들과 급진주의자들은 개혁의 범위를 놓고 합의를 이끌어내지 못했다. 이 시기에는 러시아 니콜라이 1세가 통치하던 침체시기를 참아낸 구세대와 전통을 존중하지 않고 정부의 개혁이 충분하지 않다고 생각하는 급진적인 신세대 사상가의 출현이 두드러졌다. 이러한 시기의 분위기는 1862년에 발간된 투르게네프의 소설『아버지와 아들』에 잘 묘사되어 있다. 도스토옙스키 스스로 시대의 격렬한 논쟁 속으로 뛰어들었고, 1861년과 1865년에는 형 미하일과 함께『시간』과『시대』라는 정기간행물을 발행하기도 했다. 처음에 그는 간행물을 통해 국가에 관한 열띤 논쟁을 조율하려고 했지만, 체르니셉스키[23]와 도브롤류보프[24]를 위시하여 급진주의 진영이 보여주는 극단주의와 물질만능주의, 그리고 실용주의에 빠져 국가의 정체성과 상관없이 보여주는 비역사적인 태도를 참을 수 없었다.『시간』과『시대』에서는 도스토옙스키가 점차 보수적인 **'국가주의의 대변자'**가 되어 감을 확인할 수 있다. 데렉 오포드의 에세이는 도스토옙스키를 그 시대에 발생한 격렬한 논쟁의 한복판에 위치시키고, 그를 러시아 인텔리겐치아에 속하는 지식인으로 규정했다. 이것은 도스토옙스키가 저널리스트로서 대중에게 지식을 전달하는 역할을 추구했음을 명확히 보여주었다. 물론 이는 상상력이 풍부한 작가로서 그의 삶과 구분되는 것이지만 도스토옙스키는 오히려 자신의 세계관을 반영한 소설을 더 상세하게 이해시키

---

23 니콜라이 체르니셉스키(1828~1889)는 19세기 러시아 사상계를 대표하는 급진적인 정치적 사상가이며, 문학 비평가이자 과격한 혁명가이고 소설가에 영향력 있는 저널리스트다. 1860년대의 급진주의적인 젊은 세대들에게 과격한 진보주의적 사상과 미래에 다가올 이상적 사회와 인간상, 그 미래를 준비하기 위한 현재 삶의 목표와 실천해야 할 점 등을 설파했다. 1862년 과격한 선동 정치의 선봉에 서 있던 체르니셉스키는 체포되어 형무소에 투옥된다. 1863년, 감옥 생활 중이던 그는 대표적인 사회·정치소설『무엇을 할 것인가?』를『동시대인』에 연재한다(역주).

24 니콜라이 도브롤류보프(1836~1861)는 제정 러시아의 비평가이다. 혁명적 민주주의의 입장에서 문학 작품을 분석하여 벨린스키의 후계자로 지목되었다. 저서에『오블로모프주의란 무엇인가』,『오늘이란 날은 언제 오는가』등이 있다(역주).

기 위해 이런 저널리즘을 이용하기도 했다. 도스토옙스키의 **'지적 논쟁과 관련된 저널리즘'**에 대한 공헌은 그의 삶이 끝날 때까지 지속되었다. 이것은 1881년 그가 죽음에 이를 때까지 정기간행물 『시민』을 발행한 것에서도 알 수 있다. 하지만 오포드의 에세이는 1860년대의 도스토옙스키의 초기 저널리즘과 1863년에 집필된 여행기 『겨울에 쓴 유럽의 여름 인상기』의 분석에 더 집중했다. 도스토옙스키가 암묵적으로 인텔리겐치아의 역할을 담당했다는 사실도 명백하다. 1840년대에 그는 문학 전통을 간파하고 있었다. 이는 도스토옙스키의 자아 형성에 기여했으며 동시에 그의 페르소나를 형상화하는 데도 영향을 미쳤다. 오포드의 에세이에는 도스토옙스키가 **'인텔리겐치아'**의 **'직업 설명서'**를 잘 알고 있었다는 사실이 드러나 있다. 이로써 그의 저널들이, 특정 장르의 구조적, 문학적 특징들을 도용하면서 그의 페르소나가 보여지기를 원했음을 알 수 있다. 『겨울에 쓴 유럽의 여름 인상기』를 통해 도스토옙스키는 기존의 여행기라는 장르에서 탈피하고 문체와 스타일을 패러디하면서 다른 이들에게 의도적으로 자신의 이념과 문학적 업적을 과시한다.

오포드의 말에 따르면, 1860년대 급진주의에 대한 도스토옙스키의 적대감은 급진주의자들이 인간의 이성과 자연과학의 발전뿐만 아니라, 영적 통찰을 희생시킨 인간의 지식과 기술 발전에 대해서 맹목적이었다는 점에서 비롯되었다고 한다. 이러한 과학적 방법론에 대한 의문의 배경은 당대에는 부적절하다고 여겼던 과학의 발전과 산업화가 막 시작된 시대의 특성일 것이다. 다윈의 『종의 기원』은 인류의 탄생에 대한 기존의 추측에 대한 도전이었고, 마르크스는 사회와 역사에 대해 객관적이고 변하지 않는 법칙이 있다고 주장했다. 디안 톰슨은 19세기의 과학 발전의 영웅적 행적에도 불구하고, 객관적인 진실의 수는 매우 제한되어 있으며 물리학의 환원적인 공식들에 의해 제한되어 있다고 주장했다. 하지만 도스토옙스키에게 진실은 무한하면서, 신의 지혜에 상응하는 것이었으며, 진실의 추구는 끝날 수 없는 영적인(지적인 것이 아닌) 도전이었다. 19세기의 과학 숭배는 이상적인 것에 대한 근대적 형식이었다. 과학적 진보에 상대적으로 뒤쳐져 있던 러시아에서 그러한 이상은 서구사회로부터 들어왔다. 따라서 과학에 대한 도스토옙스키의 태도는, 서구의 영향 때문에 러시아의 전통이 희생당했다는 엄청난 공포를 느꼈으리라는 점이 하나의 열쇠가 될 수 있다. 그러나 톰슨의 에세이에서는 도스토옙스키의 지적 상태를 판단하는 단 하나의 기준으로 과학을 사용하려는 유혹을 거부한다는 점이 드러난다. 대신 톰슨은 시베리아 유배 생활 이후에 발간된 소설들에 나타난 과학의 환영에 대한 시학에 집중하는데, 이때 과학은 주인공들의 신념과 관념 속에 녹아 있는 형식으로 나타난다. 불변의 진리는 단 하나만 존재한다는 과학의 허구성은 도스토옙스키의 소설 속에서 상대적인 것으로 나타난다. 또한 진리는 하나의 관념으로 존재하는 것이 아니라, 인간 속에 존재하는 것으로서, 특히 예수가 보여준 **'모범적인 인간상'**으로 나타난다.

급진주의자들이 열렬하게 추구한 과학적 방법론은 심리학에도 적용되었다. 그 과학적 방법론은 인간의 본성과 행동에 대한 환원주의적 과학법칙에 의해 인간의 이기주의와 실용주의에만 초점이 맞추어졌고 자유로운 도덕적 선택은 훼손되었다. 『지하로부터의 수기』의 주인공은 도스토옙스키가, 환원주의적 과학으로 분석한 상황에 따라 선택해야만 하는 인간의 도덕적 방황을 투영하려고 한 첫 번째 주인공이었다. 톰슨에 따르면 이러한 가치들을 대변하는 그 주인공은 형편없고 무력하다. 톰슨은 도스토옙스키가 인간 심리의 복잡성을 정확히 포착했으며, 『죄와 벌』, 『백치』, 『악령』, 『미성년』, 『카라마조프가의 형제들』 같은 훌륭한 작품들의 주인공에 바로 이러한 특성들이 반영되었다고 말했다. 로버트 벨크납의 에세이는 도스토옙스키가 이러한 소설들의 주인공들을 통해 심리학적 체계와 이론을 잘 보여준다고 주장했다. 이러한 벨크납의 분석은 도스토옙스키가 1860년대의 급진주의자들이 신봉한 물질주의적 심리학을 거부했다고 주장한 톰슨의 말을 뒷받침한다.

한편 그의 작품에 심리학적 요소가 분명히 존재하고 있음에도 이를 인정하지 않는 도스토옙스키의 태도는 시사하는 바가 크다. 그는 인과관계나 반작용으로 설명되지 않는 인간의 의식과 정신을 밝히기 위해 구조적이고 체계적으로 접근해 갔다. 이 과정에서 도스토옙스키는 일반 심리학이 아니라 인간의 심리를 다루는 자신만의 접근 방식을 만든 것이다. 도스토옙스키의 주요 소설들은 범죄의 심리, 폭력의 심리, 그리고 죄의 심리라는 주제에 깊이 심취해 있다. 벨크납이 지적했듯이 도스토옙스키는 인간적인 활동을 한다는 명목 아래 예술을 이기심과 공리성의 예측 가능한 결과물로 희생시키는 체르니솁스키나 도브롤류보프 같은 급진적인 작가들을 명백히 반대했다. 급진주의자들의 한계성을 지적하면서 도스토옙스키는 직관적으로 작동하고 무의식과 공존하는 인간의 의식을 강조했다. 이러한 심리적 측면을 세심하게 고려한 예술 창조의 심리학으로 도스토옙스키는 급진주의자들의 입장에 이의를 제기한 것이다.

도스토옙스키의 비평가들과 전기 작가들은 모두 『지하로부터의 수기』가 그의 문학적 견습 기간의 끝을 알림과 동시에 위대한 소설의 시작을 알린다는 것에 동의했다. 그리고 『죄와 벌』의 인기 덕분에 도스토옙스키는 러시아의 문화 및 지적 활동의 중심 인물로 자리 잡을 수 있었다. 그의 명성에 필적한 사람은 동시대의 『러시아통보』에 연재된 『전쟁과 평화』의 작가 톨스토이가 유일했다. 도스토옙스키에게 연재물은 자신의 명성을 확고히 다지는 수단이었을 뿐만 아니라 자신의 생계를 책임지는 도구였다. 이러한 상황은 1881년에 그가 죽음을 맞이할 때까지 변하지 않았다. 도스토옙스키의 재정 상황은 생의 막바지에 어느 정도 안정적으로 자리 잡았지만, 간행물 『세기』의 출판이 중단되었다. 또한 작고한 형의 가족을 부양하기 시작한 1865년부터 『악령』을 끝낸 1872년까지의 시기는 금전적으로 매우 힘든 시기였다. 그가 룰렛 게임에 병적으로 중독되어 있었다는 사실은 상황을 더욱 악화시켰다. 그의 빚더미 생활은 계속되었다. 이 기간에 그는 불가능한 원고 마감일을 담보로 선금을 받았기 때문에 시간에 쫓기면서까지 계속 글을 써야만 했다. 경쟁자인 다른 작가들과 달리 도스토옙스키는 금전적인 압박 때문에 예술 감각 역시 억압받는다고 생각했다. 1866년에 『죄와 벌』을 집필할 당시였다. 도스토옙스키는 훗날 자기 부인이 될 속기사 안나 스니트키나를 고용하여『노름꾼』을 한 달 만에 집필했다.『백치』를 집필할 때는 금전적 압박 때문에 아직 준비가 안 된 소재를 할 수 없이 써야 한다고 생각했고,『악령』을 집필할 당시인 1870년 8월 17일에는 자신의 조카 소냐에게 다음과 같이 불평했다. "작가로 활동하는 것이 얼마나 큰 짐을 지고 사는 것인지 네가 알 수 있다면! 투르게네프, 곤차로프, 톨스토이처럼 내게 2, 3년간의 여유가 있다면 100년 후에도 기억될 만한 작품을 만들 수 있을 것이다!(29권/1, 136쪽)" 우리가 이미 크리스타의 에세이에서 살펴보았듯이, 도스토옙스키의 작품에서 빚 독촉은 돈의 권력과 연결된다. 뿐만 아니라 금전 거래와 채무 관계가 심리적이고 실존적인 문제로 바뀌어 드러나기도 한다. 윌리엄 밀스 토드는 에세이에서 돈과 상업적인 관계가 단지 예술작품의 구성요소로만 작용하는 것이 아니라, 창작활동 전반에 음악으로 울려 퍼지는 반주와도 같다고 말한다. 이런 논점으로 그는, 도스토옙스키가 항상 빚에 시달렸다는 사실은 그가 단순한 소설가가 아닌 전업(전문) 소설가였다는 사실을 완벽하게 규명한다고 지적한다. 도스토옙스키가 조카에게 "금전관계에 '시달리며' '순수한' 예술 작품을 써낸다고 해도, 그 작품은 결국 외압을 그대로 반영한 채 미학적으로 완전히 반대의 결과를 내놓는다"라고 말했다는 사실은 토드의 주장을 뒷받침한다. 토드는 도스토옙스키가 마감 시간에 대한 압박감을 느꼈기 때문에 주요 소설들을 시리즈물로 연재하도록 했다는 사실에 주목했다. 그리고 토드는 연재소설의 독특한 시학을 창조해 나가는 도스토옙스키의 방식에 관심을 기울였다. 모슨 역시 이 주제에 관심을 가졌으나, 오히려 도스토옙스키가, 작품을 연재하도록 만든 상업적 현실을 이용해서 **'진행 중인'** 소설 형식을 만들었다고 주장한다. 등장인물의 운명과 플롯 설정이 항상 열려 있기 때문에 도스토옙스키의 소설은 특히 **'지금 이 순간이라는 현재성'**에 집중되어 있다는 것이다.

이 책에서 고심 끝에 선정한 논문들이 다루고 있는 주제가 바로 위에서 논의한 것들이다. 물론 편집 작업을 거치며 삭제된 부분도 있다. 서로 다른 주제들을 선정하고 왜 그러한 선택을 했는지에 대해 편집자와 공저자들 사이에 많은 논의가 있었다. 이 책의 논쟁을 풍부하게 할 수 있는 다른 논문도 많았지만 지면의 여유가 없을 뿐만 아니라 이미 실린 다른 저자들의 주장과 대립되는 이유 등으로 싣지 않았다. 그리고 편집자는 문학비평 이외의 다른 시각에서 다루는 논문 역시 피하려고 했다. 도스토옙스키는 뇌전증[25] 환자였고, 자기 질병의 병리학을 예술적 목적으로 다루었다. 그럼에도 불구하고 뇌전증에 대해선 특별히 더 말할 것이 없었다. 왜냐하면 제임스 L. 라이스가 이미 그러한 주제를 종합적으로 조사 연구했기 때문이다.[26] 자살의 주제가 예술적 장치로서 도스토옙스키의 소설에 도입되었지만, 같은 이유로 이리나와 슈나이드만의 자살에 관한 논문 역시 이 책에서는 배제되었다.[27] 도시는 도스토옙스키의 소설, 특히 1840년대 작품들의 주요 요소이다. 푸시킨의 『청동기마상』(1833)부터 안드레이 비토프의

25 뇌전증은 흔히 말하는 '간질병' 또는 '간질'을 말한다(역주).

26 제임스 라이스(James L. Rice), 『도스토옙스키와 치유예술』(Ann Arbor: Ardis, 1985).

27 이리나 파페르노, 『도스토옙스키의 러시아에서 문화적 관례로서의 자살』(Ithaca, N. Y. and London: Cornell University Press, 1997)과 N. N. 슈나이드만(Shneidman)의 『도스토옙스키와 자살』(Oakville, N. Y. and London: Mosaic Press, 1984)을 참조.

『푸시킨 하우스』(1978)에 이르기까지 러시아 문학에서 도시는 **'상트페테르부르크 전통'**을 이어받으며 문학적으로 중시됐다. 도시는 문학비평에서도 충분히 분석되었다. 섹슈얼리티와 젠더의 문제는 이 책에 실린 몇몇 에세이에서 언급되고 있지만, 다른 문헌을 찾아볼 것을 권한다.[28]

몇 가지가 누락되었음에도 불구하고 이 책에 실린 주제들은 도스토옙스키의 창작세계가 차지하고 있는 문화적 토양을 가장 명확하게 연구하는 데 길잡이 역할을 하고 있다. 이것이 바로 도스토옙스키에 대한 비평적 안내서가 갖는 첫 번째 목적이라고 할 수 있을 것이다.

---

28 니나 펠리칸 스트라우스의『도스토옙스키와 여성 문제: 세기말의 재독서』(New York: St Martin's Press, 1994)와 바바라 헬트의『끔직한 완전성: 여성과 러시아문학』(Bloomington and Indianapolis: Indiana University Press, 1987).

02. 도스토옙스키와 러시아 민속유산

페이드 빅젤

러시아 이외의 나라들에서 도스토옙스키의 작품이 주는 매력은 작품과 민속 유산과의 관계가 아니라, 작품의 철학적, 도덕적, 정신분석적, 그리고 정치적인 요소들에 있다. 러시아에서도 몇십 년 동안은 작가와 민속 유산과의 관계가 거의 알려지지 않았다. 어떻게 보면 놀라운 일이다. 도스토옙스키는 수치상으로 사회의 대다수인 농민들이 글을 읽지 못했던 시기에 글을 썼다. 그 당시 농민들의 세계관은 주로 입으로 전해지고 형성된 구술문화에 의존했기 때문이다. 더불어 작가 스스로 일반 러시아인의 구술문화에 내포된 종교와 도덕적 이상이 러시아를 구원하게 될 열쇠라고 이해하게 되었고, 그 구술문화는 러시아의 대표적 소설들이 쓰인 1860~1870년대에 대량으로 인쇄되기 시작했다. 당시의 소설 중에는 민간설화(1855~1863)와 속담들(1862)뿐만 아니라 기독교 전설(1859)과 각종 노래로 만들어진 시들, 특히 러시아 역사(1861~1867과 1862)에 대한 노래들과 영웅서사시(bylina), 그리고 민속시 유형의 애도가(1872)와 영가(dukhovnye stikhi)(1860년과 1861~1864년)들이 있다. 그리고 농민의식, 신앙과 미신들에 관한 서적들 역시 지속적으로 발행되었다. 이렇듯 그의 작품이 관심을 덜 받게 된 이유는 소설에 나타난, 부정할 수 없이 중요한 철학적 거대 논점들 때문이 아니라, 도스토옙스키의 창작 방법 때문이었다. 민담을 사용하는 대다수의 러시아 작가들은 인용, 모방 혹은 유사성을 사용하여 그 출처를 명백히 밝힌 반면에, 도스토옙스키는 이전의 민속 자료를 재구성하는 경향이 있었다. 그는 그 민속 자료를 어떤 특정 이미지와 인물, 사건, 심지어는 자신의 서술 방법으로 통합하려 했고, 다른 출처의 재료들을 자신이 통제할 수 있는 비전으로 통합시켰다. 특히 그는 성경이나 공식적인 정교회를 기독교적인 민속 모티프와 섞어 넣는 것을 좋아했다. 뿐만 아니라 철학적 개념들, 문학 그리고 동시대의 사회적·정치적 쟁점이 되었던 토론들도 모두 모티프가 되었다. 특히 러시아인이 아닌 현대 독자에게는 대부분의 인용문들이 더 이해되기 어려운 측면을 갖는다. 그러나 도스토옙스키의 작품들, 특히 『악령』과 『카라마조프가의 형제들』은 완전히 민속화되었다고 해도 과언이 아니다. 여기서 '**심오하게**'란, 인용문들이 얼마나 자주 인용되었는지 뿐만 아니라, 어떻게 작품 속에 드러났는지까지 포괄하는 표현이다. 독자는 이것을 해독하면서 작가에 대한 이해도를 향상시킨다. 또한 이것은 19세기 말 러시아의 민중 생활에 익숙하지 않은 독자들에게 위대한 소설 속의 인물들과 에피소드들에 대해 설명해준다. 도스토옙스키가 러시아 민속 문학을 예술적으로 활용한 것에 대해서는 더 조사해볼 필요가 있지만, 이 장에서는 선별적으로 후반기에 나온, 더욱 집중적으로 민속화된 소설에 주된 초점을 두려고 한다. 따라서 여기서 나는 중요한 개념의 참고 자료들과 민속적인 내적 의미를 인식했을 때, 더더욱 빛을 발하는 많은 예들 가운데 몇몇 작품에 집중하고자 한다.

그의 작품에 나타난 다른 관점(측면, 양상)들과 마찬가지로 도스토옙스키의 러시아 민속에 대한 관심은 시베리아 유형과 감금 생활에서부터 시작되었다. 러시아의 상황에 대한 그의 생각이 발전되어 가면서, 도스토옙스키는 노동 수용소에서 민중에 대해, 그리고 민중의 신앙에 대해 자세히 알게 되었다. 『죽음의 집의 기록』(1860~1862)에서 밝혔듯이, 그는 귀족들의 기득권에 대한 일반 죄수들의 깊은 반감을 발견하고 놀라움을 금치 못했다. 그리고 시간이 흐르면서 기득권 계층이 일반 민중의 가치관을 받아들이고 그들과 결합해야 한다고 믿게 되었다.[29] 수용소에서의 시간들은 그에게 러시아인들의 삶의 뿌리와 민중 언어의 깊이를 알 수 있는 특별한 기회를 제공했다.[30] 윤리에 대한 관심이 점점 커져 가면서, 그는 자신의 동료들이 얼마만큼 부패했는지 와는 상관없이 죄수 사회의 가치관과 이 상향에 대한 호기심을 갖게 되었다. 그는 폭력, 악의 그리고 부패 속에서도 서로 나무라지 않는 동료들의 모습에서 내적 진실과 정의를 느낄 수 있었다. 도스토옙스키가 이 참담한 수용소 생활을 경험한 후에 쓴 작품들은

29 레오니드 그로스만, 『도스토옙스키의 전기』 Mary Macler 번역 (London: Allen Lane, 1974), 180쪽.

30 '시베리아 노트'(IV, 235~248)에 나오는 속담 모음집을 참조하기 바람.

철학적 깊이, 도덕적 탐구, 인간 심리 그리고 이야기에 대한 접근 방법 같은 측면에서 이전에 쓴 작품들과 비교할 수 없을 정도로 다르다. 러시아와 러시아의 운명에 대한 자신의 견해가 발전됨에 따라 도스토옙스키는 나중에 쓰게 된 후반기 작품들에서 러시아 민속신앙과 민속학을 간접적으로 활용했고, 복잡한 망을 만들어 나갔다. 이 인유(引喩)들은 대개 소설의 상징으로 활용되면서, 소설 속 시공간인 러시아 너머에 다른 세계가 존재한다는 것을 표현하는 데 커다란 역할을 한다.

하지만 도스토옙스키가 시베리아의 경험을 통해서만 이 민속 자산을 발견한 것은 아니었다. 그의 성장 배경은 톨스토이나 투르게네프 같은 귀족 작가들의 성장 배경과는 달랐다. 러시아 상류층은 종종 러시아에 대해 아무것도 모르는 외국 교사에게 교육을 받을 때도 있었지만, 일반적으로는 전통적인 '크리스마스 시즌(Yuletide)'의 관습을 경험하고, '재의 수요일 전 3일간(Shrovetide)'의 카니발 축제를 즐겼다. 아이들에게는 민속 노래를 불러주었고, 러시아의 격언이나 불새와 나무도깨비에 대한 이야기 「바바 야가」[31]를 들려주는 유모도 있었다. 아이들은 주로 경험을 통해 민속 문화를 체험하면서 재미를 느꼈다. 하지만 그들은 자라나면서 민속 문화를 러시아인의 주체성으로 생각하면서도, 한편으로는 그것을 믿어서는 안 되는 것이라 느끼게 된다. 결국 도스토옙스키가 귀족 작가들과 구분되는 이유는 민속 문화가 재미있고 화려한 자산이라는 인식에 근거하는 것이 아니다. 도스토옙스키는 러시아 농노의 세계뿐만 아니라 정교회와도

31 러시아를 비롯한 슬라브족 계통의 전설과 민담에 등장하는 마녀이다(역주).

아주 친숙했다. 19세기의 러시아 귀족들이 너무나도 가식적으로 러시아 정교 행사를 치르는 모습을 볼 때마다 그는 항상 놀랄 수밖에 없었다. 물론 도스토옙스키에게도 부유한 귀족 가문의 아이들처럼 자기 형제들에게 민간 설화와 무시무시한 귀신 이야기(bylichka)[32]를 들려주는 유모 알레나 프롤로브나가 있었다.[33] 그녀는 옛날 유모들이 집을 방문해서 했던 것처럼 이야기를 들려주었다. 부활절에 아이들의 삼촌은 인형극, 춤추는 곰들 등 인기 있는 유흥거리들을 보여주곤 했다. 하지만 도스토옙스키는 자신이 신앙심 깊은 **'러시아'** 가정에서 자랐다는 사실이 자신을 다른 귀족 작가들과 구분 짓는 결정적인 요소였다고 말한다(여기서의 '러시아'는 '매우 서양화되지 않은'이라는 의미를 내포하고 있다).[34] 종교적인 초급 교본으로 글을 가르치는 신앙심 깊은 부모님, 유명한 정교회 성자들의 삶과 금식, 축제와 순례 등 정교회의 일일 관습에 대해 들려주는 유모가 딸린 어린 표도르는 다른 귀족 가문의 아이들보다는 보통 아이들과 더 가깝게 지냈다. 게다가 도스토옙스키의 가정은 러시아의 일반 서민들이나 서민 아이들과 잘 어울렸다. 아버지가 시골에 땅을 구입했을 때, 도스토옙스키는 소작농의 아이들과 놀았고, 어른들과 함께 밭에서 일을 하곤 했다. 그의 삶의 중요한 부분인 사람들과의 이러한 교류를 통해, 러시아 민속 문화는 도스토옙스키의 인생에 끊임없이 영향을 주었다. 수용소에서 느낀 그들

---

32 러시아어 "Былички(bylichki)"는 구비문학의 한 장르로서 악령과 만났다고 하는 목격자의 이야기, 즉 영매 이야기, 또는 초자연적인 만남에 대한 이야기들을 말한다(역주).

33 조셉 프랭크, 『도스토옙스키: 반란의 씨앗, 1821~1849』(프린스톤 대학 출판, 1977), 48~49쪽; G. 기비안(Gibian), '도스토옙스키의 러시아 민속 사용'『미국 민속 저널 69호』(1956), 239쪽.

34 『작가의 일기(1873)』(xxi, 134).

에 대한 반감에도 불구하고, 정교 신자로서의 그의 배경과 소작농들과의 만남은 귀족이 아닌 일반 러시아인들의 도덕적 가치관과 세계를 바라보는 시각을 인식하고 인정하는 데 초석을 제공해 주었다.

또한 도스토엡스키는 어린 시절의 경험을 초기 작품에 많이 활용하곤 했다. 예를 들어 주택에서 그가 가장 좋아하는 장소는 수많은 계곡이 흐르는 숲이었다. 일반적으로 아이들이 숲이나 계곡을 방문하는 것은 금기시되어 있었다. 숲은 레시[35]들이 사는 장소라고 알려져 있었다. 레시들은 사람들을 놀라게 하는 장난을 좋아할 뿐만 아니라, 사람들을 더러운 악마들이 있는, 숲의 가장 깊고 침입 불가능한 어두운 계곡 안으로 데려간다는 것이었다. 한번은 어린 도스토엡스키가 숲 속에서 늑대가 다가오는 소리를 듣고 두려움에 떨면서 근처에서 일하던 소작농에게 도망간 적이 있었다. 그 소작농은 도스토엡스키를 달래고 머리 위에 손가락으로 십자가 모양을 그려주고 집으로 돌려보냈다. 이 일화는 어쩌면 신경성 장애의 초기 증상인 환청으로 받아들여질 수도 있다. 그러나 한편으로 민속 신앙의 배경을 고려한다면, 이 일화는 상상력이 풍부한 어린아이의 공포가 어떤 식으로 민속적인 형태를 지니게 되는지 알려준다.

이 일화를 도스토엡스키는 『가난한 사람들』의 원본에서 여주인공인 바렌카가 숲으로 간 것을 기억해내는 장면에 적용했다. 야생 자연의 아름다움과 숲 가장자리의 고요함을 시적으로 묘사한 후에 그녀는 무서워하면서도 더 우거진 숲 쪽으로 이끌려 가게 된다. "마치 누군가가 나를 소환하

35 레시(Leshii)는 보통 나무 도깨비, 숲 요정, 숲 귀신 등으로 알려져 있다(역주).

는 것 같았다, 나를 어느 곳으로 부추기듯이. (…….) 숲은 더 어두워졌고, 그리고 계곡들은 시작 되었다(1권, 443쪽).” 레시에게 이름을 붙이면 안 된다는 미신처럼 그녀를 소환한 자에게는 이름이 없다. 어린 바렌카의 공포는 현대의 독자들도 쉽게 이해할 수 있을 만한 것이다. 동시에 터부 사항이었던 이름 짓기, 즉 행위자를 그 ‘누군가’로 지칭하는 것은 민속신앙에서 비롯된 것이다. 수년 후에 기록된 도스토옙스키의 실제 경험보다도 더 민속화된 이 장면은 바렌카를 시적으로 묘사하는 역할을 한다. 결혼 후 비코프는 그녀를 자신의 시골 은신처로 데려가고자 한다. 이것은 특히 그녀가 무시무시한 비코프에게 사랑 없이 시집가는 것을 암시한다. 그 구절은 (이 자세한 부분들은 마지막 판에 수록되어 있다) 그녀의 기억 속에 초현실적인 공포로 남아 있다(하지만 꽤 재미있는). 이는 유모의 무서운 이야기들이 지금 현재 그녀의 삶에선 너무나도 현실에 가깝다는 것을 얘기해준다.

위에서 언급한 구절은 가장 서양화된 러시아 도시를 배경으로 한 작품에도 민속 문학이 도입된다는 사실을 보여준다. 이것은 보이는 것과 달리 모순이 아니다. 바렌카는 당시 대다수의 상트페테르부르크 시민들처럼 시골에서 자랐다. 예를 들어 1864년 상트페테르부르크에 거주한 주민의 반은 여름에 자신의 마을로 돌아가는 소작농들이었다. 그래서 일반인들도 소작농들의 구전 문화를 어느 정도 공유했다. 이런 상황을 감안했을 때, 『가난한 사람들』에서 민속 자료를 활용하는 것은 민속시적인 방법이라기보다는 민족지학적 방법이라고 할 수 있다. 주인공인 바렌카와 데부시킨은 대개 편지를 주고받는 형식에 구속되지만, 그 속에서 자신들을 민속시적으로 표현한다. 마카르 데부시킨이 즐겨 쓰는, 그녀를 새에 비유한 표현들을 예로 들면 다음과 같다. '나의 귀여운 비둘기(golubushka moia)', '나의 아기새(ptenchikvy moi)', '나의 작은 봄새(ptashka vesennaia).' 민족지학적으로 봤을 때 주인공의 겸손한 성격에 어울리게끔 설정된 것이라고 설명할 수도 있지만, 이 예시들은 민속시의 잔향이라는 측면에서 더 예술적인 의미를 갖는다. 민속 노래에서는 종종 불행한 결혼으로 자식을 잃은 슬픈 여주인공을 새에 비유한다. 바렌카가 비코프와 살기 위해 떠나기 직전에 데부시킨의 마지막 편지에서 데부시킨은 서간체 소설의 형식과 편지의 일반 형식을 깨고, 괴로운 절규와 가까스로 억제한 울부짖음을 번갈아 서술하면서 극심한 고통을 표현한다. '작은 어머니, 이제 전 누구에게 편지를 써야 하나요? (…….) 이제 누구를 작은 어머니라고 불러야 하나요? 이제 누구를 그런 사랑스러운 이름으로 불러야 하나요? 나의 작은 천사여, 이제부턴 당신을 어디서 찾아야 하나요? 바렌카, 나는 죽을 거야, 나는 확실히 죽을 거야. 나의 심장이 이런 슬픔을 견디지 못할 거야.' 이런 수사학적인 질문들과 비극적인 울부짖음은 러시아에서 전통 장례식을 치룰 때 사용하는 시들에 그 뿌리를 두고 있다. 이것은 『죄와 벌』에서 소냐가 한탄하는 장면에서도 비슷하게 표현되는 등 도스토옙스키의 후기작품들에도 계속 나타난다.

한편 도스토옙스키는 『가난한 사람들』에서 인물들의 사회적 배경과 사회적 지위를 현대의 도시 문학을 활용해서 묘사했다. 현대 문학의 유행을 반영한 셈이다. 1830년대와 1840년대의 인기 장르는 민족지학적으로 도시 거주자들의 모습을 사실적으로 그린 생리학적 스케치였다. 예를 들면, 그는 『가난한 사람들』의 주인공에게 마카르라는 이름을 붙이는 세심한 선택을 한다. 작가는 마카르라는 이름이 격언에서 민중극에 이르기까지, 그리고 노래에서 루복(lubok)[36]에 이르기까지 민속 문학 전 장르를 통틀어, '불행하고, 자신의 모자람 때문에 업신여김을 받는 인물의 이미지'를 구축할 거라는 점을 분명히 알고 있었던 것으로 보인다. 마카르가 사용하는 언어는 그의 사회적 위치를 매우 정확하게 표현했기에 한 비평가는 그것을 페테르부르크 지역과 페스키(Peski) 그리고 페테르부르크 쪽 사람들(Peterburgskaia storona)의 일상생활 말투라고 했다. 그는 '나이 먹는 일은 재미가 없다(ne radost' starost')'와 같은 생활 표현들이나, '당당하게 걷는 멋쟁이처럼(gogolem-shchegolem)'과 같은 운(韻)이 들어간 민속적인 표현을 사용해 말을 조리 있게 한다.

도스토옙스키는 가난한 사람들의 삶을 그리는 것에서 옮겨와, 다음 작품인 『분신』에서 마음의 여유가 별로 없는 관리 야코프 골랴드킨(그의 이름은 '영적으로 벌거벗은'이라는 의미를 가진 'golyi'에서 유래한다)의 정신 분열을 그렸다. 여기에도 다른 작품들과 마찬가지로 민속학적인 영향을 받은 흔적들이 깊이 새겨져 있다. 이 작품에서 도스토옙스키는 분신의 테마를 다룬 낭만주의적 구성 방식을 따르면서도 부분적으로 다른 담론에 의존한다. 우선 그는 분신에 대한 민속신앙을 반영한 빌리치키에 의존

---

36 루복(Lubok)은 17세기부터 20세기 초까지 존속했던 러시아의 대중 판화이자 민화를 일컫는 용어이다(역주).

한다. 거울이 다른 세상과의 경계선이라는 생각, 그러므로 악마적인 요소가 있다는 생각은 분신이라는 개념과 자주 연결된다. 골랴드킨이 일어나자마자 하는 일은 거울을 보고 자연스럽게 자기 자신의 분신을 보는 것이다. 그 분신은 3차원적인 모습으로 나타나며, 골랴드킨의 인생은 악몽이 되고 만다. 시니어 골랴드킨은 민중의 믿음과 마찬가지로 주니어 골랴드킨을 마법과 요술의 결과물, 또는 악마의 방해자로 해석했다. 그리고 실제로 밑에서 보면 알겠지만, 그의 분신은 종종 민속이야기에서의 악마처럼 행동한다. 그리고 불쌍한 골랴드킨은 분신이 '**저 너머 다른 세계**(ne iz zdeshnikh)'에서 온다는 말을 안톤 안토노비치로부터 듣게 되고, 이것이 민속신앙대로라면 그의 죽음을 암시한다는 것도 알게 된다.

『분신』은 비록 역설과 풍자로 가득하지만, 민속신앙과 초현실적인 이야기라는 사실 외에 동화적 요소도 담고 있다. 골랴드킨은 동화 같은 꿈에서 너무나도 잔혹하게 깨어난다. 그는 자기 자신이 '멀고 먼 옛날 왕국(tridesiatoe gosudarstvo)[37]'이라는 마법의 세계에 있지 않다는 것을 유감스럽게 여긴다, 그리고 골랴드킨은 꿈속에서 자신을 낯선 나라의 괴물로부터 공주를 구출하는 주인공으로 여겼다는 점을 추론할 수 있다. 골랴드킨의 비현실적인 여성관과 연애관은 둘째로 치고 동화 속 주인공의 모험 끝이 대부분 그러한 것처럼, 그가 진실로 클라라 올수페브나라는 미인 아내를 찾고 있다는 것이 밝혀진다. 이 작품이 포함하는 동화적인 측면은, 진짜 영웅의 자리를 차지하고 그의 신부를 빼앗아 가는 가짜 영웅(대개는

37 '멀고 먼 나라'를 뜻하며 러시아 동화에서 환상과 마법의 나라로 묘사된다(역주).

주인공의 형제)의 존재에 있다. 보통은 결혼 잔치에 진짜 영웅이 나타나면서 가짜 영웅의 진실이 탄로 난다. 하지만 『분신』에서 주니어 골랴드킨은 시니어 골랴드킨에게서 신부를 빼앗고, 모든 것을 훔친 다음에 당당한 태도로 시니어 골랴드킨이 가짜 영웅임을 간접적으로 얘기한다. 그럼에도 불구하고 골랴드킨은 자신의 신부를 빼앗겼다고 생각한다. 하지만 그 대상은 블라디미르 세묘노비치이다. 골랴드킨은 결혼 잔치에 참여하지만, 그는 장작더미 뒤에 숨어 있다. 결국 그는 춥고 흙투성이인 상태로 창가에 서서 자신을 비웃는 하객들에게 발견되고 안으로 들어가게 된다. 이 에피소드는 '공인된 주인공'이라는 모티프의 엄청난 반전이라고 볼 수 있다. 왜냐하면 사실 골랴드킨은 마지막에 광인으로만 인정되기 때문이다. 그렇게 이야기는 '주인공의 모험은 항상 만족스럽게 끝난다(진짜 골랴드킨은 떠났다)'라는 동화의 반전으로 끝이 난다.[38]

초기 작품들 중에 가장 민속적으로 쓰인 것은 분명히 『여주인』(1847)이다. 하지만 대부분의 민속적인 요소들은 낭만주의 문학을 통해 들어오기 때문에 확인할 필요가 있다(특히 고골의 『무서운 복수』, 푸시킨의 『장의사』 그리고 조금 약하지만 마를린스키의 『무서운 예언』 같은 이야기들)[39]. 이 독특한 이야기 구성의 본질은 많은 부분에서 동화와 닮아 있다. 주인공은 어린 탐구자이다(오르디노프는 이야기 초반에 커다란 학문적인

38 A. A. 고렐로프 편집 『러시아 문학과 민담』(Vtoraia polovina XIX veka) (Leningrad: Nauka, 1982), 12~75쪽. 기묘한 이야기와 연결시켜 V. E. 베틀로프스카야의 'F. M. 도스토옙스키'를 보라.

39 해리어트 무라프, 『성(聖)바보: 도스토옙스키 소설과 문화비평의 시학』(Stanford University Press, 1992), 6쪽.

연구에 몰두한다). 전래동화의 주인공처럼 이 주인공도 모험에 나선다(새로운 거주지와 새로운 인생을 찾기 위해서). 그리고 카테리나라는 아름다운 아가씨를 만난 후 그녀가 무린이라는 사악한 마법사의 손아귀에 잡혀 있는 것을 알고는 그녀를 구하려고 한다. 동화 속 영웅처럼 오르디노프에게는 금기가 주어진다(카테리나는 그에게 남매로만 지내자고 당부한다). 하지만 그는 그것을 무시하고 사랑을 고백해 버린다. 결과적으로 그는 그녀를 잃게 된다. 보통의 동화라면 주인공이, 마법을 부리는 조력자나 물건들을 찾아서 그들과 함께 괴물을 물리치고 모험의 목적을 달성하겠지만, 오르디노프는 몸도 마음도 약한데다가 고립되어 있어서 빼앗긴 카테리나를 무린의 손아귀에서 구하지 못한다. 이 비극적인 결말은 동화의 행복한 결말보다는 낭만주의적인 경향을 강하게 보인다. 하지만 여기에는 주로 비극으로 끝나는 귀신이야기(빌리치키)의 흔적이 엿보인다. 도스토옙스키는 악마의 이미지와 더럽고 악한 세력으로부터 힘을 얻은 마을의 마법사의 이미지를 결합하여 무린이라는 등장인물을 만들었다. 무린이 더럽고 사악하다는 것은 그를 묘사한 부분에서 자주 드러난다. 블랙리스트들을 읽으며 무린은 스스로를 마법사라고 칭한다. 그리고 오르디노프에게는 '적'으로 불리고, 카테리나에게는 '주인님'으로 불린다. 이 마지막 두 어구는 가장 널리 쓰이는, 악마를 의미하는 완곡한 표현이다. '황무지', 즉 '어두운'이라는 뜻을 지닌 그의 이름에는 전통 문화가 함축되어 있다. 초창기 러시아 문학에서 무린은 '악마'라는 뜻을 갖고 있었다. 게다가 선과 악, 빛과 어둠, 무린의 검은색 책들과 오르디노프의 '생명을 위한 책'을 찾기 위한 모험 등 너무나도 뚜렷한 대조는 상반되는 것들이 많은 전통 민속 문학을 확실하게 반영하고 있다. 그런 민속 문학은 언제 어디서나 존재하는 악마의 위협을 일깨워 준다. 등장인물들의 말도 민속적 요소를 반영한다. 특히 도스토옙스키는 민속 서사시, 가곡 그리고 격언들을 혼합해서 카테리나의 언어 스타일을 만들었다. 그의 목적은 어쩌면 페테르부르크의 평범한 일상을 그린 이야기에 선과 악, 힘센 자와 굴복하는 자의 싸움이라는 전설적인 요소를 첨가하려 했던 건지도 모른다. 『여주인』의 이러한 혼합적 스타일은 단순히 문학적인 영감에서 비롯되었다고 할 수도 있지만, 서구 낭만주의뿐만 아니라 러시아의 색채가 분명히 묻어나는 요소들로 채워져 있다.

도스토옙스키는 어린 시절의 경험 때문에 민간 미신, 잔치, 이야기들에 익숙해 있었다. 또한 러시아의 보통 사람들이 세계를 바라보는 관점과 정교회에 대한 깊은 지식을 갖고 있었다고 결론 내릴 수 있다. 더욱이 그의 귀는 구어체에 익숙해 있었고, 그의 눈은 일상의 섬세함을 놓치지 않았다. 이런 능력들은 초창기 작품에서 유감없이 발휘된다. 하지만 도스토옙스키가 기본적으로 갖고 있던 기독교와 러시아 메시아니즘의 사유 구조 속으로 민속 문학이 들어오면서 그의 능력들이 작품에 융합되기 시작했고, 마지막 두 개의 위대한 소설들, 『악령』과 『카라마조프가의 형제들』에서는 그 능력이 더 크게 발휘됐다. 이 작품들에서 그는 민속이야기로부터 '인기 있는 정교회의 민속 이야기' 쪽으로 초점을 옮긴다. 이렇게 하는 것만이 '전체의 속죄로 나아갈 수 있는 길이기 때문에' 도스토옙스키는 교육받은 자들과 일반 러시아인을 전통문화와 신앙으로 융합시키고자 했다.[40] 소작농들은 진정한 러시아적 가치인 영적인 믿음과 도덕적 이상을 갖고 있었기에 도스토옙스키에게는 흥미로운 존재들이었다. 그 역시 '러시아 소작농들의 믿음과 같은 기독교적인 믿음을 지녔기 때문에 나는 슬라브인이라기보다 정교도다'[41]라고 말했다. 물론 이 말은 분명 소작농들의 가치관 가운데 극히 일부에 근거하고 있을 뿐이며, 그 정확성 또한 의심의 여지가 있다. 그럼에도 불구하고 도스토옙스키의 말은 그 자신의 도덕적, 영적 그리고 민속적 가치관이 어떠했는지를 말해준다.

도스토옙스키는 민속신앙을 약간 독특하게 해석했다. 예를 들어 미신을 농촌의 역설적인 사유 구조로 보는 보편적인 시각과 달리, 미신을 소작농들의 이상향, 즉 자신의 서러운 삶으로부터의 자유(해방)를 의미한다고 본 것이다(비록 그는 어떤 것도 증명할 수 없었지만). 그리고 그는 가능하다면 아래 **'어머니-습한-대지**(mat′ syra-zemlia)'에 대한 부분에 나오듯이 민간신앙에 기독교적인 해석을 가하곤 했다. 이러한 다양한 가치들을 강조한 결과 그는 러시아의 민속 문학뿐만 아니라 성경도 참고해야 하는, 상징들이 담긴 소설들을 썼다. 민속 문학과 성경은 러시아 정교회에서 찾을 수 있는 융합적인 이상으로 자주 활용되어 도스토옙스키만의 독특한 의미를 만들어 간다. 여기서는 그 상징들을 하나하나 분리해서 분석하기보다는 도스토옙스키의 잘 짜인 이야기에 내포된 몇몇 민속 개념들에 집중

---

40 해리어트 무라프 『성(聖)바보: 도스토옙스키 소설과 문화비평의 시학』(Stanford University Press, 1992), 98쪽.

41 칼 프로퍼 편집, 『미(未)출간된 도스토옙스키의 일기와 노트, 1860~1881, 3권』(Ann Arbor: Ardis, 1973-1976), 제2권, 98쪽.

하도록 하겠다.

그중 가장 의미 있는 것 가운데 하나는 **'어머니-습한-대지'**에 대한 숭배다. 수백 년 동안 소작농들은 봄마다 자연을 새롭게 만들고, 그래서 사람들과 동물들을 살 수 있게 해주는 대지를 숭배했다. 많은 문화권에서는 이러한 대지에 아이를 키우는 어머니의 역할을 연결시킴으로써 대지가 여성의 이미지를 가질 뿐만 아니라, 어머니로서의 자리를 잡게 되었다. 농경사회에서 혹독한 날씨와 질병들을 상대로 살아남는 일은 중대한 것이었기 때문에 비옥한 땅과 수확을 비는 의미로 제사를 올렸다. 988년에 러시아가 기독교로 개종한 후, 농촌에서는 15세기가 되어서야 비로소 기독교가 제대로 자리를 잡았다. 하지만 이런 옛 풍습들은 다른 유럽 국가들에서처럼 정식 종교에 융합되었다. 러시아에서도 마찬가지로 이 새로운 종교 안에 종교 수용 전후의 요소들이 섞여 들어갔다. 정교회가 가톨릭에서 얘기하는 **'동정녀 마리아'**보다 **'성모(Bogoroditsa) 마리아'**를 더 강조하는 것은 어쩌면 슬라브족의 어머니-대지에 대한 애착에 그 뿌리를 두고 있을 것이다.[42] 기독교의 유입이 늦은 덕분에 민중의 정교회(주로 소작농들의 정교회)가 갖는 기독교 이전의 요소들은 특히 더 인상적이다. 교회에서는 예로부터 전해져 내려온 이교 신앙을 절대로 인정하지 않는데도 불구하고 종교적 성격의 민속에서는 성모 마리아와 어머니-대지를 견고하게 연결시키고 있다.[43]

---

42 조안나 허스의 『어머니 러시아: 러시아 문화에서의 여성 신화』(Bloomington and Indianapolis: Indiana University Press, 1988)에 나오는 '어머니 대지와 성모 마리아의 관계'(52~86, 99~101, 114~116쪽)를 참조요망.

43 L. A. 잰더(Zander), 『도스토옙스키』(Natalie Duddington 번역), (London: SCM Press, 1948) 53~54쪽.

도스토옙스키는 러시아의 영가(靈歌. dukhovnye stikhi, dukhovnye pesni)에서 대지에 대한 숭배를 발견했다. 이 노래들은 분리파인 구교도들이나 순회를 다니는 **'칼레키 페레호지예**(kaleki perekhozhie)'라고 불리는 '찬송가를 부르면서 구걸하는 맹인들', 즉 **'특수한 장님 거지들**'이 불렀다. 시장, 수도원 입구, 교회 입구, 그리고 도시 아파트 단지의 한 마당에서조차 자신의 노래에 감동해 눈물 흘리며 노래 부르는 자들과, 들으면서 조용히 우는 구경꾼들을 볼 수 있었다.[44] 종교적인 거지들이 주로 사용한 주제 중 하나는 '부자가 하느님의 나라에 들어가는 것은 낙타가 바늘구멍을 지나가는 것보다 힘들다'라는 성경 말씀이었다. 도스토옙스키는 『죄와 벌』에서 소냐가 라스콜리니코프에게 성경 이야기인 '나사로의 부활'을 읽어주는 장면을 넣었는데 「라자루스의 두 형제」라는 잘 알려진 노래를 참고했던 것이 아닐까 싶다. 그 구절은 이런 내용이다, '겸손한 거지인 나사로의 영혼은 천국으로 올라갔지만, 교만한 자들과 부자들과 양심 없는 자들은 지옥에서 불타고 있네.' 소냐에 의해 요약된 이러한 가치들, 고통, 겸손 그리고 사랑은 또 다른 찬송가에서도 격찬을 받고 있다. 라스콜리니코프 자신도 이러한 이미지를 부정적으로 인식하고 있다는 것을 거지인 척하는 사람이나 자신의 몫에 불만을 갖는 거지를 뜻하는 **'노래하는 나사로'**를 통해 알게 되었다. 소설 속에서 그의 영적 여행은 그가 그저 '노래하는 나사로'가 되는 것 이상으로 성경 속 나사로처럼 일으켜 세워지는, 오랜 세월 괴로워하는 나사로가 되는 방법을 배우고 있음을 나타낸다.

---

44 알렉산드르 라디셰프의 『페테르부르크에서 모스크바로의 여행』(1790)에 나오는 「클린」 장을 참조하기 바람. 한국어 번역본 A. N. 라디셰프의 『페테르부르크에서 모스크바로의 여행』(을유문화사, 2017) 참조 가능.

영가(靈歌)에서 슬픔과 고통의 이미지들 가운데 가장 주도적인 것은 슬퍼하는 어머니, 특히 성모 마리아의 이미지이다. **'성모의 슬픔'**에서 자기 아들이 십자가에 못 박혀 죽었다는 것을 알게 된 마리아는 **'어머니-습한-대지'**에게 자기 아들을 품어 달라고 부탁한다. 대지(땅)를 향한 태도는 도덕적 순수함의 저장고로 여겨지는 슬픔과 속죄의 눈물로 정의된다. **'대지의 슬픔'**에서 사악한 사람들이 너무나 많아서 괴로운 대지는 신에게 울부짖는다. 어떤 예시에서는 불효하는 사악한 자들이 언급된다(카라마조프 가족과의 연관성에 주목하라). 또한 속죄의 눈물만이 그들을 구해줄 거라고 얘기한다(다 쓰기에는 너무 많은 도스토옙스키의 작품들과의 연관성에 또 주목하라). 또 다른 예시에서 대지는 자신의 의형제를 죽인 자를 용서하지 못하는 것으로 나온다. 이는 『백치』에 나오는 로고진과 미시킨 공작이 하는 형제로서의 맹세를 생각나게 한다. 이것으로 미시킨 공작은 도덕적 가치가 전혀 없는 로고진이지만 그가 사악함으로부터 구원 받기를 원했다. 여기서 미시킨은 간질 발작 덕분에 칼로 살해당할 위기에서 벗어난다. 도스토옙스키가 보기에는 개인적인 부활과 국가적인 구원에 있어서 대개 성모보다는 러시아의 대지가 더 큰 역할을 했다.

이 모티프는 1876년에 쓰인 자서전적인 회고록 『농부 마레이』에 나타난다. 『농부 마레이』는 『가난한 사람들』에서 소설적인 이야기로 표현된 그 사건을 회상시켜 준다. 반면에 『농부 마레이』에서는 초자연적인 민속이 강조된다. 여기서는 어린 도스토옙스키를 따듯하고 흙 묻은 손으로 달래주는 소작농을 강조하는 것으로 바뀐다. **'흙으로 덮여 있는'**이라는 표현으로 마레이는 자연스럽게 흙과 연결이 되고, 그것을 넘어서서 대지의 보호로까지 이어진다. 마레이의 부드러운 미소와 보호하는 행동들이 이 연결을 강화시킨다. 당연히 이 개념은 후에 도스토엡스키의 많은 작품들에 활용된다. 『죄와 벌』에서 소냐는 라스콜리니코프에게 사거리(네거리)에 가서 대지에 키스하고 눈물로 용서를 구하라고 권한다. 라스콜리니코프는 그녀의 말을 받아들일 수 있음을 느꼈으며, 이때 비로소 그는 영혼의 부활을 위한 첫 걸음을 밟게 된다(6권, 405쪽; 6부, 섹션8). 죄의 인정과 속죄의 필요성은 '어머니-습한-대지'에 관한 영가들에 전통적으로 부여된 가치들이다. 공식적인 정교와 민속적인 정교를 섞는 것은 도스토엡스키의 특징이며, '어머니-습한-대지'의 모티프는 요한복음 12장 24절을 인용한 『카라마조프가의 형제들』의 에피그라프(題辭)에 잘 반영되어 있다. **"밀알 하나가 땅에 떨어져 죽지 않으면 한 알 그대로 남고, 죽으면 많은 열매를 맺는다."** 『악령』의 끝부분에서 스테판 베르호벤스키가 소작농들을 만나고 찬송가를 들으면서 농촌을 떠돌아다닐 때처럼, 러시아 땅과 사람들을 받아들이는 것은 겸손과 그리스도교 안에서의 부활의 가능성을 암시한다. 그렇게 함으로써 그는 평생을 바친, 심오한 무신론적 서구사상들로부터 등을 돌리게 된 것이다.

'어머니-습한-대지'의 진정한 의미는 마리야 레뱌드키나(『악령』)에 의해 가장 확실하게 드러난다. 그녀는 "맞아요, 그녀(성모)가 바로 그 '어머니-습한-대지'예요. …… 그리고 당신이 대지에게 발이 잠길 정도의 눈물을 주면 당신의 모든 슬픔이 사라질 것이고 곧바로 기뻐할 거예요."라고 말해준 수도원의 한 수녀를 떠올렸다. 이 극단적인 생각에 도스토옙스키가 동의했을지는 모르지만, 소설 속의 마리야는 러시아의 민속적인 기독교를 대표한다. 비록 그녀는 분명히 반쯤 치매증 환자지만, 그녀의 말은 확실히 의미 있는 말이다.[45]

『우스운 인간의 꿈』(1877)에서 인간성을 잃어버린 주인공은 모든 환경과 모든 사람에게 감정을 느끼지 못한다. 그는 우주로 갔다가 돌아오는 꿈을 꾼다. 그 안에서 주인공은 대지를 사랑한다는 사실을 깨닫고, '나는 지금 이곳에서 하나뿐인 대지에 눈물범벅이 된 얼굴로 입을 맞추겠다'라고 한다. 『카라마조프가의 형제들』에서 대지에 눈물을 떨어트리고 키스하는 것이 절망과 외로움 속에 있는 자들을 도와줄 거라는 조시마 장로의 가르침에도 비슷한 사상이 내포되어 있다. 이 가르침의 진정한 뜻을 파악하는 데 알료샤는 상당한 시간이 걸린다. 반면 그의 형제인 드미트리는 실러의 『엘레우시스의 축제』를 비난하면서 그 가르침을 받아들이는 것으로 보인다. 하지만 그에게는 속죄, 겸손 그리고 눈물이 결여되어 있었다. 결국 드미트리는 마지막에 이르러서야 속죄와 용서의 필요성을 알게 되었고, 러시아와 신에 대한 자신의 사랑을 발견할 수 있었다.

영가의 모티프들은 또한 알료샤 카라마조프의 이미지를 형성한다. 알료샤라는 이름은 도스토옙스키도 잘 알고 있는 『성자전』에 나오는 러시아의 가장 유명한 성자인 알렉시스(알료샤, 또는 알렉세이)에서 따온 것

45 On Maria and the cult of the earth, see Linda J. Ivanits, 'Dostoevskij's Mar'ja Lebjadkina', Slavic and East European Journal 22 (1978), pp. 130-131.

일 수도 있다.[46] 이러한 연관성을 보여주기라도 하듯 성자 알렉시스는 조시마가 어떤 아낙네 아들의 이름 역시 알렉세이라는 것을 알고 감탄하는 장면을 통해 소설에 등장한다.[47] 성자 알렉시스는 부유한 가족의 외아들이었지만, 아내와 가족을 다 버리고 자신의 인생을 기도와 가난에 바쳤다. 성모가 꿈속에서 집으로 돌아가라는 명을 내리자, 알렉세이는 거지 복장으로 집으로 돌아갔다. 하지만, 부모님은 그를 알아보지 못했다. 그는 아버지에게 '작은 집을 지어주면, 아들을 발견할 것'이라고 얘기했다. 하지만 그의 가족은 알렉세이가 죽은 후에야 정체를 알 수 있었다. 『성자전』과 달리 어머니의 슬픔은 아들 알렉세이가 자신의 정체를 감춘 것에 대한 슬픔이 아니라, 자신들이 거지꼴을 한 아들에게 더 잘 해주지 못한 것에 대한 슬픔이었다. 또 『성자전』과 달리 노래 속의 교훈은 '겸손하고, 어떤 가족관계라도 다 감싸주시는 하느님의 사랑'을 찬양한다. 기독교인들이 직위 같은 것에 신경 쓰지 않고 모두를 사랑한다는 메시지는 도스토옙스키가 쓴 이 소설의 주요 요소 가운데 하나이다. 성자 알렉시스와 알료샤의 연관성은 '자신과 모두를 구하기 위해 돌아가야 한다'는 반복적인 모티프를(『성자전』과 노래에 모두 있다) 통해 더욱 커진다. 비록 소설에서는 성모가 아닌 조시마가 알료샤를 세상으로 돌려보내지만, 도스토옙스키는 자신의 독실한 신앙에 대한 자신감 뒤에는 성모라는 거대한 이콘

---

46 키르포틴 편집, 『도스토옙스키와 러시아 작가들』(모스크바: 소비에트 작가, 1971)에 나오는 V. E. 베틀롭스카야의 "『카라마조프가 형제들』의 문학적 민속학적 원천"(325~354쪽)을 참조.

47 간질병으로 세 살에 죽어버린 작가의 친아들 이름 역시 알료샤였다. 그리고 『카라마조프가의 형제들』 제2권 제3장 "신앙심 깊은 아낙네들"에 등장하는 아들을 잃은 아낙네가 조시마 장로에게 호소하는 장면이 나온다. 여기서 조시마가 그녀를 위로하면서 아기의 이름을 묻자 아낙네는 "알렉세이(알료샤)"라고 대답한다. 작가는 알료샤라는 이름을 통해 죽은 아기들을 추모했다(역주).

이 있다는 점을 보여준다. 더 나아가 조시마의 사랑과 인류를 위한 고통에 대한 강조는 영가에 나오는 성모의 이미지와도 일치한다.

따라서 기독교 윤리에 기반을 둔 민속신앙에서 도스토옙스키의 작품 속 대부분의 인물들은 **'어머니-습한-대지'**를 받아들이고 순응한다. 그리고 이 가치관에 반대하는 인물들은 죽음과 가까워진다. 왜냐하면 그들은 그 어떤 곳에도 속하지 않기 때문이다. 결과적으로 그들은 종종 자살을 택하거나 타인의 자살을 유도한다. 물론 도스토옙스키가 살았던 시대와 그가 쓴 작품에서 자살은 민속적 의미 이상의 복잡한 사회적 현상이었지만[48], 민속신앙은 자살을 제대로 직시하게 만드는 또 하나의 통찰력을 제공했다. 특히 『죄와 벌』에서 스비드리가일로프가 선택한 자살은 악마의 현존을 의미하며, 다른 작품에도 비슷하게 적용될 수 있다. 전통적인 러시아적 관점에 따르면, 자신의 목숨을 스스로 거두는 것이 가장 무거운 죄다. 특히(여기서 민속신앙은 정교회 규범과 일치한다) 자살자의 시체는 묘지에 묻힐 수 없었으며, 마을 밖에 매장해야만 했다. 민속신앙에 의하면 자살자는 교차로, 골짜기, 길의 바깥, 들판의 끄트머리 같은 경계선적인 공간에 머무르게 된다고 한다. 즉 대지는 이들을 받아들이지 않고 **'더러운 죽은 자들**(заложные покойники)'이 되어 평생 살아있는 것들을 겁주며 살아가도록 내모는 것이다. 19세기의 매장법에 관한 교회 문서에는 자살자들을 무덤 없이 파묻거나 그냥 돌로 덮으라고 적혀 있다(파페르노, 『자살』, 54쪽). 이 대목은 『카라마조프가의 형제들』의 여지주가 어

48 이리나 파페르노, 『도스토옙스키의 러시아에서 문화적 관례로서의 자살』(Ithaca, N. Y. and London: Cornell University Press, 1997).

린 일루샤를 마을 바깥에 돌을 덮어서 묻어주자고 했을 때 반대하던 이유를 설명해준다. 그러한 장소는 오직 부정하게 죽은 자에게나 마땅한 곳이기 때문이다(15권, 191쪽; 에필로그, 섹션3).[49] 대지를 선(善)의 보고라 생각하는 도스토옙스키적인 개념에 따르면, 스비드리가일로프의 자살은 어머니 대지로 상징되는 가치를 받아들일 수 있는 능력의 부재, 혹은 그것의 거부로 해석된다. 스비드리가일로프가 선한 자들이 자신의 삶을 이끌어나가는 요소인 **'미래에 대한 꿈과 희망'**을 보고 난 후에도 결국에는 자살을 선택했기 때문이다. 비록 도스토옙스키의 기독교적인 배경이나 관점에서는 이에 동의하지 않을지라도, 스비드리가일로프는 죽은 후에도 아마 죽은 자들과 산 자들의 경계선에 있는 공간에 존재할 것이다. 자살은 그것을 행한 자를 어머니 대지와 조화롭게 살아가는 기독교 사회의 경계 너머로 내던져버리며 사악한 죄를 지었다고 규정한다. 그리고 이러한 민속신앙은 소설의 긍정적인 이데올로기와 연관될 뿐만 아니라, 작품에 여운을 남긴다.[50]

이러한 논점에서 스비드리가일로프가 문지방(문턱)이라는 특정한 경계선적인 공간과 연관된다는 점에 주목해보자. 일반적으로 도스토옙스키의 등장인물들은 자주 물리적이고 심리적인 문지방에 멈춰 있다. 큰 변화를 위해 문지방에서 한 발짝을 내딛느냐, 아니면 문지방에 계속 머물러 있

49 조지 구치와 로렌 레이튼이 편집한 『19세기 러시아 산문에 대한 새로운 관점』(Columbus, Ohio: Slavica, 1982)에 나오는 린다 이바니츠의 글 '카라마조프가의 형제들의 부정한 힘에 대한 민속 신앙'(142쪽)을 참고.

50 D. 오포드가 편집한 책 『러시아 문학과 사상의 황금시대』(New York: St Martins Press, 1992)에 나오는 린다 이바니츠의 '도스토옙스키의 죄와 벌에 나타난 자살과 민속 신앙'(139~140쪽) 참조; 파페르노의 '자살'(52~55쪽) 참조. 파페르노는 '자살이 악마의 유혹과 선동'이라는 생각과 일반 민속 신앙 사이에는 아무런 관계가 없다고 주장한다.

느냐가 그들의 관심사이다. 문지방이 삶의 공간, 혹은 존재론적 공간에서 두 지점 사이의 전환을 상징한다는 보편적인 관습은 차치하더라도 도스토옙스키가 러시아의 민속신앙에서 이 명백하고 반복적인 모티프를 가져와 환상적인 상징으로 표현하고 있다는 점은 분명하다. 소작농들에게 문지방이라는 공간은 경계성의 재현이며, 도스토옙스키의 세계관을 이해하는 데 핵심적인 요소이다. 문지방을 의미하는 용어의 어원은 라틴어 **'문지방**(閾, limen)'에서 왔으며, 이는 이 세계와 다른 세계 사이에 존재하는 전환적인 공간을 의미한다. 러시아의 민속신앙은 특정 공간과 특정 시간을 경계선적인 것으로 정해 놓았다. 여러 징후들 안에 드러나는 불가사의한 힘(악마의 표식과 같은)이 바로 거기 그 시간에 발견된다. 따라서 이 경계적인 시공간은 매우 위험하다. 묘지, 교차로, 문지방 등이 경계의 공간이며, 크리스마스 무렵, 한여름, 한밤중이 경계의 시간이다. 민속신앙에서 마법사를 제외하고 문지방에 서 있는 사람은 악령을 소환하게 되며, 이는 심각한 결과를 초래한다고 여겨진다. 오늘날까지도 러시아인들은 문지방에서 손님을 맞이하는 것, 문지방에 서 있는 것, 여행 준비를 마치고 집을 나섰다가 문지방을 통해 다시 집 안으로 들어가는 것 등을 불길한 것으로 여긴다.[51] 문지방은 한 지점과 다른 지점 사이에 존재하는 장벽이라고 널리 인식되어 왔다. 이에 더하여 러시아인들은 문지방을 상징적으로 **'악령을 끌어들이는 위험한 공간'**으로 인식한다.

도덕적인 면에서 갈등하다가 스스로 목숨을 끊은 스비드리가일로프의

51 W. F. 라이언, 『한밤중의 목욕탕: 러시아의 마법과 점에 대한 역사적 개관』(Stroud: Sutton, 1999), 127~128쪽.

자살은 소설에서 이미 예견되어 있었다. 이러한 암시는 그가 라스콜리니코프의 작은방으로 들어가기 전에 머뭇거리며 문지방에 서있던 장면에 처음 나타난다(6권, 213~214쪽; 4부, 섹션6). 그리고 악몽에서 깨어난 라스콜리니코프는 스비드리가일로프가 진짜 인간인지 확신하지 못한다(이반니츠, '자살,' 138~139쪽). 그리고 스비드리가일로프는 권총자살을 하게 된다. 그는 원래 페트로프스크로 갈 예정이었지만 높이 솟은 시계탑이 불쑥 나타나자 마음을 바꾼다. 시계탑이 도시를 바라보며 서 있고 입구가 잠겨 있는 것은 천국으로의 문이 스비드리가일로프에게는 영원히 닫혀 있음을 암시했다(6권, 394쪽; 4부, 섹션6). 이 경계선의 공간, 다른 세계로 통하는 입구에 유일하게 있는 다른 사람이 러시아인도 아닐뿐더러 심한 억양을 쓰는 술주정뱅이 유태인이라는 사실도 주목할 만하다. 당시의 반유대주의적인 풍토에서 유대인들은 예수를 십자가형에 처함으로써 천국에 갈 수 없었기 때문이다.

문지방의 모티프는 『악령』의 니콜라이 스타브로긴의 형상에서도 찾아볼 수 있다. 독자들은 어머니 집의 문지방에 서있는 장면에서 스타브로긴과 처음으로 대면한다(10권, 145쪽; 1부, 5장). 나중에는 그가 욕보인 소녀 마트료샤가 자살한 것에 대해 고백하는 장면에서 이 모티프가 반복된다. 그는 끊임없이 소녀가 작은 주먹을 휘두르며 자신을 위협하고 쫓아다닌다고 말한다. 이때 소녀의 형상은 문지방에 서있는 것으로 제시된다. 스타브로긴은 소녀의 순결을 더럽힌 후, 그녀가 도덕 세계로부터 자신의 비도덕적 세계로 추방되기를 원했다. 결과적으로 소녀는 죽음을 선택하는 것 외에는 방법이 없었던 것이다(11권, 16~19쪽, 「티혼의 암자」, 섹션 2). 이처럼 그가 소녀 마트료샤의 세계에 침범하여 그녀를 파괴한 것처럼, 스타브로긴은 자신의 아내 마리야 레뱌드키나가 잠든 사이 방에 들어가 그녀의 사생활을 침범한다. 심지어 그는 마리야가 깨어나도 방안을 둘러보기만 하며 움직이지 않고 문가에 멈추어 선다(10권, 214~219쪽, 2부, 2장). 그의 단호한 시선과 죽은 자(아마도 더러운 죽은 자)처럼 부자연스러운 부동자세가 주는 엄청난 공포의 순간이 지나가고, 가까스로 정신을 차린 마리야는 스타브로긴에게 방에서 나갔다가 문지방을 제대로 건너오라고 말한다. 그리고 마리야는 '그'가 다시 건너오기를 기다린다. 스타브로긴이 이를 거절하자, 마리야는 그를 협잡꾼이라고 부른다. 남편은 더 이상 마리야의 **'찬란한 매'**(iasnyi sokol, 민담에서 젊은 영웅을 부르는 별칭)가 아니라, 부엉이(sova and filin, 수리부엉이)가 된 것이다(10권, 217~219쪽, 2부, 2장). 러시아에서 부엉이는 불운을 상징하며, 수리부엉이의 울음소리는 죽음과 연관된다(라이언, 『목욕탕』, 125쪽). 마리아는 곧 바로 자신이 스타브로긴의 사주를 받은 유형수 페디카의 손에 살해될 것을 직감한다. 여기서 우리는 처음으로 스타브로긴이 위험한 경계선의 장소인 문지방에 서있다는 것을 발견할 수 있다(이 장면에서 그는 문지방을 떠날 생각을 하지 않는 것이 명백하게 드러난다). 마리야는 남편을 기다리고 있었지만, 스타브로긴은 문지방을 넘을 수 없었다. 이는 곧 스타브로긴이 살아있는 자들의 땅과 러시아 정교회의 공동체 안으로 들어갈 수 없음을 뜻한다. 마리야가 자신의 운명을 직감한 것은 이러한 불길한 징조를 느꼈기 때문이다. 더 나아간다면, 스타브로긴은 악령의 힘과 직접적으로 연결된다. 스타브로긴이 베르호벤스키와 레베드킨의 여동생을 살해하는 계획을 논의하고 있을 때, 신성 모독자이자 유형수인 페디카가 문지방에서 불쑥 나타난다. 문자 그대로 페디카는 어둠 속에서 나타나지만, 이 어둠은 상징적이다(10권, 321쪽; 2부, 8장). 그 후에 불에 타버린 집의 문지방에서 칼에 여러 번 찔린 채 죽어있는 마리야가 발견된 것도 전혀 놀라운 일이 아니다(10권, 396쪽; 3부, 2장). 여기서 불은 지옥의 불을 상징한다. 마리야가 문지방에 걸쳐진 채로 발견되었다는 사실은 소설 내에서의 그녀의 위치를 재현한다. 마리야는 성바보[52]의 신앙심을 가지고 있었지만, 소설에서 악마의 우두머리와 결혼하는 순간 지옥을 경험하게 된 것이다.

마리야의 살인을 사주한 스타브로긴은 그리스도의 사랑으로 묶인 공동체의 바깥에 서있다. 그리고 도스토옙스키 소설에서 이 공동체에 속하지 않은 인물은 바깥, 즉 지옥에 있다는 것을 말한다. 이런 이분법은 대립 쌍들로 이루어졌다는 측면에서 농부들이 바라보는 세계관과 일치한다. 이 대립 쌍에는 **'우리/그들'**, **'선/악'**, **'밝음/어둠'** 등이 있다. **'우리/그들'**의 묶음은 마을공동체와 위협적인 다른 세상, 인간 세계와 적대적인 자연, 혹은 선(善)과 선하지 않은 것들을 포함한다. **'마을공동체와 외부 세계**(또 다른 인간 사회 혹은 적대적인 자연)'의 대립 쌍은 공간적으로 내부와 외부를 구획하는 것이지만, 선과 악의 구분은 한 마을공동체 안에서도 일어날 수

52 "성스러운 바보, 성바보, 바보 성자(聖者)"라는 뜻이며 이 말은 원래 "그리스도를 위해 미친 자"라는 의미이다. 그리스도를 열애한 나머지 광인(狂人)과 같이 된 사람, 혹은 광기를 가장하고 고행을 하거나, 신에 대한 신앙을 다지는 사람을 일컫는 말이다. 겉으로는 바보나 광인처럼 행동하지만 실제로는 진리를 행하는 러시아정교회의 고행자들로 알려져 있다(역주).

있다. 농부들은 영적인 존재들이 특정 공간(숲, 연못, 밭 등)에 살고 있다고 믿었다. 한편 민속신앙에서 악마는 시도 때도 없이 아무 곳에나 나타날 수 있는 존재였다. 따라서 악마가, 더 정확히 말하자면, 악마들이 언제 어디서 인간을 괴롭힐지 모르기 때문에 그들을 피하는 것이 상책이었다. 민속신앙에는 고약한 작은 악마들이 득실거린다. 따라서 민속신앙에 신이나 성자보다 악마와 관련하여, 사람들이 지켜야 할 금기가 더 많았던 것은 악마와 마주칠 위험이 사방에 도사리고 있었기 때문이다. 사람들이 흔하게 내뱉는 '악마에게나 줘버려(chert poberi)'라는 말이나 스스로를 지키기 위해 성호를 긋는 행위는 이를 단적으로 보여준다.[53]

『악령』과 『카라마조프가의 형제들』에는 악마의 모티프가 너무 많다. 그런 까닭에 이 에세이에서는 민속 형식으로 분명하게 드러나는 표현들만 사례로 삼고자 한다.[54] 마치 고골처럼, 도스토옙스키는 악마를 불러내는 주문(呪文)과 인과적 관련성을 집중적으로 사용하면서 악마를 형상화한다. 스비드리가일로프의 자살을 앞둔 장면에서 이 모티프는 악마의 이름을 부르는 일반적인 금기 사항을 어기는 것으로 나타난다. 이것 이외에도 혁명주의자 집단은 인과적으로나 반복적으로 악마를 연상시킨다.[55] 『악령』에서 표트르 베르호벤스키는 자신의 행동이 악마적이라고 말할 뿐만

---

53 민속적인 악마의 속성에 대해서는 파멜라 데비슨이 편집한 책 『러시아문학과 악마들』(Oxford: Berghahn, 2000) 59~86쪽의 페이스 빅젤의 '러시아 민속 악마와 문학적 반영'을 참조 요망. "악마에게나 줘버려, 젠장, 알겠어"라는 의미의 러시아어 표현 어구 "Чёрт побери"는 놀람, 불만, 짜증, 모름, 흥분했을 때 사용하는 감탄사의 느낌으로 사용된다(역주).

54 더 상세한 설명을 원한다면, 『러시아문학과 악마들』에 나오는 레더바로의 글 「악마들의 보드빌: 도스토옙스키의 『악령』에서 악마성의 해독」(279~306쪽) 참조; 이반니츠의 '민속신앙'을 참조.

55 불행하게도 이런 참고문헌들은 도스토옙스키의 영어본에서 다양하게 표현된다. 그 때문에 캐릭터의 언어에 침윤되어 있는 악마적인 감각이 상실되어 있다.

아니라(10권, 478쪽; 3부, 6장), 실제로 작은 악마가 자신의 생각과 말에 놀라울 만큼 자주 불쑥불쑥 튀어나온다고 한다. 이렇듯 『악령』에서는 텍스트 자체가 악마와의 연관성이 짙고 민속학적 맥락이 큰 역할을 담당하고 있다(레더바로, 「악령의 보드빌」, 281~5쪽). 악마적 성향에 사로잡힌 몇몇 혁명주의자들의 얼굴은 악마처럼 생겼다. 특히 그들의 얼굴에 나타난 악마적인 속성은 성화 **'최후의 심판'**에 묘사된, 민속신앙에 나오는 악마에 기반을 둔 것이다. 표트르 베르호벤스키는 다음과 같이 말한다. "그의 머리는 뒤에서 누가 길게 잡아당겨서 양옆으로 납작하고 얼굴은 날카로워 보였다. 그의 이마는 높고 좁지만, 날카로운 눈, 조그맣고 뾰족한 코, 가늘고 긴 입술 등 얼굴의 선은 아주 자잘하다(10권, 143~144쪽, 1부, 5장)." 쉬갈료프를 살펴보면, 그는 비정상적으로 큰 귀와 큰 퉁방울눈을 갖고 있어서 죄인들을 지옥으로 쳐 넣는 작은 악마처럼 생겼다(10권, 110쪽; 1부, 4장).

이처럼 『악령』에는 악마라는 주제(정치적으로 급진주의자들을 바라보는 도스토옙스키의 시각이 반영된)가 본질적으로 내재해 있지만, 이 작품 이후 도스토옙스키는 이런 모티프를 이렇게 직접 이용하지는 않았다. 하지만 여전히 『카라마조프가의 형제들』에서도 악마성의 존재를 도처에서 느낄 수 있다. 예를 들어, 페라폰트 신부가 그들을 쫓아낼 때(14권, 153~154쪽; 4편, 섹션1), 표트르 카라마조프는 사제들이 들고 있던 갈고리가 자신을 지옥으로 밀어 넣는 것 같은 공포를 느낀다. 이 모티프는 아마도 찬송가 '나사로의 두 형제'에서 유래했을 것이다 (14권, 23~24장; 1

편, 섹션5). 리즈(리자)와 알료샤는 악마에 대한 꿈을 꾼다(15권, 23쪽; 2편, 섹션3; 이반니츠, 「민속신앙들」, 137쪽). 이런 악마들은 교회에서만 전해져 내려오는 것이 아니라, 민속적 전통에서도 뿌리 깊이 전해져 내려온다. 이 소설에서 악마적인 것은 등장인물 이반과 가장 관련이 깊다. 이반한테서는 가장 주요한 악마적 요소가 빠짐없이 명백하게 드러난다. 이반이 정신적 공황 상태에 빠졌을 때, 그는 악마를 본다(혹은 보고 있다고 믿는다). 하지만 악마는, 일찍부터 이반을 따라다니면서 이반의 비도덕적인 사상과 악마적인 의식을 직접 실행에 옮기는 스메르자코프라는 인간의 형상으로 나타난다. 이반이 체르마쉬냐로 갈 것이라고 하자(이 말은 소설에서 스메르자코프에게 표트르 카라마조프를 죽이라는 암시로 작동한다) 스메르자코프는 이반의 의도를 알아차린다. 그러자 이반은 그를 악마라고 부른다(14권, 249쪽; 5편, 섹션6). 그 후 스메르자코프가 이반에게 아버지를 살해했다고 고백하면서, 훔친 돈을 자신의 왼쪽 발(왼쪽은 악마적인 함축 의미를 갖는 것으로 유명하다)에서 꺼내어 놓는다. 이반은 "악마가 나서서 너를 도와준 게로군"이라고 말한다(15권, 60쪽, 66쪽; 2부, 섹션8). 그러나 스메르자코프가 거듭 주장하고, 이반이 스스로 깨닫게 되듯이 스메르자코프를 도운 것은 이반이었다. 이반의 존속살해 욕망과 비윤리적인 사상들은 악마적인 것으로 이반 자신이 스메르자코프로 하여금 표트르를 살해하도록 부추긴 것이다. 그러므로 악마에 사로잡힌 자가 이반이라는 것이 밝혀지면서, 다음 장에서 독자들은 악마가 이반을 방문하고 이반이 환각에 시달리는 것을 보게 된다. 이반을 찾아온 악마를 묘사하면서, 도스토옙스키는 민속적인 완곡어법을 사용한다. '**손님**'이나 '**신사**'라는 단어가 단적인 예이다. 하지만 구체적인 형상을 부여받으면서, 그 악마는 허름한 신사이면서 동시에 이반의 손님으로서 자신의 이미지를 갖게 된다. 이반을 찾아온 악마는 민속적 악마처럼 심술궂고 사악하면서 절름발이이다(그는 류머티즘을 앓고 있다). 이러한 악마의 전형적인 속성은 이반에게도 부여되며, 악마의 꼬임에 넘어간 이반의 모습을 강조한다. 이반이 악마적 힘에 열광하며 대심문관의 이야기를 끝냈을 때, 알료샤는 어린 양의 고통을 구원해 주고자 하는 강한 열망에 조시마 장로의 가르침과 반대로 이반에게 입을 맞춘다. 이때 알료샤는 이전에 보지 못했던 형의 기이한 습관을 목격한다. "이유는 알 수 없었으나 그는 갑자기 자신의 형 이반이 비틀거리며 걸어가는 모습을 보았다. 뒤에서 바라보았을 때 그의 오른쪽 어깨는 왼쪽 어깨보다 더 처져 있었다. 그는 지금까지 한 번도 형의 그러한 모습을 본적이 없었다(14권, 241쪽; 5편, 섹션5)."이는 이반이 악마로 변해가는 결과라고 할 수 있다.

이반과는 별개로 절름발이 형상은『악령』과『카라마조프가의 형제들』에 나오는 다양한 인물 군에 영향을 끼친다. 악마와 연관 있는 사람들만 그런 것이 아니라(예를 들어 리자와 베르호벤스키 일당에 속한 학교 교사) 다른 사람들도 다리를 절뚝거린다. 그리고리는 곱추라서 다리를 절면서 걷고(그가 살인을 행한 직후에만), 조시마 장로는 다리가 너무 약해서, 호흘라코바 부인은 발이 부어올라 비틀거리며 걷는다. 일류샤의 엄마와 여동생뿐만 아니라 마리야 레뱌드키나도 절름발이이며, 리자베타 니콜라예브나는 말에서 떨어지는 바람에 다리를 절게 되는 꿈까지 꾸게 된다(레더바로, 「악령의 보드빌」, 289쪽). 여기서 절름발이의 모티프는 악마와 마주하게 되었을 때, 인간이 겪게 되는 고통을 형상화한 것이다. 두 소설에서는 이러한 예를 얼마든지 더 찾아볼 수 있다. 이런 모티프가 광범위하게 드러나는 것은 악마가 도처에 있으며 그에 따라 인간의 고통도 심화되고 있음을 보여주는 것이다(이반니츠, 「민속신앙들」, 137쪽).

악마가 어디에나 존재하고 있다고는 하지만 경계선의 공간에서는 그들과 더 자주 마주치게 된다. 대중목욕탕과 같은 **'불결한'** 곳 역시 주술사들이나 가는(물론 목욕을 하러 가는 것은 아니다) 경계선에 위치한 공간으로 여겨진다. 이는 착한 마법사는 교회에 있다는 믿음과 대비된다(라이언, 『목욕탕』, 50~54쪽). 왜냐하면 목욕탕에 간 사람들은 일반적으로 십자가를 몸에 지니지 않고 있으므로 악령의 사악한 힘에 속수무책으로 당하기 때문이다. 도스토옙스키 시학에서 대중목욕탕은 일반적으로 지옥을 상징한다. 스비드리가일로프가 증기탕을 떠올리는 것은 자연스럽게 지옥불을 연상케 한다(6권, 221쪽; 4부, 섹션1). 이반은 알료샤에게 그의 악마가 증기탕에 갔다고 말한다(15권, 86쪽; 2편, 섹션10). 스메르자코프의 출생 장소는 그의 출생 당시 상황을 묘사하는 화자의 이야기 속에서 암시되어 그의 출생 장소가 대중목욕탕이라는 것을 추측할 수 있게 한다(14권, 92쪽; 3편, 섹션2). 도스토옙스키는 스메르자코프에게 강력한 악마적 요소를 부여하고자 했을 것이다. 그러나 아기가 태어난 장소가 목욕탕이라고 정확하게 밝히는 식의 서술은 너무 평범했다. 대신에 그는 스메르자코프가 어디서 태어났는지 잠정적으로 암시하고, 나중에 밝혀지는 방식을 택한다. 그리고리는 스메르자코프가 악마의 자식이라고 말하면서 다음과 같이 덧붙인다. "너는 사람이 아니야. 목욕탕의 수증기 속에서 태어난 놈이거든(14권, 114쪽; 3편, 섹션6)." 이 말에는 어떻게 태어났는지가 사람을 정한다는 민속적 인식이 담겨 있다. 스메르자코프는 어린 시절 고양이를 목매달아 죽인 뒤 불경스런 의식으로 장례식을 치르는 취미가 있었다. 스메르자코프의 출생과 유년기를 민속신앙에 기반 해서 해석하면 다음의 두 가지 사실을 알 수 있다. 첫째, 그는 태어날 때부터 악마의 사주를 받았다. 둘째, 어린 스메르자코프가 그리고리 영감의 아들처럼 자란 것은 '인간의 자식과 뒤바뀌어 고난을 겪는 악마'라는 유명한 민담을 연상시킨다(14권, 92~93쪽; 3편, 섹션2; 이반니츠, 「민속신앙들」, 140~141쪽).

민속적 악마와 관련된 또 다른 측면은 불쾌하게 웃거나 잔인하고 파괴적으로 웃는 자이다. 빌리치키나 민담에서는 악마들이 주로 신앙심 깊은 사람들을 짓궂게 골려주는 장난꾸러기로 묘사된다. 악마에 홀린 사람은 조롱하듯 웃는다고 여겨진다. 옛 러시아 교회 문헌에 기록된 종교적 민속 자료에는 교인들이 웃는 사람들을 배척했다고 나온다. 웃는 자들은 악마에 홀렸다고 믿었기 때문이다.[56] 따라서 당시에 광대(shut)[57]는 악마를 완곡하게 부르는 표현이었다. 도스토옙스키는 **'악마'**와 **'웃는 자'** 그리고 **'농담'**이라는 연결 관계를 가져와 선함과 고귀한 열정을 가질 수 없거나 갖

---

56 A. 슈만 편집, 『러시아 문화 기호학』(앤 아보: 슬라브어문학과, 미시건 대학, 1984)에 나오는 J. M. 로트만과 B. A. 우스펜스키의 "러시아 초기 문화 연구에 나타난 새로운 양상들"(40쪽) 참조.

57 서양에서는 조커(joker)라고 불린다(역주).

지 않으려는 등장인물에게 적용한다. 『분신』은 주니어(작은) 골랴드킨이 히죽거리며 웃는 장면으로 시작되는데, 부정적인 인물군이 갖는 이 무서운 웃음이라는 특징은 스비드리가일로프가 이어받는다. 라스콜리니코프와의 첫 만남에서 스비드리가일로프가 갑작스레 웃는 장면은 몇 번이나 반복된다(6권, 214~224쪽; 4편, 섹션1). 『악령』에서는 스테판 트라피모비치가 자신의 아들이 끝없이 웃는 것에 대해 불평한다(10권, 171쪽; 2부, 1장). 전혀 재미있지 않은데도 계속 장난을 치려는 충동은 주니어 골랴드킨의 특성이지만 『악령』에서 혁명주의자들 대부분이 똑같은 특성을 공유한다. 심지어 그들이 영향을 끼친 다른 사람들도 비슷하게 변한다. 표트르는 스스로를 광대라고 부른다(10권, 408쪽; 3부, 3장). 그의 영향력은 무책임하면서 반사회적인 유희를 즐기는 율리아 미하일로브나 일당에게도 미친다(10권, 249쪽; 2부, 5장). 그들은 성경을 팔며 돌아다니는 가난한 여인의 자루 속에 장난으로 음란한 사진을 몰래 쑤셔 담는다(10권, 251쪽; 2부, 5장). 게다가 소설의 흐름은 괴팍하고 신경질적으로 웃는 사람들로 인해 자꾸만 중단된다. 『카라마조프가의 형제들』에서는 악마 대신 이반(악마에 홀린)이 자꾸만 웃는 바람에 사람들의 대화가 끊긴다(15권, 71~84쪽; 2편, 섹션9). 이반은 악마를 광대라고 부르면서, 스스로 악마와 같은 행동을 하고 있는 것이다. 장난을 치면서 남을 모욕하고 권위를 무너뜨리면서 악마적 유희를 즐기는 모습은 표도르 파블로비치 카라마조프의 형상에서 나타난다. 2권이 시작되는 장면으로 수도원에서 표도르의 익살은 그로테스크하고 불손하다. 평소 행동도 물론 똑같지만, 여기서 표도르는 **'모든 부성애'**(아버지 신, 알료샤의 영적 아버지 조시마 장로, 자기 아들들에게 아버지인 자기 자신 할 것 없이)를 모독하고 자신과 타인이 가진 인간으로서의 숭고한 면을 모조리 깔아뭉갠다(무라프, 『성(聖)바보』, 137쪽). 표도르가 익살스럽게 행동하는 챕터의 제목이 **'늙은 광대'**(staryi shut)인 것은 전혀 이상할 것이 없다. 비록 표도르 파블로비치가 스스로를 **'진리를 탐구하는 자'**라고 부르긴 하지만(과거에는 진짜 그랬을 수도 있지만) 그의 행동은 유로디비 패러다임을 따른다고 할 수 있다. 실제로 표도르는 광대의 가면 뒤에 자신의 선함을 감추고 있는 것이 아니라, 악마적인 속성을 감추고 있다. 그리고 악마적인 속성을 감추고 있다는 것을 보여주는 괴팍한 행동을 함으로써 쾌감을 얻는다.

러시아의 민속적 삶에서 전통적으로 신랄한 조롱과 모욕을 받던 표적은 유로디비였다.[58] 러시아 문화에서 하느님을 위해 고행을 자처하며 바보 행세를 하던 자들은 11세기부터 나타나기 시작했고 비잔틴과 서구 기독교 문화에도 비슷한 현상이 있었다. 하지만 알 수 없는 이유로, 16~17세기경에는 엄청난 수의 유로디비가 출현했고 경건한 신앙심을 널리 전파했다. 하지만 교회의 기록에 성자로 기록된 수는 고작 일부에 불과하다. 러시아 정교사에서 이 현상은 광기와 어리석음에 대한 자발적 선택으로 나타난 것이다. 유로디비는 온갖 조롱과 경멸에 자신을 내맡기면서 모욕당하는 삶을 견디는 금욕적 위업을 달성하는 것으로 해석된다. 이러한 유로디비는 러시아 일반 민중에게 지능이 부족한 사람이나 정신병자

---

58 에바 톰슨, 『러시아의 이해: 러시아문화와 성(聖)바보』(Lanham, Md: University Press of America, 1987)의 "러시아 현상학의 역사" 참조. 무라프, 『성(聖)바보』, 17~31쪽 참조 요망.

(비자발적인 유로디비)에 이르기까지 넓은 개념으로 확장된다. 자발적이든 비자발적이든 유로디비들은 괴상하거나 심지어 외설스러운 행동을 했기 때문에 눈에 띄었다. 이것은 사회 규범을 위협하기도 했다. 그들은 의복을 제대로 갖춰 입기를 거부했고(혹은 초창기에는 천 조각이라도 걸치기를 거부했고) 위생에는 전혀 관심이 없었으며 언제나 횡설수설했다. 영혼이 육신에 우선한다는 극단적인 금욕주의는 자신들이 받는 멸시도 감내하게 했다. 몇몇은 무거운 쇠사슬을 감고 다니며 살갗을 옥죄기도 했다. 모든 성인은 형상이나 다른 여러 면에서 그리스도를 닮았다고 여겨지는 사람들이다. 그러나 유로디비는 스스로의 권능을 버린 그리스도를 모델로 삼았다. 유로디비들은 그리스도처럼 집 없이 떠돌아다니며 소수를 제외한 세상 모든 사람들에게 멸시받고 배척당하기를 택한 것이다. 성자들이 그렇듯이, 유로디비들은 치유 능력이 있다고 여겨졌다. 19세기에 사람들은 유로디비들이 선지자의 예언 능력을 가졌다고 생각하며 존경했다. 중세 시대의 바보나 어릿광대와 달리, '유로디비는 사랑 없는 세상, 증오라는 어리석음, 복수를 향한 열망 등을 조롱한다(무라프, 『성(聖)바보』, 138쪽).' 우스꽝스러운 외모와 행동으로 놀림을 받던 유로디비가 그리스도적인 온순함과 사랑의 숭고한 모범이 된 데에는 독실한 신자들의 공이 컸다. 그들의 풍습에는, 유로디비의 성스러운 속성을 받아들여 그들을 융숭하게 대접하고 그들의 기이한 행동도 이해해야 한다는 믿음이 있었다. 이러한 맥락에서 본다면, 『카라마조프가의 형제들』에서 표도르 카라마조프가 아무것도 모르는 저능아 리자베타 스메르쟈쉬야를 강간한 것은 단

순히 혐오스러운 수준에 그치는 것이 아니라 신성 모독적인 표도르 카라마조프의 파괴적이고 악마적인 본능을 상징적으로 나타내는 것이다.

정신이상자의 외모에 성스러움이 숨겨져 있다는 믿음은 19세기 들어 이성과 과학을 신봉하는 사상에 의해 와해되기 시작한다. 성스러움은 입증할 방도가 없었기 때문이다(ibid., 49~50쪽). 따라서 바보의 괴상한 외모와 그로테스크한 행동을 보고 성스러움을 간파할 수 있는 탁월한 믿음이 요구되었다. 내면에 있는 것은 생리학적 용어로 설명될 수도 측정될 수도 없다. 도스토옙스키가 왜 유로디비에게 흥미를 느꼈는지 설명하기는 쉽다. 그는 외적으로 드러나는 행동보다 내면에 존재하는 동기와 의미가 중요하다고 생각했기 때문이다. 덧붙이자면, 성스러운 바보는 러시아의 본질적인 메시아사상을 담고 있다. 즉 유로디비는 가난하고 불쌍한 자들의 감춰진 영성이 궁극적으로 발현될 것임을 상징하는 것이다. 도스토옙스키는 등장인물들을 창조하면서 다양한 측면에서 유로디비 행위 코드를 활용한다. 그러나 진짜 바보 인물을 만들어냈음에도 불구하고 이는 그가 선호한 방법이 아니었다. 도스토옙스키는 유로디비의 관습을 높이 평가했지만, 실제로 그의 소설에는 유로디비와 동떨어진 인물이 많이 등장한다. 『카라마조프가의 형제들』에 페라폰트 신부라는 부정적 인물이 등장하고, 『악령』의 세묜 야코블레비치 역시 유로디비와는 거리가 멀다. 페라폰트 신부는 금욕적 삶을 살며 극도로 음식을 절제하고 맨발로 다니면서 수도복 안에 쇠사슬을 감아 매고 다닌다. 이와 같은 유로디비의 특성은 거꾸로 그의 악마적 속성에 반영된다. 횡설수설하는 말들과 평범한 수도원의 규율을 거부하는 유로디비의 특성들은 자신의 신앙심을 지나치게 자랑하고 다니면서 조시마 장로를 시기하고 질투하는 장면에서 오히려 훼손되고 있다. 유로디비라면 자신과 함께 고행하는 동료에게 사랑의 감정을 느껴야 한다. 그러나 그에겐 그런 특성이 없다.

반면에 도스토옙스키는 사람들이 비합리적으로 유로디비를 찬양하는 모습을 세묜 야코블레비치라는 인물을 통해 보여준다. 그는 특히, 정신 나간 채로 비상식적인 행동을 일삼던, 당대의 유명한 이반 카레샤라는 실제 인물을 모델로 삼았다. 1822년부터 1865년까지 모스크바 정신병원은 상인들, 상류층 할 것 없이 온갖 계층의 부인들이 이반 카레샤를 보기 위해 문전성시를 이루었다. 그에게 예지력이 있다고 믿은 부인들은 그의 헛소리를 한 마디도 놓치지 않으려고 애를 썼다(톰슨, 『러시아의 이해』, 36~40쪽). 소설에서도 다양한 인물들이 그 지방에서 유명한 유로디비인 세묜 야코블레비치를 보기 위해 몰려간다. 하지만 그들의 경박한 태도와 세묜 야코블레비치의 기괴한 말들에는 설득력은커녕 성스러운 느낌도 전혀 없다(10권, 256~260쪽; 2부, 5장).

이렇듯 도스토옙스키는, 자신의 지위를 악용하는 유명한 유로디비들과 그들을 통해 영성의 구원을 받기보다는 세속적인 기적에만 관심을 갖는 맹목적인 추종자들을 비판한다. 하지만 그는 다른 한편으로, 유명하지는 않지만 진정한 유로디비, 즉 『악령』의 마리야 레뱌드키나 같은 인물을 통해 그들의 긍정적인 측면을 제시한다. 정신박약적인 증세를 보이기는 하지만, 그녀의 외양과 행동은 러시아적 유로디비의 경건함을 반영한다. 그녀의 외모는 그로테스크하다. 화장품을 덕지덕지 처바르는 마리야 레뱌드키나는 다리까지 절고 있다. 세상을 등지며 불결한 생활환경에서 남이 던져준 음식을 먹고 쇠사슬을 걸치는 것 대신 매일 얻어맞고 살아 온 그녀의 삶(유로디비가 겪는 고행의 다른 버전)은 전형적인 유로디비의 삶이라고 할 수 있다. 하지만 영혼의 거울이라 할 수 있는 그녀의 눈은 언제나 신실함과 고요한 즐거움으로 가득 차 있다. 게다가 그녀는 미래를 예견하는 능력을 가진 것처럼 제시된다(10권, 113~114쪽; 1부, 4장). 광포하고 악마적인 저속함으로 가득 찬 소설 속에서 그녀는 가장 순수한 인물로 대조된다.

도스토옙스키는 후기작에서도 유로디비 패러다임으로 긍정적인 인물을 창조한다. 대표적으로 미시킨 공작과 알료샤 카라마조프가 있으며, 소냐 마르멜라도바와 조시마 장로 역시 부분적으로 그와 같은 속성을 공유한다. 도스토옙스키는 미시킨 공작을 그리스도 같은 인간으로 그려내고자 했다. 앞서 말했듯이 여러 성인들의 삶은 각자의 방식으로 어느 정도는 그리스도와 닮아 있다. 이런 러시아적 맥락에서 유로디비는 어떤 성인보다도 더 적절하게 그리스도 같은 인간을 표상할 수 있다. 도스토옙스키가 완벽하게 아름다운 긍정적 주인공을 창조하는 데 어려움을 겪었다는 사실은 널리 알려져 있다. 그는 오직 그리스도만이 완벽하게 아름다운 유일한 인간이었다고 생각했으며, 따라서 선한 주인공을 만들려면 힘든 문제들이 뒤따랐다. 유로디비의 형상을 따라 주인공의 이미지를 구축하면서 미시킨 공작은 많은 유로디비들처럼 간질을 앓는 것으로 설정된다. 19

세기에 간질은 백치들이 가진 증상 중의 하나로 간주되었다. 이는 사람들이 유로디비들의 지혜로움을 알아보지 못하고 종종 백치로 여겼다는 것에서 연관성을 찾을 수 있다. 온순함, 진실한 연민, 어린아이 같은 순수함, 속세에 물들지 않은 단순함 등은 모두 유로디비에게서 찾아 볼 수 있는 요소이다. 어떠한 등장인물을 단순히 유로디비 패러다임으로 치환할 수는 없다. 알료샤 카라마조프의 경우 유로디비가 가진 대부분의 속성을 공유한다. 다른 등장인물들에게서는 이 중 일부분만이 나타난다. 소냐 마르멜라도바는 돈만 밝히는 전형적인 매춘부와는 다른 모습을 보이는 인물이다. 매춘부라는 직업은 그녀를 타락한 여자로 만들거나 선한 마음씨와 도덕적인 순수성에 위배되는 인물로 만들지도 않는다. 오히려 소설에서는 소냐의 퇴폐적인 직업이 유로디비가 기독교적으로 온화한 행동을 하는 것과 대비된다. 게다가 라스콜리니코프에게 **'대지에 입을 맞추고 속죄하라'**고 한 그녀의 말은 유로디비들이 '가르침을 달라고 한 사람들'에게 해주던 이상한 말들을 떠올리게 한다.

도스토옙스키의 작품들은 민속학적인 것에 기반하고 있다. 유명한 학자 바흐친[59]은 학계에 많은 영향을 끼친 책 『도스토옙스키 시학의 제 문제』에서[60] 도스토옙스키의 작품이 카니발적이라고 말했다. 카니발이란 겨울이 끝나갈 무렵 사순절 직전에 기독교 전통에 따라 유럽에서 행해지던 일종의 축제이다. 카니발에서는 사회적 질서가 뒤엉켜 소란스럽고 무

59 미하일 바흐친(1895~1975)은 러시아의 언어철학자이며 문학 이론가이다. 문예 이론, 윤리학, 언어철학 등 다양한 분야에 관한 글을 남겼다(역주).

60 캐릴 에머슨의 편집과 번역, 바흐친의 『도스토옙스키 시학의 제 문제』(맨체스터 대학 출판, 1984) 영어 본을 참고.

질서한 상태가 된다. 이 축제의 특징은 웃음과 조롱 안에 팽팽한 긴장감이 드러난다는 것이다. 이것은 공식권력에 대한 조롱의 형태나 역할이 뒤바뀌는 가면극(**'남성/여성'**, **'상부/하부'**)의 형태로 나타난다. 바흐친에 의하면, 카니발적인 민중 문화는 고대 그리스의 메니푸스 풍자 장르의 뿌리와 맞닿아 있다. 그리고 이후에 그 전복적인 영향력이 패러디나 풍자와 같은 문학 장르를 형성하면서 뻗어나간 것이다. 따라서 도스토옙스키의 문학 작품 안에서 이 영향력을 발견한 바흐친은 민중의 문화적 전통이 여러 문학 작품들을 거쳐 도스토옙스키에게 이른 것으로 해석한다. 도스토옙스키 문학의 카니발적인 양상들은 러시아 민속 문화를 다루는 이 장에서는 더 이상 논의하지 않도록 하겠다. 그러나 카니발적인 민중 문화의 요소는 분명히 러시아 민속 문화에도 녹아 있다. 왕관을 쓴 가짜 왕이 까발려진다든지, 역할이 전도되거나 옷을 바꿔 입는 식의 잘 알려진, 중세 유럽의 카니발 의식은 러시아 민중의 전통과는 약간 다르다. 하지만 카니발적인 중요 의식들은 사순절뿐만 아니라 다른 시기에도 존재했고, 민속학적으로 더 넓게 볼 때 러시아 민중이 향유하는 축제 안에 존재한다. 일 년은 보통 **'일하는 날들**(budnye dni)'과 축제 기간으로 나뉜다. **'축제'**를 뜻하는 단어 'prazdnik(프라즈드니크)'가 **'일하지 않는 날'**을 의미한다는 것에서 알 수 있듯이 축제 기간에 일을 하는 것은 죄악시되었다. 따라서 모든 축제에서는 일상적인 삶의 질서가 반전되었다. 성적 문란, 폭식과 폭음처럼 일반적으로 허용되지 않던 행동들이 묵인되었고, 일하는 것은 금지되었다(축제 기간에 누구든 일을 하려고 하면 불운이 닥친다고 믿었다). 사실 사회적으로 인정된 상태와 구조가 완전히 전복된다는 개념은 민속적 측면에서도 쉽게 찾아 볼 수 있다. 게다가 처음에는 알아차리지 못했다가 나중에 전말이 밝혀진다는 모티프는 발라드, 성자전, 영가, 유로디비 현상뿐만 아니라 민담에도 빈번히 나타난다. 위에서 언급한 모든 요소에 삶을 유쾌하게 하는 카니발적인 유머가 포함되어 있지는 않지만 위계질서를 전복시키면서 부자와 권세가를 조롱하는 민담만큼은 명백히 희극적이라고 할 수 있다. 바흐친의 카니발 이론처럼 웃음은 분명히 사회 구성원들을 긴장감으로부터 해방시킨다. 하지만 잔인한 웃음은 이렇게 삶을 낙관적으로 만들지 않는다. 소원 성취 구조를 따르는 민담의 경우는 질서가 전복되는 것이 아니라 오히려 현상 유지에 기여한다고 해석될 여지가 있다. 가난하고 지위가 낮은 사람들에게는 민담의 역할이 무미건조한 일상으로 돌아가기 전에 잠시 유희를 즐길 수 있게 허락되는 수준에 그치기 때문이다. 도스토옙스키의 작품에 삶을 유쾌하게 그려내는 카니발적인 요소가 있는지에 대해서는 의문이 생길 수밖에 없다. 특히『악령』같은 경우, 소설에 나타나는 조롱과 무자비한 장난들은 웃음이 악마적인 것으로 여겨지는 러시아 민속 문화에 더 가깝다고 할 수 있다. 도스토옙스키의 다성악 소설 전체를 고려해 볼 때 유로디비의 그로테스크하고 역겨운 행위는, '세상을 혼란스럽게 하기 위해, 이미 저주받은 사람들을 저주하기 위해 그리고 성인들의 겉으로 드러나는 행실을 제대로 보게 하도록 의도된 것'(무라프,『성(聖)바보』, 10쪽)이라고 보는 주장이 더 적절하다. 작품에서 작중 인물들의 독립적인 목소리들이 살아나면서 작가의 목소리는 지워진다. 지워진 작가의 목소리와 문학적인 도발(독자들은 예기치 못한 전개에 혼란스러워하고 소설의 경계를 넘나든다)을 앞세운 이야기 전개는 유로디비의 역설적인 측면과도 닮아 있다. 자신의 기괴한 외모와 행동으로 세상을 놀라게 하고 혼란을 야기하면서 자신의 진짜 모습을 감추는 것이다(무라프, 13~14쪽). 하지만 이것은 도스토옙스키가 이러한 유로디비의 요소를 자신의 작품 전개에 도입했다는 이야기가 아니다. 러시아적인 것의 진수와 러시아 기독교를 반영하면서 자신의 핵심 사상을 만들었던 도스토옙스키의 문화적 맥락을 형성하는 데 유로디비가 민속 문화의 유산으로서 한몫했다고 볼 수 있는 것이다.

물론 이 연구에서는 위에서 이야기한 민속 문화의 모든 요소를 반영하는 사례를 다루지 못한다. 지면의 한계 때문에 부분적으로 삭제하거나 통째로 누락한 경우도 있다. 그러나 『백치』에서 미시킨 공작과 로고진의 관계에 숨겨진 민속적 맥락은 반드시 짚고 넘어가야 한다. 물론 앞서 언급했던 것처럼, 형제애에 담긴 우정의 신성한 측면은 영가 '**대지의 비애**'의 다양한 변주에 녹아 있다. 이는 구전으로도 존재하고 기록으로도 남아 있는 일화 '**그리스도의 의형제**'에서 더 견고한 연결 관계로 나타난다. 이 이야기는 로고진처럼 부유한 상인과 그리스도라는(알려지지 않은) 두 남자의 만남으로 시작된다.[61] 십자가를 교환하는 모티프(8권, 184~185쪽; 2부, 섹션4)는 이 이야기에서 따왔고 유로디비 같은 미시킨의 캐릭터는 그리스도의 형상을 그대로 재현한다. 이와 같이 도스토옙스키 작품에서 가

---

61 L. M. 로트만, '도스토옙스키 소설과 러시아 전설', 『러시아문학 15』(1972), 2권, 132~135쪽.

장 민속적인 캐릭터라 할 수 있는 마리야 레뱌드키나를 묘사하는 부분에서 우리는 그녀가 유로디비 전통을 따르고 있을 뿐만 아니라 성모마리아를 형상화하고 있음을 발견한다. 그녀의 이름, 어머니 대지와의 결합에서 이를 알 수 있다. 또한 결혼식, 출생과 세례에 관한 민속적 특징들은 그녀를 러시아 민속의 재현이라는 측면에서 상징적인 인물로 만든다. 이 모든 요소들이 결합되어 마리야는 자신의 진정한 가치를 드러내지 못한 채 짓밟히는 인물이 되는 것이다. '레뱌드키나'라는 그녀의 성은 백조를 연상시킨다. 백조는 전통적으로 슬픈 결혼식을 올리는 여인의 이미지로 속요에 많이 등장한다. 그녀가 **'공작'**이라는 용어를 사용하는 것은 신랑을 **'공작'**이라고 부르던 민속적 결혼 의식에서 유래한다(물론 **'어둠의 군주'**라는 뜻을 함축하고 있기도 하다). 1주일 동안 지속되는 예식에서 신부는 외딴 곳에 홀로 남겨져 신랑을 기다리며 의식에 따라 결혼 전의 자유를 잃어버린 것을 슬퍼하고 미래에 대한 불안감을 표출한다. 마리야 역시 신부이고, 비밀 결혼식을 올린 후 별거 중이다. 소설에서는 그녀에 대한 여러 세부 묘사를 통해 마리야가 러시아 민속의 다양한 요소를 상징하고 있음을 보여준다. 특히 그녀의 능력은 미래를 예견하는 일이다. 러시아 민중은 그러한 예견 능력을 사악한 힘과 접촉하는 위험한 능력으로 인식했다. 이는 러시아 민중의 인식을 반영한 것이다. 예를 들어 유리를 통해 자신의 미래의 남편을 점쳐 보기 위해 자정에 거울 앞에 선 소녀는 남편의 모습 대신 악마를 보게 되는 위험에 빠진다.[62] 따라서 마리야가 스타브로긴과 한

62 페이스 빅젤, 『러시아 행운 읽기: 1765년부터 러시아의 인쇄 문화, 젠더, 그리고 점』(케임브리지대학 출판, 1998), 47~48쪽.

결혼은 악마와의 결합이고(마리야 역시 스타브로긴이 자신의 공작이 아니라는 것을 알게 된다), 서구 정치사상과 결합하게 되는 러시아의 파멸적인 운명을 암시한다고 할 수도 있다. 마리야는 진짜 있었는지 그 존재조차 의심되는, 세례 받지 않은 아이를 안고 숲을 지나 연못까지 갔다고 말하고 슬퍼하면서 그 아이를 기다린다. 세례 받지 않은 아이는 어머니 대지가 받아주지 않을 뿐만 아니라, 숲과 늪에 사는 추악한 영혼들의 유혹에 쉽게 빠진다고 여겨졌다. 또한 이 가상 속의 아이는 서구 정치사상과 전통적인 러시아의 결합으로부터 결실을 얻으려는 헛된 욕망을 상징한다고 볼 수도 있다. 그러나 이 욕망은 저주받았기 때문에 소용없게 된다.

의미의 지평을 확장시키는 민속적 맥락이 구현된 예를 마지막으로 하나 더 들어보자. 민속 신앙에서 쥐는 어둠 속에서 나타나는 생물이며 재앙을 일으킨다고 여겨진다. 누군가의 의복 안에 있는 쥐는 불운을 의미하고 쥐를 보는 것은 죽음을 암시한다(라이언, 『목욕탕』, 54쪽). 『죄와 벌』에서 스비드리가일로프는 자살하기 전 한밤중에 쥐떼의 냄새를 맡고 끔찍한 호텔방에 몸을 숨긴다. 그가 졸고 있을 때, 쥐 한 마리가 그의 몸에 올라타고 그의 셔츠 안까지 들어간다(6권, 389~390쪽; 6부, 섹션6). 이 상황의 묘사도 충분히 불쾌하기는 하지만 민속 신앙에서 이 징조가 의미하는 바는 더욱 끔찍하다. 이는 이전에 여러 번 악마를 섬겼고 영적으로 완전히 죽은 자의 자살을 강하게 암시하는 것이다. 『백치』의 주인공 미시킨('mysh'는 쥐를 의미함) 공작의 이름에서도 역시 민속 신앙의 여운을 느낄 수 있다. 그의 성 '**레프**(사자 새끼)'는 기독교적인 이름과는 완전히 대비되지만 민속적으로는 그의 캐릭터(온순함과 결합한 어떤 완고함)를 일정 부분 숨기면서 오히려 미시킨의 운명과 미시킨과 만나게 되는 다른 등장인물들의 운명(소설의 대미를 장식하는 죽음, 불행, 질병, 파괴)을 함축한다.

결론적으로 도스토옙스키는 시베리아 유형 전에 자신의 작품에서 이미 『가난한 사람들』을 쓰기 위해 민족지학적 요소를 단순히 참고하거나, 『여주인』에서 문체를 차용하는 수준을 벗어나고 있었다. 그는 단일한 이미지, 에피소드 혹은 캐릭터(『분신』의 예들을 통해 설명되듯이) 하나하나 안에 다양한 민속적 담론을 다양하게 반영하고자 했다. 후기에 이 방법은 상당 부분 다듬어지면서 발전했다. 『악령』에서 표트르 베르호벤스키의 형상을 보면 우리는 성경이나 민속학에서 다루는 악마뿐만 아니라, 러시아 인형극의 과격한 캐릭터이며 표트르와 이름도 같은 페트루슈카와 혁명가 네차예프를 떠올릴 수 있다. 표트르 베르호벤스키가 으스대면서 거들먹거리는 모습과 다른 사람을 공격적으로 대하는 태도는 혁명주의자 집단 전체로 전염된 무정부주의와 폭력을 연상시키며 이것이 페트루슈카와 강하게 연결됨을 시사한다. 페트루슈카는 이탈리아에서 만들어진 캐릭터이지만 러시아에서 고유한 특색을 갖게 되었다. 그는 특히 폭력적인 것을 끔찍이 좋아한다.[63] 도스토옙스키는 확실히 페트루슈카를 완전히 러시아화된 캐릭터로 여겼다. 표트르의 얼굴이 페트루슈카와 닮아 있고 악마적인 형상을 상기시키며 구부러진 등 또한 그의 형상을 페트루슈카와 연결

63 카트리오나 켈리, 『페트루시카, 러시아 카니발 인형극』(케임브리지대학 출판, 1990), 84~91쪽.

시켜 주는 확실한 요소이다. 인형극을 참고하면서 도스토옙스키는 표트르와 그의 일당이 '**희극적**' 장난들을 치게 만들고, 더 나아가 파괴적인 요소를 갖도록 설정한다(레더바로, 「악령의 보드빌」, 290~293쪽).

『카라마조프가의 형제들』의 주인공인 세 형제를 살펴보자. 물론 3은 명백히 기독교적 함의를 가진 숫자이다. 하지만 가장 중요한 인물인 알료샤가 막내인 셋째 아들이라는 점은 민담에서 삼형제 중 가장 어린 셋째가 바보로 등장하는 것과 유사하다. 가장 별 볼일 없어 보이는 셋째는 항상 그의 형들보다 더 현명하며 '**보상**'을 받는다. 이미 언급했듯이 알료샤의 순진무구함은 유로디비의 모습과 닮아 있으며(다른 쪽으로는) 성자 알렉시스와도 유사하다. 다른 모든 작품에서처럼 여기서도 진정한 내면의 가치를 숨긴 가난하고 못생긴 인물의 모티프가 사용된 것으로, 알료샤에 대한 묘사 속에는 복잡한 암시와 상징들이 숨겨져 있다.

도스토옙스키가 민속 요소를 자신의 작품에 많이 도입했다는 사실에 대해서는 그것이 개인적인 취향에서 비롯된 것이라기보다는 그가 러시아 민속 유산에 내재된 긍정적인 기독교적 가치를 발견했다고 보는 편이 더 옳을 것이다. 그 맥락들이 녹아서 실제 민담이나 설화로 발현된 것이다. 『카라마조프가의 형제들』에 나오는 그루셴카의 우화 '**양파 한 뿌리**'가 이를 잘 보여준다. 도스토옙스키는 종종 비가와 민중 노래, 혹은 대중가요 등 다양한 노래들을 작품에 직접 인용하기도 했다. 이 방법은 주로 인물을 심도 있게 그려내는 데 사용되었다. 그러나 무엇보다도 영가에 담겨 있는 정신적 가치가 그가 바라보는 종교적인 미덕과 일치했다고 말할 수 있다. 도스토옙스키가 작품 속 등장인물들의 내적 본질이나 동기에 대해 가진 관심은 점진적으로 그를, 인지되지 않는 미덕을 묘사하는 상황이나 등장인물들 쪽으로 이끌었다(여기에 성스러운 바보의 매력이 있다). 도스토옙스키는 특히 역사나 민담에서 악마적인 힘을 이용하여 왕을 참칭하는 이야기를 통해 『악령』에서 기만적인 캐릭터(예를 들어 스타브로긴)를 형상화했다. 이는 정반대의 경우라고 할 수 있다(레더바로, 「악령의 보드빌」, 293~298쪽). 여러 유형의 민담에서 발견되는 변장한 악마 역시 도스토옙스키의 소설에서 일반적인 모티프로 쓰인다. 러시아 민담 중에는 일반적으로 야망과 목적을 달성했을 때 찬사를 받는 구조의 이야기들이 많지만 이러한 이야기들에 관심을 두지 않는다는 면에서 도스토옙스키의 선별력은 굉장히 독특하다. 수많은 우화, 노래, 빌리치키를 생각해보자. 부의 획득이 행복한 결말을 가져오는 이야기는 누구라도 쉽게 떠올릴 수 있다. 역사적 사실을 담고 있는 수많은 노래들을 살펴봐도 주인공은 가난과 치욕의 삶을 청산하기 위해 돈과 재산을 얻을 수 있는 보상의 기회를 절대로 거절하지 않는다. 그들은 술만 실컷 마실 수 있는 정도의 돈에 절대로 만족하지 않는다. 그러나 도스토옙스키가 수많은 민담과 노래들 가운데 선택하는 이야기들은 항상 자신의 문학적 목적에 부합하는 것들이다. 그는 항상 종교적 테마를 다루거나, 악마와 악업을 일삼는 이야기만을 선택한다. 다른 민담, 성경 이야기, 문학, 정치적이고 사회적인 담론들과 결합하여, 러시아 민속 문화는 도스토옙스키의 작품 안에서, 명백하게 한정된 공간에서 일어나는 한정된 사건들이 초월적인 세계로 이동할 수 있도록 돕는다. 동시에 형이상학적으로 중요한 의미까지 부여한다. 이처럼 러시아 민속 유산은 이 심오한 러시아 작가의 글을 읽는 독서 행위에 또 다른 차원을 덧붙여준다.

03. 도스토옙스키와 문학: 1840년대 작품들

W. J. 레더바로

1840년대에 도스토옙스키가 작성한 편지들 중에서 특히 정서적으로나 지적으로 친한 관계를 유지했던 형 미하일에게 보낸 편지들을 살펴보면 신진 작가로서 자신의 역할에 대해 치열하게 고민하는 한 개인을 발견할 수 있다. 도스토옙스키가 자신이 선택한 직업으로 인해 겪게 된 경제적 어려움에 대해 정확하게 인지하고 있는 편지들이 있다. 돈, 채무 그리고 출판사로부터 지불받은 선금에 관한 언급을 곳곳에서 찾아볼 수 있으며, 글을 쓰는 주목적이 돈이라는 주장도 보인다. "푼돈을 벌면서 명예가 무슨 소용인가?(28권, 106쪽; 1845년 3월 24일의 편지)" 그는 출판사와 작가의 관계를 주인과 종의 관계로 표현하기도 했으며(28권/1, 128쪽; 1864년 10월 7일), 굶주림과 추위로 죽거나 정신병원에 갇힌 많은 독일 시인들에게 관심을 갖기도 했다(28권/1, 108쪽; 1845년 3월 24일). 이러한 구체적인 사례들을 통해 우리는 도스토옙스키가 문학 전통 가운데서 형성되는 자신의 존재에 대해 점진적으로 인식하고 있었다는 점을 파악할 수 있다. 그는 지속적으로 자신을 러시아와 유럽의 다른 작가들과 비교했다. 그리고 그는 푸시킨과 고골이 유명해지기 전에 경험했던 경제적 어려움을 자신과 결부시켰다(28권/1, 107쪽; 1845년 3월 24일). 『가난한 사람들』의 원고를 수없이 수정했던 일에 대해서는 샤토브리앙, 푸시킨, 고골 그리고 로렌스 스턴의 경우를 예로 들며 정당화했다(28권/1, 108쪽; 1845년 5월 4일). 그리고 자신의 일부 소설에 대한 적대적인 반응에 대해서는 푸시킨과 고골이 경험했던 것에 비하면 나쁘지 않다고 위안을 얻기도 했다. 그는 자신이 곤차로프, 게르첸 같은 새로운 작가들과 경쟁을 하고 있다는 것에 대해 민감하게 반응했다(28권/1, 120쪽; 1846년 4월 1일). 또한 『가난한 사람들』이 성공을 거둠으로써 도스토옙스키는 동시대의 러시아 문학에서 자신의 명성과 걸출함이 드러났음을 과시했다.

여기서 특히 재미있는 사실은 도스토옙스키가 이러한 편지를 통해 문학 전통은 물론이거니와 본인의 자아상뿐만 아니라 종종 자신의 목소리와 언어적 특성까지도 드러낸다는 점이다. 이와 같은 측면은 1838년부터 작성한 편지에서 가장 먼저 부각되었다. 우리는 그의 편지를 통해 자신의 학교 경험을 언급할 때 사용하는 건조한 서술 형식과 문학적 문제들을 다룰 때 사용하는 고상하고 로맨틱한 언어적 표현 사이의 간극을 찾아볼 수 있다. 예를 들어 형이 쓴 시에 관해 언급하면서 도스토옙스키는 "영감은 마치 천국의 신비처럼 당신이 눈물을 흘렸던 책장들을 정화시키고 후세

들도 똑같이 눈물을 흘릴 것이다”(28권/1, 55쪽; 1838년 10월 31일)라고 말했다. 다른 곳에서 그는 친구인 이반 시들롭스키가 경험한 괴로움을 푸시킨의 오네긴(28권/1, 68쪽; 1840년 1월 1일)과 같은 문학작품 속 등장인물에 빗대어 묘사한다. 이러한 예시들은 어린애 같은 순진함을 보여주는 도스토옙스키가 현실과 얼마나 동떨어져 있는지를 보여준다. 그뿐만 아니라 세상을 바라보는 도스토옙스키의 관점에 그의 문학적 경험이 얼마나 녹아 있는지도 알 수 있다.

이 장은 러시아 문학에 대한 내용과, 도스토옙스키가 1840년대에 소설을 썼던 당시의 집필 방법에 러시아문학이 어떤 영향을 주었는지에 관한 주제들을 다룬다. 그러나 이는 다른 작가들이 어떤 방법으로 도스토옙스키에게 ‘영향’을 미쳤는가에 대해 연구하려는 의도가 아니다. 이미 많은 사람들이 그러한 주제에 대해 연구해왔을 뿐만 아니라, **‘영향’**과 같은 포괄적인 개념을 도스토옙스키의 집필 방식과 연관 지어 있는 그대로 유의미한 수준으로까지 분석이 가능한가에 대해 의문이 들기 때문이다. 그러므로 이 장에서는 두 가지 사례 연구를 통해 도스토옙스키가 초기 문학 작품들을 창작하기 위해 사용한 구체적인 전략적 방법들을 살펴볼 것이다. 우선은 도스토옙스키의 첫 소설이, 편지 작성자들의 텍스트와 저자라는 인물의 텍스트 사이에 팽팽한 긴장감을 만들어내기 위해 서간체 서술 형식을 어떻게 사용했는지에 대해 살펴보도록 하자. 다음으로는 푸시킨과 고골로부터 유래한, **‘원천’**이 되는 글들이 당시 도스토옙스키의 작품들에서 어떻게 사용되고 드러나는지에 대해서 검토할 것이다.

『가난한 사람들』

관료주의 사회의 위계질서 속에서 가난하고 하찮은 존재로 살아가는 말단 공무원이라는 인물은 1840년대 러시아 문학의 한 유파인 자연파를 가리키는 진부한 대명사가 되었다. 사회 비평가이며 문학 비평가인 비사리온 벨린스키로 대변되는 **'자연파'**는 러시아 사회의 하층민을 자연스럽게 묘사하고, 종종 낮은 지위의 피해자들에 대한 사회적 약탈 행위를 감성적으로 다루는 것이 특징이었다. 오늘날 『가난한 사람들』을 읽다보면 벨린스키의 관점을 받아들여 마카르 데부시킨[64]과 바르바라 도브로셀로바[65]라는 인물을 사회적 교훈자로 해석하는 사람들, 즉 자연파의 억압받은 감성적 주인공들과 사회 평등을 옹호하는 자들은 등장인물들이 내세우는 단조로운 자기 정당성에 피로감을 느낄 것이다. 이것은 우리가 자연파를 대표하는 등장인물들의 기원을 인정하지 말아야 한다고 주장하는 것이 아니다. 『가난한 사람들』에서 도스토옙스키가 기존에 자신이 읽었던 글들을 주인공들이 주고받는 편지 속에 풀어냈다는 사실을 알아차린 독자들은 그가 첫 소설에서부터 얼마나 현대적이었는지 그리고 포스트모더니즘의 전통과 형식을 얼마나 많이 사용했는지 느낄 수 있을 것이다. 『가난한

64 데부시킨(Дебушкин)이란 이름은 "소녀, 처녀, 여성"을 의미하는 러시아어 단어 "제부시카(девушка)"에서 나온 말이다(역주).

65 바르바라의 성은 도브로셀로바(доброселова)이다. 여기서 이름인 바르바라는 "지혜"를 의미하고, 도브로셀로바(доброселова)는 "착한, 좋은, 선량한" 이라는 의미의 '도브로(добро)'와 '작은 마을'을 의미하는 '셀로(село)'를 합친 합성어이다. 도브로셀로바(доброселова)는 "좋은 마을" 출신이라는 의미를 갖는다. 이름으로 볼 때 바르바라의 어린 시절을 황금시대로 암시하는 긍정적 의미를 갖는다. 전체적으로 그녀의 이름에는 '좋은 마을 출신의 지혜로운 여성'이라는 함축적 의미가 있다(역주).

사람들』을 단순히 자연파의 대표작으로 읽는다면 과거에 쓰인 **'탁월한 유럽 사회 소설'**의 비평 전통을 반영했다는 사실을 놓치는 오류를 범하게 될 것이다. 『가난한 사람들』을 단순한 문학 작품으로 읽으면 글 속에 담긴 세련되고 풍부하며 지속적으로 나타나는 아이러니를 놓치게 된다.

『가난한 사람들』의 모든 곳에서 암시적으로 또는 적나라하게 문학 논쟁이 벌어진다. 이를 통해 우리는, 도스토옙스키가 1846년 2월 1일의 편지에서 '자신의 머그잔(개인적 지식)을 소설 속에서 내보이는 것을 꺼린다'고 주장했음에도 불구하고(28권/1, 117쪽), '자기 자신이 읽은 책들을 드러내고 문학적 명예를 추구하면서 자신이 그러한 명예를 얻을 만한 자격이 된다고 주장하는 젊은 작가'의 존재를 느낄 수 있다. 작품 속에는, 도스토옙스키가 기존 문학의 전통과 역사적 배경의 대척점에 자신의 소설을 위치시키기 위해 사용하는 문학적 인유가 명함처럼 여기저기 흩어져 있다. 그렇기 때문에 소설에서 쓰인 형식은 우리로 하여금 기존 서간소설의 전통적 관례를 떠올리게 만든다. 도스토옙스키는 시대에 뒤떨어진 형식을 수용하면서 자신의 미숙함을 드러낸 것일까, 아니면 기존의 관례를 어느 수준까지 받아들일지 다시 숙고하고 있는 것일까? 작품 속에는 많은 개별 작가들과 문학 작품들에 대한 다양한 참고문헌들이 나온다. 작품 속 하숙집에는 테레자와 팔도니[66]라는 하인들이 살고 있다. 이들은 1804년

66 테레자는 데부시킨이 사는 집의 집주인이 부리는 하녀로서 데부시킨과 바르바라 사이의 편지를 전달하는 역할을 맡은 인물이다. 선량한 마음의 소유자인 테레자는 여주인과 팔도니의 계속되는 모욕에 시달리는 가엾은 소녀이다. 데부시킨은 그녀를 『역참지기』의 두냐샤와 비교하기도 한다. 팔도니는 야비하고 저속한 행동을 일삼는 하숙집 여주인의 하녀이다. 데부시킨이 방세를 내지 못하고 있을 때 도와주기를 거절하며, 테레자를 계속해서 학대한다(역주).

에 러시아어로 번역된, 프랑스 작가 N. G. 레오나르의 감상적 서간체 소설의 주인공들을 참고한 것이다. 바렌카[67]의 수기에 삽입된 서사는 1820년 러시아에 나타난 F. G. 듀크레이 듀메니의 소설 『카텐카』, 또는 『불행한 아이들』의 이야기 줄거리에서 유래한 것이다. 듀크레이 듀메니의 작품은 러시아에서 매우 인기가 있었다. 마카르 데부시킨은 듀크레이의 작품들 가운데 『작은 종지기』(1권, 59쪽; 7월 1일)를 언급하기도 한다. 라타자예프는 데부시킨이 존경하는 문학가이다. 데부시킨은 함께 하숙하는 라타자예프[68]에게 그가 사뮤엘 리차드슨의 소설 『클라리사』(I, 79; 8월 2일)의 남자 주인공인 러브레이스라고 풍자적으로 언급한다. 이는 데부시킨이 인용하는 텍스트를 통해 당시 A. A. 베스투제프-말린스키와 다른 작가들에게 잊혀진 낭만주의를 패러디하는 것이다. 독자는 작품 속에서 길게 인용된 텍스트를 통해 이를 인지할 수 있다(1권, 52~53쪽; 6월 26일).[69] 어느 시점에 가서는 당대 러시아인들의 취향에 맞는 문학의 **'생리학적 스케치'**에 대한 간접적인 언급이 나온다. '그림 없이 거의 글로 묘사한 책'(1권, 60쪽; 7월 1일)이라든가 데부시킨의 9월 5일 편지에 나와 있는 그리고로비치의 『성 페테르부르크의 오르간 연주자』(1권, 86쪽)와의 은연중에 드러나는 관계가 그런 예이다. 그중 가장 두드러진 것으로는 푸시킨과 고골

---

67 바르바라의 소설 속 애칭이다(역주).

68 라타자예프는 경제적으로 성공한 이류 멜로드라마 작가이다. 데부시킨이 그의 원고를 정서한다. 라타자예프는 데부시킨을 자신이 주최하는 '문학의 밤'에 초대한다. 그는 『역참지기』에 대해 회의적인 견해를 밝히며 작가란 모름지기 1840년대 자연파의 기교와 묘사를 염두에 두어야 한다고 주장한다. 바르바라는 라타자예프의 책을 권하는 데부시킨을 향해 더 이상 그 같은 수준 이하의 작품을 읽지 말라고 충고한다(역주).

69 실제 작품 속에서 라타자예프가 쓴 소설 『이탈리아의 열정』, 『예르막과 줄레이카』의 일부를 발췌해서 마카르가 바르바라에게 편지를 쓴다(역주).

에 대해 논쟁하면서, 데부시킨이 그들의 작품 속에 드러난 자기 형상과 충돌하고 도전하는 장면을 들 수 있다. 이를 통해 『가난한 사람들』의 메타소설적인 요소들이 드러난다. 뿐만 아니라 다른 문학적 인유들 또한 타 문학비평에서 많이 다루어지고 있다.[70]

『가난한 사람들』의 서간문 형식으로 인해, 도스토옙스키가 기존에 읽은 작품들에 대한 언급은 초반부에 데부시킨의 말을 통해 드러난다. 이것은 비노그라도프가 지적했듯이[71] 우리가 주의 깊게 생각해야 할 부분이다. 남자 주인공 스스로가 자신도 모르는 사이에, 혹은 대부분 인지하는 상태에서 편지의 작가가 되고 문학이라는 매체를 통해 자아상을 정의하고 다듬어 가고 있는 것이다. 작가는 데부시킨 스스로를 작가로 설정하고, 바르바라에게 직접 편지를 쓰게 만든다. 도스토옙스키는 『가난한 사람들』을 '명확하게 하나로 좁혀지지 않는 이야기 형식'에서 비롯된 모호함으로 채워놓고 있다. 예를 들어, 그는 소설의 도입부에서부터 서간체 소설을 구성하는 특정 프레임을 파괴한다. 즉 소설의 전체 형식을 종합적으로 조직하는 저자가 존재하지 않는 것이다. 우리는 완벽하게는 아니더라도 편지에 푹 빠져 들게 되며, 소설의 마지막 부분에서는 데부시킨의 절망적인 편지를 읽는 것으로 마무리한다. 책에 쓰인 것은 소설의 주인공들에 대한 내용이며, 서술자의 권위적 목소리가 존재하지 않아 결론이 나지 않을 뿐만 아니라, 그에 대한 설명도 없다. 도스토옙스키는 1846년 2월에 형 미하

70 예로, 빅토르 테라스의 『어린 도스토옙스키, 1846~1849: 비평적 연구』(The Hague, Mouton, 1969)와 프리실라 메이어와 스테판 루디가 편집한 『도스토옙스키와 고골』(Ann Arbor: Ardis, 1979), 161~228쪽에서 빅토르 비노그라도프의 '감성적 자연주의 학파'를 참고.

71 비노그라도프, '학교', 192쪽.

일에게 다음과 같이 적어 보낸다. '이런 문체로 쓰는 것이 어떻게 가능한지 사람들은 이해하지 못한다. 그들은 작가의 관점을 받아들이는 것에 익숙해져 있고, 나는 내 관점을 보이지 않았다. 사람들은 내가 아닌 데부시킨이 말을 하고 있다는 것과 데부시킨에게는 다른 방식으로 말할 수 있는 방법이 없다는 것을 알지 못한다(28권/1, 117쪽).'

존 존스(John Jones)가 지적했듯이[72], 이것은 도스토옙스키가 독자들을 애태우게 만드는 것으로서, 특정 프레임이 없는 방법을 사용하여 독자들이 단순히 주인공에게 집중하는 것을 넘어 소설 구조에 관심을 가질 수 있도록 유도한 것이라고 할 수 있다. 부재하는 저자의 오류는 에피그라프(題辭)에도 존재한다. 누가 그것을 썼으며, 무슨 목적에서 썼는가? 에피그라프의 내용과 불미스러운 문제에 대한 글을 쓰는 스토리작가들의 성급한 퇴거를 통해, 우리는 이 소설이 메타문학의 형태를 갖추고 있으며 데부시킨이나 바르바라의 이야기가 아니라는 점을 확신할 수 있다. 더욱이, 그 에피그라프는 V. F. 오도옙스키 공작의 이야기 『살아있는 주검』(1839)에서 가져온 객관적인 인용구가 아니라 수정된 인용구이다. 오도옙스키의 원작에 나오는 동사 **'금지하다**(zapretit')'의 원래 형태는 감정이 배제된 마지막 문장을 완성시킨다. 『가난한 사람들』에서 '그들이 집필을 하지 못하도록 해야 한다. 그들에게 모든 것을 금지시켜야 한다'는 문장의 동사 **'금지하다**'가 남성형 과거시제로 나타나는데, 이렇게 함으로써 더욱 강력하게 금지해야 한다는 주관적인 느낌이 더해진다. '나는 그들에게 글쓰

72 존 존스, 『도스토옙스키』(Oxford, Clarendon Press, 1983), 10쪽.

기를 금지시킬 것이다. 나는 그들을 모두 금지할 것이다.' 이것이 과연 고전 러시아어 맞춤법을 따랐던 도스토옙스키의 대수롭지 않은 실수, 의도치 않은 실수였단 말인가? 아니면 서술적 페르소나를 상기시키기 위한 고의적인 **'잘못된 인용'**인가? 만약 그렇다면 글에서 **'나'**는 누구인가? 도스토옙스키 자신을 나타내는 것인가? 아니면, 더 흥미롭게는 소설에서 데부시킨과 바르바라에게 참견하려고 협박할 뿐만 아니라, 그들의 편지를 손에 넣을 수 있는 위치에 있는 저자가 악랄한 라타자예프인가? 우리는 데부시킨의 마지막 편지를 통해 그가 병중에 있고 살날이 며칠 남지 않았음을 알 수 있다. 그리고 자신이 죽은 후에, 떠들기 좋아하는 이웃들이 찾아낼 수 있도록 바르바라의 모든 편지를 보관하고 있다는 점도 알 수 있다. 더욱이, 바르바라가 떠나기 전에, 데부시킨은 자신에게 보낸 모든 편지를 페도라의 방에 있는 서랍장에 넣어 놓았다고 적었고, 라타자예프는 후에 편지들을 찾았을 것이다.

위의 질문들에 대한 확실한 답은 찾기 힘들지만, 어쨌든 이러한 질문들은 '독자들을 『가난한 사람들』의 내용에 집중하게 만든다'는 사실보다는 중요하지 않다. 이와 같은 사실은 존 존스가 언급한 서신 왕래의 두절에서도 찾을 수 있다. 그는 설득력 있는 원문의 증거를 제시하며, 몇몇 편지들이 서신 왕래 사이에 분실 된 사실을 언급한다.[73] 이것을 위에 적은 대로 바르바라가 데부시킨의 모든 편지를 수집했다는 주장과 비교해 보면, 이러한 '분실된 편지'는 이 소설에 서간체 소설의 프레임이 존재하지 않는

73 존 존스『도스토옙스키』(Oxford, Clarendon Press, 1983), 10쪽.

다는 환상을 깨트린다. 어떠한 특정 인물의 편지들이 한때 존재했었고, 동시에 일부가 누락되었음을 보여주기 때문이다. 이러한 전략을 통해 『가난한 사람들』은 복잡하지 않은 자연파 소설로부터 신분과 조건을 심사숙고하게 하는 소설로 변형된다.

『가난한 사람들』의 서술 방식은 편지들의 순서뿐만 아니라, 그 편지들이 전하는 지각력에서도 큰 차이를 보인다. 주인공이 보고 이해하는 대로 사건을 관찰한다는 것은 곧 독자들이 '주인공이 겪는 지각(인지)의 실패와 정서적 한계 및 지식의 한계'에 동참한다는 것을 의미한다. 예로서, 자신의 과외 교사였던 포크롭스키와의 친분에 대해 설명할 때, 바르바라는 그가 비코프[74]의 사생아임을 넌지시 암시한다. 우리는 바르바라가 말하는 내용을 통해 이를 알 수 있다.

> "하지만 운명은 어린 포크롭스키에게 미소를 지었습니다. 점원 포크롭스키를 알게 되면서 한때 그의 후원자가 되어주었던 지주 비코프는 그 아이를 자신의 날개 아래에 품어주었으며 그를 학교에도 보내주었습니다. 비코프는 포크롭스키의 어머니를 알고 있었기에 그에게 관심을 가졌습니다. 그 어머니는 어렸을 적에 안나 페도로브나의 호의를 받았으며 그녀를 점원 포크롭스키에게 시집보냈습니다. (…….) 사람들은 그 어머니의 미모가 빼어나다고 했으며, 나에게는 별 볼일 없는 남자와 그런 조합이 생긴다는 것이 이상하게 느껴졌습니다……. (1권, 33쪽; 6월 1일)"

---

74 난폭한 지주 비코프(Быков)라는 이름은 뿔 난 황소, 뿔이 있는 짐승의 수컷을 의미하는 "비크(бык)"에서 유래한 말이다(역주).

여기서 서술적 아이러니가 강하게 나타난다. 바르바라는 자신이 적은 내용이 무엇을 암시하는지 이해하지 못할 정도로 우둔한가? 아니면 그녀는 이 모든 것을 이해하면서도 자신이 비코프에게 유혹당하는 것이 자기 어머니의 운명과 비슷하다고 느껴 데부시킨에게 더 이상 말하고 싶지 않기 때문인가? 어떤 경우에라도 우리는, 나중에 데부시킨이 직장 상사로부터 호의를 받는 것에 대해 얘기할 때 이 사건을 상기하게 된다.

"그분은 나에게만 잘해주는 것이 아닙니다. 모두에게 착하게 대하는 것으로 알려져 있습니다. 오랫동안 사람들은 그를 칭송하고 감사한 마음에 눈물을 흘렸습니다. 그는 고아를 데려다가 자기 집에서 길렀습니다. 그 아이를 위해 모든 일을 처리했습니다. 그녀를, 고위직 인사의 집에 거주하며 일하고 있는 직원에게 시집보냈습니다. 그리고 그는 공무 직에 있는 과부의 아들에게 자금을 대주고 그와 비슷한 좋은 일들을 행했습니다(1권, 95쪽: 9월 2일)."

도스토옙스키 소설의 비평가들은 이 사건을 전부 그대로 받아들였다. 고골의 『외투』에서 아카키 아카키예비치는 자기 직장 상사로부터 받은 취급에 대한 반전으로 고관의 관대함을 이해했다. 고골의 이야기에서 인간성의 부족을 느낀 데부시킨의 격분은 이러한 이해를 강화시킨다. 하지만 비코프의 **'유사 행위'**에 대한 불안감은 뇌리를 떠나지 않는다. 작가는 여기에 나타나는 고관의 행동을 비꼬고 있다. 우리는 고관에 대한 존경이 줄어드는 것을 느낀다. 데부시킨의 천진난만함으로 인해 독자는 그의 직장 상사와 『외투』에 대해 잘못 이해하고 있었다고 생각하게 된다.

우리는 또한 데부시킨의 시각으로 바르바라를 관찰하면서 그녀의 이야기들을 듣는다. 그녀는 겉으로 보이듯이 정말로 억압받고 성적으로 고통을 받는 피해자인가, 아니면 이것은 데부시킨의 순수하고 복종하는 헌신적인 마음인가? 바르바라가 스스로를 가장 좋게 보이기 위한 것인가, 아니면 독자로서 감상적인 서간체 소설에 대한 기대감을 갖고 있기 때문에 발생하는 오해인가? 바르바라의 건전한 이미지는 소설이 진행될수록 진부해지고, 그녀에 대한 우리의 기대치도 계속 바뀐다. 도스토옙스키의 대다수 소설에서 성(姓)이 중요한 의미를 갖는 것처럼 그녀의 성은 처음에는 **'좋은**(dobro)'을 암시한다. 하지만, 비코프와의 결혼 바로 전에 그녀가 가졌던 좋은 물건들에 대한 열정과, 결혼 준비를 위한 물건 구매를 퇴짜 맞은 후 데부시킨에게 부탁하는 것과 같은 둔감함을 고려할 때 그녀의 성은 도브로(dobro)의 또 다른 의미인 **'소유물'**과 **'거주지를 정하다**(selit'sia)'[75]로 해석된다. 우리는 데부시킨에 대한 그녀의 사랑이 '떠나기 전에 편지를 버려버리는(1권, 106쪽; 9월 30일) 정도' 밖에 되지 않았음을 확인하게 된다. 그녀가 떠난 후 그녀의 방을 찾아간 데부시킨이, 그녀가 **'자신의 비참한 편지'** 중 하나로 털옷을 싼 것을 발견했다(1권, 105쪽; 9월 29일). 또 어떤 경우에 바르바라는 그를 자극하여 자신이 새로운 아파트로 이사 갈수 있도록 돈을 빌리게 만들기도 한다(1권, 73쪽; 8월 4일). 그녀는 새로운 사랑의 신호에 대한 기쁨을 억누르며 '나는 그렇게 생각한 적

75 러시아어 "selit'sia"는 "정주하다, 이주하다"라는 의미를 갖는다(역주).

이 없다. 내가 화분을 옮겼을 때 아마 그런 생각이 든 것 같다'(1권, 18쪽; 4월 8일)라고 말하고, 데부시킨의 이성적 호감에 대해 '당신은 친구이고, 그게 우리 관계의 전부예요!'(1권, 22쪽; 4월 9일)라고 말한다. 이웃들의 생각에 대해 걱정하지 말라고 데부시킨에게 말함으로써 그녀는 자신을 낭만적 구애자로 생각했던 것에 낙담한다.

우리는 또한 그녀가 정말 무고하게 성적인 피해자가 되었는지도 의심하게 된다. 그녀가 안나 페도로브나와 함께 보낸 자신의 어린 시절을 묘사할 때 사용하는 단어들은 감상적인 이야기에 의해 애매하고 부드럽지만(바르바라는 편지보다 수기에서 자신의 감정을 더 잘 표현한다), 그 단어들의 의미는 독자뿐만 아니라 데부시킨에게도 분명하게 전해진다.

> "안나 페도로브나는 타인들이 생각하는 것 이상으로 매우 잘 살았습니다. 하지만 그녀의 부의 출처는 그녀의 연인 관계만큼이나 불확실했습니다. (…….) 그녀는 매우 많은 지인들을 알고 있었습니다. 그녀는 정체를 알지 못하는 사람들을 끊임없이 맞이하며 어떤 돈벌이를 했고, 그들은 절대로 오래 머물지 않았습니다. 어머니는 현관종이 울릴 때마다 나를 방으로 데려갔습니다. 안나 페도로브나는 이것 때문에 어머니에게 매우 화나 있었고, 우리가 너무나도 오만하다고 주장했습니다. (……) 오늘날까지 왜 그녀[안나]가 우리를 자신과 함께 머물도록 했는지에 대해서는 알 수가 없습니다(1권, 30쪽; 6월 1일)."

아무리 모르는 척한다 해도, 안나의 사업이 매춘이라는 것은 명백하다.

그녀는 여성 뚜쟁이이고, 바르바라는 그녀 때문에 피해를 본 사람들 가운데 한 명이다. 바르바라는 비코프와 자신의 성적 관계를 암묵적으로 인정한다. 데부시킨은 독자들이 모를 것이라 생각하지만, 그렇지 않다. '그녀(안나)는 비코프 씨가 절대적으로 맞고, 남자들은 단순히 아무 여자나 만나서 결혼하는 것이 아니라고 하지만…… 왜 그것에 대해 글을 쓰는가!'(1권, 25쪽; 4월 25일) 여기서 명확하지 않은 것은 그녀의 도덕적 입장이다. 관리들은 여전히 그녀를 괴롭히고, 그녀는 비코프가 청혼 전에 던진, 자신의 '현재' 행동에 대한 구체적이고 포괄적인 질문을 대수롭지 않게 넘겨버린다!(1권, 100쪽; 9월 23일) 저자가 없다고 여겨지는 서간체 소설의 관습상 자유롭게 해석되는 그러한 세부사항들이 상당히 어린 바르바라에게 호감을 표현하는 데부시킨에 대한 이웃들의 분노에서 아이러니로 부각된다. "여주인이 나에게 아이가 귀신(악령)들렸다고 말하고, 너의 행동이 외설적이라고 했다(1권, 70쪽; 8월 1일)." 여기서 독자들은 누가 악령이고, 누가 아이인지 궁금해진다. 데부시킨이라는 이름('처녀'라는 의미의 'devushka'에서 유래)에 담긴 함축적인 의미가 이를 뒷받침한다.

『가난한 사람들』의 핵심은 감상적인 서간체 소설의 관습을 도치시키는 일이다. 조셉 프랑크는 중년의 필사가와 불명예스러운 여성이 이러한 편지들을 교환하는 것 자체가 전통적으로 '교육과 양육의 관점에서 모범적인 인물들과 선행과 세심함의 모형'에 대한 '고귀한 감정과 고결한 생각'을 나타내는 데 사용되는 형식을 위반한 것이라고 했다[76]. 물론 과거에 이러한 관

76 조셉 프랑크, 『도스토옙스키. 반란의 씨앗, 1821~1849』(Princeton University Press, 1976), 149쪽

습을 무조건 답습한 것은 아니다. 쇼데를로 드 라클로[77]의 『위험한 관계』에서는 감상적인 측면이 배제되고 비도덕성을 세련되게 묘사하여 미덕의 타락과 유혹을 보여주는 서신이 등장한다. 도스토옙스키가 라클로의 소설을 읽은 적이 있다는 직접적인 증거는 없다. 또한 도스토옙스키의 서재에 그의 책이 있었다는 언급도 없다. 그럼에도『가난한 사람들』의 독자들은 그 책이 유혹과 속임수라는 장치들을 이용했으며 피해자들의 관점에서 쓰였다는 점에서『위험한 관계』와 유사하다고 느낄 것이다.

'이 얼마나 아름다운 문학 작품인가!' 라타자예프의 문학에 대한 데부시킨의 위와 같은 소개말을 접한 독자들은,『가난한 사람들』에서 사용된 것과 같은 서술 형식을 통해 문자 언어의 잠재력을 활용하는 것이 도스토옙스키 혼자만이 아님을 상기한다. 데부시킨이 라타자예프의 산문 작품을 칭찬하면서 그의 글을 호머와 바론 브람베우스[78](1권, 16쪽; 4월 8일) 같은 저명한 작가들의 글과 동일시하는 모습을 보면 그가 형편없는 문학적 취향을 가진 것처럼 보인다. 하지만 도스토옙스키는 직관적으로 라타자예프의 창작력을 이해한 것 같다. 사회적으로 열등한 지위에 있고 무력감에 빠져 있으며, 자신보다 강한 의지의 소유자들에게 완전히 의존하고 있는 데부시킨을 보면, 문학은 데부시킨이 자신의 인생에서 주도권을 쥐고 살아가게 만들어주는 방법 중 하나였던 것이다. 데부시킨이 주변의 우

77 쇼데를로 드 라클로(Choderlos de Laclos, 1741~1803)는 프랑스의 군인·소설가이다.『위험한 관계』는 당시의 퇴폐한 귀족사회를 충실하게 묘사한 풍속 심리소설이다. 그는 이 한 작품으로 불후의 명성을 얻게 되었다. 이 외에 단시, 희가극, 다수의 논문 등이 있다(역주).

78 바론 브람베우스는 저널리스트로 활동한 폴란드계 러시아인 오시프 센콥스키(Osip Senkovsky, 1800~1858)의 필명이다. 에트나 산(山)이나 시베리아 동토 등을 탐험하는 환상적 여행에 관한 글들을 시리즈물로 발표했다(역주).

연한 사건에 질서와 의미를 부여하는 단어들을 좋아하는 것에서 알 수 있듯이, 그는 상황을 재현하기 위한 단어들을 사용한다. 이것은 데부시킨이 바르바라에게 보낸 답장 첫 부분에 분명하게 나타나 있다. 거기서 그는 양을 지키는 개들 같은 단어들을 사용하면서 새롭게 펼쳐지는 자신의 주변 환경에 대한 불편함을 나타낸다.

> "나는 부엌에서 삽니다, 또는 이렇게 표현하는 것이 더 맞다고 생각됩니다. 부엌 바로 옆에는 작은 방이 있고(그리고 당신에게 꼭 말해야 할 점은 내 주방이 깨끗하고, 산뜻하며, 매우 좋다는 것입니다), 일종의 모퉁이가 있고…… 그러니까, 제대로 말하자면, 부엌에 세 개의 창문이 있고, 벽면을 따라 칸막이가 설치되어 있어 사실상 여분의 독립된 방이 하나 있는 셈입니다. 모든 것이 널찍하고 편리합니다. 그리고 창문을 포함해서 모든 것이 다 있습니다. 한마디로 아주 편리합니다(1권, 16쪽; 4월 8일)."

이러한 단어의 반복은 우연의 일치가 아니다. 그 단어들은 자신의 편지를 쓸 때조차도 '초안'을 만드는, 조심스러운 작가가 신중하게 선택한 단어들이다(1권, 79쪽; 8월 2일)! 이러한 단어의 반복은, 평소의 정상적인 모습과 달리 일관되게 스타일에 집착하는 데부시킨의 성격을 반영하는 것이다. 데부시킨이 인생에 있어서 유일하게 스스로 통제할 수 있다고 인정하는 것은 자기가 글을 쓰는 방식이다(예를 들어서 1권, 88쪽, 91쪽; 9월 5~9일). 이것은 시인이 되기를 바라고, 『마카르 데부시킨 시들』의 출판을 바라는 데부시킨의 소망을 설명해준다. 이것은 또한 데부시킨의 창문 아래에서 풍기는, 썩어가는 쓰레기의 악취로부터 벗어나기 위해 날개가 달린 페가수스를 타고 도망가고자 하는 '언어 비행의 상상'도 설명해준다. 하지만 이러한 단어 반복이 가장 잘 설명해주는 것은 바로 푸시킨의 『역참지기』와 고골의 『외투』의 관계이다. 왜냐하면 데부시킨은 주로 이러한 작품들을 다른 사람들이 자신의 인생에 대해 함부로 서술하려는 시도로 보기 때문이다.

『역참지기』에 대한 데부시킨의 흥분은 "이것이 진짜다! 이것은 인생이다!"(1권, 59쪽; 7월 1일)라는 그의 고백에서 확인할 수 있다. 하지만, 그것은 인생이 아니다. 그것은 문학이고, 상상력의 결과물로서 데부시킨이라는 소시민이 되기를 원하는 모습의 삶을 저술한 것이다. 그는 "나는 우둔하며, 선천적으로 어리석다"라고 적으며, "그리고 나는 진지한 내용의 작품은 읽지를 못한다. 하지만 당신은 내가 마치 이것을 읽으며 쓴 것처럼 생각할 것이다. 마치, 말하자면, 나의 심장을 꺼내어 사람들에게 보여주고 자세히 묘사하는 것과 같은 것이다. 하느님께 맹세코, 그것은 너무 쉽다!"라고 말한다. 데부시킨이 자신의 삶과 문학을 혼돈하고 푸시킨의 작업을 간단한 것으로 여기는 장면은, 독자들에게 자신에게는 세련됨이 부족하다는 점을 나타냄과 동시에 자신의 모호함을 제대로 인지하지 못하고 있다는 것을 보여준다.

「역참지기」는 『벨킨 이야기』에 나오는 이야기이다. 이야기 속 삼손 비린의 삶은 데부시킨의 삶처럼 인생에서 일어날 수 있는 수많은 아이러니로 가득한 서사 구조 속에 갇혀 있다. 이와 비슷하게 데부시킨은 고골이『외투』에 나오는 하급직원에 대해 매정하게 풍자하는 것에 분노한다. 그의 분노는 자신이라면 다음과 같이 다시 쓰겠다고 흥분하는 장면에서 정점에 이른다. "그를 죽음으로 내몰고 악마에게 내주는 대신에 그의 외투를 발견한 장군이 그의 미덕을 알아보고, 자기 사무실로 그를 불러서, 승진을 시켜주고 봉급을 인상 시켜주었으면 악마는 벌을 받고 미덕은 보상받는다는 점이 더욱 확실해졌을 것입니다. (…….) 나라면, 예를 들어서, 이런 식으로 글을 썼을 것입니다"(1권, 63쪽; 7월 8일). 데부시킨은 고골이 감상적 자연파의 전통에 따라 작품을 쓰기를 원했던 것이다. 그는『외투』의 목적을 있는 그대로 이해하지 못했다. '이러한 것을 쓰는 이유는 무엇인가? 도대체 누구를 위한 글인가?' 데부시킨은 문학을 '사람들의 마음을 정신적으로 튼튼하게 하고, 그들을 교육시키는' '그림과 거울'(1권, 51쪽; 6월 26일)로 이해하는 편협한 시각의 소유자이다. 그의 시각은 벨린스키와 자연파의 관점과 동일하다. 그리하여 데부시킨은, 아카키 아카키예비치란 인물이 자신의 창조주가 연출하는 복잡하고 그로테스크한 문학 게임의 구성요소, 즉 관습적 인물로 표현되었다는 사실을 알지 못한다. 정말 역설적인 것은 데부시킨의 문학적 열망과 그를 만들어낸 창조주의 문학적 열망 사이에 나타나는 갈등이 반영된다는 사실이다. 데부시킨의 편지들에서 그가 '마음을 뒤집어 표현'하고 바르바라와의 관계를 그가 보고 싶은 대로 쓰는 동안, 편지에 담겨있는 서술 형식의 모호함에 드러나는 암시적인 틀은 아카키와 같은 등장인물들을 문학적 장치로 변형시킨다. 바꾸어 말하면, 데부시킨은 자신과 바르바라를 자연파의 일원으로 표현하고자 시도했지만, 도스토옙스키는 그와 반대로 그들을 자연파에서 끌어내렸다고 할 수 있다.

여기에서의 최종 목표는 '데부시킨의 짝사랑하는 역할'과 "『가난한 사람들』이 감상적 자연파 소설이 되기 위해 갖는 주요한 극적 요소들의 가식적인 면'을 박탈하는 것이다. 남자 주인공은 마지막 편지에서 바르바라가 떠나는 것에 대해 슬픔을 드러내지만, 바르바라라는 여성이 떠나는 것보다 '자신의 편지에 답해줄 사람이' 사라진다는 사실이 더 아쉽다는 점을 명확하게 밝힌다. 그녀가 결혼한 후에도 데부시킨은 편지를 계속 보내겠다고 맹세한 후 말한다. "그렇지 않으면, 나의 천사여, 이것이 나의 마지막 편지일 수 있겠지만, 이것이 마지막일 리가 없어요. 내 말은, 어떻게 갑자기 마지막일 수가 있겠습니까! 나는 계속 편지를 쓰겠어요. …… 그렇지 않으면, 내가 지금 전개하는 형식은……."(1권, 108쪽). 존 존스가 말하는 것처럼, 바르바라 자체보다도 그녀에게 편지를 쓰는 것이 데부시킨에게 일상의 행복이었던 것으로 보아 『가난한 사람들』은 전형적인 연애소설이 아니다.[79] 사실, 편지가 끝나면서 데부시킨은 사라진다. 이것을 우리는 자연스럽게 받아들인다. 우리는 이전에 언급한 데부시킨이 병에 걸렸다는 사실에 집중할 수 있고, 데부시킨을 감상적인 소설의 '억압받은 남자 주인공'처럼 보여주기 위해 이런 식으로 썼다고 가정할 수 있다. 아니면 우리는 『가난한 사람들』이 일반적인 연애소설이 아닌 것처럼 데부시킨도 그러

79 존스 『도스토옙스키』 46쪽.

한 남자 주인공이 아니었다고 인정할 수도 있다. 끝난 것은 그의 인생이 아니고, 그의 말들이다. 데부시킨은 더 이상 편지를 쓰지 않기 때문에 사라진 것이다.

고골과 푸시킨

『가난한 사람들』에서 고골과 푸시킨의 우열에 관해 언급하는 것은 적어도 도스토옙스키가 고골에 대해 격렬하게 토론할 의지가 있었다는 사실을 말해준다. 도스토옙스키가 푸시킨의 '연민'을 모델로 삼고 고골의 '가면'을 실제 인간으로 탄생시킴으로써, 그가 고골에게 수없이 많은 빚을 졌다고 생각하는 비평가들로부터 큰 주목을 받았다. 대부분의 비평가들은 도스토옙스키와 고골의 문학적 관계에 대해서만 관심을 갖는다. 그런데 콘스탄틴 모출스키는 다음과 같이 주장한다. 『가난한 사람들』은 '도스토옙스키가 고골의 예술적 언어를 학습'하는 과정을 보여주었지만, 또한 '단편 이야기의 심리를 다루는 푸시킨의 가르침을 배웠다'고 주장한다.[80] 이러한 관점은 일반적인 수준에서는 맞다고 여겨질 수 있으나, 『가난한 사람들』을 논하는 특정한 상황에서 소설에 나타나는 고골과 푸시킨에 대한 선호도는 데부시킨의 의견이며, 그것이 꼭 도스토옙스키의 관점과 일치한다고 볼 수 있는 직접적인 증거는 없다. 이러한 의구심에도 불구하고, 고골과 푸시킨에 관한 담론은 데부시킨에게만 국한되는 것이 아니라, 소

80 콘스탄틴 모출스키, 『도스토옙스키. 그의 인생과 작품』 번역 미카엘 미니한 (Princeton University Press, 1967), 29쪽과 31쪽.

설의 '프레임(틀)'에도 나타나고 작가의 목소리에서도 파생된다. 이러한 증거는 이전에 주장했듯이 데부시킨과 그의 창조주가 '서로 상반되게 글을 쓰고', 데부시킨이 『외투』와 『역참지기』에 나오는 등장인물들의 성격묘사에 집중하는 데 반해, 소설 안에 암시되는 작가의 존재는 글 전체의 서사적 틀에 집중하도록 독자를 유도한다는 점에서 찾아볼 수 있다. 이러한 작가의 존재가 데부시킨과 상반된다는 점을 보여주는 추가적인 예는 6월 26일의 편지에서도 나타난다. 이반 프로코피에프('겁쟁이')에 대해 라타자예프가 쓴 '유머 있는' 발췌문이 고골의 『이반 이바노비치와 이반 니키포로비치가 싸운 이야기』에 나오는 안톤 프로코피예프 푸포푸즈(Anton Prokofevich Pupopuz, '배꼽')와 패러디적인 관계에 있다는 점이 표면으로 드러나지 않았다. 물론 그 작품은 라타자예프의 것이 맞겠지만, 소설의 '프레임'을 형성하는 서사적 존재가 데부시킨을 고골도 모르는, 문학적 무식쟁이로 그려낸 것일 수도 있다.

고골과 푸시킨에 관해 암묵적으로 혹은 명백하게 드러나는 토론은 1840년대 도스토옙스키의 다른 작품들에서도 엿볼 수 있다. 이러한 차후 작품들에서는 작품을 조직하는 서사적 존재의 목소리가 토론을 주도하는 것을 볼 수 있다. 두 명의 선구자들에 대해 '도스토옙스키의 관점'을 드러내는 것을 무비판적으로 수용하기에는 아직 이르다. 따라서 우리는 서술적 아이러니가 존재한다는 사실을 항상 경계해야 한다. 하지만 두 작가에 대한 지속적인 비교는 궁극적으로 도스토옙스키가 지향한 메타픽션의 목적을 보여준다. 예를 들어, 『분신』의 도입부에서 골랴드킨이 자신의 코에 발생한 것이 뾰루지인지 기분 나쁜 다른 무엇인지 확인하기 위해 작고 둥그런 거울에 다가가는 장면은(1권, 110쪽; 1장), 고골의 『코』에 나오는 장면과 거의 동일한 장면이라는 사실을 독자들은 눈치 챌 수 있을 것이다. 소설의 서술자가 골랴드킨의 언어적 특징을 모방하는 것을 그만두는 동시에 길고 과장된 '고골' 같은 흐름으로 클라라 올수페브나의 생일 파티가 얼마나 멋질지 생각하고 '나는 시인이 아니다'라는 점을 한탄하는 장면을 통해 우리는 여기에서 나타나는 '나'가 골랴드킨이 아니라 소설을 조직하는 패러디 작가의 존재라는 사실을 알 수 있다(1권, 128~131쪽; 4장). 유사하게, 골랴드킨이 어느 11월 밤에 페테르부르크에서 자신과 닮은 사람을 발견하며 대포 소리에 놀라 네바 강이 범람하지는 않을까 궁금해하는 장면은(1권, 140쪽; 5장), 푸시킨의 『청동 기마상』에서 남자 주인공 예브게니가 범람한 페테르부르크에서 자신의 숙적인 표트르 1세에게 미친 듯이 쫓겼던 11월의 밤을 상기시킨다. 『코』와 『청동 기마상』 모두 초자연적인 존재에 의해 구조화되어 있고 『분신』에서 이를 병치시키는 기법은 그러한 사실을 강조한다.

그러나 『코』에 나타난 기묘함은 정말로 환상적인 측면을 기반으로 하지만 도스토옙스키의 작품과 푸시킨의 시에 나타난 기묘함은 막 미치기 시작한 주인공에게서부터 드러난다. 따라서 이 병치기법은 독자들이 어떠한 방식으로 초자연적인 사건들을 읽어야 하는지 메타 문학적 기능을 이용하여 알려준다. 『가난한 사람들』에서처럼 독자가 작가의 의도를 이해하는 일은 단순히 등장인물에 집중하는 것의 이면에 숨겨져 있다. 독자들은 골랴드킨을 통해서는 그가 정확히 무슨 일을 겪고 있는지는 물론이거니와 본질이 무엇인지조차 알아차릴 수 없기 때문이다.

1847년에『여주인』이 출판 되었을 당시 도스토옙스키와 동시대 사람들 중 일부를 제외하고는 대부분 그 작품을 실패로 치부하는 등 많은 적대적인 반응 및 비판적 여론이 있었다. 서술적 객관성이 확실하지 않았으며 일관되지 않은 관점에 의해 서술되는 카테리나의 아름다움과 그녀의 험악한 악당 일리아 뮤린의 마법에 현혹된 남자 주인공의 망상은 많은 이들에게 난제였다. 그런가 하면 작품은 민속 설화에서 사용된 구절들을 인용하고 페테르부르크의 실제 일상을 반영하고 있기도 하다. 벨린스키는 이것을 이상한 하이브리드로 여겼고, 그러한 시도에 대해 '말린스키와 호프만을 화해시키려는 이 작업에는 약간의 최신 유머가 깃들어 있으며 온통 러시아의 민속적 서민성으로 도배 되어 있다'고 말하면서 곧이어 '끔찍한 쓰레기'라고 묵살 해버렸다. 이 평가의 초반부는 정확한 편인데,『여주인』의 핵심은 문학텍스트들의 원천이 소설 수준에서 남자주인공 오르디노프에 의해 재작업되고, 메타픽션 수준에서는 조직적인 서술 목소리에 의해 재작업 된다는 점에 있다.『분신』에 대해 독자와 저자가 공모해서 만들어낸 유령만이 본문을 이해할 수 있는 실마리를 제공해준다는 말콤 존스의 평가야말로『여주인』에 더 적합할지도 모르겠다.[81] 이러한 '유령'은 독자들이 뮤린과 카테리나가 이사하고 오르디노프가 병에 걸린 후 꾸는 꿈으로 인해 겪는 혼란스러움을 이해하는 데 도움을 준다. 이 혼란스러운 환상은

---

81 말콤 V. 존스,『바흐친 이후의 도스토옙스키: 도스토옙스키의 환상적 리얼리즘 글들』(Cambridge University Press, 1990), 56~57쪽.

오르디노프가 읽었던 작품들의 일부가 합쳐지면서 나타난 꿈이라는 점이 암시되어 있다. 세심한 독자라면 레르몬토프의 '1월 1일,' '카자크의 자장가' 그리고 '천사'의 가사들이나, 고골의 『무서운 복수』와 같은 우크라이나 우화, 푸시킨의 『인색한 기사』 그리고 러시아 민속 소설 속의 이미지가 비슷하다는 사실을 알아차릴 것이다. 이것들 모두가 1840년대에 교육을 받은 오르디노프와 같은 러시아인의 문화에서 유래했다고 볼 수 있기 때문이다. 그는 세속으로부터 매우 동떨어진 생활을 했으며 이는 그에게 있어서 문학이 인생의 한 부분이고, 카테리나와 뮤린과 같은 인물들은 그의 경험과 원천으로 삼는 글에서 만들어진 상상적 인물임을 알 수 있게 한다. 오르디노프의 주관적 경험을 반영하는 서술적 목소리와, 독자를 이끄는 명확한 권위적 서사 방식의 부재는 그가 원천으로 삼는 글들을 자기 지향적인 방향으로 해석하고 있다는 것을 의미한다. 이러한 원천이 되는 글들은 『여주인』에서 다양하게 나타나며, 특히 오르디노프가 카테리나와 뮤린의 망상을 고골의 『무서운 복수』를 참고해서 만들었다는 것에 관심을 집중시켰다. 오르디노프와 고골의 이야기 모두 카테리나라는 아름다운 아가씨와, 악의에 차있고 어쩌면 초자연적이지만 그녀와 친밀한 근친상간의 관계를 갖는 아버지-형상인 사람을 중심으로 전개된다. 이와 반대로 이 소설에서 푸시킨의 글을 참고했다는 사실이나 오르디노프의 망상을 부추기는 요소로 사용되었다는 내용은 상대적으로 적게 나타나지만 여전히 권위적인 작가의 서술 층위에서는 메타소설의 목적을 위해 푸시킨의 글을 의식적으로 조작하고 있다. 이는 특히 기상천외한 상황에 집중하도록 유도하는 장면에서 명백하게 드러난다.

『여주인』에서 푸시킨이 고골보다 명시적으로 더 뚜렷하게 드러나는 부분은 다음과 같다. 특히 경찰관이면서 오르디노프의 친구인 야로슬라프 일리치는 그를 언급하지 않고서는 배기지 못한다. 먼저 그들이 친분을 다시 다졌을 때, 야로슬라프는 그들이 최근 만나기 전까지 그가 읽었던 글들에 대해 오르디노프에게 언급했다. "나는 푸시킨의 글들을 전부 읽었다. (…….)그는 인간의 열정을 뛰어나게 묘사한다(1권, 284쪽; 1부 섹션3)." 나중에 뮤린이 점을 볼 수 있다고 이야기할 때, 그는 오르디노프의 회의론적 태도를 보고 다음과 같이 말한다. "그는 사기꾼이 아니다. 푸시킨은 그의 작품에서 비슷한 것을 언급했다(1권, 287쪽; 1부, 섹션3)." 그들의 마지막 회동에서 야로슬라프는 푸시킨에 대한 자신의 애정을 다시 한 번 나타낸다.

푸시킨에 대한 이러한 표면적 암시는 그의 작품에 나타나는 은밀한 제스처들의 암류(暗流)로 드러난다. 뮤린이 점을 본다는 것에 대한 야로슬라프의 언급은 우리를『스페이드 여왕』으로 이끌어간다. 오르디노프의 꿈에는 죽은 자들이 무덤에서 살아나는 환상이 포함되어 있는데 이것은『인색한 기사』의 2막에서 바론이 독백을 하는 구절들을 생각나게 한다. '달은 어두워지고 흐릿해지며, 바보들은 그들의 죽음을 보낸다.' 또한, 산적 뮤린이 카테리나와 도망치기 전에 그녀의 아버지의 바지선을 볼가 강에서 불태웠다는 카테리나의 이야기는 푸시킨의 서사시『강도 형제들』의 원고와 유사하게 느껴진다. '아스트라한 근처에서 그들은 상인의 상선을 때려

부숴다. 그는 다른 여성을 데려갔고 - 다른 사람은 그녀의 머릿속에서 사라졌다.' 『여주인』에서 뮤린은 카테리나와 종적을 감추기 위하여 자신의 정부였던 카테리나의 어머니를 떠나버린다. 그러나 완전히 미쳐버린 어머니는 자신의 딸을 저주한다. 이러한 유사성이 두드러지지만, 도스토옙스키가 푸시킨의 원고에 익숙하다는 증거가 없기에 확답을 할 수는 없다. 더욱 중요한 것은 『여주인』이 푸시킨의 민속설화 『루슬란과 류드밀라』에서 많은 부분을 채용했다는 사실이다. 물론 도스토옙스키의 많은 주제들은 민속설화에서 유래되었다. 마법사로서 뮤린은 카테리나에 대해 초자연적인 힘을 발휘한다. 카테리나가 그의 사생아딸이라든가 그들의 관계가 근친상간이라는 의견도 있다. 그리고 그녀를 구출하겠다고 맹세한 '왕자'의 역할에 상응하는 존재가 오르디노프이다. 등장인물들의 흥미로운 말투에는 민속 문학의 형상과 억양이 녹아있다. 이러한 주제들이 고골의 『무서운 복수』로까지 거슬러 올라간다는 사실을 인정함과 동시에, 우리는 도스토옙스키의 글에 드러나는 푸시킨의 영향을 간과해서는 안 된다. 『여주인』처럼 『루슬란과 류드밀라』에서도 마법사에게 붙잡힌 자신의 연인을 구하려는 어린 남자 주인공의 시도를 보여준다. 푸시킨의 작품에서 체르노모르는 마치 뮤린과 같이 매우 어린 여주인공을 형용할 수 없는 방법으로 사로잡으며 '아름다운 여성을 납치'한다. 그들의 이름은 다양한 의미를 갖는데, 체르노모르는 **'검은색'**을 의미하고, 뮤린은 **'흑인, 달'**을 의미한다.

『여주인』의 서술적 목소리와 남자 주인공의 의식 간의 관계가 불명확하기 때문에, 우리는 이러한 '유령'의 목소리가 꿈에서도 사용되었듯이 오르디노프 자신의 글들에서 유래되었을 최소한의 가능성을 열어두어야 한다. 이것을 부인하기 위해서는 존스가 언급했듯이 남자 주인공을 배제하고, 그 대신 주인공의 경험을 표현할 저자와 독자들 간에 공모가 필요하다. 『분신』에서 나타났듯이, 푸시킨과 고골의 작품을 병치하는 작업은 이들의 권위적인 기능을 강화함으로써 독자들에게 남자 주인공의 망상과 작품 속의 환상이 나타나는 장면들을 이해하는 방법을 알려주기 위함이다. 이러한 기능은 고골과 푸시킨의 작품 속에 내재된 환상의 본질과 역할을 대하는 또 다른 태도를 야기 시킨다. 특히나 그의 초기 우크라이나 이야기들에서 고골은 자진해서 환상을 받아들일 태도를 보이며, 이를 자신의 작품 속에 자신만의 방식으로 나타내려고 한다. 예를 들어 『무서운 복수』에서 마법사, 마법, 귀신에 대한 해석에 있어서 역설적인 흔적은 찾아볼 수 없다. 사실, 『무서운 복수』 이야기는 고골의 작품 중 가장 유머 없는 이야기 중 하나이며 믿기지 않는 것들에 대해서는 역설적인 부분 없이 표현되어 후에 나오는 『페테르부르크 이야기』 특유의 우수한 풍자를 제공한다. 이렇기에 초자연적 현상에 대한 상황과 본질은 의심 없이 받아들여진다. 반면 푸시킨의 작품들은 독자들이 스스로 초자연적 현상을 받아들일 수 있는 기회를 가끔씩만 제공한다. 둔감한 독자만이 『루슬란과 류드밀라』를 곧이곧대로 동화로 받아들일 것이다. 존 베일리가 주장했듯이, 시는 우리에게 환상을 '환상과의 복잡한 스포츠'로 제공하지 않는다.[82]

『무서운 복수』와 『루슬란과 류드밀라』를 구분 짓는 가장 두드러진 특징

82 존 베일리, 『푸시킨 비교 논평』 (Cambridge University Press, 1971), 41쪽.

은 불신이다. 신뢰할 수 있는 서술자의 역할과 전체적으로 예기치 못한 역할, 즉 회의적이고 세속적으로 세련된 역할을 결합시켜 장르의 한계를 아이러니하게 초월해버림으로써, 저자가 공언하는 신념을 독자는 믿지 못하는 것이다. 이처럼 서술자는 자신에 대한 독자의 불신감을 떨쳐냄과 동시에 또 다른 불신감을 증폭시킨다. 또한 서술자는 독자를 환상의 세계로 초대함과 동시에 그 세계 속 상황의 신뢰도를 떨어뜨린다.

『여주인』은 환상을 이용하여 비슷하게 역설적인 조작을 기반으로 구성되었다. 독자는 오르디노프의 심리 상태를 감안하여 상황을 받아들이게끔 유도된다. 여기에서도 도스토옙스키가 고골이 아닌 푸시킨에 대해 진 빚이 명확하게 나타난다. 푸시킨은 이미 『스페이드 여왕』에서 남자 주인공의 심리 상태를 나타내는 데 환상을 이용했기 때문이다. 게르만에게 닥친 초자연적인 현상들은 죄책감과 음주로 발생한 주관적 결과물, 즉 상상이라고 볼 수 있을 것이다. 이에 대해 보다 정확한 이해를 위해 도스토옙스키가 직접 찬양했던 매혹적인 모호함의 이야기를 인용해보자.

> 예술에는 환상에 대한 한계와 규칙이 있습니다. 환상은 거의 믿어버릴 정도로 현실과 굉장히 유사해야 합니다. 『스페이드 여왕』을 집필한 푸시킨은 우리에게 거의 모든 형식의 예술을 보여주었습니다. 이것은 환상적인 예술의 걸작입니다. 당신은 그 글을 읽고 게르만이 정말로 어떤 환상을 가졌다는 것을 믿을 수 있고, 그것이 자신의 철학과 부합한다는 것을 알 수 있습니다. 하지만, 당신이 전부 읽어버린 이야기의 끝에서는 게르만에 대한 결론을 내릴 수

없습니다. 이 환상은 게르만의 성격에서 비롯된 걸까요, 아니면 그는 사람에게 해로운 악한 영들이 존재하는 다른 세계와 접촉을 하는 그런 유형의 사람이었을까요? …… 이런 것이 바로 예술입니다(30권/1, 1쪽, 192쪽; 1880년 6월 15일의 편지)!

결국『여주인』이야기의 끝부분에서 저자가 독자에게 거는 장난은 환상을 다루는 푸시킨의 빚을 인정하는 것이다.『스페이드 여왕』에 익숙한 독자들은 게르만이 죽은 백작 부인의 관에 접근하는 장면과 오르디노프가 잠자는 뮤린을 살해할 생각을 하는 부분의 연관성을 어렵지 않게 발견할 수 있을 것이다.

"그는 늙은 사람처럼 보였습니다…….

그 순간 그는 늙은 남자의 한쪽 눈이 천천히 열리고, 그를 향해 웃는 것을 보았습니다. 그들의 눈이 마주쳤습니다. 잠시 동안 오르디노프는 흥분하지 않고 그를 바라보았습니다. …… 그는 늙은 사람의 얼굴이 갑자기 웃음으로 가득 차고 악마와 같은 잔인하고 차가운 웃음이 방에 울려 퍼지는 것처럼 느껴졌습니다(1권, 310쪽; 2부, 2절)."

1846년의 이야기인 도스토옙스키의『프로하르친 씨』는 고골과 푸시킨의 작품에서 발견할 수 있는 인색함과 불안에 관한 주제들에 대해 언급하며 저자와 독자들이 결탁하여 만들어내는 이야기에 내포된 유령에 관한 내용을 다시 한 번 상기시킨다. 하지만 이 작품에서는 『가난한 사람들』과 『여주인』처럼 글의 주체가 주인공인지 작가인지가 불확실하지는 않다. 일반적으로 그러하듯 원천이 되는 글을 발생시키는 존재는 저자로 가정되고 남자 주인공은 '이성적 동물 그 자체가 아닌 이성적 동물의 그림자'로 여겨져(1권, 245쪽) 문학적 의식에서 완전히 배제되며, 직접적으로 자신을 표현하는 현란한 말투나 간접적으로 자신의 독서를 통해 스스로를 나타내지 않는다. 물론 프로하르친이 독서를 했다는 증거도 없다. 그의 성격적 특성은 푸시킨의 『인색한 기사』에서 바론을 그리는 것에서 비롯되었으며, 추가적으로 『죽은 혼』의 플류시킨과 『외투』의 아카키 아카키예비치를 포함한 고골 특유의 그로테스크한 메들리에서 유래한다. 전형적인 1840년대 작품들처럼 프로하르친은 도스토옙스키의 하찮은 공무원 중 한 명으로서 소설의 특징이기도 한 병적인 인색함을 갖고 있었다. 그는 가장 궁상스러운 가난 속에서 살았다. 그 스스로 금식하고 사교 모임에도 참석하지 않았으며, 죽은 후에는 자신의 침대 매트리스 안에 상당한 양의 돈을 모아놓은 것이 밝혀진다.

이러한 장황한 서술 형식은 고골을 그대로 따라한 것이다. 등장인물들은 한때 고골의 상상 속에서 살았던 것처럼 기이한 이름을 가졌다. 『코』에서는 적어도 두 번에 걸쳐 간접적으로 언급된다. 한번은 프로하르친이 같이 사는 하숙인에게 "너, 너, 너는 바보야! 그들은 너의 코를 물어뜯을 수 있고 네가 모르는 사이에 빵과 함께 코를 먹어버릴 거야"(1권, 255쪽)라고 하며, 다른 한 부분에서는 프로하르친의 주인 아주머니가 "가장 존경할 만하고 뚱뚱한 여성으로 육류와 커피를 특히나 좋아하는"(1권, 240쪽) 사람으로 표현된다. 이것은 고골의 이야기에서 이발사의 아내에 관한 언급을 더욱 구체적으로 반복한 것이다. '꽤나 존경할 만한 여성이며, 커피를 자주 마셨다.' 하지만 이렇게 깊이 없고 딱히 긴밀한 관계가 없는 암시와 서술적인 스타일은 『프로하르친 씨』가 고골의 방향으로 전개될 것임을 알리는 것이다. 고골의 문체와 재미있는 기교는 주제를 파괴하며, 때로는 잠재적으로 사회 문제를 다루는 이야기가 의미론적으로 말도 안 되는 헛소리들에 파묻혀 버린다. 아마도 도스토옙스키는 이런 식으로 프로하르친의 의미를 놓쳐 버리지는 않았을 것이다. 왜냐하면 그는 자신의 구두쇠가 당시 러시아의 사회적 맥락에서 큰 의미를 갖는다고 보았기 때문이다. '갑자기 나는 나의 솔로베프[83]가 엄청난 인물로 느껴졌다. 그는 세상으로부터 거리를 두었으며 스크린 뒤로 가서 세상의 모든 유혹에서 벗어났다. 이 모든 얕은 화려함과 우리의 웅장함이 그에게는 어떠한 의미를 갖는가?(19권, 73쪽) 도스토옙스키는 프로하르친이 인색하며 안정을 갈구하는 인생을 살았다는 것을 인정했다. 그에게 돈은 하급 관리는 꿈도 못 꾸는 안정감, 권력 그리고 개인의 정체성을 제공해 줄 수 있었다. 주인공에게 상당한 의미를 부여하고 인물 구성을 연구하면서, 도스토옙스키는 자신의 원천이 되는 글을 고골이 아닌 푸시킨의 『인색한 기사』의 바론의 독백에서부터 찾아낸다. 프로하르친과 같이, 바론은 자신의 부(富)가 당장 손에 쥐고 있는 실제 재산이 아니라 추상적인 존재에 관한 가능성을 나타

83 솔로베프(Solovev)는 프로하르친의 현실에서의 원래 이름이다(역주).

낸다고 여긴다.

> "나는 모든 욕구를 초월했습니다. 나는 만족합니다,
>
> 나는 나의 힘을 알고, 그러한 의식은 나에게 충분합니다…….
>
> (그는 자신의 금을 바라본다)"

프로하르친과 바론 두 사람 모두에게 인생의 전체적인 의미는 아직 실현되지 않은 부에 집중되어 있다. 그들의 인생도 단순하게 추상적인 개념이다. 그들은 빈약하게 살아간다. 그들의 잠재적 부와 권력에 대한 의식이 침잠과 고립을 불러일으키지만, 그들은 신체적으로 정체 상태에 있으며 정서적으로 위축될 때 만족한다. 푸시킨은 격렬한 승부, 친교 관계, 음주를 인생의 낙으로 삼지만, 자신의 가난 때문에 즐거움을 누리지 못하는, 생동감 넘치는 육체적 삶을 사는 자신의 아들 알버트와 유령 같은 바론을 대비시킨다. 그는 아버지의 돈을 손에 넣어 자신이 좋아하는 것들을 실컷 하면서 사치를 누리고 싶어 한다.

도스토옙스키는 1861년에 「산문과 운문에 관한 페테르부르크 꿈」이라는 기사에서 "나는 푸시킨으로부터 도용하는 방식으로 글을 쓰고 싶지는 않다"라고 언급했다.(19권, 74) 『프로하르친 씨』에서 『인색한 기사』가 유령 텍스트로 사용된다고 할지라도, 도스토옙스키의 구두쇠는 푸시킨의 바론과 분명히 다르다. 물론, 푸시킨의 인물은 고골의 플류시킨이 갖지 못한 소유욕에 대한 복잡한 심리적 통찰력을 보여주었지만, 프로하르친

은 결국 바론이 갖지 못한 특별한 문화적, 발생학적 정체성을 가졌다.『프로하르친 씨』에서 도스토옙스키는 특정한 상황들에 내재된 보편적인 의미를 지향하면서 푸시킨이 시도하지 않았던 것들을 이루어낸다. 그는 프로하르친의 인색함을 인간의 포괄적 특성이 아니라, 특정 시대와 사회에서 비롯된 특수한 산물로 여겼다. 푸시킨의 바론은 샤일록, 리어, 또는 햄릿과 같은 일반적인 인물이다. 그는 햄릿이 덴마크의 암흑기와 연관되어 있듯이, 16세기 프랑스(글의 배경)와 연관성이 있다. 푸시킨은 자세한 사실들을 생략하고, 그의 배경이 영구적인 속성을 갖게 하기 위해 구체적인 역사적 또는 지형학적 사실을 제시하지 않았다. 따라서 독자들은 구체적인 시간과 장소를 알아차리지 못했다.『프로하르친 씨』는 전체적으로 다른 이야기이다. 자연파가 그러하듯 1840년대의 러시아 사회는 문학적 현실들과 불가분하게 연결되어 있다.

주인공의 불분명한 성격과, 그의 병적이면서도 명확하지 않은 불안, 그의 반항적인 개인주의, 그리고 그의 돈이 제공하는 것들과는 구분되는 그를 구성하는 모든 사회적, 영적 토대들은 복잡하고 구체적이다. 도스토옙스키는 노동이 분화되고 삶이 조각나 있는 시대를 살아가는 개인이 느끼는 외로움과 불안감을 명민하게 통찰해낸다. 프로하르친의 불안이야말로 푸시킨의 바론과 그를 구분 짓는 가장 큰 특성이라고 할 수 있는데, 이야기의 결말에서 프로하르친의 상황을 결정짓는 가장 큰 요인은 그의 부가 아닌 그의 계층이었기 때문이다. 프로하르친의 인색함은 즐겁고 별난 행동이 아니라, 계급이나 계층이 단단하게 떠받들어 주지 못하는 그의 불안하고 불확실한 정체성 때문에 발생하는 원초적이고 동물적인 공포로부터 기인한다. 프로하르친은 거대한 관료주의적 기계 안에서 자신의 기능을 알지 못하는 작은 톱니바퀴로서 자신이 스스로의 인생을 통제하지 못하는 위치에 있음을 원시적이고 불확실한 방식으로 느낀다. 특정 재판소가 문을 닫을 것이고, 자신의 직업이 위험에 처해 있다는 소문으로 인해 그의 공포는 점점 커져간다. 그 전에 데부시킨과 골랴드킨이 그랬던 것처럼 프로하르친은 아무도 거들떠보지 않는 하급 관리로서의 자신의 상황이 사회적 정체성을 통해 최소한의 자아를 규명하는 데 안정적인 역할을 한다는 것을 희미하게 인지한다.

이 안정감조차 없다면 개인은 고립되고 자신의 내적 근원에만 존재하게 된다. 그는 스스로에게 자신이 누구인지를 물어야 한다. 이것이 프로하르친에게 발생한 일이다. 그는 작은 모퉁이로 숨어들고, 함께 사는 하숙인들의 무리를 멀리하면서 물리적으로나 영적으로나 개인주의에 빠져든다. 결국 그가 갖고 있는 '스스로'는 무엇인가?라는 물음에 그는 실직한 하찮은 사람으로 스스로를 인식하며 푸시킨의 바론이 갖고 있던 계층이나 스스로에 대한 확고한 자신감도 잃어버리고 만다. 의미와 목적 없는 존재로 살지도 모른다는 가능성 앞에 프로하르친은 부를 통해 자신의 정체성을 규정지으려고 한다. 사회적, 영적 기반이 없기에, 그가 소유한 것은 그 자신이 되어버린다. 바론과는 다르게, 그는 자신의 부를 기쁨으로 여기지 않고 자신의 여린 존재를 의식하게 되며 이로 인해 공포를 느낀다.

"침대에 누운 프로하르친씨는 발이 자신의 비밀 트렁크에 닿자 험한 욕을 하며 비명을 질러댔고, 네 발로 기면서 온몸을 흔들어댔다. 그는 손과 온몸으로 자기 자리를 확보하려고 기어다녔다. 주변에 모여있는 사람들은 이상한 눈으로 쏘아본다. 벌벌 떨고 있는 그의 모습은 마치…… 자신의 가난한 재산 중 일 퍼센트라도 누군가에게 빼앗기는 것보다는 차라리 죽는 편이 더 낫다는 결의라도 보여주는 것 같았다."(1권, 248~249쪽).

결론

1845년 3월 24일 도스토옙스키는 형에게 편지를 썼다. "형은 내가 글을 쓰지 않는 동안 무엇을 하는지 궁금하지 않아? 난 독서를 해. 수많은 글들을 읽다 보면, 그로 인해 나에게 희한한 현상이 벌어지곤 해. 오래전에 읽었던 것을 다시 읽을 때, 난 새로운 능력을 갖게 된 것 같은 느낌이 들어. 나는 모든 것에 관심을 갖고, 모든 것을 명확하게 이해하며, 그리고 내 스스로 창조하는 능력을 거기에서 가져온단 말이야(28권/1, 108쪽)." 이 언급은 우리가 지금 이 글에서 지속적으로 주장한 바를 상당 부분 보여준다. 도스토옙스키의 글과 그가 읽었던 글들의 관계는 복잡했다. 그 관계에 대해서 비평가들이 '영향'이라는 식의 너무 단순한 해석을 내리는 것에 대해 의구심이 든다. 도스토옙스키가 자신이 읽은 글들이 자신에게 영향을 미쳤다고 하는 것은 너무 진부한 생각일 수 있다. 하지만 오히려 그러한 대화적 방식이 도스토옙스키로 하여금 글을 독창적인 방법으로 쓰도록 만들었고, 저자로서의 그의 존재와 작품 속 가상 등장인물들을 연결하는 매개체로서 일종의 재료로 쓰였다.

1840년대 소설에서 고골이나 푸시킨과 같은 이전 텍스트들의 망령을 드러내놓고 인용하며 중복시킨 서사 장르는 도스토옙스키가 이전에 읽은 것들을 맹종하며 따라했던 것이 아니라, 오히려 완전히 새로운 방향을 제시하려는 열정을 보여준 것이라고 말할 수 있다.

04. 전문 작가로서의 도스토옙스키

윌리엄 밀스 토드 3세

도스토옙스키는 기존의 『가난한 사람들』과는 다른 소설들을 집필하기 시작했다. 『분신』과 『지하로부터의 수기』는 경제적으로 안정된 삶을 살아가는 주인공에 대해 이야기한다. 여기서부터 작가로서의 전환점을 맞이하게 된다. 이후 도스토옙스키의 대표작들에서는 유언장을 발견한다거나, 파산을 당한다거나, 뜻밖의 횡재를 취하는 등 주인공의 경제적인 상황이 갑작스레 달라지는 이야기보다 주인공의 도덕성이나 이념, 혹은 심리적 갈등이 더 중요한 문제로 자리 잡는다. 환경이 주인공에게 미치는 영향에 대해 고민하던 젊은 도스토옙스키가 결국 자유의지와 도덕적 책임감이라는 주제에 대해 탐구하기 시작한 것이다. 이러한 주제들이 그의 소설에 현저하게 나타나면서 점진적으로 도스토옙스키는 철학적 소설가, 심오한 심리학자, 종교적 예언가와 같은 이미지를 얻게 되었다.

도스토옙스키와 동시대를 살았던 독자들과 작가들은 이미 알고 있었던 사실이지만, 최근에 와서야 도스토옙스키를 연구하는 학자들은 그가 모든 면에서 철저했던 **'전문(전업)'** 작가라는 사실을 재발견하기 시작했다. 시베리아 유배 이후, 도스토옙스키는 자신의 소설 속 주인공들과는 다르게 항상 가난에 시달려야 했고, 또한 동시대의 대중매체, 독자들 그리고 기관의 간섭에서도 벗어날 수 없었다. 도스토옙스키는 투옥, 검열, 명성과 영향력에 대한 부담을 느꼈고, 동시에 타인의 평가에 따라 좌지우지되는 유명세에도 시달려야 했다. 러시아문학이 보여주는 삶을 도스토옙스키도 그대로 겪었다. 그는 저술, 비평, 저널리즘, 편집, 출판 분야에서 전문적으로 활동했고, 러시아 최초의 작가 조합에서도 큰 역할을 담당했다.

그러나 도스토옙스키 자신은 **'전문직'**이라는 단어에 대해 큰 의미를 부여하진 않았다. 진보적인 전문직을 대표하는 의사, 변호사, 교사와 같은 역할들은 도스토옙스키의 소설에서 큰 영향력을 행사하지 못한다. 이와 달리, 도스토옙스키 자신은 저술 경력을 쌓는 과정에서 완벽한 전문 작가가 되었다. 러시아 문학계의 문화를 변화시키는 데 참여했을 뿐만 아니라, 농노해방 이후 러시아 사회가 근대화되면서 두드러지게 나타난 전문직의 활성화에도 일조했다. 이 장에서는 이처럼 변화되어 가는 사회와 문화의 전반적인 과정에서 도스토옙스키 작품들의 시의적절한 주제들이 어떻게 영향을 주었는가를 탐구한다. 또한 전문작가로서의 고민이 그의 소설을 형상화하는 데 어떻게 도움이 되는지, 경제적으로 제약이 심했던 생활환경이 소설의 서사방식에 어떠한 영향을 미쳤는지에 대해 살펴볼 것이다.

'전문직'이라는 단어에는 여러 의미가 내포되어 있다. 첫째로 전문직은 천직이라는 의미로 쓰일 수 있다. 도스토옙스키가 19세기 초 발자크의『외제니 그랑데』를 번역하고『가난한 사람들』을 집필하기 바로 몇 세대 전에 러시아인들은 이미 문학에 발을 들여놓았다. 예를 들면, 데르자빈, 카람진, 주코프스키, 바튜시코프, 고골, 푸시킨과 레르몬토프 등이 여기에 포함된다. 이들은 생애 동안 주로 문학 창작에 매진했고 서신, 회고록 그리고 대화를 통해 문학에 대한 열정을 보여주었다. 이들은 당시 18세기 후반과 19세기 초 러시아 학계에서 우아한 활동을 하던 아마추어 시인들보다 훨씬 더 많은 시간을 문학 활동에 쏟아 부었다. 이후 그들은 러시아 제국, 소비에트 그리고 포스트 소비에트 체제에 걸쳐 러시아 문학의 정전으로 길이 남을 명작들을 집필했다. 하지만 이들 중 아무도 **'전문직'**의 두 번째 의미인 **'생계형 직업**(생활의 주요 수입원으로서 돈을 버는 직업)'으로서의 작가는 아니었다. 이들 작가들 중 푸시킨은 저술업에 대한 확고한 전망을 갖고 있었다. 이는 그가 영국을 비롯한 유럽 문학계의 관행을 세밀하게 관찰하고 러시아 문학계의 관행을 날카롭게 비평한 것에서 기인했다. 푸시킨은 돈을 벌기 위한 글쓰기를 **'상업 저술'**이라고 폄하하는 귀족들의 편견에 맞서 강하게 싸워나갔다. 하지만 초기 서사시가 엄청나게 성공했음에도 불구하고, 푸시킨은 작가로 홀로서기를 할 수 있을 정도로 경제적 부를 누리지 못했다. 오히려 비극적이게도 푸시킨은 빚을 떠안은 채 죽어갔다.[84] 이는 푸시킨의 동시대 사람들뿐만 아니라 후대의 사람들로부터도 '귀족'으로서 부적절했다는 비판이나 경멸을 불러일으키기에 충분했다.

도스토옙스키의 초기 작품들이 출판되기 몇십 년 전부터 문학계에 종사했던 서적상, 번역가, 정기간행물 편집자들 그리고 산문과 시의 베스트셀러 작가들 일부는 자신들만의 활동으로도 생계를 유지할 수 있었다. 일부 작가는 생계유지뿐만 아니라 엄청난 명예까지도 얻을 수 있었다. A. F. 스미르딘(서적상), F. V. 불가린(신문 편집장, 소설가, 경찰 정보원), O. I. 센코프스키(잡지 편집자, 소설가, 비평가) 그리고 N. I. 노비코브(출판인, 기자, 비평가)를 들 수 있다. 소설 번역가들과 소책자 및 통속소설 작가들(lubki)은 이름을 밝히지 않는 등 공식적으로 정체를 드러내지 않은 채 활동했다. 이런 작가 그룹은 문학적 천직을 전문직으로 전환하려는 열망을 가진 아마추어 귀족작가들에게 어떤 호소력도 갖지 못했다. 푸시킨 또한 불가린과의 논쟁에서 풍자 기법을 사용했다.

이들은 작가로서의 재능은 있었지만 글을 쓰고자 하는 의지와 소명만으로는 작가로서의 직업을 실질적으로 유지할 수 없었다. 도스토옙스키가 문학 경력을 꿈꾸기 시작했던 1830년대에 들어서야 러시아는 기관을 통해 그러한 사람들을 도와줄 수 있었다. 집필업에 종사하고 싶어 하는

84 푸시킨은 빼어난 미모의 여성 나탈리야 곤차로바와 결혼했다. 이 결혼으로 푸시킨은 엄청난 대가를 치른다. 궁핍한 장모에게는 빚까지 내가며 거액의 혼수금을 줘야했고, 유행을 좋아하고 사교계의 여왕으로 각광을 받게 된 아내 때문에 갈수록 큰돈이 들었다. 늘어가는 빚과 사교계의 번잡함 속에서 그는 정서불안에 시달렸다. 숨지기 3년 전인 1935년 무렵 푸시킨은 황제에게 매수당했다는 비난을 각오하고 니콜라이 1세로부터 3만 루블을 빌리게 된다. 그만큼 그로서는 경제적으로 힘든 처지였다(역주).

자들에게는 재능, 상상력, 교육과 초기 재정적 지원이 필수적이었는데 이것이 정책적으로 가능해진 것이다. 도스토옙스키 자신이 바로 그와 같은 경우에 해당되었다. 도스토옙스키는 고귀한 혈통도 아니었고 재정적으로 부유하지도 않았다. 그렇지만 도스토옙스키는 가족과 학교의 지원을 통해 성경책뿐만 아니라 러시아문학, 서유럽 번역문학 및 대중문학의 훌륭한 작품들을 손쉽게 접할 수 있었고 문학에 대한 강한 애정을 키워나갈 수 있었다. 그리고 도스토옙스키는 공병학교 재학 시절에 러시아, 프랑스, 독일의 문학과 역사 수업을 듣기도 했다. 그는 이러한 가족의 재정적 지원과 교육제도의 문학적 자산을 바탕으로 1840년대에 전문작가로 등단할 수 있었다.

하지만 당시의 작가 지망생은 커다란 장벽에 부딪혔다. 그 장벽이란 러시아 문학계의 독특한 제도적 특성에서 비롯된다. 이런 장벽 때문에 도스토옙스키는 일생 동안 고통을 감수해야 했다. 이러한 장벽들 중 하나가 바로 독자층의 부족이었다. 1897년 러시아제국에서 처음으로 문맹률 조사가 이루어졌다. 이미 몇십 년 동안 교육이 이루어져 왔음에도 불구하고 당시에 러시아에서 글을 읽고 쓸 수 있는 사람은 인구의 21% 정도였다. 이는 문학이 상업적으로 성행하던 영국과 미국에 비해 한참 낮은 수치였다. 도스토옙스키가 젊었던 시절에 이 수치는 5~10% 사이로 추정된다. 이마저도 매우 낮은 수준의 독서 능력과 작문 능력을 가진 사람들이 대부분을 차지했기 때문에 굳이 가격이 비싼 책과 잡지를 구입하려고 하지 않았을 것이다. 비록 소설을 구입했을지라도 대다수가 그것을 읽을 수가 없었을 것이다. 이렇듯 소설을 소비할 수 있는 대중이 매우 제한적이었기 때문에 잡지, 출판사 그리고 작가 가운데 정말 극소수만이 살아남을 수 있었다. 1830년대 및 1840년대의 가장 유명한 잡지는 센코프스키의 『독서실』(1834~1864)이었다. 이 잡지는 1837년에 최고의 정점을 찍었음에도 불구하고 구독자 수가 7000명에 불과했다. 같은 해에 푸시킨의 『예브게니 오네긴』 2판은 5,000부밖에 팔리지 않았다. 러시아에서 문학 작가로 살아가기가 얼마나 어려운가를 보여주는 예로, 스미르딘이 센코프스키에게 그해의 잡지를 편집하는 일에 대한 보수로 29,000루블을 준 것을 들 수 있다. 어린 도스토옙스키의 우상이기도 했던 푸시킨에게, 즉 러시아의 첫 대작 소설을 집필한 푸시킨에게 출판사는 고작 3,000루블을 주었다. 출판사와 편집자들은 그들이 노력한 만큼 더 많은 이익이 나기를 바랬지만, 대부분의 작가들은 그렇게 성공하지 못했다. 그리고 책과 잡지를 읽을 수 있어 책을 구매할 수 있거나 혹은 도서관에서 구독신청을 해야만 하는 소수의 독자층을 사로잡기 위해 작가들은 엄청난 경쟁을 해야 했다.

더욱이 도스토옙스키가 젊었던 시절의 문학 시장은 자유로운 시장체제가 아니었다. 러시아 제국은 전제국가였고 독재 정부는 일관성이 있지도, 언론을 다루는 데 호의적이지도 않았다. 예를 들어 1780~1848년에 설립된 사설 인쇄소들은 설립되는 과정에서 허가와 금지, 재설립을 반복해야만 했다. 애매모호한 구절들은 허용되지 않았고, 그러한 글을 쓰는 작가들은 부정적으로 여겨졌다. 해외 서적의 수입은 금지, 허락, 축소의 과정을 반복했다. 검열 기관의 수가 급증했으며, 그 기관들조차도 의견이 일치하지 않아 서로 다툼이 빈번했다. 이런 시대가 끝나갈 무렵에도 검열 기관은 열두 곳이나 남아있을 정도였다. 하지만 도스토옙스키처럼 작가를 꿈꾸는 사람들에게 급속히 바뀌는 법률과정 자체가 가장 큰 문제는 아니었다. 법이 참으로 빠르게 변하는 동안에도 법은 작가와 출판사들이 그들의 행동에 따른 결과를 예측할 수 있도록 해주었다. 어떤 법들은 도움이 되기도 했다. 1828년의 저작권법은 러시아 작가들이 저술로써 생계를 유지할 수 있도록 저작권을 주었다. 오히려 작가와 출판사들이 겪은 주요 문제는 황제와 기관 공무원들을 포함하여 러시아 정부가 펼친 예측불가능하고 모호하며, 보복성이 다분한 정책이었다. 표면적으로 작가들을 보호하는 법이 있었고, 검열이 작품 출판 전에 이루어졌음에도 불구하고, 작가들과 출판사들은 작품이 출판되고 난 이후에도 고위층의 누군가를 불쾌하게 만들었다면 언제든 처벌받을 수 있었다. 니키텐코 검열관은 1830년대에 "러시아에는 합법적인 것이 없었다" [85]라고 불만을 표현하기도 했다.

전제정치보다 더 변덕스러웠던 것은 한 작가가 인기를 얻었다가 곧바로 몰락할 정도로 유행 위주로 움직이는 독자층의 문학적 취향이었다. 이것은 1820년대 및 1830년대 러시아 문학계가 원칙을 가진 대중비평에 의해 움직이는 것이 아니라, 살롱과 학생 동아리라는 개인적 취향에 따라 좌우되었기 때문에 발생한 현상이었다. 도스토옙스키로부터 러시아의 '국민시인'이라는 칭송을 받은 푸시킨도 1820년대 초반 그의 서사시가 성공을 한 후 1830년대에는 시와 산문의 잇따른 실패를 맛보았다. 정기 간행

---

85 Aleksandr Nikitenko, The Diary of a Russian Censor, abridged, edited and translated by H. S. Jacobson (Amherst: University of Massachusetts Press, 1975), p. 30.

물은 변덕스러운 검열로 인해 손해를 보았고 운이 좋으면 그나마 몇 년은 살아남았다. 그들의 서적을 구매할 수 있는 소수의 부유한 독자층에게 의존했던 서적 출판사들도 경제적 불황에는 취약할 수밖에 없었다. 예를 들어 진취적인 스미르딘은 더 저렴한 개정판을 생산하려다가 지나친 재정 지출로 결국 50만 루블의 빚을 지게 되었다.

러시아 문학에 몰두하기 시작한 도스토옙스키가 작가로서의 입지를 굳히려고 할 때, 그는 두 가지 대중적 논란에 휩싸였다. 첫 번째 대중 논란은 카람진의『러시아 국가 역사』의 가치를 논하는 토론으로 인해 발생했다. 그 토론은 불가리아 작가 그룹과 푸시킨의 **'귀족'** 그룹간의 자존심 싸움으로 커졌다. 토론이 풍자로 격해지면서 서로 노골적인 인신공격을 하게 되었고, 전제군주제의 비밀경찰(악명 높던 **'제3부'**)에 대해서도 맹렬하게 비난을 하게 되었다. 이런 토론 태도는 대중비평의 문화와 공개토론의 관행에 있어 러시아가 얼마나 미흡하고 부족한가를 보여준다. 여기서 **엘리트 직업군이 갖추어야 할 윤리적 기준의 부합성**이라는 세 번째 의미로서의 '전문직'의 정신이 부족하다는 사실이 드러난다. 그리고 이런 의미에서 볼 때, **'전문직'** 작가들은 슬픈 현실을 마주한 것이다. 당시 러시아의 작가와 비평가뿐만 아니라 문학인들에게는 어떤 도덕적 기준도 없었고, 개인적인 자기성찰이나 자기 검열의 그룹도 존재하지 않았다는 사실이 명백하게 드러난 것이다.

1830년대 초반에 이러한 논란이 잠잠해졌을 무렵 센코프스키의『독서실』의 성공과 스미르딘으로부터 지원받은 다른 기업들로 인해 새로운 논란이 촉발되었다. **'문학과 상업'**에 대한 새로운 논란은 이전에 드러난 러시아 문학계의 문제들이 여전히 해결되지 않았다는 것을 보여줌과 동시에 편집, 출판, 독자층 그리고 인쇄물의 상업화와 같이 현재의 문학 및 언론계에도 존재하는 주요 문제들을 드러냈다. 위에서 언급한 첫 번째 논란에 참여했던 대부분의 작가들은 두 번째 논란에도 참여했지만 두 번째 논란에서는 센코프스키, S. P. 셰비레프(문화 보수파), V. G. 벨린스키(도스토옙스키의 명성을 쌓아준 비평가) 그리고 N. V. 고골(1840년대에서 1850년대까지 도스토옙스키의 주목을 가장 많이 받은 러시아 산문작가)과 같은 작가들이 주도적으로 나섰다. 잡지『독서실』을 포함하여 스미르딘의 인쇄 매체에 대한 사실상의 독점 체제는 1830년대에 벨린스키의 유명한 꼬리표인 **'스미르딘의 시대'**를 초래한 원인이 되었다. 대중적으로 유명한 작가가 되고 싶어 하는 러시아 작가들은 모두 스미르딘의 편집장들 및 상업적 인맥의 관계를 무시할 수 없었다. 비록 벨린스키는 스미르딘의 정직함과 일관성에 경의를 표했음에도 불구하고 스미르딘을 통해서 출판되지 못한 책이나 그의 편집장들로부터 보호받지 못한 책은 크게 유통되지 못했다는 점도 언급했다.[86]

꾸준한 인기를 유지한 잡지를 보유했으며, 기업의 성공에 일조한 작가들에게 충분한 보상을 해주고, 푸시킨의『스페이드 여왕』과 같은 훌륭한 작품을 출판한 성공적인 기업들이 왜 논란의 중심에 서게 됐을까? 이것은

86 V. G. Belinskii, 'Neskol'ko slov o "Sovremennike"' (A few words about The Contemporary) in Polnoe sobranie sochinenii v deviati tomakh (Complete Works in nine volumes) (Moscow: Khudozhestvennaia literatura, 1976-82), vol. 1, p. 489.

당시 러시아인들이 문학 종사자들을 제대로 이해하지 못했기 때문이다. 셰비레프가 자신의 에세이 「문학과 상업」(The Moscow Observer, 1835)에서 『독서실』을 비판한 것은 당시 문학을 업으로 삼는 자들을 비판했던 가장 극단적인 예이다. 그의 에세이 대부분은 히스테리로 가득 차 있다. 각각의 페이지에 대해 돈을 지급한다는 서명을 하자마자 양을 늘리기 위해 장황하게 글을 쓰는 작가에 대한 비판, 러시아 문학계에 오가는 금액에 대한 과장된 수치의 회계보고, 돈이 문학에 대한 취향, 생각, 도덕, 학습, 및 진솔한 비평을 파괴할 것이라는 두려움, 시를 저술하는 사람들만이 돈의 마수에 걸려들지 않았다는 낭만적 주장 등이다.

고골과 벨린스키는 저술업을 인정했다. 따라서 센코프스키를 비판하며 그들이 말하고 싶었던 것은 원고료를 받는 작가들이 돈에 눈먼 자들이라는 이야기가 아니다. 오히려 그들은 저술업에 종사하는 고귀한 사람들이 가져야 할 도덕적 조건들에 대해 말하고자 했다. 이는 **'전문직'**이 갖는 세 번째 의미와 특히 부합하는 것으로, 저자는 자신이 쓴 글을 존중하거나 비판할 대중에 대해 책임의식을 가져야 하며, 동시에 대중이 요구하는 문화적 욕구를 인지해야 한다는 뜻이다. 작가들의 글을 파렴치할 정도로 대범하게 편집하는 센코프스키의 행위는 결코 바람직하지 못한 습관이었다. 고골은 이에 대해 러시아 문학에서 전례가 없는 행위라고 비판했다. 고골은 센코프스키의 행동에 대해 놀라움을 금치 못했다. "우리의 이야기는 절대 처음 그대로 유지되는 경우가 없고 매번 달라진다. 때때로 우리가 쓴 글 중에서 둘 중 하나 혹은 셋 중 두 개가 편집이나 정밀 검사를 통해 처음 쓴 글과 상당히 달라진다"[87]고 했다. 아마 이렇게까지 극단적이지는 않았겠지만, 센코프스키는 발자크의 『고리오 영감』의 결론을 행복하게 마무리 짓도록 지시하거나 학술적인 글을 수정했고 다른 비평가의 수필들에 자신의 의견을 첨가했다. 러시아에서는 편집과 교정이 일상적이라는 사실을 고려할 때 그의 행동은 그렇게 놀라운 일이 아닐 수도 있다. 하지만 이런 행위는 낭만주의 시대가 강조하는 시인의 고유한 소명의식과 작가의 텍스트에 가하는 명백한 모욕이었다. 벨린스키의 이러한 행동들은 독자들의 신뢰를 저버리는 것과 마찬가지였다. 벨린스키, 셰비레프 그리고 철학에 관한 글을 썼던 젊은 세대의 작가들과 비평가들이 드디어 책임감 있는 비평을 해야 하는 시점이 되자, 『독서실』은 직접 대놓고 그들이 책임감 없고 변덕스러우며 솔직하지 않은 자들이라고 공격했다. 리디아 긴즈부르그가 그럴싸하게 표현한 것처럼, 이는 '원칙적으로 무원칙'이었다.[88]

러시아 문학계가 이토록 불안정한 상황에 있을 때 도스토옙스키는 문학을 탐구했다. 카람진, 푸시킨 그리고 고골의 성공은 어린 도스토옙스키에게 자신도 저술업에 종사할 수 있다는 꿈을 심어주었다. 비록 스미르딘의 정책이 도스토옙스키의 사업과 서로 상충되는 측면이 있을지라도, 그 정책은 법원의 후원이나 국가 보조와는 별개로 도스토옙스키가 상당한 물질적 보수를 받을 수 있도록 도와주었다. 또한 전도유망한 젊은 러시

87 N. V. Gogol', 'O dvizhenii zhurnal'noi literatury v 1834 i 1835 godu' (On the movement of journalistic literature in 1834 and 1835) in Polnoe sobranie sochinenii 14 vols. (Moscow: Nauka, 1937-1952), vol. 8, p. 162.

88 V. E. Evgen'ev-Maksimov et al. (eds.), Ocherki po istorii russkoi zhurnalistiki i kritiki (Studies in the History of Russian Journalism and Criticism), vol. 1 (Leningrad: Izd. Leningradskogo Universiteta, 1950), p. 332.

아 작가들은 해외 작가들의 전례들을 보며 희망을 가질 수 있었다. 예를 들자면, 독일 철학적 및 미학적 시인들이 가진 고귀한 지위라든가, 프랑스 소설가들의 사회적 책임감이라든가(조지 상드, 유진 수), 프랑스의 문학적 거장들과 영국의 유명 인사들(콩스탕, 샤토브리앙, 위고, 디스라엘리) 및 재정적으로 또는 비평가로서 성공한 작가들(스코트, 디킨스, 발작)이 이에 해당된다. 벨린스키는 1840년대에 가장 영향력 있는 작가로서 자신과 동시대를 살았던 이들에게 저술업에 종사할 수 있다는 꿈을 심어주기 위해 노력했다. 그는 문학의 상업화를 넘어서 문학을 '대단하고 중요한 공화국(res publica), 고귀한 도덕적 유희와 살아있는 황홀감'이라고 표현했다. 그리고 문학을 필히 소비해야 할 대상들은 '특정한 방향으로 취향과 관점이 오랫동안 형성되어 온 유명인들'이라고 했다. 그들은 문학을 '그 자체로 살 중의 살, 뼈 중의 뼈로 보며, 낯설지 않게 여기고 부수적으로 책과 잡지를 소비할 것'이라고 했다. 이러한 대중만이 출판물의 작가들과 비평가들의 존재에 의미를 더해줄 것이라고 벨린스키는 주장했다.[89]

공병학교를 졸업했을 때 도스토옙스키는 러시아 문학의 이러한 취약한 관습을 처음 경험하게 되었다. 당시 문학적 야망에 차 있던 도스토옙스키는 1840년대 러시아 저술업에 종사하는 자들의 실질적 어려움에 대해 무지했다. 지금까지 설명한 **'전문직'**에 포함된 세 가지 의미 중 첫 번째 **'천직'**만이 그 당시 도스토옙스키에게 적용될 수 있는 의미였다. 여러 해가 지나고 나서야 『작가의 일기』(1876년 1월)에 그는 형 미하일의 시에 대한

89 V. G. Belinskii, 'Russkaia literatura v 1840 godu' (Russian literature in 1840) in Polnoe sobranie sochinenii v deviati tomakh, vol. 3, pp. 195-198.

글을 썼다. 또 글을 쓰면서 베네치아에서의 삶을 그린 소설을 집필하고 자 계획했던 장대하고 아름다웠지만 순진한 꿈도 추억했다. 1830년대부터 1840년대 초반까지 기록된 그의 편지들은 이러한 시, 소설, 연극 그리고 철학에 대한 꿈이 절대 과장이 아니었음을 보여준다. 도스토옙스키는 공학 과목이나 장교 경력에 대해서는 거의 관심이 없었다. 아버지가 죽자 그는 군대에서 해방되었다. 1844년 적절한 시기에 도스토옙스키는 군대에서 바로 퇴임해버렸다.

도스토옙스키는 다행히 저술업 종사자의 어려움에 대해 무지했기에 작가라는 직업과 문학 독서에 열중할 수 있었다. 하지만 곧 어려움에 처할 수밖에 없었다. 동시대를 살았던 다른 러시아 대소설가들과 달리 도스토옙스키는 작품으로부터 얻는 소득 외에는 수입이 없었기 때문이다. 톨스토이는 약 800명의 남자 농노가 포함된 거대한 영지를 유산으로 받았으며, 투르게네프는 4,000명의 농노와 영지를 자기 형제와 나누어가졌다. 이들의 막대한 유산 상속에 비하면 도스토옙스키는 아버지가 물려준 약간의 재산이 있었으나, 그나마도 빚에 저당 잡혀 있어 재산은 초라한 수준이었다. 이반 곤차로프와 미하일 살티코프-시체드린은 둘 다 귀족 신분을 유지하면서 부를 즐길 수 있는 상인 집안 출신이었다. 두 사람 모두 공직에서도 대단한 성공을 거두었다. 도스토옙스키는 일찌감치 공직을 포기했다. 도스토옙스키의 가족 배경은 그들보다 더 초라했다. 그의 어머니는 부동산 업계의 상인 집안 출신이었고, 아버지는 그보다 더욱 가난한 지역 목회자의 자녀로 하층 귀족으로까지 몰락한 인물이었다. 국가가 주는 연금을 포기하고 얼마 안 되는 아버지의 부동산을 몇천 루블에 넘긴 도스토엡스키에게는 친척 및 친구들로부터 받은 약간의 융자와 저술로 번 돈이 유일한 수입이었다.

이러한 압박에 대하여 도스토엡스키는 처음에 무관심하게 반응했었다. 마을의 젊은 공무원으로 살면서 그는 극장과 레스토랑을 자주 드나들며 빚을 늘려갔고, 그 시대의 또래들이 대부분 겪는 **'가난한 세대'**의 특징을 보여주었다.[90] 하지만 동시에 번역으로 수입을 내면서 19세기 중반에 학식 있는 젊은이들로부터 흠모의 대상이 되기도 했다. 적어도 이 부분에 있어서 도스토엡스키는 『외제니 그랑데』의 번역본을 발표하면서 확실하게 성공했다. 이처럼 특색 없이 시작한 번역 경력이었지만, 나중에 그 경력은 그가 저널리스트로 일하며 어떻게 해야 성공하는지를 가르쳐주었다. 동료인 드미트리 그리고로비치는 프랑스의 사회적 낭만주의에 흥미를 느꼈다. 그는 도스토엡스키의 『가난한 사람들』에 사로잡혀 이 작품을 평론가, 시인, 그리고 편집장으로서 성공적으로 데뷔한 니콜라이 네크라소프에게 보여주었다. 페테르부르크에 '백야'가 있던 어느 날 그 두 사람은 도스토엡스키의 소설을 보여주기 위해 서둘러 벨린스키를 찾아 갔다. 당시 서점 주인들의 말에 의하면 벨린스키는 비평가로서 영향력이 엄청나서 그의 평론에 따라 책의 판매량이 결정된다고 했다. 그 소설을 읽은 벨린스키는 소설이 비판적이지만 사실적으로 그려낸 근대적 인간 사회에 대한 관점이 자신의 관점과 같다는 것을 깨닫고는 도취되었다. 이렇게 무

90 Alexander Gerschenkron, 'Time horizon in Russian literature', Slavic Review 34:4 (December 1975), pp. 692~715.

명의 도스토옙스키는 처음으로 현실을 반영한 장편 소설을 쓴 러시아 작가가 되었다.

1840년대 상트페테르부르크의 좁은 문학계에서 도스토옙스키의 새 소설에 관한 소문은 출판되기도 전에 빠르게 퍼져나갔다. 도스토옙스키는 갑자기 세간의 관심과 주목을 한 몸에 받게 되었다. 러시아 문학이 상업적으로 활성화되면서 다양한 주제가 다루어졌지만 상류층의 살롱이나 문인들의 모임에서 여전히 사람들은 복잡한 사회적 문제에만 주목했다. 발자크의 초기작에서 볼 수 있는, 그리고 도스토옙스키의 후기작들에서 찾아 볼 수 있는 **'미성년'** 캐릭터들이 보여주는 모습에 주목한 것은 오직 젊은 도스토옙스키뿐이었다. 동시대의 회상록과 형 미하일에게 보낸 편지에는 도스토옙스키가 저지른 이상한 실수들이 기록되어 있었다. 중요한 위치에 있는 상류 모임의 주인(초청자)에게 예의 없이 행동한다든가, 그를 만나고 싶어 하던 미녀 앞에서 졸도를 한다든가, 그가 속해 있던 문학 그룹이 계획하던 유머잡지를 세련되지 못한 방법으로 광고하다 검열에 걸려 결국 금지를 당하는 행동들이다. 벨린스키는 이러한 도스토옙스키의 풋내 나는 떠들썩함에 위협감을 느끼기에는 이미 대선배였다. 이 젊은 작가에 대하여 벨린스키는 부정적으로 반응하지 않았지만, 도스토옙스키와 비슷한 연령대의 작가들은 예민하게 반응했다. 네크라소프와 투르게네프는 함께 쓴 풍자시에서 도스토옙스키를 '문학의 코에 새로 생긴 여드름'으로 표현했다. 이 시의 복사본이 알렉산더 게르첸과 그리고로비치에 의해 인쇄되었다는 사실은 도스토옙스키가 벨린스키 그룹의 작가들을 얼마나 화나게 했는지 잘 보여준다.

벨린스키는 군의관의 아들이었던 도스토엡스키에게 상류사회에서 지켜야할 품행에 대해서는 조언을 해줄 수가 없었다. 하지만 적어도 그는 도스토엡스키가 재정 문제에 대해서 판단력을 가질 수 있도록 도와주었다. "2주 전에 벨린스키는 나에게 작가로서 어떠한 식으로 문학계에서 생계유지를 할 수 있는가에 대해 훈계를 했다. 결론적으로 계약을 한 번 할 때 최소한 200루블은 요구해야 한다고 했다. 그렇기 때문에 골랴드킨이 주인공으로 나오는 『분신』은 최소한 1,500루블을 요구할 것이다." 도스토엡스키가 요구한 이러한 조건이 성사되었다면 그것은 당대의 가장 큰 사건이 되었을 것이다. 그러나 도스토엡스키가 첫 번째 소설의 출판업자 네크라소프를 통해 경험하게 되듯이 금액은 막 등단한 작가가 요구할 수 있는 수준이 아니었다. "양심의 가책을 강하게 느낀 네크라소프는 토끼처럼 깡충깡충 뛰어다니면서 나에게서 이미 사간 『가난한 사람들』에 대해 100루블을 추가로 주겠다고 했다. 그는 은화 150루블은 기독교인으로서 양심적으로 줄 수 있는 금액이 아니고 그에 대한 회개로 100루블을 추가로 준다고 했다……." 당시 네크라소프는 그가 나중에 얻게 될 명성처럼 뛰어난 안목으로 문학작품을 통찰해내지 못하는 수준이었기 때문에 『가난한 사람들』은 단순히 편지가 날짜별로 나열된 작품 정도로 여겼다. 도스토엡스키는 다음과 같이 계속 불만을 토로한다.

"이 모든 것은 지금으로서는 괜찮지만, 이 부분만큼은 견딜 수가 없다. 나는

『가난한 사람들』이 검열에 들어간 이후로 어떠한 소식도 들은 바가 없다. 매우 순수한 작품임에도 검열을 오랫동안 끌고 있다. 언제쯤 끝날지 모르겠다. 만일 출판을 금지하면 어떻게 될까? 처음부터 끝까지 책 수정을 요구하면 어떻게 될까? 그것은 정말이지 끔찍한 일이다. 네크라소프는 이미 4,000루블이나 투자한 연서를 출판할 수 없을 것 같다고 얘기하고 있다(28권/1, 112~113쪽; 1845년 10월 8일 편지)."[91]

3개월 후인 1846년 1월에 소설은 결국 출판되었지만, 『가난한 사람들』과 『분신』 모두 예상만큼의 수익을 내지는 못했다. 이렇듯 불안한 소설가는 한 가지 더 안타까운 일을 경험하게 된다. 그것은 소설에 대한 평이 예상보다 훨씬 더 부정적이었다는 것이다. 평소에 긍정적이었던 벨린스키마저도 자신이 1839년에 수석 비평가로 있었던 『조국수기』라는 잡지에 소설을 싣는 것에 대해 우려를 표했다. 벨린스키가 잡지 『조국수기』를 떠나 잡지 『동시대』에 합류했을 때, 『가난한 사람들』에 대한 연말 논평은 그다지 호의적이지 않았다. 그는 소설의 장황함과 반복성을 혹평했다.

도스토옙스키보다 덜 예민하고 불안정한 작가도 실망을 했을 것이다. 도스토옙스키는 자신이 불안정한 위치에 놓여있다는 것을 알았기에 자신에 대한 혹평을 더욱 민감하게 받아들였다. 도스토옙스키는 벨린스키가 속한 '자연파'의 박애주의 미학과 너무 유사하다는 비판을 많이 받았다.

91 In Dostoevsky's time one silver rouble was equal in value to 3.5 paper roubles. Unless otherwise stated all sums in this study are given in paper roubles. The 'signature' (pechatnyi list) remains the basis for literary honoraria to this day in Russia; it is the sheet of paper which the printer folds and binds. In the books and journals of Dostoevskii's time it typically yielded sixteen pages.

이것은 곧 자신의 작품을 출판하도록 이끌어준 비평가로부터 버림받았음을 의미했다. 작가로서 도스토옙스키의 관심도 심리적(『분신』)이거나 몽상적(『여주인』)인 방향으로 변해가고 있었다. 벨린스키는 이를 더 이상 감당할 수 없었다. 그로 인해 도스토옙스키는 벨린스키와 그의 그룹으로부터 점점 더 멀어지게 된다.

도스토옙스키의 첫 소설 『가난한 사람들』은 자연파 산문의 경계를 무너뜨린 작품임에 틀림 없다. 하지만 도스토옙스키는 곧 『가난한 사람들』이 다른 수준 높은 작품들에 의해 추월당했음을 깨닫는다. 투르게네프의 『사냥꾼의 수기』를 구성하는 이야기들이 실리기 시작했고, 게르첸의 『누가 비난받아야 하나?』(1847)는 『가난한 사람들』보다 다양한 등장인물들을 보여주었고, 이반 곤차로프의 첫 번째 소설인 『평범한 이야기』(1847)는 실제 삶에 대한 소박하고 공상적인 경향에 도전하면서 벨린스키의 인정을 받았다. 그리고로비치는 『마을』(1846)과 『안톤 고레미카』(1847)라는 두 개의 중편 소설에서 전례 없이 높은 수준으로 소작농의 삶을 상세하게 묘사했고, A. V. 드루지닌은 『폴린카 삭스(Polinka Saks)』(1847)에서 해방된 여성상을 다룸으로써 적어도 러시아에서는 새로운 문학의 지평을 열었다. 도스토옙스키가 비평가들의 칭찬과 유행의 취향으로부터 멀어졌을 때, 위에 열거한 작가들이 그 자리를 차지했다. 그들은 검열에 직접 도전하지 않으면서도 사회의 주요한 문제를 작품에 담아내기를 바라는 대중의 요구에 부합하고 있었다.

이러한 일련의 일들로 인해 도스토옙스키의 자존감은 흔들렸다. 그럼에도 불구하고 1840년대 중반 그는 시장이 좁은 문학계에서 다시 한 번 전문작가로서 소설을 발표했다. 도스토옙스키는 자신이 계획한 『네토즈카 네즈바노바』 소설로 『조국수기』의 출판업자인 A. A. 크라옙스키로부터 선불을 받았다. 이 선불로 인해 도스토옙스키는 벨린스키가 그 잡지를 떠나 『동시대』로 옮겨 간 이후에도 잡지에 묶여있게 되었으며, 그로 인해 문학계 인사들의 비웃음거리가 되었다. 하지만 그와 같은 큰 금액(4,000루블)은 사실상 도스토옙스키가 1849년에 체포될 때까지 출판한 글들과 함께 그가 생계를 유지할 수 있도록 해주었다. 그가 유배당하기 전의 작품들은 미완성 작품 『네토즈카 네즈바노바』(1849)의 3회분을 포함하여 『조국수기』에 주기적으로 출간되었다. 이 기간 동안 도스토옙스키가 자신의 글들을 출간할 수 있었다는 사실은 당시 러시아 문학계에서 그의 위상을 보여주었다. 동료 작가들이 그의 성격이 나쁘다거나 집필의 문체 스타일이 어떻다고 논하는 것과 상관없이, 그들은 당대를 주름잡던 잡지에 그를 포함시켰고 그의 작품에 대해 논평했다. 도스토옙스키는 크라옙스키에게 진 빚에 대해 강한 불만을 품고 있었으며, 그 빚을 갚기 위해 자신의 작품들과 타협하게 되는 상황에 대해 염려하고 있었다. 그러나 이 선불 금액은 작가로서 그의 생계를 유지하는 데 도움을 주었다. 사실 동시대에 이렇게 생활할 수 있는 작가는 많지 않았다.(28권/1, 135~136쪽; 1846년 12월 17일 M. M. 도스토옙스키에게 보낸 편지). 하지만 도스토옙스키가 불만을 토로하면서 사용한 단어인 '**날품팔이**(podenshchik)'[92]는 위엄

92 러시아어 "podenshchik"은 "일급 노동자, 날품팔이"로 번역 가능하다.

을 갖춘 **'전문가'**라는 단어와는 거리가 있다(크라엡스키에 대한 변명을 해 보자면, 그가 도스토옙스키에게 제안한 50루블의 선불은 도스토옙스키가 주장한 60루블과 큰 차이가 없다).

도스토옙스키가 이 작품들을 단행본으로 출판하지 않았다는 사실은 그렇게 놀라운 일이 아니다. 당시의 경제적 상황에서는 가장 성공적인 작품들이 아닌 이상 단행본을 출판하기 어려웠기 때문이다. 유배지에서 돌아온 후에야 도스토옙스키는 그런 지위를 누릴 수 있었다. 그때도 그의 소설과 이야기들은 잡지의 연재분으로 먼저 출간되었다. 단행본은 작가들에게 잡지 사례비의 10분의 1 정도만을 제공해주었다.

작가로서 초기의 도스토옙스키는 신문과 잡지 출판업에도 관여한 전문 저술가나 다름없었다. 그는 체포되기 전에 이 분야에 막 발을 들인 상태였으나 유배로 인해 활동을 저지당한 것이다. 그와 동시대를 살았던 대부분의 작가들 또한 이러한 부차적인 문학 활동에 의지했음에도 도스토옙스키는 이에 대해 특별한 자부심을 갖지 않았다. 그의 생애 동안 이러한 문예란과 칼럼에 대해 증쇄도 하지 않았다. 그럼에도 정기 간행물에 참여함으로써 그의 소설 작품의 형식, 주제, 성격 묘사 그리고 서술 기법 등이 영향을 받았다. 격식을 차리지 않는 문예란의 어조에 익숙했기 때문에 도스토옙스키는 다양한 주제들을 다룰 수 있었다. 그는 글에 서정미를 덧입혔으며, 페르소나들을 창조했고, 등장인물들의 형태를 논하고, 논쟁에 참여하고, 매우 개인적인 어조로 자기 이야기를 털어놓게 만들었다.

바튜시코프, 뱌젬스키, 벨린스키와 같은 이전 작가들 중 특히 마지막 둘은 이미 자신들의 산문 에세이에서 회화체 어투를 사용했다. 문예란은 이러한 어투를 유행시켜 자신의 영역을 확장시켰다. 그로 인해 도스토옙스키는 자기 직업이 끝나는 날까지 신문·잡지 출판업뿐만 아니라 『작가의 일기』, 『지하로부터의 수기』와 『카라마조프가의 형제들』과 여러 소설의 서술자와 가상의 저자들에게도 이 말투를 사용할 수 있었다. 도스토옙스키가 『페테르부르크 연대기』(1847)라는 제목 하에 「상트페테르부르크 뉴스」를 위해 적은 네 개의 문예란은 그에게 동시대 도시 문화에 대해 평론할 수 있는 기회를 주었다. 그의 결론은 대부분 부정적이었다. 그는 러시아라는 나라를 '뉴스를 자유롭게 보도할 수 있는 언론이 없기에 사람들이 공개적으로 토론할 수 없어 집으로 돌아갈 수밖에 없는 나라'로 신랄하게 묘사했다. '페테르부르크는 아주 작은 사회들이 많이 모여 있는 도시로, 사회마다 제각각의 규칙, 예법, 법칙, 논리 그리고 현인들이 존재한다.' 이러한 사회를 통해서만 사람들은 서로에게 '요즘 새로운 뉴스 뭐가 있어?' 라고 물어볼 수 있다(18권, 12쪽). 하지만 이러한 사회들은 얼마 되지 않아 와해되었으며, 정기간행물들이 제공하는 하찮은 수준의 정보만 제공해주었다. 초창기 문예란들을 집필했던 도스토옙스키는 자신이 관찰한 러시아 지적 생활의 수준과, 공공 분야를 발전시키는 데 실패한 러시아인들의 실상에 대해 냉소적인 태도를 보였다.

1849년 4월 도스토옙스키는 위에 설명한 작은 그룹에 참여한 이유로 체포되어 사형을 당할 뻔했다가 간신히 유배되지만, 러시아에 대한 실망감은 커질 수밖에 없었다. 그는 옴스크에서 4년 동안 문학 활동과 가족들로부터 떨어져 있어야만 했다. 가족들로부터 편지를 하나도 받지 못했고, 편지 두 개를 보냈을 뿐이다. 하지만 이후에 그는 자신의 관찰력과 기억력을 통하여 유형 시절의 인상, 통찰 그리고 깨달음을 망라한 소설『죽음의 집의 기록』을(1860~1861) 출판하여 일류작가의 반열에 오를 수 있었다. 그는 의무 복무로 인해 감옥을 떠나 군대에 가야 했을 때, 모든 것을 처음부터 다시 시작하는 기분이었을 것이다. 그의 1854~1855년의 문학 계획들은 초기 작품들의 양식들보다도 후퇴했다. 왜냐하면 당시의 문학 계획들은 19세기 초에 발생한, 문학적 유행이 지난 애국 송시와 번역들이 주를 이루었기 때문이다. 장교 진급과 출판 허가는 더 좋은 기회를 제공해주었지만 도스토옙스키는『가난한 사람들』처럼 갑작스런 성공을 이루어내지는 못했다. 하지만 영향력 있는 편집자들은 젊은 시절의 도스토옙스키의 성향을 기억해냈다. 감옥에서 출소했을 때 가장 먼저 그를 반겨준 것들 가운데 하나는 네크라소프와 함께『동시대』의 공동 편집장을 맡은 I. I. 파나예프가 헛된 젊은 작가에 대해 쓴 추잡한 스케치였다. 이 스케치에서 도스토옙스키는 쉽게 자신의 옛 모습을 회상할 수 있었다.[93]

도스토옙스키의 유형(流刑)이 그의 예술 발전에 지대한 영향을 미친 것은 사실이다. 하지만 유형 후 그의 첫 소설은 동시대의 편집자들과 비평가들에게 유배 전의 작품들과 비슷한 수준으로 크게 인정을 받지 못했다.『아저씨의 꿈』(1859)은『조국잡지』에게 거절당했고,『스테판치코보 마을』

---

93 Joseph Frank, Dostoevsky: The Years of Ordeal, 1850-1859 (Princeton University Press, 1983), pp. 236~240.

도 『러시아 헤럴드』(1859)에게 거절당했다. 문제를 더 암울하게 한 것은 『러시아 헤럴드』의 출판업자인 M. N. 카트코프가 도스토옙스키의 급한 요구를 받아들여 선불을 지급했다는 점이다. 도스토옙스키가 받은 선불을 되갚아야 할 시점이 되었다. 결국 『조국잡지』가 『스테판치코보 마을』을 출간하기로 했다. 그래도 보상으로 주어진 120루블은 그가 유배당하기 전에 비하면 작은 금액이었다(2권, 499쪽).

멀리 떨어져서 바라본 러시아 문학계는 여전히 같은 편집자와 잡지 그리고 경찰의 감시 구조로 비관적이었지만, 1859년 12월에 상트페테르부르크로 돌아온 도스토옙스키는 많은 것이 변했다는 것을 깨달았다. 검열로 인한 공포의 시대는 지나가고 있었다. 러시아의 대개혁은 러시아 제국의 기관들과 사회 구조를 바꿀 참이었다. 완화된 검열과 정치권에 대해 보도하는 언론을 보다 너그럽게 포용하게 된 국가권력은 신문과 잡지업의 성장을 촉진했다. 1855~1860년에 새롭게 150개의 신문과 잡지들이 출간되었다. 이런 상황에도 불구하고 문학계는 그에 발맞추어 동반 성장하지 못했다. 이 중 많은 사업자들이 곧바로 실패를 경험했고 선도적인 잡지들의 구독자 수는 1830년대 『독서실』의 구독자 수를 넘어서지 못했다. 정부로부터 허가받은 새로운 정기간행물들 가운데는 미하일 도스토옙스키가 만든 신문 『시대』도 있었다. 이 신문의 검열관은 동료 작가였던 곤차로프였다. 그는 이미 『스테판치코보 마을』을 큰 요구사항 없이 통과시킨 인물이었다.

이러한 좋은 조짐은 도스토옙스키가 1860년대의 자신의 작품들을 두 권의 책으로 출판하게 되면서 더욱 빛을 발했다. 도스토옙스키가 받은 총액은 2,000루블로서 큰돈은 아니었지만, 동시대를 살았던 사람이 평가하기에 가족을 가진 작가에게 필요한 최소한의 연간 수입은 제공해 주었다 (S. Sashkov, 'Literary Endeavour in Russia,' The Deed, no. 8, 1876). 도스토옙스키가 미하일 형에게 보낸 계약에 대한 지침은 그가 문학작품의 거래에 있어 기초적인 원리를 인지하고 있음을 보여준다. "계약은 다음과 같아야 한다. (1) 원고가 그들에게 주어졌을 시점에 내 수중에는 돈이 있어야 하고, (2) 2,000부, 그리고 최대 2,400부를 넘지 않는 선에서 인쇄해야 하고, (3) 초판 이후 2년 동안 증쇄할 수 있는 권리가 나에게 있어야 하며, (4) 이 기간 동안 책이 전부 팔릴 경우 출판업자는 2판을 출판할 권리가 없으며, (5) 출판은 당장 이루어져야 한다(28권/1, 351쪽; 1859년 10월 9일 편지)." 결국 도스토옙스키는 당시의 부도덕한 출판 관행들을 이해했고, 그로부터 최대한 스스로를 보호했다고 할 수 있다.

이러한 발전은 **'전문직'**의 두 번째 의미에 해당하는 상업적 직업을 떠올리게 한다. 하지만 이내 상트페테르부르크에서 도스토옙스키는 **'전문직'**의 세 번째 의미에 해당하는 전문작가로서의 사회적이고 윤리적인 발전을 경험하게 된다. 이 과정에서 두 가지 특별한 사건이 발생한다. 첫 번째는 곤차로프가 쓰려고 계획했던 『절벽』을 투르게네프가 표절하여 자신의 소설인 『귀족의 둥지』(1859)와 『전날 밤』(1860)에 사용했다는 오도된 규탄이었다. 이전 시대였더라면 곤차로프의 질투심과 편집증의 부산물이었던 이 유감스러운 일은 결투 혹은 민사 소송으로 처리되었을 것이다. 하지만 그 당시에는 투르게네프가 동료 문학가들에게 곤차로프의 고발을 판결해 달라고 요청했다. 1860년 3월, 파벨 안넨코프, 알렌산더 드루지닌, 스데반 두디시킨과 알렉산더 니키텐코는 투르게네프에게 호의적인 판결을 내리며 문제를 해결했다. 적어도 이번에는 문학이 전문직으로 인식되었고 문학적 관행에 대해 알고 있는 지식인들에 의해 정리되었다. 25년 전만해도 국가의 검열 기관이 불가린[94]과 푸시킨 사이에 벌어진, 가난한 작가들에게나 일어날 법한 삼류문인(Grub Street) 논쟁을 중재했다. 러시아 전문직 작가들 사이에 발생한 두 번째 주요 사건은 도스토옙스키와 직접적인 관련이 있었다. 도스토옙스키가 상트페테르부르크로 돌아온 지 얼마 되지 않은 1859년, 가난한 작가와 학자를 구제하기 위한 문학기금 협회가 설립되었다. 투르게네프가 영국의 왕립 문학기금의 연례 저녁 식사에 참석한다는 사실을 알고 있던 드루지닌은 투르게네프에게 이 연례 모임에 대해 기술해 줄 것을 부탁했고, 그에 따라 투르게네프는 『독서실』의 1858년 간행물에 자신의 논평을 적었다. 다수의 러시아작가들이 러시아에서도 대출, 보조금, 연금을 통해 작가, 학자, 그들의 가족을 지원하는 동일한 모임을 설립하자고 제안했다. 독재 권력은 이러한 자율적 전문직 협회 형성에 대해 적대적으로 반응했지만, 1859년에 이르러서는 1848년부터 금지되었던 정치에 반하지 않는 자선기구들의 설립을 허가했다. 투르게네프가 이 협회 구성을 위한 제안서를 작성했다. 새로운 협회는 위에서 언급한 1840~1860년대의 작가들 대부분, 비평가, 그리고 편집자를 하나로 모았다. 첫 모임은 1859년 11월에 이루어졌으며, 거의 동시에 도스

94 불가린(Фаддей Венедиктович Булгарин, 1789~1859)은 작가로서 푸시킨과 적대적인 관계를 유지하면서 그에게 많은 비판을 가했다(역주).

토엡스키 형제의 회원 가입도 천거되었다. 그들은 그해 11월에 모두 가입했다.

농노해방과 함께 다가올 대개혁에 대한 흥분은 페테르부르크의 지식인층을 사로잡았다. 이전이나 이후에도 서로 공통점이 없던 여러 집단의 대표들은 동등한 입장에서 함께 일할 수 있었다. 체르니솁스키, 도브롤류보프와 같은 급진적인 젊은 사상가들은 투르게네프, 안넨코프, 그리고고로비치, 그리고 크라엡스키와 같은 중도적인 기성세대와 교류할 수 있었다. 인민교육부 장관 E. P. 코발렙스키가 집행 위원회 의장직을 맡았다. 투르게네프의 말에 따르면 황실도 자발적으로 나서서 문학기금에 기부했다. 체포된 학생들과 도스토엡스키의 공동 공모자였던 세르게이 두로프[95]를 위하여 체르니솁스키, 도브롤류보프 그리고 네크라소프가 로비 활동을 하는 것을 목격하면서, 도스토엡스키는 새로운 사회가 급진적인 방향으로 움직이고 있음을 알 수 있었다. 문학기금의 기록에 따르면 도스토엡스키는 국가와 마찰을 빚은 지식인들에 대해 지속적으로 지원을 베풀었다. 도스토엡스키 자신이 전직 공모자였고 정치적 죄수였기에 그들의 어려움을 충분히 이해했던 것이다.

1863년 2월 문학기금은 도스토엡스키를 총무이자 집행 위원회 위원으로 선임했다. 도스토엡스키는 이익 충돌로 인해 사임하게 되는 1865년까지 대출금이 필요하여 이 지위를 유지했다. 이 기구를 위해 그는 편지를

95 세르게이 두로프(Sergei Durov)는 시인으로 도스토엡스키와 토론을 즐긴 동지였다. 그들은 해외에서 발간되는 잡지를 직접 인쇄하고, 각종 선전선동물을 유포하기 위해 인쇄소 설립에 동의하고, 실제로 인쇄기 부품을 조립하기도 했다(역주).

작성하기도 했고, 자신에 대한 지원 요청에 관심을 보이기도 했으며, 병원이나 아파트에 있는 회원들을 개인적으로 방문하기도 했다. 이러한 행정 활동은 도스토옙스키에 대해 대중들이 흔히 갖고 있는 현실과 동떨어진 문외한이라는 이미지와 상충되지만, 러시아 지식층의 관습과 러시아 동방정교회 전통에는 부합한다(1960년, 체르니솁스키와 표트르 트카쵸프와 같은 급진주의자들은 구호활동에 대해 반대 의견을 냈는데, 이는 영구적인 사회 발전으로 연결되지 않았기 때문이다. N. N. 스트라호프는 잡지『시간』에서 자선활동을 두둔했는데 부자와 가난한 자들 모두의 동의를 이끌어냈다). 도스토옙스키는 자신이 가난한 상황이었을 때부터 변함없이 평생에 걸쳐 구호활동을 펼쳤다.『가난한 사람들』에서부터『카라마조프가의 형제들』에 이르기까지 자기 소설에서 박애적인 인물들을 등장시켰다. 예를 들어 이반 카라마조프와 조시마 장로는 자선활동에 대해 서로 다른 접근법을 보여주었다. 이반의 경우에는 자선활동에 대해 소원하며 추상적으로 접근한 반면, 조시마 장로는 직접적이고 개인적으로 접근했다. 도스토옙스키는 두 가지 접근법을 동시에 활용했다. 문학기금을 위한 그의 활동을 보면, 동시대를 살았고 어떤 때는 치열한 라이벌 관계였던 투르게네프와 마찬가지로 문학기금이 지원하지 못하는 작가에게는 개인적으로 도움을 주었다.

문학기금은 기부금, 작가들의 사례비 일부 그리고 공연 수익금에서 얻었다. 도스토옙스키는 그러한 방면에서도 협회를 도왔다. 1860년 4월 고골의『검찰관』연극에서 상대적으로 덜 주목받는 자신의 희극적 재능을 활용하며 우체국장으로 인상적인 연기를 펼쳤다. 도스토옙스키는 문학기금, 일요학교운동, 여성을 위한 고등교육 같은 자선 단체들에 대한 지원을 일생 동안 계속했다. 또한 성실하며 활달하고 극적인 연기자로서 독자들의 시선을 사로잡았다. 삶의 마지막 2년 동안에는 병들고 일에 지쳐 있었음에도 불구하고, 이러한 공연들을 위해 그는 무리한 일정을 계속했다. 도스토옙스키는 사교계 모임에서 마음이 편한 적이 없었다. 작가로서의 자만심 때문에 자기보다 세련된 투르게네프와 같은 라이벌들의 존재를 인정하기 어려웠기 때문이다. 그의 성격을 고려했을 때, 위에서 언급한 업무에 참여했다는 사실 자체만으로도 도스토옙스키가 문학기금에 얼마나 헌신했는지 잘 알 수 있다.

마침내 도스토옙스키는 상트페테르부르크에서 자리를 잡았고, 오래된 친구들이나 새로운 친구들이 속해 있는 그룹을 발견했다. 그는 글을 쓰기 시작했으며 더 이상 신문이 아니라 '두꺼운 잡지'로서의 새로운 정기간행물인 『시간』을 기획하는 데 적극적으로 참여했다. 정기간행물의 이름이 상징하는 것처럼 이 '두꺼운 잡지'는 다양한 기사들과 진지한 주제들을 다루며 문학 생활과 지적 생활의 중심이 되었다. 이 잡지가 주최하는 이사회 회의는 이전 세대의 문학애호가들의 문학 살롱이나 서점을 대신했다. 떠오르는 신예작가들은 기사, 문예, 번역, 단편(드물게 운문)을 기고하고자 했고, 때로는 내용이 풍부한 연재소설, 회상록 그리고 학술 논문들로 잡지의 페이지들을 메우고 싶어 했다. 물론 이미 유명하고 저명한 소설가에게도 출판의 경제적 논리에 따라 '두꺼운 잡지'는 신간소설의 가장 중요한 연재 공간이 되었다. '두꺼운 잡지'는 구독자들에게 구독 기간 동안 훌륭한 소설가의 완성된 소설을 제공하면서 구독자들을 유혹했다. 또 신문과 잡지의 평론으로 인해 작품이 연재되는 동안 신간소설에 대한 관심이 촉진되었다.

잡지에 있어서 문학성이나 지성보다 더 중요하게 여겨졌던 것이 '(정치적) **성향**'이었다. 1850년대, 1860년대, 1870년대 잡지들의 성향을 보면 『러시아 말』(1859~1866), 『동시대』(1836~1866), 그리고 『행동』(1866~1884)은 급진적 좌파를, 『조국수기』(1839~1884)와 『유럽통보』(1866~1918)는 중도파를, 『러시아 헤럴드』(1856~1906)와 『독서실』(1834~1864)은 중도 우파를, 『그날』(1861~1865), 『모스크바』(1867~1868), 『새벽』(1869~1872), 그리고 『러시아』(1880~1886)는 단명한 보수 민족주의 잡지들을 계승했다. 이러한 정치적 성향은 체르니솁스키가 1862년에 체포되기 이전만 해도 비평가와 편집장들이 이 잡지에서 저 잡지로 옮겨가면서 언제든 바뀌었기 때문에 확고하지가 않았다. 이 목록에서 1866년이 두드러지는데 그해는 알렉산더 2세를 암살하려는 첫 시도가 있었던 해였다. 이 사건은 가부장적인 러시아 사회에 커다란 충격을 안겨주었고, 1860년대의 급진주의자들과 연관된 잡지들에 대한 보복성 검열이 행해졌다.

도스토옙스키 형제들과 그들의 가장 중요한 공저자들인 스트라호프와 그리고리예프는 새로운 잡지의 정치적 성향을 대지주의(Pochvennichestvo)라는 단어로 결정지었다. 이 단어는 **'토양, 땅, 대지'**라는 단어에서 유래한 말로서 로버트 벨크넵은 이를 **'민중의'**라는 적절한 의미의 단어로 번역했다.[96] 이 용어는 슬라브주의와 서구주의의 중간 위치의 이념을 가지고 있었으며, 경제 정책보다는 문화 정책에 집중하며 러시아 대중과 유럽 계몽이 이루어낸 문화적 성과들을 종합적으로 다루는 **'러시아적인 사고'**를 주장했다. 이러한 계획은 잡지 『시간』이 열린 사고를 가진 다양한 사람들에게 매력적으로 다가가도록 도왔다. 실제로 『시간』은 1860년대 초기에 인상적인 숫자인 4,000명의 구독자들을 이끌며 가장 성공적인 신간지가 되었다. 미하일 도스토옙스키는 출판업자지만 이전에는 편집자였다. 하지만 편집 작업의 대부분은 표도르 도스토옙스키에 의해 이루어졌다. 그는 문예, 비평, 논설에서뿐만 아니라 소설 작가로서도 상당한 기여를 했다. 그는 잡지에 자신의 작품인 『학대받은 사람들』(1861), 『죽음의 집의 기록』(1861~1862), 『여름 인상에 대한 겨울 수기』(1863) 등을 연재하는 동안 전체 28부수 중 3/4에 대한 편집 작업에 참여했다. 사교모임에서 도스토옙스키는 서툴고 성미가 급했고 또 사람들을 당황하게 했다. 하지만 잡지 기고자로서의 도스토옙스키는 독자들, 특히 젊은이들의 주목을 끄는 재능을 갖고 있었다. 정치 수용범이라는 그의 경험이 『죽음의 집의 기록』을 통해 공개되었다. 이 작품이 러시아의 가혹한 형법체계를 다룬 첫 작품이 되고 난 후 도스토옙스키는 지식인들로부터 동정과 함께 영웅적인 지지를 받았다. 대중 교육과 여성 교육에 대한 잡지의 항변이 더욱 신뢰도를 높인 것도 사실이지만, 단지 진보주의자들의 환심을 사려고 그랬던 것

96 Robert Belknap, 'Survey of Russian journals, 1840-80' in Deborah A. Martinsen (ed.), Literary Journals in Imperial Russia (Cambridge University Press, 1997), p. 108.

은 아니다. 물론 그와 기고자들은 군림하는 비평가들의 독단적인 주장에 대항하여 글을 쓰기도 했다. 예를 들어, 그는 능숙하고 예리하게 도브롤류보프와 체르니솁스키가 주장하는 예술이 직접적이고 명확하게 사회에 기여해야 한다는 요구에 대항하여 예술의 가치, 자유 그리고 고유한 행동주의를 두둔하기도 했다('Mr–bov와 예술에 대한 질문', 『시간』, 1861년 2월). 대체적으로 이 잡지는 무정부주의 좌파나 맹목적 애국주의 보수파 모두로부터 비판을 받는 상황은 모면했다.

도스토옙스키는 상트페테르부르크에 돌아오면 연간 8,000~10,000루블의 소득을 올릴 것으로 예상했다(28권/2, 118쪽; 1865년 3월 31일~4월 14일까지 A. E. 브랑겔에게 보낸 편지). 하지만 그가 드디어 작가로서 전문적 입지를 굳혀가는 시점에서 들이닥친 일련의 재난들은 1860년대의 문학을 직업으로 삼는 것이 얼마나 위태로운 일인지 보여주었다. 첫 번째 재난은 1863년 5월 잡지 『시간』이 출간 금지된 것이다. 1863년의 폴란드 폭동은 폭도들에 대한 반대 여론에 불을 지폈다. 급진주의자들은 대체로 폭도들을 지지했으나 유배당한 게르첸은 단지 출판물을 통해 그들을 지지할 수 있었다. 카트코프가 선도한 모스크바의 신문 잡지 기고자들은 폭동에 대해 상대적으로 중립적인 논조로 말하던 페테르부르크 경쟁자들을 혹평할 기회를 얻게 된다. 이러한 폭발 직전 상황에서 학문적으로 난해한 주장을 펼쳐 신문이나 잡지의 일보다는 학술적 글쓰기에 더 잘 어울리던 스트라호프가 '러시아 문화보다 폴란드 문화를 더 찬양할만하다'라고 오해의 소지가 있는 에세이를 쓴 것이다. 잡지 『시간』은 흥분한 모스크바 출판업자들의 즉각적인 공격 대상이 되었고 정부는 이 기회에 『시간』지를 폐간시켰다. 러시아 국가주의자이면서 자신의 소설에서 폴란드 인물을 매정하게 묘사하기도 했던 민족주의자 도스토옙스키도 이러한 가혹한 운명을 받아들여야만 했다. 그러나 정부는 잡지 『시간』을 금지시키면서도 후에 급진적인 젊은이들의 복음서로 군림한 체르니솁스키의 유토피아적인 소설 『무엇을 할 것인가?』의 출판은 허락하는 변덕스러움을 보여주었다. 내무부 장관으로부터 자극을 받은 황제가 이 잡지를 금지시키도록 명령한 이유는 스트라호프가 쓴 문제의 글뿐만 아니라 『시간』의 '**해로운 경향**'도 한몫 했다.[97] 1870년대 후반에 도스토옙스키는 황실 가족이 그를 존중할 정도의 친분관계를 유지하고 있었지만, 그 이전에는 잠재적으로 위험한 정치음모자 취급을 받았다.

스트라호프는 카트코프가 자신과 당국 관리들 간의 관계를 중재할 수 있을 만큼 회개하는 모습을 보였지만, 잡지 『시간』을 되살리기에는 때가 너무 늦어 있었다. 하지만 미하일 도스토옙스키의 노력으로 새로운 잡지인 『시대』의 1864년 초반 출간을 계획할 수 있었다. 조카의 죽음(1864년 2월), 아내의 죽음(1864년 4월) 그리고 형제 미하일의 죽음(1864년 7월)과 같은 연이은 파국은 전문 작가로서의 삶을 살기로 한 도스토옙스키에게 지대한 영향을 미쳤다. 『시대』는 첫 한 해 동안 매번 두 달씩 발행이 늦어졌다. 『시간』의 수입은 적은 편이었는데, 그 이유는 『시간』의 구독자들이 잡지가 금지된 이후로 받지 못한 부수들에 대해 보상을 받았기 때문이다.

---

97 V. S. Nechaeva, Zhurnal M. M. i F. M. Dostoevskikh 'Vremia' 1861-1863 (The Dostoevskii Brothers' Journal Time 1861-1863) (Moscow: Nauka, 1972), pp. 306~308.

문제를 더 복잡하게 만든 것은, 한 작품만 빼고 『시간』이라는 잡지와 소설의 수준을 맞추지 못했기 때문이다. 예를 들어 첫 판은 투르게네프의 「유령」을 선보였는데, 이것은 도스토옙스키 형제가 인기 있는 소설가를 졸라서 어렵게 받아낸 장편 산문시였지만, 그 시대의 취향과 많이 달랐을 뿐만 아니라 표도르 도스토옙스키가 '쓰레기'라고 표현했을 정도로 그와의 문학 색깔과도 많이 달랐다. 예외였던 한 작품은 논쟁의 여지는 있지만 도스토옙스키의 가장 어려운 소설 『지하로부터의 수기』였다. 하지만 이번에는 연재라는 상황이 소설에 부정적으로 작용했다. 첫 부가 나온 후 두 번째 부가 나올 때까지 두 달 동안 독자들이 난해한 두 부의 연결고리를 찾는 데 어려움을 느꼈던 것이다. 결국 이 소설은 정기 간행물 업계로부터 어떠한 비평도 받지 못했다. M. E. 살티코프 시체드린의 풍자물인 『제비』(『현대』, 1864년 6월)에서 잠깐 언급되기만 했을 뿐이다.

그 사이 과부와 어린아이들로 이루어진 미하일의 가족은 33,000루블이라는 어마어마한 빚을 떠안게 되었다. 이 빚은 잡지 경영뿐만 아니라 미하일의 인쇄공장 사업 때문에 발생한 것이었다. 이 빚을 청산하고 가족을 부양하기 위해 도스토옙스키의 가족은 두 가지 대담한 재정적 결정을 내렸다. 첫째는 현금화가 가능한 잡지 『시대』를 형 미하일의 채권자들에게 양도하기보다는 소설의 수입으로 가족들을 부양한다는 것이었다. 도스토옙스키는 자신의 성공 가능성을 제대로 예상하지 못했다. 편집, 인수, 회계, 검열 등을 관리해야만 하는 부담을 가지고 있었기 때문에 도스토옙스키는 고작 몇 편의 시시한 작품들만을 써낼 수 있었다. 1865년 3월의 마지막 간행물에는 미완성의 이야기 『악어』가 연재되기 시작했다. 『시대』가 이익을 내기 위해서는 가능한 전체 구독자 중 절반 이상의 관심이 절실했다. 이 계획은 진지하고 희망적이었지만 19세기의 다른 러시아 잡지들처럼 인원 부족, 자본 부족 그리고 독자 부족으로 인해 실행되기가 어려웠다. 편집자, 비평가, 논객으로서 도스토옙스키의 능력과 열정은 뛰어났지만 그것만으로는 늘어가는 부채를 막을 수 없었다.

더욱 절망적인 사실은 자신의 작품들에 대한 도스토옙스키의 출판 결정이었다. 영국에서 디킨스가 그랬던 것처럼, 도스토옙스키는 인기작 『죽음의 집의 기록』을 삽화가 그려진 본으로 증쇄하려고 했다. 하지만 이것이 경제적으로 가능하기 위해서는 이 모험적인 출간물이 디킨스만큼의 대중적 인기를 필요로 했고 문맹률이 낮아야 했으며, 영국과 같은 발전된 유통망이 필요했다. 그러나 러시아의 상황은 그렇지 못했다. 당시 러시아에서 이와 같은 작업은 푸시킨이 가장 인기 있던 시절에 『예브게니 오네긴』을 각 장별로 출판한 이후로는 아무도 시도하지 않은 것이었다. 도스토옙스키도 자신의 작품을 직접 출판하여 중간 단계의 매개 업자들을 피하려고 했지만 이것은 1870년대에 가서야 가능했다. 잡지 『시대』가 실패했다는 소문이 퍼지자 도스토옙스키에 대한 신용은 낮아졌다. 1840년대에 그에게 선금을 지급하면서 지원해주던 크라옙스키마저도 『죄와 벌』을 도스토옙스키에게 유리한 쪽으로 계약하기를 거부했다(3,000루블의 선수금과 150루블의 사례금을 요구했는데, 이것은 잡지 『시간』에서 받았던 250루블보다 적은 금액이었다. 28권/2, 1865년 6월 8일의 편지).

이러한 상황은 도스토옙스키가 두 번째 중요한 결정을 감행하도록 유도했다. 1866년에 도스토옙스키는 지금까지 시도해본 적이 없지만 영국 소설가 트롤로프[98]나 해낼 수 있는 속도로 창작에 도전해 두 편의 소설을 완성하기로 결심했다. 카트코프의 『러시아 헤럴드』로부터 『죄와 벌』의 연재를 약속받았지만 이에 대한 사례금은 150루블로 크라옙스키가 제시한 것과 비슷한 수준이었다. 이후 『백치』와 『악령』에서도 이와 비슷한 사례비를 지급 받았다. 이 기간 동안 카트코프는 도스토옙스키에게 월급처럼 정기적으로 선금을 지급했다. 하지만 여기에는 대가가 따랐는데, 카트코프가 그에게 지급한 금액은 도스토옙스키가 더 이상 러시아의 일류 작가가 아니라는 것을 의미하는 액수였다. 문학계 내에서는 서로에 대한 사례비를 잘 알고 있었다. 이러한 수입 금액의 감소는 명예의 몰락처럼 인식되어 도스토옙스키가 후에 사례비를 협상하는 데 있어서도 불리하게 작용했다. 카트코프의 잡지는 투르게네프나 톨스토이의 기고가 없었기 때문에 일류 작가의 소설에 목말라 있었고, 도스토옙스키는 이 사실을 알고 자신의 계약을 후회했다(톨스토이는 1866년에 『전쟁과 평화』의 연재를 중단했고, 투르게네프는 1867년까지 『연기』를 출판하지 않았다). 『죄와 벌』이 500명의 새로운 구독자를 만들어 주었다는 사실을 알았을 당시에 도스토옙스키는 자신이 사기를 당했다고 생각했을 것이다.

『러시아 헤럴드』에 자신의 작품을 출판한 것은 도스토옙스키에게 예술적으로나 사상적으로나 일종의 재앙이었다. 도스토옙스키는 카트코프

98 안토니 트롤로프(Anthony Trollope, 1815-1882)는 영국의 소설가이다. 대하 장편소설을 많이 출간한 19세기의 소설가 중에서도 특히나 긴 분량의 장편소설을 주로 펴낸 것으로 유명하다(역주).

가 자신을 잡지에 더 오래 묶어두기 위해 사례비를 낮게 책정했다고 의심했다. 그는 "소설은 시(詩)적인 작업이다. 그것은 영적인 평온과 상상력을 요구한다"고 A. E. 브랑겔에게 썼다(28권/2, 150~151쪽). 이후 몇 년 동안 도스토옙스키는 카트코프의 잡지가 자기 소설의 **'시적 특성'**과 충돌뿐만 아니라 소설의 구체적 실현, 즉 소설의 **'예술성'**과도 충돌한다는 사실을 발견했다. 카트코프는 『죄와 벌』에서 소냐가 복음서를 읽는 장면을 수정하도록 요구했고, 『악령』에서는 스타브로긴이 티혼 주교에게 고백하는 장면을 삭제하도록 요구했다. 도스토옙스키는 『카라마조프가의 형제들』 5편에서 이반이 하느님과 그리스도에 대해 신성모독을 행하는 장면을 『러시아 헤럴드』에 보내면서 심한 우려를 표했다. 그동안 그는 조금씩 작업하면서 미칠 것 같은 압박감을 느껴왔던 **'시적 작업'**을 마무리할 방법들을 찾아냈고 적어도 이 부분에 있어서 그는 자기가 원하던 대로 글을 쓸 수 있었다. 『악령』과 『카라마조프가의 형제들』에서는 서술자-기록자가 자신의 주위에서 발생하는 다수의 일들을 무엇에 홀린 듯 정신없이 써내려가는 방법, 『백치』에서는 다소 서투르지만 비범한 사상을 가진 서술자-저널리스트가 시간이라는 장치를 사용하는 방법 등으로 히스테릭한 정신세계를 가진 등장인물이 흥분에 휩싸여 밤을 지새우는 장면 같은 것들이었다. 편지들 속에 나타난 도스토옙스키의 경제적 어려움과 달리 소설의 등장인물들은 일상 속에서 재정적 어려움 때문에 고민하지 않으면서도 유려한 이야기를 위한 작가의 필사적 전개와 절박한 시도를 공유하고 있다.

도스토옙스키는 『죄와 벌』에 대한 계약을 마무리 지을 때, 카트코프를 개인적으로 만나지 않았다. 그는 카트코프의 신문인 『모스크바 뉴스』가 잡지 『시간』을 폐간하는 데 어느 정도 역할을 했다는 사실을 기억하고 있었다. 그 시절에 도스토옙스키는 확실히 사회주의자나 친(親)서구주의자는 아니었고, 그의 정치적 성향은 카트코프의 잡지나 신문과는 잘 맞지 않았다. 하지만 그는 감옥, 유배 그리고 정부로부터의 재정적 탄압을 겪으면서도 잡지 『시간』과 『시대』에서 자신의 정치적 또는 관념적 신념에 위배되는 자들을 지지하기는커녕 오히려 그들과 격렬한 논쟁을 벌였다. 카트코프는 자신의 동료 신문·잡지업자들 및 출판업자들과 이러한 전문작가로서의 결속력을 이끌어내지는 못하는 인물이었다. 그러나 자신의 잡지가 금지되는 것을 막기 위해서라면 로비활동도 서슴지 않았다. 나중에 톨스토이는 카트코프를 '무섭고 전능한 러시아의 힘'이라고 표현하기도 했다. 또한 페테르부르크에 대한 풍부한 지식과 강자에 빌붙을 줄 아는 능력 때문에 지방 관리들조차 카트코프를 두려워했다.[99] 그렇기 때문에 도스토옙스키가, 1866년 4월 4일의 암살 시도에 대한 반동주의적 반응을 두둔하는 카트코프를 향해 표현의 자유를 항변하는 편지를 쓰기 위해서는 어느 정도의 용기가 필요했다.

"4월 4일은 명확하게 우리 국민들 가운데 있는 차르의 강력하고 비범하며 거룩한 결합을 증명했다. 이러한 결합을 고려했을 때 어느 정도의 정부 인사들은 국민들과 교육받은 사회에 대한 신뢰를 표할 수 있을 것이다. 국민들은 이

99 G. A. and A. G. Rusanov, Vospominaniia o L. N. Tolstom, 1883-1901gg. (Reminiscences, about Tolstoi, 1883-1901) (Voronezh: Tsentr-Chernozem. kn. izd., 1972), p. 53.

제 표현과 사상에 대한 탄압이 행해질까 두려워하고 있다……. 어떻게 표현의 자유 없이 무정부주의에 대해 고심할 수가 있는가? 무정부주의자들에게조차 자유를 준다면 정부 입장에서는 더욱 이익일 것이다. 무정부주의자들은 러시아의 정책들을 긍정적으로 설명하며 러시아를 웃게 만들 것이다. 하지만 이제 그들은 스핑크스의 모습을 한 수수께끼와 지혜 그리고 비밀스러운 존재로 간주된다. 오히려 이런 점 때문에 미숙한 젊은이들이 혹하게 될 것이다."(28/2, 155; 1866년 4월 25일 편지)

독자들은 도스토옙스키가 당시의 급진주의자들에 대항해서 자신의 소설과 잡지가 내세우는 주장들을 어떻게 부각시켜 보였는지 알아차릴 수 있을 것이다. 사람들을 은밀하게 유혹하는 사상가들에 대항하여 도스토옙스키는 겉으로 웃음을 띤 채 그들의 불합리함을 공격했다. 이것은 정치적 책략이 아니라 전문직이라는 의미를 부여받은 자의 윤리적 행위였다.

1866년, 도스토옙스키의 소설 『노름꾼』은 카트코프와의 불합리한 계약보다도 자신의 예술성과 생계 문제에 있어 더욱 위협적이었다. 6년 전에 도스토옙스키는 자신의 작품들을 모은 작품집을 출판했다. 다시 한 번 그러기 위해서 그는 F. T. 스텔롭스키와 계약을 맺었는데 당시에 그와 맺었던 계약의 위약 조항은 가히 전설적이라 할 수 있다.

"나는 너무나도 가난한 재정적 상황에 놓여 있었기에 당시에 내가 가졌던 모든 출판 권한을 투기꾼이자 나쁜 출판업자인 스텔롭스키에게 팔아넘길 의사가 있었다. 하지만 우리가 맺은 계약 조항 중에는, 내가 하나의 출판본에서 적어도 12파트로 이루어진 소설을 늦어도 11월 1일까지 보내주기로 한 조항이 있었는데, 만일 이 기일을 지키지 못하면 스텔롭스키가 향후 9년 동안 내가 집필하는 모든 글에 대해 보수를 주지 않아도 되고 또 언제든, 얼마만큼이든 출판할 수 있는 권리를 스텔롭스키가 갖게 된다는 내용이었다."

도스토엡스키에게는 불행한 일이었지만 스텔롭스키는 자신이 누구와 작업하는지 잘 알고 있었다. 도스토엡스키는 마감 기일을 지키지 않는 작가로 유명했기 때문이다.

"11월 1일은 4개월이나 남았다. 나는 위약금을 주고 내 권리를 회수하려 했지만 그는 원하지 않았다. 마감일을 3개월 미뤄 달라고 요구했지만 그는 그럴 생각이 없다고 했고 나에게 직접 내가 『러시아 헤럴드』를 위해 6개 파트를 쓰는 동안 내가 12파트로 된 소설을 쓸 시간이 없다는 것을 알기 때문에 마감일 연장과 위약금을 거절하는 쪽이 나의 모든 작업물을 차지하는 데 더 유리하다고 했다"(28권/2, 159~160쪽: A. V. 코르빈 크루코프스카야에게 적은 1866년 6월 17일 편지).

이것은 도스토엡스키를 포함하여 빅토리아 시대의 작가들이 처해 있던 곤경 가운데서도 가장 신파적인 상황이었다.

그러나 도스토엡스키는 이러한 신파적 비극에서 운 좋게 발생한 시의

적절한 사건 덕분에 가까스로 구원받을 수 있었다. 도스토옙스키는 친구들과 함께『노름꾼』을 써보자는 알렉산더 밀류코프의 제안을 정중하게 거절했지만 대신 러시아 최초의 속기술 교수 밑에서 수학한 제자와의 작업은 받아들였다. 도스토옙스키는 문장 하나하나를 그녀에게 구술하면서 받아쓰게 했다. 그녀는 그것을 신속하게 정리하여 필사본을 준비했다. 비록 소설적 모험을 감수했지만, 그녀의 도움으로 도스토옙스키는 스텔롭스키의 마감일을 지킬 수 있었다. 도스토옙스키는 1866년 11월 1일 오후 10시에 경찰과 함께 원고를 등록해야만 했다. 왜냐하면 스텔롭스키는 도스토옙스키가 마감일을 지키지 못하도록 일부러 자리를 비웠기 때문이다.

도스토옙스키는 유난히 아프고, 가난하고, (몇 가지는 자신이 자초했지만) 운이 따르지 않는 삶을 살았다. 그런데 이 속기사와 함께 작업한 것은 도스토옙스키의 인생에서 일어났던 일들 가운데 최고의 일이었다. 어린 여성인 안나 그리고리예브나 스니트키나(1846~1918)는 폭 넓은 교육을 받았고, 독일어에 능했으며, 당시 문학적 소양을 가진 다른 젊은 러시아인들처럼 문학에 종사했다. 그녀는 1867년 초에 도스토옙스키의 아내가 되었다(도스토옙스키의 연령은 그녀 나이의 두 배였다). 그리고 결혼식을 올린 후 얼마 지나지 않아 이 신혼부부는 빚 때문에 외국으로 갈 수밖에 없었다. 전문작가로서 도스토옙스키의 경력과 명성에 안나가 엄청나게 기여했다는 사실은 부인할 수 없다. 이후에 그는 자신의 모든 소설을 그녀에게 받아 적게 했을 뿐만 아니라 유럽에서 4년 동안 떠돌다가 돌아온 후에는 안나에게 출판 및 서적판매 업무를 맡겼다. 1880년 말에 기록한 **'고백 앨범'**에서 그녀는 자신의 인생 목표를 '내 남편의 작업 성과물을 널리 선전하고 보급하는 것'이라고 명시했다. 그녀는 남편과 함께 해외에 있는 동안 속기로 기록을 남겼으며, 이를 바탕으로 값진 자서전을 썼고 도스토옙스키의 편지들을 출판하기 위해 준비했다. 다양한 방면에서 이것은 작가의 전기에 중요한 자료로 남았다. 편지들은 특히 도스토옙스키가 잡지사들, 편집자들, 출판업자들과 어울리면서 경험했던 고통들을 보여주었다. 그녀는 출판을 위한 서지 정보와 기록 자료를 준비했다. 근대 출판 목록, 기록물 그리고 문학 박물관은 그녀의 성실한 노력으로 정돈되고 완성되어 갔다. 그녀는 그의 잡지를 받아보는 구독자들의 목록과 그의 소설에 대해 지급된 대금 목록을 노트에 남겼다. 근대 문학은 아직도 이 자료들이 가진 가치를 충분히 활용하지 못하고 있다.

사실상 이들 부부도 당시에는 자신의 자료들이 이처럼 풍부한 유산이 될 것이라고는 예상하지 못했다. 1867년 당시에 두 사람은 채권자들을 피해 다니기 바빴기 때문이었다. 그녀의 일기장과 도스토옙스키의 서신들은 이후 4년 동안 재정적으로 몹시 고통스러웠던 그들의 상태를 기록하고 있다. 고통스럽게 자주 발생하던 그의 간질과 도박, 투르게네프와의 다툼, 유럽으로부터 느끼는 심적 소외감 그리고 러시아에 대한 그리움은 그의 자서전을 구성하는 유명한 주제들이다. 그리고 이 기간 동안 그는 『새벽』이라는 새로운 잡지에 실을 중편 소설 『영원한 남편』을 쓰면서도 두 편의 주요 소설 『백치』와 『악령』도 각각의 연재 일정에 맞춰서 집필했다. 『백치』의 대부분은 1868년에 쓰였다. 『악령』은 『러시아 헤럴드』가 발간된 지

2년째 되던 해(1871~1872)의 두 번째 호까지 더 연재되긴 했지만, 이렇게 늦춰진 이유는 카트코프가 「티혼의 암자에서」 (우리에겐 「스타브로긴의 고백」으로 더 잘 알려져 있음)라는 장을 각색한 후에도 출판을 거부함으로써, 출판 결정을 다시 내릴 때까지 잡지와 작가의 사이를 조율하는 데 시간이 걸렸기 때문이다.

잡지사들을 상대하면서 도스토옙스키가 늘 점잖게만 행동한 것은 아니었다. 그는 장편소설을 쓰는 대가로 잡지 『새벽』으로부터 900루블이라는 상당한 선불을 받았지만, 그 잡지가 폐간될 때까지 소설을 완성하지 못했고 선불금도 돌려주지 않았다. 하지만 그는 그 기간 동안 저지른 잘못만큼 억울한 일도 많이 당했다. 악명 높은 스텔롭스키가 『죄와 벌』 2판을 인쇄한 후 그에게 주어야 할 3,000루블을 지급하지 않았고 도스토옙스키는 5년이라는 긴 시간 동안 그를 소송하겠다고 여러 차례 협박해야만 했다. 이러한 최악의 우여곡절을 겪는 동안에도 도스토옙스키는 동료 소설가들에 비하면 안정적인 전문작가로서 다른 작가들의 모범이 되었다. 톨스토이는 『러시아 헤럴드』에서 『전쟁과 평화』의 연재를 마치지 못했고, 『안나 카레니나』의 연재는 2년 반 동안 진행되다가 1877년에 카트코프가 마지막 장의 출판을 거부하면서 중단되었다. 동시대의 다른 두 소설은 더 느린 속도로 연재되었는데, 멜니코프의 인류학 소설인 『언덕에서』는 『러시아 헤럴드』에서 1875~1881년까지 연재되었고, 살티코프-시체드린의 『골로블료프 가(家)』는 『조국수기』지에서 1876~1881년까지 연재된 단편에서 발전한 것이었다. 투르게네프의 소설들은 독자들의 기억 속에 오래 남아 있었지만 그 대신 분량이 훨씬 적었고 또 두꺼운 잡지(『아버지와 아들』, 『연기』)에 한 번에 몰아서 출판되었다. 연재가 시작될 때 도스토옙스키가 소설의 초안을 완성하지 않았다는 점을 고려하면, 그의 신뢰도가 상대적으로 우수했다고 할 수 있다.

1871년에 도스토옙스키는 상트페테르부르크로 돌아와 작가의 인생에서 가장 조용하고 직업적으로 성공한 10년을 보냈다. 『미성년』(1875)과 『카라마조프가의 형제들』(1879~1880)이라는 주요 소설의 연재를 진행했고 주간 신문지의 편집장도 맡았다(『시민』, 1873~1874). 그리고 1876~1878년에 쓴 독특한 일기들을 모은 『작가의 일기』(1880년과 1881년에 각 한 권씩 출판)는 꾸준한 수입이 되었다. 안나 그리고리예브나가 용감하게도 『악령』의 독립본(本)부터 시작하여 도스토옙스키의 주요 소설들에 대한 재발행에 관한 일들을 도맡아 처리하면서 인쇄업자들과 계약하고 그들의 집에서 직접 그의 책들을 팔았다. 이러한 성공적인 가내 사업은 역으로 당시의 영국과 미국의 출판업자들이 가진 대규모 보급망과는 차이를 보여주는 것으로 당시의 러시아 문학계가 가진 한계점을 드러낸다.

하지만 이렇게 나열된 도스토옙스키의 활동 안에는 작품 사례금으로 인한 그의 고민이 숨겨져 있고 또한 호전적인 국가주의와 기독교 인민주의 사이를 오가며, 혹은 보수 성향의 잡지와 진보 성향의 잡지들 사이를 오가며 독립된 작가로서 그리고 신문 및 잡지의 논객으로서 지켜야 했던 자신의 양심과 관련된 고민들이 숨겨져 있다. 그는 몇 해 전에 미래의 알렉산더 3세와 니콜라이 2세의 보수적 조언가라 할 수 있는 K. P. 포베도노스체프[100]와 친해졌고, 그를 통해 왕실과 친분을 쌓았다. 그는 1880년에 알렉산더 대공에게『카라마조프가의 형제들』한 부를 직접 선물하기도 했다. 하지만 도스토옙스키가 러시아로 돌아올 때 국경에서 어린 딸이 울자 병사들이 그의 글을 검문했다. 정부의 공식적인 허락 없이 글 속에 중요한 인물에 대한 소식을 언급했다는 이유로 도스토옙스키는 상트페테르부르크의 감옥에 잠시 투옥되기도 했다. 1875년에 러시아 정부는 도스토옙스키에 대한 감시를 공식적으로 그만뒀지만 정작 도스토옙스키 자신은 이 사실을 1880년이 되어서야 알았다. 실은 러시아 정부의 감시 대상 관리는 1837년에 이미 사망한 푸시킨조차도 1875년이 되어서야 감시 대상 목록에서 지워졌을 정도로 허술했다. 만약 이런 사실을 도스토옙스키가 일찍 알았더라면 그는 정부 감시에 대한 쓸데없는 심적 부담감을 떨쳐냈을지도 모른다. 10여 년에 걸친 정부의 수많은 탄압과 사형선고 경험은 그가 사랑했던 조국을 오히려 공포의 대상으로 만들었다.

도스토옙스키는 잡지『시민』에서 편집장을 맡으며 이러한 새로운 친분에 익숙해졌다. 이 잡지는 부유한 보수 정치평론가였던 V. P. 메셰르스키 공작이 출판했다. 250루블 정도의 월급과 함께 그가 추가적으로 출판한 글들에 대한 사례비는 거절하기 어려운 조건이었을 뿐만 아니라, 현시대가 당면한 고민거리들을 다룰 수 있는 좋은 기회였다. 도스토옙스키는 외국에 체류하는 동안 러시아의 정세를 면밀히 지켜보았고, 자신이 쓴 소설들이 실제 사건들을 묘하게 예측했다는 사실에 자부심을 느끼고 있었다.

---

100 K. P. 포베도노스체프(Константин Петрович Победоносцев, 1827-1907)는 러시아의 판사이자 법률가이다. 극보수주의 정치성향으로 유명했으며 러시아정교의 가치를 국가의 제1목적으로 설정했다(역주).

또한 그는 몇 해 동안 자신의 정기간행물, 신문 또는 번역서를 출판할 계획을 세워둔 상태이기도 했다(예, 28권/2, 224쪽; S. A. 이바노바에게 보낸 1867년 9월 29일 편지).

도스토옙스키는 16개의 연속 칼럼으로 『작가의 일기』를 써 나갔다. 가장 뛰어난 에세이 형식의 작품들 중 하나였던 그의 일기는 1840년대에 문예 작가로 활동한 경험과, 잡지 『시간』과 『시대』의 논객으로 쌓은 경험들이 기반이 되었다. 능숙한 회화체의 유머와 풍자는 현재 상황을 날카롭게 관찰하여 환경결정론과 같이 서구화된 지식인들이 맹목적으로 추종하던 이론뿐만 아니라 30년간 지속된 공산주의 이론에 대해서도 이의를 제기했다. 예상치 못한 결말, 간결한 형식과 매력적인 스타일은 칼럼의 성공에 기여했을 뿐만 아니라 도스토옙스키가 칼럼을 월간 간행물로 확장하도록 자신감을 주었다. 하지만 잇따른 협상, 원고의 복사, 소유권 문제, 서투른 산문 수정 등 잡지를 출판하는 데 수반되는 부가적인 측면들은 사실상 매우 번거로운 일이 아닐 수 없었다. 결국 그는 1874년에 편집장으로서의 직위를 내려놓았다. 그 자리에 더 남아 있었어도 그가 행복했을 가능성은 높지 않았기 때문이다. 메셰르스키의 보수적인 군주주의와 이념적으로는 일치했지만, 한편으로 도스토옙스키는 정부의 보조금이 언론을 더럽힌다며 전문가적인 입장을 내놓기도 했다. 결국 잡지 『시민』은 정부의 '비열한 기금'을 수령하는 곳이 되어 버렸다(28권/2, 153~154쪽; M. N. 카트코프에게 보낸 1866년 4월 15일 편지).[101]

---

101 Charles A. Ruud, Fighting Words: Imperial Censorship and the Russian Press, 1804-1906 (Toronto: University of Toronto Press, 1982), p. 198.

나아가 도스토옙스키의 다음 행보는 그의 오래된 친구들에게 이념적 배신을 느끼게 하는 충격을 주었다. 그는 경쟁자인 네크라소프가 편집하는 진보 성향의 저널『조국수기』에『미성년』이라는 새로운 소설을 연재하기로 동의했다. 네크라소프는 계약을 성사시키기 위해 거금에 해당하는 선불금과 250루블이라는 최고 수준의 사례비를 제안했다. 이는 톨스토이가『러시아 헤럴드』지에『안나 카레니나』를 연재하면서 500루블이라는 막대한 사례비를 받았다는 사실에 도스토옙스키가 작가로서 상처를 받았다는 것을 알고 있었기 때문이었다. 도스토옙스키가 경쟁 잡지에 연재를 시작한다는 소식을 들었을 때, 류비모프는 도스토옙스키에게 보내는 1874년 5월 4일 자 편지에서 아부로 여겨지지 않는 딱딱한 말투로 다음과 같이 썼다.

"당신의 존경할 만한 기여에 대한 보상으로 3,000루블을 사례한다고 하면 반대할 편집자들은 아무도 없을 것입니다. 하지만 사례비를 그렇게 공식적으로 인상했다가는 향후 출판업계를 혼란에 빠뜨릴 것입니다. 네크라소프는 우리가 최후의 금액으로 삼는 사례비의 열 배에 해당하는 금액을 이미 제안하고 있습니다. 우리는 투르게네프와 멜니코프에게 이와 유사한 제안을 한 적이 있습니다. 당신의 새로운 소설에 대한 사례비가 상당히 인상되었다는 소문이 퍼지기 시작하면 모든 작가들이 동시에 인상을 요구할 것이고, 설사 구독자의 수가 상당히 늘어난다고 해도 출판업계는 버티지 못할 것입니다. 만일 당신이 이전의 사례비를 유지하면서 우리가 당신을 위한 비용을 따로 마련해준다면, 당신이 원한 총액대로 돈을 받으면서도 제가 위에서 언급한 문제들이 자연스럽게 해결될 것입니다. 이것은 우리 둘만의 비밀 계약이 되어야 할 것입니다. 그래야만 당신의 입장은 특수 경우로 받아들여질 것이고 일반 법칙으로 변해버리지 않을 것이다." [102]

류비모프의 태도는 '당신의 소설을 우리 잡지에 게재하기 위해서라면 뭐든지 감수하겠다'는 태도와는 거리가 있었다. 도스토옙스키는 아마 류비모프가 톨스토이의 작품을 더 원한다고 생각했을 수도 있다. 따라서 도스토옙스키는 자연스럽게 네크라소프의 제안을 받아들이게 된다. 하지만 도스토옙스키의 결정이 재정적 이유와 상처받은 자존심에만 바탕을 둔 것은 아니었다. 그는『카라마조프가의 형제들』의 라키틴처럼 진보적인 잡지와 교회 잡지들에 동시에 연재하는 추한 인물이 아니었다. 도스토옙스키와『조국수기』사이의 이념적 거리는 1860년대의 급진 세력의 허무주의 정치가 1870년대의 이상적 인민주의에 굴복한 1874년 당시와 크게 차이 나지 않았다. 도스토옙스키는 자신이 1860년대부터 주장했던 것처럼 젊은 세대가 러시아의 지방에 관심을 갖기 시작하자 그들과 공통된 기반을 구축할 수 있었다. [103]

재정적 안정을 찾은 도스토옙스키는『작가의 일기』를 집필하면서 자신이 직접 출판하는 데 집중할 수 있었다. 월간 호는 형식상 길지 않은 소책

102 고문서 기록: IR GBL, Fonds 93, razd. 2, kart. 6, ed. khr. 33, page 14.

103 Joseph Frank, 'Dostoevsky and Russian Populism' in Alan Cheuse and Richard Koffler (eds.), The Rarer Action: Essays in Honor of Francis Fergusson (New Brunswick: Rutgers University Press, 1970), p. 302.

자였다. 그리고 월간 호들은 연감으로 제본되어 나왔다. 이런 방식의 사업은 성공적이었고, 첫 해에 발간된 호는 1879년에 책으로 재발행되었다. 당시에 도스토옙스키는 이미 부분 출판이라는 위험을 감수할 수 있을 정도의 위치에 올라가 있는 작가였다. 그는 (정확하게는 아내인 안나 그리고리예브나는) 구독자가 늘어남에 따라 매 달 두세 번의 인쇄를 더 하게 되었고, 나머지 인쇄물들은 신문 판매점이나 서점에 팔 수 있었다. 좋은 쪽으로 본다면, 『작가의 일기』는 가장 기억에 남을 만한 소설과 문예, 논설문들을 담고 있었다. 그러나 나쁜 쪽으로 보면 민족적, 종교적 그리고 국가적 애국주의가 노골적으로 표현되어 있었다. 데보라 마르틴센이 명쾌하게 말한 것처럼 『작가의 일기』의 기획은 시기적절했다. 그는 러시아-터키 전쟁[104]에 의해 생겨난 애국적 열정에 편승했고, 인민주의자와 보수주의자들 모두에게 호소했으며, 모든 계급의 사람들을 논쟁에 끌어들였다.[105] 이 작품은 무엇보다 친밀한 어조로 독자들을 사로잡았다. 도스토옙스키의 모든 작품들 가운데 이 작품이야말로 독자들이 그에게 편지를 쓰도록 만든 가장 대표적인 작품이었다. 독자들은 자신들의 삶과 연관된 주제들에 관하여 작가에게 직접 편지를 썼다.

도스토옙스키는 이 잡지를 2년 동안 정기적으로 출판했다. 그와 함께 일했던 식자공 M. A. 알렉산드로프는 도스토옙스키의 전문성을 증언하

---

104 러시아-터키 전쟁(1877년~1878년)은 크림 전쟁 이후의 15번째 전쟁이다. 크림 전쟁 이후 러시아가 구실을 찾고 있을 때 보스니아에서 봉기가 일어났는데(1875년), 이를 오스만 제국이 탄압하자 세르비아와 몬테네그로가 오스만 제국에 선전포고를 했다. 그러자 러시아가 중재를 나서 이스탄불에서 회의를 열었으나 회의가 열리지 않았고 결국 러시아가 이 전쟁에 개입하게 되었다(역주).

105 Deborah A. Martinsen, 'Dostoevsky's "Diary of a Writer": journal of the 1870s', in Martinsen (ed.), Literary Journals in Imperial Russia, pp. 150~168.

는 구체적인 회고록을 남겼다. 하지만 알렉산드로프는 잡지 출판 사업이 도스토옙스키의 예술적 영감과 일치하지는 않았다고 기록했다. 건강하지 못한 몸과 자신의 마지막 소설에 집중하고자 하는 욕구로 인해 도스토옙스키는 잡지 출판업을 중단했다. 1880년에 그는 오직 푸시킨에 대한 자신의 연설을 포함시키려는 목적으로 『작가의 일기』를 다시 한 번 출간했다. 그리고 1881년부터 다시 정기적으로 책을 출판하려던 그의 계획은 죽음으로 인해 무산되었다.

1878년 1월 도스토옙스키는 이미 새로운 소설에 집중하고 있었으며 1879년에는 그 소설을 연재할 계획이었다. 톨스토이는 자신의 경력이 쇠퇴하고 있을 때였지만 카트코프, 투르게네프와 완전히 인연을 끊고 잡지 『유럽 헤럴드』에서 출판을 하고 있었다. 그러나 도스토옙스키는 어느 때보다 자신이 원하는 대로 조건을 요구할 수 있는 상황에서 결국 『러시아 헤럴드』로 되돌아갔다. 도스토옙스키가 회당 300루블을 선금으로 지불할 것을 조건으로 내걸었을 때, 카트코프의 얼굴은 아마 한껏 일그러지며 차라리 그럴 바에 『러시아 헤럴드』를 폐간하겠다며 협박했을지도 모른다. 그러나 어찌 됐든 도스토옙스키는 자신의 요구조건을 관철시켰다.(30권/1, 32쪽; A. G. 도스토옙스카야에게 보낸 1878년 6월 20~21일 편지). 그리고 이전에 카트코프가 『죄와 벌』과 『악령』을 편집할 당시에 소설의 상당 부분을 삭제할 것을 요구했던 기억 때문에 도스토옙스키가 논쟁이 될 수 있는 부분들에 대해 걱정했을지 모르지만 이번에는 훨씬 존중받으면서 자신의 소설을 출판할 수 있었다. 영향력 있는 포베도노스체프 그리고 류비모프, 카트코프와 벌인 잡지와 검열에 대한 논쟁에서 승리를 거두고 나서야 도스토옙스키는 소설의 대담무쌍한 「대심문관」 부분이 독자들에게 어떻게 받아들여질지 고민하기 시작했다. 이 부분이나 책의 전체적인 맥락이 그가 가진 신념에 대한 강력한 논점으로 비춰질 수 있었기 때문이다. 소설 속에 등장하는 카라마조프가의 삼 형제가 지닌 엄청난 잠재력에 대해 쓴 그의 편지는 소설 예술에 대해 쓴 글들과 특히 연재 예술에 대해 쓴 글들 가운데 가장 우수한 글로 남아 있다.

이러한 희망과 계획에도 불구하고, 『카라마조프가의 형제들』의 연재는 약속한 1879년에 종결되지 못했고 1880년 11월, 16회분에 가서야 마무리되었다. 『안나 카레니나』의 연재가 세 번째 해까지 이어졌을 때 사과하는 일을 잡지사에게 떠넘긴 톨스토이와 달리, 직업 정신이 훨씬 더 투철했던 도스토옙스키는 1879년에 출판된 12월호의 편지를 통해 잡지 구독자들에게 직접 사과를 했다. 좋지 않은 건강 상태로 인해 푸시킨의 연설 작업 때와 마찬가지로 이렇게 연재를 지연하게 되었음에도 불구하고 도스토옙스키는 책을 출판하기 전에 소설 속의 수도원 생활과 경찰 수사 과정에 대해 철저히 탐구해야 한다는 것을 깨달았다. 도스토옙스키는 『작가의 일기』에서 선보인 주제별 글쓰기에 덧붙여 의식적으로 새로운 연재소설 방식을 창조했다. 이는 이미 증명된 형식인 긴장감과 놀라움을 일으키는 각색 방식에 의존한 것이 아니라, 12권으로 이루어진 각 소설을 비교적 완벽한 주제별 단위로 구성하는 것이었다.[106]

---

106 William Mills Todd, III, 'The Brothers Karamazov and the poetics of serial publication', Dostoevsky Studies 7 (1986), pp. 87-97.

죽음에 이르렀을 때 도스토옙스키는 '**전문직**'이라는 단어가 갖는 세 가지 의미 모두를 대표하는 전문작가가 되어 있었다. 그는 자신의 직업에 충실하기 위해 『작가의 일기』와 『카라마조프가의 형제들』에 대한 작업을 이어 나가려고 했다. 공직에서 물러난 이후 저술로 얻은 수입으로만 생활하고 있던 도스토옙스키는 류비모프에게, 자신의 마지막 소설에 대한 대가로 받기로 한 4,000루블에 대해 문의하는 마지막 편지를 썼다. 원칙에 따른 잡지 및 소설 집필 작업을 통해 도스토옙스키는 엘리트 전문작가가 되었고, 대중과 정부로부터 인정을 받았다. 많은 회고록들이, 도스토옙스키의 시신이 교회에서 무덤까지 운구되는 동안 거리로 쏟아져 나와 오열한 군중에 대해 기록하고 있다. 특히 군중의 대다수는 학생들이었다. 그들은 많은 화환을 준비했다. 정부는 과부가 된 도스토옙스키의 아내와 자녀들에게 매년 연금으로 2,000루블을 지급했다. 도스토옙스키는 공직에 종사하지 않았으면서도 자신의 문학 작품만으로 국가의 경의를 받은 첫 번째 작가가 되었다. 역설가였던 도스토옙스키는 죽으면서까지도 두 가지의 패러독스를 남겼다. 우선 도스토옙스키는 러시아 지식인들이 가진 자동화된 사고와 과도한 이론화에 대해 상습적으로 비판하면서 러시아 문화를 선도한 영웅이었다. 또한 그는 전문가들(변호사, 의사, 교수)의 근시안적, 이성적 담론을 비판함으로써 그들과는 다른 자신의 분야에서 러시아 최초의 진정한 전문가가 되었다. 이렇게 그는 자신이 속한 조직에서 책임과 윤리적 행동에 관한 규범을 수립했다고 볼 수 있다.

05. 도스토옙스키와 돈

보리스 크리스타

도스토옙스키의 소설에서 세상은 돈(錢)의 지배를 받는다. 어느 비평가는 간질병과 더불어 돈이 '**도스토옙스키의 창작 환경을 지배하는 힘**'이라고 주장했다.[107] 그의 소설 속 주인공들이 항상 부딪히게 되는 문제는 돈이다. 돈에 대한 주인공들의 인식이 종종 글 속에 잘 나타나 있다. 『카라마조프가의 형제들』에서 드미트리는 "돈 없이는 아무것도 할 수 없다(14권, 344쪽; 8편, 섹션3)"고 씁쓸하게 말한다. 『미성년』의 현명한 소작농 노인 마카르 이바노비치는 "돈이 신은 아니지만 적어도 반(半)신은 된다"고 말한다. 심지어 소설 『노름꾼(도박자)』의 주인공 알렉세이는 "돈이 전부야!"라고 강하게 주장한다(5권, 229쪽; 5장).

인간관계에서 돈의 중요한 역할에 대해 굉장히 민감했던 도스토옙스키

---

107 Jacques Cateau, Dostoevsky and the Process of Literary Creation, trans. Audrey Littlewood (Cambridge University Press, 1989), p. 135.

는 문학적 소통의 매체로서 돈의 기능을 잘 인식하고 있었다. 그의 글에서 돈은 특정 주제와 메시지를 전달하며 중요한 의미를 갖는다. 도스토옙스키는 돈을 권력으로 인식했고, 큰 고통과 갈등의 원인으로 돈의 불균등한 분배를 꼽았다. 도스토옙스키는 소설가로서 사회적 고통에 관심을 기울이며 자세히 관찰했다. 혁명과 유혈 사태와 같은 폭력을 이용한 부의 강제적 재분배를 거부했고, 공정하건 추한 방법이건 돈을 광적으로 추구하는 것도 반대했다. 또 돈의 추구가 원인이 된 부도덕한 행동에도 거부감을 표했다. 특히 돈을 도덕적 시험대의 기준으로 삼았고, 개개인이 돈을 어떻게 벌고 쓰며 살아가는가에 대한 관심이 컸다. 도스토옙스키는 출생의 기본적인 권리만 인정되었던 러시아 봉건사회에서 무한경쟁을 하며 적자생존의 자본주의 사회로 전환되는 시기에 태어나 글을 썼던 것이다. 작가로 살아가며 극적인 경험을 많이 겪었던 도스토옙스키는 삶과 인간관계에서 돈의 중요성에 대한 자신만의 생각을 갖게 되었다. 그의 편지들과 실화를 다룬 산문에서 돈이 자주 언급되었다. 돈 자체가 그의 창조적 글쓰기의 주제와 교훈적 토대로 종종 사용되었다.

도스토옙스키는 자신의 개인 재산을 잘 관리하지 못했음에도 불구하고, 돈에 대해 천성적으로 잘 알았을 뿐만 아니라 돈의 중요성을 제대로 인식하고 있었다. 선견지명이 있었고 신기할 정도로 미래를 예견한다는 평가를 받았던 소설에서 드러나듯이 도스토옙스키는 세상 물정에 굉장히 밝았다. 그는 1루블로 무엇을 살 수 있는지 정확하게 알고 있었고, 유럽의 다양한 화폐에 대해서도 느긋하게 확고한 어조로 말할 수 있었다. 심지어 그는 환율계산에도 밝았다. 그는 거상(巨商), 가게 주인, 전당포 주인, 하숙집 주인들이 돈을 어떻게 버는지 알고 있었다. 그의 소설에는 이율, 어음, 채권과 각종 증권들에 대한 이야기가 종종 언급된다. 무엇보다도 대작들에서는 도스토옙스키가 공통적으로 돈에 큰 의미를 부여한다는 것이다. 이것은 도스토옙스키에게 돈이란 다른 유명작가들이 생각했던 것과는 비교할 수 없을 정도로 중요한 의미가 있다는 것을 뜻한다. 그가 쓴 글의 특징은 여담과 언외(言外)의 암시 형태로 많은 정보를 제공한다. 이것은 독자로 하여금 작가와 적극적인 상호작용을 하게끔 만든다. 이러한 양식은 그의 문학적 담론에 깊이와 사실성을 부여한다. 그는 숨겨진 사실들이나 변형된 일반적인 사실들을 문학 영역의 표면으로 가져온 선구자이다. 이러한 맥락에서 도스토옙스키는 돈이 가장 중요하다는 것을 알았다. 소설에 등장하는 액수들은 명백하게 객관적 사실들이고, 이것은 허세, 자기주장, 거짓말로 세운 허울 좋은 건물을 부수기도 한다. **'돈이 말을 한다'**는 유명한 격언처럼, 도스토옙스키는 돈이 솔직하게 **'말하게'** 만드는데 능숙하다.

도스토옙스키가 묘사하는 사회에서 허세 부리는 자들의 빈곤은 흔하다. 주인공들은 자기 방어를 위해 속임수와 가식의 보호막을 두른다. 사실성을 부여하기 위해 도스토옙스키는 이런 시도들을 사회적으로 위장하지만 그의 잔인한 재능은 곧바로 그들이 숨기고 싶어 하는 은밀한 곳까지 파고든다. 도스토옙스키는 리얼리스트로서 사람의 외모와 행동에 영향을 미치는 경제적 여건에 대한 완벽한 설명 없이는 한 인간의 성격묘사가 불가능하다고 믿었다. 예컨대 개인의 정확한 수입은 캐릭터 형성에 있어서 굉장히 중요하다. 왜냐하면 개인이 돈을 얼마나 쓸 수 있느냐에 따라 그 사람의 생활 방식이나 세상을 바라보는 관점이 달라지기 때문이다. 예를 들어 『지하로부터의 수기』의 주인공은 상상 속 질문자와의 대화에서 자신은 의지가 약한, 일하기 싫어하는 공무원이라고 대답한다. 주인공은 예상치 못했던 6,000루블을 유산으로 받자마자 퇴직한다. 이 대단치 않은 돈으로 주인공은 칙칙하고 폐쇄적인 '**지하**' 생활을 한다. 그는 근근이 먹고 살아가기만 할 뿐 그 밖의 어떤 것도 살 형편이 못된다. 직장과 사회로부터 은퇴한 주인공은 왕따가 되어 자신의 지적 독립을 위해 살아간다. 하지만 그에게 주어진 자유는 혼자 사색하고 계속 고함치는 것뿐이다. 그의 변변찮은 소득은 필연적으로 그의 태도와 위험한 생각들을 구속한다.

낭만주의적 성격의 소설 『백야』[108]에서 돈의 언급은 현실의 강요일 뿐만 아니라, 로맨스의 종결을 의미한다. 소설의 여주인공 나스텐카는 행복감에 젖어 구혼자와 터놓고 이야기한다. 그녀는 자신이 할머니와 함께 살고 있으며 할머니의 작은 집에 살고 있는 하숙생에게 받은 돈으로 겨우 먹고 산다고 고백한다. 그녀는 안정된 생활을 원하며 '유치한 짓'에 관여할 여유가 없다. 구혼자는 연봉 1,200루블이라는 넉넉하지 못한 수입으로 산다고 고백한다. 페테르부르크 '**백야**'의 화려함에 취한 그들은 경제적 현실

108 『백야』는 나흘 밤과 하루 아침의 이야기로 이루어진 일인칭 화자의 감상 소설이다. 이 작품의 화자인 '나'는 페테르부르크의 가난한 청년으로 자신만의 공상 세계에 폐쇄된 채 고독하게 살아가는 몽상가이다. 그러던 어느 날 그는 아름답고 신비스럽기까지 한 페테르부르크의 백야에 우연히 불행한 소녀 나스텐카를 만난다. 그녀의 순박하고 부드러운 태도와 아름다운 모습은 몽상가의 관심을 끌었다. 그들은 자주 만나 서로의 감정을 확인한 후 행복감에 젖어 있었다. 그때 소녀의 약혼자가 갑자기 나타나자, 나스텐카는 그에게 달려간다. 몽상가는 만남의 행복한 순간을 떠올리며 그녀의 행복을 빌었다(역주).

이라는 가혹한 벽에 부딪친다. 이는 아름다운 꿈의 끝을 예고한다. 아침에 구혼자는 작별을 고하는 그녀의 마지막 편지를 받는다.

이처럼 돈의 정확한 액수는 허세 부리는 자들의 빈곤을 보여줄 뿐 아니라, 아무도 예상하지 못했던 구두쇠의 정체도 드러낸다. 도스토옙스키의 주인공들에겐 이러한 일이 종종 일어난다. 그들은 궁핍하게 살면서도 몰래 부를 축적해 가면서 자신들의 존재를 형성해 간다. 대표적인 예로 소설 『프로하르친 씨』[109]의 괴짜 주인공 프로하르친을 들 수 있다. 그는 버는 돈을 모두 침대 밑 트렁크에 넣어두고 겉으로는 거지처럼 생활한다. 자신이 위협을 받았다고 생각하자 미쳐버린 그는 자신과 함께 사는 다른 하숙인들을 공격하고 결국에는 의문의 싸움을 하다가 죽는다. 그가 죽은 후 그의 트렁크를 열자 그 안은 돈으로 가득 차 있었다. 세간에는 프로하르친 씨가 실제로 백만장자였다는 신화가 탄생한다.

이 기묘한 이야기의 발전은 돈의 기호학적 표지(標識)들에 의존한다. 여기서 끝이 아니다. 도스토옙스키는 기발하게도 프로하르친의 새로운 이미지인 '트렁크 백만장자'를 분석하여 재물 쌓아놓기의 무의미함을 강조한다. 그의 돈을 세어본 결과, 그가 몇 년간의 저축과 인색함을 바탕으로 약 2,497루블과 50코페이카를 축적했음이 밝혀진다. 소설의 화자는 이 돈이 '**아주 엄청난 양**'이라고 하지만, 그것은 사실 그와 함께 살았던 하숙

109 『프로하르친 씨』는 가난한 구두쇠 관리 프로하르친의 비극적인 삶에 대한 이야기이다. 상상을 초월할 정도로 궁핍한 생활을 해온 가난한 하급 관리 프로하르친이 죽은 후 그의 비밀이 드러난다. 그는 침대 속 트렁크에 놀랄만한 액수의 금화를 감춰 두었던 것이다. 가난한 주인공의 돈에 대한 병적인 집착과 침대 안에 돈을 감춰둔 이야기는 당시 신문과 잡지에 실린 실존 인물을 기초로 한 것이다. 페테르부르크 관청에서 근무했던 실존 인물 브로프킨은 실제로 빵과 물만으로 연명하며 엄청난 액수의 돈을 숨겨 놓았는데, 그가 죽은 뒤 숨겨 놓은 돈이 경찰에 의해 발견되었다고 한다(역주).

인들이 처음에 예측했던 것처럼 많은 돈도, 그를 백만장자로 만들어줄 만한 금액도 아니었다.

도스토옙스키의 소설에서 돈은 변함없이 성격묘사에 가장 중요한 요소로 존재한다. 새로운 캐릭터가 등장할 때 가끔 궁금증을 유발시키기 위해 그의 경제적 능력이 나중에 알려지기도 하지만 보통은 바로 알려진다. 경제력은 보통 그들이 당장 쓸 수 있는 돈을 얼마나 갖고 있는지, 그들의 토지에서 일하는 농노의 수가 몇 명인지, 혹은 연봉이 얼마인지로 나타난다. 여성들의 사회적 지위는 보통 그들의 결혼 지참금으로 정해진다.

『카라마조프가의 형제들』에서 부정적인 아버지의 인물상에 해당하는 표도르에 대한 첫 묘사는 그가 돈을 얼마나 갖고 있는지 예측하기 어렵게 한다. 표도르는 쓸모없고 부도덕하며 머리가 둔한 사회 부적응자로, 남들에게 빌붙어 먹고 사는 인물로 묘사된다. 하지만 도스토옙스키가 '이 늙은 카라마조프가 100,000루블이라는 엄청난 액수의 돈을 모았다'고 알려줄 때, 독자들은 표도르에 대한 이미지를 갑자기 재구성해야 한다. 정확한 액수를 공개하는 것은 엄청난 효과를 거둔다. 독자들은 자신들이 알아갈 주인공이 대수롭지 않은 사회 부적응자가 아닌 약삭빠르고 비밀에 싸인 강인한 사람이라는 사실을 갑자기 알게 된다. 표도르는 다른 사람들에게 정직하지 않았으며 무자비하게 돈만 좇는 자였던 것이다.

도스토옙스키는 사회적·경제적 지위와 관련해서 항상 예민했다. 물론 그가 의미 구축을 위해 경제적 가치를 항상 설명해야 한다고 생각했던 것은 아니다. 종종 그는 돈의 총액수, 혹은 그의 목적을 위해 돈의 가치를 잠시 언급하고 지나가기도 한다. 예를 들어, 어느 한 인물이 돈을 갚겠다고 약속하며 계속해서 돈을 조금씩 빌리는 장면들은 많은 것을 함축한다. 『죄와 벌』에서 라주미힌이 라스콜리니코프에게 구입한 옷에 대해 가격을 일일이 다 말하는 장면을 보자. 이 장면에 나오는 물건들은 모두 설명이 덧붙여져 있고, 가격도 정확하게 명시되어 있다. 도스토옙스키는 지위를 나타내는 물건들, 특히 겉으로 드러나는 요소인 의복, 머리 모양, 장신구 등 그 사람에 대해 알려주는 물건들에 대한 가치를 잘 알고 있었다. 추운 곳에서 살아가는 러시아인들에게 겉옷은 전통적으로 지위를 나타냈다. 겨울 외투와 모피 모자는 많은 것을 의미하는 기호들이었다. "우리는 모두 고골의 『외투』에서 나왔다"는 도스토옙스키의 말은 그냥 나온 것이 아니다. 도스토옙스키는 특정 정보를 전달하기 위해 의도적으로 이 의복들을 사용했다. 예를 들어 『미성년』에서 독자들은 아르카디 돌고루키가 겨울은 다가오는데 자신의 털외투는 고작 25루블밖에 되지 않는다고 불평할 때, 옷은 자신의 사회적 신분을 상승시키려는 의도와 맞물린다는 점을 발견한다. 이처럼 의복의 가치와 가격에 대한 언급은 항상 사실적이다. 도스토옙스키는 털외투의 가격과 아파트 임대비용을 정확하게 알았다. 사실 페테르부르크 부동산에 대한 그의 정보는 거의 전문가 수준이었다. 예컨대 『백치』에서 이볼긴 장군의 집을 설명할 때, 첫눈에 도스토옙스키는 연봉 2,000루블의 공무원이 살기에는 과한 곳이라고 느꼈다. 이것의 숨은 의미는 이볼긴 장군의 진실성에 대해 의문을 던지게 한다.

인물의 지위를 상징하는 물건들의 가치는 예리하고 잘 훈련된 도스토옙스키의 눈을 거쳐 증거로 제시된다. 그는 조시마 장로의 방 벽에 걸려 있는 '값싼 소형' 시계와 표도르 응접실의 대리석 스탠드 위의 '싸구려' 큰 유리병에 대해 언급한다. 메니푸스적 풍자소설 『보보크』에서는 관의 가격과 누가 다양한 스타일의 관을 살 수 있는지에 대한 말까지 오간다. 이처럼 현실적인 정보가 제시되며 소설은 명확성과 사실성을 획득한다. 이는 신비주의와 명료함 사이를 오가는 도스토옙스키의 특이한 서술방식에서 특히 중요한 역할을 한다. 궁금증을 증폭시키고 긴장감을 자아내기 위해, 도스토옙스키는 등장인물들이 횡설수설하도록 만든다. 과거, 미래, 혹은 소설 밖의 사건들에 대해 헷갈리도록 도스토옙스키는 거짓 흔적만 남겨놓을 뿐 독자들이 간절히 기대하는 정보는 주지 않는다. 모호함과 불확실성(도스토옙스키의 노트를 보면 그가 의도적으로 만들어 놓은 것임을 알 수 있다)은 돈, 가격, 가치 등과 같은 일상적인 소재의 등장으로 상쇄된다. 돈은 분명하게 '**말하며**', 특히 돈의 액수를 언급함으로써 그 이야기에 다시 초점을 맞추게 한다.

이러한 방식은 『백치』에서 미시킨 공작의 지위를 나타낼 때 효과적으로 기능한다. 미시킨은, 우연히 소설의 주인공들과 함께 페테르부르크로 가는 기차의 객실 안에 있는 장면을 시작으로 소설 속에 처음 등장한다. 그때 그에 대한 많은 궁금증이 생겨난다. 좋은 혈통의 이름과 달리 미시킨의 전 재산은 그가 들고 다니는 보따리 안에 모두 들어있다. 이는 그가 가난하며 떠돌아다니는 처지에 있다는 것을 상징한다. 나중에 독자들은 미시킨 공작이 먼 부자 친척으로부터 예상치 못한 엄청난 재산을 물려받았을 때, 그의 경제적 지위가 극적으로 바뀌었다는 것을 알게 된다. 우리는 이제 그에게 주어질 엄청난 부(富)에 대한 다양한 정보를 얻지만, 그것들은 모두 소문이자 불명확한 사실들이다. 또, 그가 유산을 받기위해 몇 달간 모스크바로 사라졌을 때, 당황스럽게도 이야기가 중단된다. 미시킨 공작이 페테르부르크로 돌아오면서 아글라야에게 펼치는 구애는 또다시 상반된 감정과 신비한 분위기로 둘러싸인다. 소설의 제4장에 이르러 서술자는 모든 오해가 풀릴 수 있는 장면을 보여준다. 아글라야는 미시킨에게 가진 재산에 대해 알려달라고 공개적으로 요청한다. 미시킨은 솔직하게 자신의 재산이 135,000루블이라고 정확하게 말한다. 도스토엡스키는 그 액수를 굉장히 신중하게 선택한 것이다. 아글라야의 즉각적인 반응은 실망감이었다. 거액의 유산을 물려받을 것 같았던 미시킨의 이미지와 달리 현실은 사뭇 냉정하다. 이로써 극심한 가난으로부터 벗어나 자신이 평생 알지 못했던 부(富)를 가진 동화 속 왕자님으로 거듭난 미시킨은 이제 현실적인 인물이 된다. 잘생겼지만 막대한 부자가 아닌 젊은 미시킨은 공부를 해서 정식으로 선생님이 되고 싶다고 한다. 아글라야와 독자들에게 형성되었던 동화 속 왕자님의 이미지는 깨지고, 그에 따른 그녀의 반응과 향후 전개될 그녀와 공작과의 관계는 그녀의 캐릭터에 새로운 관점을 제시한다.

또 돈은 꿈을 깨버리는 요소가 된다. 『카라마조프가의 형제들』에 등장하는 그루센카는 수년간 희망했던 꿈, 즉 10대의 그녀를 멋진 매력으로 유혹했던 잘생긴 폴란드 장교를 만나는 꿈이 모두 돈 때문에 깨진다. 그루센카가 상당한 부자가 됐다는 소문을 들은 폴란드 장교는 자신의 새로운 목적을 달성하기 위해 소설 끝자락에 재등장한다. 하지만 그는 매번 배신한다. 폴란드 장교는 자포자기 심정으로 자기가 가질 수 있는 모든 루블(돈)을 챙기려 한다. 카드 게임에서 사기를 치고 돈을 구걸하는 편지를 보낸다. 그가 요구하는 돈의 액수는 계속해서 줄어든다. 처음에는 2,000루블을 빌려달라는 화려한 편지를 보내고 나중엔 1루블만이라도 빌려달라고 요청한다. 가면 뒤에 숨겨진 장교의 참모습을 알게 된 그루센카는 그를 쫓아낸다. 그녀의 광대한 러시아적 성격은 옹졸하고 탐욕스러워진다. 그녀의 마음은 돈을 물같이 쓰는 관대하고 야성적인 남자 드미트리 카라마조프에게로 돌아선다.

당시의 독자들에게 사실대로 전했다면 거부감을 주었을 법한 사건도 도스토옙스키는 돈을 매개로 하여 효과적으로 전달한다. 예를 들어, 남성이 여성에게 준 돈은 성적인 의미를 숨기고 있지만, 도스토옙스키는 독자들이 그 의미를 직접 해독하도록 놔둔다. 당시 그가 살았던 시대에 관례적으로 위선과 금기로 여겨졌던 성매매는 소설 속에서 돈의 언어를 드러낸다. 『죄와 벌』에서 술에 취한 마르멜라도프는 독자들에게 돈도 없고 교육도 받지 못한 여자 아이들이 처한 절망적인 상황에 대해 이야기해준다. '정직한 일'은 그들에게 하루에 15코페이카도 안 되는 돈을 제공해주지만 다른 일자리는 구할 수 없다. 연약하고 예민하지만 매력적인 딸 소냐가 일자리를 구하지 못하자, 새어머니는 형제자매가 모두 굶고 있을 때 소냐 혼자만 음식을 먹고 따뜻하게 지낸다며 그녀를 비난한다. 마침내 소냐는 최대한 예쁘게 꾸미고 밖으로 나가기로 마음먹는다. 세 시간 뒤에 집으로 돌아온 소냐는 새어머니 앞의 탁자에 30루블을 놓고는 벽에 얼굴을 대고 서글프게 운다. 그녀가 성매매를 했다는 사실은 전혀 노골적으로 명시되지 않고 독자의 상상력에 맡겨졌지만, 성인 독자들은 30루블 속에 숨겨진 의미로 어떤 일이 일어났는지 알 수 있다. 매춘의 길로 들어서게 된 소냐는 건강을 해치고, 순결을 빼앗겼으며, 자신의 미래까지 위태롭게 만든다.

도스토옙스키의 소설에서 돈은 성관계를 허용한다는 숨은 의미를 내포한다. 보통 소설 안에서 독자들은 어떤 사건이 일어났는지 명확하게 추론할 수 있지만, 종종 독자들이 스스로 판단하게끔 구성되기도 한다. 예컨대 『미성년』에서 부자 세르게이 공작이 자기 아들 아르카디에게 얼마만큼의 돈을 주는지 알게 된 베르실로프는 그들의 동성애 관계를 파악한다. 도스토옙스키는 그 밖의 어떤 정보도 주지 않으면서 독자들이 스스로 평가하게끔 놔둔다.

하지만 도스토옙스키에게 있어서 돈이 그저 내용을 해체하고 잘 포장된 관습 뒤에 숨겨진 실상을 폭로하는 문학적 매개체로만 쓰인 것은 아니다. 단순히 매개체에 불과했던 돈은 그가 점점 작가로 성장하면서 주제와 플롯을 제공하고 메시지를 담는 수단으로 변한다. 이 과정은 그의 데뷔작이었던 소설에서도 나타난다. 인물의 성격묘사와 폭로의 촉매제로 쓰였던 돈은, 사회적 현상으로서의 빈곤을 다루는 주제로 발전했다. 『가난한 사람들』의 시작은 낭만적이었던 과거에 대한 향수를 불러일으킨다. 소심한 주인공 데부시킨은 사회적 시선에 굉장히 민감하기 때문에 자기가 사랑하는 바르바라와 편지로만 대화를 주고받는다. 그는 가진 돈이 없으면서도 마지막 남은 자신의 품위를 지키기 위해 필사적으로 매달린다. 그는 바르바라에게 자신의 경제력을 과시하기 위해 선물 공세를 하는 등 돈이 많은 척한다. 하지만 조금씩 상황이 바뀌어간다. 점점 궁핍해지는 그의 현실은 쓰라린 진실을 폭로한다. 결국 그는 자신의 명의로 1루블만 갖게 되고 대출까지 거절당하며 쥐꼬리만한 적은 월급을 받으려면 열흘이나 남아있는 상태이다.

돈의 파괴력은 예전의 낭만적이었던 요소들을 없애버린다. 『가난한 사람들』에서 데부시킨은 점진적으로 자신의 품위, 지위, 사생활마저 침해받는다. 도스토옙스키는 자신의 새로운 이야기 구성 방식을 최대한으로 이용한다. 소설 속 주인공 데부시킨은 바르바라에게 보내는 편지에서 비유를 써가며 **'부끄러운 사실'**을 털어놓는다. "나의 무례한 표현을 용서해주오, 바르바라. 그렇지만 이 불쌍한 인간은 당신과 같이 어리고 순수한 여성이 느끼는 수치심을 느낀다오. 나의 무례한 표현을 용서해주오. 하지만 당신은 사람들 앞에서 발가벗지는 않을 것 아니오? 그와 마찬가지로 이 불쌍한 늙은이도 사생활이 폭로되는 것을 원하지 않는다오." 이 비극적인 클라이맥스에서 데부시킨은 엄청난 가난에 패배하고, 바르바라를 영원히 잃게 된다. 감성적이고 정서적이던 주제는 매우 현실적으로 변하고 소설은 강력한 사회적 메시지를 피력하며 마무리된다.

『가난한 사람들』은 도스토옙스키의 문학적 레퍼토리에 가난이라는 주제를 확실히 자리매김 시킨 작품이다.[110] 돈은 『학대받은 사람들』과 같은

110 S. K. Somerwil-Ayrton, Poverty and Power in the Early Works of Dostoevskij (Amsterdam: Rodopi, 1988), pp. 37~100.

작품에서도 가장 중요한 문제로 취급된다. 이 소설에서 돈은 다시 갈등을 일으켜 표면적으로 감성적인 이야기를 부식시키며, 이야기를 현실로 끌어올리는 힘으로 작용한다. 20년에 걸친 도스토옙스키의 창작활동 기간 동안 많은 다른 소재들이 중요한 요소로 등장했지만, 대작들의 필수 주제는 가난이었다. 『죄와 벌』은 고통스러울 정도로 가난해서 굉장히 기억에 남는 마르멜라도프 가족의 이야기 없이는 생각조차 할 수 없고, 『카라마조프가의 형제들』에서 스네기료프 가족 이야기 역시 마찬가지이다.

도스토옙스키의 소설들은 변하는 세상을 반영한다. 가난과 사회적 난관은 더 이상 아무 불평 없이 받아들여야 하는 타고난 운명으로 비춰지지 않는다. 부의 신속한 재분배를 가능케 하는 새로운 자유기업주의 체제에서 돈은 어떤 사회적 혜택보다도 대단하다. 『미성년』에서 아르카디는 '우리 시대에 가장 중요한 것은 개인이고 다음은 돈이다'라고 말한다. 1876년 10월 판 『작가의 일기』에 자신의 이름으로 기고한 글에서 도스토옙스키는 돈에 대해 더 강하게 주장한다. "과거에도 돈의 힘은 인식되었으나, 오늘날처럼 러시아에서 돈이 세상에서 가장 좋은 것으로 평가된 적은 없었다." 이 발언은 당시 사회상을 보여줌과 동시에 미래에 대한 예언으로 기능한다.

돈을 기반으로 한 힘의 남용과 도덕적 부패는 지속적으로 도스토옙스키의 관심을 끈 주제이다. 그의 소설은 악을 대변하는 주된 역할을 담당하는 돈이 일으키는 선명하면서도 혐오스런 에피소드들로 넘쳐난다. 이 에피소드들은 공공연한 범죄부터 사소한 악의에 이르기까지 아주 다양하다. 예를 들어 『미성년』에 등장하는 부유한 공장 소유주 막심 이바노비치는 자신에게 우연히 부딪힌 사내아이를 두들겨 패라고 사람들을 고용한다. 남자 아이가 심하게 다쳐 몸져 누워있자, 그는 아이의 어머니에게 보상금으로 15루블만 보내준다. 소설에서 그는 이처럼 사소하지만 충격적인 이야기들을 인용하고 있다. 예를 들어 이야기 속에는 노래 부르는 나이팅게일이 있는 모스크바의 여관이 등장한다. 부유한 상인이 여관에 들어와 "나이팅게일이 얼마요?" 하고 묻자 주인은 "100루블입니다" 하고 대답한다. 상인은 "좋아, 구워서 나에게 가져와!" 라고 말한다. 나이팅게일 구이를 가져오자, 상인은 그것을 쳐다보고 "20코페이카 만큼만 잘라줘"라고 한다. 아마도 당시에 떠돌던 블랙 유머일지 모르지만 도스토옙스키는 이러한 이야기를 인용함으로써 당시에 부를 거머쥐었던 자들이 얼마나 변덕스럽고 무자비했는지 잘 보여준다.

도스토옙스키의 대작들에서 돈은 선과 악의 주제로 다뤄진다. 그는 돈을 권력과 동일시하면서 당시 러시아에서 돈이 무엇이든 가능하게 만든다는 점을 보여 주었다. 부패가 만연했으며, 현금만 있으면 어떤 목적이든 달성할 수 있었다. 『악령』에서 페치카는 한 사람당 1,500루블에 살해해 주겠다고 제안하며 흥정할 의향을 내비친다. 사법재판소에 기소를 할 때도 뇌물과 관련된 언급이 넘쳐난다. 예를 들어 『죄와 벌』에서 경찰서 사무관인 자묘토프는 뇌물을 받는 자로 유명하다. 동일 소설에서 스비드리가일로프는 돈과 인맥으로 살인자에게 러시아로부터 도망칠 수 있는 여권을 제공해 줄 수 있다고 라스콜리니코프에게 자랑한다. 『카라마조프가의 형제들』에서 이반 또한 형을 보석금 10,000루블로 출감시키고, 20,000루블로 미국 탈출 계획을 세운다.

도스토옙스키는 돈으로 인한 사회적 부패와 불평등을 광범위하게 다루고 있음에도 불구하고, 흥미롭게도 사회를 개혁하려는 의지나 부조리에 대한 분노를 거의 내비치지 않는다. 그는 가진 재산 때문에 타락하고 자멸할 수도 있는 구세대의 부유한 귀족들에게 관대하다. 또한 성공적인 사업가, 상인, 고리대금업자들이 사업을 확장하기 위해 비윤리적으로 돈을 쓰는 것도 쉽게 용서한다. 그 대신 도스토옙스키가 감성적으로 강하게 개입하는 부분은 돈(錢)과 성(性)의 관계를 다룰 때이다. 이 분야에서 그는 성적 권력과 여성들의 비참한 경제적 지위의 현실에 대해 잘 알고 있는 선구자였다. 사실상 여성들이 가질 수 있는 가장 적당한 직업은 가정교사나 선생님이었다. 학계는 '페미니스트적 질문들'을 중요하게 다루고 있었지만 사회적 현실은 이를 따라가지 못했다. 젊은 여성들은 결혼을 통해서만 경제적 안정을 얻을 수 있었고, 이는 적당한 지참금을 소유하여 전도유망한 남편감을 유혹하는 행동으로 이어졌다. 구애의 과정이 낭만주의적인 분위기로 잘 드러나지는 않았지만, 현실은 근본적으로 종종 가혹하고 물질주의적이었다. 도스토옙스키는 모든 여성이 개개인의 경제적 가치를 갖는다고 파악했다. 이러한 인식은 그의 소설 속에서 중요한 요소로 다뤄지며 성적으로 함축적인 의미를 형성하면서 서술적 긴장감을 갖게 한다.[111]

---

111 See Barbara Heldt, Terrible Perfection: Women and Russian Literature (Bloomington and Indianapolis: Indiana University Press, 1987).

도스토옙스키의 작품들 속에서는 부유한 남성들이 자신을 싫어하는 가난한 여성들을 정복하는 이야기가 자주 등장한다. 도스토옙스키는 부유하고 씀씀이가 헤픈 늙은 남성들이 젊고 순결한 여성을 유혹하는 딜레마에 대해 큰 관심을 가지고 있었다. 피해 받은 여주인공들은 모두 똑같은 배경을 갖고 있다. 그들 모두가 돈과 지위를 잃은 '좋은' 집안의 자제들이다. 그들이 얼마나 도덕적이고, 똑똑하고, 아름답고, 자존심이 강하든 간에 주사위는 부유한 남성들 손 안에 있다. 이와 같이 가슴 아픈 불공평한 지위와 성적으로 함축된 의미에 대한 설명은 소설에 부여되는 긴장감의 원천으로서 에로틱한 상상력의 자극제가 되었고, 개인의 감정적 의욕에 대한 주제들을 제공해주었다.

이러한 맥락에서 도스토옙스키는 다시 한 번 돈의 액수를 정확하게 인용하면서 문학적 소통을 효과적으로 매개한다. 인물들이 소개되고 성격이 형성되는 초반부에 돈의 액수는 독자들에게 굉장히 정확하게 유혹의 한도를 알려준다. 사건이 진행되면서 매개체는 사회적 메시지의 일부가 된다. 당시의 사회적 관습과 엄격한 검열 때문에 소설 안에서 육체적 관계를 사실적으로 묘사한다는 것은 생각조차 할 수 없었다. 따라서 돈이 거래되는 장면을 제시하는 것은 독자들이 스스로 인식하고 해석하게 만들고 그 상황을 상상하도록 한다. 정확한 돈의 액수는 독자들로 하여금 스스로 명시적인 단서를 잘 이해할 수 있도록 도와준다. 예컨대 희생자가 돈을 받는 행위를 통해 그녀를 항복하게 만드는 권력과, 이에 수반되는 성적 노예화와 강간의 합법화 과정을 상상해볼 수 있다.

『가난한 사람들』에서 돈의 액수를 나열하는 것은 주인공들의 비참한 가난을 보여주고, 젊고 아름다운 바르바라를 정복하기 위한 비코프의 무자비함을 보여준다. 겉으로는 나이 많은 홀아비가 노처녀에게 구애하는 그럴 듯한 장면처럼 보일 수 있다. 하지만 늘씬한 여인이 그를 혐오스럽게 여긴다는 것은 이야기를 다른 관점에서 보게 한다. 비코프는 돈을 이용하여 그녀를 타락하게 만든다. 그는 그녀가 사치품들을 살 수 있도록 500루블을 주면서 자신의 목적을 성사시킨다. 돈을 받은 그녀는 쇼핑하는 데 돈을 흥청망청 쓰고 난 뒤, 자신이 덫에 걸렸음을 알아차린다.

『미성년』에 부차적으로 덧붙여진 올랴에 관한 이야기는 더욱 가슴 아프다. 여기서도 돈은 어떤 의미를 가지고 특정한 결과를 불러일으킨다. 점잖고 똑똑하고 예리한 올랴는 도스토옙스키 소설에 등장하는 남성에 의해 희생되는 전형적인 여성상이다. 그녀가 가난하다는 사실을 아는 남성들은 계속해서 올랴를 괴롭히고 절망에 빠진 그녀는 마침내 자살을 하게 된다. 그녀의 이야기를 통해 도스토옙스키 문학에서 돌고 도는 성(性)과 돈이라는 주제를 엿볼 수 있다. 이는 도스토옙스키 창작의 마지막 시기에 쓰인 비극적인 소설『온순한 여인』으로 끝을 맺는다.

도스토옙스키는 작가로서 성숙기에 접어들면서 성적 권력에 두었던 주안점을 바꾸기 시작한다. 인물 묘사는 변화하고 여성 주인공의 위상은 올라간다. 『죄와 벌』에는 위풍당당하며 '경이적으로(굉장히) 정숙한' 미녀, 라스콜리니코프의 여동생 두냐의 호감을 얻기 위해 서로 겨루는 두 명의 부유한 남성들이 등장한다. 가난하고 지참금도 없는 두냐는 자신이 사랑하는 오빠에게 경제적 도움을 주기위해 처음엔 자신이 싫어했던 루딘의 청혼을 받아들이려고 한다. 그러나 라스콜리니코프는 루딘이 어떤 사람이며, 두냐가 '합법적인 내연의 여자가 되기 위해' 스스로를 팔려고 한다는 사실을 깨닫고 격분한다. 그의 결단력 있는 행동은 루딘의 계획을 중단시킨다. 이와 동시에 두냐는 부유하지만 타락한, 돈으로 젊은 여성들과 매춘을 하는 중년의 관능적인 스비드리가일로프의 구애를 받고 있었다. 두냐에게 푹 빠진 그는 함께 '도망가자며' 그녀에게 30,000루블을 제시한다. 그 제안을 두냐는 당당하게 거부한다. 스비드리가일로프가 그녀를 강간하려고 했을 땐 권총으로 자신을 지키고 도망친다.

『가난한 사람들』이 쓰인 지 20년 뒤에 출판된 『죄와 벌』에서는 여성의 교육에 대한 관심과 사회 정의에 대한 인식이 높아지면서 그간의 노력이 결실을 맺기 시작한다. 두냐는 불운하거나 연약하지 않다. 그녀는 개성 있고 유능한 젊은 여성이다. 성상납의 조건으로 제시된 30,000루블이라는 거액은 도스토옙스키로 하여금 두냐가 '사냥감'에서 벗어나 '트로피 우먼(trophy woman)'이 되었음을 깨닫게 해준다. 두냐는 특유의 차분함으로 새로운 시대의 여성으로 거듭난다. 『백치』에서 돈을 둘러싼 이해관계는 더욱 심화된다. 이 소설에서도 여성의 값어치는 정신적, 육체적 성숙에 비례하여 올라간다. 소설 속에서 여성을 돈으로 사는 행위는 두 번 일어난다. 첫 번째 사건은 전통적인 도스토옙스키의 방식을 따라간다. 독자들은 작품 속에서 제시되는 돈을 보고 부유하고 늙은 난봉꾼 토츠키가, 잘 자랐으나 고아이며 가난하고 무지했던 나스타샤 필리포브나와 매춘을 하고 있음을 알 수 있다. 토츠키는 그녀가 개인 교습을 받게끔 돈을 내주고 상류층 자제들처럼 양육시켰으며, 그녀가 어릴 때부터 성추행하기 시작했을뿐더러, 그의 '정복'이 얼마나 싼값에 가능했는지를 자랑하고 다닌다. 어느덧 나스타샤 필리포브나에게 질려버린 토츠키는 페테르부르크의 화려한 집에 그녀를 보내려고 지참금을 붙여 결혼 시장에 내놓는다.

나스타샤 필리포브나의 과거는 사람들로 하여금 그녀와의 성관계가 돈으로 얼마든지 가능하다고 생각하게 만들었고, 로고진과 가냐 사이에서는 나스타샤를 차지하기 위한 광적인 경매가 이루어진다. 여성들에게는 그녀만의 가치가 있다는 남성 중심적 사고에 젖어있던 로고진은 계속해서 자신의 입찰 가격을 높인다. 그의 입찰가가 100,000루블이 되었을 때, 나스타샤는 그의 것이 되기로 한다. 하지만 그녀는 그의 돈을 받고나서 그 돈을 불에 내던졌으며 자신이 주체성 없이 끌려 다니는 소유물이 결코 아니라는 사실을 과감하게 표현한다. 검은 머리의 매우 아름다운 여성 나스타샤는 그동안 노련하게 재산을 쌓아 이윽고 자력으로 독자적인 신분을 유지할 수 있는 존재가 된 것이다.

『카라마조프가의 형제들』에서도 연약하고 순진무구했던 십대의 여자아이들이 권력을 가진 여성으로 변하는 모습을 두 명의 여주인공을 통해 엿볼 수 있다. 자존심 강한 카테리나 이바노브나는 학생 시절부터 매춘의 유혹을 받았다. 그녀는 아버지와 가족이 당장 망하거나 망신당하는 상황을 막기 위해 굴욕을 무릅쓰고 그 당시 멋지고 부유했던 장교 드미트리 카라마조프의 아파트로 찾아가 4,500루블을 빌려달라고 한다. 사실 명백하게 언급하지 않았지만 돈이 상징하는 기호학적 지표와 '부도덕'한 장소의 결합으로 볼 때, 그녀의 성상납을 대가로 드미트리가 그녀의 요구를 들어줬을 가능성이 높다. 그녀는 이를 각오하고 있었고, 그녀의 운명은 한치 앞도 알 수 없었다. 하지만 상당한 심리적 갈등을 겪은 후, 드미트리는 그녀에게 돈을 빌려주고 그녀를 그냥 보내 주었다. 그 후에 도스토옙스키는 상황을 의도적으로 바꾼다. 카테리나는 예기치 못했던 유산을 상속받아 부유해지는 반면, 드미트리는 가난해진다. 그녀는 그에게 돈을 갚았으며 오히려 드미트리가 카테리나에게 3,000루블을 빚지게 된다. 이제 카테리나 이바노브나는 드미트리의 운명을 좌우하는, 권력 있고 품위 있는 침착한 젊은 여성으로 발전한다.

또 하나의 주목할 만한 캐릭터 변화는 같은 소설 속의 아름다운 러시아 여자 그루센카에게서 찾아볼 수 있다. 십대에 매춘의 피해자였던 그녀는 부유한 상인 삼소노프의 첩이 된다. 카리스마 있고 위풍당당한 그루센카는 자신의 사회적 지위가 자기 정체성의 발전에 영향을 끼치지 못하게끔 한다. 자신의 정부가 늙고 노쇠해지자, 그루센카는 독립적이고 자신감 있는 여성이 된다. 그녀는 자신이 돈 때문에 사회적으로 약자가 되었음을 깨닫고는 재산을 비축하기 위해 끝없이 노력한다. 세상 물정에 밝고 경험이 쌓인 그루센카는 훌륭한 경영인으로 발전하고, 이제는 이자놀이를 통해 재산을 불려나가기까지 한다. 새로운 경제적 지위는 자유로운 행동을 할 수 있게 한다. 3,000루블이 든 돈 봉투를 미끼로 그녀에게 성적으로 올가미를 씌우려 했던 부유한 늙은 바람둥이 표도르 카라마조프의 은밀한 제안도 떨쳐낼 수 있게 된다.

도스토옙스키의 후기 소설들에서 여주인공들은 놀랄만한 변화를 겪게 된다. 성매매 앞에서 한없이 무력했던 그녀들은 적당한 결론을 도출하여, 이제는 스스로 돈의 힘을 이용하여 자신을 보호하는 수준에 이른다. 도스토옙스키는 인물의 미래를 내다볼 줄 아는 능력으로 그녀들에게 평등과 해방에 도달할 수 있는 길을 마련해 준 것이다.

'돈은 권력이다'라는 주제는 더 큰 줄거리로 확장되어 도스토옙스키의 소설에서 가장 기억에 남는 남자 주인공들의 행동에 큰 동기부여를 한다. 그들은 돌아가면서 열심히 일하는 것부터 시작해서 도박과 범죄 등 다양한 방법으로 돈 버는 방법들을 체험한다. 각각의 소설에 등장하는 돈벌이 수단들을 살펴보면, 마치 도스토옙스키가 살던 시대의 돈의 역할들을 적어놓은 백과사전을 보는 것 같이 다양하게 나타나 있다.

『미성년』에 등장하는 인물은 합법적인 방법으로 많은 재산을 축적하기 위해 전념한다. 러시아의 로스차일드가 되고자 하는 젊은 아르카디 돌고루키는 구두쇠가 된다. 그는 식비를 줄이기 위해 배급받은 싸구려 빵과 물만 먹으며 몇 달을 버틴다. 생활비를 최소한으로 줄이기 위해 값싼 여인촌 구석에 있는 공동주거지역에서 지낸다. 그는 싼 가격에 잡지를 사서 더 비싼 가격에 되팔아 이윤을 남기기 위해 거리를 서성인다. 하지만 장기적으로 볼 때, 돈을 모으기 위한 아르카디의 끈질긴 노력은 인정받지 못한다. 이것은 놀라운 일이 아니다. 도스토옙스키의 러시아 소설 세계에서 돈은 언제나 극적인 사건과 연관되어 있다. 그의 소설 속 주인공들은 부지런하거나 꾸준히 일해 돈을 버는 인물들이 아니어서 돈은 예측 불가능하고 규정하기 힘든 요소이다. 예상치 못했던 부의 소유는 이전의 사회적 위치를 뒤바꾸는 데 쓰인다. 뜻밖의 거금을 거머쥐게 되는 일은 도스토옙스키의 소설 속에서 자주 나타난다. 이러한 사건은 신빙성이 결여될지라도 글 속에서 사회학적 실험 요소로 작용하기도 한다.

특히 이 같은 요소는 『백치』에서 중요하게 다뤄진다. 독자들은 『백치』에서 부의 극적 변동을 볼 수 있는데 대표적으로 아버지에게 배척당해 입에 풀칠하기도 바빴던 로고진은 백만장자가 되어 페테르부르크로 돌아온다. 소설 막바지에 그는 유죄 선고를 받아 돈 한 푼 없이 시베리아로 떠난다. 가난했던 미시킨 또한 엄청난 재산을 물려받는다. 반면 늠름했던 라돔스키는 자신이 빚을 지고 있고 또 부유했던 삼촌이 정부로부터 350,000루블을 횡령하다 발각되어 권총 자살을 했다는 사실을 알게 되면서 갑자기 인생의 내리막길을 걷게 된다. 이와 같은 사회적 지위의 변화는 반복적으로 일어난다. 이러한 사건들은 이야기의 진행을 생동감 있게 만들고, 도스토옙스키는 독자로 하여금 사건 전후의 상황을 비교하여 스스로 결론을 도출할 수 있게 해준다. 예를 들어 로고진이 부유해진 이후로 그의 주위에는 아부를 떨면서 언제라도 그의 명령에 따를 준비가 된 아첨꾼들이 넘쳐난다. 미시킨이 갑자기 거대한 부의 상속자가 되었다는 사실이 알려지자, 그의 주변에서 경멸스러운 태도로 거들먹거렸던 사람들의 태도가 미시킨을 존경하고 인정하는 태도로 돌변한다.

소설 속에서 귀족들이 뜻밖의 소득에 대한 희망을 갖고 살아갈 때, 몇몇의 성급한 주인공들은 보다 능동적인 방법으로 (예컨대 도박으로) 부를 꾀한다. 이 또한 상속과 마찬가지로 동일하게 예측 불가능하고 불확실하지만, 도박은 도스토옙스키 자신에게 있어서 굉장히 익숙한 경험이었다. 소설에서 그가 도박을 언급하는 것이 너무나도 자연스럽게 느껴진다.

돈을 버는 방법으로서의 도박은 도스토옙스키를 안달 나게 하고 중독되게 만들었다. 몇 년간 그는 도박의 유혹을 뿌리칠 수 없었고 결과적으로 굉장히 비참한 삶을 살게 되었다. 그가 주고받은 편지들을 읽어보면, 위험을 최소화하고 확실한 판단력 연습을 가능하게 하는 도박의 합리적 시스템을 개발한다면, 거금을 벌지 못할 이유가 없다고 도스토옙스키가 생각했음을 알 수 있다. 그는 이것이 실현 가능하고 현실적이라고까지 생각했다. 하지만 현실은 달랐다. 도박판에서 한 순간에 돈을 왕창 벌기도 하지만, 전부 잃는 것도 한 순간이었다. 지건 이기건 그는 굉장히 흥분한 상태로 돈을 잃을 것이라는 우려는 모두 제쳐두고 자신의 비논리적인 직감에만 의지한 채 도박을 했다. 이는 처참한 결과들을 초래했다. 한바탕 도박을 한 뒤, 그는 방에 돌아와서 경제적 손실은 자신의 개인적 실패라고 생각하여 가급적 빨리 다시 자신의 운을 시험해보고자 했다. 이것은 『미성년』의 등장인물 아르카디가 경험한 이야기와 비슷하다. 그는 도박을 통해 인생의 천국과 지옥을 맛보게 된다. 도박은 다양한 이야기들 가운데 하나에 불과하지만, 이 주제는 도스토옙스키에게 굉장히 중요했다.

돈에 의해 지배받는 상황을 잘 보여주는 『노름꾼(도박자)』은 도스토옙스키 소설들 중 가장 자전적인 이야기에 가깝다. 모든 인물들은 도박에 대한 열정 때문에 경제적 거래와 관련된 비밀들을 하나씩 갖고 있다. 그들의 인생에 있어서 도박은 사랑보다 중요한 것이다. 도박에 대한 열정을 묘사하는 것 외에도 도스토옙스키는 소설 속 여러 이야기들에서 돈이라는 기호를 통해 돈이 갖는 가치를 잘 풀어나간다. 예를 들어, 우리는 주인공을 통해 빚에 허덕이는 그의 고용주가 어떻게 부자인 척하고 다니는지 알게 된다.

> "이제 이곳 사람들은 너나없이 장군을 부유한 귀족의 한 사람으로 생각했다. 아직 식사가 시작되기 전이었다. 장군은 이 일 저 일을 시키면서 내게 1천 프랑짜리 지폐 두 장을 환전해 오라고 했고, 나는 호텔 사무실에서 그것을 바꿨다. 이제 사람들은 우리가 마치 백만장자인 것처럼 바라볼 것이다. 적어도 일주일 동안은 말이다."(5권 208쪽, 1부)

『노름꾼』에서 도스토옙스키는 돈의 정확한 액수를 언급함으로써 도박이, 돈을 따건 잃건 신경 쓰지 않는 신사, 숙녀들만의 오락 활동이라는, 일반적으로 퍼져있는 관습적인 신화와 경제적 허울을 효과적으로 깨뜨린다. 그는 룰렛 테이블에서 일어나는 일들과 인물들이 베팅하는 모습을 생생하고 상세하게 묘사한다. 이것은 극도로 긴장감 있는 서술 방식일 뿐만 아니라, 소설 속에서 이념적인 설명을 돌발적으로 제시하는 방법이기도 하다. 이는 도스토옙스키가 자신의 슬라브주의 이념으로 서양인들의 베팅 스타일과 러시아인들의 베팅 스타일을 비교할 때 더 명백하게 드러난다. 문학에서 러시아인들이 판돈을 크게 거는 행위는 그들의 열정적이며 신경질적인 성향과 더불어 그들의 성격을 잘 보여준다. 이것은 계산적이며 냉정할 정도로 신중한 서구의 도박꾼들과 비교된다. 도스토옙스키는 이러한 그들의 태도 속에서 이기주의와 탐욕을 감추고 있는 가면과 허례허식을 볼 수 있다고 주장했다. 심지어 알렉세이는 룰렛이 러시아인들을 위해 특별히 제작되었을지도 모른다고 주장하기까지 한다.

러시아식 접근 방식은 모스크바에 잠시 방문한 노파 타라세비차의 도박 방식에서 잘 드러난다. 이 노파는 전형적인 러시아인으로서 단순하고 너그러우며 꾸밈없고 직설적이다. 그녀는 서양의 복잡한 사고방식에 치를 떤다. 그녀가 인생의 마지막 날들을 도박장에서 보내는 방법은 러시아적 성향을 보여주는 전형적인 예이다. 전날 막대한 손해를 봤음에도 불구하고, 그녀는 정부 채권, 5%의 주식과 자신이 가지고 온 모든 유형의 재산을 현금으로 바꾸어 다시 90,000루블을 도박에 사용한다. 노파는 7시간가량 도박을 했고, 그 시간 동안 그녀는 모든 것을 잃었다.

『노름꾼』의 주인공 알렉세이의 도박 방식도 무모하기는 마찬가지다. 소설 마지막 부분에서 그는 자신이 돈을 벌고자 하는 욕망 때문에 도박을 한 것이 아님을 독자들이 알아주길 바란다고 했다. 다른 나라에서 홀로 남아 다음 끼니로 무엇을 먹을지도 모르는 상황에서 '마지막 남은 굴덴'을 룰렛 판에 내던지는 기분이 그 무엇과도 비교할 수 없는 것임을 독자들에게 말하는 것이다. 즉 그에게 도박이란 돈을 벌기 위한 수단으로서는 완전히 실패한 것임에도 불구하고, 그 순간의 스릴만큼은 모든 것을 보상해

줄 수 있었던 것이다. 하지만 "내일, 내일이면 모든 것이 끝난다"는 소설의 마지막 문장은 매우 불길한 예감을 남긴다.

알렉세이는 러시아인들의 돈 버는 능력이 탁월하지는 않지만, 그럼에도 그들은 돈을 필요로 한다고 평가한다. 또한 그는 문명사에 있어서 돈을 버는 행위는 어떤 인간 활동보다도 중요하다고 평가한다. 이러한 관점을 도스토옙스키는 완벽하게 이해한다. 하지만 이 법칙 안에서 그는 자신의 주인공들이 돈을 벌지 못한다는 점을 설득력 있게 나타낸다. 그는 다른 소설에서 주인공들로 하여금 범죄를 통해 권력과 돈을 얻게 하고, 그 결과가 어떻게 나타나는지 지켜본다. 그들이 범죄를 시도하는 방법은 극단적이거나 형편없다. 범죄는 도끼 살인부터 존속 살인에 이르기까지 다양하다.

개혁주의자들이 공포정치를 통해 이상주의적인 사회조직을 극대화시키는 것을 중요한 안건 중 하나로 삼았던 시대에 살면서 글을 썼던 도스토옙스키는, 범죄를 통해 돈을 획득하는 것이 가난에 허덕이는 지식인들이 취할 수 있는 합리적 선택이라고 보았다. 『죄와 벌』의 주요 주제는 23세의 자퇴생 라스콜리니코프가 부유한 전당포 주인을 살해하고 그녀의 물건을 훔쳐 부를 축적하려 한다는 것이다. 그는 부정한 행위로 얻은 부로 사회적 불평등과 고통을 완화시켜 더러운 죄를 상쇄시키려고 했던 것이다. 라스콜리니코프는 '인간 사회에는 때때로 기이한 성격의 소유자 혹은 초인이 등장하는데 이들은 남다른 힘과 의지, 높은 지능을 가진 사람으로 선과 악을 초월한 존재들이다. 따라서 이들은 인간이 만든 법률은 무시해도 된다'는 그의 이론을 바탕으로 자신의 살인 행위를 정당화한다. 그는 자신이 그와 같은 초인의 범주에 속한다고 생각하게 된다. 이로 인해 라스콜리니코프는 전당포 노파와, 하느님을 무서워하는 그녀의 죄 없는 동생까지 죽이는 잔인한 일을 저지르게 된다.

그러나 라스콜리니코프가 살해 현장에 있을 때, 이미 그의 계획이 수포로 돌아갈 거라는 사실을 명백하게 보여준다. 돈과 관련된 상징물들은 그가 범죄자로서 무능하다는 것을 보여준다. 그는 돈과 금 장신구들로 가득 찬 지갑을 훔쳤지만, 돈을 세어볼 생각이나 전리품의 가치를 가늠해 볼 생각조차 하지 않는다. 정신적 공황상태에 빠진 그는 이 물건들을 강에 던져 버리려고 하지만, 결국엔 빈 마당의 돌 밑에 그것들을 숨겨놓는다. 에필로그에서 독자들은, 초인이 아니라는 것이 증명된 라스콜리니코프가 유죄 판결을 받고 시베리아의 감옥에서 지내면서 인간적 감정과 믿음을 다시 회복하고 영적 부활을 겪게 되는 모습을 보게 된다.

범죄와 돈을 근거로 한 권력은 『악령』에서도 중요한 주제로 다뤄진다. 하지만 이 소설은 사회를 통찰력 있는 시선으로 바라보고 사회 현실에 대해 충분히 알고 있지만, 부의 재분배와 사회적 불평등을 없애기 위한 이상적 개혁의 충동을 심각하게 다루지는 않는다. 예를 들어 부도덕하지만 카리스마 있는 주인공 스타브로긴은 공모자들의 의견에 동조한다. 이들과 동조한 이유는 스타브로긴이 그들의 이념을 믿기 때문이 아니라 그가 가지고 있던 괴짜 귀족의 이미지와 맞아 떨어지기 때문이었다. 스타브로긴의 고집 센 행동은 그가 받은 유산과 혁명가들이 그에게 미래의 국가 지도

자로서의 역할을 부여한 것에 기인한다. 그들의 수장 베르호벤스키는 자신이 이상적인 목표를 세우지 않는 이유는 권력을 잡기 위함이라고 쉽게 시인한다. 그는 과거의 질서를 타도하고 살인이 허용되는 카오스와 같은 사회를 만들기 위해 당시에 유행처럼 만연했던 니힐리즘사상을 이용하려고 한다. 그는 "어떻게 돈이 필요한 지식인에게 살인을 저지르지 않기를 기대할 수 있는가?"라고 말한다(10권 324쪽, 2부 8편).

도스토옙스키의 최후 대작 『카라마조프가의 형제들』에서는 범죄를 통해 돈을 취하는 주제가 소설의 플롯을 구성한다. 소설의 주된 이야기는 표도르 카라마조프와 그의 자식들 사이의 갈등인데, 이는 표도르의 인색함 때문에 더욱 악화된다. 장남인 드미트리는 돌아가신 어머니가 집안에 가져온 돈을 받을 적법한 권리가 자신에게 있다고 생각한다. 아버지는 드미트리의 생각을 전면적으로 부정하고, 이로 인해 둘은 심각한 갈등을 겪게 된다. 늙은이가 살해당해 발견되었을 때 첫 용의자로 지목된 드미트리는 소설의 끝을 장식하는 법정 장면에서 유죄 판결을 받는다. 하지만 독자들은 표도르 집의 노예이자 그의 사생아 스메르자코프가 실제 범인이라는 것을 알게 된다. 그는 지식인 이반으로부터 큰 영향을 받아 새로운 인생을 살기위해 돈을 원한다. 이반은 스메르자코프에게, 전통적으로 믿어왔던 옳고 그름을 거부하고 '모든 것은 허용된다'고 주장하는 니힐리스트적 사상을 심어준 것이다. 이반 또한 아버지의 돈을 갈망했기에 스메르자코프는 표도르를 대신 죽여주었다. 스메르자코프는 이반의 생각을 대신 실천한 대행인이기도 하다. 이반은 재판에서 "내가 살인자다!"라며 "아버지가 죽기를 바라지 않는 사람도 있는가?"라고 외친다(15권 117쪽, 12편, 섹션5).

『카라마조프가의 형제들』에서는 돈이 주된 주제를 이룰 뿐만 아니라 돈을 이야기 구성과 상징의 매체로 사용하는 도스토옙스키의 문학적 기법이 절정에 이른다. 예를 들어 주인공들 사이에서 3,000루블을 둘러싸고 격렬한 갈등이 일어난다. 드미트리는 아버지에게 자신의 3,000루블에 대한 권리를 주장하며 맞서 싸울 준비가 되어 있다. 3,000루블은 소설 속에서 말 그대로 몇백 번씩 언급되면서 강력한 상징적 의미를 갖게 된다. 그리고 3,000루블을 중심으로 인물들이 돌고 돌게 된다. 왜냐하면 3,000루블은 카테리나 이바노브나가 드미트리에게 맡긴 돈이자, 그가 횡령한 돈이기 때문이다. 드미트리는 불명예를 씻기 위해 3,000루블을 필사적으로 필요로 한다. 그는 삼소노프, 고르스틴, 심지어 호흘라코바로부터 이 돈을 빌리려고 한다. 아버지 카라마조프는 그루셴카를 침대로 끌어들이기 위한 미끼로 사용하기 위해 3,000루블을 포장해서 마련해 놓았다. 드미트리는 그것을 훔치려고 하고, 스메르자코프는 그 돈을 위해 표도르를 죽인다. 법정에서 3,000루블의 문제는 자세히 파헤쳐졌다. 이 돈은 드미트리가 살인을 저질렀다는 증거로 쓰인다. 이 돈 때문에 그는 시베리아로 가게 된다.

도스토옙스키는 종교적, 철학적 문제에 대해 강한 의견을 가졌음에도 불구하고 이것들이 자신의 문학적 서술에 개입하는 것을 좀처럼 허용하지 않았다. 그는 이것들이 개입되는 순간 예술작품이 파괴된다는 신념을 갖고 있었기 때문이다. 따라서 그는 소설 안에서 중요하게 다뤄지는 돈의 근본적이고 일반적인 중요성을 깨달음과 동시에 인간관계에서 돈이 하는 역할에 대해 언급을 자제한다. 그가 대놓고 돈에 대해 판단하는 것과 가장 가까운 장면은 이반 카라마조프의 유명한 '극시' 『대심문관』에서 찾아볼 수 있다. 『대심문관』에서 이반은 돈을 통해 자신들의 도덕적 의식을 자유 속에서 발전시키고 물질적 가치에 대한 편협한 사고로부터 벗어날 수 있게 해주는 카리스마적인 영적 지도자를 따르기보다는 권위주의적 지도자 밑에서 생각 없이 살기를 원하는 대중들을 책망한다. 도스토옙스키는 자신의 문체에서 '돈' 대신에 '빵'이라는 단어를 자주 쓰는데, 이 둘의 의미는 하나로 합쳐진다. 영어에서 '빵'이 '돈'을 뜻하는 은어로 쓰이는 것은 우연이 아니다.

『카라마조프가의 형제들』은 지적으로 광범위하다. 문제들이 매우 구체적이고 정확한 용어들을 통해 제시되는데도 이 용어들 속에는 굉장히 광대한 철학적 의미들이 내포되어 있다. 우리는 단지 속 썩이는 아들과 고집 센 아버지가 3,000루블을 놓고 싸우는 것을 보는 것뿐만 아니라, 선과 악 사이의 끊임없는 투쟁을 돈의 상징성을 통해 엿볼 수 있다. 여기서 돈은 중요하고 사악한 역할을 수행한다. 소설 속에서 자신의 도덕적 면모로 독자들에게 깊은 인상을 주는 캐릭터들은 카라마조프가의 막내 알료샤와 같이 아직 돈에 의해 부패되지 않은 인물, 또는 조시마 장로와 같이 돈의 유혹을 경험했지만 결국 모든 유혹으로부터 자유로워진 인물이다. 조시마 장로는 전직 장교로 세속적인 세계로부터 벗어나, 자신의 은둔처로 들어와 사람들을 지도하고 영적 도움을 필요로 하는 모든 사람들에게 가르침을 준다. 『카라마조프가의 형제들』이 주는 메시지는 매우 강력하다. 이 메시지는 소설 속에 등장하는 인물들이 돈으로 상징되는 쾌락주의적 가치 시스템과 물질주의에 도전하는 행위로 드러난다. 도스토옙스키는 개인적으로 돈과 돈에 대한 광적인 추구를 굉장히 부정적으로 봤는데, 『작가의 일기』에서 그는 자신의 세계관을 직접 표현하고 있다. 그는 돈을 서구 문명의 퇴폐적인 산물로 보았고, 돈이 러시아 민족의 전통적인 인류애와 영성의 통합을 위협한다고 여겼다. 그는 1876년 10월판 『작가의 일기』에 "내가 다시 말하는데 — 돈의 힘은 예전부터 모든 이들이 인식하고 있었다. 하지만 러시아에서 지금처럼 돈이 세상에서 제일 좋은 것이라고 인식된 적은 없었다"고 적고 있다. 돈은 물질주의와 더불어 파괴적 힘을 촉발시키는 악의 원천으로 인식되었다. 돈은 권력이며 권력은 부패한다. 따라서 부는 대체로 도덕적 퇴보, 영적 위축과 연관되어 정의되었다. 이와 같은 적대적 입장을 근거로 도스토옙스키의 소설을 살펴보면 작품 속에서 돈이 도덕적 기준으로서 어떤 작용을 했는지 명백해진다. 그의 소설 속에서 돈은 돌의 어두운 표면 안에 감춰진 귀중한 금속이 있는지 확인해 보는 시험처럼 쓰였다.

도스토옙스키의 소설 속 인물들이 돈에 노출되고 돈에 대한 반응을 보일 때, 그들의 도덕적 정체성과 정신적 가치가 드러난다. 아르카디부터 조시마 장로에 이르기까지 등장인물들 모두 '돈의 심판'을 겪게끔 만들어졌다. 소작농들은 자신보다 가난한 사람들에게 마지막 남은 코페이카를 줄 정도로 너그럽다. 반면 부유한 인물들은 아주 인색하다. 그의 소설에서 돈의 유혹을 뿌리치고 세상으로부터 오염되지 않은 채 살아가는 몇몇 주인공들은 진정한 영웅들이다. 그들은 도덕적인 온전함과 자유로운 영혼을 가진 자들로 나타나기 때문에, 이 주인공들은 대중들 사이에서 눈에 띄는 존재들이 된다. 뿐만 아니라 그들은 도스토옙스키가 열렬하게 믿었던 러시아적 영혼을 구현한다.

도스토옙스키의 작품들의 단선적 측면의 상대적 중요성만을 단정적으로 서술하는 것은 중요한 의미를 갖지 못한다. 그는 단선적이거나 복잡하게 글을 쓰는 사람이 아니다. 그렇지만 그는 광범위한 문학적 접근과 서사적 기법을 사용한다. 그럼에도 불구하고 그 소설들 속에서 돈이 '말하게' 하는 능력은 의심할 여지없이, 그의 문학 작품들의 필수요소이자 특징들이다. 글 속에서 돈은 다방면에서 의사소통의 언어로 쓰이는데 비판적 리얼리스트인 도스토옙스키에게는 주로 사회구조를 해체시키는 용도로 사용된다. 특정 메시지를 전달하는 매체로서 돈은 인물들을 묘사하고 그들의 도덕성을 평가하는 역할도 한다. 돈의 영향력은 주제와 플롯, 소설의 철학적 핵심으로까지 확대된다. 도스토옙스키의 소설들은 변함없이 지적인 도전이다. 그의 글들에 나타난 돈의 의미에 대한 중요성을 인식한다면, 우리는 그의 소설 세계를 탐구하는 데 도움이 될 귀중한 방향성을 찾게 될 것이다.

06. 도스토옙스키와 인텔리겐치아

데렉 오포드

러시아어 단어 인텔리겐치아(intelligentsiia)와 거기에 속한 남성과 여성을 지칭하는 인텔리겐트(intelligent)와 인텔리겐트카(intelligentka)를 만족스럽게 정의하기란 어렵다.[112] 일단 이 용어들은 다소 시대착오적이다. 인텔리겐치아라는 단어는 1836년 시인 주콥스키의 일기장에 처음 등장한 것으로 알려져 있지만, 분명 19세기 중반 그 당시에는 오늘날 일반적으로 인텔리겐치아라고 칭해지는 집단을 가리키는 말로 사용되지는 않았다.[113] 그렇기 때문에 이 용어는 도스토옙스키의 전성기를 살짝 넘긴 시기부터 널리 통용되기 시작한 것으로 여겨지지만, 여기서 다루고자 하는

---

112 See, for example, Michael Confino, 'On intellectuals and intellectual traditions in eighteenth- and nineteenth-century Russia', Daedalus 101 (1972), no. 2, pp. 117-49, and Martin Malia, 'What is the intelligentsia?' in Richard Pipes (ed.), The Russian Intelligentsia (New York: Columbia University Press, 1961), pp. 1-18.

113 See Sigurd Shmidt, 'Otkuda vzialas' "intelligentsiia"?' (Where does 'intelligentsia' come from?), Literaturnaia gazeta, 1996, no. 23 (5 June).

도스토옙스키의 1861~1862년 작품에는 등장하지 않는다. 이 용어는 명확히 구별되는 사회 집단을 지칭하는 것이 아니라, 다양한 사회적 배경을 지니고 특정한 태도(경제적 지위가 아닌 자신들의 문화적, 정치적 역할을 기반으로 새로운 정체성을 만들어 내고자 하는 열망 등의 태도)를 공유하는 독립적인 개인들의 집합을 의미하기 때문에 정의하는 데 더 큰 어려움을 겪을 수밖에 없다. 게다가 이 용어의 정의가 명확하지 않은 상태에선 오늘날 우리가 인텔리겐치아라고 부르는 세력이 언제 등장하게 되었는지에 대한 완전한 합의도 도출해낼 수 없다.

러시아어로 된 용어 인텔리겐치아는 서양에 뿌리를 두고 있는 용어로 **'지성'**을 의미하는 라틴어 인텔리겐치아(intelligentiia)에서 유래한 것이다. 이 어원은 스스로를 서구화의 산물로 인식하는 (그리고 일반적으로 그렇게 인식되는) 집단, 다시 말해 표트르 대제(재위 기간 1696~1725년)의 개혁으로 성장의 발판을 마련하고 예카테리나 2세(재위 기간 1762~1796년) 시절 러시아에 서구 문화가 만개했을 때 완전히 형성된 집단을 암시한다. 그럼에도 불구하고 고작 한 세기 정도 후에 이 외래 집단은 특이하게도 매우 러시아적인 성격을 띠게 되고, 그로 인해 적절히 대체할 만한 단어가 없는 서양 언어권에서도 이 집단을 가리키는 러시아어가 신조어로 쓰이기 시작했다. 인텔리겐치아라는 단어는 20세기 초반 영어와 불어에서 발견되는데, 처음에는 러시아 지식계급과 관련해 사용되다가 나중에는 다른 사회의 특정 집단을 지칭하는 말로 사용되었다. 옥스퍼드 영어사전에 의하면 영어권에서 최초로 사용된 이 단어의 기록은 1907

년 모리스 베어링(Maurice Baring)이 사용한 것으로 되어 있고, 얼마 지나지 않아 다소 경멸적인 의미로 사용되었다고 한다. 예를 들어 H. G. 웰스의 1916년 작품에서 한 등장인물은 인텔리겐치아를 **'지식을 가진 무책임한 중산층'**이라고 정의하며 부르주아의 점잖음을 갖춘 것에 대한 경외와 지적 생활을 하는 것에 대한 경멸을 동시에 드러낸다.[114]

근대 영어 사전학은 인텔리겐치아라는 개념에 **'지적 활동을 열망하는 혁명 전 러시아 국민의 일부'**라는 광의의 해석과 **'교양과 정치적 진취성을 지닌 사회계급'**이라는 협의의 해석을 동시에 부여한다.[115]

마찬가지로 불어사전은 인텔리겐치아를 **'어느 한 국가의 지식인 총체**(ensemble des intellectuels d'un pays)', 그리고 특히 19세기 차르 체제의 러시아와 관련해 **'개혁자인 지식인 계층**(classe des intellectuels, reformateurs)'이라고 설명한다.[116] 이렇게 인텔리겐치아의 영어 정의와 불어 정의에 포함된 **'교양'**과 **'정치적 진취성'** 그리고 지적 삶과 개혁의 결합은 영어 사용자의 시각에선 다소 이상해 보일 수 있지만, 19세기 후반~20세기 초에 활동한 러시아 이류 작가 보보리킨이 자신이 직접 제창했다고 주장한 정의에도 다음과 같이 암시되어 있다. 바로 **"한 국가 사회에서 교육 수준이 가장 높고 교양 있는 진보계층"**[117]이라는 내용이다. 한편 소비에트 사전학에서는 인텔리겐치아를 지적 노동을 수행하고 과학, 기

---

114 Oxford English Dictionary, 2nd edn, 20 vols. (Oxford: Clarendon Press, 1989), vol. 7, p. 1070.

115 Ibid.

116 Grand Larousse de la langue française, 7 vols. (Paris: Librairie Larousse, 1971-8), vol. 4, p. 2744; see also Le Grand Robert de la langue française, 2nd edn, 9 vols. (Paris: Le Robert, 1985), vol. 5, p. 659.

117 See Shmidt, 'Otkuda vzialas' "intelligentsiia"?' The italics are mine.

술 및 문화의 다양한 부문에서 특수 훈련과 지식을 쌓은 사람들의 집단이라고 묘사하는 광의의 해석만을 채택했다. 이 소비에트 식 정의는 당시 소비에트 지도부가 허용하지 않았음에도 불구하고 19~20세기 초에 러시아 인텔리겐치아와 소비에트 계승자들이 갖고 있던 특징(예컨대 독립, 또는 차르 체제의 러시아와 소비에트 연방의 정치적 상황에 따르는 실제적 혹은 잠재적 파괴성)을 제거한 것이다. 게르첸이 말한 대로 러시아에서는 문화가 건널 수 없는 경계선을 형성했기 때문에,[118] 소비에트 반(反)체제자인 고(故) 시냡스키[119]가 설명한 대로 인텔리겐치아들은 사회에서 비교적 더 품위 있는 영역을 차지하기는 했지만 권력을 차지하지 못한 채 외부에서 바라볼 수밖에 없었던 소외된 집단이었다.[120] 이들은 교육을 받았고 교양이 있었으며, 도덕성을 걱정하고 사회적으로 깨어있는 개인들이 각자의 관념적 정치성향에 관계없이 정부 권력에서 유리된 사회의 여론을 대변했다. 실제로 지식인의 여론이 정부로부터 소외되는 과정과 인텔리겐치아가 형성되는 과정은 동일하다. 게다가 이교를 용납하지 않는 체제하에서 이 **'비판적으로 사고하는 소수자들'**(1860년대 후반에 라브로프가 사용한 표현을 빌리자면)의 행동은 언제나 정치적 성향을 띠기 마련이었다. 국가와 충돌하게 되면서, 1840년대 후반~1850년대에 도스토옙스키가 그랬듯 많은 이들이 생명의 위협을 받을 정도로 박해에 시달렸다.

---

118 A. I. Herzen, Ends and Beginnings ; see My Past and Thoughts: The Memoirs of Alexander Herzen , trans. Constance Garnett, revised by Humphrey Higgens (London: Chatto and Windus, 1968), vol. 4, p. 1720.

119 안드레이 시냡스키(Andrei Donatovich Sinyavsky, 1925-1997)는 러시아의 작가이며 정치 사상가이다. 1973년에 파리로 망명한 후에는 소르본 대학의 교수로 재직하며 잡지를 출판하는 일도 맡아했다(역주).

120 Andrei Sinyavsky, The Russian Intelligentsia , trans. Lynn Visson (New York: Columbia University Press, 1997), p. 2.

이제 인텔리겐치아로서의 독립심과 본질적인 파괴성에 대한 논의에서 벗어나 그들의 생각과 그들이 열중했던 사상에 대해 알아보자. 예카테리나 시대부터 인텔리겐치아들의 글은 광범위한 분야의 문제들을 다루고 폭넓은 문화적 식견을 반영했음을 발견할 수 있다. 문학작품 외에도 많은 평론이 나왔는데, 주로 미(美)와 영감, 예술과 현실의 관계, 예술의 기능, 작가와 평론가의 임무 등을 다뤘다. 문학의 역사를 다룰 때에는 특히 서구적 색채를 띤 세속 문학이 러시아에서 발전한 과정, 그 문학과 러시아 사회의 관계에 대해 이야기했다. 또한 상상문학, 문학평론, 문학역사 등의 프리즘을 통해 사회 문제들에 대해서도 이야기했다. 이는 인텔리겐치아 자신의 고민과 역할, 일반 민중 혹은 나로드 [121](narod: 이 존재가 사회적 실체이기도 했지만 아마 인텔리겐치아 자신들이 만들어낸 개념이라는 사실에도 불구하고)의 본성, 그리고 이 나로드(민중)와 자신들의 관계에 대한 논의를 포함했다. 정치적 문제들에 대한 논의는 덜 노골적이긴 했지만 검열이 허용하는 한에서는 농노제, 도시 빈곤, 독재정치의 본질, 악독함 및 러시아 조건 하에서의 적합성 등을 다뤘다. 도덕철학이라고 가장 잘 설명될 수 있는 인텔리겐치아의 에세이들은 러시아와 서구사회의 도덕관, 이기주의와 이타주의, 의무, 봉사 그리고 자기희생 등을 다뤘다. 신학적 성격의 논의를 포함시켜 이성적 지식과 신앙의 관계, 정교와 서구 기독교의 차이 등을 다뤘고, 또한 과학적 방법론의 관할권에 대한 성찰, 종교적 믿음의 암시 그리고 과학과 역사의 공통점과 차이점을 이야기했다.

121 러시아어 "나로드(народ)"는 "국민·인민·민중" 등을 의미한다(역주).

역사 분야에서도 이 사상가들은 역사 발전의 기본 원칙, 역사에 일정한 양식이 존재하는지의 여부, 우연과 필연, 신의 섭리가 위대한 개인에 미치는 영향, 러시아 역사에서 국가의 역할 등에 대해 숙고했다. 또한 이들 러시아 사상가들은 거의 늘 개별 국가의 역사적 운명 그리고 국가 간의 관계, 특히 '러시아'와 '서구'(기억해야 할 점은 이 두 개념이 단지 지정학적 실체에 국한되지 않은, 나로드만큼 애매하고 광범위한 개념이었다는 점이다)의 관계에 대한 생각에 깊게 몰두했을 것이다.

벨린스키, 차다예프, 체르니솁스키, 그라놉스키, 게르첸, 카벨린, 호먀코프, 이반 키레옙스키 등 19세기 중반의 러시아 대(大)사상가들은 서로 관심사가 겹치는 경우가 많았다. 하지만 이들을 형이상학자(벨린스키와 그라놉스키가 자신의 주장을 펴는 데 문학평론을 자주 사용하긴 했지만)는 물론이거니와 사회학자나 정치경제학자, 정치평론가, 도덕철학자 혹은 정치철학자 등의 공통된 범주로 분류하기란 매우 어려울 것이다. 왜냐하면 전반적으로 이 사상가들은 특정 학문 분야에 구속되는 것과 그에 따르는 지식의 분열을 거부하는 경향이 있었기 때문이다. 다양한 **'학문(과학)'**(러시아어 단어 '나우카[nauka]'는 더 넓은 범위로 해석됨) 분야에 걸쳐 이들의 노력은 보통 도덕적 열정, 신앙 및 어떤 체계에 대한 신념, 이상 혹은 이데아 등의 구심력으로 유지된다. 이러한 힘이 그들의 사상에 강력한 연대성을 부여하거나, 또는 이사야 벌린의 말을 빌리자면 **'공약**(약속, 위임, 현실 참여)'을 부여한다.[122] 마르크스처럼 러시아 사상가들은 세계

---

122 Isaiah Berlin, 'Artistic commitment: a Russian legacy' in Henry Hardy (ed.), The Sense of Reality: Studies in Ideas and Their History (London: Chatto and Windus, 1996), pp. 194-231.

를 이해하는 데 그치지 않고 변화시키기를 원한다. 그들은 유토피아의 꿈을 현실로 옮기기를 열망하고 천년왕국설에 따라 하느님의 왕국을 이 땅 위에 실현시키기를 바란다. 완전함, 전체성 그리고 목적을 향한 이들의 몸부림은 다소 자기 방어적으로 보인다. 이는 중심이 유지될 수 없을지도 모른다는 두려움 때문이기도 하고, 경제·사회의 급속한 변화와 서구 가치의 유입으로 인해 우려되는 사회적 파편화나 존재론적 분해를 막을 수 있는 보루를 설치하려는 시도이기도 하다. 그러나 더 긍정적인 측면에서 이 몸부림은 이성과 신앙의 통합을 향한 영적 탐구, 또는 (신앙을 모두 잃어버린 급진적 사상가의 경우엔) 정교회의 비전을 대체할 새롭고 일관된 가치, 즉 모든 것을 아울러 설명할 수 있는 가치를 찾는 것으로 이해해야 할 것이다.

앞서 설명한 환경 속에서도 사회적 소수자로서 적극적으로 보여준 지적 활동은 이들의 거대한 야망을 드러낸다. 인텔리겐치아는 19세기 중엽의 대다수 러시아 사상가들이 인식하고 있던 한계를 극복하고 서양의 모든 것을 알리고 싶어 했다. 게르첸은 **'남들보다 더 멀리, 더 선명히 보고 자신의 의견을 더 용감히 개진하는 것'**이 러시아인의 특별한 운명이라고 주장했다.[123] 러시아 정신의 특징은(적어도 대부분의 19세기 러시아 사상가들이 이해하기로는) 부단한 확장성이었다. 이는 러시아의 광활한 영토에 어울리는 정신이었고 모스크바 공국의 최극단을 누볐던 카자크 인들의 자유를 향한 갈망과 같은 것이다. 이러한 정신을 지닌 민족은 부지런

123 See Herzen's introduction to his From the Other Shore , trans. Moura Budberg (London: Weidenfeld and Nicolson, 1956), p. 6.

하고 검소한 시민이 노동의 대가를 즐기고, 자신들의 재산을 법적으로 보호받을 수 있는, 질서가 잡히고 경제적으로 효과적인 사회가 만드는 구속(세속적 법률, 규칙, 관습, 예의범절 등)에 짜증을 낼 것이다. 그들은 1848년 6월 프랑스 혁명 때 공화당 반란의 진압으로 승리를 확신한 부르주아와 물질주의를 연관 지으며 이를 혐오할 것이다. 슬라브주의자(도스토옙스키를 포함해) 같은 낭만적 보수주의자나 게르첸, 체르니셉스키 같은 진보주의자 그리고 인민주의자에 이르기까지, 러시아 사상가들은 정치적 스펙트럼에 관계없이 이러한 부르주아 세계를 맹렬히 비판했다. 기질적으로 타고난 한계를 두지 않는 러시아인의 성향과는 다른 사상가들, 예컨대 치체린 같은 이들은 메마르고 형식주의적이며 심지어는 이질적인 사상가들로 간주되곤 했다. 특히 차르 체제의 관료들은 대다수가 게르만 출신이었기 때문에 인텔리겐치아 사회에 소속되지 못했던 것이 사실이다.

도스토옙스키의 소설은 앞서 설명한 러시아 인텔리겐치아의 삶과 생각의 전형적인 표현이라고 말할 수 있다. 이 주장에 대한 근거로는 우선 인텔리겐치아의 사상, 가치, 태도, 관심사, 분위기 등이 도스토옙스키의 소설 속 등장인물들에 의해 예술적으로 구체화되어 있다는 점을 들 수 있다. 마틴 말리아[124]의 에세이에서는 인텔리겐치아를 다음과 같이 설명한다. "도스토옙스키는 라스콜리니코프, 베르호벤스키 그리고 키릴로프를 통해 '러시아 비(非)상류층의 모든 인간적 나락'과 지하로부터의 '양심', '인간성', '개성' 그리고 '비판적 사고'라는 빛으로 올라오는 신지식인들의

124 마틴 말리아(Martin Edward Malia, 1924-2004)는 러시아 역사를 전공한 미국의 역사가이다.

'인상적이고 매우 풍자적인 초상'을 그려낸다."(말리아, 『인텔리겐치아란 무엇인가?』, 11쪽). 또한 이 주장은 도스토옙스키 자신이 인텔리겐치아였다는 점에서 정당화될 수 있다. 즉 그가 지적 활동을 통해 생계를 꾸려갔다는 점, 그리고 더 중요하게는 그의 소명(혹은 사명이라고 하는 것이 더 적합할지도 모르겠다)은 사상에 대한 열광, 윤리적 책임, 이성과 신앙의 통합, 그리고 위대한 (천년왕국설에 대한) 기대 등의 특징으로 설명될 수 있는 광범위하고 인간적인 문화를 만드는 데 있었다는 것이다. 이 사명의 범위와 자각의 정도를 잘 드러내는 것은 도스토옙스키가 인텔리겐치아의 사상과 열망을 표현하는 매개물로 상상문학과 동시에 성숙한 '정치사회평론'(Publitsistika)이라고 알려진 매체에 어떤 대소설가보다도 더 많이 참여했다는 사실을 통해 엿볼 수 있다('정치사회평론Publicism'이라는 개념은 인텔리겐치아만큼이나 영어권에선 익숙하지 않은 개념인데, 그 때문에 '사회정치 저널리즘'이나 '당면 문제에 대한 글'로 번역하는 것이 다소 귀찮지만 자연스러운 번역일 것이다).[125] 1860년대 초반에 도스토옙스키는 정치사회평론을 통해 논증법의 발전에 기여함과 동시에 그의 대표적인 소설작품에 반영된 세계관을 정립할 수 있었던 것이다. 따라서 우리는 그가 1861년과 1862년 초에 작성한 기고문을 살펴보고,[126] 특히 우

125 These are the translations offered in The Oxford Russian-English Dictionary by Marcus Wheeler, 2nd edn (Oxford: Clarendon Press, 1984), p. 650.

126 See especially the following articles: 'Gospodin - bov i vopros ob iskusstve' (Mr —bov and the question of art) (XVIII, 70-103); 'Knizhnost' i gramotnost'' (Love of books and literacy) (XIX, 5-20 and 21-57); 'Poslednie literaturnye iavleniia: gazeta "Den"' (The latest literary events) (XIX, 57-66); 'Obraztsy chistoserdechiia' (Models of candour) (XIX, 91-104); '"Svistok" i "Russkii vestnik"' ('The Whistle' and 'Russian Herald') (XIX, 105-116); 'Otvet "Russkomu vestniku"' (A reply to 'Russian Herald') (XIX, 119-139); 'Po povodu elegicheskoi zametki "Russkogo vestnika"' (A propos of 'Russian Herald's' elegiac notice) (XIX, 169-177); 'Rasskazy N. V. Uspenskogo' (The stories of Uspenskii) (XIX, 178-186); 'Dva

리가 파악한 인텔리겐치아의 특징을 잘 나타내며 초기 정치사회평론과 이후 유명한 소설 작품들 사이의 연결고리라고 할 수 있는 1862년 여름 서구 여행의 회고록인『여름 인상에 대한 겨울 수기』(1863)를 살펴볼 것이다.

크림전쟁(1853~1856) 이후의 러시아 지식 사회는 인텔리겐치아의 당파 분열, 파벌 간 간극의 심화, 정치화 등으로 특징지어진다. 인텔리겐치아 중에서도 서구주의자라 자칭한 이들은 1850년 후반 들어 두 집단으로 갈라서게 되었다. 이는 약 10여 년 전부터 조짐을 보여 온 변화였다. **'자유주의자'**라고 불리는 온건파, 즉 **'40년대의 남성들'**과 관련 있었던 온건파는 당시 국가가 주도적으로 시행하는 점진적이고 평화적인 개혁을 주장했다. 반면 젊은이들로 구성된 급진파는 유토피아적 사회주의의 영향을 받아 더 광범위한 사회 변화를 꿈꿨다. 필요하다면 정치 혁명도 꺼리지 않았다. 같은 시기에 슬라브주의자들이(정확히 말하자면 1840년대에 서구주의자들에 반대했던 인텔리겐치아들) 니콜라이 1세(1825~1855 재위)의 통치가 끝나게 된 소위 **'7년의 (검은 반동의) 암흑시대'**(1848~1855)라 불리는 시기 이후에 더 활발하게 활동하기 시작했다. 슬라브주의와 더불어 한발 더 나간 낭만주의적 민족주의의 표현 **'대지주의**(pochvennichestvo)' 가 대두되었는데, 이는 그리고리예프, 스트라호프 그리고 도스토옙스키가 체계화한 것이다.[127]

---

lageria teoretikov' (Two camps of theoreticians) (X X, 5-22); and the invitations to readers to subscribe to the journal Vremia for 1861 (X VIII, 35-40) and for 1862 (X IX, 147-150).

127 On native-soil conservatism and its representatives see Wayne Dowler, Dostoevsky, Grigor'ev, and Native-Soil Conservatism (Toronto: University of Toronto Press, 1982); idem, An Unnecessary Man: The Life of Apollon Grigor'ev

인텔리겐치아의 지적 활동이 활기를 되찾고 당파가 굳어졌다는 것을 보여주는 징후 가운데 하나는 학술 활동의 증가와 잡지의 이념적 성향의 확립이었다. 니콜라이 시절에 개설된 몇몇 잡지들이 다시 부활했다(예컨대, 『조국수기』와 『동시대인』은 다소 급진적 성향을 띠었고, 『독서총서』는 편집장 드루지닌을 필두로 당시 러시아의 상황에선 다분히 정치적인 입장에서 예술 자체의 대의를 지지했다). 같은 시기에 새로운 잡지도 등장했다(예컨대 '자유주의'의 부활을 상징했던 『러시아 헤럴드』, 슬라브주의 기관지 『오늘』, 그리고 얼마 지나지 않아 러시아 허무주의의 대변자가 된 『러시아 말』 등이다). 이 시기에 출간된 두 개의 잡지 『시간』(1861~1863)과 『시대』(1864~1865)의 실질적인 편집장은 도스토옙스키였다. 그러나 형식적으로는 이 두 잡지 모두 그의 형 미하일에 의해 운영되었다.

『시간』은 당시 인텔리겐치아가 스스로를 표현했던 방법인 정치사회평론의 규범을 완전히 따랐다. 잡지는 앞서 설명한 문화와 정치적 역할의 결합을 명확히 인식했고, 이는 **'문학적이고 정치적인'**이라는 표지 문구에서도 알 수 있다. 이 잡지는 다양한 주제로 시사 논쟁을 다루었다. 도스토옙스키의 기고문들의 주제는 러시아 대중의 문해력(literacy, 글을 읽고 쓸 줄 아는 능력, 文解力) 향상으로부터 여성의 해방, 미학, 문학 비평, 문학 역사, 모스크바공국과 표트르대제 시기의 러시아 역사, 그리고 궁극적

(Toronto: University of Toronto Press, 1995); Linda Gerstein, Nikolai Strakhov (Cambridge, Mass. : Harvard University Press, 1971); Joseph Frank, Dostoevsky: The Stir of Liberation, 1860-1865 (Princeton University Press, 1986), especially Chapter 4.

으로는 러시아와 유럽의 관계까지 매우 다양했다. 도스토옙스키의 기고문들은 주요 소설 작품의 생생한 문답체적 특징을 반영하기라도 하듯 매우 논쟁적이었다. 이는 몇몇 글의 제목에서부터 드러난다. '『러시아 헤럴드』에 대한 답변', '글을 읽고 쓸 줄 알아야 하는 이유는 무엇인가', '이론가의 양 진영', 그리고 『시대』 시절에는 '시체드린 씨, 니힐리스트의 와해' 등을 보면 알 수 있다. 더불어 이 글들은 당시 정치사회평론이 공통적으로 지니고 있던 결함을 드러내고 있다. 예를 들자면 과민성, 개인적 적의, 산만함, 반복성, 지나치게 장대한 인용문구, 그리고 영원히 끝나지 않을 것만 같은 단락 등이다(하지만 이러한 결함은 도스토옙스키의 소설로 옮겨져 등장인물들에게서 구체화됨으로써 오히려 장점으로 승화된다).

도스토옙스키는 다양한 주제와 공격적 논쟁을 통해 자신의 주장을 펼쳤다. 대지주의자들(pochvenniki)은 기본적으로 슬라브주의자에 호의적이었다. 그럼에도 불구하고 슬라브주의자인 이반 악사코프는 자신의 이론적 성향, 즉 동시대 러시아 문학에 대해 거리를 두는 태도와 옹졸함, 화해 능력의 부족으로 인해 혹평을 받았다(19권, 58~63쪽; 20권, 6쪽, 8~13쪽도 참조). 다른 슬라브주의자들과 달리 도스토옙스키는 표트르 이전의 모스크바 시대를 찬양하거나 표트르 대제에 대해 부정적이기만 한 것은 아니었다. 왜냐하면 도스토옙스키는 표트르 대제가 개혁을 단행한 사실 자체는 긍정적이라고 판단했으며, 단지 그 개혁의 내용이 잘못된 것이라고 생각했기 때문이다(19권, 18쪽; 20권, 12쪽, 14~15쪽). 서구주의자들 내에서 **'예술을 위한 예술'**을 주장하는 이들은 모든 **'고발의 성격을 띤'** 문학을 금지해 예술가에게 족쇄를 채울 수 있다는 점에서 비난의 대상이 되었다(18권, 79쪽). 중도 성향의 『러시아 헤럴드』도 공격 대상이었다. 민족성을 부정했다는 점(19권, 18쪽, 173쪽), 현실과 동떨어진 탁상공론(19쪽, 108쪽, 123쪽), 친(親)영국주의적인 관점(19권, 139쪽, 177쪽), 그리고 문학 경찰의 역할을 떠맡은 점(19권, 116쪽) 등이 이유였다. 『조국수기』, 『동시대』와 마찬가지로 『러시아 헤럴드』도 러시아 민중의 진정한 목소리라고 극찬했던 푸시킨에 대한 도스토옙스키의 논평 때문에 비난받았다(19권, 112쪽, 114~115쪽, 132~138쪽). 하지만 도스토옙스키가 가장 반대했고 (또한 당시 세력이 커지고 있었기 때문에) 가장 위협적이라고 생각했던 대상은 1850년대 후반부터 대두되기 시작한, 체르니솁스키(1862년 체포 이전까지)와 도브롤류보프(1861년 사망 이전까지)에 의해 대표되는 급진적 서구주의였다. 아마 그들의 극단적인 진보주의 사상이 도스토옙스키가 논쟁의 대상을 정하는 데 가장 크게 작용했을 것이다.

도스토옙스키는 급진적 세계관(넓게는 그 세계관의 근원이 되는 서구 지식의 전통)이 오직 인간의 이성에만 의존하고 영적 통찰에 의한 고차원적인 지식을 무시한다고 비판했다. 나아가 도스토옙스키는 그 시대 최고의 업적을 이룬 합리성의 탐구나 자연과학 등에 기반을 둔 급진적 지식인들의 주장을 부정했다. 당대의 급진적 사상가들 특히 체르니솁스키는 과학적 방법론(관찰, 실험, 계량, 그리고 법칙의 정립 등)을 적용함으로써 인간의 행동, 인간이 창조해낸 예술작품, 인간이 사는 사회 등 이 세상의 모든 면면을 완벽히 설명하고 예측할 수 있다고 믿었다. 과학적 발견으로 나타나는 이성의 승리는 계속 전진해 산업혁명과 그에 따르는 기술진보, 사회 및 기관의 완성 등을 보장할 것만 같았다. 하지만 도스토옙스키에게 이러한 생각은 매우 추상적이고 단순하며 **'이론적'**인 것이었다. 즉 복잡하고 무질서한 현실이 인간의 머릿속에서 나온 계획과 일치하지 않을 수 있다는 점, 그리고 인간의 본능적 욕구와 합치하지 않을 수 있다는 점을 간과했다고 본 것이다. **'인간의 미래를 정확히 예측'**할 수 있는 사람은 없다. 세상에는 그 효용을 '파운드, 푸드, 아르신[128], 킬로미터, 도' 따위로 잴 수 없는 것이 많이 존재한다는 말이다(18권, 95쪽). 당시 「Mr. -bov와 예술의 문제」라는 글에서 그는 넌지시 일리아드의 예를 들며 이를 설명했다.

논쟁의 두 번째 원인은 인간의 삶에 있어서 예술의 중요성과 예술의 기능에 관한 급진적인 시각이었다. 도스토옙스키의 유명한(혹은 상대방 입장에선 악명 높은) 미학 관련 학술논문인 「예술과 현실의 미적 관계」에서 그는 체르니솁스키가 플라톤적인 관점, 즉 작가, 미술가, 그리고 음악가들이 추구하는 현실을 초월한 완벽한 상이 존재한다는 관점을 부정했다고 주장했다. 대신 그는 물질적인 현세는 지금 여기 존재할 뿐이고, 예술은 이 세상을 기계적으로 재생산하는 그 이상도 이하도 아니라고 이야기했다. 체르니솁스키에 의하면 예술품의 성패는 유용성, 혹은 시민적 기준에 따라 평가되어야 한다. 도스토옙스키는 인간의 창의성에 대해 순전히 이성적이고 과학적으로 접근하는 데서 비롯된 공리주의적 예술관에 끊임없이 도전했다. 도스토옙스키에게 예술은 지극히 정상적이고, 건강하며,

---

128 푸드와 아르신은 각각 혁명 전 러시아에서 무게와 거리를 재던 단위이다(역자).

급진주의자들이 중요하다고 생각한 물질적 욕구만큼이나 필수적인 인간의 영원을 향한 갈망에 해답을 제시하는 것이었다. 더욱이 그는 체르니셉스키의 관점에선 발견할 수 없는 일종의 도덕적이고 영적인 차원의 아름다움(美)이 존재한다고 생각했다. 다시 말해 그는 위대한 예술작품에 구체화된 아름다움을 조화, 평정(평온), 그리고 영적 완성과 동일시했다. 예술의 공리성과 관련하여 진정한 예술 작품은 **'현대적이고 사실적'**일 수밖에 없다. 반면 예술이 시사적 대의명분에 동원되어 창작의 자유를 잃게 되면, 예술이 **'예술성**(khudozhestvennost')'을 잃고 영향력을 발휘할 가능성을 잃는다는 것이다(18권, 70~103쪽. 특히, 93~94쪽, 98쪽, 101~102쪽; 19권, 181~182쪽).

세 번째 쟁점은 급진적 사상가들이 신봉한 철학적 물질주의이다. 체르니셉스키는 무신론자로서 포이어바흐의 생각에 따라 신은 객관적으로 존재하는 초월자가 아니라 인간 의식의 산물일 뿐이라고 믿었다. 부흐너, 몰레쇼트, 폭트 등 급진적 물질주의자들의 뒤를 이어 체르니셉스키는 인간이란 주변 환경과 생리적 구성의 산물에 불과하고, 영혼이나 자유의지가 없기 때문에 자기 자신의 행동에 도덕적으로 책임이 없다고 주장했다. 물질적 곤경이나 사회적 불평등, 또는 제도적 문제 때문에 범죄가 생긴다는 관점은 그러한 결정론에서 비롯된다. 그러한 맥락 하에서 (체르니셉스키가 조심스럽게 범죄라고 규정한) **'나쁜 행위'**를 저지른 자의 개인적 책임은 희석되고, 범죄자에 대한 윤리적 평가는 힘을 잃는다. 반면 도스토옙스키는 이렇게 자유의지를 부정하고 세상을 완전히 물질적 차원에 국한시키는 사람들한테서는 인간의 본성을 찾아볼 수 없다고 생각했다. 나아가 그 사람들은 도스토옙스키가 투옥됐던 시베리아 감옥보다 더 무서운 감옥(ostrog)에 인류를 가두려고 하는 것만 같았다.

도스토옙스키와 체르니셉스키 사이의 네 번째 쟁점은 체르니셉스키가 주장한 공리주의적 윤리체계였다. 공리주의적 윤리관에 따르면 이타주의란 존재하지 않으며 모든 행위는 즐거움만 얻고 고통을 피하려는 인간의 이기적인 동기에 의해 이루어진다. 이러한 관점에 따르면 어떠한 행위도 내재적으로 선한 것이 아니라, 그 행위가 이루고자 하는 선(善)이나 악(惡)의 목적을 상대적으로 얼마나 강화하는지 정도에 따라 선이 판단된다. 최대 다수의 행복이 가장 큰 선인 것이다. 체르니셉스키는 인간이 이기적인 동기에 의해 움직이기는 하지만, 동시에 합리적인 존재이기 때문에 사회의 일원으로서 공리적인 행동을 통해 즐거움을 얻는 것이 스스로에게 이롭다고 설득할 수 있다는 **'합리적 이기주의'**를 수단으로 이러한 공리주의적 윤리관을 사회주의와 결합시킨다. 도스토옙스키는 체르니셉스키의 합리적 이기주의가 그의 미학 이론이나 물질주의만큼이나 인간 본성을 무시한다고 생각했다. 왜냐하면 인간은 누구나 선천적으로 이웃을 사랑하는 마음과 동정심을 가질 뿐만 아니라, 자기희생을 통한 만족, 그리고 심지어는 고통을 통해 기쁨을 느끼는 능력도 갖고 있기 때문이다(4권, 56쪽, 67~68쪽; 19권, 131~132쪽).

이러한 차이점 외에도 둘은 인간의 본성이 세계 어디에서나 동일한지에 대한 문제, 서구문명의 미래, 그리고 러시아의 발전에 있어 서구가 얼마나 적합한 모델이 되는가에 대해 근본적으로 서로 다른 견해를 보였다. 급진주의 사상가들은 세계 어디를 가든 인간은 똑같이 행동한다고 가정하는 범(汎)세계주의자였다. 반면 도스토옙스키는 주변 환경, 가정교육 및 '토양'(19권, 148쪽)이 중요하다고 주장했다. 그는 보편적이고 이상적인 인물상, 즉 주변 환경이나 역사적 상황과 무관한 '매우 비인격적인 무엇'을 찾고자 하는 사람들을 비판했다(20권, 6~7쪽). 도스토옙스키는 수차례에 걸쳐 민족적 차이를 태연하게 없애버리려는 사람들을 닳고 닳아서 금속이라는 것만 겨우 알아볼 뿐 주조 국가나 발행 연도도 알아볼 수 없는 낡은 주화에 비유했다(19권, 29쪽, 149쪽; 20권, 6쪽). 러시아에는 영국의 귀족이나 프랑스의 부르주아 또는 이후 서구사회에 골칫거리가 될 프롤레타리아가 등장하지 않을 것이라는 점에서 러시아와 서구가 사회적으로 다르다는 사실 외에도, 러시아 사람에게는 러시아인 특유의 성격이 있었다. 그들은 태생적으로 도덕적 정의감, 심오한 깊이와 광활한 넓이를 지녔다(19권, 185쪽). 그들에겐 영국, 프랑스, 독일인에게서 나타나는 **'민족 이기주의'**도 없었다(20권 21쪽). 역설적이게도 그들의 가장 두드러진 특징은 서구 문화를 그들 자신의 것으로 받아들일 수 있는 보편성에 있었다(18권, 99쪽).

마지막으로 도스토옙스키는 체르니솁스키의 의견, 즉 서구인들이 쇠약해지기는커녕 아직 역사의 초기단계에 있을 뿐이며 서구 사상이 러시아의 문제를 해결할 수 있는 열쇠가 될 것이라는 생각에 동의하지 않았다. 오히려 서구화 때문에 **'사회'**('유럽식'으로 문명화된)와 **'민중(민족)'**, 즉 '나로드'(19권, 6쪽; 20권, 15~17쪽) 사이의 간극이 벌어졌고 인텔리겐치아는 이 분열을 해결하고자 노력하는 것이라고 생각했다. 도스토옙스키는 러시아 정부가 1861년 2월 농노해방을 계기로 러시아를 둘로 가르고 있던 호(濠: 도랑)를 메우기 시작했다고 주장했다. 그리고 정부는 이제 '사회'가 국민의 신뢰를 얻고, 사랑을 베풀며, 사회의 주요소를 흡수하고 스스로를 변화시키는 고통스러운 과정을 거쳐 그 작업을 마무리해야 한다고 주장했다(preobrazit'sia. '변화시키다'라는 동사에는 성경에서 나온 인유가 함축되어 있다)(19권, 7~8쪽). 그 과정의 실현가능성에 대해 도스토옙스키는 완전한 긍정을 표한다. 서구화된 지식계층이라고 해서 러시아인이 아닌 것은 아니다. 즉 그들에게도 민족성(narodnost')은 그대로 남아있다는 말이다. 소위 '**문명화**'라는 과정을 거쳐 러시아가 '**유럽**'에 근접하게 되면서 교육받은 러시아인들은 이제 자신의 모국으로 돌아갈 필요성을 느꼈다. 거기서 그들은 서구로 정신적인 여정을 떠나면서 얻어낸 보편성에 대한 인식으로 무장한 상태다. 그들은 자신의 민족과 융합(slitie)함으로써 자신의 진정한 정체성을 발견할 수 있게 될 것이다(19권, 6~8쪽, 18~20쪽, 113~14쪽).

1861년 도스토옙스키의 정치사회평론에 등장한 많은 주제와 결론들은 여행기 『여름 인상에 대한 겨울 수기』에서 활력 넘치게 다방면으로 고려한 흔적이 엿보이면서, 대립적인 시각으로 더욱 간결하고 강력하며, 패기 넘치고 일체감 있는 표현으로 드러난다. 이 여행기에서 그는 문학사, 윤리, 인간 본성에 대한 담론, 민족 특성과 문화 및 사회의 관계, 그리고 러시아-서구 관계 등을 다시금 논의한다. 그 과정에서 서구주의 인텔리겐치아들의 가정인 서구가 주도하는 문명화의 지속가능성에 의문을 제기하고, 그들이 신봉하는 자유주의와 사회주의를 비판하며, 정교 신앙을 기반으로 한 새로운 유토피아 모형을 그려나가기 시작한다.

러시아 문학에서는 방대한 양의 해외여행 기록을 발견할 수 있다. 예를 들자면 예카테리나 시대의 폰비진의 『프랑스에서 온 편지』(1777~1778)와 카람진의 『러시아 여행자의 편지』(1791~1792)부터 니콜라이 1세의 서구주의자들의 작품, 예컨대 안넨코프의 『외국에서 온 편지』(1847~1849, 1857년에 책으로 발간), 그리고 게르첸의 『프랑스와 이태리에서 온 편지』(1847~1852) 등이 있다. 또한 그리고리예프는 그가 해외에 체류하던 1857년에 『멀리서 온 친구에게』라는 책을 썼고, 비록 출판되지는 않았지만 이 책에서 이미 도스토옙스키적인 테마와 이미지를 드러내고 있었다.[129] 잡지 『시대』는 다른 덜 유명한 작가들의 짧은 여행기를 싣곤 했다. 좀 더 급진주의적인 작품들로는 미하일로프의 『파리에서 온 편지』와 『런던에서 온 수기』(1858~9), 셸군노프의 에세이 『영국과 프랑스 노동자의 프롤레타리아』(1861)가 『동시대인』지에 실렸다. 1862년 여름 게르첸은 완전히 여행기록문의 형식은 아니지만 비슷하다고 할 수 있는 『끝과 시작』의 집필을 시작했다. 이 과정에서 게르첸은 (도스토옙스키와 그해 7월 런던에서 만났다) 자신의 다른 작품인 『저 편 나라로부터』의 문구

129 Dowler, An Unnecessary Man, pp. 111~115.

를 인용하면서 현재의 부르주아 문명이 '**재산의 독재**'이며 평민과 일반 대중이 바알[130]을 숭배하며 개개인의 인격을 잃어버렸다고 기록했다. 이 세상은 더 이상 발전을 할 수 없는 종말에 이르렀고, 그 중심지인 파리와 런던이 '세계사의 한 장을 마무리하고 있다'는 것이었다(게르첸, 『과거와 사상』, 680~749쪽). 따라서 도스토옙스키가 처음 해외로 여행을 떠난 시기인 1862년 6월에서 9월 사이의 여행 기록인 『여름인상에 대한 겨울 수기』는 이미 역사적으로 확립되어온 전통을 따르고 있었다고 볼 수 있다. 분명 『겨울 수기』는 이 전통에 특별한 기여를 하는 것으로 이해된다. 제1장에서 쾰른 대성당의 아름다움을 감상할 때, 도스토옙스키는 자신을 카람진에 비유한다. 그 성당을 본 첫 순간에 카람진은 정의를 애초부터 행동에 옮기지 못한 것에 대해 라인 강의 폭포 앞에서 무릎 꿇고 속죄하고 싶어 했다(5권, 48쪽). 제2장은 폰비진의 『프랑스에서 온 편지』(5권, 50쪽)의 경구를 인용하면서 시작하며 이후 3장에는 그에 대한 긴 해설이 등장한다(5권, 53쪽).

도스토옙스키가 머지않아 섭렵하게 되는 소설 장르와 마찬가지로 여행기라는 장르는 러시아 인텔리겐치아들에게 많은 기회를 제공했다. 도스토옙스키는 자신의 폭넓은 문화적, 도덕적, 사회적, 정치적 관심사, 그리고 만물에 대한 종합적이고 지역적이며 나아가 보편적인 설명들을 찾고자 하는 갈망과 본인의 넓은 지리적 및 영적 시각 등을 자신의 여행기

130 바알(Baal)은 히브리 역사에서 '주인', '남편', '소유'를 의미한다. 원래 비와 폭풍을 주관하는 곡물(농사)의 신이며, 가축 떼를 주관하는 풍요와 다산(多產)의 신이자 전쟁을 주관하는 셈족 최고의 신으로서 가나안 원주민의 주신(主神)이다(역주).

에서 보여주었다. 그는 여행기에 자신이 원하는 무엇이든, 다시 말해 건축물, 마을과 풍경, 그 모습을 보고 흥분되는 생각과 감정들, 만나고 대화한 사람들, 연극, 갤러리, 박물관, 역사, 정치, 문학, 그리고 예의범절에 이르는 모든 것들을 써내려갔다. 도스토옙스키가 방문한 나라에 대해 자유롭게 설명하고 보고하며 논할 수 있었다. 여행기는 추상적이면서 동시에 구체적일 수 있고, 객관적이면서 주관적이고, 서술적이면서 묘사적이며, 사색적이고 감정적일 수도 있다. 무엇보다도 여행기는 러시아와 그 바깥 세계에 대한 무한한 비교를 가능하게 했다. 물론 러시아 여행기들을 보면 러시아 여행자들이 방문한 외국(주로 영국, 프랑스, 독일, 이탈리아, 스페인, 스위스)의 생활에 대해 우리에게 알려주기도 한다. 그러는 동시에 이러한 여행기들은 일종의 러시아 지도학(地圖學)의 형태를 띤 에세이였다. 즉 그것은 조국의 정체성 확립이 매우 다급한 일이었던 당시의 러시아인들(또는 적어도 러시아 인텔리겐치아들)에게 러시아의 사회적, 문화적, 도덕적, 정신적 지형도를 정립하기 위한 암묵적 혹은 노골적인 시도를 상징했다.

머지않아 『겨울 수기』에서 도스토옙스키가 지리적 영토보다 문화적, 정신적 영역에 더 관심을 갖고 있었다는 사실이 자명해진다. 이 여행자(도스토옙스키가 아닌 다른 화자라고 생각할 이유가 없는)는 기사도 정신으로 지리적 영토를 대한다. 글의 초반에서 우리는 도스토옙스키가 두 달 반여 동안 베를린, 드레스덴, 비스바덴, 바덴바덴, 쾰른, 파리, 런던, 루체른, 제네바, 제노바, 플로렌스, 밀란, 베니스, 비엔나 등을 방문했음을 알 수 있다(5권, 46쪽; 1장). 하지만 혹시라도 이 여행 일정을 순차적으로 따르리라 기대한 독자라면 곧바로 실망할 수밖에 없다. 그가 방문했다고 한 국가 중 스위스, 이탈리아, 그리고 오스트리아에 대한 내용은 아예 없고, 독일에 관한 내용도 서장을 제외하고는 등장하지 않는다. 단지 베를린, 드레스덴, 그리고 쾰른의 느낌을 쏟아낸 이후에 (게다가 쾰른에 대한 설명조차도 파리에서 돌아오는 길에 들른 두 번째 방문 때의 설명이다) 비로소 상트페테르부르크를 떠나 프러시아 국경까지 여행하는 내용을 다루었다. 파리를 런던보다 먼저 방문했음에도 불구하고 도스토옙스키는 런던을 파리보다 앞서 묘사했다. 또한 이 작품에서 가장 긴 제3장은 실제 여행에 관한 내용은 아예 다루지 않은 채, 파리로 가는 기차 안에서의 지적 탐구만을 묘사하고 있다. 물론 장 서두에 '완전히 불필요한'이라는 설명을 붙여놓긴 했다. 이 여행자는 제3장에서 너무도 자신의 생각에 몰두해 넋을 잃은 나머지, 프랑스로 가는 와중에도 기차가 프러시아 국경을 향해 가고 있다고 착각할 정도였다(5권, 63쪽).

그렇다면『겨울 수기』의 진정한 집필 목적은 그가 첫 페이지의, 독자를 잘못된 길로 이끄는 방대한 여행일정을 따라 숨 막히는 묘사를 해나가는 것이 아니라, 신중하게 계획된 문화적, 정신적 영토를 따라 펼쳐지는 약 백 년에 걸친 오디세이로 독자들을 안내하는 것이었다고 볼 수 있다. 기행문 앞부분의 쓸데없이 경박하며, 무척이나 피상적인 독일 도시들에 대한 설명을 지나 이 오디세이에서 가장 먼저 방문하게 되는 영토는 '러시아의 유럽'이다(5권, 63~64쪽; 3장). 즉 이 책의 2장과 3장이 다루고 있는 세계란, 예카테리나 시기부터 시작된 서구화된 러시아 지식 계층의 세계를 말하는 것이다. 이 '러시아 유럽'은 '유럽'이나 '서구'의 일종의 식민지로 묘사된다. 서구는 '기적의 땅', '약속의 땅', 그리고 러시아 과학·예술·시민·인간성(Человечность)에서 모든 가치 있는 발전의 근원 그 자체이다. 러시아인들은 '유럽'의 마법에 걸렸고, 차차 그 영향력을 거부할 수 없게 되었다(5권, 51쪽; 2장). 도스토옙스키는 서구 양식이나 행동방식을 무비판적으로 찬양하고, 모국의 그것은 야만적이라고 무조건적으로 판단하는 일반 러시아 지식인 계층(5권, 61쪽; 3장)을 비판한다. 또한 그는 러시아 지식인 계층이 러시아 국경을 벗어나는 순간 마치 작은 개들이 주인을 찾아다니듯 행동하는 러시아 관광객들과 같다고 폄하하기도 했다(5권, 63쪽; 3장).

도스토옙스키가 폰비진과 그리보예도프의 작품에서부터 찾아내어 지적하기 시작한 이 사대성(종의 신분) 개념은 예카테리나 시절부터 시작되었지만, 지금껏 이렇게 심각한 적은 없었다고 이야기한다. 18세기에 러시아인들은 유럽적인 것에 대한 순진한 믿음이 있었고, 귀족이 실크 스타킹, 가발, 그리고 칼을 갖추고 있으면 그것은 무조건 '**유럽인**'이라고 여겼다(5장, 56~57쪽; 3장). 하지만 사회 관습은 여전히 가부장적이었고, 귀족들은 여전히 뇌물을 받고, 패싸움을 벌였으며 도둑질을 일삼았다. 그래서 러시아 농부들조차도 그들이 어디 있는지 알 정도로 이들의 삶은 복잡하지 않았다. 그러나 시간이 지나면서 가장무도회, 혹은 프랑스 패션에 대한 판타스마고리아(환상)는 러시아에, 그중에서도 특히 상트페테르부르크('지구상에서 가장 환상적인 역사를 지닌 환상적인 도시')에 자리 잡게 되었다

(5권, 57쪽; 3장). 그리고 궁극적으로 도스토옙스키가 우려했던 대로 서구화는 러시아의 민족적 개성을 파괴할 위험을 불러일으켰다. 이때 등장한 것이 5천만 민중, 즉 '단순한 러시아인'과 분리되어 '특권 있고 공인된 소수'의 자만하는 지식인층의 부상이었다(5권. 51쪽, 59쪽; 2,3장). 이들 '유럽인'들은 자신들의 임무가 문명화라고 확신하며 천상의 질문들을 결정했다. 다음과 같이 믿으면서 말이다.

"땅도 없고 민족도 없다. 국민성이란 단지 주어진 과세 체계일 뿐이다. 영혼은 타불라 라사(tabula rasa)[131], 순식간에 진짜 사람으로 빚어낼 수 있는 밀랍 조각, 보편적인 일반인(obshchechelovek), 호문쿨로스(중세 연금술사들이 창조하고자 했던 인조인간)이다. 한 사람이 해야 할 일은 단지 유럽 문명의 결실을 받아들이는 것과, 두세 권의 얇은 책을 읽는 것뿐이다(5권, 59쪽; 3장)."

도스토옙스키는 자신의 모습과 국가의 운명을 비교함으로써 러시아가 이러한 노예 근성에서 벗어날 필요가 절실하다고 주장한다. 왜냐하면 자신만의 일이나 목적이 없는 보통 러시아 사람의 운명은 마치 기차 안에 앉

131 타불라 라사(tabula rasa)는 "백지 상태, 영혼이 때 묻지 않은 상태"를 말한다. 경험론자들이 쓰는 용어로, 감각이 외부의 대상 세계에 반응하여 관념을 새기기 이전의 인간 정신 상태를 가리킨다. 정신을 아무것도 쓰지 않은 칠판에 비유한 것은 아리스토텔레스의 『영혼에 관하여(De anima)』(B. C. 4세기)가 처음이다. 그 후 아리스토텔레스의 소요학파와 마찬가지로 스토아학파도 정신의 본래 상태는 공백이라고 주장했다. 그러나 이 두 학파는 정신이나 영혼이 감각을 통해 관념을 받아들이기 전에는 단지 잠재적이거나 활동하지 않을 뿐이며, 지적 과정에 들어서면 관념에 반응하고 이 관념을 지식으로 바꾼다고 강조했다. 타불라 라사를 새롭게 혁명적으로 강조한 철학자는 17세기 후반 영국의 경험론자 존 로크였다. 로크는 『인간 오성론(Essay Concerning Human Understanding)』(1690)에서 정신은 원래 '아무 글자도 쓰지 않은 백지'와 같아서 경험을 통해 '이성과 인식의 모든 원료'를 얻는다고 주장했다. 로크 자신은 주어진 '원료'를 이용하는 마음의 힘인 '반성'을 매우 중시했지만 그가 옹호한 타불라 라사는 그 후 철학자들이 더욱 급진적인 입장으로 나아가는 신호탄이 되었다.

아 잡념으로 시간을 보내는 승객이나 다름없기 때문이다. 기차에 앉아 하염없이 실려 간다는 것, 보살핌 받고 길러지는 것이란 지루하고 괴로운 일일 수 있다. 그렇기 때문에 승객은 좌석에서 뛰어내려 기차와 나란히 달리고 싶은 욕망이 생긴다. 이러한 행동은 위험하고 힘들 수 있지만, 적어도 그 사람은 목적을 찾을 것이다. 스스로의 의지에 따라 행동함으로써 행여 열차 사고가 난다 해도 무력하게 갇혀 있지 않을 것이다(5권, 52쪽; 2장).

도스토옙스키는 독자들에게 문화적 사대주의의 위험을 설명한 다음, 책의 4장부터 8장에 걸쳐 '유럽적인 유럽', 다시 말해 런던과 파리의 어둠을 보고 느낀 점을 설명함으로써 민족 해방의 중요성을 강조한다. 러시아가 서구보다 더 억압적이기 때문에 더 열등하다고 생각하는 서구주의자들의 의견에 동조하는 독자라면, 제4장을 펴는 순간 스파이 행위(shpionstvo)가 프랑스 사회에 얼마나 퍼져 있는지 설명하는 도스토옙스키에 의해 곧바로 꼬리를 내리게 될 것이다. 도스토옙스키는 이 현상을 프랑스로 향하는 기차 안에서 경찰이 외국인을 감시하는 것에서 발견했고, 그 다음으로는 그가 파리에서 신세를 졌던 집주인들이 세입자를 신고하는 문서를 작성할 때 진땀을 빼는 모습을 통해 발견할 수 있었다(5권, 64~68쪽). 5~8장에는 영국과 프랑스의 사회 관습을 통렬히 비난하는 내용이 나오는데 이는 1770년대에 폰비진이 제기했던 비판을 연상시킬 뿐만 아니라 실제로도 그와 비슷한 목적을 지니고 있었다. 그 목적이란 즉 러시아가 독일 문화에 취한 시기인 1820년대와 1830년대 이후에 팽배했던 외국에 대한 일종의 무조건적인 아첨을 비난하는 것이다. 또한 도스토옙스키의 부르주아 계급에 대한 비판은 1840년대에 이들에 대해 냉혹한 공격을 퍼부어 러시아 인텔리겐치아를 논쟁에 휩싸이게 했던 게르첸의 『마리니 대로에서 온 편지』의 연장이었다고 볼 수 있다.

도스토옙스키는 프랑스 부르주아 계급의 수많은 부도덕성을 비난한다. 비단 부르주아 계급뿐만 아니라 대다수의 프랑스인들 역시 현저한 스파이 행위의 성향을 보이고, 또 아첨하는 자의 성격, 아부하는 능력, 파리가 세계의 중심이라는 자만심, 미사여구의 과용, 수사법에 대한 심취 등의 특징을 보인다. 도스토옙스키는 이러한 특징을 법정에서부터 판테온에 이르기까지 어딜 가나 발견할 수 있었다고 한다(5권, 82~90쪽; 7장). 그들의 멜로드라마에서 이들이 감상적 위선에 빠져있으며, **'고상함'** 및 **'이루 말할 수 없는 고결함'**을 추구한다는 것을 알 수 있다고 도스토옙스키는 말했다(그는 부르주아 계급이 선호하는 예술 형식을 조사함으로써 그들의 도덕성을 판단할 수 있다는 게르첸의 생각을 모방했다). 그들은 안정과 교양을 사랑한다. 이는 도스토옙스키가 자신의 작품 말미에 자세히 나열하는 다양한 멜로드라마의 줄거리에 공통적으로 나타나는 특성이다(5권, 95~98쪽; 8장). 부르주아의 관습이 속임수로 가득 차 있다는 점을 도스토옙스키는 부르주아 결혼식을 통해 풍자했으며, 이는 어느 파리 여성을 통해 구체화된다. 겉으로 보기에는 요염하고 매력적이지만, 부자연스럽고 우둔하며 가식적인 이 현대적 여성에게 모든 일은 단지 게임, 음모 그리고 가식일 뿐이다. 그녀는 감정을 잘 꾸며내고, 사랑이 진실하기보다는 겉모양이 그럴듯해야 한다고 생각한다(5권, 92~93쪽; 8장).

부르주아의 특징 가운데 가장 뿌리 깊은 문제점은 물질주의였다. 돈을 벌고 최대한의 부를 쌓아 올리는 것이 과거 그 어느 때보다도 **'가장 중요한 윤리 규범이자 파리지앵**[132]**의 교리'**가 되었고, 자신을 존중하고 인정할 수 있는 유일한 수단이 되었다. 비록 극장에서는 미덕을 사랑하는 척 연기하고 고귀한 사상을 쫓는 것처럼 보이지만 이는 겉모습에 불과할 뿐이다.

이렇게 탐욕적으로 돈만 쫓다 보니 돈을 벌기 위해 도적질을 하는 일은 묵과되고 살기 위해 먹을 것을 훔치는 행위는 용서할 수 없는 일이 되었다(5권, 76~78쪽; 6장). 부르주아의 돈과 소유에 대한 집착은 도스토옙스키가 '**자본과의 결혼**'이라고 표현한 혼인제도에 잘 나타난다. 결혼은 사랑을 기반으로 이루어지는 것이 아니라, 서로의 이득에 따라 성사된다. 결혼이 성사되기 위해선 먼저 양가의 '**재정적 대등함**'이 확인되어야 한다. 도스토옙스키에 따르면 이렇듯 돈에 눈이 먼 삶의 방식은 프랑스 특유의 토착적이고 민속적인 부분이다(5권, 91~92쪽; 8장). 물론 그러한 특성이 프랑스 부르주아에만 국한된 것은 아니라고 그는 말한다. 프랑스 노동자들 역시 욕심이 많기 때문에 1848년 혁명에서 승리하고 나폴레옹 3세(1852~1870) 하에서 안전을 보장받은 부르주아들이 이들을 두려워했던 것이다(5권, 78쪽; 6장). 프랑스 농업 전문가들에 대해선 그들이 '최고 경영자'이며 '한 사람이 상상할 수 있는 가장 이상적인 경영자이다'라고 평가한다(5권, 78쪽; 6장). 물론 이러한 악이 프랑스에만 국한된 것도 아니다. 프랑스에서 발견할 수 있는 것은 '현재 전 세계적으로 퍼져있는 본받아야

---

132 파리지앵은 '파리 식, 또는 파리적인 감성이나 분위기를 풍기는 사람'이라는 뜻이다(역주).

할 위대한 것으로 간주되는 부르주아 사회구조의 원천 및 근원'이다(5권, 92쪽; 8장).

겉으로 보기에 런던과 파리는 매우 다르다. 이곳에서 도스토옙스키는 시끌벅적한 도시 생활의 소음과 답답함, 지상과 지하를 오가는 전철(그때 당시 최초의 지하철이 건설되고 있었다), 대담한 기업가 정신 등에 혼란스러워한다. 그는 극심한 빈부 격차에 충격을 받는다. 화이트채플[133]과 같은 **'끔찍한 골목'**에는 빈곤, 만취, 매춘에 빠져 허덕이는 반라의 야만적이고 굶주린 사람들이 있었고, 이들은 장대한 공원 및 광장과 극심한 대비를 이루고 있었다. 『겨울 수기』에서 런던과 파리에 대한 묘사는 서로 절묘하게 이어지고(5권, 68~69쪽, 74쪽; 5장), 두 도시의 기본 원리는 근본적으로 다르지 않다. 부의 소유와 그에 따르는 이익의 숭배는 아마 바알의 영혼이 지배하는 런던에서 더 노골적이고 덜 가식적일 것이다. 그럼에도 불구하고 그곳에서 사람들이 고집스럽게, 필사적으로 어떻게든 서로 공동체(일종의 개미집)를 이루어 서로 잡아먹지 않고 살아가기 위해 만들어진 **'개별적 원칙'**은 **'서구 전체에 보편적인 것**(vseobshche zapadnoe)'이다(5권, 69쪽; 5장).

러시아 인텔리겐치아가 전반적으로 자본주의와 자유주의 정치에 거부감이 있었다는 점에서 도스토옙스키와 체르니솁스키의 부르주아 비판은 공통점이 있었다. 두 작가 모두 부르주아의 물질주의적 조건 속에서 추상

133 영국 런던의 구역으로, 런던의 동쪽 끝이라고 할 수 있는 외곽에 위치하고 있다. 현대에도 주로 말레시아 계 영국인을 포함한 다양한 인종과 민족들이 혼재하는 지역이지만, 16세기 후반부터 경찰을 포함한 공권력의 통제는 거의 미치지 않았으며, 가죽공장이나 양조소, 정육소 등이 이곳에 모여 있었다. 따라서 17세기 이후에는 거대한 빈민가를 형성하기 시작했다(역주).

적인 자유란 무의미하다고 주장했다. 예컨대 체르니셉스키는 부르봉 왕가가 복권하던 시기의 프랑스 정치를 다룬 논문에서 법적 권리는 그것을 다룰 만한 물질적 자본이 있을 때에만 가치가 있다고 주장했다.[134] 이와 비슷하게 도스토옙스키는 비록 이론적으로는 프랑스 혁명의 가장 중요한 구호였던 자유(liberté)가 법적 테두리 안에서 개인이 원하는 바대로 행동하는 것임에도 불구하고, 현실적으로는 오직 돈이 있는 자만이 자신이 원하는 대로 할 수 있고, 돈이 없는 자는 돈이 있는 자가 원하는 대로 움직일 수밖에 없다고 주장했다(5권, 78쪽; 6장). 체르니셉스키와 비슷하게 도스토옙스키도 수사법을 공허한 자유주의적 미덕이라고 비난했다. 나폴레옹 3세의 프랑스 의회의 자유로운 대표자들이 구사하는 화려한 연설을 듣고 그는 그것이 단지 공허한 수사에 지나지 않으며 도시의 안정을 유지하는 데 기여할 뿐이라고 했다(5권, 86~87쪽; 7장).

그럼에도 불구하고 『겨울 수기』의 주요 논쟁 대상은 부르주아와 자유주의를 겨냥하는 만큼이나 당대의 급진주의자와 사회주의자를 겨냥했다. 문체만 보더라도 『겨울 수기』는 체르니셉스키의 작품과 각을 세우고 있다는 것을 알 수 있다. 한 예로, 도스토옙스키의 기행문은 체르니셉스키의 다소 유치하고 격의 없는 독자와의 대화 형식 및 빈번한 설명 삽입 등을 패러디하는 것으로 보인다. 또한 그는 일부러 자신의 글이 무질서하고 신뢰할 수 없게 보이도록 하면서 과학적 방법론이 요구하는 진실성과 조

134 Chernyshevskii, 'Bor'ba partii vo Frantsii pri Liudovike XVIII i Karle X' (The struggle of parties in France) in Polnoe sobranie sochinenii (hereafter PSS), 16 vols. (Moscow: Gosudarstvennoe izdatel'stvo 'Khudozhestvennaia literatura', 1939-1953), vol. 5, p. 217.

심성에서 벗어나 주제를 이탈하다가, 심지어는 자신이 거짓말하는 경향이 있다고 고백하면서 용서를 빌기도 했다(5권, 47, 49, 74, 93쪽; 1, 5, 8장). 더 근본적인 측면에서 그는 체르니셉스키가 가진 서구 기술의 성과에 대한 존경심을 반박하며, 과학적 진보가 인류에게 있어 절대적 선이라는 가정에 의문을 제기한다. 즉, 체르니셉스키는 현수교를 서구 공학 기술의 위업으로 보고 경의를 표하는 반면,[135] 도스토옙스키는 이 서구의 우월성을 증명하는 상징물에 마음이 상하고, 따라서 쾰른에서는 새로 완공된 교량에서 방문자들에게 통행료를 걷고 있는 남자에 대해 은근히 적개심을 품기도 한다(5권, 48~49쪽; 1장). 체르니셉스키에게 있어 미래의 빛나는 유토피아를 상징하는 수정궁을 도스토옙스키는 가짜 신을 숭배하는 경이로운 신전으로 묘사한다. 그리고 방문객들의 찬양을 요구하는 듯한 이 신전 앞에서 사람들은 겸손해지고 복종할 수밖에 없다고 이야기한다(5권, 69~70쪽; 5장).

무엇보다도 도스토옙스키는 체르니셉스키의 합리적 이기주의를 비판하며 그러한 기반 위에서는 절대로 사회주의적 이상향을 세울 수 없음을 증명하고자 했다. 그는 카베(Cabet)와 콩시드랑(Considérant) 등 프랑스 사회주의자들이 일찍이 자신들의 유토피아 계획을 실현하려고 했으나 실패로 끝나고 만 사실을 조롱했다. 도스토옙스키의 말에 따르면 그러한 계획들은 음식과 일자리를 보장받는 대가로 개인의 자유를 포기해야 한다는 점에서 실패할 수밖에 없었다. 왜냐하면 비록 자유로움 속에서 두들겨

135 Idem, 'O prichinakh padeniia Rima' (On the causes of the fall of Rome), PSS, vol. VII, pp. 662-663.

맞고 일자리를 잃으며 배고픔에 시달린다고 할지라도, 사람들은 완전한 자유(volia)를 구속(감옥[ostrog]의 이미지를 상기시키는)보다 선호하기 때문이다. 설령 사회주의자들이 아무리 그들을 자신에게 이익이 되는 것이 무엇인지 깨닫지도 못하는 머저리라고 부르고, 심지어 개미가 더 지적이라고 말해도 마찬가지다. 체르니솁스키가 긍정적 의미로 사용한 이미지인 개미집에서는 모든 것이 질서정연하고, 모든 사람이 행복해지기 때문이라는 것이다.[136] 도스토옙스키의 주장에 따르면 여하간에 서구 사회주의자들은 손에 칼을 든 채로 자신의 권리를 요구하는 고립된 인간 세계에서는 결코 실현될 수 없는 형제애를 창조해보겠다는 것이다. 게다가 도스토옙스키가 생각하기에는 결함이 많은 서구적 개성, 즉 '**자주적이고 개별적인 동등한 원칙**'이라는 자기개념이 변하리라는 희망도 없었다. 왜냐하면 쇄신은 수천 년이 걸리고, 그마저도 진정한 형제애 개념이 '피와 살'을 통해 인식될 때 비로소 일어날 수 있기 때문이다(5권, 79~81쪽; 6장). 따라서 사회가 인간의 본성에 뿌리박힌 특정한 도덕 원칙(이 경우 프랑스)에 기반하여 형성된다고 보는 관점에서 도스토옙스키는, 단번에 발견하기는 쉽지 않겠지만, 사회주의자에게 부르주아와 동일한 오명을 씌울 수 있었다.

프랑스에서 비롯된 영혼 파괴적인 사회주의 디스토피아와 반대로, 도스토옙스키는 그가 생각한 러시아 현실에 뿌리를 둔 자신만의 새로운 유토피아를 제안했다. 도스토옙스키의 유토피아에서는 서구사회의 반동적

---

136 Idem, 'Lessing, ego vremia, ego zhizn' i deiatel'nost'' (Lessing: his life, times and activity), PSS, vol. 4, p. 210.

이고 자기주장이 강한 **개성**(lichnost')이 자신을 집단에 완전히, 무조건 바침으로써 형제애가 번창할 수 있게 하는 것이다. 사회는 그러한 개인의 희생이 가벼운 것이 아님을 인식하고, 그 구성원들의 안위를 생각해 지속적인 보호 및 관심 등 사회가 제공할 수 있는 모든 것을 제공한다. 이처럼 사회 전체를 위한 의식적이고 양심적이며 강요되지 않은 자기희생, 남을 위해 십자가에서 목숨을 버리는 일 등은 절대로 개인성의 파괴나 비인격성(bezlichnost')으로의 후퇴가 아니다. 반대로 도스토옙스키는 이것이 인격이 최고로 발전했다는 표현이며, 자유의지의 궁극적 행사라고 생각한다. 물론 체르니솁스키적인 공리에 대항해 도스토옙스키가 주장하는 바를 살펴본다면, 자신의 이익을 전혀 고려하지 않는 자기희생은 일반인이 따르기 쉬운 '자연법'이다. 하지만 합리적 이기주의가 아닌 이타주의에 기반을 둔 유토피아의 실현은 그 집단의 본성에 사랑, 조화, 그리고 공동체 의식이 깊게 자리 잡고 있는지의 여부에 달려 있다. 도스토옙스키는 행여나 러시아의 역사적 경험들이 나로드(민중)를 잔인하게 만든 것은 아닐까라고 걱정할 독자들을 안심시키고자 그러한 원칙이 민중이 겪은 고통, 무지, 예속 및 외부의 침략에도 불구하고 살아남는다고 언급했다(5권, 79~80쪽; 6장). 도스토옙스키가 1862년 7월, 런던에서 게르첸을 만났을 때 순수한 열정을 가지고 이야기한 것은 주로 러시아의 대중들에 대해서였다. 서구화된 지식 계층이 이러한 러시아적 원칙을 유지하고 있다는 사실을 알게 된 도스토옙스키는 러시아에서 유토피아가 실현될 수 있다는 희망을 얻었다. 『겨울 수기』에서 대중의 영적 힘을 발견할 수 있는 구절은 그가 푸시킨의 겸손한 유모 아리나 로디오노브나에 대해 언급하는 대목에서 발견할 수 있다. 도스토옙스키의 말에 따르면 그녀가 없었더라면, 러시아 대지와 무척 친밀한 유대를 가졌던 선구자 푸시킨은 존재하지 않았을 것이다(5권, 51~52쪽; 2장).

따라서 마지막 분석으로, 도스토옙스키는 서구와 러시아 각각의 본성과 이에 따라 생기는 사회에 대한 상반된 시각과 이러한 시각을 통해 나오는 서로 다른 성격의 개념을 이야기한다. 이 가운데 한 가지 유형의 성격은 분명 역동적이지만, 다른 한편으로는 이기적이고 물질주의적이며 공동체에 대해 파괴적이고, 따라서 궁극적으로 충족되지 못한다. 그 지적 열망과 **형제애**(fraternité) 개념의 촉진에도 불구하고, 이는 도스토옙스키가 '유럽'에서 발견할 수 있었던 디스토피아를 불러일으킬 뿐이다. 반대로 남은 한 가지 유형의 성격은 사랑스럽고 부드러우며 집단과의 교감을 통해 성취감을 느끼고, 진정한 **형제애**(bratstvo)를 실현시킬 수 있다. 두 번째 유형이 보다 지배적인 러시아에서 이러한 이상은 실현될 수 있을 것이고, 부르주아의 거품이 꺼지면서(5권, 78쪽; 6장), 구세계가 몰락하게 되면 이성이 아닌 본성과 감각에 기반을 둔 유토피아의 건설이 가능해질 것이다.

앞서 1860년대 초반 러시아 인텔리겐치아 내부적으로 이념적 분열이 심화되고, 당파가 고착되던 시기에 도스토옙스키가 이들 사이에서 활발히 활동했다는 점을 고려하면 도스토옙스키의 소설을 더 풍성하게 이해할 수 있을 것이라고 주장했었다. 정확히 하자면 도스토옙스키는 문학으로부터 언론의 기능을 요구하는 이들로부터 문학을 지켜내고자 했다. 그리고 자신의 사상을 소설 속에서 잠재성을 꽃피우는 등장인물로 구체화하면서 도스토옙스키는 소설가로서 당파성을 초월했다. 그럼에도 불구하고 그의 소설은 당시 신문잡지계가 몰두하던 주제들로 가득 차 있었다. 여느 19세기 러시아 소설가들만큼이나 시사적 문제를 걱정하면서, 도스토옙스키에게 사회정치평론과 소설은 더없이 가깝고 분리할 수 없는 관계가 되었다. 도스토옙스키의 소설에 나타나는 영원한 보편적 진리에 대한 탐구(예를 들어 이성적 지식에 의해 신앙이 위협받는 세상 속에서 개인이 겪는 윤리적 갈등, 그리고 수반되는 존재론적 위기, 사회적 와해 및 정치적 변혁 등)는 크림전쟁 이후 있었던 개혁의 시기를 지나면서 독립적인 문화, 정치 및 사회적인 사상을 독자적으로 발전시켜온 집단으로부터 생겨난 것이었다.

『겨울 수기』는 러시아-서구 간의 문화, 관습, 인간본성에 대한 관심, 인간의 윤리적 정체성 등을 훑어봄으로써 도스토옙스키의 어떤 작품보다도 정치사회평론과 소설의 연계를 잘 보여주고 있다. 왜냐하면 이 저작이 1861년의 논쟁적인 글들을 돌아보며 그 결론의 정수를 추출하는 동시에, 주제는 비슷하지만 한층 더 소설에 근접한(집필 초기에는 체르니솁스키의 『무엇을 할 것인가』에 대한 논평으로서 『세기』에 게재할 논문으로 시작을 했던, 즉 정치사회평론의 연장선으로 볼 수 있는) 『지하로부터의 수기』와도 이어지기 때문이다. 특히 『겨울 수기』는 1836년부터 인텔리겐치아의 주된 논의 주제였던 국가의 정체성을 다루고 있다. 1836년은 차다예프(도스토옙스키는 차다예프와 스스로를 멀리 한다고 언급한다. 5권, 50쪽; 2장)가 『철학서한』에서 러시아인을 역사의 변두리에서 아무런 도덕적, 영적 영토를 차지하지 않은 채 살아가는 국민이라고 평했던 해이다. 『겨울 수기』는 '유럽', 그리고 '러시아의 유럽'의 도덕적, 사회적, 정치적 가치를 비판하며 서구화된 인텔리겐치아에 도전한다. 동시에 이 작품은 그 인텔리겐치아의 야망 넘치고 논쟁적인 어조를 통해 아직 유럽의 합리주의 지적 전통이나 부르주아 방식에 의해 완전히 오염되지 않은 국가에서 개혁이 일어날 수 있다는 가능성을 적극적으로 추론하는 데 일조한다.

07. 도스토옙스키와 심리학

로버트 L. 벨크납

도스토옙스키의 심리학적 배경

소크라테스 이전 시대처럼 도스토옙스키의 시대에도 과학과 철학의 경계가 모호했을 뿐만 아니라, 정신에 대한 연구는 종교, 정치, 그리고 자연의 모든 것에 대한 연구와 합쳐져 불가분의 관계를 맺고 있었다. 당시 도스토옙스키는 인간의 다양한 심리 시스템에 대해 알고 있었다. 어떤 시스템은 그의 이미지와 문화 인식으로 나타났고, 어떤 시스템은 그가 택한 등장인물의 묘사 방법으로 나타났다. 그리고 이 두 시스템의 경쟁은 그의 가장 기본적인 사회적 아이디어들과 상호작용했다. 그는 네 가지 체질에 관련된 르네상스 시대의 이론에 대해 알고 있었다. 예를 들자면 인간의 신체에는 행동과 심리 상태를 균형 있게 하거나, 또는 불균형하게 하는 네

가지 체액이 있다.[137] 네 가지 체액은 점액질, 다혈질, 담즙질, 흑담즙질이다. 이것들은 인간이 화를 잘 내게 만들거나 냉담하게 만들고, 또는 불쾌한 감정을 일으키거나 우울하게 만들 수 있다. 그리고 이것은 『지하로부터의 수기』 도입부에서 주인공의 간이 병들었다고 언급한 이유를 직·간접적으로 설명해준다(5권, 99쪽; 1부, 섹션1). 또한 도스토옙스키는 관상학에 관한 고대 과학, 즉 얼굴의 형태로 성격을 알아낼 수 있다거나, 두개골의 형태, 즉 뇌의 해부학적 구조로 성격을 추정할 수 있다는 프란츠 조셉 갈[138]의 골상학이론을 접하게 되었다. 그는 피타고라스와 아시아의 영혼 윤회설, 이성과 정열, 그리고 통제에 저항하는 욕망과 관련된 플라톤의 영혼삼분설에 대해 알고 있었다.[139] 이러한 지식이 있었음에도 불구하고 그는 당시의 동시대인들이 그랬던 것처럼 자신의 심리학 이론의 핵심을, 수천 년 전부터 시작되어 18세기 사고(思考)의 직접적인 영향을 받으며

137 체질이 한의학에만 있는 것은 아니다. 일찍이 고대 그리스의 의성 히포크라테스가 '4체액설'을 주장했다. 이를 바탕으로 2세기경 갈렌(Galenus)이 다혈질, 담즙질, 흑담즙질, 점액질의 네 가지로 분류되는 '유형체질론'을 주장했다. 20세기 초에 이르러 독일의 크레치머(Kretchmer)가 정신신체 의학적 관점에서 인간을 비만형, 세장형, 투쟁형의 세 유형으로 분류한 후, 이상체질형인 발육부진형을 합하여 4체질을 설정하고 이들의 관계를 정신의학적 측면에서 연구했다. 또한 시가우드(Sigaud)는 호흡형, 소화형, 근육형, 뇌형 체질을 분류했고, 철학자 칸트는 기질에 대한 연구에서 감성적 기질과 활성적 기질로 분류했는데, 감성적 기질은 다혈질, 우울질에 속하고, 활성적 기질은 담즙질, 점액질에 해당한다고 했다.

138 프란츠 조셉 갈(Franz Josef Gall, 1758~1828)은 오스트리아의 신경해부학자, 생리학자이며 뇌의 정신적 기능을 밝혀낸 선구자이다. 그가 창시한 골상학(骨相學, Phrenology)은 두개골의 형상으로 인간의 성격과 심리적 특성 및 운명 등을 추정하는 학문으로 성상학(性相學)이라고도 한다. 두개골의 크기와 형태로 그 사람의 특성을 알 수 있다고 주장하는 학문이다(역주).

139 우리가 지금 정신을 지·정·의라고 말을 하는데, 이렇게 정신 영혼을 분류한 자가 바로 플라톤이다. 플라톤은 이를 분리하는 것으로 끝나지 않고 이성이 정신의 왕으로서 감성과 의지를 부리고 통제한다고 했다. 감정은 천방지축 날뛰는 걷잡을 수없는 존재이니 이성의 지도와 감독을 받아야 하고, 의지도 지향성은 강하지만 옳고 그름을 분간 못하니 역시 이성의 판단과 지도를 받아야 한다는 것이 영혼 3분설의 핵심이다. 그러나 이것은 오늘날 많은 비판을 받는다. 감성이 없이는 이성은 만들어질 수도 발전할 수도 없는 것이고, 또 의지가 약하면 이성도 작용을 못하기 때문이다. 이것이 과학적으로 규명된 시대에, 플라톤의 한계는 분명해졌다. 하지만 이처럼 정신 영혼을 분리하는 시도는 지금으로서도 대단한 일이다.

성장한 두 가지 전통적 이론, 즉 신경학자들과 정신의학자들의 이론에서 찾았다.

철학적으로 신경학자들은 루시퍼스, 데모크리토스, 그리고 고대의 에피쿠로스학파와 마찬가지로 유물론자들이었다. 이들은 비록 고대의 학자들이었지만, 현대의 학자들보다 더 확장된 유물론을 펼쳤다. 그리고 디드로와 같은 18세기 계몽철학자들의 인식과 이해는 우리가 신경이나 신경의 활동에 의한 것이라고 믿었던 것과는 반대로, 그들 자신이 세계 속에 떠다니는 물체인 원자(철학적으로 물질을 구성하는 가장 작은 요소)로 이루어져 있다고 생각했고 원자들은 우리의 눈에 닿기 전까지는 기존 상태를 유지한다고 믿었다. 디드로는 자신의 유명한 『달랑베르와의 대담』을 통해 사고의 통합을, 지정된 현(줄)을 튕겼을 때 어떤 악기의 현(줄)들은 울리고 다른 것들은 울리지 않는 조화로운 공명에 비유했다. 19세기의 실증주의자들은 더 고지식했다. 이 메타포를 깨닫기 위해 현미경으로 신체 신경세포의 축색돌기를 찾아냈고, 그들의 전하로 근육이 경련하도록 만들었다. 철학자들은 신경이 진동하는 것을 아직 보지 못했음을 인정했으나, 과학이 곧 인간의 사고 전체를 관찰 가능한 진동의 모음으로 압축할 것이라고 믿었다. 개구리와 다른 동물들을 대상으로, 잘 알려져 있는 여러 가지 실험을 했던 클로드 베르나르(1813~78) 역시 실증주의자의 관점에서 과학적 방법에 대해 가장 설득력 있는 해설을 기술했다. 이 사고의 작용에 대해 신경학적으로 접근하면서 러시아식으로 해석한 사람은 존재하지 않는다. 투르게네프의 작품에서 등장인물 바자로프는 허구의 인물이지만, 그가 제시한 '**니힐리즘**'은 1862년 『아버지와 아들』이 발표된 후 동시대 사람들로 하여금 이 사상을 이해하고 동조하도록 만들었다. 실증주의 과학자들 가운데 이반 세치노프(1829~1905)는 도스토옙스키 시대의 가장 유명한 과학자였고, 그의 제자 이반 파블로프(1849~1936)는 후대 심리학 분야에서 행동주의학자들을 위한 길을 터주었다.

"신경 심리학은 당시 유물론자들이 선호했던 페미니즘, 니힐리즘, 이성주의, 실증주의, 과학주의, 무신론, 사회주의, 국제주의와 노선을 함께했다. 도스토옙스키는 자신의 간질병과 이념의 적들이 주장하는 이론에 대한 호기심 때문에 신경학 분야의 의학 발달에 민감하게 반응했다. 그럼에도 불구하고 도스토옙스키는 철학적으로 이러한 신경 심리학을 거부했다."[140] 『카라마조프가의 형제들』에서 드미트리는 개인적 이익만을 추구하는 비열한 신학생 라키틴으로부터 실증주의 심리학의 단순한 자기 만족과 관련된 이야기를 듣게 된다. 드미트리의 비정한 냉소는 그를 만든 창조주의 조바심을 건드린다.

"나는 신에게 유감을 느껴요."

"어떻게 신에게 유감을 느낄 수 있나?"

"단지 상상 속에서요. 거기에는 신경들이 있어요, 머리에 말이죠, 그러니까 머리에는 신경들이 있는 거예요. (빌어먹을!)…… 이 돌기 같은 신경들이 있단 말이죠. 신경은 이런 돌기 같은 거라고요, 그리고, 오, 이것들이 거기서 씰룩

140 James L. Rice, Dostoevsky and the Healing Art: An Essay in Literary and Medical History (Ann Arbor: Ardis, 1985).

씰룩 거리면요……. 이것 좀 보라고요, 내 눈으로 볼 수 있어요, 이렇게요, 그리고 그들이 씰룩씰룩, 이 돌기들이……. 이렇게 내가 이 모든 걸 인지하는 거예요, 그리고 나는 생각하는 거죠. 이 돌기들이 거기 있기 때문이야. 내가 영혼이 있다거나, 신의 형상을 본떠 창조된 것 같은 그런 이유가아니라고요. 그것들은 모두 어리석은 설명이지요(15권, 28쪽; 2편, 섹션4)."

도스토옙스키는 19세기에 정신과의사로 불리며 심리적인 병을 치유해주는 심령술사들의 작업에도 관심이 많았다. 그들의 전통은 18세기에 뿌리를 두고 있으나, 전통 모두가 훌륭한 것은 아니었다. '동물 자기설(Animal Magnetism)' [141]이라는 아이디어는 자신을 선전하는 데 열중했던 사기꾼 프레드릭 안톤 메스머(1722~1815)라는 사람에 의해 유럽 전역으로 퍼져나갔다. 메스머는 당시 물리학에서 자석이 자성(磁性)을 띠고 있는 유동체(유체)를 조정하는 것과 유사하게, 자성을 띠고 있는 유동체를 조종하는 기술을 갖고 있다고 주장했다. 그러나 메스머의 유동체는 식물이나 동물에까지 작용하는 것으로 되었다. 그는 자신이 사람들에게 최면을 건 곳에서 집회를 열었고, 때때로 확실하게 치유를 하기도 했다. 19세기에 스코틀랜드, 벨기에 등에서 일했던 그의 제자들은 자성 유동체의 아이디어를 거부했으나, 당시에는 종종 몽유병으로 불린 최면성 수면 현

---

141 '동물 자기설(Animal Magnetism)'은 '인간에게 영향을 미치는 보이지 않는 신비한 힘을 가리키는 용어'이다. 독일 의사 프란츠 메스머(Franz Friedrich Anton Mesmer, 1734~1815)가 자신이 환자치료에 이용했던 최면술에 적용한 말로 여러 가지 뜻으로 쓰인다. 그는 동물자력이란 자신의 몸에서 발산하는 신비로운 힘 또는 보이지 않는 유체이며, 보다 일반적으로 이 힘은 우주에 가득 차 있고 특히 별에서 나온다고 믿었다. 점성술에 관심이 있었던 메스머는 하늘의 별들이 지구에서 살아가는 생물들에게 영향을 끼친다고 생각했다. 이러한 메스머의 동물자력이론은 사기로 판명되었다(역주).

상에 대해 연구했다. 1830년대의 의사들은 최면 마취 하에서 환자의 다리를 절단하고 환자를 깨우자 그가 수술을 언제 할 것인지 물어본 일화를 기술했다. 최면술사들은 꿈, 환각, 잠재된 기억, 이상 행동을 연구했고, 질병과 이상 행동을 설명하기 위해 무의식 개념을 사용했다. 소피아 카발레프스카야는 도스토옙스키의 잡지 『세기』에 실린 자신의 여동생 안나 코르빈크루코프스카야의 이야기인 '미하일'에서 알료샤 카라마조프라는 인물상을 끌어왔다며 도스토옙스키를 고소했다. 그때 그는 이마를 치며 "당신이 맞아요. 하지만 완전히 무의식에 의한 행동이었어요." [142]라고 말했다. 러시아의 잡지들은 종종 심리학 분야의 글 중에서도 심리학의 과학적 진보와 관련된 글을 싣기도 했다. 하지만 도스토옙스키가 가장 좋아했던 저자들이 이미 그 분야에서 엄청난 충격을 주고 있었기 때문에 그는 굳이 그 글들까지 읽을 필요가 없었다. 호프만, 뒤마, 디킨스, 에드가 앨런 포와 영국의 고딕 소설가들은 모두 플롯, 상상력, 캐릭터 간의 관계를 만들기 위해 전통적 최면술을 사용했다. 도스토옙스키의 『여주인』에서 무린의 끔찍한 시선이나, 『백치』에서 로고진, 또는 『악령』에서 스타브로긴의 시선은 최면술사가 설명하거나 행하는 시선이 아니라 도스토옙스키가 숨 쉬고 있던 당시의 문학적 분위기 속에서 발생한 것이다. 도스토옙스키의 『분신』은 분노로 붕괴되어 가는 한 남자와 그를 치료하려는 의사를 묘사한 첫 작품이다. 도스토옙스키는 과학적 방법으로 심리병리학의 세계를 연구하고 있었다. 1840년대 이후에 페테르부르크를 배경으로 쓴 소설들

142 S. V. Kovalevskaia, Vospominaniia I pis'ma (Reminiscences and Letters) (Moscow: Nauka, 1961), p. 96.

은 모두 각기 다른 증상을 보여주며 심리적인 도움을 필요로 하는 등장인물들을 다루고 있다. 도스토옙스키의 완성 작품뿐만 아니라 『분신』과 초기의 다른 작품들에서 다수의 정신병리학은 그 당시의 전통적인 증후학을 따라간다. 증후학이란 전체를 볼 수 없는 무능이나, 별 하나, 단추 하나 등 개별적인 개념에 집중하는 것을 말한다. 또한 무생물에 의지를 부여하는 것, 이론을 실행에 옮기는 것, 병자의 정체성을 구성하는 물질을 종종 구체화하면서 존재하지 않는 캐릭터와의 상호작용을 일으키게 하는 것을 의미한다. 도스토옙스키 작품 속의 정신병리학은 환상과 현실의 경계선을 애매하게 하는 것, 현실과의 접촉을 완전히 상실하게 되는 것과 같은 당시의 전통적인 증후학을 따라가고 있다.

작가로서의 경력이 거의 끝나갈 무렵, 도스토옙스키는 이반 카라마조프의 악마에 대한 열병과도 같은 환상을 묘사하기 시작한다. 바자로프가 아버지한테 하듯이 치료자들의 지적 배경을 무시했던 것은 아니지만, 신경학자들의 이론을 반대하던 정신의학자들에게 자신의 텍스트를 실험해보고자 했다. 도스토옙스키는 자선 병원에서 자랐고, 나중엔 다른 의사와 방을 공유했다. 그는 심리학을 재구성하고 있던 과학자들보다는 실질적인 치료자들에게 더 공감했다. 그러나 바자로프나 정신의학자들과 달리, 도스토옙스키는 이러한 경쟁적인 심리학 학파들 중 어느 하나도 무시하지 않았다. 그가 읽으려 했던 책 목록에는 칼 구스타프 카루스(1789~1869), 조지 헨리 루이스(1817~78)와 다른 심리 연구자들의 이름이 포함되어 있었다. 도스토옙스키는 동시대의 장 마르탱 샤르코

(1825~1893)와 비슷했다. 샤르코는 파리의 살페트리에르에서 최면술과 신경학을 동시에 사용할 뿐만 아니라, 이 두 학회를 통합하여 굉장한 결과를 내고자 했다. 샤르코의 제자인 프로이트가 20세기의 주요한 심리학 시스템을 만들기 시작했을 무렵이다. 샤르코는 자신이 도스토옙스키와 같은 지적 토대를 갖고 있다는 사실을 깨닫지 못한 채, 자신의 의학적 스승들과 함께 도스토옙스키의 식견으로부터도 지적인 영향을 받고 있다고 언급했다.

심리학적 소설

도스토옙스키의 지성은 체계적이라기보다는 소설적으로 더욱 깊이 작용했다. 정치적, 종교적, 교육적, 그리고 다른 문제들과 마찬가지로 심리학적 주제에 관한 그의 저널리즘식 글쓰기는 일관된 이해의 본체를 드러내기보다는 주로 그의 소설이나 각주처럼 우리의 사고방식에 기여한다. 17세기와 18세기에 심리학 소설은 라파예트 부인, 아베 프레보, 새뮤얼 리처드슨, 장 자크 루소, 그리고 그 외의 많은 작가들의 작품들로 넘쳐났다. 그러나 심리학의 모호함이 대부분의 사상과 상충하기 때문에 심리소설은 사상가들에 의해 무시되기 시작했고, 그 사상가들과 반대되는 생각을 갖고 있는 사람들에 의해 재창조되기도 했다.

1860년대 초에 체르니셉스키의 『무엇을 할 것인가』가 주목을 받았다. 도스토옙스키는 이 소설의 유토피아적이고 공리주의적인 정치에 반발했으며 자신의 소설을 통해 이를 반박했다. 체르니셰프스키의 화자가 주인공 로파힌이 어떤 사람인가에 대해 질문하는 장면을 살펴보자. 주인공은 가난하고 누더기를 걸쳤으며 길을 걷다가 마주친 거만하고 자기만족적인 장교에게 길을 비켜주기를 거부하는 사람이라고 대답할 수 있겠다. 로파힌은 길을 비켜주는 대신 그 장교를 들어서 진흙탕에 던져버리고, 그를 진흙탕 속에서 질질 끌고 다니겠다고 위협했다. 그리고 그가 우연한 사고에 처했을 뿐이라는 듯이 행동하여 그가 가던 길을 가게 한다. 도스토옙스키는 로파힌이 정치적 평등주의와 전(全)인류적 존엄성 이론에 대한 체르니셰프스키의 의견을 잘 드러내는 인물이라는 것을 인정하면서도 체르니셰프스키가 인간의 영혼이나 내부의 동기에 대해서는 다루고 있지 않다는 사실을 지적하며 분개했다. 그는 현대의 어떤 사람이 자신이 도로를 걸어갈 권리를 지키기 위해 걱정할 것인지에 대해, 혹은 그러한 행동을 하면서 넝마를 걸친 것에 대해서도 신경을 쓸 것인지에 대해 의문을 던졌다. 즐거운 잉글랜드의 로빈 후드, 또는 아름다운 베로나의 티벌트는 그러한 것들에 대해 신경을 쓸 테지만, 19세기 러시아인들에게는 자신의 존엄성에 대해 그 정도로 신경을 쓰는 것이 어색한 일일 것이다. 그래서 도스토옙스키는 체르니셰프스키의 주인공과 대비되는, 너무 하찮아서 스스로 무시당하고자 하고, 존재 자체가 불안정하여 계속해서 공격적으로 관심을 요구하는 한 남자의 심리를 고안해냈다. 지하인은 여러 측면에서 체르니셰프스키의 이론에 도전한다. 이러한 지하인의 유치한 심리는 도스토옙스키가 내적인 삶이라고 생각하지 않았던 전형적인 캐릭터와 전형적인 행동을 만들어내는 이후의 창작 방식에도 영향을 미치게 된다. 지하인에게 길을 비켜준다는 것은 심리적으로 큰일이다. 그러한 그의 병적 상태는 로파힌의 심리상태 결핍과 대비되어 관심을 갖게 한다.

체르니셉스키는 심리를 무시하면서 자기 주인공들의 사회적 동기를 배제했을 수도 있다. 그러나 도스토옙스키는 사회적인 측면을 무시할 수 없었다. 그는 우리의 행동 대부분이 사회적 정체성과 심리적 정체성 사이의 상호작용에서 나온다는 것을 깨달아야 했다. 그러나 소설가로서 그는 사회적인 것들로부터 고립된 심리를 탐구하는 몇 가지 방법을 찾아냈다. 지하인은 인간의 행동이란 본래 전적으로 외적인 것에 따른다는 결정론을 공론화했다. 결정론에 따르면 인간은 피아노의 키처럼 반응하고, 대수처럼 예측이 가능한 것으로 판단한다는 것이다. 그러나 지하인은, 현실 속에서 우리가 때때로 외부에서 주어지는 요소와 다르게 행동하거나 이를 아예 무시해버린다고 주장하며 결정론에 반대한다. 이 불필요한 인간의 주장은 소설가들이 인간의 반응에 의해 희석되지 않은 순수한 행동의 심리를 연구할 수 있는 길을 개척한다. 에밀 졸라의 후기 에세이 『실험소설론』(1880)에 따르면, 불필요한 행동은 소설가가 순수한 화학물로 실험하도록 해주고, 해당 캐릭터의 심리가 갖는 진실한 본성을 밝혀준다. 도스토옙스키는 불필요한 인물들의 취조를 통해 자신의 비합리적인 캐릭터들의 정체성을 탐구한다. 골랴드킨은 때때로 사무실 동료들 및 의사의 말이나 행동에 반응한다. 그러나 우리는 단순히 자신의 코를 조사하거나, 마차를 빌리거나, 가게로 들어가서 아무 것도 사지 않거나, 파티의 흥겨움을 깨는 등의 행동을 통해 그가 어떤 인물인지 파악하게 된다. 이러한 행동들은 원인이 없기 때문에 그를 파괴하는 분신의 짓궂은 장난이 현실화된다는, 아주 독특한 환영의 윤곽을 파악할 수 있게 한다. 다른 캐릭터들의 경우에는 골랴드킨처럼 불필요한 행동이 나타나지 않을 수도 있겠지만, 그들에게서도 일관되고 명확한 심리가 보여진다. 표도르 카라마조프는 교활하면서 제멋대로이고 성공적인 사업가처럼 행동한다. 하지만 부적절한 이야기로 중요한 모임을 망칠 때면 표도르는 자신의 타락한 상상력으로 익살스러운 창조성을 보여준다. 마찬가지로 라스콜리니코프의 살인도 과잉의 결단에서 나온 것이다. 우리는 여동생과 루딘의 약혼에 대한 그의 반응, 살인의 아이디어가 떠오른 것이 기회라는 그의 미신적인 반응, 범죄를 저지를 자격이 있는 엘리트가 되고 싶은 그의 열망 등등에 대해 알고 있다. 그러나 우리는 라스콜리니코프가 소설 끝 부분에서 아무 대가 없이 마르멜라도프 가족에게 선물을 주고, 길거리에서 낯선 사람을 도와주고, 그가 알지 못하는 아이들을 구하기 위해 불타는 건물 안으로 들어가거나, 스스로 죽어가는 소녀와 약혼을 하는 장면들을 통해 **'진짜'** 라스콜리니코프에 대해 알게 된다.

이러한 근거 없는 불필요한 행동들은 라스콜리니코프가 초래한(원인이 된) 행동들보다 그를 더욱 명확하게 보여준다. 불필요한 행동들은 또한 도스토옙스키와 프로이트 사이의 흥미로운 차이점을 보여준다. 프로이트의 경우 인간의 잠재의식은 분석하거나 도덕적으로 행동하게 하는 능력이 없다. 『죄와 벌』에서 라스콜리니코프의 잠재의식은 매우 도덕적이다. 라스콜리니코프의 이성적 사고가 도덕적 가치를 거부하는 것에 대해 그의 꿈과 충동적인 행동은 격렬하게 투쟁한다. 색다른 심리 탐구를 위해 불필요한 소재를 사용하는 방식은 도스토옙스키의 작품에서 기원한 것이 아니다. 포, 라클로스, 발자크와 그 외의 셀 수 없이 많은 작가들이 도스토옙스키 이전에 이를 사용했다. 하지만 도스토옙스키는 이를 심리의 중요한 요소들을 조사하는 데 없어서는 안 될 도구로 만들었으며 포가 이것을 '**뒤틀린**'이라고 불렀던 것과 달리 그는 이것을 '**모순적**'이라고 묘사했다.

원인이 주어진 행동과 반응의 영역 밖에서 심리를 연구하는 두 번째 방법은 캐릭터를 전적으로 무기력한 위치에, 그가 취하는 어떠한 행동도 다른 것을 만들어내지 못하는 위치에 놓는 것이다. 그러한 순간에 한 사람이 취하는 행동은 그의 순수한 정체성을 표현한다. 마르멜라도프는 자신을 그러한 위치에 놓고 라스콜리니코프에게 이렇게 말한다. "당신은 이미 이 선량하고 사회에 유익한 시민이 당신에게 돈을 꿔주지 않을 것을 확실하게 알고 있습니다. (……) 그리고, 미리부터 그가 주지 않을 것을 알면서도 어쨌든 당신은 돈을 꾸기 위해 출발합니다(6권, 14쪽; 1부, 섹션2)." 이런 유형의 이야기에서 나온 온순한 여인[143]은 분명히 똑같이 무서운 상황에서 무서운 전당포 주인과 결혼한다. 스타브로긴이 강간한 어린아이, 또는 이반 카라마조프가 묘사하는 학대받는 아이들의 극단적 절망이나, 아이가 신에게 갖는 믿음, 또는 다른 것들을 체험한 경험들은 도스토옙스키가 창조한 인물들의 정체성의 핵심을 설명해주는 요소이다. 드미트리

143 도스토옙스키의 작품『온순한 여인』을 말한다(역주).

카라마조프와 같은 주요 등장인물은 아무도 그에게, 남겨진 명예를 지키기 위한 돈을 빌려주지 않을 것이라고 확신하지만 쿠지마 삼소노프와 호흘라코바 부인을 방문할 때, 특이한 의존적인 양상과 어린아이 같은 신뢰를 보여준다. 이러한 상황들이 너무나 잔인해서 많은 독자들은 도스토옙스키가 잔혹성에 병적으로 집착하는 것이라고 생각한다. 막심 고리키는 도스토옙스키의 소설과 소설을 쓰는 동기의 중심적 특징이 사디즘이라고 말했다. 고리키는 도스토옙스키를 **"악마적 천재"**[144]라고 지칭한다.

도스토옙스키 자신의 심리

일반적으로 도스토옙스키의 독자들은 그의 심리학에 대한 많은 이야기를 알고 있다. 종종 독자들은 도스토옙스키 작품에 나오는 캐릭터들의 말이나 행동에서 직접 관찰한 것들을 이야기로 삼는다. 이때 도스토옙스키의 소설은 만들어진 허구이고 그의 영혼에서 나온 것이 아니라고 생각한다면 그것은 큰 실수일 것이다. 고리키가 도스토옙스키를 사디스트라고 부를 때, 어떤 전기적인 정보만 듣고 그렇게 말한 것은 아니다. 도스토옙스키는 때때로 심술궂게 행동했지만 그가 고통 주는 것을 즐겼다거나, 자신의 삶에서 자주 보았던 고통에서 관능적인 기쁨을 끌어왔다는 증거는 없다. 다른 독자들은 고통이 영혼에 유익하다고 믿은 도스토옙스키가 캐릭터들을 끝없이 괴롭혔다고 주장한다. 그러나 그의 글 대부분에서 고통

144 Maksim Gorkii, 'O Karamazovshchine' (On Karamazovism) in A. A. Belkin (ed.), F. M. Dostoevskii v russkoi kritike (Dostoevskii in Russian Criticism) (Moscow: Goslitizdat, 1956), p. 391.

은 소설적 원인으로 작용한다. 사실 논쟁거리가 될 수 있으나, 도스토옙스키 소설 속의 고통받는 캐릭터들은 고통 받은 후에 도덕적으로나 영적으로 이전보다 상황이 더 악화된다. 확실히, 『가난한 사람들』에서의 바르바라는 죽어가는 포크로브스키에 대한 사랑 속에서 매우 관대했으나, 고통을 받은 후에는 데부시킨과 비코프에 대한 애정의 감정을 다루는 방식이 좀 더 현실적으로 변했다. 『죄와 벌』에서 마르멜라도프의 부인은 동정심 때문에 마르멜라도프와 결혼한 평범하고 어리석은 지방 소녀였다. 하지만 고통을 받은 후로는 허세를 부리고, 남편의 알코올 중독을 악화시키며, 의붓딸을 매춘하게 만들고, 꼭 필요한 돈을 한심한 장례식 연회에다 써 버리는, 시종일관 소리를 지르는 괴물로 변하게 된다. 도스토옙스키 작품의 많은 등장인물들이 고통을 선호한다고 말하지만, 미하일 바흐친의 비평은 우리가 '도스토옙스키가 이렇게 말했다'고 말할 수 없는 것을 보여준다. 즉, 바흐친은 그의 등장인물들 가운데 한 명으로부터 따온 인용구로 문장을 끝마칠 수 없다는 것을 분명하게 주장한다. 비록 몇몇 주요 이정표들이 다른 것들보다 그의 시각에 가깝긴 하지만, 도스토옙스키는 해설자나 대변인을 사용하여 자신의 시각을 보여주지 않는다. 그의 뜻은 인물들이 전개하는 말과 행동의 상호작용에서 나온다. 오직 한 부류의 소설 캐릭터들을 통해서만, 그들의 전반적인 이력에 있어서 고통이 유익한 가치를 지닌 것으로 작용했음을 알 수 있다. 그 부류는 바로 살인자들이다. 라스콜리니코프는 고통을 받고 구원받는다. 스비드리가일로프는 그렇지 못하고 자신을 끔찍하게 파괴한다. 드미트리 카라마조프는 수용소에서 고통을 받고 싶어 하지만, 알료샤는 그가 살인자가 아니기 때문에 그러지 말라고 설득한다.

도스토옙스키 소설의 잔인성에 대한 설명은 독자들과 등장인물들의 심리에서 찾아볼 수 있다. 잔혹함의 희생자들은 심리적으로 자신의 무력함을 솔직히 표현하게 되고, 우리는 그들의 이렇다 할 동기 없는 행동들을 영혼의 순수한 표현으로 이해한다. 더 나아가 이 인물들이 부당하게 궁지에 몰리는 상황은 독자로 하여금 이런 종류의 희생자들에게 동정심을 갖도록 함으로써 인물들이 다른 선택이 아니라 텍스트에 나오는 행동을 할 수밖에 없었다는 상황을 받아들이도록 만든다. 이 과정에 부여되는 소설적인 설명은 전기적으로 확실한 증거가 없더라도 다른 어떠한 전기적 설명보다 인물의 행동에 설득력이 있다.

지그문트 프로이트는 모든 인류의 행동, 열정과 결과물은 전체의 부분으로, 만약 우리가 충분히 이해하기만 한다면 그것들의 상호연관성을 알아낼 수 있을 것이라고 믿었다. 도스토옙스키와 부친 살해에 대한 에세이에서 프로이트는 자신이 읽은 소설들과 도스토옙스키의 이미지를 형성하기 위해 도스토옙스키의 전기로부터 얻은 정보에 대한 지식을(조안 노이펠트라는 러시아 정신의학자에게서 대부분을, 그리고 그의 유명한 환자였던 러시아인 늑대인간에게서 일부를) 사용했다.[145] 전기에서 프로이트는 도스토옙스키의 간질(뇌전증), 병적인 도박 그리고 그의 아버지가 살해되었다는 사실 등에 중점을 두었다. 그리고 소설에서는 『카라마조프가

145 'Dostoevskii and Parricide' in Sigmund Freud, Complete Psychological Works (London: Hograrth Press, 1961), vol. 21, pp. 177~194.

의 형제들』 및 부친 살해와 연관된 다른 자료들을 이용했다. 여러 자료들을 통해 프로이트는 다음과 같이 생각했다. 도스토옙스키는 아버지가 죽기를 바랐고, 아버지가 죽은 후에 나타난 그의 간질 발작은 심리적으로 자신을 벌하는 방법이었다고 생각했다. 제임스 라이스는 재미있게도 프로이트가 도스토옙스키의 아버지가 죽기 전에 이미 가지고 있던 그의 간질 증상을 몰랐다고 강하게 주장한다. 그리고 프로이트가 히스테리 간질은 수면 중에 발작이 일어나지 않고, 발작 중에 자신에게 상해를 입히지 않으며, 발작 뒤에 기분이 불쾌한 것도 아니라는 사실을 이해하지 못했다고 주장했다. 도스토옙스키는 이 모든 것에 해당되었다. 그리고 제임스 라이스는, 일반적으로 우리가 알기 쉬운 것들을 프로이트가 불필요할 정도로 깊이 생각하고 있을 뿐이라고 주장한다. 심지어 다른 학자들은 80년도 더 된 오래 전에 무너져버린 부패한 관료제에서 은폐 주장에 대한 찬반 근거도 희박할 뿐만 아니라, 도스토옙스키의 아버지가 살해되었다는 사실 자체도 의심스럽다고 주장한다. 어쨌든 심리학적인 관점에서 보았을 때, 도스토옙스키가 '어떻게 아버지가 죽었는지'에 대해 가진 믿음은 실제로 일어난 사건보다 중요하다. 그리고 그는 이 사실을 논하지 않는다. 도스토옙스키의 통찰력은 확실히 프로이트가 일반 가정교육으로 인해 한 소년이 부친 살해를 원하도록 만든다는 것을 이론화하는 데 도움을 주었다. 이러한 통찰력의 몇 가지는 도스토옙스키의 독서에서 나왔고, 몇 가지는 그의 관찰에서 나왔으며, 또 몇 가지는 자신의 심층 심리에서 나왔다. 하지만 프로이트의 글은 우리가 도스토옙스키의 모든 소설을 자전적인 것으로 간주하고 읽는 것을 경계하게 만든다.

범죄 심리학

20세기 초, 특히 프랑스 심리학과 범죄학 잡지들에는 범죄 심리학에 대한 도스토옙스키의 글들이 많이 발표되었다. 도스토옙스키는 유형지에서 5년을 지내면서 다른 작가들보다 더 많은 범죄자들을 알게 되었다. 그의 작품 『죽음의 집의 기록』은 범죄 심리에 대한 많은 통찰력을 제공한다. 가장 많이 이야기되는 예로는 중요하지 않은 물건을 훔치기 위해 낯선 사람을 죽인 한 남자의 이야기이다. 그는 살인을 저지르고 나서 큰 분노를 느꼈기 때문에 후에 그 시체를 훼손하기 위해 다시 돌아온다. 수세기 동안 러시아는 뛰어난 능력을 가진 사람들을 많이 추방시켜 왔고, 위대한 회고문학들은 그들의 경험을 기록하고 있다. 그러나 도스토옙스키는 감옥 생활에서 알게 된 죄수들이 어떤 생각을 하는지에 대한 몇몇 이야기들을 기술했고, 이는 범죄 연구에 중요한 자료를 제공했다. 그러나 다른 작품들에서 도스토옙스키는 자신의 범죄 심리학에 대한 직접적인 이해를 유럽 소설의 대가들인 위고, 디킨스의 글쓰기와 발자크의 범죄심리학에 대한 이해에 접목시켰다. 도스토옙스키의 잡지에서는 현대 탐정 소설의 창시자라고 여겨지는 에드가 앨런 포의 첫 러시아어 번역본이 발간되었다. 그리고 『죄와 벌』의 포르피리 페트로비치는 초기 탐정들 가운데 가장 우수한 탐정의 순위에 올라 있다. 포르피리는 라스콜리니코프가 나폴레옹

3세의 『율리우스 카이사르의 삶』에서 끌어온 이론, 즉 보통사람에게 벌이나 죄를 부여하는 소수 엘리트들에게는 범죄가 특권이라고 주장한 글을 읽었다. 그러나 중범죄에 대한 포르피리 자신의 이론은 범죄 행위가 질병에 의한 것이며, 이는 범죄를 저지르려는 욕구와 붙잡히기를 원하는 욕구의 두 가지 증상을 갖고 있다는 의미였기에 라스콜리니코프의 이론과 격렬한 충돌을 일으킬 수밖에 없었다. 따라서 범죄자들은 자신들의 범죄를 자랑하고, 범죄 현장을 재방문하며 범죄 행위를 과시하고 경찰을 농락한다. 모든 것이 실패하면 그들은 자백한다. 그들이 이러한 행동을 취하지 않는 경우에는 자살을 택하기도 한다. 이 이론을 포르피리는 전적으로 확신하고 있다. 라스콜리니코프를 심문한 후에 헤어질 때, 포르피리는 라스콜리니코프에게 그가 거의 확실하게 자백을 할 것이지만, 만약 그렇지 않을 경우 자기에게 수기를 남겨달라고 부탁했다. 도스토옙스키 역시 이 이론을 믿는 것으로 보인다. 적어도 그는 몇 번의 예행연습 끝에 자백을 하는 라스콜리니코프라는 등장인물을 내세움으로써 이를 증명한다. 그리고 이 모든 것이 '억제되어 있는' 살인자 스비드리가일로프는 자살을 택한다.

범죄 심리에 대한 도스토옙스키의 고찰은 『죄와 벌』 후에도 계속되었다. 그는 저널리스트로서 잠든 경쟁자를 칼로 찔러 죽인 여자나 4층에서 창문 밖으로 자기 아기를 떨어뜨린(그러나 아기는 다치지 않았다) 사건과 같이 크게 물의를 일으킨 사건들의 재판에 참석했다. 그는 이러한 사건들에 대해 기술했으며, 이 사건들의 요소를 자신의 소설에 차용했다. 죄에 대한 질문은 점진적으로 그의 사고에서 중심을 차지하게 되었다. 그는 환경이 범죄를 설명하고, 심지어 범죄를 정당화할 수 있다는 의견을 항상 거부해 왔다. 도스토옙스키는 인간은 모순적이게도 결정론적인 세계를 살아가면서 동시에 자유로운 행위자라고 생각했다. 이런 생각은 그가 현대적 사고를 하는 데 있어서 불쾌함을 느끼게 만들었다. 정치 범죄를 다룬 『악령』에서 도스토옙스키는 공모자들의 의리를 증명하기 위해 공동범죄를 사용한다. 정치 범죄자들에게 나타나는 심리적 병리 현상들은 도스토옙스키가 『지하로부터의 수기』에서 사용했던 패턴을 이어가고 있다. 도스토옙스키는 한 남자가 자신의 존재에 대해 재확인하고자 하는 열망이 결정론과 인간의 자연복종에 대한 사상적 공격으로 이어지는 소설 『지하로부터의 수기』에서 이미 그 패턴을 사용했었다. 『악령』에서 공범자들은 각각을 서로 극대화시키는 병적인 사상과 심리를 갖고 있다. 키릴로프의 자살은 의지에 대한 니체철학 이전의 학자들이 주장하는 귀류법(reductio ad absurdum, 간접증명법)을 구성하고, 그들의 논리적 결과와 지하인의 실존적 불안을 동시에 상기시킨다. 따라서 키릴로프는 심리적이면서 동시에 철학적인 자살을 택했다. 그는 살아가기 위한 대부분의 능력을 상실했다. 키릴로프의 강박 관념은 그가 현실과 접촉하는 것을 막았다. 그는 비정상적인 이론을 신봉하는 광인이다. 그러나 도스토옙스키는 우리가 광기를 이용하여 문학작품에 있는 수수께끼들을 해소하기를 원하지도 않았고, 독자들이 『악령』에 대한 경험을 쉽게 하기를 원하지도 않았다. 소설의 마지막 부분에서 한 의사가 스타브로긴의 뇌를 검사하고 광기는 존재하지 않는다고 선언한다. 오늘날 어떤 의사도 그러한 행동을 할 수 없지만, 19세기의 신경학자들이나 도브롤류보프 같은 언론 신봉자들은 모든 경우의 광기는 뇌손상과 연결되어 있다고 자신 있게 주장했다. 도스토옙스키는 광기에서 벗어난 스타브로긴의 탈선을 계속 조사한다. 또한 도스토옙스키는 쾌락이 아니라 아마도 죄 자체를 추구하기 위해 모든 금기를 깨고자 하는 타락한 귀족 스타브로긴의 정신을 조사한다. 그는 라스콜리니코프의 동기들 가운데 하나의 변형을 조사하고, 한 사람의 비범성(非凡性)을 증명하기 위한 범죄 구상을 계속 찾아나간다.

도스토옙스키의 범죄 심리 연구는 『카라마조프가의 형제들』 중 죄책감의 정교함에 있어서 절정에 이른다. 이반은 범죄에 대한 가장 강력한 제재로 범죄자들을 추방할 것을 주장한다. 그러나 조시마 장로는 틀림없이 자신의 남편을 죽였을 한 여인을 만났으며, 그녀에게 진실한 참회를 한다면 하느님의 자비는 모든 죄에까지 베풀어질 수 있다는 확신을 준다. 또한 조시마 장로는 의문의 방문객을 만나게 된다. 그는 살인에 대한 죄책감으로 망가져 있고, 공개 자백을 설득하는 조시마의 말을 들을 것인지, 아니면 조시마에게 자백한 것을 숨기기 위해 조시마 장로를 살해할 것인가 고민한다. 이 형태는 라스콜리니코프의 곤혹스러운 상태에서 한 걸음 더 나아가 반쯤 죄를 자백하는 행위를 자살로 귀결시키는 대신, 또 다른 범죄를 더 저지르는 것으로 연결시킨다. 그러나 조시마 자신은 범죄가 인류를 한데 묶는 보편적인 경험이라고 가르친다. 이반은 신이 왜 죄 없는 자들을 고통 받게 하는지 묻고, 조시마 장로는 모든 선행과 악행이 각각

서로 영향을 미치는 세계를 묘사한다. 더 나아가 조시마 장로는 선행과 악행 모두 궁극적으로 세상 모든 것들에 영향을 미치는 세계를 묘사한다. 그리하여 죄에 대한 신의 책임은 다른 사람에게 해를 끼친 사람이나 선한 일을 하는 데 실패한 사람에게 모두 전가된다고 조시마 장로는 생각한다. 이러한 보편적인 죄는 인류의 중심적인 도덕적 경험이 되는 한편 범죄 심리를 확장시켜 모든 사람들이 포함되게 만든다.

예술·창작·인지의 심리학

도스토옙스키는 자신의 편지, 저널리즘, 소설 창작의 심리에 대해 기술했다. 그는 편지에서 상대방에 따라 다른 태도를 보여주었는데, 부인과 형 미하일에게 보낸 편지에서는 자신의 저작권, 스케줄 등을 생각해 볼 때, 창작은 실용적이고 전문적인 행위라고 논했다. 정교회 최고회의의 대리인 포베도노츠셰프와의 편지에서는 대심문관의 논쟁에 답하는 것을 도와달라며 기도를 청한다. 시인(그는 종종 장르와 상관없이 '시인'이라는 단어를 사용하곤 했다) 아폴론 마이코프와의 편지에서는 작가가 문학작품의 중심을 형성하는 '다이아몬드'를 발견하는 순간을 다음과 같이 묘사했다. "이 발견은 유발되는 것이 아니고 예측할 수도 없으며, 앞으로 연마와 완성을 요구하는 창작 과정의 시작일 뿐이다." 부인과의 편지에서 도스토옙스키는 작품이나 예술에서 '아이디어'가 갖는 중요성에 대해 논했다. 부인은 너무 빨리 시작한 나머지 백여 장의 페이지들을 모두 스크랩

해야 했던 시기를 상기시키면서 남편에게 아이디어가 적절하게 형성되기 전까지는 너무 서두르지 말라고 강조한다. 창조 과정에서 특정 체제 안으로 편입시키는 것이 불가능한, 의식하지 못하는 순간의 느낌은 전체의 위대함을 이루는 중요한 열쇠로서 그가 쓴 창작 심리의 언론연구사설 'Mr - bov와 예술의 문제'의 가장 중요한 밑바탕이 된다. 이 사설은 도브롤류보프가 우크라이나의 급진적인 작가 마르코 보브초크의 이야기를 형편없는 글이지만 정치적으로는 올바르다고 평가한 것을 공격한다. 도스토옙스키는 모든 예술이 광인에 의해 쓰이지 않았다면, 사회적 활동/공헌을 해야 함을 인정했다. 따라서 잘 논의되지 않는 주제는 무의미하다고 주장한다. 그는 계속해서 만약 작품이 검열이나 사상에 의해 제한되어 있다면 결코 제대로 된 작품이 나올 수 없다고 말한다. 자유와 중요한 창조적 순간의 밀접한 상관관계는 도스토옙스키의 소설에서 논의되는 창작에 대한 생각의 바탕이 된다.

도스토옙스키의 두 소설 『가난한 사람들』과 『백치』는 미적 선언문으로 읽힐 수 있다. 『가난한 사람들』에서 착취당하는 필사가인, 하급 관리 마카르는 문자 그대로 말하자면 작가이고 또 창조적인 작가가 되기를 열망하는 사람이다. 푸시킨과 고골 같은 당시 최고의 작가들에게 반응하는 순박한 마음은 전적으로 순진하게 느껴질 정도이다. 그러나 어찌 되었든, 도스토옙스키는 그것을 기반으로 19세기의 가장 사회적이고, 감정적으로 감동적인 소설들의 절반을 창조해낸다. 그는 예술은 멋진 것이라 믿으며 모방 스타일을 추구하고자 했다. 그가 고골의 가난한 관리나 푸시킨의 역참지기의 삶을 간접 체험할 때, 그의 관료적이고 허세부리며 단순히 서술적이고도 몹시 개인적인 스타일의 혼합은 문학에 반응하여 감정을 고양시키는 인물의 목소리가 된다. 그리고 독자들은 이를 통해 희생자로서 살아가는 그들이 어떤 감정을 느꼈는지 경험하게 된다. 『가난한 사람들』은 인간의 정체성을 발전시키는 기능으로 작동하는 예술과 이를 받아들이는 심리를 분석한다. 『백치』는 이런 심리를 더 깊이 파고들면서 동시에 예술을 창조하는 심리도 탐구한다. 미시킨 공작은 과거 달필가들의 글씨를 모방하고, 아글라야와 그녀의 자매들은 예술 작품을 정교하게 만드는 능력을 갖고 싶다는 마음에서 '다이아몬드'를 만들어내는 미시킨에게 마음을 준다. 이볼긴 장군 역시 허풍을 퍼뜨리기 위해 신문과 다른 소식통들에 의지한다. 그리고 레베제프는 어딘가에서 끌어오긴 했지만, 좀 더 원형에 가깝고 독창적인 정신을 보여준다. 그러나 이 소설에서 예술의 심리에 대한 탐구의 중점은 창조가 아니라, 예술이나 아름다움(美)이 정신에 어떠한 작용을 하는지에 있다. 미시킨이나 로고진, 가냐 또는 토츠키의 경우 나스타샤 필립포프나를 보거나, 그녀의 사진을 봄으로써 그들의 인생사가 변한다. 미시킨은 자연경관을 볼 때나, 교수형에 처하게 될 사람을 볼 때, 신비로움에 가까운 통찰력으로 이를 묘사한다. 로고진과 가냐는 실리주의자이고, 토츠키는 타락한 호색가이지만 그들 모두가 미를 소유하기 위한 동일한 욕망을 보여준다. 홀바인의 작품 「관속의 그리스도」를 보았을 때에도 그들은 동일하게 반응한다. 이폴리트의 순수한 추악함에 대한 시각이 그의 사상과 심리적 상태를 나타내주는 것과 같이 예술 작품은 영혼에 직접적으로 작용하여 한 인간의 운명을 파괴할 수 있는 능력을 갖는다. 도스토옙스키의 창작 과정에 대한 이해는 본질적으로 낭만적이다. 그의 인지 심리에 대한 이해는 리얼리즘 학파의 사상처럼 이론화된 것 너머에 있다. 그러나 범죄 심리 분야처럼, 이 분야에서도 도스토옙스키는 예술과 창조가 미치는 영향을 명백하고 통합적으로 제시하는 것이 아니라, 예술과 미의 심리에 대한 새로운 통찰력을 보여주면서 우리의 인식 지평을 넓힌다.

사랑과 폭력

도스토옙스키의 작품에 나타나는 심리는 러시아인들이 도스토옙시치나(Dostoevshchina)라고 부르는 독특한 특성과 연관이 있다. 이 특성에는 우울함, 모순, 고통, 아집, 자기 연민, 히스테리 그리고 다른 과장되고 때로는 병적인 감정들이 포함되어 있다. 의아하게도 이러한 요소들은 사실상 도스토옙스키의 레퍼토리에서 가장 독창적이지 않은 부분이다. 이것들은 19세기의 가장 유명한 호프만, 디킨즈, 위고, 유진 수 그리고 모든 고딕작가들과 선정주의 작가들의 상투적인 요소들이었다. 그러나 도스토옙스키의 특정 패턴들은 정말 독특했고 지금까지 주목받았던 것 보다 더 많은 연구를 필요로 한다. 예를 들어 폭력에 대해 생각해보자. 이와 관련해서 생각할 요소는 무궁무진하다. 『죄와 벌』에서 알료나와 리자베타의 두개골이 박살난다. 하나의 꿈에서는 여주인이 심하게 얻어맞고, 다른 꿈에서는 말이 맞아 죽는다. 마르멜라도프의 부인은 남편의 머리카락을 거칠게 잡아당겨서 문에 그의 머리를 부딪치게 한다. 어느 격노한 마부는 라스콜리니코프를 채찍으로 때린다. 라주미힌은 야경꾼을 발로 찬다. 성적으로 학대당한 한 아이와 스비드리가일로프는 자살을 시도하고 실제로 자살에 성공한다. 라스콜리니코프의 마지막 꿈에서 전 세계는 명백히 독선적인 폭력에 휩싸여 있다. 그러나 의문스럽게도, 이 모든 폭력에 건전하게 대항하여 싸우는 것은 단 하나도 없다. 마지막 꿈에서의 완전히 추상적인 학살을 제외하고 모든 공격들은 구타이다. 『죄와 벌』에서 싸움과 가장 비슷한 것은 함께 하루의 일을 끝낸 후 두 화공이 다투는 장면이다. "나는 미챠의 머리채를 붙잡고 그를 눕혀 공격했어요. 그리고 미챠는 내 밑에서 나의 머리채를 붙잡고 나를 공격하기 시작했어요. 그리고 우리는 화가 났던 것이 아니라 애정으로, 장난으로 싸운 것이었어요."(6권, 108쪽; 2부, 섹션 4) 리자베타는 심지어 도끼를 막기 위해 손을 올리는 것조차 할 수 없었고, '(부인이) 자신을 때리는 것을 스스로 도와주는' 마르멜라도프도 마룻바닥에서 위를 쳐다보며 라스콜리니코프에게 이러한 구타가 자신에게 '**쾌락**(naslazhdenie — 6권, 21쪽; 1부, 섹션 2)'을 가져다준다고 말한다.

그러나 이처럼 명백히 드러나는 일방적인 폭력은 도스토옙스키의 캐릭터들이 공격에 태생적으로 저항하지 못하는 인물들이었거나 보편적인 마조히즘을 지니고 있었기에 나온 것이 아니다. 언론과 관련된 그의 경력에서 확인할 수 있듯이 도스토옙스키는 상호작용하는 적대감에 대해 곧 잘 쓰곤 했다. 그의 작품에서 말로 싸움을 하는 것은 적어도 육체적 구타가 등장하는 빈도수와 비슷하다. 라스콜리니코프는 라주미힌, 포르피리, 경찰서의 중위를 모욕한다. 작품 속 모든 이들이 자신들이 받은 것만큼을 서로에게 되갚는다. 루진과 스비드리가일로프는 자신들이 받은 모욕보다 더 많은 구속이나 아이러니로 반응하지만, 그들은 분명히 리자베타나 마르멜라도프처럼 순응적이라 불릴 만한 성질의 소유자가 아니다. 도스토옙스키의 소설 속에서 만약 폭력이 일반적으로 상호적인 것이었다면, 동시에 이것이 육체적인 것일 수는 없었다. 만약 육체적이라면 상호적일 수 없기 때문이다. 이 말들의 역은 성립되지 않는다. 만약 어떤 공격이 육체적이지 않다면 이것은 상호적이거나 상호적이지 않을 수 있다. 라주미힌은 라스콜리니코프의 언어적 공격에 항상 답하지는 않았으며 소냐도 결코 답하지 않는다. 만약 공격이 상호적이지 않다면, 이것은 육체적이거나 육체적이지 않을 수도 있다. 마르멜라도프는 육체적 폭력만큼 언어폭력을 환영한다.

독자들은 종종 도스토옙스키 자신이 헌신적이고 애정이 넘치는 가정적인 남자였음에도 불구하고, 그의 작품 속에서는 행복하게 결혼한 남편들과 부인들이 별로 등장하지 않는다는 점을 지적한다. 리마 쇼어는 『죄와 벌』의 마지막에서 최후를 맞이하는 두 불행한 커플인 마르멜라도프 부부와 스비드리가일로프 부부를 지목한다. 그리고 라스콜리니코프는 미혼인 포르피리가 아니라 한 가정의 가장으로 등장하는 예심판사에게 자신의 죄를 고백한다. 행복한 결혼이 존재하지 않는 소설의 플롯은 행복한 결혼을 그리는 소설의 기본 구성인 소설적 전통에서 나온 것일지도 모른다. 전통적 기본 소설의 구성은 고난과 장애를 겪은 후 캐릭터들을 결론에 가서 결혼시켜 버리는 소설적 전통에서 나온 것이다. 그러나 도스토옙스키의 작품에서는 결혼 이외의 관계에서 이루어지는 도덕적으로 선하고 깨끗한 성관계는 없다. 그리고 당시 소설의 전통은 이를 확실히 받아들였다. 행복한 결혼의 부재와 건강한 결혼 이외의 성관계의 부재는 성적인 영역에서 고상한 척하려는 의도에서 기인한 것일지도 모른다. 그러나 이 설명은 설득력이 부족하다. 왜냐하면 도스토옙스키의 많은 소설 속에는 더 엄격한 금기로 제한되는 타락한 성관계가 만연하기 때문이다. 『죄와 벌』에서 스비드리가일로프는 어린 소녀를 강간하고, 그와 비슷한 사람이 라스콜리니코프가 거리에서 구출하고자 하는 소녀를 학대한다. 소냐와 라스콜리니코프의 아파트 근처에 있는 매춘부들은 애정이 수반되지 않는 성행위, 즉 욕구를 만족시키기 위한 성행위를 한다는 점에서 가장 치명적인 방법인 매춘으로 먹고 살아간다고 할 수 있다.

결핍된 사람들이 성적인 관계에서 제약을 받는 상황은 도스토옙스키의 작품에서 지속적으로 나타난다. 그의 작품에서는 행복한 결혼과 양쪽 다 만족하는 섹스를 찾아보기가 어렵다. 그러나 도스토옙스키가 결혼이나 사랑에 대해 적대감을 갖고 있기 때문에 이런 제약이 나타나는 것은 아니다. 라주미힌과 두냐는 모든 문학작품을 통틀어 가장 생명력 있고 애정이 넘치는 연인들이고, 라스콜리니코프와 소냐는 사랑으로 서로를 구원한다. 그러나 이러한 사랑은 행복한 사랑처럼 보이다가 결국 소설 전체적인 흐름에서 보면 미수에 그치곤 한다.

결핍에 대해서는 많은 정의가 있으나 이 연구의 목적을 위해서 나는 그것을 완전하지만 비상호적인 욕망이라고 정의하겠다. 이 정의는 특히 주의를 요하는 수수께끼로 이어지게 된다. 도스토엡스키의 작품에서 욕망은 마치 폭력이 그러하듯이 만약 육체적으로 완성된다면 상호적이지 않고 상호적이라면 완성되지 않는다. 폭력의 경우와 마찬가지로 이 패턴은 역으로는 작용하지 않는다. 비상호적인 욕구는 소냐의 손님들처럼 완전할 수도 있고 루딘처럼 불완전할 수도 있다. 라주미힌의 두냐에 대한 경우처럼 불완전한 욕구가 상호적일 수도 있으나 루딘처럼 비상호적일 수도 있다. 간단히 말해, 도스토엡스키의 작품에서 명백하게 관련성 없는 듯한 두 부분인 욕망과 폭력은 만약 육체적이라면 상호적이지 않고 상호적이라면 육체적이지 않은 것이다.

이 패턴은 적어도 네 가지의 해석 가능성을 보여준다. 사회적으로, 러시아처럼 소수의 사람들이 다른 모든 사람들을 재산처럼 소유하던 사회 내의 비상호적인 욕망의 완성은 개인 간의 문제에서 계급 간의 문제로, 더 나아가 사회 전체로 퍼져나갈 수 있다. 그리고 이리나 리프만이 지적한 것처럼 상류층(귀족층)이 황제 권력의 관료정치를 두려워했던 사회에서는 단 한 번의 싸움만으로도 『죄와 벌』을 비롯한 대부분의 도스토엡스키의 작품들에서 제대로 나타나지 않던 상류층의 특권을 정의하는 것이 되어버린다. 이 한 쌍의 설명은 아마 폭행과 타락한 성적 만남을 설명하는 데 있어서 작은 역할을 할 수 있지만, 사회적인 제약을 넘어서는 싸움과 성적 상호관계의 부재를 설명하는 데에는 별 도움이 안 된다.

도스토옙스키는 섹스를 할 때, 심리적으로 한 사람이 항상 강하고 교활하며 더 순진하고 약한 파트너를 착취하는 위치에 놓여있다고 생각했을 것이다. 이러한 그의 생각은 젊은 처녀 바르바라가 자기보다 나이 많고 부유한 남편의 희생양이 된 것과 착취된 육체적 사랑의 전형을 만들었던 조르주 상드, 디 퀸시, 고딕 소설가들과 리차드슨의 제자들의 작품들을 양분으로 삼아 형성되었다. 육체적인 사랑은 때때로 『카라마조프가의 형제들』에서 삼소노프의 그루센카에 대한 현실적 애정에서도 볼 수 있듯이 비교할 만한 단계에서는 상호적이지만, 『가난한 사람들』에서 비코프의 바르바라에 대한 사랑처럼 종종 결핍되기도 한다. 도스토옙스키의 심리학적 시각은 확실히 강자에 의한 지배와 지배받는 자들의 복종이라는 현상에 대해 적절한 관심을 쏟았다. 그의 욕망의 심리학은 이러한 인식을 일반적인 패턴으로 확장시켰을 것이다. 그러나 이 패턴은 폭력에 관해서는 작동하지 않는다. 사실, 약자가 종종 상호작용하지 못하는 강자를 공격하기도 한다. 마르멜라도프, 표도르 카라마조프, 막시모프 그리고 다른 사람들은 약자가 아니지만 부인에 의해 육체적으로 구타당한다. 여기서 도스토옙스키는 전통적인 범주의 심리적 연구에 속하지 않는 일종의 도덕적 지배를 탐구한다.

육체적 폭력이 쌍방 간에 일어나지 않는 현상을 심리학이나 사회학으로 충분히 설명하지 못한다면, 문학적 설명을 시도해 볼 가치가 있다. 이 소설적 전통은 일방적이거나 성취되지 않는 사랑에 대한 고대의 전통으로부터 발생했다. 그리스 낭만주의는 주인공들을 육체적으로 희생당하게 내버려두었고, 그들의 사랑은 마지막 순간까지 완성되지 않았다. 그리고 중세의 로맨스 소설과 바흐친이 고통을 겪는 소설이라고 묘사했던 로맨스 소설 이후의 소설에서도 동일한 경향이 나타난다. 더욱이 쌍방의 싸움이 매우 다른 감정을 촉진시키는 것과 달리, 구타나 일방적인 공격은 잘못한 것에 대한 도덕적 감정을 만들어낼 수 있다. 도스토옙스키의 작품에 나타나는 공격들과 채워지지 않는 욕망의 완성은 두 가지 모두 대등한 싸움이나 행복한 사랑이 할 수 없는 방법으로 우리의 도덕적 분개를 불러일으킨다. 이것은 비극이 아니라 선한 희생자의 이야기를 통해 독자층을 매료시키는 멜로드라마의 성질과 비슷하다. 모든 문학 작품에서 플롯의 매 단계마다 바르게 수정해야 하는 잘못된 부분이 있다는 것은 매우 주목할 만한 일이다. 독자들은 정의로움을 원하고, 결국 작가가 그 열망을 충족시키든 충족시키지 않든 자기들의 만족을 얻기 위해 작품을 계속 읽어나간다. 이러한 태도는 도스토옙스키 작품의 많은 폭력과 결핍된 사랑에 대한 독해에서 두루 발생하지만 모든 것에 적용되지는 않는다. 라스콜리니코프가 학대당한 소녀나 매춘부들을 길거리에서 만나는 것은 사건을 너무 우연적인 이야기로 귀결시키기 때문에 독자들은 어떤 기대감도 갖지 못한다. 표도르 카라마조프에게 행해지는 공격의 대부분은 독자들을 만족시키는 것처럼 보이고, 비록 부정적 강화[146]로 작용하지는 않지만, 마르

146 부정적 강화(negative reinforcement)는 불쾌한 결과를 회피하기 위해서 시켜진 바람직한 행위를 함으로써 그 행동이 강화되는 것을 말한다. 가령 선생님으로부터 꾸중 듣지 않기 위해서 숙제를 열심히 하는 것 등이 부정적 강화의 좋은 예이다(역주).

멜라도프는 확실히 아내가 가하는 구타를 받을 만하다.

도스토옙스키의 작품에서 욕망과 폭력의 병렬적 구조의 수수께끼를 푸는 해결책을 찾으려면, 우리는 많은 장면들 중에서도 이 두 요소가 동시에 나타나는, 두냐가 스비드리가일로프의 방에 방문하는 장면에 주목해야 한다. 직업적으로 몸을 파는 소냐뿐만 아니라 두냐가 루딘의 비상호적인 욕망의 희생자이자 수혜자였던 것처럼, 스비드리가일로프는 과거에 마르파 페트로브나의 비상호적인 욕망의 희생자이자 수혜자였다. 과거에 스비드리가일로프는 위엄 있는 지주로서의 권력을 두냐에게 행사하려고 했다. 그러나 그녀의 용기는 정반대의 결과를 초래했다. 그는 "내가 당신에게 해를 끼친 것보다 두냐 당신이 나에게 훨씬 더 많은 해를 끼쳤다"(6권, 375쪽; 6부, 섹션 5)고 말했다. 이제 스비드리가일로프는 그녀의 오빠를 살인자로 고발할 거라고 그녀를 위협했다. 그가 지적하듯이 그는 그녀보다 두 배나 더 강했으며(6권, 380쪽; 6부, 섹션 5), 멜로드라마에서 인물이 종종 희생되곤 하는 고립된 아파트와 같은 전형적인 공간에서 그녀를 협박할 수 있는 새로운 권력을 갖게 되었다. 스비드리가일로프는 루딘이 아니다. 그에게 있어 권력(힘)은 욕망의 목적이 아니라 도구이다. 그러나 그는 두냐가 자신에게 권총을 당기기 전까지 이 권력(힘)을 무자비하게 쓸 준비가 되어 있었다. "이런, 그것이 완전히 사건의 진행을 바꾸는군요"라고 그는 대답한다. 확실히, 권총 하나가 권력(힘)의 관계를 바꾸어 놓았다. 처음엔 욕망과 폭력이 명백히 만나는 공간에서 강간이 일어날 것으로 보일 수도 있지만, 욕망보다는 권력에 의해 강간이 일어나는 것으로 보인다. 스비드리가일로프가 계획한 두냐에 대한 공격은 권력이 아닌 욕망을 목적으로 하면서 폭력을 사용한다는 점에서 예외적으로 보인다. 그는 계속해서 '당신이 사건을 아주 단순하게 만드는 군요, 아브도치야 로마노브나'라고 말한다. 여기서 '사건'이란 스비드리가일로프의 예측된 자살이 아닐 것이다. 자살을 하리라는 생각은 두냐가 그를 확실하게 거부하기 전까지는 결정된 사항이 아니었다. 오히려 그는 자신의 새로운 약점으로 인해 두냐에게 행사할 약간의 권력을 갖게 되었다고 말한다. 약간의 운이 따라준, 과거 시골에서 일어난 사건을 통해 그녀의 무력함은 그녀에게 그를 거부할 힘을 주었었다. 아마도 약간의 운이 따라준 그의 무력한 힘으로 그는 총을 사용한 비상호적인 그녀의 공격을 완전한 패배로 바꾸었다. 그녀가 총을 던져버렸을 때, 그녀는 무력함의 권력을 되찾았다. 여기서 그녀는 지방에서 소유하고 있던 것과 같은 힘(권력)을 다시 획득하게 된다. 그가 그녀의 허리에 팔을 둘렀을 때, 그녀는 간청하듯이 '가게 해줘요!'라고 말한다. 그는 떨리는 목소리로 '당신은 나를 사랑하지 않습니까?'라고 묻는다. 그녀는 머리를 흔들고, 그는 절망에 휩싸여 '그리고……. 절대로 사랑할 수 없나요?'라고 속삭인다. 그녀가 '절대로요'라고 대답하자, 그는 그녀를 보내준다. 여기에 어느 순간 상호적이었을 수도 있는 욕망이 있다. 이 텍스트는 두냐의 분노로 가득 찬 거부, 혹은 스비드리가일로프의 암시적인 선택을 뒷받침하는 구체적인 증거를 제시하지 못한다. 그의 부인이 죽은 후, 어쨌든 자신의 욕망은 전적으로 비상호적이었고 오직 권력만이 육체적인 욕망을 채우게 해줬다. 그러나 이 장면에서 힘(권력)은 스비드리가일로프의 삶에서도 그러하듯이 역으로 작용한다. 스비드리가일로프는 자신에게 권력을 행사하던 부인을 죽인다. 리자베타와 늙은 전당포 주인이 유령이 되어 라스콜리니코프를 괴롭히듯이, 스비드리가일로프가 죽인 모든 사람들이 죽음에서 살아난 유령처럼 그를 괴롭힌다. 그가 죽음이라는 완전한 무력함을 얻을 때까지 말이다.

만약 권력이 도스토옙스키 작품에 나타난 폭력과 욕망의 병렬적 구조를 설명하는 연결고리를 형성한다면, 이때의 권력은 오히려 모순적인 힘(권력)이라고 할 수 있다. 구타당하고 성적으로 착취당하는 이들은 대지를 물려받는다. 이 두 경우에는 약함의 권력이 중심이 된다. 나는 상호적인 것과 육체적인 것의 비(非)양립성을 설명하는 합성 요소가 아마도 욕망과 공격, 두 분야가 지닌 권력의 모순일 것이라고 생각한다. 도스토옙스키에게 있어 희생자들은 승리자로 탈바꿈한다. 만약 비극이 강자의 약함에 대한 것이라면, 소설, 또는 적어도 이러한 종류의 소설들은 약자들의 권력에 대한 것이다.

이 통찰력은 도스토옙스키만의 독창적인 능력이 아니다. 예를 들어, 예수는 이를 더 먼저 인지했고 도스토옙스키는 독실한 정교 신자였다. 그러나 심리학의 역사에 대한 도스토옙스키의 공헌은 그가 발견한 것의 독창성에 있지 않다. 그의 공헌은 소설이라는 허구세계를 지적으로 사유하려는 열정적인 독자들이 생겨나기 이전부터, 그의 시대에 잘 맞는 통찰력을 제시했다는 점에 있다. 그는 등장인물들의 사상과 욕망, 성격 사이의 관계를 탐구하여 심리 소설을 철학적인 도구로 만들었다. 그리고 그의 소설적, 종교적, 사회적, 심리적 규범은 각각 다른 것들을 강화시켰다. 도스토옙스키는 소설에서 모든 요소들을 통제할 수 있었다. 또한 이 요소들을 통합하여, 자신이 가진 휴머니즘에 대한 시각을 명확하게 전달하려는 목적을 지니고 있었다. 따라서 도스토옙스키는 독자들이 소설 전체의 부분으로서 심리학을 느끼게 만든 것이다.

08. 도스토옙스키와 종교

말콤 V. 존스

I.

도스토옙스키는 기독교 신앙을 가진 소설가였다. 어떤 독자들은 이 간단한 문장을 당연한 사실이라 생각할 것이고, 어떤 독자들은 도스토옙스키 작품이 현대의 지속적인 논쟁을 만들어낸다는 사실을 부정하는 주장이라 여길 것이다. 하지만 이들은 적어도 한 가지에 대해서는 의견을 같이할 것이다. 도스토옙스키의 소설 작품이 종교적 주장을 진지하게 다루고 있으며, 그것을 독특한 방법으로 해석했다는 사실 말이다. 동시대의 유명 영국 소설과 달리 도스토옙스키의 소설에서는 종교가 주변에 위치하지 않는다. 더 나아가, 도스토옙스키의 삶과 작품 속에서 기독교는 가장 황폐한 무신론과 정정당당한 전투를 벌였다. 빅토리아 시대를 상징하는 평화롭고 낙관적인 분위기는 도스토옙스키의 작품 속에서 찾아볼 수 없다. 인생을 마감할 때쯤 『카라마조프가의 형제들』을 쓰기 시작한 후에야, 그는 어느 정도의 평온을 찾은 것 같은 말투로 '**의심의 용광로**(gornilo somnenii)'를 통해 '**나의 호산나**(moi osanna, 신을 찬미하는 말)'를 얻게 되었다는 사실을 『작가의 일기』에 남겼다(27권, 86쪽). 1849년 세묘노프스키 광장에서 그는 사형을 기다리며 '**우리는 그리스도와 함께할 것이다**(Nous serons avec le Christ)'라는 말을 남겼다. 그와 함께 있었던 무신론자 스페시노프는 '**먼지 알갱이들**(un peu de poussiere)' [147]이라고 대꾸했다. 이 순간 전까지 도스토옙스키가 삶과 죽음에 대해 어떤 생각을 했든 간에, 스페시노프의 한 마디는 어떤 형태의 정신적인 짐이 되었고, 항상 도스토옙스키의 머릿속을 떠나지 않았다.

종교에 대한 도스토옙스키의 표현 방식을 둘러싼 논란 가운데 주축을 이루는 것이 있다. 그의 소설에서 신앙과 무신론의 비율이 어떤가 하는 논란이 그것이다. 어떤 독자들은 도스토옙스키의 삶과 글을 기독교 정신의 승리(podvig)라고 표현한다. 여기에서 도스토옙스키는 그리스도의 형상에 나타난 확고한 믿음을 죽을 때까지 떠받든다. 그러한 믿음은 당대의 지적 토양과 그의 고통스러운 삶속에서 도스토옙스키에게 들이닥친 다양한 급진적인 도전과 굴욕으로부터 그를 지켜주었다. 이 모든 것이 그의 소설 속에 아주 열정적으로 반영되어 있다. 시베리아에서 돌아온 후 몇 년간 그는 성숙해진 소설을 통해 기독교적 세계관이 궁극적으로 승리하는 종교 토론을 하고자 했다. 그러한 의도를 모르고선 그가 쓴 소설의 진가를 완전히 알아볼 수 없다. 도스토옙스키의 주요 작품들 속 구조나 내

---

147 Quoted in F. N. L'vov, 'Zapiska o dele petrashevtsev' (A note on the Petrashevskii affair), Literaturnoe nasledstvo, vol. 63 (Moscow: ANSSSR, 1956), p. 188.

용에는 그 자신의 포부가 반영되어 있다.[148]

다른 독자들은, 그가 외로울 때 — 특히 교수대에서, 시베리아의 고생스런 유배지에서, 그리고 인생의 끝머리에서 — 전통적인 종교적 독실함을 통해 마음의 안정을 얻었다는 점은 인정한다. 그러나 그의 위대함은 마음을 다스리는 환상을 초월하는 능력, 그리고 소설에 등장하는 인물들과 서술자를 통해 자신이 말하는 '**저주받은 질문들**(prokliatye voprosy)', 즉 해결 되지도 않았고 해결될 수도 없는 영혼의 갈등을 표현하는 능력에 있다고 한다. 그런 독자들은 도스토옙스키의 불안한 마음이 최종적인 결론에 이른 것인지 아닌지 의문이 들 수 있다. 그랬다 해도 독자들은 주로 갈등이나 해결할 수 없는 문제들을 다루는 도스토옙스키의 소설을 읽으면서도 그 결론이 과연 조금이라도 관련이 있을까 하는 의문을 충분히 가질 수 있다. 실로 도스토옙스키는 무신론에 대한 다양한 이야기들을 매우 설득력 있게 소개했다. 이에 저명한 문학인들인 D. H. 로렌스, 앨버트 카뮈, V. 로자노프를 포함한 많은 독자들은 도스토옙스키가 마음 깊숙이 믿은 것은 바로 이것이라고 결론지을 수밖에 없었다. 그런 독자들은 종교에 대하여 무신론을 확신하는 듯한 도스토옙스키의 지속적이고 강한 의심을 강조할 것이다. 또한 『카라마조프가의 형제들』에서 볼 수 있듯, 그의 생애 마지막까지 그런 의심을 격렬하고도 강력한 형태로 표현하는 능력에 초점을 맞출 것이다. 이에 비해서 현대의 많은 독자들은 그가 종교적인 인물을 표현하거나 종교적 논쟁을 벌이는 것에 큰 의미를 부여하지 않는다.

---

148 See Donald Nicholl, Triumphs of the Spirit in Russia (London: Barton, Longman and Todd, 1997), pp. 119~176.

그가 직접 표현했듯이 그는 '**시대가 낳은 자식**'(28권 176쪽, 1854년 1월 말~2월 20일의 편지)이었고, 그 시대는 마침내 종교를 거부한 급진적인 인텔리겐치아가 활발하게 과학적 무신론을 펼치고 있을 때였다. 우리 시대와 비슷하게, 적어도 교육받은 자들에게는 기독교가 선사시대 전통문화의 진기한 잔존, 혹은 정신병의 흔적으로 여겨지기 쉬웠던 시기다.

조금 덜 근본적이기는 하지만, 논의의 강도가 가장 치열한 논쟁 가운데 하나는 도스토옙스키가 생각하는 기독교의 특성에 중점을 둔 것이다. 과연 그가 삶의 막바지에 이르면서 점점 절박하게 고백했던 그의 기독교적 특성을 정교에 주입한 러시아 국가주의, 즉 슬라브주의 정신과 똑같은 것으로 받아들여야 하는 것일까? 이 주장은 몇몇 정교회 신자들의 마음에 들었으며, 탈(脫)소비에트 러시아의 도스토옙스키 학자들에 의해 재발견되고 있다. 아니면 혹시 그의 소설 속 기독교는 본질적으로 무(無)종파에 속했으며, 심지어 그의 청년 시절의 기독교적 사회주의의 흔적을 지니고 있는, 신·신학·교리·성체·예의, 심지어 예배를 드리러 가는 행위의 자취까지도 거의 찾아볼 수 없는 이단의 종류인가? 그것이 세기 말의 기독교 영성과 신학의 급진적인 발달을 예상한 걸까? 우리가 어떻게 접근을 하든, 도스토옙스키의 기독교는 독자들이 그의 소설을 읽는 데 필수적으로 요구되는 지적 참여 활동에 상당히 큰 기여를 한다.

II.

도스토옙스키가 살던 시대에 주로 교육 받은 러시아 가족들에게 기독교란 결석처럼 그냥 빼먹을 수도 있는 일이었지만 (예를 들어 톨스토이나 투르게네프 가족처럼), 도스토옙스키 가족은 그렇지 않았다.[149] 1873년 『작가의 일기』에서 도스토옙스키는 자신이 신앙심 깊은 러시아 가정에서 자랐으며 아주 어렸을 때부터 모든 복음서를 알고 있었다고 상기했다. 신앙심 깊은 가족 환경과 복음서 암기, 이 두 가지 요인은 그에게 실제로 중요했다. 어린 시절, 도스토옙스키는 기도하기 위해 손님들 앞으로 불려갔다. 동생 안드레이의 회상에 의하면 그들은 일요일 미사와 성인 축일들에 반드시 참석했고, 전날 밤에는 자신들의 아버지가 의사로 일하고 있는 모스크바 병원의 교회에서 저녁 기도를 올렸다.[150] 부모님은 형식적으로 종교 관습을 준수하는 사람들이 아니었다. 두 분 모두 깊은 신앙을 가졌고, 특히 어머니의 신앙심이 깊었다고 안드레이는 말했다. 가족의 삶 속에 일어난 중요한 사건들 모두 그에 걸맞은 식전 의식이 따랐다. 도스토옙스키는 병원의 사제로부터 종교적 가르침도 받았다. 1877년 8월 『작가의 일기』를 보면, 글 읽는 것을 배우기 전부터 자신의 상상력은 성자들의 삶으로부터 자극받았고, 그리스도가 보여준 금욕주의, 동정심, 고통, 겸손, 자기희생을 본보기로 삼았다고 한다. 그러한 느낌과 영향은 매년 모스크바에서 60마일 정도 떨어진 성 트리니티 세르기우즈 수도원으로 떠나는 가족 순례여행을 통해 강화되었다. 이러한 주요 가족 행사들은 도스토옙스키가 열 살이 될 때까지 계속되었다. 1870년 3월 25일, A. N. 마이코프에

149 See Joseph Frank, Dostoevsky: The Seeds of Revolt, 1821-1849 (Princeton University Press, 1976), pp. 42~53; Geir Kjetsaa, Fyodor Dostoyevsky: A Writer's Life (London: Macmillan, 1987), pp. 1~18.

150 A. S. Dolinin (ed.), F. M. Dostoevskii v vospominaniiakh sovremennikov (Dostoevskii in the Recollections of his Contemporaries), 2 vols. (Moscow: Khudozhestvennaia literatura, 1964), vol. 1, p. 61.

게 보내는 편지에서 그는 자신이 어렸을 적부터 많이 접해봤기에 수도원에 대한 전문지식이 있다고 했다. 도스토옙스키 전기를 쓰는 사람들은 그의 어머니가 『어린이들을 위한 구·신약 성서의 104가지 이야기』의 러시아어 번역본으로 그에게 글 읽는 법을 가르쳤다는 사실을 빼먹지 않는다. 그 책은 요하네스 휴브너가 쓴, 18세기 독일의 **'작은 종교적 기도서'**이기도 하고, 도스토옙스키의 마지막 소설에서 조시마 장로가 읽던 아동용 책이기도 하다.[151] 이 책의 중요성은 — 외우도록 되어 있었던 부분이기도 하다 — 에덴동산의 원죄, 욥 이야기 그리고 라자로의 부활에 관련된 이야기들 가운데 이후 도스토옙스키의 주요 소설 속에서 중요한 역할을 하게 될 많은 성경 이야기들이 담겨 있다는 것이다. 아마도 욥의 부당한 고통과 신에 대한 반항과 관련된 이야기는(도스토옙스키는 그 이야기를 조시마 장로와 연결시키거나 이반 카라마조프의 반역에 대한 응답인 것처럼 암시한다) 도스토옙스키에게 큰 인상을 남겼던 것 같다. 그는 이 책을 여덟 살 때 혼자 읽은 후, 50대에 『미성년』과 『카라마조프가의 형제들』을 쓸 때 다시 한 번 읽었다.

도스토옙스키는 또한 유년기의 경험으로부터 러시아 일반 민중이 갖고 있는 깊은 영성을 배울 수 있었다. 늑대에게 쫓긴다고 생각하던 어린 도스토옙스키를 구한 농부 마레이 이야기는 유명하다. 마레이가 겁에 질린 어린 도스토옙스키를 달래며 그의 머리 위에 성호를 그었을 때, 도스토옙스키가 느낀 놀라울 정도의 부드러움과 따스함은 평생 그의 기억 속에 남

151 Leonid Grossman, Seminarii po Dostoevskomu (Seminar on Dostoevskii) (Moscow and Petrograd: GIZ, 1922), p. 68.

았다. 그는 이 이야기를 1876년 2월『작가의 일기』에서 들려줬다. 그의 인물 묘사에서도 강조되었듯이, 어린 시절의 기억은 도스토옙스키에게 매우 중요했다. 예를 들어 알료샤 카라마조프는 소설의 맨 마지막 부분에서 이렇게 말한다. 사람들은 늘 교육에 대해 많은 이야기를 하지만, 가장 훌륭한 교육은 어렸을 때부터 간직해 온 어떤 아름답고 신성한 기억일지도 모른다(15권, 195쪽, 에필로그, 섹션 3).

1838년부터 1843년까지 도스토옙스키는 상트페테르부르크에 있는 공병학교에서 공부했다. 그는 은둔하는 습관과 여가 시간에 책만 읽는 것으로 유명했다. 당시에 아카데미(공병학교) 장교로 있었던 A. I. 사벨레프는 도스토옙스키가 매우 종교적이며 빈틈없이 정교회 의무를 다했다고 기록했다. 그는 복음서와 하인리히 초케의『기도의 시간(Die stunden der Andacht)』복사본을 갖고 있었다. 폴루엑토프 신부의 종교에 대한 강론이 끝나면, 도스토옙스키는 따로 남아서 오랫동안 그와 대화를 나누었다. 다른 학생들은 그를 **'수사**(Fotii)'라고 불렀다. 도스토옙스키의 전기를 쓴 조셉 프랑크에 의하면, 초케의 책에서 흥미로운 점은 기독교를 교리의 내용과 무관한 감성적인 측면에서 설교했고, 기독교 사랑의 사회 적용에 중점을 두었다는 것이다. 이는 도스토옙스키가 실천에 옮기기 위해 노력한 신조였다. 이러한 이유로 도스토옙스키는 실제로 주변 학생들의 존경을 받기도 했다. 기독교 사회주의를 추구하면서 서유럽의 참고문헌들을 찾는 그의 경향은 이때부터 시작되었다고 할 수 있다. 이러한 사실이 그가 정교회 가르침을 준수했다는 것과 명백히 모순되는 것은 아니었다.

이러한 경향은 사실상 서구의 소설가, 시인, 그리고 극작가들의 작품을 열심히 탐독한 그의 열정과 잘 어울렸다. 그는 실러, 위고, 조르주 상드 같은 작가들을 대단한 기독교 작가로 여겼다. 이는 그가 정교 신앙만 가지고 있었던 것이 아니라는 점에서 중요하다. 1876년 6월 도스토옙스키는 『작가의 일기』에서 조르주 상드의 죽음과 관련하여 다음과 같이 언급하고 있다. 조르주 상드는 정교회의 중심적인 믿음, 즉 **'전 우주에서 하느님의 이름 외에는 다른 어떠한 이름도 인간을 구원할 수 없다'**는 사상에 의식적으로 동의할 수 없었지만, 기독교의 가장 기초적인 사상, 즉 인간의 성격, 자유 그리고 책임감을 인정하는 사상에는 마음으로 동의했다. 하느님과 불사를 굳게 믿는 자연신론자(이신론자)였던 그녀는 어쩌면 그 시대의 가장 기독교적인 여성이었을지도 모른다(23권, 37쪽).

이 말들은 어린 도스토옙스키와 성숙한 도스토옙스키의 생각을 결합한 결과물임에 틀림없다. 도스토옙스키는, 나중에 자신이 주장했듯이, 서유럽의 기독교 사회주의가 단순히 천주교에서 무신론적 사회주의로 가는 재앙의 내리막길에 있는 것이 아니라, 정교회 중심적인 관념의 희망[152]을 반영한 것으로 알았다. 도스토옙스키는 정교회 관념이라면 장소나 형태를 불문하고 환영했다. 정교회의 맥락이나 색깔을 완전히 상실한 서유럽의 정교회 형태를 발견했을 때조차도 환영했다. 그가 공병학교에서 실러와 상드의 작품 그리고 인간의 영혼 속에 순수하고 숭고한 모든 것을 자리잡게 한 낭만주의 작가들의 작품에 보낸 열광적인 관심은 베레제쓰키, 시

152 진정한 기독교를 만드는 데 정교회가 구심점 역할을 해 나가리라는 희망을 말한다.

들롭스키와 가깝게 지내면서 더욱 더 자극받고 강해졌다. 동시에 그는 다른 낭만주의 작가들(호프만, 발작, 유진 수에, 괴테)의 작품을 읽었는데, 이들은 초자연적 작용들, 인간 영혼의 어두운 면, 인간과 악마 사이의 파우스트적 계약, 우주에서 신의 자리를 강탈하려는 모독적인 시도를 찬양했다.[153]

1844년 도스토옙스키는 전업 작가로서의 불확실한 삶을 살기 위해 군대에서 제대했다. 이후 그의 첫 소설『가난한 사람들』의 원고는 자연파의 선구자 비사리온 벨린스키로부터 열광적인 환영을 받았다. 벨린스키를 거쳤던 다른 사람들과 마찬가지로 도스토옙스키 역시 그의 비평으로부터 자유로울 수 없었다. 한동안 그는 상트페테르부르크의 문학계에서 환대받았다. 많은 시간이 흐른 후 그는 자기가 이미 관심을 갖고 있었던 가치들과 여러모로 일치한, 벨린스키의 열정적인 사회주의를 회상했다. 예를 들어 벨린스키는 진정한 사회주의의 도덕적 기초를 인정했으며, 개미집 같은 사회의 위험도 인식했다. 하지만 도스토옙스키는 다른 유토피아 사회주의자들과 달리, 벨린스키가 기독교를 파괴하고자 했다고 회상했다. 벨린스키의 사회주의는 무신론적이었다. 1873년『작가의 일기』에서 도스토옙스키는, 벨린스키가 그리스도를 비난하는 격론 도중에 도스토옙스키를 가리키고는 친구에게 돌아서서 말했다. "내가 그리스도를 언급할 때마다 그의 얼굴 표정이 바뀐다. 그는 지금 울음을 터트릴 것만 같다"라고 기록했다. 도스토옙스키는 그리스도가 가장 이상적인 인간의 아름다움이라

153 도스토옙스키의 독서에 관한 상세한 설명은 자크 가토의 저서『도스토옙스키와 문학 창조 과정』(Cambridge University Press, 1989), 33~62쪽을 참고하기 바람.

고 주장한 르낭[154]보다 벨린스키가 훨씬 더 나아갔다고 말한다. 벨린스키는 그리스도를 가장 평범한 사람, 또는 잘해야 사회주의의 신봉 정도로 생각했다. 도스토옙스키는 조르주 상드, 에띠앙 까베, 피에르 르루, 프루동, 포이에르바흐를 벨린스키 시대의 주인공들로 기억했으며, 푸리에는 이미 한물간 인물로 기억했다. 벨린스키는 도스토옙스키에게 슈트라우스[155]와 슈티르너[156]의 작품도 소개해 주었다. 1873년에 쓴 글에서 도스토옙스키는 이미 자신이 무신론을 포함하여 벨린스키의 입장 쪽으로 넘어갔으며, 같은 해에 파렴치한 네차예프의 추종자가 될지도 모르겠다는 말을 했다. 반면에 1840년대 중후반 동안 그를 돌봐온 의사 야놉스키는 이를 반박하는 증언을 하기도 했다. 오늘날 대다수 학자들은 도스토옙스키가 회상을 할 당시에 벨린스키에 대해 항복했다는 표현은 일종의 과장이라고 판단한다. 조셉 프랑크는 이에 대한 근거로 도스토옙스키가 베케토프 서클, 마이코프와의 친분을 통해 자신의 진보적이고 도덕적인 **'신앙적 견해'**를

---

154 에르네스트 르낭(Ernest Renan, 1823~1892)은 프랑스의 언어학자·철학자·종교사가·비평가이다. 1860년 기독교의 기원을 밝히기 위하여 시리아로 가서 학술 탐험을 하고 돌아왔으며, 20년에 걸쳐 『기독교 기원사(Histoire de L'origine du christianisme)(1863~1883)』 7권을 완성했다. 그중에서 크리스트를 영감을 받은 철학자로 그린 1권의 『예수 전(La vie Jésus)』이 유명한데, 이 책은 예수의 생애 가운데 초자연적인 요소를 배제하여 하나의 인간으로서 예수를 그렸다. 이 때문에 많은 사회적 논란을 일으켰고 로마 가톨릭 교회는 이 책을 금서 목록에 올려놓았다. 그는 1862년 1월 11일 콜레주 드 프랑스의 히브리어학 교수가 되었다. 그는 2월 21일 취임 강연에서 예수를 가리켜 "누구와도 비교할 수 없는 인간"이라고 지칭했다. 그는 이를 인간에게 부여할 수 있는 최고의 찬사라 생각했으나 로마 가톨릭교회 성직자들에게는 신성모독이었다. 결국 르낭은 그해에 교수직에서 쫓겨난다. 그가 다시 교수직에 복직한 것은 1870년에 이르러서였다. 그리고 1884년에는 콜레주 드 프랑스의 학장을 역임했다(역주).

155 데이비드 슈트라우스(David Strauss, 1808~1874)는 독일의 자유주의 기독교 사상가이자 작가이다. 『역사적인 예수』라는 저서에서 예수가 가진 신성을 부정하면서 유럽 기독교 사회에 파장을 일으켰다. 그의 사상은 신약과 초기 기독교 사상, 고대 종교에 관한 연구에서 혁명적인 성과를 얻은 튀빙겐 학파와 관련이 깊다(역주).

156 막스 슈티르너(Max Stirner, 1806~1856)는 필명이며 본명은 요한 카스파 슈미트(Johann Kaspar Schmidt)로 독일 철학자이다. 그는 니힐리즘, 실존주의, 정신분석 이론, 포스트모더니즘, 아나키즘, 특히 개인주의적 아나키즘의 선구자로 간주된다(역주).

지지하는 자들을 찾았다는 사실을 설득력 있게 진술한다(프랭크, 『반역의 씨앗들』, 195쪽, 201쪽, 210쪽).

도스토옙스키는 아마도 자신의 종교적 견해와 종교적 관찰 가운데서 망설였을 것이며, 두 가지의 떨칠 수 없는 의무 사이에 서 있었을 것이다. 하나는 정교회와 그리스도의 이미지에 대한 의무감이고, 다른 하나는 하층계급의 사람들을 향한 억압에 대한 분노이다. 그 두 가지 모두 종종 그를 도저히 참지 못할 지경에까지 이르게 했다. 그로 인한 압박감은 그에게 상당한 괴로움을 줬을 것이다. 1849년 그가 페트라솁스키 정치 음모 사건에 참여했다는 이유로 구속됐을 때, 그의 주요 죄목은 모임의 참가자들 앞에서 「벨린스키가 고골에게 쓴 편지」를 읽은 것이었다. 편지에서 벨린스키는 자유, 평등, 형제애를 인류에게 가져다 준 그리스도를 독재와 미신의 노예인 정교회와 혼동한 고골을 신랄하게 비판한다.[157] 물론 도스토옙스키는 이에 찬성했다. 아무리 그가 벨린스키의 영향력 하에 있었고, 또 후에는 페트라솁스키 서클과의 운명적 교제로 인해 유토피아 사회주의 진영으로 탈선했다 할지라도 그에게 깊은 감동을 주는 그리스도의 이미지가 공격당하는 것은 그에게 전혀 별개의 문제였다.

그리스도의 이미지에 대한 변함없는 믿음을 갖고 있었음에도, 도스토옙스키는 급진적인 무신론적 관념을 표현하는 철학을 끊임없이 접했고, 점점 그것들의 궤도 안으로 끌려들어갔다. 1848년 가을부터 그는 정기적으로 페트라솁스키 서클의 모임에 나가기 시작했다. 그곳에서 그는 앞서

157 V. G. Belinskii, Sobranie sochinenii v trekh tomakh (Collected Works), 3 vols. (Moscow: OGIZ, 1948), vol. 3, p. 709.

가는 유럽의 사회주의자들과 물질주의자들의 견해를 접하게 되었다. 도스토옙스키를 연구할 때 항상 함께 고려해야 할 것은 바로 포이에르바흐의 『기독교의 본질』이라고 말한 깁슨이 옳았다. 도스토옙스키가 그것을 읽었든 읽지 않았든 상관없이 그를 둘러싼 모든 사람이 그 얘기를 하고 있었다. 포이에르바흐에 의하면, 종교적 경험은 무가치한 것으로 치부해서는 안 되고, 인간 정신의 투사로 간주해야 한다.[158] 벨린스키, 페트라솁스키 그리고 훨씬 더 극단적인 스페시네프가 도스토옙스키의 창작 의식의 발전 단계에 지속적으로 깊은 인상을 남겼음은 다음과 같은 사실로써 입증된다. 바로 그의 주요 소설들의 관념적 토대가 그들의 가장 과격한 질문을 통한, 종교적 신념에 대한 의심에 있다는 사실이다.

도스토옙스키가 페트라솁스키 서클과 그의 분파에 연관되어 있는 동안 탄압받는 자들과 혜택을 받지 못하는 자들을 향한 폭력에 대해 분개했다는 증거는 충분하다. 하지만 페트라솁스키나 스페시네프처럼 아래로부터의 혁명을 문제의 해결책으로 간주했다는 증거는 없다. 그는 1849년 4월에 구속되었다. 그리고 페트로파블로프스크 요새의 감금 생활과 견디기 힘든 취조가 잇따랐다. 상황이 나아졌을 때는 글을 읽기도 하고 심지어 쓰기도 했다. 가능한 모든 것을 읽었지만, 그중 특별히 관심을 가졌던 것은 성지 순례에 관련된 두 이야기와 중세풍의 종교적 내용을 담은 로스토프의 성 드미트리 연극작품들이었다. 그는 친형에게 프랑스어와 슬라브어로 된 성경(구·신약)을 부탁했다. 이렇듯 종교에 빠져들었음에도 불

158 A. Boyce Gibson, The Religion of Dostoevsky (London: SCM Press, 1973), p. 10.

구하고 그는 현실을 외면하지 않았다. 그는 『조국 기록』과 셰익스피어의 작품들도 부탁했다고 한다. 또한 그의 글도 이를 증명하고 있다. 『어린 영웅』을 쓴 곳도 이곳이다. 『어린 영웅』은 종교적인 중요성에서 그 전에 쓰인 작품들과 특별한 차이가 없다. 하지만 조셉 프랑크는 이 기간이 도스토옙스키가 성서를 열심히 읽기 시작한 시점이었고, 옴스크의 요새감옥에서 읽을거리가 신약성서밖에 없었을 때, 절정이었다고 말한다.[159]

도스토옙스키가 교수대에서 스페시네프에게 했던 말("우리는 그리스도와 함께 할 것이다")에도 불구하고 그 순간에 자신의 영혼은 평온함과는 거리가 멀었다. 예상치 못한 사형 선고와 예상치 못한 마지막 순간의 집행 유예는 가장 독실한 성인조차도 시험에 들게 했을 것이다. 도스토옙스키는 자신의 육체적 죽음 후에도 계속 무언가가 있기를 원했고, 미지의 세계와 다가오는 사멸을 두려워했을 것이다. 고로 그런 예외적 순간을 근거로 그의 종교적 견해를 속단하는 것은 부적절하다. 몇 년이 지난 후, 도스토옙스키는 소설 『백치』에서 미시킨 공작이 에판틴 장군 가족에게 들려주는 이야기 속에서 처형당하러 가는 사형수를 그려낼 수 있었다. 자신의 개인적 경험을 있는 그대로 그려냈든 아니든, 도스토옙스키는 분명 서슴없이 글을 써낼 수 있었다. 그 순간부터 도스토옙스키는 신앙의 문제는 삶과 죽음에만 국한된 것이 아니라, 자기 경험의 모든 부분과도 연관되어 있음을 알게 되었다.

159 Joseph Frank, Dostoevsky: The Years of Ordeal, 1850-1859 (Princeton University Press, 1983), p. 23.

III.

옴스크 감옥에서 보낸 날들은 도스토옙스키에게 지울 수 없는 인상을 남겼다. 토볼스크에서는 페트라솁스키 사건으로 수감된 죄인들에게 근대 러시아어로 쓰인 신약성서가 주어졌다. 그들이 감옥에 있는 동안 읽을 수 있도록 허용된 것은 이것 하나뿐이었기에 도스토옙스키는 그 후 4년간 신약성서만을 읽었다. 읽은 사본에는, 당시에 그가 손톱으로 표기한 자국과 그 후 직접 밑줄을 긋고 주석을 단 흔적까지 모두 남아있다. 학자들, 특히 가이어 크옛사(Geir Kjetsaa)는, 어떤 부분이 도스토옙스키에게 더 중요했는지를 파악하기 위해[160] 이를 자세히 조사했으며 그 결과는 다음과 같다.

그의 인생, 그리고 영적인 삶에 대한 견해는 8년간의 유배, 특히 감옥에서 보낸 4년 덕분에 지속적인 변화를 겪었다. 그는 악을 직접 접하게 되었고, 젊은 시절에 품었던 실러의 유토피아적 이상주의는 치명적인 타격을 입었다. 동시에 걷잡을 수 없이 타락한 러시아인들을 알게 되었고, 그들의 정신적 가치를 믿게 되었다. 1880년 8월 『작가의 일기』에서 도스토옙스키는 푸시킨의 연설에 대한 그라돕스키의 반론에 관한 응답으로 옴스크의 경험을 회상했다. 사람들을 알지 못한다고 말하는 도스토옙스키는 어렸을 적에 처음으로 부모님의 집에서 사람들을 알게 되었다고 말한다. 유럽의 자유주의자가 되면서 잃을 뻔했던 그리스도를 그 사람들 덕분에 영혼으로 받아들이게 되었다고 했다. 정교회는 근거가 없다는 결점에

160 Geir Kjetsaa, Dostoevsky and His New Testament (Atlantic Highlands, N. J.: Humanities Press, 1984).

도 불구하고, 긴 세기 동안 고통 받은 사람들이 그리스도의 진실에 충실하게끔 했다고 그는 주장한다. 정교회는 성가와 기도, 특히 **'내 삶의 신과 주인'**으로 시작하며, 기독교의 전체적인 본질을 내포하는 시리아의 성 에브라임(Saint Ephraim)의 기도를 통해 이루어졌다는 것이다. 도스토옙스키는 믿음의 불꽃이 꺼지지 않는 죄수들의 독실한 기도에 감명을 받았다.

1854년 1월 감옥에서 나와 도스토옙스키는 신약성서를 건네준 나탈리야 폰비지나에게 편지를 썼다. 유명한 그 편지는 오늘날에도 자주 인용되고 있다.

"나탈리야 드미트리예브나, 난 당신이 매우 신앙이 깊은 분이라는 말을 많은 사람들한테 들었습니다. 단지 당신이 신앙심이 깊어서가 아니라 나 스스로 이 점을 몸소 체험하고 뼈저리게 느꼈기에 이런 말씀을 드립니다. 진리는 불행 가운데서 빛나는 것이기에 그런 순간마다 '마른 풀'처럼 신앙에 대한 갈증을 느끼며 신앙을 발견한다는 말입니다. 나 자신에 관해 말씀드리겠습니다. 지금까지 난 시대가 낳은 자식이자 불신과 의심의 자식이었고 또한 관 뚜껑이 닫히는 순간까지도 그러할 겁니다. 왜 신앙을 향한 이런 목마름이 내 영혼 속에서 거세질수록 그와 정반대되는 관념들도 그만큼 더 많아지는 고통을 겪어야 하고, 또 지금도 겪게 되는 걸까요? 하지만 하느님은 가끔 완전히 평온한 순간을 내게 주셨습니다. 그런 순간마다 난 사랑을 느끼며 내가 다른 사람들로부터 사랑받고 있다는 걸 깨닫습니다. 그런 순간에 모든 것이 명확하고 성스럽게 느껴지는 믿음의 상징을 스스로 그려볼 수 있었습니다. 그 상징은 매우 간단합니다. 그건 바로 그리스도보다 더 아름답고 심오하며 연민이 넘치며 합리적이고 용기 있고 완벽한 것은 없다는 믿음입니다. 질투 어린 사랑으로 말하지만, 그리스도보다 더 완벽한 것은 있을 수도 없습니다. 더 나아가 설령 누가 내게 그리스도가 진리 밖에 있으며, '실제로' 진리가 그리스도 밖에 있다는 것을 증명해 보인다 할지라도, 나는 진리보다 그리스도와 함께 남는 쪽을 택할 겁니다(28권 1부, 176쪽, 1854년 1월 말~2월 20일)."

이 발췌문에 드러나 있는 확고함과 말년의 도스토옙스키의 모습은 상당히 많은 논쟁거리가 되어 왔다. 특히 나 자신이 죽을 때까지 불신과 의심의 자식일 것이라는 예언 때문이었다. 1870년대 말 도스토옙스키는 이것을 증명할 만한 글을 쓰지 않은 것이 분명하다. 하지만 상상 속에서 본인이 극도의 불신과 의심의 자식일 것이라고 생각하는 버릇을 도스토옙스키는 절대로 버리지 못했다. 이는 그의 인생 후반의 신앙의 깊이를 강조하고자 하는 사람들이 얼버무리는 부분이다. 동시에 이 편지는 중요하고 긍정적인 세 가지 사실을 표명한다. 첫째, 도스토옙스키가 종종 완전한 평화로움을 느낀다는 것이다. 둘째, 무신론적인 주장은 그의 신앙을 해치기보다는 신앙을 향한 목마름을 느끼게 한다는 것이다. 셋째, 그리스도의 이미지가 그에게는 거대한 이상적 존재이며, 이 힘은『악령』의 인물을 통해 볼 수 있듯이 수학적 논증도 거역할 수 있다는 것이다(10권, 198쪽, 2부, 1장).

물론 도스토옙스키는 풀려난 후 세미팔라틴스크로 이동할 때 완벽한 전통적인 정교회 신자가 아니었다. 브랑겔은 세미팔라틴스크에서 그들이 가장 즐겼던 일은 따뜻한 저녁시간에 풀밭에 누워 하늘에 반짝이는 수많은 별들을 바라보는 것이었다고 회상한다. 이러한 순간들 속에서 그들이 느낀 것은 창조자, 혹은 전지전능한 신에 대한 깨달음이었다. 이 깨달음은 그들의 마음을 온화하게 했고, 자신의 무가치(미천함)에 대한 그들의 깨우침은 자신들의 정신을 평온하게 진정시켰다. 브랑겔의 말에 따르면, 세미팔라틴스크에서 도스토옙스키는 꽤 경건한 신자였지만 성당에는 가지 않았고, 신부님들을 좋아하지 않았다고 한다. 특히 시베리아 신부님들을 좋아하지 않았다고 한다. 하지만 그는 그리스도에 대해 열광하며 말했다. 그런가 하면 도스토옙스키가 영적인 삶의 철학적이고 심리적인 양상을 탐구하고 이슬람에 대한 지식을 얻는 데 열중했다는 증거도 있다. 1854년 2월, 형에게 편지를 쓰면서 도스토옙스키는 코란, 칸트의 『순수이성비판』, 헤겔의 『역사철학』을 보내 달라고 요청했다. 브랑겔에 따르면 당시에 그들은 헤겔 철학과 카루스의 『프시케』를 함께 번역할 계획이었다고 한다. 이러한 증거들을 통해 다음과 같은 사실을 추론해 볼 수 있다. 모스크바로 돌아온 도스토옙스키는 우리가 이미 알고 있는 그의 지적 관심과 위에서 언급한 사상들을 결합하여, 기독교를 좀 더 넓은 문맥 속에 배치시켰다. 그것은 도스토옙스키가 근대의 이성 철학이 종교를 배제하지 않고 어떻게 동시대인들로 하여금 종교적 전통을 재해석 하게 했는지를 탐구하고자 했음을 암시한다. S. V. 코발레프스카야는 도스토옙스키의 경험담을 들려준다. 시베리아에 있던 도스토옙스키가 부활절에 간질 발작을 일으켰다. 당시 도스토옙스키는 모하멧처럼 실제로 낙원으로 가서 신을 이해하게 되었다는 것이다. 그 경험담은 종교적 경험에 대한 그의 관점을 정확히 드러내준다. 그러한 경험들은 『백치』에 나오는 미시킨 공작을 통해 드러난다. 도스토옙스키는 스트라호프에게 "여러 순간에 나는 평소의 환경에서는 느낄 수 없는 행복을 느끼는데, 대부분의 사람은 이를 이해할 수가 없다. 나는 내 자신 안에서, 그리고 이 세상 안에서 완벽한 조화를 느낀다. 이 감정은 정말 강렬하고 너무 많은 기쁨을 주기에 인생의 10년, 아니 인생 전부를 이 황홀경의 몇 초를 위해 포기할 수도 있을 정도다"라고 말한다. 빈도수나 강도는 매번 달랐지만, 도스토옙스키의 간질(뇌전증) 발작은 그의 삶이 다할 때까지 계속되었다.

가끔 느끼는 평온함 그리고 그리스도의 이미지를 향한 황홀경에 빠질 만큼 열정적인 믿음에도 불구하고, 1850년대 말에 러시아로 돌아온 도스토옙스키의 모습은 괴로운 탐구자의 영혼과도 같았다. 그러나 그것은 동시에 격렬하고 순간적이고 신비로운 경험을 한 사람의 모습이었다. 시간이 갈수록 그는 러시아 민중의 영혼 속에 영적 보물이 있다는 것을 믿었으며, 동시에 유럽화와 조국 토양에서 멀어진(자신을 포함한) 러시아 청년들 때문에 러시아의 정신이 손상되었다는 생각을 굳혀갔다.

유럽화 된 러시아로 돌아오면서 그러한 견해는 다양한 방식으로 도스토옙스키의 마음속에 뿌리내렸다. 유럽 여행부터 농노해방 이후 혁명운동의 경험, 런던과 이탈리아에서 행한 게르첸과의 토론, 1864년 미하일 형이 죽을 때까지 함께 편집한 『시간』과 『시대』 잡지에서의 그리고리예프와 스트라호프와의 토론까지 모두가 그와 동료들이 '**대지주의**(pochvennichestvo)'라고 부르는, 설명하기는 쉽지만 번역하기는 어려운 용어를 만드는 데 자양분이었다. 이 용어를 '**향토 보수주의**'라 부르기도 하는데, 그 목적은 개혁 이후 러시아의 서구주의자들과 슬라브주의자들 사이를 연결시키는 데 있었다. 훗날 도스토옙스키는 슬라브주의자들의 궤도 안으로 들어갔다. 서양 문명의 장점은 모두 받아들일 필요가 있다고 인정했으나, 러시아의 가치를 다시 찾을 필요가 있다고 주장했다. 그것이 러시아뿐만 아니라 전 세계를 구원하는 관문이라고 생각한 것이다. 슬라브주의자들과 마찬가지로 도스토옙스키는 유럽이 오래 전에 자신의 영혼을 추상적인 합리주의, 율법주의 그리고 개인주의에 팔아 넘겼다고 생각했다. 이는 천주교가 로마로부터 개신교를 물려받은 후 사회주의에 넘어갔고, 그 결과 무신론적으로 되었다고 설교하는 것이다. 반면에 러시아는 그의 보편성과 조화 그리고 다른 사람들을 이해하고 광범위한 통합을 통해 서로를 하나로 묶는 능력으로 유기적 사회를 보존했다. 이는 정교회 개념으로 '**소보르노스트**(sobornost')', 즉 '**공동체**'를 뜻한다. 이러한 가치들은 1862년과 1863년 그가 유럽을 방문했을 때의 이야기인『여름 인상에 대한 겨울 수기』, 두 잡지의 편집 정책,『작가의 일기』(1873~1880)에 출판된 글 그리고 이따금 소설 속 인물들의 대사에 모두 반영되어 있다. 이러한 관념들은 수많은 군중들을 감동시켰으며, 그토록 유명한 1880년의 푸시킨 연설에도 포함되었다. 1873년『작가의 일기』에서 '**신념의 부흥**'에 대해 쓸 때에도 그는 이러한 사고방식을 참고했다. (이러한 가치는 지도적인 슬라브주의자들이 해석하는 대로의 러시아 정교회의 전통이며) 도스토옙스키가 믿고 있던 사상의 밑바탕에 깔려 있는 가치는 당시 선두적인 슬라브주의자들이 바라본 러시아 정교회의 전통에서 유래했다. 그 선상에서 일관되게 발전한 세계관은 도스토옙스키의 지적인 삶과 감정적 삶을 안정시키는 데 도움을 주었으며, 러시아 상류사회에서 (그의 체면을 복원하고) 그의 지위를 회복하는 데에도 일조했을 것이다. 훗날 그는 정교회 신성종무원의 종무원장인 콘스탄틴 포베도노스체프와 가까워졌고 또 황실과도 가까워졌다. 더 이상 자유주의나 혁명 사상과의 관계는 없어야 했지만, 보았다시피 도스토옙스키는 자신이 청년 시절에 탐독했던 책들의 저자들인 낭만주의적 유럽 작가들에 대해 좋은 기억을 갖고 있었다.

대부분의 비학구적인 도스토옙스키 찬미자들은 그의 '**대지주의자**(pochvennik)'적, 즉 '**슬라브주의**' 사상들을 그리 흥미롭게 생각하지 않았다. 여기에는 분명한 이유가 있었다. 우선 그런 사상들은 귀에 거슬리는, 교훈적이고 민족주의적인 어조로 쓰여 있으며, 가끔 반유대주의를 드러내기까지 했다. 또한 그러한 관념들이 지적인 독창성을 전혀 보이지 않고, 지적인 진실성이 없다고 주장하는 이들도 있었다. 가이어 크옛사가 말하듯이, 독자는 지칠 줄 모르는 러시아의 우수성에 대한 도스토옙스키의 단언과 함께 그가 주장하는 그러한 우수성을 서유럽 사람들이 이해하지 못한다는 쓴 소리와 불평을 못마땅하게 여길 수밖에 없는 것이다. 하지만 가장 중요한 것은, 그러한 사상들이 도스토옙스키의 주요 소설에서 독창적이고 통찰력 있는 것들을 이해하는 데 별로 도움이 되지 못할뿐만 아니라, 도스토옙스키를 세계적인 작가로 만든 요소들과 별다른 공통점도 갖지 않는다는 데 있다. 서술자를 포함하여 소설 속 어느 한 인물도 도스토옙스키의 개인적 철학을 전체적으로 지지하지는 않는다. 많은 점에서 도스토옙스키와 비슷한 생각을 가진, 『악령』에 나오는 샤토프(러시아인들은 하느님을 섬기는 사람들이라는 생각, 미학적 원칙의 중요성, 그리스도의 두 번째 재림이 러시아에서 이뤄질 것이라는 확신)마저도 신의 존재에 대한 믿음을 인정하지 않았다.

사실 나중에 자리 잡힌 도스토옙스키의 이데올로기보다는 고군분투하던 초기의 모습이 그의 소설을 읽는 데 더 중요한 단서를 많이 제공했다. 이 사실은 우리에게 놀라운 것이 아니다. 도스토옙스키는 독자들에게 여행이 중요한 것이지 목적지에 도달하는 것이 중요한 것은 아니라고 여러 번 상기시킨다. 이것은 『백치』에서 입폴리트가 말한 것과 같다.

> "콜럼버스가 실제로 미국 대륙을 발견했을 때보다 발견하는 과정에서 더 행복을 느꼈다는 점은 확실하다. 그가 가장 행복했던 순간은 어쩌면 새로운 세계를 발견하기 정확히 3일 전 그의 반항적인 선원들이 절망하여 유럽으로 다시 배를 돌리려고 했을 때일지도 모른다. (…….) 중요한 것은 삶이고, 오로지 삶뿐이다. 지속적이고 영원한 발견 과정이 중요하지, 발견 자체가 중요한 것은 아니다(8권 327쪽, 3부, 섹션 5)."

1861년에 도스토옙스키가 쓴 글 『Mr. - bov와 예술의 문제』와 『지하로부터의 수기』에 비슷한 감정이 드러나 있다. 도스토옙스키의 소설에서 관찰할 수 있는 것은 가장 치명적인(또는 '**반항적인**') 상대 앞에 선 기독교 전통의 발견, 또는 재발견의 반영이다. 이는 기독교를 대화 속에서 재고하는 과정이며, 도스토옙스키 개인의 정신적인 편력과는 무관하게 그의 소설에서는 아무런 결말도 내지 않는 과정이다. 1864년 도스토옙스키가 첫 아내 마리야 드미트리예브나의 죽음에 관하여 자신의 생각을 기록할 때, 그는 이 주장을 불멸에 대한 믿음의 토대로 삼았다. 그리스도의 율법대로 본인을 사랑하듯이 이웃들을 사랑하는 일은 결국 개인의 자아가 저지하기 때문에 불가능하다고 회고하면서 도스토옙스키는 오직 그리스도만이 이것을 할 수 있다고 주장한다. 이로써 도스토옙스키는 그리스도는 개인이 자연법칙과 일치하여 끊임없이 노력해서 다가가야 하는 이상이라 확신한다. 그리스도가 인간의 형태로 직접 나타난 것은 그가 인격이 발달된 최후의 모습을 상징한다는 것을 증명한다. 그렇기에 인간이 자신의 자아를 가장 유용하게 사용하는 방법은 그 자아를 없애는 것이고 그것을 완전히, 사심 없이 모두에게 나눠주는 것이다. 이 시점에서 자아의 법칙과 인간주의(Humanism)의 법칙은 서로를 없애며 융합한다. 하지만 이것이 인류의 목적이라면 그것이 이뤄지는 순간 삶의 이유가 사라질 것이다. 그렇기 때문에 지구에서 인간은 진화 단계에서 미완의 과도적인 단계에 처해 있다. '그런 대단한 목적을 이루는 것은 어리석은 짓이며, 내 생각에는 이를 달성하는 즉시 모든 것이 사라진다. 즉 이 목적을 달성한 자에게는 더 이상의 삶이란 없는 것이다. 그렇기에 미래가 있고 천상의 삶이 있는 것이다.' 결국 불멸에 대한 믿음은 도스토옙스키가 한결같이 지지하는 유일한, 정통 기독교적 교리이며, 이 지구에서 개인의 정신적 업무는 부득이하게 미완성 상태에 있다는 믿음을 내포하고 있다고 할 수 있다.

1860년대 중반부터 도스토옙스키의 종교적 자각은 여러 요소를 지니고 있었다. 그는 공개적으로 그 요소들을 **'대지주의'** 사상 아래 결합시키는 데 성공했다. 하지만 특히 생애 후반부에 아무런 비판도 없이 열정만 갖고 설파하는 교리는 그의 사상 체계의 허약함을 보여주고 있는지도 모른다. 어떤 경우든 소설을 쓸 때면 도스토옙스키는 전혀 다른 사고방식을 도입했다. 이 사고방식은 아직까지 어떤 비평서에서도 만족스럽게 설명되지 않았지만, 아메리카 대륙을 발견하기 직전의 콜럼버스와 선원들에 비유한 것과 비슷할 것이다. 도스토옙스키가 고통(영적인 절망도 포함하는)이 믿음(신앙)을 불러일으킨다고 할 때, 이 같은 단언은 그의 소설이 가진 사상적(관념적) 구성에 대한 굉장히 인상적인 맥락을 부각시킨다. 도스토옙스키의 주요 소설은 마치 기독교에 대한 당대의 급진적인 도전의 주위를 맴도는 것처럼 보인다. 글을 쓰고 계획하는 과정에서 도스토옙스키는 몇 가지 불신앙에 대해 적절한 그리스도교적인 해답을 제시하고자 했다.

IV.

이제야 비로소 우리는 주요 작품들에 들어왔다. 『지하로부터의 수기』

에서 종교적 모티브는 찾기 힘들지만, 주인공은 도스토옙스키처럼 궁극적으로 철학적인 질문들을 주로 던지는 인간이면서 동시에 지적인 강박관념을 가진 인간이다. 표면적으로 주인공은 1860년대에 지배적이었던 진보 사상에 반항한다. 무엇보다도 인간이 이성적인 존재이므로 합리적인 목적성에 부합되기만 한다면 인간은 그 원리를 따른다는 관념, 그리고 인간은 자연세계의 일부이며 과학처럼 인과율의 지배를 받는 것이 증명되었다는 관념에 반대했다. 주인공은 이러한 관념에 반대하며 이성은 인간의 능력 중 일부에 불과할 뿐, 인간의 행동을 거의 결정하지도 않는다고 항의한다. 나아가 과학이 자유는 착각일 뿐이라고 말한다 해도 사람들은 이를 받아들이길 거부할 것이라고 주장한다. 만약 이성적인 사회가 완벽하게 만들어진다 해도 사람들은 이를 붕괴시키기 위해 음모를 꾸밀 것이다. 그런가 하면 주인공은 철학적인 확신을 얻기 위한 안정적인 기반을 찾을 수 없다는 등 더 깊은 철학적인 문제들을 갖고 있지만 이에 대해서는 거의 언급이 없다. 표면적으로 주인공의 해답은 개인의 의지가 무엇보다도 중요하다고 서둘러 주장하는 것처럼 보인다. 이런 입장은 도스토옙스키를 원시적 실존주의자로 보이게 하는 데 일조했다. 하지만 이 항변을 주인공의 최후 발언으로 인정하지 못하는 데는 텍스트상의 이유도 있고 텍스트 외의 이유도 있다. 『죄와 벌』에서 라스콜리니코프의 꿈과 『카라마조프가의 형제들』의 「대심문관의 전설」을 보면 제한 받지 않는 개인의 자유의지가 초래한 행동에 대한 끔찍한 결말이 묘사되어 있다. 도스토옙스키가 원래 지하인의 문제와 관련하여 기독교적인 해결책을 마련하고자 했다는 사실을 우리는 알고 있다. 도스토옙스키는 지하인의 이야기 1부를 마친 후 아내의 죽음에 대한 글들을 썼다. 어쩌면 그 글은 이 이야기가 무엇으로 구성되어 있는지에 대한 실마리를 제공할 수 있을지도 모른다. 하지만 우리에게는 텍스트 속에 있는 힌트만이 남아 있기에 여기서 가장 중요한 것은 주인공이 수기에 쓴 것보다 더 나은 해결책이 있다는 그의 직관이다. 아마도 이것은 **'살아있는 삶**(zhivaia zhizn')'과 연관되어 있다. 이것은 도스토옙스키가 종교를 취급하는 문제에 대해서 언급되어야 할 아주 중요한 것이다. 이는 그리스도가 "나는 길이요 진리요 생명이다"라고 말한 것을 상기시킨다(요한복음 14: 6; 크옛사의『도스토옙스키와 신약성서』, 39쪽). 도스토옙스키에게 기독교란 규정된 신념들이 아니라 비트겐슈타인을 본받은 스튜어트 서덜랜드 스튜어트 [161]가 **'삶의 형식'**이라 칭한 것이다. [162] 이는 성스러운 것에 대한 목마름을 포함한 모든 인간의 능력을 수용하는 삶의 형식인 것이다. 도스토옙스키가 기록해놓은 것으로서 '복음은, 자기 보존과 과학적 실험이 아무것도 발견하지 못하고 아무도 만족시키지 못한다는 것을 예견하며 또한 사람들은 발전과 필요에 의해서가 아니라 보다 높은 아름다움의 도덕적 수용을 통해 만족한다는 것 또한 예견한다.'[163] 『지하로부터의 수기』는 '신성한 것에 대한 모든 감각과 삶을

161 스튜어트 서덜랜드(Stewart Sutherland, 1927~1998)는 영국의 심리학자이며 작가이다. 서섹스 대학교에서 경험 심리학 연구실의 책임교수로 재직했다. 비교심리학 분야에서 시각적 패턴 인식과 구별에 관해 실증적인 이론을 내세운 것으로 잘 알려져 있다(역주).

162 Stewart R. Sutherland, Atheism and the Rejection of God: Contemporary Philosophy and 'The Brothers Karamazov' (Oxford: Blackwell, 1977), pp. 85-98.

163 'Neizdannyi Dostoevskii' (The unpublished Dostoevskii), Literaturnoe nasledstvo , vol. 83 (Moscow: ANSSSR, 1971), p. 675.

살아가는 능력을 잃고 화려한 진보적 관념의 노예가 되어버린 우리 시대의 지식인은 어떻게 되는 것인가?'라는 질문을 던진다. 지하인이 바로 도스토옙스키의 답이다. 이러한 방법으로 그는 종교와 관련하여 지속적으로 강력하게 논의되는 주장들(합리주의, 결정론적 물리학, 역사적 낙관주의, 실용적인 도덕론, 허무주의, 초(超)도덕주의, 어떠한 진실에 도달하기 위해 인간의 언어는 부적합하다는 사상)을 반격하고자 한다. 하지만 여기서 그의 반격은 부정적인 방법을 통해 이루어진다. 그러한 주장들이 논리적인 결말에 도달했을 때, 그의 작품은 개인과 사회에 도래할 끔찍한 결과를 보여주며 단순히 다른 방법이 있을 거라 암시만 하고 있기 때문이다.

『죄와 벌』에서도 종교에 대한 주된 도전은 1860년대의 지식인으로부터 시작된다. 신의 역할을 맡은 지식인은(도스토옙스키는 나중에 이를 인신이라 부른다) 다른 사람들의 삶이나 죽음을 결정할 수 있고 다른 사람들의 옳고 그름을 판단할 수 있다. 그가 정말 위대한 사람이고 인류를 위하는 사람이라면 역사를 바꿀 수도 있다고 믿는다. 라스콜리니코프는 자신이 그러한 위대한 사람이라 믿으며 (이는 그의 심리를 지나치게 단순화한 것이다) 두 명을 죽이는 살인을 저지른다. 소설의 후반부에 전개되는 이야기는 라스콜리니코프가 결국에는 경찰에 자수하는 과정을 그려낸다. 도스토옙스키는 그런 지적인 오만을 1860년대의 젊은 니힐리스트들(허무주의자들)을 통해 보았다. 이는 단순히 사회적 다윈주의로 인해 훼손된 공리주의로부터 고취된 것이 아니라 나폴레옹 1세의 업적과 3세의 야망으로 특징지어지는 위대한 인간에 대한 숭배에서 영감을 얻은 것이다. 따라서 소설 속의 라스콜리니코프는 개인의 의지와 더불어 운명이 자신에게 도움을 준다고 느끼게 된다.

라스콜리니코프는 살인을 계획하다 우연히 젊은 매춘부 소냐 마르멜라도바에 대해 듣게 되고, 결국 그녀에게 자백을 하려고 한다. 소냐는 도스토옙스키의 위대한 성스러움을 구현하는 첫 번째 인물이다. 성자 같은 인물들은 자신의 삶을 거부하기보다는 당연히 삶을 견뎌야 할 것으로 여기며 살아가는 유로디비, 또는 성스러운 바보를 상징하는 인물들이다. 그들의 성격은 단순한 믿음을 표현한다. 이는 겸손(smirenie), 동정심(sostradanie), 통찰력(prozorlivost') 그리고 온유(umilenie)로 구성되어 있다. 어쩌면 서구의 견해에서는 마지막 요소인 온유(溫柔)가 가장 접근하기 힘든 것일 수도 있다. V. N. 자하로프는 이 관념이 감상 소설『가난한 사람들』에서부터 어떻게 도스토옙스키의 시학에서 지속적으로 중요한 역할을 했는지를 보여준다. 서구의 독자는 이 온유를 감상적인 생각으로 착각할 수도 있다. 하지만 이 러시아적 관념에는 훨씬 더 입체적인 측면이 존재한다. 이것은 마음을 누그러지게 하고, 기독교적 사랑과 하느님의 은혜를 표현하는 존경과 신앙심을 결합시키는 부드러운 감정의 각성이다.[164] 소냐는 절대로 평온한 사람이 아니다. 그녀의 믿음은 외부의 영향 때문에 쉽게 흔들린다. 하지만 그녀는 라스콜리니코프의 영적 부활을 도와준다. 이러한 일은 소냐가 「라자로의 부활」이 나오는 요한복음의 대목

164 V. N. Zakharov, 'Umilenie kak kategoriia poetiki Dostoevskogo' (Spiritual tenderness as a category in Dostoevskii's poetics) in Knut Andreas Grimstad and Ingunn Lunde (eds.), Celebrating Creativity (Bergen: University of Bergen, 1997), pp. 237~255.

을 그에게 읽어주면서부터 일어나게 된다. 이 소설은 죽음과 부활의 이야기, 즉 부활절의 주제를 담고 있다. 기독교 관점에서 봤을 때 이 신화는 소설 속에서 라스콜리니코프가 살인을 할 때의 영적 죽음에서부터 시베리아에서의 영적 부활에 이르기까지 주인공의 운명을 좌우한다. 로저 콕스의 말에 따르면, 이 신화가 『죄와 벌』이라는 소설의 제목에 현혹된 독자들이 생각하는 오만과 징벌이라는 대립구조와 대응하여 소설 전체를 구조할 수 있다고 한다.[165] 이 신화는 종교적 대안을 받아들이기 어렵다는 가장 세속적인 독자들의 결론과 연결되어 대립한다. 또한 콕스는 이미 예전부터 러시아 전문가들이 이를 발견했다고 말한다. 그리고 그중에서도 도스토옙스키의 소설 속 요한 경전들(요한복음, 요한의 편지들, 그리고 요한 계시록), 요한과 바오로가 중시했던 **'법보다 은혜'**가 자주 발견된다는 입장에 대해서도 반박한다. 이는 러시아에서 부랑자보다는 범죄자를 불행하다고 보는 경향에서 비롯되었다. 이 개념은 『죄와 벌』 전체에 스며들어 있다. 가이어 크옛사의 말에 따르면, 도스토옙스키가 신약성경 사본에 표시해 놓은 밑줄을 분석한 결과 그가 요한 경전들을 중요시했었다는 점이 확인되었다. 특히 사랑의 계명과 예수를 거부하는 자는 죄를 짓는 것이라는 규정을 유의해서 살폈다.

하지만 그의 소설 속에서 전통적인 정교회 신학이나 교회가 중요한 역할을 한 것은 아니다. 궁극적으로 도스토옙스키가 가장 큰 의미를 두었던 것은 **'공동체**(sobornost')'였다. 도스토옙스키와 마찬가지로 라스콜리

165 See Roger L. Cox, Between Earth and Heaven: Shakespeare, Dostoevsky and the Meaning of Christian Tragedy (New York: Holt, Rinehart and Winston, 1969), pp. 140ff.

니코프의 **'부활'**은 그가 받은 기독교적 가정교육으로 인해 가능했다(깁슨, 『도스토옙스키의 종교』, 92~93쪽). 어머니와 여동생이 나타났을 때, 라스콜리니코프에겐 따뜻했던 어렸을 적 추억이 되살아났다. 소냐나 다른 어떤 인물도 라스콜리니코프의 무신론에 대해 반대 의견을 갖지 않았다. 소냐는 지식인도 아니고 전통적인 정교회 성자도 아니다. 그리고 그녀는 성 바보의 유형도 아주 약간만 모방하고 있을 뿐이다. 소냐는 체념한 삶을 살고 있지 않았고 자신의 영혼이 갖고 있는 자존심을 이겨내기 위해 바보를 가장했으며 가족을 뒷바라지하기 위해 매춘을 했다. 소냐는 유럽 낭만주의 전통의 문학사조에 나타나는 **'순결한 창녀'**라는 인물 유형의 특성을 이어받았다. 소냐는 삶의 대안을 제시하는데, 도스토옙스키는 단순히 이 대안들을 나란히 병렬해서 보여주지 않는다. 그는 철학을 가진 인물들이 서로 교류하게끔 한다. 앞으로 보게 되듯이, 어떤 주어진 소설의 틀 안에서 무엇이 성공적으로 살아남을지는 아무도 장담할 수가 없다.[166]

『백치』의 미시킨 공작은 무수히 많은 논쟁을 불러일으켰다. 만약 우리가 도스토옙스키가 공작을 **'긍정적이고 아름다운 사람'**으로(어느 날 늦은 시간, 제1부를 완성한 지 두 달 이내로) 생각했다는 것을 몰랐다면, 그가 『피크위크 씨』, 세르반테스의 『돈키호테』 그리고 위고의 『장발장』을 참고했다는 것을 몰랐다면 그리고 도스토옙스키가 공작과 그리스도를 나란히 비교한 기록을 남기지 않았다면 논쟁이 덜 일어났을지도 모른다. 하지만 특히 소설 첫 부분에서 미시킨은 여러 기독교적 모티프와 연관되어 있다.

---

166 For an account of the psychological strategies underlying this interaction, see Malcolm V. Jones, Dostoyevsky after Bakhtin (Cambridge University Press, 1990), pp. 77~95.

이는 신약성경과 러시아의 종교적 전통과도 관련 있는 설정이었다. 그 연관성은 미시킨이 예판틴 가족의 여자들에게 마리아 이야기와 우화 등 긴 이야기를 들려줄 때 잘 드러난다. 즉 미시킨의 어린아이 같은 모습, 어린이를 좋아하는 취향, 당나귀에 대한 애정 등은 복음과의 연관성을 보인다. L. 밀러는 미시킨이 산상수훈에서 강조된 팔복의 모든 자질을 갖추고 있다는 점을 강조한다. 미시킨은 **'불쌍한 영혼'**을 지니고 있으며, 온순하고 자비롭고 순수한 마음을 가진 평화주의자다. 그래서 미시킨은 성(聖) 바오로가 권한 미덕을 몸소 행한다. 미시킨은 참을성이 있고 착하며 아무도 부러워하지 않고 절대 허풍을 떨지 않고 자만심이 강하지도 않으며 무례하지도 않다. 미시킨은 이기적이거나 쉽게 화를 내지 않고 남의 잘못을 마음에 담아두지 않으며 다른 사람들의 불행을 고소해하지 않고 진실에 기쁨을 느끼며 사랑으로 해결되지 못하는 것은 없다고 믿을 뿐만 아니라 사랑에 대한 믿음, 희망 그리고 인내에는 한계가 없다고 믿는다.[167] 덧붙이자면 미시킨의 종교적 경험은 소설에서만 발견할 수 있는 영적인 차원을 포함하고 있다. 이는 미시킨의 간질병 기운과 비슷하게 사리분별을 잃게 하는 내면의 빛으로서 순간적으로 미시킨의 영혼을 가득 채우고, 깊은 정적으로 이끈다. 그의 영혼은 조화로운 기쁨과 희망, 아름다움과 기도의 종합, 그리고 인생의 가장 숭고한 통합으로 가득 차있다.

소설 속에서 수평선 너머의 것에 대한 믿음에 사로잡힌 선장보다 반항

167 L. Miuller, 'Obraz Khrista v romane Dostoevskogo Idiot' (The image of Christ in Dostoevskii's The Idiot), in V. N. Zakharov (ed.), Evangel'skii tekst v russkoi literature XVIII-XX vekov (The Evangelical Text in Russian Literature), vol. 2 (Petrozavodsk: Izdatel'stvo Petrozavodskogo universiteta, 1998), pp. 374~384.

적인 선원에 조금 더 중점을 두는 도스토옙스키의 법칙을 떠올린다면 얼핏 봐서 『백치』는 이 법칙의 예외라고 볼 수 있다. 이 소설은 미시킨 공작이라는 성자 같은 주인공을 소개하며 시작하긴 하지만, 본문을 보았을 때나 이 작품의 창작 기록들을 보았을 때, 이러한 배치에 대해 작가나 화자 모두 갈수록 불편함을 느끼는 것을 알 수 있다. 제1부가 끝난 뒤 이상한 일이 벌어진다. 자석에 이끌린 것처럼 도스토옙스키와 그의 작품이 다시 일반적인 배치로 돌아가는 것이다. 소설의 제3부를 쓸 때쯤 도스토옙스키는 입폴리트에 대해 간결하고도 강력한 메모를 썼고 거기에는 이야기의 중점에 대한 언급이 있다(9권, 280쪽). 도스토옙스키는 전에 간단하게 다음과 같이 노트해놓았다. '입폴리트가 소설 전체의 축이다. 입폴리트는 결국 공작을 가질 수는 없다는 것을 깨닫지만(어느 정도로 공작을 잡고 있다), 공작에 대한 지배권을 행사한다(9월, 277쪽).' 이것은 작가가 뒤늦게 생각해낸, 다른 관점에선 비교적 중요하지 않은 지엽적인 인물에 대한 의외의 조치이다.[168] 하지만 제2부부터 로고진이 소장한 홀바인의 그림 「관속의 그리스도」를 통해 그리스도의 이미지가 대단히 부정적으로 소개되었다. 그것은 이미 예견된 것이었다. 로고진은 이 그림을 좋아한다. 미시킨은 이에 혐오감을 느끼며 이것이 믿음을 잃게 할 수도 있다고 한다. 소설의 뒷부분에서, 다가오는 죽음을 예견한 입폴리트는 이 그림과 관련된 말을 남긴다.

---

168 See Gary Saul Morson, 'Tempics and The Idiot' in Grimstad and Lunde (eds.), Celebrating Creativity, pp. 108~134.

> "만약 죽음이 이토록 처참하고 자연의 법칙이 이토록 막강하다면, 이를 어떻게 극복할 수 있겠는가 하는 생각이 저절로 들었다. 생전에 자연을 물리치고 예속시켰던 자로서의 그분……. 그런 분마저 이겨내지 못했던 자연의 법칙을 우리가 어떻게 극복하겠는가? 이 그림을 보면 자연은 거대하고 무자비한, 말 못하는 어떤 짐승처럼 비추어지기도 한다. 아니 그보다 훨씬 정확히 표현한다면, 이상하게 들릴지 모르나 이 그림 속에서 자연이란, 위대하고 귀중하기 짝이 없는 창조물을 닥치는 대로 포획하여 무감각하게 분쇄시켜 마구 삼켜 버리는 엄청나게 큰 첨단 기계처럼 보인다(8권, 339쪽, 3부, 섹션 6)."

반항적인 선원들의 실상은 소설이 전개될수록 서서히 드러난다. 이들은 탐욕, 오만, 수치 그리고 권리의 요구를 상징하고 있다. 미시킨이 만약 잠깐이라도 그것들을 다루는 법을 배운다면 이는 그의 성스러운 면을 훼손시키는 일이 될 것이다. 이 변화는 복음서에서도 계시록을 생각나게 하는 묵시록 모티프로의 전환으로 드러난 바 있다. 인물 가운데 레베데프는 심지어 묵시록의 해설자로 나서고, 그의 묘사에 어지러운 가속도가 붙었으며 미시킨은 이를 멈출 힘이 없다. 미시킨에게 삶의 비결은 항상 수평선 뒤에 있다. 이는 나타샤 필립포브나도 마찬가지다. 그녀 또한 그리스도의 이미지를 제시한다. 그리스도는 어린 아이와 함께 있으며, 눈은 수평선의 먼 곳을 바라보고 있다. 그의 눈 속에는 우주만큼이나 어마어마한 생각이 담겨 있다. 여기서 소설 속 그리스도에 대한 긍정적 이미지가 미시킨이 아닌 나타샤 필립포브나에 의해 제시됐다는 점은 매우 중요한 사실이다. 미시킨은 몇몇의 독자들이 원하는 러시아의 그리스도도 아니고 — 그는 아무도 **'부활'**시키지 못한다 — 심지어 전통적인 성자도 아니다. 미시킨은 도스토옙스키가 기독교적인 성격과 연관 짓는 특징(동정심, 통찰력, 겸손, 미에 대한 세심함, 다정한 마음, 용서)을 상당히 많이 갖고 있다. 미시킨은 도스토옙스키와 마찬가지로 간질 발작을 통해 낙원을 잠깐 엿보지만 이 짧은 경험에는 바로 완전한 외로움이 뒤따른다. 이는 그리스도보다 예언자 모하멧과 더 많이 연결된다. 나아가 미시킨은 러시아적인 뿌리를 기억하지 못한다. 소설에는 개신교 스위스의 추억만이 삽입되어 있다(보통 기독교 신자들과 같이 설교를 하지 않으며). 미시킨은 일반적인 기독교 신자들이 하는 행동도 전혀 보이지 않고, 미사에 참석하거나 일년에 한 번씩 있는 정교회 관습을 지키지도 않는다. 이볼긴 장군의 장례식이 처음 가보는 정교회 장례식이다. 다른 인물들은 미시킨을 다양하게 받아들인다. 백치, 성 바보, 민주주의자, 교활한 악당, 푸시킨의 인색한 기사, 세르반테스의 돈키호테 등에 비유하지만 정교회의 성자로는 보지 않는다. 그를 정교회의 성자로 보는 사람들은 미시킨이 정말 러시아 정교회에서 시성(諡聖)하고 싶어할 만한 인물인지 다시 한 번 생각해볼 필요가 있다. 하지만 어쨌거나 미시킨은 다른 사람들을 대할 때 그들을 최고로 대한다. 미시킨의 개념과 성격묘사는 예술적 업적이다. 리얼리즘 소설에서는 가장 기억에 남을 기독교 성자의 묘사이지만, 기독교적 가치관을 몸소 표현하는 **'긍정적으로 아름다운 인간'**인지에 대해서는 여전히 논란이 많다. 미시킨의 실패를 슬퍼하는 이들 가운데 그의 기독교 성향을 탓하는 자들도 있다. 반면에 기독교적 성향의 부족을 탓하는 사람들도 있다. 양쪽 의견 모두 타당하다. 도스토옙스키 본인도 자신이 스스로 세운 목표에 도달하지 못했다고 생각했다. 소설은 도스토옙스키가 원했던 것의 10분의 1도 표현하지 못했다고 주장했다. 하지만 적어도 도스토옙스키는 자신의 가장 강렬한 영적 경험들을 여기에 담았다. 도스토옙스키의 토론은 직전에 쓴 소설에서의 역사적 과정에 대한 논의에서 우주의 자연에 대한 논의로 한 단계 나아갔다.

V.

1867~1871년 도스토옙스키는 유럽에서 두 번째 아내 안나 그리고레브나와 함께 시간을 보냈다. 깁슨이 말하듯이, 1869년 도스토옙스키는 종교적 감정으로 충만했으며 전보다 교회에 대한 의심이 덜했지만 지적인 면에서는 아직 문제가 많았다. 그는 '동정심(연민)이 인간의 존재에서 가장 중요한 법칙이다'라고 생각하는 미시킨에게서 별로 발전하지 못했고 "무신론자는 항상 다른 이야기를 한다"고 말하곤 했다. 하지만 도스토옙스키가 러시아로 돌아왔을 때, 친구 니콜라이 스트라호프는(그리고 안나 그리고레브나도 동의했다) 그가 외국에 있는 동안 그와 늘 함께했던 기독교적 영혼이 꽃을 피웠다고 증언했다. 도스토옙스키는 시종일관 종교적인 내용으로 대화를 이끌었다. 나아가 그의 행동도 굉장히 부드럽게 변했는데, 이는 가장 높은 기독교적 감정을 나타내고 있다.[169] 물론 다른 증인들은

169 A. G. Dostoevskaia, Vospominaniia (Memoirs) (Moscow: Khudozhestvennaia literatura, 1971), p. 201.

도스토옙스키가 늘 그렇지는 않았다고 말한다.[170] 하지만 도스토옙스키가 유럽으로 추방당해 있던 마지막 10년 동안 슬라브주의 기독교 정신이 강화됐다는 주장만큼은 맞는 것 같다. 다른 중요한, 그가 쓴 『악령』에 나오는 아래의 몇 소절이 이를 잘 보여주고 있다. 그리스도는 머릿속에 지구에서 얻을 수 없는 완벽함의 상징으로 나타나는 것이 아니라 바람직한 인간의 형태로 나타난다. 이는 즉 요한복음에서 일컫는 성육하신 말씀이다.

> "많은 사람들은 기독교인이 되기 위해서 그리스도의 도덕적 가르침만을 믿으면 충분하다고 생각한다. 하지만 그리스도의 도덕적 가르침이나 그리스도의 교리는 우리 세상을 구할 수 없으며, 오로지 말씀이 성육하셨다는 것에 대한 믿음만이 […] 이 믿음 속에서만이 우리는 신성에 도달할 수 있을 것이다. 그 황홀함은 우리를 그리스도와 가장 가까이 묶어주며 진실한 길에서 벗어나지 않도록 미리 막아주는 힘을 갖고 있다(11권 187~188쪽)."

도스토옙스키의 다음 소설은 **'위대한 죄인의 생애'**의 일부를 바탕으로 한 『악령』이다. 이는 종교적인 내용을 담은 대화, 악령에 대한 환각, 성 바보, 그리고 **'성경을 파는 여자'** 등 많은 종교적 모티프를 담고 있지만 그의 종교적 발전에는 큰 도움이 되지 않았던 것으로 보인다. 여기서 분명히 반항적인 선원들이 지휘를 하고 있기에, 『백치』의 뒷부분처럼 많은 종교

---

170 Compare, for example, V. V. Timofeeva's account of Dostoevskii's ranting in 1873-1874 about the coming of the Antichrist (Dolinin, F. M. Dostoevskii v vospominaniiakh sovremennikov , vol. 2, p. 170) or Leskov's account of his sullen, ill-tempered, stubborn defence of Orthodoxy against Protestantism (N. S. Leskov, Sobranie sochinenii [Collected Works], 11 vols., Moscow: Khudozhestvennaia literatura, 1956-8, vol. 11, pp. 134~156).

적 모티프들이 종말론적이라는 점은 그다지 놀랍지 않다. 도스토옙스키는 자신이 선호하던 원래의 체계로 돌아가서 중심인물이 직접 또는 다른 인물들을 시켜서 황폐한 무신론적이고 비(非)도덕적인 발언을 하도록 만든다. 이 소설에서 표트르 베르호벤스키는 네차예프의 이야기에서 영감을 받은 것이지만 소설의 주인공은 니콜라이 스타브로긴이다. 도스토옙스키는 입폴리트에 대해 쓴 것과 비슷하게, '모든 것은 스타브로긴에 담겨 있다. 스타브로긴은 모든 것이다'라고 필기해 놓았다.

소설이 보여주듯이, 스타브로긴은 베르호벤스키뿐만 아니라 샤토프와 키릴로프의 사상에 대한 영감도 제공했다. 그는 자신의 힘에 걸맞은 가치가 있는 일을 본 적도, 자신의 관심을 살 만큼의 가치 있는 일도 해보지 못했다. 검열에 걸린 장, 「티혼의 암자」에서 스타브로긴은 지방 수도원의 주교 티혼에게 고해성사를 한다. 그때 그는 티혼에게 요한 계시록에서 '열정이 없는' 자들이 비난 받는 대목을 읽어 달라고 부탁한다. 이것이 스타브로긴이다. 티혼은 완전한 무신론자는 완벽한 믿음 바로 아래 있다고 하지만 스타브로긴은 그것마저도 해낼 수가 없다. 다만 그럼에도 그의 짧은 의욕은 열정적인 제자들을 탄생시켰다. 도스토옙스키의 종교에 대한 논의에 의하면 샤토프와 키릴로프는 가장 중요한 제자들이다. 성자 인물군이 가진 개성의 특징을 나타내는 샤토프는 도스토옙스키가 가졌던 슬라브주의 전통을 따르는 인물이다. 샤토프는 미학의 원리가 인간의 일에 있어서 과학이나 이성보다 훨씬 더 중요하며 러시아는 하느님을 섬기는 사람들로 이뤄져 있고 러시아 땅에서 그리스도의 두 번째 재림이 일어날 것이라고 믿는다. 무엇보다도 샤토프는, 인류는 **'끝까지 가려고 하는 것과 동시에 끝을 부정하는 억제할 수 없는 욕망'**에 이끌린다는 도스토옙스키의 입장을 직접 옹호한다. 하지만 샤토프는 그 같은 입장을 지지하면서도 한편으로는 그가 앞으로 신을 믿을 것이라는 말밖에 할 수가 없다. 도스토옙스키가 가진 슬라브주의 믿음의 대변자인 샤토프는 중대한 시험대를 결국 통과하지 못하고 넘어지고 만다. 깁슨은 샤토프와 스타브로긴 사이의 대화가 도스토옙스키가 지닌 종교 신앙을 무자비하게 파헤치고 그 안에 아무것도 없었다는 사실을 발견하는 것과도 같다는 올바른 말을 한다. 키릴로프는 혼란스러워하면서도 자신의 무신론적인 견해를 밝힌다. 키릴로프가 그린 신이 없는 우주는 입폴리트의 그림만큼이나 황폐하며 도스토옙스키와 스페시네프의 대화를 연상시킨다. 그 안에서 그리스도는 — 그 없이는 지구 전체가 거짓에 기초를 둔 광기로 가득할 것이며 악마의 보드빌이 되고 말 것이다 — 낙원이나 부활이 없기에 환영의 피해자일 뿐이다. 키릴로프는 미시킨처럼 간질병을 앓는다. 그 또한 순간적으로 영원한 조화를 충만하게 느끼고 자신의 인생을 바치고 싶을 만큼 자연 전체와 진실에 대한 기쁨을 느낀다. 하지만 이것은 고통과 두려움에 시달리는 사람들의 육체적 고통과는 전혀 다른 것이다. 키릴로프는 하느님이 존재하지 않는다면 모든 것은 개인의 의지에 달린 셈이기 때문에 개인은 고통과 두려움을 정복하기 위해 목숨을 걸고 가장 뜻있는 일을 해야 한다는 것을 자신을 희생해서라도 보여줘야 한다는 의무감을 느꼈다고 한다.

만약 샤토프와 키릴로프의 종교적 견해에 치명적인 문제가 있다면 스타브로긴의 정신적 스승이자 젊은 허무주의자의 아버지인 스테판 베르호벤스키도 마찬가지일 것이다. 자신의 생애를 마감할 때쯤 그 또한 요한계시록의 주요 구절, 그리고 도스토옙스키의 화자가 그의 묘비문으로 쓸 누가 복음의 게라사 지방 돼지(누가복음, 8:32~7)[171]에 대한 이야기를 읽고 기뻐하게 된다. 하지만 '그가 믿을 때 그는 그 자신이 믿는다고 믿지 않으며 그가 믿지 않을 때는 그가 믿지 않음을 믿지 않는다'고 알려진 스타브로긴과는 다르게 부친 베르호벤스키의 가장 핵심적인 문제는 그가 거짓말을 할 때도 자기 자신을 믿는다는 것이다. 그러한 생각들은 필연적으로 모든 믿음(신앙) 체계에 대해 큰 의구심을 갖게 만든다. 독자들은 도스토옙스키가 과연 무슨 이유로 정치적 사건들을 바탕으로 했고 또 종교적인 내용이 없는 소설에 이토록 다양하고 기이한 종교적 믿음의 이야기를 많이 넣었는지 궁금해 할 것이다. '도스토옙스키가 정치적 사건들과 그에 따르는 도덕적, 영적 혼란에 대해 사회를 하나로 묶어주는 그리스도에 대한 믿음을 상실했을 때 나타나는 부작용으로 여긴' 것은 사실이지만 이 궁금증에 대한 대답이 될 수는 없다. 정확한 해답은, 도스토옙스키 자신도 그 질문을 두고 씨름하는 중이었으며 그의 소설은 어쩔 수 없이 그 과정을 반영하기 때문이다. 그의 작품 중 『미성년』에서도 이는 똑같이 적용된다. 깁슨은 이 소설이 『백치』에서와는 다르게 인물들이 흥미로운 종교적

171 "마침 거기 많은 돼지 떼가 산에서 먹고 있는지라 귀신들이 그 돼지에게로 들어가게 허하심을 간구하니 이에 허하신대 귀신들이 그 사람에게서 나와 돼지에게로 들어가니 그 떼가 비탈로 내리달아 호수에 들어가 몰사하거늘 치던 자들이 그 된 것을 보고 도망하여 성내와 촌에 고하니 사람들이 그 된 것을 보러 나와서 예수께 이르러 귀신 나간 사람이 옷을 입고 정신이 온전하여 예수의 발아래 앉은 것을 보고 두려워하거늘 귀신 들렸던 자의 어떻게 구원받은 것을 본 자들이 저희에게 이르매 거라 사인의 땅 근방 모든 백성이 크게 두려워하여 떠나가시기를 구하더라. 예수께서 배에 올라 돌아가실 새."(누가복음 8:32-37, KRV) (역주)

논의를 다루는 데 그치지 않고 실제로 성경 구절을 읊기도 한다고 지적한다. 나아가 화자의 계부인 마카르와 그의 생모인 소피아는 동정심이 있는 인물로 나온다. 이 둘이 가진 농민 신앙의 측면들은 도스토옙스키의 다른 소설에서는 찾아볼 수 없는 긍정적인 개념으로 나타난다. 이 소설은 특이한 테마를 갖고 있다. 이 테마는 스타브로긴의 고백에서 나타났고, 『미성년』에서 두 가지 형태로 드러났으며, 『우스운 자의 꿈』(25권, 104~119)과 마지막으로 '지각 변동'에 대한 이반 카라마조프의 작은 서사시에서도 나타난다(15권, 83쪽, 2부, 섹션9). 그 테마가 바로 **'황금시대'**이다. 세 가지 표현으로 나타내는 이 테마는 도스토옙스키가 드레스덴 미술 갤러리에서 본 클로드 로랭의 『아시스와 갈라테아』라는 작품의 해설에 기초를 두고 있다. 그들은 모두 신화적인 그리스 속 먼 과거의 한가로운 전원에서의 삶을 그리고 있다. 그러한 삶은 인간들이 즐거움, 평화, 조화 그리고 풍요로움 속에 살고 있는 지구의 낙원이나 다름없다. 깁슨은 이 모든 구절들을 비교한다. 『우스운 자의 꿈』에서는 거짓말의 등장으로 인해 낙원이 무너진다. 이는 히브리 모티프보다는 창세기에 나오는 원죄에 대한 고전적인 모티프의 변주이다. 여기서는 원죄에 대한 결과로 인간의 언어는 더 이상 진실을 전달하지 않는다고 한다. 『미성년』에서 마카르 돌고루키는 현재 존재하는 신의 창조물을 극찬한다. 이런 관점에 있어서 마카르는 미시킨보다도 한 발짝 앞섰다고 할 수 있다. 후자는 자연에서 동떨어져 있다고 느끼고, 전자는 모든 것이 수수께끼이며 가장 큰 수수께끼는 우리의 죽음 뒤에 기다리고 있다고 믿는다. 마카르와 가장 많이 연관되는 단어는

'매력적인 고상한 모습(blagoobrazie)'[172]이다. 그는 추상적인 인생 철학이나 입폴리트, 또는 키릴로프의 무신론적 외로움에 대해 말하고자 하는 것이 아니라 현재 상태에서 영원한 삶을 맛볼 수 있는 대안적인 인생 형태를 제공하고자 한다.

도스토옙스키의 마지막 소설은 다양한 이유에서 특별하다. 우리는 도스토옙스키 본인이 반복적으로 『카라마조프가의 형제들』이 정교회 신앙을 옹호하는 역할을 맡고자 했음을 알고 있다. 물론 그는 정교회 수도원에 대한 정확한 묘사를 위해 많이 읽고 조사하며 노력했을 것이다. 1877년 도스토옙스키가 옵티나 푸스틴에 있는 수도원의 젊은 블라디미르 솔로비요프를 방문하고 수많은 종교 텍스트를 읽은 경험은 소설 집필에 큰 도움이 되었다. 이 짧은 논문에서 소설의 풍부한 종교적 바탕에 대해 전부 논할 수는 없다. 이는 우리가 그 전에 쓰인 소설들을 통해 살펴본 수많은 모티프를 담고 있을 뿐만 아니라 종말론적 모티프까지 포함하고 있다. 기독교적 삶을 좀 더 부드러운 영적 감정 — 동정심, 겸손, 아름다움(美), 어린이다움, 비판적이지 않음, 이웃에 대한 사랑 — 과 연관시키고 있으며 변형과 공동체에 대한 암시 또한 포함하고 있다. 조시마가 결투를 끝내며 사람들에게 하는 말은 마카르의 신의 창조물에 대한 찬가와 비슷하다. 부활절의 모티프가(요한복음 12장 24절[173]의 비문과 같이) 이 소설의 구조를 이루고 있다고 말할 수 있다. 「반역」과 「대심문관의 전설」에 나타난 강

---

172 러시아어 "blagoobrazie"의 사전적 의미는 "단아, 단정, 고상, 고상한 이미지"를 의미한다(역주).

173 "내가 진실로 진실로 너희에게 이르노니 한 알의 밀이 땅에 떨어져 죽지 아니하면 한 알 그대로 있고 죽으면 많은 열매를 맺느니라."(요 12:24, KRV)(역주).

렬한 반종교적인 논쟁만으로 수많은 기사와 책들이 쓰였으며 이는 선두적인 천주교, 개신교 그리고 정교회의 신학자들과 철학자들의 관심을 끌었다. 도스토옙스키가 대심문관의 견해를 반박하기 위해 만든 조시마와 그의 유언장도 비슷한 부분이 있다. 종교적인 의미가 단순히 이 장들에만 국한되어 있는 것은 아니다. 이반, 알료샤 그리고 드미트리 삼형제는 모두 대화에 기여한다. 이와 비슷하게 표도르 카라마조프, 미우소프, 스메르자코프, 라키틴 그리고 지역 수도원에 있는 수사들도 반쯤은 풍자적으로 기여를 한다.

간략하게 말해 종교 논쟁의 중심은 반항적 선원들이고 이들의 대표는 젊은 지식인 이반 카라마조프이다. 보트킨에게 쓴 편지에서 벨린스키가 헤겔을 거부했듯이 이반은 수도사로 수련중인 알료샤에게 신문에서 읽은 아동학대에 대한 가슴이 미어지는 이야기들을 들려주며 신의 존재에 대한 판단은 보류 상태라고 이야기한다. 하지만 만약 신이 존재하고 이 고통이 미래의 낙원으로 들어가기 위한 관문이라면 그 관문은 너무 높으며 이반은 '**정중하게 입장권을 반납하겠다**'고 말한다. 이반은 서사시를 위한 자신의 아이디어를 이야기한다. 이 아이디어는 종교 텍스트에 대한 인유로 가득하며 16세기 세비야에서 한 늙은 대심문관이 이단자들을 화형시키는 내용으로 이루어져 있다. 이 광경 속에 그리스도 이미지의 인물이 등장한다. 그는 복음서 이야기에 나오는 여러 일들을 직접 수행한다. 대심문관은 감옥 속에 있는 스스로를 발견한다. 그는 사랑의 교리라는 명목으로 인간을 화형에 처하는 행위의 모순을 인식하기는커녕, 오랜 시간 동안 자신의 행동과 가톨릭 교회의 행동을 정당화한다. 대심문관은 누가복음에서 그리스도가 악마의 유혹을 받는 것을 예로 들면서(누가복음 4:1; 1~13), 악마가 옳았고 그리스도는 실수한 것이라고 결론짓는다. 그리스도는 사람들에게 자유를 제공했지만 소수의 엘리트 집단에게는 그러한 자유와 실제로는 신이 없다는 사실이 짐으로 여겨졌다. 사람들이 정말로 원했던 것은 (대심문관이 악마의 유혹에서 유출해낸) '신비', '기적' 그리고 '권력'이다. 좀 더 쉽게 설명하자면, 숭배할 수 있는 것, 일용할 양식 그리고 교회가 가진 정치적이며 도덕적인 권력이다. 이는 그리스도의 가르침을 교회가 수정하여 제공하는 것들이다. 그러므로 그리스도는 이 땅에 돌아와서 교회를 방해할 자격이 없다는 것이다. 이반의 서사시에서 그리스도는 답변을 하지 않고 늙은 대심문관에게 키스를 하며 떠난다. 이 행동의 중요성은 서사시 전체의 의미와 함께 도스토옙스키 소설을 읽은 많은 사람들 사이에서 논란이 되었다. 몇몇 사람들은 이것이 도스토옙스키의 조국 러시아뿐만 아니라 20세기의 전체주의에 대한 이야기일 수도 있다고 말한다. 대심문관의 전설에 대한 논란에서 로저 콕스는 대심문관이 실제로 제안하는 것은 '**신비, 기적, 권력**'이 아니라 '**마법, 신비화, 폭정**'이라고 말한다(콕스『지상과 천국 사이』, 210쪽). 그럼에도「반역」과「대심문관의 전설」은 기독교 신앙에 대한 강한 반박으로 간주된다. 첫째로 그러한 고통을 허락하는 신은 숭배할 가치가 없다는 것이다. 그리고 두 번째는 그리스도가 인류의 영적 능력을 과대평가했으며 인류가 도덕적으로 자유로운 행동을 할 능력이 있다고 과대평가했다. 도스토옙스키는 이 반박들이 얼마나 강렬한지 잘 알고 있었으며 소설의 나머지 부분에서 그 반박을 다시 효과적으로 반박해내지 못할까 두려워했다. 반박은 논리적인 논쟁을 통해서가 아니라 삶의 대안들을 나열하고 상호작용을 시켜 이루어졌다. 기독교적인 삶의 가장 대표적인 인물들은 이반의 형제 알료샤와 장로 조시마이다.

불멸이 없으면 신은 존재하지 않고 모든 것이 허용된다는 이반의 주장에 대해서 조시마는 사랑을 하는 삶에 대한 믿음과 사람들이 모든 것에 대한 책임이 있다는 믿음을 드러내 보인다. 이와 같은 견해는 표도르 카라마조프의 살인과 그의 아들 드미트리의 유죄판결 장면을 통해 드러난다. 조시마는 적극적으로 사랑하는 삶의 근원은 자연 세계 너머에 존재한다고 믿는다. 물론 이는 무신론자가 주장하는, 인류를 향한 추상적인 사랑과는 관련이 없다. 사랑을 하면 여러 가지 신성한 신비로움을 지각하게 될 것이며 나날이 더 많이 이해하게 될 것이다(14권, 289쪽, 6부, 섹션 3).

> “사실 지구상에서 우리가 방랑자로 보이고 우리 앞에 놓인 소중한 그리스도의 이미지가 없었다면 우리는 홍수 직전의 인류처럼 멸망하고 길을 잃었을 것이다. 지구에 있는 많은 것들은 우리에게서 숨겨져 있지만 이는 우리에게 주어진 신비하고 소중한, 높고 천국 같은 세상과의 유대로 대신했다. 우리의 생각과 감정은 여기가 아닌 다른 세상들에 뿌리를 두고 있다. 그렇기에 철학자들은 지구상에 있는 것들의 근본적인 천성을 파악하는 것이 불가능하다고 하는 것이다(14권, 290~291쪽; 6부, 섹션 3).”

러시아 수도원에 보존되어 있는 소중한 그리스도의 상(像)은 우리 인생의 유일한 나침반이다. 이것이 없었다면 인류는 스스로를 파멸시켰을 것이다. 결백한 자들의 고통에 대한 이반의 불평에 대해서 조시마는 욥기의 위대성을 병치시키며 이야기한다. 여기서 주인공(영웅)은 자신이 받지 않아도 될 벌(고통)을 받으면서도 신을 찬양하는데(14권, 264~265쪽, 6부, 섹션 2), 이 벌은 행복의 조건으로 받아야 하는 필요한 고통일 수도 있다는 것이다.

젊은 알료샤는 조시마의 관 위에서 갈릴리의 가나에서의 결혼식에 대한 이야기를 읽다 잠이 든다(요한복음 2: 1-11). 이때 신기한 경험을 하게 된다. 알료샤는 심장에서 무언가가 달아오르는 것을 경험하는데, 이는 심장을 꽉 채우다가 결국 고통을 느끼며 영혼에서부터 올라오는 희열로 인해 눈물을 흘리게 된다. 밖에서 알료샤는 바닥에 몸을 던져 땅에 키스를 하고, 눈물로 땅을 적신다. 이 신기한 경험을 통해 알료샤는 신의 모든 세상들이 자신의 영혼 안에서 만나 하나로 묶이는 것을 느낀다. 그 느낌은 하늘 그 자체가 영혼으로 들어오는 것처럼 확고했다. 알료샤는 누군가가 자신의 영혼을 방문하는 듯한 느낌을 받았으며, 자신의 마음보다 더 오래 남게 될 자신의 신념이 더 높은 자리를 차지하는 것 같은 기분이 들었다. 지구의 고요함이 천국의 고요함과 만났다. 지구의 수수께끼와 별들의 수수께끼 또한 만났다(14권, 328쪽, 7편, 4섹션). 3일 후 장로의 명령대로 알료샤는 수도원을 떠나 세속에서 살게 된다. 어떤 사람들은 이러한 내용에 있어서 천국의 고요함을 강조하고 정교회 신학의 무념 강조와도 관련지었다. 이에 의하면 신의 본질은 알 수 없으며 신의 존재는 영적 평온과 내적 고요를 통해 얻을 수 있다. 이 과정에서 마음속의 모든 이미지들은 장애물이 된다. 어떠한 경우든 이것은 인간의 언어가 가장 깊은 진실을 전달하기에 부족하다는 도스토옙스키의 주장과 조화를 이룬다(29권/2, 102쪽, 1876년 7월 16일 편지).

도스토옙스키가 편집자인 N. A. 류비모프(30권/1, 63~65쪽, 1879년 5월 10일)와 포베도노스체프(30권/1, 120~122쪽, 1879년 5월 10일)에게 보낸 편지에는 기독교를 옹호하고자 하는 의향과 혹시라도 실패할까 두려워하는 마음이 드러나 있다. 하지만 이런 관점에서만 소설을 읽는다면 구조적 이유와 전기적인 이유로 인해 문제가 된다. 우선은 많은 독자들이 이러한 독서를 직관에 반대된다고 생각한다. 그들은 도스토옙스키에 대한 논의의 출발점은 『성자전』이 아니라 『위대한 죄인의 생애』라고 판단한다. 또한 독자들은 도스토옙스키의 소설이 구조적으로 하나의 주장이 다른 주장보다 더 많은 특권을 갖지 않도록 짜여 있음을 알고 있다. 이 소설은 이반의 관점에서 똑같이 읽혀질 수 있으며, 바흐친이 말한, 화자를 포함한 여러 목소리들이 동등한 비중을 가진 '**다성 소설**'로 읽힐 수가 있다. '**실제 작가**'가 이의를 제기했을 만한 문제들에 대해 '**내포 작가**'는 그러한 질문들이 궁극적으로 풀리지 않았고 풀릴 수도 없는 세상에 사는 우리와 직면하도록 만든다. 우리는 이러한 세상을 여행하고 있지만 절대 약속된 땅에 도달하지는 않는다.[174]

---

174 지면상의 문제로 소설을 종교적 차원에서 바라보는 다른 방식에 대한 논의는 다른 곳에서 확인하도록 하자. 말콤 V. 존의 '도스토옙스키 작품에 나타난 죽음과 정교의 부활'(Jostein Bortnes and Ingunn Lunde 편집), 『문화적 불연속

『카라마조프가의 형제들』에서 종교는 전반적으로 동방정교회와 비슷하지만 다른 점도 있다. 조시마의 '**사람은 누구나 모든 사람과 모든 일에 책임이 있다**'는 교리는 정교회의 공동체 개념과 유사하지만, 이 경우에는 예배식, 교리 그리고 의식과 성사를 갖춘 교회의 전통적 공동체 삶이 그토록 가벼운 역할을 한다는 점이 이상하다. 깁슨이 말했듯이 도스토옙스키는 그리스도를 숭배했지만 신학으로부터는 이렇다 할 영향을 받지 않았다(도스토옙스키의 종교, 14쪽). 나아가 헤켈(Hackel), 린네(Linnér) 그리고 다른 사람들이 주장했듯이, 조시마와 알료샤의 이미지는 정교회 성자들뿐만 아니라 유럽 소설의 모델들(빅토르 위고와 조르주 상드)로부터 영감을 받아 만들어진 것이다. 깁슨이 주장하고 헤켈이 동의했듯이, 소설은 최종적으로 신에 대한 서술조차 회피하며 심오한 종교적 황홀을 겉치레에 불과한 듯한 말로써 설명한다. 물론 이것은 소설의 종교적 텍스트가 정교회 요소와 상호텍스트적으로 결합하면서 상대적으로 덜 조명받는다거나 주목받지 못한다는 뜻이 아니다. 그저 우리가 갖고 있는 도스토옙스키의 텍스트가 전혀 다른 것을 제시한다는 점을 말하려는 것뿐이다. 이 '**전혀 다른 것**', 새로운 종교적 견해가 정교회 땅에서 새싹처럼 자라나는 것, 유럽의 각종 이미지의 혼합물을 통해 수정되는 것은 모두 20세기의 문제점을 두고 가끔 씨름하는 종교 사상가들의 상상에 걸려들었다.

그렇다면 도스토옙스키의 전기는 어떨까? 다른 어떤 출처들이 제공되

과 재건: 비잔틴-슬라브 유산과 19세기 러시아 민족문학의 창조』(오슬로, Solum Forlag 출판, 1997), (143~167쪽). 그리고 George Pattison과 Diane oenning Thompson이 편집한『도스토옙스키와 기독교 전통』(케임브리지 대학 출판, 2001)을 참고하길 바란다.

어 있는지는 모르나, 도스토옙스키의 소설은 그의 머릿속에 어떤 광경이 펼쳐지고 있었는지에 대한 가장 적합한 증언일 것이다. 우리는 도스토옙스키가 힘든 삶을 영적인 고요함으로 마무리 지었기를 바라지만, 그는 늘 목표를 달성하는 것보다 그것을 달성하기 위한 과정이 중요하다고 했다. 그의 경우에는 그 과정이 고요함과 거리가 멀었다. 의심이라는 혹독한 시련을 통해 믿음을 얻게 되었다는 도스토옙스키의 말은 믿음의 승리에 대한 긍정으로 볼 수 있다. 뿐만 아니라 도스토옙스키가 의심을 갖고 살아가는 과정이 얼마나 힘겨웠는지를 보여주기도 한다. 마지막까지 이반 카라마조프를 통해 우리는 고통받는 영혼의 진짜 목소리를 듣는다. 적어도 문학 작품을 탄생시키는 일에서는 직접 이러한 경험을 겪지 않은 자는 절대로 이렇게 글을 쓸 수 없을 것이다. 글을 쓰는 당시 그러한 주제들이 본인에게 지적이고 감정적인 면에서 강렬하게 와 닿지 않았다면, 아무도 그와 같은 글을 쓸 마음이 내키지 않았을 것이다. 하지만 도스토옙스키가 폰비지나 부인에게 쓴 편지에서도 말했듯이, 그러한 고통스러운 순간들에도 그에게는 그리스도가 가장 강하게 불타올랐다고 한다. 어쩌면 이 모든 것이 도스토옙스키 유산의 진정한 가치일지도 모른다. 우리는 도스토옙스키 소설을 읽으면서 현대의 기독교를 다시 사유하게끔 만드는 문제를 두고 씨름하고 있는 천재의 존재를 절대로 의심해서는 안 된다.

09. 도스토옙스키와 가족

수잔 푸소

1860년대와 1870년대의 러시아 가족에 대한 문학 사상, 특히 도스토옙스키 사상의 핵심에는 이반 투르게네프의 1862년도 소설 『아버지와 아들』이 있다. 바자로프를 **'니힐리스트**(허무주의자)'로 형상화시킨 작품 『아버지와 아들』은 표면적으로 혼란이나 파괴적 성격의 이야기임에도 불구하고, 작품에 묘사된 가족의 구성 및 소설의 구조 자체는 매우 조화롭고 안정적이다. 바자로프의 철없는 친구인 아르카디는 사랑이 넘치고 헌신적인 아버지와 삼촌이 있었을 뿐만 아니라, 바자로프 역시 그가 걸어 다니는 대지를 찬양하는 세상의 소금과도 같은 존재인 부모님을 두고 있었다. 소설은 고전적인 코미디의 구조를 갖추고 있는 셈이다. 그러나 사회 질서에 의문을 제기하는 파괴적 캐릭터인 바자로프는 발진 티푸스에 걸려 결국 사망하게 되고, 사생아를 키우며 사는 농노 여인과 젊은 지주의 화합으로 이루어진 목가적인 가정은 이제 막 결혼한 아들 아르카디에게로 넘어간 새로운 가부장적 질서를 축하하기 위해 모인다.

생애 마지막에 도스토옙스키의 창작 활동은 자신만의 '**아버지와 아들**'을 만들려는 열망으로 가득했다. 그의 마지막 세 소설 『악령』, 『미성년』, 『카라마조프가의 형제들』은 부분적으로 투르게네프의 소설을 다시 쓰려는 도전 정신에 의해 동기부여를 받았다고 볼 수 있다. 19세기 후반 러시아 가족에 대한 도스토옙스키의 시각은 투르게네프의 희극적이고 목가적인 분위기와는 정반대였다. 『미성년』의 원고에도 쓰여 있듯이, "모든 것 안에는 해체의 관념이 들어 있다. 왜냐하면 모든 사람은 분리되었고 러시아 가족뿐만 아니라 심지어 단순한 인간관계에서조차 더 이상 유대 관계가 남아 있지 않기 때문이다(16권, 16쪽)."[175] 가족에 대한 도스토옙스키의 시각이 역사적으로나 사회학적으로 얼마나 정확한지에 대한 문제는 여기 에세이에서 다루지 않는다. 그러나 내 생각에 도스토옙스키는 1840년대에서 1870년대까지 러시아 가족의 변화를 과장했던 것 같다. 그의 관점은 아마도 소설의 제목을 『아버지와 아들』로 지었던 1876년의 스케치에서 가장 생생하게 나타난다고 할 수 있겠다. 도스토옙스키는 자기 작품의 아카데미 버전에 인쇄된 두 페이지도 안 되는 지면에 가족 해체에 대한 어두운 만화경을 들이밀고 있다. 한 소년은 소년 범죄자 격리 거주지의 한 복판에 앉아 있고, 왕자나 백작으로 상상되는 그의 친척들이 자신을 구해

175 레더바로의 『표도르 도스토옙스키의 카라마조프가의 형제들』(Cambridge University Press, 1992, 21~30쪽)에 나오는 러시아 가족에 관한 도스토옙스키의 견해를 잘 정리한 간결한 논쟁을 참조하기 바람.

줄 것이라는 꿈을 꾼다. 한 남자는 아홉 살 난 아들 앞에서 아내를 죽였고, 아들은 아버지가 시신을 바닥 아래 숨기는 것을 돕는다. 아버지는 아내가 죽은 후 그들의 아들이 친자가 아님을 알게 되면서 몹시 추운 길거리로 아들을 내다 버린다. 아이들은 아버지로부터 도망간다. 또한 최근에 보도된 크로네버그(Kroneberg)[176] 아동 학대 사건에 관련된 암시를 엿볼 수 있다. 이 사건에서 아버지는 일곱 살 난 사생아 딸을 때리고 학대한 것과 공중목욕탕에서 동성의 사람을 유혹한 혐의를 받고 있었다. 현실화되지 않은『아버지와 아들』은 투르게네프의 상상력을 훨씬 넘어선 가족 허무주의를 그리고자 했다.

이 에세이에서 우리는 도스토옙스키가 러시아 가족의 붕괴를 시민의 의무감으로 묘사하려고 했다는 점을『작가의 일기』중 한 부분을 통해 알 수 있다. 그는 처음으로 혼란을 깨닫고 묘사함으로써 비로소 새로운 형식의 질서를 꿈꾸기 시작할 수 있었다. 1877년 1월 도스토옙스키는『작가의 일기』에 다음과 같이 썼다.

> "일종의 새로운 현실 - 오랫동안 확고하게 정착된 모스크바 대지주 가문(톨스토이 백작과 같은)들의 현실과는 완전히 다른 - 에는 특징이 있다. 그리고 만약 이 혼란, 특히 최근 우리 사회생활을 둘러싼 혼란 속에서 셰익스피어 차원의 작가들도 오래도록 표준법과 지배적 맥락을 찾지 못한다면, 누군가 지배적 맥락을 찾지는 못할망정 혼란의 일부만이라도 밝힐 수 있을까? (…….) 우리

---

176 크로네버그(Kroneberg)는 원래 지명으로 '크로넨버그'이지만, 도스토옙스키는 '크로네버그'라고 쓰고 있다.

는 반론의 여지없이 와해된 삶을 살고 있으며, 결과적으로 공중 분해된 가족을 갖고 있다. 그러나 새로운 원칙에 근거하여 새롭게 형성되고 있는 삶도 반드시 있을 것이다. 누가 그것들을 간파하고 제시할 것인가? 과연 누가 그러한 혼란과 새로운 창조에 대한 법칙을 정의하고 표현할 수 있겠는가?(25권 35쪽)"

『작가의 일기』를 통해 도스토옙스키는 '**아버지와 아들**'에 대한 러시아의 사회적 딜레마를 반복적으로 지적하고 있다.

"현대 러시아 가족은 본질적으로 우연하게 묶여 있을 뿐이다. 여기에는 그들 가족과 관련한 일반적인 관념으로서의 현대적인 아버지도, 보편적인 아버지도 존재하지 않는다. 따라서 이러한 관념이 존재한다는 믿음을 일생에 걸쳐 가질 수도, 그들의 자식들에게 이러한 믿음의 존재를 가르칠 수도 없으며, 그들 스스로도 이 관념을 더 이상 믿지 않고 있는 것이다(25권, 178쪽; 1877년 7~8월)."

"당신은 아버지이고, 그들은 당신의 자녀들이다. 당신은 러시아의 현재요, 그들은 러시아의 미래이다. 러시아의 아버지들이 자신의 시민적 의무를 피해 고독을 추구하거나, 사회나 국가로부터 또는 사회와 국가에 대한 그들의 가장 중요한 임무로부터 냉소적인 외면이나 게으름을 추구하기 시작한다면, 러시아에 어떤 일이 벌어지겠는가?(25권, 192쪽; 1877년 7~8월)."

도스토옙스키의 마지막 세 소설은 아들에 대한 의무를 다하지 못하고, 나아가 국가의 미래에 대한 의무도 저버리는 러시아 아버지들을 집중적으로 탐구한다. 그 과정에서 도스토옙스키는 일반적으로 널리 받아들여지는 가족에 대한 근본적이고 보수적인 정의에 물음을 던진다.

도스토옙스키의 관점에서 러시아 가족의 붕괴는 최소한 부분적으로 알렉산드르 게르첸에서 니콜라이 체르니솁스키에 이르는 여러 급진주의적 지식인들이 가족생활의 새로운 형태를 실험한 결과물이다. 삶과 문학 모두에서 이 사상가들은 간통을 묵인하며 부르주아의 가부장적 질서를 붕괴시키려고 했다. 게르첸과 체르니솁스키의 실험을 철저히 분석해온 이리나 파페르노는 새로운 가족 질서의 중요성에 긍정적으로 초점을 맞췄다.

> "결혼의 안정성과 사회의 안정성을 연관시키는 문화적 전통에 따라, 체르니솁스키는 가족의 재정비를 사회 재정비의 기초로 삼을 것을 제안했다. (…….) 그러나 체르니솁스키 비평가들의 의견과는 대조적으로, 소설 속에서 옹호되고 있는 간통의 형태는 사회를 약화시키거나 파괴하려는 의도가 아니었다. 체르니솁스키에게 있어서는 정서적·사회적 화합과 균형의 토대가 간통의 형태로 나타난 것이다."[177]

177 Irina Paperno, Chernyshevsky and the Age of Realism: A Study in the Semiotics of Behavior (Stanford University Press, 1988), p. 157.

이러한 지식인들의 이론과 실천에 결여되어 있었다고 판단되는 것과, 도스토옙스키가 자신의 문학을 통해 비판하려고 한 점은 결국 전통적이지 않은 성관계로 인해 태어난 자녀들에게 무슨 일이 생기는가에 대한 진지한 성찰이다. 사생아로 태어난 게르첸은 매우 영향력 있는 소설 『누구의 죄인가』(1845~6)에서 사생아 출산을 안정적이고 가부장적인 가족으로부터 발생하는 악한 생산물 중 하나로 묘사했다. 이는 악덕 지주인 네그로프가 하인에게 자신의 딸을 낳은 여자 농노와 결혼하도록 명령하는 장면에서 극명하게 드러난다. 예상대로 하인은 “나리가 아니면 우리는 누구를 섬겨야 합니까. 나리는 우리의 아버지이고, 우리는 나리의 자식입니다”[178]라고 말한다. 반면 도스토옙스키는 조르주 상드, 알렉산드르 드루지닌, 게르첸, 체르니솁스키의 이념적 영향 하에서, 전통적 가장이 아닌 지식인들에 의해 만들어진 사생아와 버려진 아이들에 관심을 집중한다. 조르주 상드에게 영감을 받은 드루지닌의 중편소설 『폴린카 삭스(Polin'ka Saks)』(1847)[179]는 어느 한 공무원이 자기 아내가 그녀의 애인과 결합할 수 있도록 고상하게 아내를 양보하고, 그로 인해 아내의 끝없는 존경과 헌신을 얻게 된다는 내용의 이야기이다. 이 이야기는 도스토옙스키의 특별한 관심사였다. 『미성년』의 서술자인 아르카디 돌고루키는 귀족이었던 아버지 베르실로프가 자신의 영지를 방문하기 직전에 그 중편소설을 읽었고, 바로 그 영지에서 아버지가 아내로 맞아들인 유부녀 농

178 A. I. Gertsen [Herzen], Povesti i rasskazy (Stories and Tales) (Moscow: Khudozhestvennaia literatura, 1967), p. 106.

179 『폴린카 삭스(Polinka Saks)』(1847)는 드루지닌이 쓴 소설로서 해방된 여성의 이야기를 다루고 있다. 여기서 남편은 그의 부인이 젊은 정부와 달아날 것을 기꺼이 허락해 준다. 리자가 스타브로긴과 밤을 보낸 후 표트르 스테파노비치는 그녀에게 『폴린카 삭스』를 읽어보았는지 묻는다(역주).

노(아르카디의 엄마)와 불륜을 시작했다고 말한다. 그런 연유로 아르카디 자신이 사생아로 태어났다는 것이다. 아르카디는 비꼬는 말투로 드루지닌의 이야기를 '러시아에서 성년을 앞둔 세대를 문명화시키는 데 무한한 영향력을 지녔던' 일종의 문학 작품이라고 말한다(13권, 10쪽; 1부, 1장).

『악령』(10권 409~410쪽; 3부, 3장에 폴린카 삭스가 언급됨)에서 진보적인 성향의 스테판 베르호벤스키가 체르니셉스키의 소설 『무엇을 할 것인가?』(1863)를 읽고 있는 모습을 그의 급진주의적 성향을 지닌 아들 표트르가 발견한다. 스테판은 그 소설이 '우리의 생각'을 대변해준다고 주장했다. 그 후 표트르는 청소년기 내내 자신과의 내적 대화 속에서 자신의 혈통에 대해 궁금하게 여겨 왔음을 스테판에게 상기시켜 주었다.

『작가의 일기』에 따르면, 사생아로 태어난 아이들에게 어떤 일이 발생하는지와 관련하여 게르첸의 딸 리자의 자살은 도스토옙스키에게 가장 충격적인 사건이었다. 리자는 게르첸과 그의 친구 니콜라이 오가료프의 아내 나탈리아 투치코바-오가료바와의 불륜을 통해 태어난 아이였다.[180] 1875년 12월 그녀는 플로렌스에서 17세의 나이로 삶을 마감했다. 이때는 게르첸이 죽고 거의 6년이 지난 후였다. 1876년 10월에서 12월 사이 도스토옙스키는 『작가의 일기』에 그녀의 자살에 대해, 특히 유서에 관해 기록했다. 에세이에서 도스토옙스키가 그녀의 이름을 언급하지는 않았지만, 그녀를 **'너무나도 유명한 러시아 망명자의 딸'**이라고 부름으로써 독자들로 하여금 어느 정도 이 인물에 대해 가늠할 수 있도록 했다. 리자의 자살

180 See the excellent discussion of Liza Herzen's suicide in Irina Paperno, Suicide as a Cultural Institution in Dostoevsky's Russia (Ithaca: Cornell University Press, 1997), pp. 178-182.

은 일견 늙은 유부남과의 행복하지 않은 사랑 때문에 야기된 것처럼 그려져 있지만, 한편으로 도스토옙스키는 에세이의 내용과 악의적인 어조를 통해 그녀의 죽음은 비정상적인 양육 과정과 가족관계에 대한 이론 때문이라고 말한다.

'고뇌(toska)와 목적성을 잃은 삶이 그녀를 죽음으로 이끌었다. 이것은 그녀가 아버지 집에서 왜곡된 이론으로 양육된 결과이다. 여기서 왜곡된 이론이란 삶의 목적과 더 높은 의미를 갖고 양육해야 한다는 것이다. 이러한 환경에서 자란 그녀는 영원한 믿음으로 이루어진 내적 영혼이 모두 파괴될 수밖에 없었다.'(24권, 54쪽) 1876년 3월 『작가의 일기』에서 도스토옙스키는 불륜관계에 의해 태어난 자녀들이 자살이 아닌 새로운 길을 찾게 함으로써, 부모에게 대항할 가능성이 미약하나마 존재한다는 점을 보여줬다.

"그 시기의 아이들이 아버지에게서 배울 수 있었던 것은 무엇인가? 그들은 유년기와 청년기를 보내면서 자신들의 아버지에 대해 어떤 기억들을 보존하게 되었을까? 일이 이렇게 되어버린 것을 어떡하겠냐, 우리 부모의 관계는 '술 취한 상태가 아니라 정신이 멀쩡한' 상태에서 생겨났던 것이라는 가르침과 수용에 대한 기억……. 그러나 젊은이는 순수하고 밝으며 너그럽기 때문에 이들 중 대다수는 자기 아버지의 전철을 밟지 않고 '술 취하지 않고 정신이 멀쩡한' 가르침 따위는 거부하리라……. 이들은 아마도 새로운 길을 개척하고, 유년기와 불쌍한 출생의 비밀에서 자신이 마주했던 악순환의 고리를 끊으려고 노력하면서 직접적으로 나아가려는 젊은이와 청년들일 것이다(22권, 102쪽)."

자살에서부터 알료샤 카라마조프의 그리스도 같은 행동에 이르기까지, 도스토옙스키는 소설 『미성년』에서 소위 '**우연한 가족**'이라고 불리던 가족들 사이에서 태어난 아이들에게서 게르첸의 그것과는 정반대로 급진주의적으로 일어날 수 있는 일들의 가능성을 제시한다.

도스토옙스키의 마지막 세 소설은 '**해체된**' 성인기에 이르러서야 아버지를 처음 만나게 되는 러시아 가족의 새로운 자녀들에 초점을 맞춘다. 『악령』과 『미성년』에서는 가족의 해체에 급진주의적 이념이 얼마나 공헌했는지에 대해 언급한다. 『카라마조프가의 형제들』 시대에 사람들은 러시아의 사회와 가족의 기초를 약화시키는 뿌리 깊은 악에 대해 인지하고 있었다. 『악령』의 주인공 스테판 트로피모비치 베르호벤스키는 게르첸 시대의 진보주의자이고, 아들인 표트르를 유아기 때 단 한 번 봤다. 아이의 어머니는 그가 다섯 살 때 파리에서 죽었고, 아이는 러시아로 보내져, 오지에 사는 먼 친척에 의해 길러졌다. 소설 초반부에서 27세의 남자가 스타브로긴 부인의 살롱에 나타났을 때, 아버지는 아들이 오는 것을 알고 있었음에도 불구하고 그를 인지하는 데 몇 분의 시간이 걸렸다. 아르카디 돌고루키는 태어나는 순간부터 거의 줄곧 낯선 사람들에 의해 길러졌고, 열아홉 살 때 딱 한 번 아버지와 어머니를 볼 수 있었다. 아르카디는 당시의 만남과 아직 어린아이로서 아버지와 사랑에 빠졌던 것에 대한 생생한 기억을 갖고 있었다. 그 후 아르카디는 자신의 혈통 때문에 무자비하게 조롱을 받았던 기숙학교로 보내졌다. 이로 인해 아르카디는 자신의 인생에서 아버지 베르실로프에 대한 모든 희망을 포기하게 되었다. '나는 베르실로프의 모든 것을 원했다. 내가 갈망하는 그 아버지를 주시오.' 물론 다이앤 외닝 톰슨은 이에 대하여 '**망각**'이라고 이름 붙은 장(章)에서 표도르 카라마조프는 아이들의 엄마가 죽은 뒤 한 명이 아닌 세 명이나 되는 자식들을 버렸다고 말한다. 그는 『카라마조프가의 형제들』에 등장하는 대다수 성인들의 실패에 대해 다음과 같이 요약한다.

> 양육과 복지에 대해 책임이 있는 자들의 관심을 끌 수 있는 합법적 권리가 있는 어린이, 이웃, 가족, 농노들에 대해 유념해야 할 것들이 무시되고, 방치되고, 기억에서 지워졌다. 사회와 부모의 무관심이 만연한 이곳에서, 망각만이 도덕, 개인, 가족, 사회, 국가의 중요한 지표로 작동한다.[181]

『악령』이나 『미성년』에서처럼 『카라마조프가의 형제들』에서도 엄밀한 의미의 주된 사건은 아들들이 자신의 유년시절과 소년시절 그리고 청년시절을 방치한 아버지들을 인식하는 것으로부터 시작한다.

세 소설 모두에서 공간적으로 떨어져 있는 아버지와 아들은 서로에 대한 상상적인 이미지를 만들어낸다. 스테판 베르호벤스키는 — 동조하는 친구가 아니라 사람들로 북적이는 스타브로긴의 아내의 화실 한 가운데

---

181 다이앤 오닝 톰슨, 『카라마조프가의 형제들'과 기억의 시학』(Cambridge University Press, 1991), 165쪽.

에서, 말하지 말아야 할 스테판의 무분별한 불평과 두려움을 불쑥 누설하는 불쾌한 음모자(공모자)로 판명된— 파리에 있는 아들에게 가장 내밀한 자신의 사생활에 대한 편지를 썼다.

> "넌 믿지 못할 것이다. 지극히 큰 행복의 바로 옆에서, 그는 가장 절망적인 것에 대해 쓰고 있다. 그는 아직도 나의 용서를 구하고 있다. 상상해 봐라. 그 남자는 인생에서 딱 두 번 나에게 관심을 가졌다. 그것은 우연으로 갑작스러운 것이었지. 세 번째 결혼을 하려고 할 때, 그는 그렇게 함으로써 일종의 부모의 의무로부터 벗어나 저 멀리서 나에게 자신에 대한 용서와 인정을 구할 수 있다고 상상했을 거야(10권, 161쪽; 1부, 5장)!"

화자는 아들에 대한 스테판의 실망이 '깊고도 진실한 비애'라고 우리에게 말한다(10권, 163쪽; 1부, 5장). 『미성년』에서도 유사한 방식으로, 아르카디 돌고루키는 자신의 이상에 부응하지 못하는 현실을 마주해야만 한다. "이 남자는 어린 시절부터 단지 나의 꿈이었다. 이러한 방법으로 그를 창조했던 건 바로 나다. 그러나 현실에서 그는 나의 환상에 부합하지 않는 어떤 이들 중 한 명일 뿐이었다(13권, 62쪽; 1부, 4장)." 그리고 드미트리 카라마조프는 조시마 장로의 방에서 만났을 때 자신의 환상을 드러냈다. "난 생각했어……. 난 생각했어," 그는 다소 조용하고 억제된 어조로 말했다. "나의 천사인 약혼자와 함께 내 고향에 오려고 했어. 그가 늙었을 때 보듬어주려고……. 그러나 난 단지 방탕한 호색가와 저급한 코미

디언을 본거지!"(14권, 68~69쪽; 2편, 섹션 6) 각각의 경우, 환상에 대한 근거는 거의 아무것도 없다. 그것은 다만 아버지가 성년이 된 자기 아들을 알아보는 것과 같이 어려운, 장애물로서의 현실을 나타낸다.

이러한 소설들에서 버림받은 자녀들은 크게 두 가지 방법으로 자신의 상황을 극복해 나간다. 생물학적인 아버지에게서 얻지 못한 사랑과 도덕적 지침을 제공해줄 '**대리 아버지**'[182]를 찾거나 형제간의 결속을 다지는 것이다. 아르카디의 '**대리 아버지**'는 아이러니하게도 법적인 자기 아버지이다. 그가 바로 아르카디에게 금욕적인 성지 순례와 아름다운 형상(благообразие)을 추구하게 만든 농노 마카르 돌고루키이다. 마카르의 정신은 베르실로프의 게르첸적인 무신론과는 극명한 대조를 이룬다. 유사관계에 대해 예술적으로 더 성공한 변형은 조시마 장로에 대한 알료샤 카라마조프의 헌신을 들 수 있다. 버려진 아이에게 그리고리가 행한 일상적인 행동에 비춰볼 때, 농노인 '**아버지**' 그리고리와 드미트리의 관계는 더 원초적이고 현실적이다. 모든 이들이 세 살밖에 안 된 나를 버렸을 때, "이 늙은 남자는 결국 나를 두 팔로 안아주고 구유에서 목욕시켜 주었다. 그가 바로 나의 아버지다(14권, 414쪽; 9편, 섹션 3)!"

『카라마조프가의 형제들』에 생생하게 묘사되어 있듯이, 하느님 역시 궁극적인 '대리 아버지'이다. 또한 동시에 그는 버리는 일도 하실 수 있는 분이다. 이반 카라마조프가 「성모 마리아의 지옥 방문기」에 대한 중세의 전통적인 이야기에 심취한 것도 놀라운 일이 아니다. 그 이야기에서 죄인

182 원문의 "surrogate father"를 "대리 아버지"로 번역했다. "대리모(母)"를 영어로 "surrogate mother"라 표기한다.

들은 불타는 호수 속에서 "하느님께서 그들을 이미 잊어버리고 있는 중"이라고 말한다(14권, 225쪽; 5편, 섹션 5). 베르실로프는 새로운 형제애를 찾을 수 있는 세상으로서 하느님이 없는 세계를 그린다. '고아가 된 사람들은 즉시 서로서로 더 사랑스럽게 가까워질 수 있고, 그들은 서로 손을 잡으면서, 이제 그들만이 서로에게 전부임을 깨닫게 된다. 서로에게 부드러워지고 그것에 대해 부끄럽게 여기지 않지만, 아이들처럼 서로를 어루만질 것이다(13권, 378~379쪽; 3부, 7장).' 아르카디와 그의 누이 리자는 서로에 대한 이러한 상냥함과 일체감이 자신들의 '**우연한 가족**'의 핵심임을 조금이나마 깨닫는다(13권, 161~162쪽; 1부, 10장). 『카라마조프가의 형제들』을 통해 알료샤는 아버지가 거부했던 사랑과 돌봄을 형제들에게 행하려고 노력한다. 그러한 사랑뿐만 아니라, 형제간의 적대감 역시 두 소설 속에 전부 드러나 있다. 베르실로프의 합법적인 귀족 아들이었던 아르카디의 이복형제는 그를 하인 부리듯 한다(13권, 397~401쪽; 3부, 9장). 이반과 드미트리 카라마조프는 한 여자를 두고 경쟁하고, 스메르자코프는 이반과 드미트리와 알료샤를 싫어한다. 『카라마조프가의 형제들』은 성경에 나오는 카인(14권 206쪽, 211쪽; 5편, 섹션2)과 요셉(14권 266쪽; 6편 섹션2)의 이야기에서처럼, 형제 사이의 적대감에 대한 고대 역사를 상기시킨다.

아르카디나 카라마조프와는 대조적으로 표트르 베르호벤스키에게는 '**대리 아버지**'나 형제도 없다. 아마도 이는 순도 100%에 가까운 악에 대한 사실을 설명할 수 있을 것이다. **'대리 아버지'**를 찾는 대신 그는 자신을 폭력적인 아버지의 형상으로 설정했다. "필요한 건 하나의 장엄하고도 우상 같아 보이는 폭력 의지이다. 그것은 상황에 따라 달라지지 않고 그 자체의 독립적 존재성을 갖는 무엇인가에 의해 결정된다(10권, 404쪽; 3부, 3장)." "진짜 형제 대신에 표트르에게는 자신의 패러디인 죄수 페지카라는 분신이 있다. 스테판은 농노였던 페지카를 카드게임 중에 팔아넘긴다. 여기선 도박 빚을 갚기 위해 농노를 군대에 판다고 한다. 스테판은 그 사건이 시초가 되어 범죄를 저지르는 삶을 살게 된다(10권, 181쪽, 204쪽; 2부, 1~2장)." 스테판은 정부 지도자의 아내가 후원한 문학 축제에서 페지카의 모습을 보고, 그에 대한 책임감에 직면하게 된다. 정부의 한 공작원은 청중 속에서 스테판의 비논리적인 연설을 방해한다.

> "스테판 트로피모비치! 이곳 마을과 변두리에는 탈옥한 죄수 페지카가 주변을 서성거리고 있습니다. 그는 도둑질을 해왔으며 얼마 전에는 살인을 저질렀습니다. 질문을 하지요. 만약 15년 전에 당신이 도박 빚을 갚기 위해 그를 군에 팔지 않았더라면 단순히 카드게임 탁자에서 그를 잃지 않았을 수도 있었습니다. 말해 주세요. 그가 시베리아 감옥에 가야만 했나요? 그가 지금처럼, 살기 위해서 사람의 목을 베어야만 했나요? 뭐라도 말 좀 해보세요(10권, 373쪽; 3부, 1장)."

이러한 질문은 스테판이 버린 아들에 대한 그의 책임 문제를 야기한다.

그것은 도시를 배회하며 잔인한 행동과 살인을 하는 페지카에 대한 책임, 최종적으로 **'형제'** 페지카를 살해한 책임을 포함한다.

『누구의 죄인가』라는 게르첸 소설의 제목은 우리에게 책임감이야말로 러시아 가족을 고려할 때 가장 중요한 질문이라는 사실을 상기시켜 준다. 도스토옙스키의 소설에 등장하는 러시아의 아버지들은 아들에 대한 책임감이 투철하다고 보기 어렵다. 스테판은 다소 미심쩍은 어조로 다음과 같이 주장한다.

> "(표트르가 말하길) 난 그에게 음식이나 마실 것을 주지 않았다. 난 아기였던 그를 베를린에서 ***지방으로 우편으로 보내버렸다. 난 그 사실을 받아들일 것이다……. 그가 말하길 '당신은 나에게 마실 것을 주지 않았고, 나를 우편물을 통해 보냈고, 당신은 나를 완전히 망쳐놓았다.' 그러나 불쌍한 자식, 난 그에게 울부짖는다. 평생 동안 너 때문에 내가 얼마나 마음 아팠는지 알 거다. 비록 내가 너를 우편으로 보냈다 할지라도(10권, 171쪽; 2부, 1장)!"

베르실로프는 사생아 아르카디의 버려진 유아시절 이야기를 공개적으로 무시하면서 그의 '**우연한 가족**'에 대해 져야 할 모든 책임을 거부한다. 물론 표도르 카라마조프도 아들의 유기에 대한 죄책감을 느끼지 않는다. 수도원 암자에서 만났을 때, 표도르는 '**존속살인**'이라는 비난의 초점을 드미트리에게 맞춘다. 존속살인이라는 극악 범죄에 대한 표도르의 환기는 두 가지를 언급함으로써 순식간에 강화되었다. 표도르는 실러의 희곡 『군도』를 두 번이나 언급했다. 그 희곡은 다음과 같은 연설을 포함하고 있다. '하느님과 인간의 법은 별것 아니다. 자연의 결속은 단절되고, 원시적인 투쟁이 돌아오며, 아들은 아버지를 살해했다.'[183] 더욱이, '아들에 의하여'라는 함축 의미를 지닌 '본 숀(von Sohn)'이 저지르는 살인에 대한 표도르의 계속된 언급은 드미트리가 자기 아버지를 죽일 것 같은 불길한 예감을 증폭시킨다. 세 소설 모두에서 주된 관심은 아버지의 죄가 아니라 자식들의 죄다. 폭동과 혼란과 살인에 대한 표트르의 언급, 늙은 여자를 성적 관계로 몰아넣으려는 아르카디의 협박 계획, 너무 오랫동안 끄는 드미트리의 살인 심판 등을 통해서 '그가 아버지를 죽일 것이라는' 메시지는 끊임없이 반복된다.

피고인 측 변호사 페튜코비치가 재판에서 보여준 연설은 가족의 문제를 부각시켰다. 페튜코비치는 추정되는 범죄에 대한 모든 원인의 가능성에 의문을 제기했다. 그가 요약한 내용의 핵심은 금기시되는 단어인 '**친부살해**'이다. 페튜코비치는 혈연관계만으로 누군가에게 '**아버지**'라는 이름을 부여하기는 어렵다고 주장한다.

"그렇다. 누군가의 아버지 피를 숨기는 건 끔찍한 일이지. 나를 임신시킨 자의 피, 나를 사랑했던 자의 피, 나를 위해 자신의 삶도 기꺼이 바쳤던 자의 피, 나의 어린 시절부터 내가 아플 때 함께 고통을 느꼈던 자, 일평생 나의 행복을 위해 고통받았던 자, 그리고 나의 기쁨과 성공을 통해서만 살았던 자! 아, 그

183 실러(Schiller), 『5대 희곡』, Robert David MacDonald 번역 (London: Absolute Classics, 1998), 167쪽.

런 아버지를 죽이기 위해 — 그러나 그러한 것은 생각하는 것조차 불가능한 일이다! (…….) 그러나 나의 의뢰인은 하느님의 보호만으로 달리 말해 짐승처럼 자랐고. (…….) 우리는 최근 들어 발전적 측면에서 진보의 물결이 러시아에까지 이르게 되었다는 사실을 증명할 것이고, 거침없이 말할 것이다. 나를 임신시켰던 자는 아버지가 아니란 사실을. 아버지란 생물학적인 조건뿐만 아니라 아버지라는 이름을 갖기에 합당한 사람이어야 한다(15권, 168, 170쪽; 12편, 섹션 13)."

만약 표도르가 **'아버지'**라는 이름을 얻기에 적합하지 않다면, 드미트리가 저질렀다고 추정되는 표도르에 대한 살인은 논리적으로 친부 살해가 아니라는 결론이 도출된다. '아니, 그런 아버지에 대한 살인은 친부 살해라고 불리어질 수 없다. 그러한 살인은 오직 맹신(predrassudok)[184]을 통해서만 친부 살해로 취급될 수 있다!' 알료샤에게 말할 때 표도르는 피고인 측 변호사와의 논쟁에 대한 예감을 느낀 것으로 보인다. "오늘날 좀 더 사교계에서는 아버지와 어머니들을 맹신한다."(14권, 158쪽; 4편, 섹션 2)

가족과 관련해 맹신(predrassudok)이라는 단어를 사용하는 것은, 그의 계속되는 복음에 대한 언급에도 불구하고 급진주의적 이념에 정통한 자로서의 인물 페튜코비치를 잘 드러내준다. 『악령』에서 비밀 모임에 나온 마을의 급진주의자들은 가족이라는 맹신에 대해 토론하기 시작했다.

---

184 원문의 "superstition[predrassudok]"은 해석하기가 쉽지 않은 단어이다. 러시아어로는 "선입견이나 편견"을 의미하고, 영어로는 "미신, 맹신, 불합리한 고정관념, 우상숭배, 사교"라는 의미가 있다. 문맥에 따라 편견이나 맹신 또는 우상숭배(사교)가 될 수도 있다.

"가령, 우리는 신에 대한 맹신은 천둥과 번개에서부터 시작했다는 것을 안다." 여학생은 눈에 보일 정도로 스타브로긴에 빠져든다. "천둥과 번개를 두려워하는 원시적인 인간성이 그것에 대한 자신들의 약점을 인식하면서 자신들이 모르는 적을 신격화한다는 점은 잘 알려진 사실이다. 그러나 가족에 대한 맹신은 어디서 시작되었는가? 가족이라는 그 자체가 어디서부터 온 것인가?" "그러한 질문에 대한 대답은 외설적일 수도 있다." 스타브로긴이 대답했다(10권, 306쪽; 2부, 7장).

스타브로긴의 대답은 페튜코비치 역시 강조하고 있음을 지적한다. 가족은 성관계로부터 창조되었다. 페튜코비치는 가족 유대에 대한 신성성을 약화시키기 위해 이 사실을 언급한다.

"특히 다른 아버지와 비교했을 때, 자격이 없는 아버지의 모습은 불가피하게도 젊은이에게 고통스런 질문을 제시한다. 그의 질문에 대한 대답은 편지에 있다. '그가 너를 태어나게 했다. 그리고 너는 그의 혈통이다. 그러므로 너는 그를 사랑해야만 한다.' 젊은이는 자신도 모르게 생각에 빠져든다. '그러나 그가 나를 수태시켰을 때, 나를 사랑했었나요?'라고 질문한다. 점점 놀라면서, '그가 진정으로 나를 위해서 수태하게 만들었나요? 그는 나를 알지 못했잖아요. 그냥 그 당시에 술김에 한 섹스에 의한 것일 수도 있지요. 아니면 그의 술 취함에 대한 정죄를 나에게 떠넘겼는지도 모르고요. 그건 그의 박애정신의 연장이죠. 내가 왜 그를 사랑해야 하나요, 단지 그가 나를 임신시켰다는 이유로 말이에요. 그리고 그는 나를 사랑하는 데 실패하지 않았나요(15권, 171쪽; 12편, 섹션 13)?"'

피고 측 변호사의 진술은 청중으로부터 두 가지 반응을 불러일으킨다. **'아버지와 어머니'**를 포함해서 약아빠진 마을 사람들은 자녀들이 자기 아버지가 왜 자신들을 사랑해야 하는지에 대해 설명할 권리를 갖는다는 의견에 찬사를 보낸다(15권, 171쪽; 12편, 섹션 13). 이와 동시에 두 명의 구경꾼들 사이에 대화가 오고간다. "내가 만약 피고 측 변호사의 편에 있었다면, 나는 확실히 말하겠어. 그가 그를 죽이긴 했지만 죄는 없고 지옥이 당신과 함께 있다고!" "그러나 그가 한 짓은 단지 그거였어. 지옥이 당신과 함께 있다고 말하지 않았을 뿐이지"(15권, 177쪽; 12편, 섹션 14). 청중 가운데 또 다른 누군가는 다른 반응을 보인다. "그렇습니다, 여러분. 그는 웅변을 잘하지요. 그러나 결국 우리는 사람들이 그들 아버지의 머리를 쇠몽둥이로 후려치도록 허용할 수 없어요. 만약 이를 허용한다면 앞으로 우리들에게 무슨 일이 벌어질지 생각해보셨나요?(15권, 177쪽; 12편, 섹션 14)"

가족이 성스러운 단체나 미신이라도 되는가? **'아버지'**라는 이름이 어떤 행동에 의해 얻어져야만 하는가? 1876년 2월 도스토옙스키는 『작가의 일기』에서 이와 같은 질문에 의문을 제기한다. 『카라마조프가의 형제들』에서 궤변적인 피고측 변호사의 원형인 변호사 블라디미르 스파소비치와 도스토옙스키가 수사적 논쟁을 했기 때문인지는 몰라도, 도스토옙스키는 페튜코비치와 표면상 유사한 결론에 이르게 된다(15권, 347쪽). 1876년 2

월 『작가의 일기』의 두 번째 부분은 크로네버그(원래 지명은 '크로넨버그' 이지만 도스토옙스키는 '크로네버그'라고 쓰고 있다.) 아동 학대 사건을 다루고 있다. 이 사건에서 아이는 스위스 농부의 손에서 자라다가 그 다음에는 일곱 살 때까지 제네바의 목사에 의해 길러졌다. 도스토옙스키는 크로네버그의 권리를 수호하기 위해 아버지로서 아이를 체벌할 수 있다는 피고측 변호사의 연설을 인용한다. "내 생각에 정당하게 체벌을 가했지만 자녀를 고통스럽게 했다는 이유로 아버지를 박해하는 것은 가족과 나라에 몹쓸 짓을 하는 것과 같다. 튼튼한 가족에 기반 할 때만이 나라가 부강해 질 수 있기 때문에……."(22권, 68쪽) 그러나 도스토옙스키는 아버지의 권위가 반드시 회복되어야 하지만, 자녀들을 잘 모르거나 그들의 유아시절에 관심이 없던 아버지들은 성스러운 권리를 주장하기 전에 가야 할 길이 멀다고 논쟁한다.

> "아이들은 우리가 어렸을 때부터 그들의 발달과정을 옆에서 지켜봐 오고, 계속해서 매일 매일 마음으로 가까이 다가갈 때에만 우리의 영혼과 마음에 들어올 수 있다. 그게 가족이고, 그게 신성한 것(sviatynia)이다! 결국 가족 역시 만들어지는 것이다. 이미 만들어져 나오는 것이 아니다. 가족은 지치지 않는 사랑의 노력(neustannym trudom liubvi)에 의해 만들어진다(22권, 69~70쪽)."

도스토옙스키는 가족에 대한 선험적 희생을 받아들이길 거부했다. '우리는 가족이라는 신성한 것을 사랑한다. 실제로 가족이 신성한 이유는 국가가 가족을 바탕으로 확고히 세워졌기 때문이 아니라 가족이라는 개념 자체에 선험적으로 신성성이 부여되었기 때문이다.'

크로네버그 사건에 대한 자신의 에세이에서, 도스토옙스키가 아버지는 **'지치지 않는 사랑의 노력'**으로 가족의 권리를 가져야만 한다고 주장하는 페튜코비치의 생각에 동의하고 있는 것처럼 보이는 것일까? 『카라마조프가의 형제들』에서는 그 지위를 풍자하고 있음에도 불구하고 말이다. 그 차이는 맥락과 목적 때문이다. 페튜코비치는 드미트리가 실제로 아버지를 죽였다고 짐작하고, 그 아버지는 결국 진짜 아버지가 아니었다고 말함으로써 그를 법적 책임에서 벗어날 수 있도록 돕고 있다. 그는 죄인을 쇠고랑에서 빠져나오게 하려고 힘쓴다. 『작가의 일기』에서 도스토옙스키는 아버지 크로네버그를 그 쇠고랑에 다시 옭아매려고 한다. 가족은 **'지치지 않는 사랑의 노력'**으로 만들어지는 것이기 때문에, 실제로 자기 아버지를 죽였다 해도 용서받을 권리를 가질 수 있는 드미트리와는 대조적으로 가족이 신성한 것이라고 생각하는 크로네버그의 경우에는 더 이상 용서받을 여지가 없다. 그러나 실상은 드미트리 또한 더 이상 아이가 아니다. 아무리 가족이라는 대상이 하찮은 것이라고 할지라도, 드미트리가 유년기에 아버지로부터 버림받았다는 사실 때문에 성인이 된 아들로서 자신의 지위와 '사랑의 노력'으로 연결된 가족에 부과되는 요구로부터 자유로울 수는 없다.

도스토옙스키는 『카라마조프가의 형제들』의 초고에서 '가족은 어디에서 오는 것인가?'라는 급진적인 학생들의 질문에 대한 대답을 제공한다.

조시마 장로는 "하느님이 혈족을 주셨고, 우린 그들을 통해서 사랑하는 법을 배울 수가 있다"고 말했다. 인류를 사랑하는 자들은 특히 인간들을 싫어한다. 이러한 진술이 '**이웃을 사랑할 수 없는**' 이반의 투쟁이나 '**특히 얼굴**'의 모습에 대한 역겨움과 연결되어 소설 속에 녹아들지 않았다는 것이 다소 이상하다. 가족의 상황은 이러한 딜레마를 보여준다. 가족 안에서 우리는 사랑해야 할 의무를 가진 자들의 본성에 얽매이게 된다. 실제로 우리는 그들의 인격이나 도덕성, 심지어 신체적인 외형조차 마음에 들지 않을지도 모른다. 따라서 이 초고에서 조시마는 가족을 사랑하는 것이야말로 모든 인류를 사랑하기 위한 훌륭한 연습이 될 수 있음을 시사한다. 그러한 사랑이야말로 노동이지만, 도스토옙스키가 1877년 7월에서 8월 사이의 『작가의 일기』에서 지적하듯이 가족의 권리를 요구할 수 있는 유일한 방법이다. "단지 자녀들에 대한 자연적 권리가 아니라, 오직 사랑으로 자녀들의 마음을 살 수 있다(15권, 193쪽)."

도스토옙스키의 세계에서 가장 아름다운 가족 사랑은 선한 행위에 대한 대가로서 주어지는 것이 아니라 그저 자유로운 상태에서 자발적으로 주어지는 것이다. 아르카디 돌고루키의 엄마는 아르카디와의 대화에서 의도하지 않은 유머로 그런 생각을 표현했다. "엄마, 가족 사랑은 비도덕적이야. 왜냐하면 그것은 얻어지는 것이 아니기 때문이지." "음…… 넌 그걸 언젠가 얻을 거야. 그러나 그 동안 우리는 너를 아무런 이유 없이 사랑할 거란다." 모든 이가 웃음을 터뜨린다(13권, 212쪽; 2부, 5장). 『카라마조프가의 형제들』에서는 스네기료프가 이와 비슷한 생각을 표현했으며,

알료샤는 이를 진심으로 받아들인다.

> "나와 내 가족, 두 딸과 아들에 대한 소개를 마치도록 해주세요. 내가 죽으면 누가 그들을 사랑할 건가요? 내가 살아있는 동안 그들 중에 누가 늙어 빠진 나를 사랑해줄 거죠? 이것은 나 같은 유형의 모든 사람들을 위해 주님께서 설정해 놓으신 거대한 약속이죠. 나 같은 유형의 사람들 중 한 명만이라도 누군가의 사랑을 받을 필요가 있어요." "아, 그건 진실이에요." 알료샤가 외쳤다(14권, 183쪽; 4편, 섹션 6).

'가족은 지치지 않는 사랑의 힘으로 만들어 진다.' 하지만 그러한 사랑을 해보기 전에 우리는 다른 이로부터 그것에 대한 증명을 먼저 강요할 수는 없다. 도스토옙스키의 마지막 세 소설에서 가족애에 대한 가장 의미 있는 점은 그들이 대가를 바라지 않는다는 것이다. 베르실로프에 대한 아르카디의 사랑, 표도르에 대한 알료샤의 사랑, 아들에 대한 스테판 베르호벤스키의 사랑은 장성한 아들의 악한 속성과 대면했을 때 상실되었지만, 죽음의 순간에 회복된다. 마지막 성지순례 동안 스테판의 마음속에는 표트르가 없었지만, 스테판이 의식을 잃기 전에 마지막으로 한 말에 '사랑스런 아가'라는 이름으로 등장한다.

> 위대한 사상이여 영원하리라! 끝없는 영원한 진리여. 사람들은 누구나 위대한 사상 앞에서 고개를 숙일 필요가 있다. 가장 바보 같은 사람조차도 대단한

그 무엇을 필요로 한다. 페트루샤[185] …… 오, 어찌 내가 그들 모두를 다시 보길 원하는가! 그들은 위대한 사상이 자신들 안에 포함되어 있다는 사실조차 알지 못한다(10권, 506쪽; 3부, 7장).

지치지 않는 사랑의 실천에 실패함으로써 비로소 떠올리게 된 스테판의 아들, '페트루샤'에 대한 잃어버린 기억이 너무 늦게 찾아 왔기에 더욱 가슴 아프다.

아직 논의하지 않은 도스토옙스키의 마지막 소설들에 나타나는 아버지와 아들에 대한 관계들 중 하나는 엄마의 역할과 관련이 있다. 『미성년』과 『카라마조프가의 형제들』에서 이야기의 주요 부분은 아버지와 아들 사이의 성적(性的) 경쟁 구도이다. 아르카디와 베르실로프 둘 다 아흐마코바에게 집착하고, 드미트리와 표도르 역시 그루셴카를 두고 격렬하게 투쟁한다(두 경우 모두 결국에는 아들이 여자를 차지한다). 그러한 관계들은 종종 프로이트의 용어로 **'오이디푸스적'**이라고 불린다. **'아버지와 아들의 경쟁'**에 관한 도스토옙스키 버전이 프로이트 버전보다 오이디푸스의 원래 신화에 더 가깝다는 데에는 논쟁의 소지가 있다. 프로이트의 오이디푸스 이론은 온전한 부르주아적 가족이라는 문맥에서 시작한다. 아이들은 **'최초의 장면'**을 보기 위해 부모 곁에서 가까이 지내고, 엄마들은 아이들의 자위행위를 알아채고 거세로 위협할 준비가 되어 있다. 그러나 오이디푸스는 자기 아버지를 죽이고 어머니와 결혼할 것이라는 예언 때

---

185 표트르의 애칭, 강조는 저자에 의한 것이다(역주).

문에 아르카디나 드미트리처럼 버려졌었다.[186] 오이디푸스 왕과 도스토옙스키의 소설들에서, 성인이 되어 처음 만나게 된 아버지는 모두 아버지가 아니라 단지 남성 타자로서 인식된다. 아르카디와 드미트리가 아버지와 성적으로 경쟁하고 있다는 생각에 대해 공포를 표현했다고 하더라도, 어느 누구도 그러한 공포에 아주 강한 영향을 받았다고 보기는 어렵다(정확히 말하면 경쟁을 멈출 만큼 강하지는 않았다). 이에 대한 설명은 분명히 아이들이 아버지를 어렸을 때부터 날마다 보고 지내는 아버지로서 인식하지 않았기 때문이라는 사실에 근거할 수 있다. 그들은 오이디푸스가 라이오스 왕을 교차로에서 만났을 때처럼, 아버지를 남자 대 남자로 만난다. 프로이트는 감정적 무게와 이야기의 중요성을 아들이 아버지를 제거하고 자기 어머니와 동침하는 사실에 두고 있다. 그러나 1870년대 도스토옙스키의 관심사를 기준으로 삼을 경우 그것은 버림(유기)에 대한 이야기가 된다. 라이오스가 두려워하는 예언의 실현을 심리학적으로 가능케 한 것은 라이오스의 오이디푸스 유기이다. 페튜코비치의 지각과 크로네버그 에세이에서 도스토옙스키가 제시한 정의를 따른다면, 오이디푸스는 진짜 아버지가 아닌 아버지를 죽인다(그러고는 진짜 어머니가 아닌 어머니와 결혼한다).

소설 『참을 수 없는 존재의 가벼움』(1984)에서는 프로이트에 대한 모든 언급이 생략된 채, 밀란 쿤데라는 소포클레스의 오이디푸스에게 돌아온다. 그의 주인공 토마스는 섹스와는 무관하고 죄와 책임, 특히 중부 유

---

186 소포클레스, 『그리스 비극 오이디푸스 왕』 David Grene and Richmond Lattimore 역, vol. 1 (시카고: 시카고 대학 출판, 1960), 154쪽. 장로의 방에서 드미트리에 대한 표도르의 비난은 오이디푸스의 아버지 라이오스를 괴롭혔던 예언의 메아리이다. '그가 두려워하던 것 / 그의 아들에게 죽임을 당할 것이라는 예언'(142쪽)

럽의 나라들을 사회주의로 이끈 자들의 책임감에 관한, 오이디푸스 비극의 은유를 제공한다.

"오이디푸스는 자신의 엄마와 자고 있는지 몰랐다. 무슨 일이 벌어졌는지 깨달았을 때, 그는 죄의식을 느꼈다. '알지 못했다'는 것 때문에 그가 초래한 불행의 광경을 견디지 못한 그는 자신의 눈을 찌른 후 테베를 떠났다.

토마스가 그들 내부의 순수함에 대한 사회주의자들의 옹호의 목소리를 들었을 때, 그는 자기 자신에게, '당신이 알지 못한' 결과로서 이 나라는 수세기 동안 자유를 잃었지만, 당신들은 아마도 죄의식을 느끼지 못하겠지? 라고 말했다. 당신들이 저지른 광경을 어떻게 견딜 수가 있겠어? 당신은 어째 겁먹지 않을 수 있지? 당신들은 볼 수 있는 눈이 없나? 눈이 있다면 그것을 빼내어 테베로부터 떠나야 할 거야!" [187]

프로이트의 이론에 담긴 '스캔들을 일으키는' 성적 내용뿐만 아니라 그 안의 도덕적 핵심을 꿰뚫어 볼 수 있다면, 이 이야기는 프로이트뿐만 아니라 도스토옙스키와도 맞닿아 있는 차원의 이야기이다. 정신분석학 역사학자 존 토어스는 최근에 '오이디푸스 안에서 우리 자신을 인식하는 것은 일종의 윤리적인 성취이자 우리를 포함해서 인간의 고통에 대한 죄와 책임감을 가정하는 일'이라는 내용의 글을 썼다. [188]

---

187 밀란 쿤데라, 『참을 수 없는 존재의 가벼움』 Michael Henry Heim 번역 (New York: Harper and Row, 1984), 177쪽.

188 John E. Toews, 'Having and being: the evolution of Freud's Oedipus theory as a moral fable' in Michael S. Roth (ed.), Freud: Conflict and Culture (New York: Knopf, 1998), p. 67.

아버지와 아들 중 **'누가 비난을 받아야만 하는가?'**에 대한 질문은 프로이트 이론의 역사적 발전 과정에 있어서 흥미로운 것으로 알려진다. 프로이트의 시작점은 다름 아닌 **'유혹 이론'**이었다. 그는 성인이 겪는 노이로제가 그들 부모에 의한 실질적 성적 학대에 기인한다고 상정한다. 이 이론은 젊은 세대들의 고통이 위선적인 어른들의 은밀한 성적 도착 때문이라고 비난한다. 위선적인 어른들은 젊은 세대들의 운명을 좌우할 힘을 갖고 젊은 세대들의 신뢰를 저버렸다. 또한 인간이 고통 받는 이유는 권력자들의 행동에 있음을 밝혀내고, 그들의 운명에 연루된 희생자를 용서해 주었다(Toews, 'Having and being', 69쪽). 오이디푸스 이론의 전개는 책임감을 부모로부터 자녀들에게로 전이시킨다는 것이다. '1897년 이후 프로이트의 관심의 초점은 성적 주체로서 아이들 쪽으로 옮겨가고, 인간 주체와 내적 갈등을 일으키는 유아기의 성(性)심리적 "**욕망**"의 역할로 옮겨간다.'(ibid, 71쪽). 프레드릭 크루(Crews)는 이러한 전환에 대해 공감하지 않았다. 그는 다음과 같이 말한다. "프로이트가 똑같은 임상 자료를 두고, 그 환자들이 스스로 근친상간적인 발상을 품고 있으면서도 그것을 억누르고 어린 시절의 기억에서 한 발짝도 벗어나지 못하기 때문에 스스로 노이로제에 걸리는 경향이 틀림없이 있다고 재해석함으로써 정신분석학이 생겨났다." [189] 크루는 1980년대에 **'기억력 회복 치료'** 개발에 대해 논의한다. 이것은 환자들 자신이 어린 시절에 부모님으로부터 성적 학대를 당했다는 사실을 기억해 내게 만드는 치료법이다. 크루는 이런 개발을

189 Frederick Crews, The Memory Wars: Freud's Legacy in Dispute (New York: New York Review of Books, 1995), p. 57.

한 세대에서 다른 세대를 향한 비난의 진자운동이라고 보았다. '만약 지난 사건들이 이후에 나타나는 노이로제의 원인으로 간주된다면, 어머니를 강간하려는 목표를 실현하지 못하도록 만든 수단으로서, 아버지가 어린 아이의 성기를 잘라버리는 상상보다는 아이들에 대한 신체적 가해로 그것들을 표현하는 게 더 쉬울 것이다(크루, 『기억 전쟁』, 22쪽).'

도스토옙스키 세계의 예술적 복잡성은 그러한 극단적인 흔들림(동요)을 불가능하게 함으로써 성적 학대와 같은 단 하나의 요인으로 모든 정신적 혼란을 설명하는 것은 가능하지 않다는 것을 보여준다. 도스토옙스키의 시각에서, 아버지와 아들 사이에는 죄의식이 오고 가지 않는다. 『카라마조프가의 형제들』에서 피고 측 변호사는 신약성서의 골로새서 3장 21절, '아비들아 너희 자녀를 격노케 말지니'를 선별적으로 인용하면서 비난과 책임감을 아버지에게만 집중시키려 한다.

그는 가족을 바라보는 도스토옙스키의 시각의 축소판으로서 성경에 있는, 이 내용을 포함한 두 구절을 제외시킨다. 페튜코비치에 의해 인용되었던 구절은 다섯 번째 계명의 변형된 형태인 "자녀들아 모든 일에 부모에게 순종하라 이는 주 안에서 기쁘게 하는 것이니라."[190]라는 골로새서 3장 20절의 말로 발전되었다. 자녀들 역시 책임이 있다. 또한 그들의 책임감이 먼저 언급되어 있다. "아비들아 너희 자녀를 격노케 말지니 낙심할까 함이라"(골로새서 3장 21절)라는 변호사가 인용한 완벽한 구절은 도스토옙스키의 세계에서 더할 나위 없이 중요하다. 아이들을 분노케 하지 말아

---

190 The Fifth Commandment reads: 'Honour your father and your mother, so that your days may be long in the land that the Lord your God is giving you' (Exodus 20:12).

야 할 아버지들의 의무는 그들에 의한 살인을 피하기 위한 목적이 아니라 그들의 영적인 강건함을 지켜주기 위한 것이다.

마지막 분석에서, 도스토옙스키에게 가장 중요한 것은 누가 어느 세대의 위치에 서 있는가가 아니다. 아버지나 아들이나 단정적으로 유죄냐 무죄냐를 판단할 수 없다. 그 결과, 스파소비치의 경우처럼 아버지가 가진 미덕으로 크로네버그를 용서할 수 없으며, 페튜코비치의 경우처럼 아들로서의 미덕으로 드미트리를 용서할 수 없다. 도스토옙스키가 1877년 7월에서 8월 사이의『작가의 일기』에서 자기 자녀들을 학대해 온 실제 부부에 대한 재판장의 상상적인 연설을 통해 생생하게 표현했듯이, 여기서 중요한 점은 책임감을 개인 스스로 인정하는 것이다.

> "요점은 양측 모두에 대해 용서할 것이 많다는 것입니다. 자녀들은 자신들의 마음에 심각한 상처를 준 아버지들을 용서해야만 하고, 아버지들은 자녀들에 대한 무시, 자녀들에게 가졌던 비정상적이고 잔혹한 감정, 그리고 그들 때문에 심판받기 위해 이 자리에 앉아있을 수밖에 없다는 이 사실을 용서해야만 합니다. 당신들(아버지)이 법정을 떠날 때, 이 모든 것들 때문에 당신 스스로를 고소하지 못할 것이지만, 그들(자녀)은 그렇게 할 것이기 때문입니다. 나는 확신합니다. 당신들 스스로 자녀 양육이라는 힘든 노동을 시작하려면 스스로에게 질문해보십쇼. 당신은 이 모든 범죄와 경범죄를 그들이 아닌 당신 스스로의 탓으로 돌릴 수 있겠습니까? 그럴 수 있다면, 당신의 노동은 헛되지 않을 겁니다(25권, 191쪽)."

이 엄청난 연설이 오직 아버지들을 향한 것이라고 생각하면 절대로 안 된다. 이 연설은 드미트리, 아르카디, 표트르와 같은 아들들을 향한 것일 수도 있다. 가족을 창조한 '지치지 않는 사랑의 노력'은 모두가 해야 하는 것이기 때문이다.

진실로 신성한 것이라고 불리어지는 가족에 대한 도스토옙스키의 정의에는 '**아버지**'라는 이름에 대한 보수주의자들의 맹목적인 찬양도, 사회의 재정비를 위한 기초로 가족의 재정비를 하려는 급진주의자들의 시도도 따르지 않는다(파페르노, 『체르니솁스키와 리얼리즘의 시대』, 157쪽). 도스토옙스키에게 아버지와 자녀의 전통적 관계는 보존되어야 하는 것이며, 그런 관계를 유지하기 위해서는 사랑의 힘을 날마다 호출해야 할 정도로 어려운 것이다. 단지 생물학적 연관성과 '**아버지**' — 스테판 베르호벤스키, 베르실로프, 표도르 카라마조프와 같은 아버지들이 자기 편할 때만 떠맡았던 지위 — 라는 이름에 근거하는 것이 아니다. 보수주의자가 가족이 국가의 기초라는 이유로 가족의 가치를 평가하려고 한다면, 도스토옙스키는 예술작품과 시사적인 작품 모두에서, 적어도 그것이 영적으로 건강한 개인들의 잠재적 기반이 된다는 이유를 근거로 가족의 가치를 평가할 것이다. 프로이트와 마찬가지로 도스토옙스키는 어린 시절에서 영적인 질병의 기원을 찾지만, 결정론의 먹잇감으로 전락하지는 않는다. 이를 보여주는 가장 좋은 증거는 카라마조프가의 세 형제(또는 네 형제)가 모두 버려지고 고난을 겪었지만, 그들 각자는 스스로의 영적이고 도덕적인 길을 걸었다는 점을 통해 엿볼 수 있다.

10. 도스토옙스키와 과학

다이앤 오닝 톰슨

"2x2=4가 아니다"라고 말하는 사람들은
정말로 4가 아니라는 뜻이 아니라, 분명
무언가 다른 것을 표현하고자 하는 것이다.

F. M. 도스토옙스키[191]

1862년 여름, 도스토옙스키는 생애 첫 여행을 서유럽으로 떠나게 된다. 그는 런던을 여행하던 중 만국박람회를 방문했다. 이것이 계기가 되어 『여름 인상에 대한 겨울 수기』(1863)라는 에세이를 통해 처음으로 과학의 문제점을 지적했다. 과학과 기술 발전을 세계에 알리는 취지로 열린 박람회는 기술 집약을 보여주는 거대한 유리와 철골로 만들어진 수정궁에서 개최되었다. 빅토리아 여왕 시대의 영국은 산업발전과 발명의 중심지였

191 Quoted by N. N. Strakhov in F. M. Dostoevskii: Novye materialy i issledovaniia (New Materials and Studies), Literaturnoe nasledstvo 86 (Moscow: Nauka, 1973), p. 560.

고, 그야말로 굉장한 물질만능주의 시대였다. 과학적 발견을 통한 문명의 진보와 인간의 복지 향상에 대한 믿음이 팽배한 시기였던 것이다. 과학이라는 도구 덕분에 지구상에서 자연을 다스리고, 인간과 사회의 욕구를 완벽에 가깝게 구현하려는 인류의 오래된 꿈이 비로소 가능해졌다. 도스토옙스키는 이 박람회에서 엄청난 충격을 받았다. 박람회의 전시품들은 러시아에서는 절대로 볼 수 없는 것들이었고, 이로 인해 도스토옙스키는 깊은 불안감을 느끼게 된다.

"자네들은 전 세계에서 몰려온 이 무수한 사람들을 하나의 무리로 통일한 무서운 힘을 느낄 수 있을 것이다. 또한 이 거대한 사상을 인식할 것임에 틀림없다. 거기에는 무엇인가 이미 성과가 있고, 승리가 있고, 환희가 있다고 느낄 것이다. 뿐만 아니라 그 어떤 두려움을 느끼게 될 것이다. 자네들이 아무리 독자적인 성격을 가졌다 할지라도, 왜 그런지 무서워질 것이다. 정말 이것이 실제로 달성된 이상이라 할 수 있지 않은가? 이것으로 이제 결정판이 되는 것이 아닌가? 이것이야말로 정말 '하나가 된 양떼'가 아닌가? 이것을 완전한 진실로 받아들여 영영 입을 다물어야 하지 않을까? 이 모든 것이 당당하고 환희에 찬 듯이 위세가 있기 때문에, 자네들은 숨이 막힐 것이다. 지구 전역에서 단 한 가지 생각을 가지고 온 수십만 수백만의 사람들이 이 거대한 궁전에서 조용히 끈기 있게 입을 다물고 모여 있는 모습을 볼 때, 자네들은 여기에 무엇인가 최종의 것이 성취되어 끝나버렸다는 느낌이 들 것이다. 이것은 어딘가 구약성서에 나오는 풍경이나 바빌론의 그 어떤 풍경과 같으며, 눈앞에 실현된 묵시록의 예언과 같다. 이런 이상에 복종하거나 감화되지 않고 현실을 숭배하지 않으며 바알(Baal)을 신으로 인정하지 않기 위해, 즉 현존하는 것을 자기 이상으로 여기지 않기 위해서는 장구한 세월 속의 수많은 저항과 부정의 정신이 필요하다는 것을 자네들은 느낄 것이다(5권, 69~70쪽; 5장)."

여기서 드러난 과학에 대한 도스토옙스키의 불안감은 이후로도 계속된다. 그의 종말론적 상상력의 특징은 묵시적인 이미지와 예수의 예언에 관한 성서적 암시를 담고 있다(요한계시록 10:16). 그는 과학과 기술로 발전한 미래의 모습을 이상향으로 받아들이지 않는다. 여기서 미래의 이상향에 대한 두 관점이 충돌하게 된다. 하나는 이미 충족된 것처럼 보이는 과학의 새로운 재앙이고, 또 하나는 예수 그리스도 아래 모든 사람이 한데 모여 사랑의 이름으로 하나가 되는 성서적 종말이다. 그 박람회는 과학이 '**최종적으로**' 세상의 모든 문제를 해결해 줄 것이라는 19세기의 믿음을 보여주었다. 여기서 과학의 '**완전한 진리**'는 곧 제한된 진리임을 뜻한다. 하지만 도스토옙스키에게 있어서 진리는 그리스도에 의해서만 밝혀질 수 있는 무한 영역의 것이었다. 예수의 진리를 평생 탐구한다는 것은 일생 내내 이어지는 신과의 연속적인 대화를 의미했다. 따라서 '결국 조용해진다'는 것은 인간으로서 완전한 죽음을 의미한다. 따라서 박람회가 경이적으로 구현한 과학과 진보에 대한 숭배는 도스토옙스키가 보기에 '**바알**'을 향한 우상숭배와 다를 게 없었다. 과학과 진보라는 '**바알**'은 자신에 대한 숭배를 계속하도록 사람들을 끊임없이 위협하는 존재인 것이다. 도스토옙스키는 러시아가 항상 서구를 모델로 삼아 왔다는 사실을 알고 있었다. 이 박람회에서 자기 눈으로 확인한 모습이 곧 조국 러시아에 대한 미래의 예언이 될 수도 있다는 생각에 도스토옙스키는 공포를 느꼈다. 그는 갑자기 엄청난 속도로 침투하는 서구 과학의 힘에 의해 자신의 조국이 완전히 무너져버릴 것을 예감한 것이다.

러시아에서 과학 혁명 운동은 서유럽보다 늦게 일어났지만, 그 파장은 서유럽과 비교했을 때 결코 약하지 않았다. 러시아에서 과학의 수용 과정은 18세기 초반 표트르 대제의 개혁으로부터 시작된 서구문명의 영향력 아래 기반이 다져졌다. 점진적으로 19세기 중반까지 꾸준하게 이어진 문화와 사회 전반에 걸친 세속화는 러시아를 서구화와 근대화의 물결로 이끌었다. 이런 개혁의 움직임을 과학은 다른 차원의 더 높은 곳으로 끌어올렸다. 과학은 단순한 사실의 축적물이 아니라 세계를 바라보는 완전히 새로운 방법이었기 때문이다.[192] 과학적인 아이디어나 방법들은 지금까지 그들이 보지 못했던 곳에 자리를 잡고 있었다. 즉 성서적 학문, 역사, 철학 그리고 사회 및 정치 이론에도 과학이 적용되기 시작한 것이다. 과학의 부흥에 따라 종교 신앙과 이성 사이의 오랜 논쟁은 점차 이성의 축으로 기울어져 갔다. 과학은 철학적 물질주의 사조에 새롭고 강력한 합리성을 부여했고, 이에 결정론자와 실증주의자의 사상은 한껏 고무되었다. 절대 진리에 관한 종교의 주장은 진실의 값은 변할 수 있다는 과학의 개념에 의해 점점 기반을 잃어 가고 있었다. 과학과 진리는 동의어처럼 여겨졌

---

192 러시아어 나우카(nauka)는 '과학'과 '학문'을 모두 의미한다. 문맥에 따라 그 의미가 정해진다. 도스토옙스키 시대에 그 단어는 점진적으로 자연과학, 수학, 통계학, 경제학을 의미하게 되었다.

고, 종교는 신화와 미신의 영역으로 폄하되었다. 도스토옙스키는 이러한 시대적 흐름을 잘 꿰뚫어 보고 있었다.

19세기 중반에 이르기까지 러시아 문학에서 과학은 깊게 다뤄지지 않았다. 도스토옙스키는 시베리아에서 강제노역을 하기 전까지 자연과학에 대한 자신의 생각을 거의 언급하지 않았다. 하지만 19세기 후반에 과학적 아이디어와 결과물이 서구로부터 러시아로 쏟아져 들어오기 시작했다. 따라서 유형지 시베리아에서 돌아와 1860년까지의 시대와 사회를 경험한 도스토옙스키는 자신이 살았던 시절과는 너무 달라져버린 지식의 지평과 맞서 싸워야 했다. 과학은 좌파 성향의 급진적인 젊은 인텔리겐치아들과 무신론자들로부터 지지를 받았다. 인텔리겐치아들은 자연과학이 인류의 사회문제와 정치문제를 풀 수 있는 해결책을 제공해줄 것이라고 굳게 믿었다. 인텔리겐치아들은 자연과학의 예측, 계산, 증명의 도구에 완전히 매료되었다.

러시아의 대문호 투르게네프는 『아버지와 아들』(1862)에서 새로운 과학시대의 주인공이라고 할 수 있는 니힐리스트(허무주의자) 의사 바자로프를 그려냈다. 하지만 투르게네프는 도스토옙스키와 달리 과학이 종교에 던진 도전에 관심을 갖지 않았다. 19세기의 모든 작가들 중에서 도스토옙스키는 과학을 하나의 종교적, 철학적, 사회적 문제로 심각하게 생각했다. 왜냐하면 과학이 진리에 대한 관념과 인간에 대한 개념, 그리고 미래 사회의 구조에 대한 엄청난 함축성을 지녔다고 보았기 때문이다. 도스토옙스키의 전기적 자료와 그가 가졌던 역사적, 문화적 맥락에 대한 상세한 지식은 과학에 대한 그의 입장을 이해하는 데 매우 중요하다고 할 수 있다. 여기서는 도스토옙스키의 문학 작품에 나타난 과학적 암시에 대한 시학적 해석과 이것이 표현될 때 갖게 되는 의미에 중점을 둘 것이다. 특히 도스토옙스키의 문학작품에서는 과학적 사실과 사상에 대한 타당성을 고려하는 것이 아니라, 이들이 그의 주인공들의 의식과 세계관에 어떤 영향을 미치는지에 관심을 가질 것이다. 그리고 그들의 반응을 통해 도스토옙스키가 인간 생활사에 관하여 어떤 이야기를 하고 싶어 했는지 살펴볼 것이다. 도스토옙스키는 과학 그 자체에는 사상이 존재하지 않는다고 여겼지만, 바흐친이 보여주었듯 하나의 사상은 언제나 다른 누군가의 사상이다. 따라서 과학적 사실에 대한 언급은 타자의 반응에 대한 개인의 의도, 의문, 염원, 기대를 표현한 형태라고 할 수 있다. 지금부터 과학에 관한 문제를 중점적으로 다루는 두 개의 작품을 중심으로 살펴볼 것이다. 두 작품이란 도스토옙스키가 시베리아 수용소 생활 이후에 집필한 첫 번째 주요 저서인 『지하로부터의 수기』와 그의 마지막 작품인 『카라마조프가의 형제들』이다.

지하로부터의 수기

도스토옙스키는 『지하로부터의 수기』 첫 장에서 처음으로 이데올로기적인 주인공, 혹은 당대의 사상을 열정적으로 비판하는 한 이름 없는 러시아 지식인-**'반(反)주인공'**을 등장시키며 과학적 세계관을 묘사하고 있다.

『지하로부터의 수기』는 한 지식인에 대한 이야기로 자유의지와 필연성에 관한 고뇌와 갈등을 담고 있다. 지하인의 말은 의학, 생리학, 논리학, 수학, 통계학, 생물학, 경제학, 심리학 그리고 진화론에 이르기까지 과학에 관한 언급으로 가득하다. 하지만 지하인이 관심을 쏟고 있는 것들이 과학 자체를 대변한다고 볼 수는 없다. 그보다 과학의 옹호자들이 과학을 과학적 패러다임으로 이해하거나 오해한 것처럼, 그들은 인간 사회와 행동을 과학적 패러다임에 맞추어 모델로 만든 서구의 최근 사회적·철학적 이론들에 집중하고 있다. 실증주의, 진화론, 유토피아적 사회주의, 공리주의, 경험주의, 합리적 자기중심주의, 사회적 다윈설 등 19세기의 모든 이론의 공통점은 과학적 사고와 방법론에 의한 물질주의와 결정론에 그 철학적 근거를 두고 있다는 것이다.

첫 장의 시대적 배경은 지하인이 '**우리의 부정적인 시대**'라고 일컫는 1860년대로 설정되어 있다.[193] 이 시기는 러시아인들의 사상에 결정적인 영향을 미친 시기이며, 당시의 많은 젊은 인텔리겐치아들이 구시대의 종교, 사회 그리고 미학적 가치들을 거부한 시기이다. 추상적 관념에 사로잡혀 외롭게 스스로를 지하에 가둔 지하인은 지구상에서 가장 관념적이고 계획적인 도시 상트페테르부르크에 살고 있다(5권, 101쪽; 1부, 2장). 아주 신경질적이고 비합리적으로 사유하는 지하인의 내부에서 계속 울리는 목소리에는 자신의 목소리도 있지만, 그에게 과학적 사고를 강요하는

193 『지하로부터의 수기』 원문에는 "в наш отрицательный век"로 되어 있다. 역자에 따라 "우리의 부정적인 세기"(김연경 역), 또는 "부정적인 우리 시대"(조혜경 역), 또는 "우리의 비뚤어진 19세기"(김근식 역)로 번역되어 있다.

다양한 상상 속 대화 상대의 목소리도 있다.

『수기』는 지하인이 병들었다는 사실과 의학을 비웃는 것에서 시작한다. 지하인은 간이 아프지만 앙심을 품고 의사를 찾아가지 않는다(5권, 99쪽; 1부, 1장). 하지만 그가 누구를 괴롭히고 있는 것일까? 개인에 불과한 한 사람은 의학이라는 대상을 괴롭힐 수 없다. 왜냐하면 지하인은 고립되어 스스로를 가둔 채 살고 있기 때문에 악의를 품을 상대가 없다. 이는 결과적으로 본인을 괴롭히는 것이며 정신적으로도 피폐하게 만든다. 후에 그는 신체적으로 병을 앓고 있지는 않지만, 일종의 **'병'**이라고 할 수 있는 **'아주 강한 의식'** 상태가 지속되는 **'과잉 의식'**을 계속 갖고 있었던 것으로 밝혀진다(5권, 101쪽; 1부, 2장). 그런데 그것은 무엇에 대한 과잉 의식인가? 그는 교육을 잘 받은 똑똑한 자로서 자기 마음이 계속해서 **'자연의 법칙, 자연과학의 결론, 수학'**에 대한 자신의 은유인 **'돌벽'**이라는 저항에 부닥치고 있다는 것을 잘 알고 있었다(5권, 105쪽, 1부, 3장). 지하인은 자연의 법칙으로 인해 모욕감을 느꼈고, 상처 받았으며 굴욕감을 맛보았다. 그의 담론의 주요 주제는 바로 이러한 것들에 맞서면서 얻게 되는 고통에 관한 것이었다. 자연의 법칙을 연구하기 위한 과학의 출현은 자연을 바라보는 관점을 다른 식으로 비틀도록 강요했다. 자연은 더 이상 신의 창조물에 대한 구현이 아니다. 이제 자연 자체에 내재하는 법칙들은 과학적 연구의 목표가 되고, 자연은 실증주의적 논리를 통해 해석되어졌다. 자연은 철저하게 합리화되었으며 비인격화되었다.

자연의 법칙에 대한 지하인의 사유는 끝없는 의식의 흐름을 타고 흘러

'가장 불가피하고 논리적인 결합을 통해 가장 혐오스러운 결론'으로 나아간다(5권, 106쪽; 1부, 3장). 그의 자학은 스스로 느끼는 영적 죽음이라는 종말에 관한 피할 수 없는 증상이지만, 합리적으로 설득력 있는 의견에 맞서 인간의 감정적인 측면을 주장하고, 온갖 관념적 사유로 진이 빠져버린 세상에서 본인이 절박하게 무언가를 느끼기 위한 주인공의 비정상적인 시도였다.

악의로까지 귀결되는 지하인의 모든 감정은 지긋지긋한 **'의식의 법칙'**에 의해 **'화학적 분해 작용'**을 겪게 된다(5권, 108쪽; 1부, 5장). 아마도 그는 따귀도 달게 맞을 것이다. 하지만 만약 그가 관대하게 행동하고 자신을 공격한 자를 용서해야 한다고 해도 이는 전적으로 쓸모없는 일이다. 왜냐하면 그를 때린 자는 '자연의 법칙에 따라 때렸고 일개 개인은 자연의 법칙을 거스를 수 없기 때문'이다(5권, 103쪽; 1부, 2장). 그는 따귀를 맞은 기억을 잊지 못할뿐더러 모욕 이외의 다른 것으로 받아들일 수도 없다. "그는 자연의 법칙에 따라 '나'는 죄 없이 유죄를 받았다고 불평한다(5권, 103쪽; 1부, 2장)." 인간은 오직 인간 앞에서만 유죄일 수 있다. 즉, 양심은 개인에겐 책임이 있다고 전제하지만 비인간적이며 말없는 자연의 법칙에겐 책임이 있다고 전제하지 않는다. 죄책감을 느낄 대상이 없기 때문에 그는 오로지 자신의 죄에 대하여 강하게 의식하고 있을 뿐이다. 이에 대해 그는 절대 속죄하거나 뉘우치지 않는다. 그는 자의식으로부터 스스로를 부활시키거나 초월할 수 없다. 따라서 도덕성의 실천과 무조건 용서라는 그리스도의 두 가지 주요 정신이 의미 없게 되어버렸다. 결과적으로 책임의 구심점이 주체(과거의 도덕성)에서 정의상 책임 지울 수 없는 비인격적 대리인(자연의 법칙)으로 옮겨져 갔다. 지금까지 한 개인은 다른 사람들이나 인격이 부여된 신, 악마, 나아가 때로는 스스로를 비난할 수 있었다. 하지만 이제 그 누구도 책임자의 위치에 있지 않기 때문에 비난의 대상이 사라져 버린 것이다. 따라서 '화를 내려 해도 정말로 그럴 상대가 없다. 정말 그럴 상대가 없다, 아마도 영영 없을 것이다(5권, 106쪽; 1부, 3장).' 대응하는 대상을 찾으려할 때 그는 오로지 끝없는 돌벽과 마주하게 된다.

심리학 역시 인간이 가진 생득적 이기심의 원리에 환원주의적으로 접근하는 방법론을 만들었다. 만약 그것들이 자신의 지방 한 방울이 본질적으로 수백만의 다른 사람들의 지방 몇 만 방울보다 더 귀중하다는 것을 증명한다면, 온갖 선행과 의무라 불리는 것들도 허풍과 편견이 된다. 당신이 그것을 수용하면 해야 할 일은 아무 것도 없을 것이다. '2×2=4, 수학이니까. 어디 반박할 테면 해봐라(5권, 194쪽; 1부, 3장).' 그 결과는 바로 중요한 그리스도 정신과 자기희생의 폐기다. 지하인이 이미 알고 있었던 진화론은 근본적으로 근대 인간에 대한 개념 자체를 바꾸어 놓았다. 즉 '사람들이 당신의 조상이 원숭이라는 것을 증명한다 해도 얼굴을 찌푸릴 것도 없이 그냥 그대로 받아들여라(5권, 105쪽; 1부, 3장).' 만약 우리가 여타 동물과 다른 더 복잡하고 발전된 형태의 진화된 동물이라면, 우리는 신의 **'형상이나 유사형상'**으로 창조될 수 없다. 우리가 지금 보고 있는 것은 전통적 동물의 한 종이자 자연의 법칙에 의해 결정된 인간에 대한 혹독한 분해 과정인 것이다. 인류가 유인원에서 출발했다는 생각은 분명 도스토옙스키를 괴롭히지 않았을 것이다. 1876년의 편지에서 그는 이렇게 이야기하고 있다.

> "그리스도는 동물의 세계와는 달리 인간에게는 영적인 힘이 내재되어 있다고, 직접 말씀하신다. 이것이 어떠한 뜻을 내포하는 것일까? 인류의 기원이 당신이 좋아하는 어떠한 임의의 장소에서 시작되었다고 하자. (성경에는 하느님이 어떻게 자신의 형상을 진흙으로 빚으셨고, 지구 위에 올려놓으셨는지에 대한 언급이 전혀 나오지 않는다) 하지만 하느님이 생명의 바람을 인간에게 불어넣으셨다고 언급한다."
>
> (29권/2, 85쪽; 1876년 6월의 편지)

인간의 개념: 1. 미래의 인간에 대한 과학적 분석

과학은 무엇보다도 미래 지향적이다. 과학적 세계관에 기초하여 말하자면, 인간의 본성에 관한 법칙들은 이미 결정되어 있고 다만 발견될 뿐이다. 다시 말해, 인간은 완벽하게 이해될 수 있으며 유한한 독립체로서 해석될 수 있다. 급진적인 유토피아적 사회주의자들의 계획은 이성과 과학적 사고의 본성에 기초한 인간 본성을 다시 만드는 것에 불과하다. 과학은 인간을 하나의 물질적 대상이자 이성의 조절로 행동과 정신이 완전히 통제될 수 있는 자연의 산물로 보는 것을 정당화했다. 인간에 대한 이러한 새로운 방식의 정의는 무한한 잠재력을 보유한 채 계속해서 발전하고 창조하는 인간에 대한 개념의 흐름에서 변화하여 기존의 인간성으로부터의 탈피를 향한 자극이 되었다. 지하인은 이러한 사조를 극대화했고 논리적 결론에 이른다. 그것은 바로 인간의 급진적인 비인격화인 것이다. 수기에 계속해서 등장하는 것은 질문이다. 우리는 누구이며, 어떤 자가(혹은 무엇이) 될 것이며, 어디로 향하고 있는 것인가 같은 것들 말이다.

지하인의 대화 상대자들은 이에 대한 답을 갖고 있다고 여겨졌다. **'인간은 미래에'** 이성에 근거하여 항상 최대의 이익을 추구하며 결코 이를 포기하지 않게 될 것이다. 그것이 바로 **'수학'**이다(5권, 114; 1부, 8장). 인간의 의지에는 '자연과학의 법칙과 수학의 법칙이 공존하게 될 것이다(5권, 117; 1부, 8장).' 개인을 해체시켜 온 과학은 무언가를 원하는 일종의 자유의지가 환영에 불과하다고 표명한다.

> "과학이 나서서 인간에겐 실은 자유의지도 변덕도 없고 더욱이 이전에도 원래 없었다고, 인간은 그 자체가 피아노 건반이나 오르간의 핀(나사못)과 비슷한 뭔가에 불과할 뿐이라고 가르칠 것이다. 덧붙여 세상에는 아직 자연의 법칙이 있기 때문에 인간이 하는 일은 절대 그의 욕망에 따라 행해지는 것이 아니라 자연의 법칙에 따라 저절로 이루어진다. 따라서 이 자연의 법칙을 발견하기만 하면 인간은 자신의 행동에 책임을 지지 않게 될 것이며, 사는 것도 굉장히 편해질 것이다. 그렇다면 인간의 모든 행동은 저절로 이 법칙에 따라 로그표(대수표)처럼 수학적으로 분류되어 10만 8천 종에 이를 것이고 그렇게 연

감에 기입될 것이다(5권, 112~113쪽; 1부, 7장)."

그러나 통계학자들은 '**통계 수치와 경제학 공식**'에서 추출한 통계 평균치만을 통해 인간의 이익을 기록하고 추적한다. 지하인은 이에 반대한다. 통계학자들은 언제나 개인 고유의 '**독립된**' 혹은 '**자발적 자유의지**', '**분류법**'에 들어가지 않는 '**최대 이익**'을 제외시킨다(5권, 110쪽; 1부, 7장). 그러나

"나는 지금 막, 욕망이 도무지 무엇에 달려 있는지 누가 알겠느냐마는 그래도 괜찮을 듯싶다고 외칠 참이었는데, 다행히도 과학이라는 게 떠올라서……. 만약 진짜로 언제든 우리의 모든 욕망과 변덕의 공식을 발견한다면, 즉 그것이 무엇에 달려 있는지, 정확히 어떻게 확산되는지, 이러저러한 경우에 어디를 지향하는지 등등에 대한 진짜 수학적인 공식을 발견한다면, 그러면 인간은 아마 뭘 욕망하는 일이 즉각적으로 없어질 거요. 아니 도표에 따라 욕망하는 게 뭐 그리 좋겠소? 어디 그뿐이겠소. 인간은 그 즉시 인간에서 오르간 핀이나 그 비슷한 뭐로 변할 거요(5권, 114쪽; 1부, 8장)."

여기서 지하인을 머뭇거리게 하는 것은 그와 같은 과학의 옹호자들이 옳을지도 모른다는 불안감이다. 그는 (지나친 자의식으로 인해 괴로워하는 다른 모든 사람들처럼) 자신이 '자연에서 태어난 것이 아니라, 복수의 산물'이라고 밝히며, 자신을 하나의 실험기구에 비유한다. 또한 이를 일컬

어 그는 '**복수하는 인간**(retornyi chelovek, retort man)'이라고 칭한다(5권, 104쪽; 1부, 3장). 만약 모든 사람의 반응이 기계적이라면, 우리는 더 이상 사람이 아닌, 오르간의 파이프 같은 물건이 된다. 사실 이것은 하나의 완벽한 논리가 된다.

이것은 가장 근본적인 도덕적 결론을 도출한다. 사람이 자연의 법칙에 의해 놀아나게 되는 꼭두각시라면 그는 **'자신의 행동에 대한 책임'**을 질 수 없게 된다. 과학은 도덕성에 대한 어떤 구체적 근거를 제시하지 않는다. 인간의 행동에 대한 과학적 설명은 인간이 자유의지의 도덕적 대리인이라는 의견에 대체로 적합하지 않거나 심지어는 적대적이라고 볼 수 있다. 도덕적 결정은 자유 선택에 의존한다. 만약 과학적 근거에 따른다면 자유의지라는 것은 있을 수 없고 도덕성 자체가 존재할 수 없게 된다. 도스토옙스키는 이러한 도덕적 책임에 대한 문제에 심취하여 여생을 보냈다. **'모든 것이 허용 된다'**는 이반 카라마조프의 생각은 만약 신이 존재하지 않는다면 책임을 지는 사람 역시 있을 수 없다는 아이디어에서 기인한다.

바흐친이 강조하듯 **'사물과 인격'**은 서로 연관된 스펙트럼의 양극단이라고 할 수 있다.[194] 사람의 인격은 의미 측면에서 무한하고 창조의 핵이라는 측면에서 불멸의 가치를 지닌다(따라서 한 인간이 자기 자신과 일치하지 않을 수 있다는 말이다).[195] 한 마디로 인격이라는 대상에 대해 더 파고들면 파고들수록, 적용할 수 있는 원칙은 더욱 적어진다는 것이다. 바

194 M. M. 바흐친(Bakhtin), 『Speech Genres and Other Late Essays』 Vern W. McGee 번역, 캐릴 에머슨과 미하일 홀퀴스트 편집, (Austin: University of Texas Press, 1986), 138-139쪽과 164-165쪽.

195 Ibid., p. 168.

흐친은 다음과 같은 것을 관찰한다. 과학의 '연구 주제로' '말하는 사람과 그의 말은 편입될 수 없다.', **'수학과 자연과학은'** 말을 사용해서 스스로를 표현하지 않는 '침묵하거나 짐승과 같은 대상들에 대해서 통제권을 쥐려고 한다.' [196] 따라서 과학은 불가피하게 '**독백**'의 형태를 띠게 된다. '과학은 주체를 객체화시키고, 자신의 본래 목소리를 없앤다(인간을 포함한). 모든 지식체가 이를 하나의 물질로 인지할 수 있다. 하지만 주체는 (……) 하나의 물건으로 취급되고 연구대상이 될 수 없다. 그들은 자신들의 발언권을 결코 잃지 않고, 결과적으로 오직 대화적 관계 안에서만 인식이 가능하기 때문이다.'

과학은 치밀하게 구성된 이야기의 집단이라고 할 수 있는 서사의 집합체이다. 그들의 반응을 예상하거나 반응을 보일 수 없다면 과학적 주장을 제시할 수 없다. 결과적으로 도스토옙스키의 작품처럼 독특한 이야기, 예측, 반응을 통해 쌓인 모든 대화의 구성에 과학은 설 자리가 없는 것이다. 과학은 모든 것들을 물건, 단위, 집합으로 파악하는 반면, 도스토옙스키의 등장인물들은 독특한 성격을 갖춘 인격체였다. 과학 용어는 누군가의 용어가 아니다. 또한 일정한 반응을 기대할 수 있는 저자가 없다. 평범하게 특정 개인의 이미지를 불러일으키지 않고, 얼굴이 없으며, 화자는 철저히 교체될 수 있다. 과학 용어는 누군가의 의미론적 입장을 취하지 않는다. 과학 용어는 마음을 진정시킬 수 없으며 사랑과 증오의 감정을 담아낼 수 없다. 즉 극도의 몰(沒)인간화를 지향한다.

196 M. M. 바흐친, 『대화적 상상력』, 캐릴 에머슨과 미하일 홀퀴스트 번역, (Austin: University of Texas Press, 1981), 351쪽.

자연과학과 수학은 사람이 갖고 있는 주관의 개입을 배제한 채 문맥으로부터 완전히 자유로운 대상 중심의 시스템이다. 다시 말해 이 학문은 역사, 시간, 장소에 구애받지 않는다. 피타고라스 이론은 누가, 언제, 어디서 사용하든 흔들리지 않는다. 이것의 의미는 대상의 순수한 관념에 국한되어 적용될 뿐이다. 지하인의 '2×2=4'에 대한 유명한 도전은 합리성으로 가득한 세계에 대한 인간의 반란인 것이다. "2×2=4는 이미 삶이 아니라, 죽음의 시작이 아닌가. (…….) 하지만 2×2=4는 어쨌거나 정말 참을 수 없는 것이다. 2×2=4는 내 생각으론 정말이지 뻔뻔스러움의 극치일 따름이다. 2×2=4는 양손을 허리에 대고 젠체하듯 여러분을 바라보고 그렇게 여러분의 길을 가로막고 선 채 거드름을 피우며 침을 뱉는 것이다(5권, 118~119쪽; Pt. 1부, 9장)."

여기서 도스토옙스키의 인간적 감상과 세계관은 명료하게 하나로 합쳐진다. 관념적인 수학 공식에서 인간에 대한 이미지는 신체의 형상과 인간성이라는 특성으로 설명된다. 삶이라는 것에 대하여 더 이상의 발견을 할 수 없게, 주인공을 비웃고 조롱하며 다른 이야기를 할 수 없게 막고 있는 것이다. '2×2 이후엔 할 일이 전혀 없어질 뿐만 아니라 알아내야 할 것도 전혀 없어질 것이다(5권, 119쪽; 1부, 9장).' 2×2는 따라서 인간의 가능성을 가로막게 된다. 대화의 끝인 셈이다. 도스토옙스키에게 있어서 인생의 끝이나 다름이 없는 것이다. 이러한 오만과 마주했을 때, 지하인은 '2×2=5라는 것도 때때로 사랑스럽다'라는 도전장을 계속해서 내밀게 된다. 도스토옙스키는 언제나 인격을 부여하고 목소리를 제공하며 반응을 유도해 내려고 부단히 노력했다. 그는 모든 중요한 현상에서 적절한 단어를 찾아 헤맸다. 지하인의 '나의 의지가 없어도 2×2는 4가 된다'는 반론은 한 마디로 말해 과학의 진리와 판단은 감정이 없고 우리의 반응에 무감각하다는 사실을 담고 있다.(5권, 117쪽; 1부, 8장). 그의 상상 속 인물이 그에게 '자연은 당신의 소망이 뭔지, 또 자연의 법칙이 당신의 마음에 드는지에는 관심도 없다'고 비평한다(5권, 105쪽; 1부, 3장).

하지만2×2=4라는 사실을 반박할 수는 없다. 그것은 최종적으로 결정된 사안이자 명제인 것이다. 이것에 대한 견해를 가질 수는 있지만 어떠한 것도 변하지는 않는다. 고도로 발달된 영리한 사람의 자의식은 다른 방법이 존재하지 않는다는 것을 알 것이다. 결과의 값 자체는 고정되어 있다. 행동으로 옮길 수는 없지만, 고정관념으로 가득 찬 마음을 뒤흔들어 놓음으로써 강박관념으로부터 벗어날 수 있게 된다. '따라서 나는 아무것도 하지 않는다.' 억누를 수 없는 그의 분노는 그의 말과 감정을 막는 무자비한 자연의 법칙에 대항해 무력증을 유발한다. 그는 확신할 만한 말에는 도달하지 못한다. 그의 마음은 잔인한 사실, 그가 직접 의인화한 말없는 물건, 가상의 잘난 체하며 새로운 사조를 믿는 적대적인 대화 상대와 맞선다. 그는 대화의 상대를 이성적으로 이길 수 없지만 경멸한다. 그를 하나의 물건으로 보고 폄하하는 자연의 법칙의 무감각한 조종자들 때문에 지하인은 모든 것이 결정되어 있다고 느낀다.[197] 그가 할 수 있는 유일

197 M. M. 바흐친, 『도스토옙스키 시학의 제문제』, 캐릴 에머슨의 번역과 편집 (Manchester University Press, 1984), 236쪽.

한 것은 '혀를 내밀어 메롱을 하고 조롱'하며 반항하고, '이 모든 이성적 논리에 저주나 퍼붓는 것'이다(5권, 113쪽; 1부, 7장).

도스토옙스키의 모든 이데올로기적 주인공들 중에서 지하인은 가장 고립된 인물이다. 지하인은 거의 인격화된 상상의 대상과는 살아 있는 듯 관계를 형성하지만, 살아 있는 사람들과는 단절되어 살아간다. 어린 시절(1840년대)의 지하인은 '나는 외롭고 저들은 모두 남이야'라고 느끼면서 도스토옙스키 소설의 유아적 자아 중에서 가장 깊은 심연을 드러내는 표현을 보여준다(5권, 125쪽; 2부, 1장). 바흐친은 지하인에게는 모든 사람이 **'타자**(남)'였다고 진술한다. 그는 '모든 사람을 하나의 공통분모로 단순화한다.'[198] 비록 서구화된 러시아인이지만, 1840년대에 자신이 보통사람들보다 우월한 낭만주의적 주인공이라고 생각했던 지하인도 1860년대에는 과학의 부흥과 함께 이러한 상상이 기괴하고 지속 불가능한 것이라고 여겼다. 과학으로 무장한 1860년대의 젊은 급진주의자들은 1840년대의 낭만주의적 미학과 박애정신을 경멸하는 서구화된 냉정한 러시아인의 모습을 보여준다. 이제 지하인은 남들의 시각을 받아들이려는 자신의 노력에도 불구하고, 전혀 관계없는 **'타자**(남)'들, 즉 퇴화하고 있는 것들의 범주에 스스로를 끼워 넣고 있다.

'불행한 시대인 우리의 19세기'에 자의식이 강하고 똑똑한 지하인은 인

198 As Bakhtin puts it: 'In everything he senses above all someone else's will predetermining him' (ibid., p. 253).

간이란 반드시 '**인격 없이**' 자존심이 강해야 한다고 고집한다(5권, 100쪽; 1부, 2장). 그가 이러한 합리성에 근거하여 주장하는 이유는, 실증주의자들이 말하는 인격의 가장 기본적인 골격이라고 규정한 것을 파괴하고 초월적인 관념론의 현실을 부정하기 위해서이다. 인간이 아닌 관념에 초점을 맞춘 채, 지하인은 누군가 혹은 '무엇인가'가 되는 데 성공하지 못할 뿐만 아니라, 최후까지도 그렇게 되지 못할 것이다(5권, 1~100쪽; 1부, 2장). 내 스스로를 다시 꾸미고 재현해낼 수 없기 때문에 '나는 내가 아닌 누군가가' 될 수 없다(5권, 102쪽; 1부, 2장)! 따라서 제1부에서 도스토옙스키는 숙련된 예술적 정밀성을 무기로 지하인을 이름 없고 목소리의 실체가 없는 대상으로 둔갑시켰다. 이름이 없다는 것은 사물의 상태에 기초하여 사유할 수 있는 개인적 정체성이 없다는 것을 의미한다. 결과적으로 그는 이제 정처 없이 떠돌아다닐 수 있게 되었다. 그는 '이의 기본적인 근거는 어디에 기초를 두고 있는가?', '어디에서 내가 쉴 수 있겠는가?'라고 묻는다(5권, 108쪽; 1부, 5장).

지하인은 자신을 엄연한 하나의 인격체라고 주장하지만, 사실상 그가 몰인격화했다. 이제 그를 몰인격화시키는 세상에서 그는 온전한 인격체가 될 수 없다. 지하인은 영성, 도덕성, 자유의지도 없고, 따라서 존엄성 역시 존재하지 않는 이미 처음부터 결정된 자연의 힘의 산물에 불과할 수 있다는 생각 때문에 자신을 절대로 '**존중**'할 수 없게 된다. 하지만 그는 자신의 영혼으로부터 스스로가 하나의 인격체라는 의식을 지워버릴 수 없다. 고차원적인 이상, 인격, 신의를 잃어버린 채 정체성이 형성된 그는 도발적인 호소를 하고 있다. '나에게 다른 이상을 제시해보라 (…….) 여러분이 내 소망을 깨뜨리고, 내 이상을 꺾어버리고, 나에게 무엇이든 더 좋은 것을 보여준다면, 그때는 여러분을 따를 것이다! (5권, 121쪽; 1부, 10장)'

지하인은 인간에 대한 합리주의자들의 환원주의적 시각에서 부분과 전체를 비교하는 수사학적 방법론에 반대했다. 그는 '삶은 여전히 삶이지 제곱근을 구하는 것이 아니다'라고 반대한다(5권, 114쪽; 1부, 8장). '인간의 의식은 2 x 2보다 훨씬 고차원적인 곳에 존재 한다'(5권, 119쪽; 1부, 9장). 의식이라는 것은 모든 사람의 욕망의 발현이기 때문이다. 이성적인 작업은 우리의 이성적인 측면만을 만족시킬 뿐이다. 인간은 이것보다 더욱 위대한 존재이기에 의식에 잠재된 상상력은 무한하다. 감성의 영역은 인간의 삶을 의미 있게 가꾸어 준다. 지하인의 반항은 그의 마음과 의식이 비록 위축되었을지라도 죽지는 않았음을 증명한다. 그는 사람이 비인격적 대상으로 대체될 수 있는 죽어버린 관념 속의 한낱 물질로 전락하는 것을 신랄하게 비판했다. 지하인은 체르니셉스키의 소설 『무엇을 할 것인가』에서 새로운 이성적인 사람들의 이상적 주거지로 구상된 수정궁을 비판했다. 수정궁은 누구의 것도 아니다. 수정궁보다 더 관념적이고 계획적인 개념의 구조는 존재하지 않는다. 이것은 '가장 중요하고 소중한 것', 개인의 정체성, 그들의 고유한 '성격'을 부정해 버리는 총체적 시각에 대한 메타포였다(5권, 115쪽; 1부, 8장). '인격', '변덕', '독립된 욕구,' 그리고 자유의지에 대한 이러한 주장은 제멋대로 행동하는 것을 허가해 달라는 애원이 아니었다. 인간이 유한하고 결정론적으로 규정된 존재라는 시각에 대한 지하인의 저항은 절대적이며 양보할 수 없는 인간의 가치라고 할 수 있는 근본적인 이상향을 향해 나아가게 된다.

인간의 개념: 2. 신학적 견해

인간이란 관계적인 개념이다. 모든 사람은 고유하고 대체될 수 없는 인간관계의 중심이다. 개인은 다른 사람들의 일부라는 의미를 가질 때에 비로소 자기가 존재할 수 있다. 개인은 상호작용과 타자와의 의사소통을 통해서 하나의 인격체가 된다. 인간에 대한 도스토옙스키의 개념은 하느님이 자신의 형상을 따라 인간을 창조했다는 성서적 정의에 입각한다(창세기 1: 26). 그리스도의 부활을 통해 인간의 형상과 박애정신의 본보기를 보여준 역사적 내용이 증명되었고, 모든 사람은 자신의 삶에서 이 의미가 실현되기를 갈망한다. 또한 이 성서적 개념은 인간성에 대한 신학적 개념에 영감을 주었다. 인간에 대한 개념은 그리스 교부들에 의해 제시되었다. 교부들은 삼위일체의 신에 대한 명상에서 신(하느님) 역시 인격체라고 주장한다. 그들의 주장에 따르면 신의 사랑으로부터 성령이 나왔고, 신은 성자를 낳은 아버지라는 인격체로 존재한다는 것이다. 신(하느님)은 곧 사랑이요, 그분의 존재하심은 누구나 일부분이 될 수 있는 삼위일체적인 소통의 행함이다. 그렇다면 하느님과의 관계는 서로를 사랑하는 관계이고, 영원히 끝나지 않는 인간적인 관계이다. 또한 하느님은 자유의지를 가진 존재이기에 자유는 빼앗길 수 없는 인간 존엄성의 요소이다. 인간의 자유로운, 불가침한 그리고 신성한 핵심에 대한 이러한 이해는 사회 이론이 기반이 되어 생성된 과학과 무신론자들에 의해 가차 없이 폄하되고 있었다. 그리스 정교회의 신학자 존 지졸라스의 말에 따르면, '신학적 개념에서 인간의 영역을 떼어낸 것이 무신론적 휴머니즘이다.' 그리고 우리는 과학이 이들의 가장 강력한 동맹군이라는 것을 알 수 있다.[199] 도스토옙스키가 속해 있던 그리스 정교회의 전통에서 개인의 고유성은 절대적이다. 이 전통에서 개인의 고유성은 **'수학적 개념'**으로 이해되고, '다른 사물들과 묶이거나, 심지어 이것이 신성한 목적일지라도 수단으로 사용되는 것'을 강력하게 부정한다. (…….) 그 목적은 인간 자신이다. 인간성 자체가 완전한 존재의 이유이다.[200] 도스토옙스키에게 진리는 개념 안에 존재하는 것이 아니라, 인간 안에, 유일하게 완벽한 인격체이자 이상형이라고 할 수 있는 그리스도 안에 존재한다. 만약 진리가 그리스도가 아닌 과학에 내재한다면, 과학이 그리스도와 이 세상에 관대함을 베풀 수 있는 것이다. 이러한 황폐한 기조에 맞서 도스토옙스키는 '그리스도 편에 서 있었다(28권, 1쪽, 176쪽; 1월에서 2월 사이에 N. D. 폰비지나에게 보낸 편지 중).'

『지하로부터의 수기』에 그리스도는 나타나지 않는다. 도스토옙스키는 원래 열 번째 장에 '신념과 그리스도에 대한 잠재적 욕망'을 삽입했지

---

199 John D. Zizioulas, Being as Communion (London: St Vladimir's Seminary Press, 1985), p. 27.

200 같은 책. 47쪽. 일부 인도주의적 무신론자들은 인간의 신성함을 윤리규범으로 본다, 하지만 그들에게 '신성함'이란 것은 속 빈 개념이다. 왜냐하면 그들은 그것을 얻을 수 있는 초월적인 그 무엇도 갖지 않기 때문이다. 그들의 '신성함'에 대한 호소는 한때 존재하던 아이디어의 색 바랜 메아리이다.

만 검열관에 의해 삭제되었다(28권/2, 73쪽, 1864년 3월 26일의 편지). 도스토옙스키는 이 삭제된 문구를 되살리지 않았다. 미학적으로도, 수사학적으로도 자신의 영웅의 실존적 불안감을 담고 있는 이상향의 내용은 제거되는 편이 옳았다. 지하인은 이미 **'종교적 신념과 그리스도'**가 필요하다는 것을 알고 있었기 때문에 그는 천국을 향한 가능성을 엿보게 되었다. 따라서 그는 '지하인'에서 빠져나와야 한다. 이때 도스토옙스키의 작품에 나타난 러시아 지식인의 이미지는 서구의 합리주의로부터 받는 영향력이 약해지면서 혼란을 겪게 되는데 이러한 깨달음은 변화의 시작이 된다.

『지하로부터의 수기』는 개인의 인격과 사회 전체를 위한 과학의 문제를 담고 있는 도스토옙스키의 전 작품 중에서 가장 지속적으로 전념해온 문제를 탐구한 작품이다. 1860년대 급진적인 결정론자의 사고를 극단적으로 받아들이거나, 대체할 다른 이론을 제시하지 못하거나, 이를 초월하지 못했을 때의 무서운 결과를 예증한 지하인은 프랭크가 말하듯 '풍자적 모방'으로 받아들여지고 있다.[201]

진정으로 실존적 딜레마를 겪으며 하나의 물체로 여겨지길 거부하고, 또 과학의 이름으로 규정되는 것에 대하여 저항하는 그의 냉소적 기지에도 불구하고, 지하인 스스로도 매우 중요한 것에 대한 또 다른 경고의 메시지를 내포하고 있다. 과학에 대한 생각과 감정에 대한 강렬한 자의식을

---

201 Joseph Frank, Dostoevsky: The Stir of Liberation, 1860-1865 (Princeton University Press, 1986), p. 314.

가진 인간을 너무도 현대적이며 놀라울 정도로 묘사한 도스토옙스키의 작업은 현재의 딜레마를 매우 적절하게 다루고 있다. 과학에 대한 문제는 '종교적 신앙과 그리스도의 필요성'을 열렬히 주장하며, 도스토옙스키의 차기 소설 속 등장인물들 사이의 대화에서 다시 나타나고, 실제 삶과 사건, 범죄와 얽혀 나타난다.

『죄와 벌』에서 한 가지 짧은 에피소드는 특정한 상황에서 새로운 과학적 사고가 얼마나 사회적 이론에 영향을 끼치는지 그리고 그것을 어떻게 변화시키는지 잘 보여준다. 제1장(살인 전)에서 거리를 걷는 동안 라스콜리니코프는 '열다섯 혹은 열여섯 살'의 어린 여성이 앞에서 비틀거리는 것을 발견한다. 그녀는 분명 술에 취했고 성적 학대를 당한 후 버려졌다. 그리고 욕심 많은 '멋쟁이 신사'에 의해 쫓기고 있다. 착한 사마리아인과 같은 성서적 원형처럼 라스콜리니코프는 그녀를 돕기 위해 조처를 취한다. 그 남자에 대한 분노와 그녀에 대한 동정은 자신에게 닥칠 수 있는 위험을 생각하지 않게 했다. 그는 주먹으로 그 '멋쟁이' 신사를 쳤다. 경찰이 개입하자 라스콜리니코프는 상황을 설명한 후 그녀에게 마차를 잡아주기 위해 자기가 가진 동전을 몽땅 쓰게 된다. 하지만 '무언가'가 그를 '화나게' 한다. 갑자기 냉소적인 표정으로 180도 바뀐 후 '떠난다.' 그는 경찰에게 '이것이 당신에게 무슨 상관인가요? 그냥 그에게 즐기라고 해요'라고 말한다(6권, 42쪽; 1부, 4장). 자신도 자리를 뜨면서 라스콜리니코프는 자기가 떠나면, 경찰관은 남자한테 돈을 받고 그 여자와 단둘이 즐길 수 있도록 남자를 내버려 둘 것이라고 예측했다. '서로 산 채로 잡아먹도록 놔두시

오!' 이게 나와 무슨 상관인가? 이런 감정이 마침내 이반 카라마조프의 머릿속에서도 메아리쳤다. 이반은 '한 마리의 파충류가 다른 파충류를 잡아먹고 배를 채우게 될 거야! 그게 양쪽 모두에게 정당하지!'라고 외쳤다(14권, 129쪽; 3부, 9장). 두 발언은 '적자생존'이라고 일컫는 사회적 다윈론의 영향력을 드러내고, 직후에 화자가 살인하거나, 혹은 살육이 일어나도록 내버려 둔 것을 의미심장하게 나타낸다. 이러한 '이상한 발언' 이후에 라스콜리니코프는 갑자기 '대단한 우울함'을 느끼게 된다. '불쌍한 여인!', 그는 그렇게 말하고, 그녀가 앉아 있었던 '벤치의 빈 코너'를 바라본다. 그녀의 빈자리가 그를 생각에 잠기게 한다. 그는 그녀가 병에 들어 '열여덟 혹은 열아홉'의 망가진 창녀로서 짧은 생을 마감하는 끔찍한 상상을 한다. 그는 계속해서 진술한다.

"그러한 비율이 매년 이런 식으로 간다고 사람들은 말한다……. 어딘가……악마에게로. 남은 것들이 정화되고 편안해지기 위해 그래야만 한다고 말한다. 비율! 그들은 정말로 이러한 빛나는 영광의 단어들을 가지고 있는 것이다. 그들은 너무나도 침착하고 과학적이다. 만약 '비율'이라고 말한다면 더 이상 걱정할 것이 없게 된다. 그리고 만약 다른 단어를 사용한다면 아마도 더욱 귀찮아질 것이다. 하지만 두네치카 (그의 사랑스런 여동생) 역시 이러한 비율에 포함되었다면 어땠을까? 그렇지 않고, 다른 것에 포함되었다면?(6권, 43쪽; 1부, 4장)"

그들의 비극이 결정론적인 통계학의 숫자들로 수치화될 수 있다면, 그것은 의식에서 지워질 수 있을 것이다. 공리주의 사회의 계산 방식은 좋은 행동을 하는 것과 도덕적 허무주의를 추구하는 것조차 하찮은 일로 여김으로써 라스콜리니코프의 의지를 꺾어버린다. 이는 **'새로운 (공리주의) 사상의 추종자'**들에 대하여 '과학에 의해 금지된 우리 시대의 동정심'이라고 그에게 설명한 마르멜라도프의 의견을 통해 경종을 울리는 것으로 제시된다(6권, 14쪽; 1부, 2장). 라스콜리니코프는 자신의 사상에 사로잡혀 나락으로 굴러 떨어진다. 그리고 낭만주의적, 공리주의적, 허무주의적 사상의 위험한 복합체로 수치화된 유형의 영향으로 라스콜리니코프는 자신의 도덕성을 억압하고 '기계적으로' 두 여자를 살해하게 된다. 그렇지만 자신의 이익과는 별개라고 해도 다른 사람들의 삶에 '끈질기게 머무르는' 주인공의 특별한 능력으로 적어도 **'통계'**는 피와 살을 부여받는다. 라스콜리니코프의 동정 어린 공감 능력, 즉 자신의 이기심을 버리고 지속적으로 다른 사람을 돕는 능력은 궁극적으로 그가 **'부활'**을 보장받는 자질들이라 할 수 있다. 그러나 예수 그리스도가 나사로의 부활을 확인하는 것이 전체적인 이야기를 구성한다. 따라서 그리스도를 믿는 자들에게 부활은 실제로 일어날 수 있는 가능성으로 여겨진다. 그러나 도스토옙스키의 다음 작품에서 신성함, 궁극적인 인간성, 그리고 부활은 **'자연의 법칙'**이라는 잣대로 인해 그 가치를 심각하게 위협받는다.

『백치』에서 죽어가는 젊은 남성인 입폴리트는 「무덤 속의 그리스도」를 그린 홀바인의 그림을 통해 자신의 감정을 이야기한다. 그 그림은 그리스도의 신체에 난 상처를 사실적으로 그렸을 뿐 어떤 성스러운 표식이나 신성성은 묘사하지 않았다.

> "오직 자연만이……. 그리스도의 고통은 비유적인 것이 아닌 실제의 것이었다. 그리고 그분의 몸은 완전하게 자연의 법칙에 근거한다. (…….) 예수의 12사도들은 이 순교자의 시체를 바라보며 다시 부활할 것이라고 믿었을까? (…….) 만약에 죽음이 너무나도 끔찍하고 자연의 법칙이 막강하다면 어떻게 그들은 극복할 수 있을까? (…….) 생애 동안 자연의 섭리를 거스른 예수조차 죽음을 굴복시키지 못하는 건가? 자연조차 굴복하고 '달리다 쿰'이라는 말로 소녀를 일으켜 세운 그에게? (…….) 이 그림을 바라보고 자연이 눈앞에 펼쳐진다. (…….) 거대한 최신식 기계의 형상이 위대하고 귀중한 창조물을, 모든 자연과 자연의 법칙들의 가치와 비견되는 그런 창조물을 무감각하게 움켜쥐고 박살내어 꿀꺽 삼켜버린다. (…….) 이러한 그림을 통해 모든 것이 담겨진 어둠과 고립 그리고 끝없는 힘에 대한 사상이 표현되고, 또 당신에게 전달된다(8권, 339쪽; 3부, 6장)."

최신 **'기계'**는 기술 시대, 맹목적인 기계적 필요성, 일상으로부터 벗어나서 인간성과 자연의 법칙을 능가하는 인공적 짐승의 압도적인 영광의 메타포일지도 모른다. 홀바인의 그리스도는 인간에서 물건으로 전락한 하나의 시체에 불과하다. 조스타인 보르트네스가 지적한 것처럼 죽은 그리스도는 **'백치'**의 주된 상징이지만 신성성이 비워진 것이기도 하다. 따라서 모든 그리스도인의 전통성이 되어버린 그리스도의 희생은 그 '의미를 잃게' 되었다.[202] 어떠한 위안도 소용이 없을 것이다. 모두를 구원하리라는 미시킨의 실패는 백치의 세상에서 신성한 그리스도의 상실에 대한 반영이라고 볼 수 있다. 도스토옙스키는 다시는 자신의 이러한 이상을 냉정한 평가의 도마 위에 올리지 않았다. 자연 법칙의 과학적 기반에 대한 불안한 인식만이 이러한 신념을 만들어낼 수 있었다. 그 자연 법칙에 기적이 존재할 공간은 없다.

『악령』에서 사회주의 이론가 시갈료프는 이전에 이상적 사회주의 시스템을 고안한 모든 사람들이 절망적으로 길을 잃은 이유를 '그들은 자연과학과 인간이라 불리는 이상한 동물에 대해서 아무 것도 몰랐기 때문'이라 주장했다.(10권, 311쪽; 2부, 7장). 시갈료프는 자신의 사회적 문제를 해결하기 위해 **'과학적 데이터'**와 우생학의 프로그램을 조직하는 **'시스템'**에 기초하고 있다. 인구의 10분의 9 정도가 인간성을 갖는 인간 **'집단'**은 자기 **'개성'**을 박탈당하고, **'모든 세대'**는 **'초기 상태'**로 돌아가 **'다시 태어날'** 때까지 **'재교육'**을 받게 될 것이다(10권, 132쪽; 1부, 5장). 이는 유감스럽게도 **'무한 독재체제'**를 수반하게 된다. 『지하로부터의 수기』에서 어렴풋이 윤곽으로 그려내어 예시한 것을 시갈료비즘(Shigalevism)으로 자세히 설명하고 있다. 시갈료비즘에서 과학은 완벽한 사회를 구축한다는 명목하에 인간성과 자유의 상실을 합법화하고 있다.

---

202 Jostein Bortnes, 'Dostoevskij's Idiot or the poetics of emptiness', Scando-Slavica 40 (1994), p. 13. I thank Jostein Bortnes for kindly reading an earlier version of the present chapter.

이때까지 도스도옙스키는 개인과 사회의 문제를 해결하기 위한 과학적 사고와 방법론의 잘못된 적용에 대하여 걱정했다. 1870년대 중반부터 그는 근대 우주에 대한 과학적 관점의 논쟁과 성서적 도덕성, 종말론을 통해 자신의 등장인물에 수학적 개념과 우주 철학적 개념의 무한성을 반영하기 시작했다. 당대의 최신 천문학 이론의 영향은 이반 카라마조프의 딜레마를 예견한 종교적 신념과 도덕적 허무주의를 반영한『미성년』의 주인공 아르카디 돌고루키를 자극했다.

> "왜 나는 이웃, 혹은 내가 영원히 볼 수 없고, 그들 역시 나를 전혀 알지 못하는 미래의 인류를 사랑해야 하는 거지? (…….) 어떠한 흔적이나 기억도 없는 하나의 먼지가 되어 버리는 것일까? (…….) 지구는 언제 거대한 얼음 덩어리가 되거나, 이러한 무수한 덩어리들과 함께 우주로 날아가 버릴까? (…….) 인간은 더 이상 무의미한 것들을 상상해낼 수 없다(8권, 48~49쪽; 1부, 3장)."

여기서 도스토옙스키는 자신의 가장 커다란 도덕적 문제 중 하나의 모습을 설명하기 위해 지구의 미래에 대한 당시의 천문학적 의견을 반영했다. 만약에 이것이 궁극적으로 인간의 미래라면 어떤 것이 도덕적 선을 지켜줄까? 혹은 아르카디가 물었듯이, 우리는 왜 고결해야만 하는 것일까?

이러한 질문들은 도스토옙스키가 더욱 시적이고 철학적인 깊이로 자신의 첫 번째 영웅적 과학자이자 '**자연 과학의 진로**'를 따르는 무신론자로 여겨진 이반 카라마조프를 소개한 마지막 소설『카라마조프가의 형제들』

에 나타나 있다. 이반은 우주 형상에 관한 몽상가이자 이론가라고 할 수 있다. 도스토옙스키에게는 진리를 추구하는 것이 곧 그리스도의 복음을 전파하는 일이자 이 세계의 한계를 뛰어넘는 일이었다. 이반 역시 이러한 세계의 한계를 뛰어넘는 진리를 찾았지만, 그는 과학이 제시하는 길을 선택했다. 과학과 수학 역시 무한의 개념을 다루었다. 그것들은 인간 영혼의 무한성이나 초월적 신에 존재하지 않았지만, 우주의 엄청난 축약이라고 할 수 있는 만물, 시간, 그리고 숫자 사이의 관계에 존재했던 것이다. 그러나 감탄할 만한 지식으로 넘쳐나는 이반의 이러한 개념은 그의 **'더 높은 열망'**을 충족시켜 주지는 못했다.

신의 존재와 부조리한 세상의 모순에 관해 알료샤와 나눈 대화에서, 이반은 수학사에서 위대한 발견 중 하나인 유클리드 기하학에 관해 소개한다. 세계적으로 받아들여지고 있는 유클리드 기하학은 평행한 두 선은 절대 만날 수 없다고 가정한다. 하지만 유클리드는 무한대에 대한 개념을 갖고 있지 않았다. 그의 법칙은 오직 유한성을 가정한 평면에만 적용되는 이론이었다. 따라서 그것은 유한성을 넘어 또 다른 차원의 문인 3차원의 세계를 여는 동시에 과거의 이론에 불안정성을 야기했다. 불변의 진리에서 유클리드 기하학의 추락은 자연의 다양한 현상을 설명한 당대 종교의 한계성과도 연관되어 있었다. 이반은 비슷한 관계를 수립했다. 그는 비유클리드 기하학의 불가해성과 지구상의 무의미한 고통 사이의 평행선을 그려냈다. 그는 인간의 마음은 3차원으로 만들어졌기에, 이 세상의 고통에 대한 신의 무관심은 명백하게 알 수 있지만, '이 세상에 없는' 무한대의 개념에 대해서는 이해할 수 없다고 말했다. 이반은 이러한 수학적 발견을 **'신의 세상'**을 규탄하고 알료샤를 자신의 절망에 동조할 수 있도록 하는 데 이용했다. 이반에게 비유클리드 기하학은 이 세상에 신이 부재 한다는 것(숨은 신 Deus absconditus)을 보여주는 메타포였다. 신이 이 세상을 감시할 수 없기 때문에 **'모든 것이 허용된다'**는 것이다. 이런 생각이 표도르 파블로비치의 비극적 죽음을 촉진시킨 것이다.

한편 이반의 형제인 미챠(드미트리)는 과학에 대해 다른 견해를 갖고 있었다. 아버지 살해에 대한 재판이 열리기 전날 감옥에 있는 미챠를 방문했을 때, 알료샤는 그가 괴로워하고 혼란스러워하며 또 낙담했음을 알아차렸다.

하지만 이는 그를 **'죽이는'** 사형 재판 때문이 아니라 **'여러 가지 철학'**에 대한 것 때문이었다 '음, 알렉세이, 난 이제 머리를 잃었다. 나의 머리가 아닌 나의 머릿속에 있던 것들…… 생각들, 생각들, 그게 뭐지! 도덕! 도덕이 뭐지? …… 과학의 일종인가? …… 클라우데 베르나드? 이게 뭐지? 화학 뭐 그런 건가? …… 와, 베르나드들! 그들의 대부분이 번식하고 있어! 왜 내가 버려졌지? 흠, 핵심에서……. 대체로 난 신에게 유감이야. 그게 바로 이유야!'(15권, 28쪽; 2편, 4장) 과학의 시대 이전에 인간과 신의 관계가 전도되어 버린 이러한 감정을 찾아내고 담아내기란 쉽지 않을 것이다. 이는 라키틴(천박한 진보적 인물)이 미챠에게 프랑스의 실증주의자이자 생리학자인 클라우데 베르나드에 의해 발견된 혈관 시스템에 대한

설명을 하면서 물질적 결정론을 강의하는 모습으로 나타난다. 미챠가 말하기를,

"머리 안에는 이런 신경들…… 그들은 작은 꼬리를 가지고…… 그들이 떨리자마자 이미지가 떠오른다……. 이것이 내가 왜 시각화하고 생각하고…… 이러한 작은 꼬리들 때문에, 내가 영혼이 있고 이미지와 무엇과 닮은 그런 존재이기 때문이 아니라…… 과학은 화려해 알료샤! 새로운 인류가 다가오는 걸 난 이해하고 있다……. 그래도 난 신에게 유감이다……. 화학작용이야…… 형제여, 화학작용! 어떠한 것도 이것 없이 이루어질 수 없어. 네가 숭배하는 신을 넘어서 화학이라는 것이 다가오고 있어(15권, 28~29쪽; 2편, 4장)!"

과학은 신과 인간이 영혼 없이 인식하고 생리학적 구성물로 쪼개질 수 있는 물질인 **'새로운 인류'**를 위해 **'길을 비켜야'** 한다고 새롭게 규정하고 있다. 미챠는 **'새로운 인류'**의 기세등등한 도래를 앞두고 있던 지하인의 무력감에 공명하는 것이다. 미챠의 슬픈 목소리는 과학의 등장으로 인한 기독교 신앙의 몰락을 다룬 위대한 역사극의 비애감을 자아낸다.

엄밀하게 보았을 때 이반이 자신이 아버지의 죽음과 연루되었음을 더 이상 숨길 수 없었을 때, 이반의 생각은 악의 형태로 자신을 따라다니며 모순을 일으키는 상태였다고 할 수 있다. 악마는 우주를 어슬렁거리는 사악한 고대의 우주가 갖는 의미의 초월적 형상이었다. 도스토옙스키의 소

설에서 악마는 스스로 벗어나려고 헛되이 노력하는 이반의 목소리 안에서 드러난다. 그 결과는 이반의 정신이 쇠약해지고 완전히 붕괴하도록 만드는 그의 자의식의 분열로 끝난다. 이반이 지지하는 과학적 사고를 조롱하듯 인용한 것은 악마였다. 그리고 유럽문학에서 처음으로 고통의 도구로써 과학 사상에 기생하는 존재로 등장한 것도 그의 악마였다. 그들은 **'같은 철학'**을 공유하고 있다. 이반을 깨닫게 한 후 악마는 계속해서 '정말로 너와 마찬가지인 나는 환상적인 것들로부터 고통 받고, 또한 이것이 내가 너의 세속적인 현실주의를 사랑하는 이유야. 이제 너는 모든 것을 정의 내렸어. 공식, 기하학도 모두 여기 있어. 하지만 우리가 가진 모든 것들은 불확실한 방정식이야(15권, 73쪽; 2편, 9장).' 독자가 알고 있는 것처럼 이반은 **'세속적인 현실주의'**나 **'유클리드 추종자들의 터무니없음'**을 사랑하지 않는다(14권, 222쪽; 5편, 4장). 그는 더 나은 세상에 대한 비밀스러운 기대를 하며 이 세계를 부정한다. 하지만 어떠한 확실한 근거도 없이 이반은 차차 그 존재에 대한 절망감에 사로잡힌다. 악마는 이반이 자신이 꿈꾸는 왕국의 완벽한 수학 시스템에 대하여 정의 내리자, 그 희미한 희망마저 부숴버린다. 그리고 더 이상의 다른 것은 존재하지 않는다는 뜻을 비친다. 악마는 시간과 공간의 구속을 받지 않고 오직 **'비유클리드 기하학'**의 무한 영역에 존재한다. 그리고 **'불확실성의 방정식'**들은 결정된 형식이 없고 일정한 이미지가 존재하지 않으며 위와 아래, 높고 낮음 그리고 옳고 그름이 없는 비(非)정규의 규범을 갖는다. 빈번하게 등장하는 창조주에 대한 모티프는 불합리하고 완전히 의미 없는 우주라는 사상으로 이반을 고통스럽게 할 목적으로 제공된다. 악마는 최근의 세속적인 과학의 발전을 언급하면서 말한다.

> "우린 모두 지금 불안에 떨고 있다. 그리고 이건 모두 너의 과학 때문이다. 저기에 오감과 4원소(흙, 물, 불, 바람)의 원자가 존재하고 있기 때문에 모든 것들이 연관되어 있다. 그들은 오랜 세월 전에도 원자를 가지고 있었다. 하지만 우리는 당신이 '화학 분자'와 '원형질'을 발견해 내었다는 사실을 알아차렸다. 또한 악마는 다른 것들을 알고…… 엄청난 혼동에 시동을 걸었다(15권, 78쪽; 2편, 9장)."

그리스인의 전통 과학은 기독교 신앙과 함께 존재했을 뿐만 아니라 불변의 진리로서 교회에 의해 받아들여졌다. 이러한 종교적, 과학적 균형 상태는 오랜 시간 동안 '지속되어' 왔다. 그러나 근대 과학의 성장은 악마의 영역에 혼란을 야기했다. 무신론자들은 종교를 숭배하지도 않고 악마를 두려워하지도 않았기에, 그것은 신념뿐만 아니라 악마에게도 위협적이었다. 당연히 '기묘하고 또 느닷없이' 무언가를 믿고 싶어 하는 이반이라는 **'무신론자'**는 악마에게 '하지만 나는 당신을 믿고 싶습니다!'라고 말하게 된다.

이 우주에서 이해할 수 없는 비존재의 역할에 대한 불평을 하며 악마는 수학적 비결정의 메타포로 돌아가게 된다. '나는 고통 받았지만, 아직도 살아 있지 않다. 나는 비결정 방정식에서 X라고 할 수 있다.' X는 알려지지 않은 사람의 이름이나, 아직 결정되지 않은 채 남겨진 것에 대한 상징으로 쓰인다. 그리고 이는 악마가 자신을 뭐라고 불러야 할지 모르는 그 '잊혀진' 것과도 상응한다. 하지만 이제 악마는 더 나아간 메타포를 차용하게 된다. 그는 결정 인자를 비결정성, 신념 그리고 이어지는 의심으로 바꿔놓는 결정적 요소가 된다. **'나는 X다'**라는 것은 곧 견고한 메타포가 사람들에게 빛이자 신에게 도달하는 방법을 보여주는 유형 **'A는 B이다'**의 방식이다. 그리고 이러한 방식은 예수가 스스로를 정의하는 고도화된 관념화 방법의 메타포라고 할 수 있다('나는 세상의 빛이다', '나는 문이다'). 악마의 **'X'**는 모든 곳, 혹은 어떠한 곳으로도 인도할 수 있다.

이 같은 유형의 메타포는 악마의 수학적 인용에서도 계속 나타난다. 여기서 악마는 자신이 오랫동안 고통을 받았고, 사람들을 유혹의 늪으로 끌어당기는 번거로운 일들을 부여 받은 피해자라고 한다. 이것이 그에게 왜 불가사의한 것이 되어야만 했을까. '결국 나는, 이곳에 비밀이 있지만 그들이 그 비밀을 나에게 공개하는 데 아무런 대가도 원하지 않는다는 사실을 알게 되었다. 내가 이것으로부터 예상할 수 있는 것은, 아마도 '호산나'를 외치는 순간 불필요한 것들은 즉시 사라지며 만천하에 타당성이라는 논리가 자리 잡게 되리라는 것이다(15권, 82쪽; 2편, 섹션 9).' 수학적 상징과 연관되어 있는 또 다른 비(非)자기적 정의는 **'나는 필요악'**이라는 외침이다. **'필요'**하다는 것이 의미하는 것은 계획이다. 만약에 악마가 **'필요하다'**면 그것은 신성한 계획일 수밖에 없다. 이제 **'악**(Minus)'은 실재하지 않음에 대응하는 것이 아니라 음의 양 혹은 질에 대응한다. 즉 만약 우리가

-X를 가지고 있다면 우리는 아직도 X의 개념을 가지고 있는 것이다. 심지어 악마가 그 **'절대 영**(Zero)'과 일치하지 않아서, 이반은 **'아주 작은 수준일지라도'** 불멸의 신이 존재하는지에 대한 표도르의 질문에 대답하기를 포기했다(14권, 123쪽; 3편, 8장). 악마는 한 번이라도 **'신이 과연 존재하는지'**에 대하여 알고 싶어 하는 이반의 가장 아픈 부분을 고문하기 위해 수학의 모호한 개념을 사용한다. 하지만 악마로부터 그는 가늠할 수 없는 대답을 얻을 수 있을 뿐이었다. '여보게, 정말로 난 모른다네(15권, 77쪽; 2편, 9장).'

악마는 이반을 계속 고문하면서 지질학상의 발견과 천문학상의 발견을 반영하면서 우주 탄생에 대한 사상의 지평을 넓혀간다.

> "정말로 현재의 지구는 계속해서 그 삶을 반복하고 있을지도 몰라. 죽고, 빙하로 덮이고, 깨지고, 부서지고, 대륙의 조각으로 붕괴되고, 다시 그것들 위로 물이 생기고, 혜성이 나타나고, 태양이 생기고, 정말로 이러한 발전은 아주 작은 부분까지 같은 방식으로 무한대로 반복되었을 수도 있는 거야. 가장 억지스러운 따분함이지(15권, 79쪽; 2편, 9장)."

지구상의 순환을 묘사하기 위해 악마가 억양을 붙여 강조하는 동사들은 모두 붕괴, 전멸 그리고 무생물의 거대한 움직임이 자동적으로 반복되는 과정임을 묘사한다. 악마에게는 오직 창세기 1장 7절의 일부분을 인용하는 것만이 중요하다. '그리고 하느님은 하늘을 만드시고 하늘 아래의 물과 위의 물로 구분했다.' 성서적 주체인 하느님을 제외하고 악마가 위의 글에서 동사의 형태를 변형시키는 것은 하느님이 우주를 창조하셨다는 사실을 지워버리는 것이다. 즉 악마가 세상 만물의 창조주이신 하느님을 추방하며, 신의 자리에 실증주의자, 실존주의자, 자기 행동적이고 영구적인 우주생성론을 앉혀버린다는 것을 의미한다. 만약 이 세상에 신이 없다면 우주에도 신은 없을 뿐만 아니라 평행선이 만나는 그곳에도 신이 없다는 사실을 이반에게 악마가 빗대어 말하는 것이다. 무한히 반복되는 연쇄적인 생각에 더하여 악마는 변화가 가능한 선형의 지구와 태양의 진화를 포악한 운명의 쳇바퀴처럼 돌아가는 원형의 우주론으로 바꿔 놓는다. 악마가 세운 계획의 암묵적인 속셈은 인간들을 가장 작은 일에까지 세속적인 불행을 영원히 되풀이해야 하는 저주받은 존재, 함정에 빠진 무력한 존재로 만드는 것이다. 이렇게 영원히 의지를 잃어버린 채 불변하는 순환 속의 무생물 덩어리로 돌아감으로써 인간성은 짐승의 속성으로 변해 간다.

그 누구도 더 높은 영적인 존재로 올라설 수 없다. 구속, 구원 혹은 신성한 사랑과 자비도 없다. 이것은 결백한 고통이 결코 속죄 받을 수 없음을 의미한다. 심지어 순수한 고통은 지금까지 그래 왔고 앞으로도 '가장 사소한 세부사항에 이르기까지' 영원히 반복될 것이다. 그래서 악마는 교활하게 속죄받을 수 없는 이반의 결백한 고통을 근거로 신에 대한 비난을 확장시킨다. 그 음울한 결과는 그리스도가 십자가에 매달려 돌아가시는 것이 무한히 반복되어서, 그리스도의 강림이 무의미하며 강림이 일어나지도 않을 것임을 의미하게 된다. 이보다 더 끔찍한 모습은 상상할 수조차 없다.

이반의 악마가 그에게 선물한 무한성은 무(無)로 향하는, 인간이 추락할 허공(虛空)인 사악한 무한성이다. 조시마 장로의 무한성에 대한 시각은 **'우리 사고와 감정의 뿌리는 다른 세계에 있다'**라는 것이고, 모든 것은 이러한 **'신비스러운 다른 세상과의 연결 감정'** 덕택에 살아 있다고 여겼다(14권, 290쪽; 6편, 3장). 조시마에게 우주는 무한한 자비와 우리를 하느님에게 **'끊임없이'** 인도하는 사랑하는 인물인 **'우리의 태양'**에 의해 관장되는 영역이었다(14권, 326쪽; 7편, 4장).

그들의 대화의 끝에 이르러 악마는 이반이 최근에 언급한 미래 유토피아 사회에 대한 사실들을 종합한다. 악마에 따르면 새로운 세상을 만들기 위하여 **'새로운 사람'**들은 **'하느님에 대한 개념'**을 제외하고는 그 어떠한 것도 파괴할 필요가 없다.

> "만약 인류가 신의 존재를 부정한다면(그리고 내 생각에 이것은…… 받아들여질 것이다) 이전 세계의 견해들은 사라져 없어질 것이다. 따라서 이전의 도덕성도 사라질 것이고 모든 것은 새롭게 나타날 것이다. 사람들은 인생에서 행복과 즐거움만을 위한 모든 것을 갖추게 될 것이다. 인간은 신성한 영혼, 득의양양한 자존심에 의해 한껏 고취될 것이다. 그리고 인신이 나타나게 된다. 이제 제한 없이 그의 의지와 과학의 힘으로 매 시간 자연을 정복하며 천상의 기쁨에 대한 이전의 희망을 대신하게 된다(15권, 83쪽; 2편, 9장)."

이것은 궁극적으로 세속화이자 그리스도 정신의 파괴이고, 과학은 이러한 종교적 종말의 필수적인 요소라고 할 수 있다. 하느님을 단순히 '치워버려서'는 안 되고, 영원히 모두의 머릿속에서 지워버려야 한다. 과학이 만든 새로운 인간이 전통적 이론의 이상을 차지하게 되고, 자기-신격화에 들어간다. 그들은 불멸의 신성성에 대한 희망을 도용하여 지구에서 살아가는 인간의 삶 안으로 파고들어 불로장생의 이데올로기, 완전성, 쾌락주의의 형태로 바꿔 놓는다. 사람은 자연의 물질을 휘두르는 전능한 존재로 탈바꿈해 간다. 미챠가 슬프게 **'공감하는 새로운 인간'**에 대하여 직관적으로 이해한 것을, 이반은 터놓고 뱀의 유혹에 넘어가도록 진행시킨다. '너희들은 하느님처럼 될 것이다(창세기 1장 35절).' 도스토옙스키가 만국박람회에서 매우 불안해하며 느낀 **'무시무시한 힘'**은 이처럼 미래 기술의 황금기를 인간 발전의 **'마지막'** 단계이자 이상향이라고 생각한 젊은 러시아 과학자의 시적인 표현을 통해 예언적 환상으로 그려진다.

발 문

19세기 이후 기독교 신앙은 계속해서 방어적인 위치에 있었고 자신만의 길을 찾은 과학은 이제 사실상 진리와 동일시되고 있다. 바흐친이 말하길 과학은 **'자신의 내재된 법칙'**만을 알고 있다. 왜냐하면 과학은 목적에 대한 질문을 회피하고, **'아마도 좋은 데보다는 나쁜 곳'**에 더 많이 쓰이기 때문이다. 도스토옙스키는 과학의 혜택이라는 측면을 부정하지 않으면서도 그 위험성을 강조하는 데 더 역점을 두었다. 바흐친이 말한 것처럼 도스토옙스키는 최초에 이성적으로 옹호할 수 있었던 과학의 발전이 삶에서 분리되었을 때, '**치명적이고, 놀랍고**', 무책임하게 파괴적인 힘으로 발전되었다는 것을 잘 알고 있었다.[203] 20세기의 유명한 소설가들인 예브게니 자먀친(『우리』), 올더스 헉슬리(『멋진 신세계』), 그리고 조지 오웰(『1984』)은 발전된 과학기술을 인간에 대한 완전한 통제 수단으로 사용했다. 그들은 디스토피아에 인간을 한계에 이르기까지 물질화하고 몰(沒)인간화하는 전체주의 세계의 법칙을 투영했다. 우리는 이제 후기 기독교 사회라고 불리는 사회에 살고 있다. 종종 과학만능주의의 위험성에 대하여 경고를 하는 경우도 있지만 과학은 제어할 수 없는 대상이 되어버렸다. 지하인은 '만약 우리가 미친 듯이 달려간다면…… 역습을 위해 우리가 할 수 있는 것은…… 우리는 이러한 역습을 받아들여야만 한다! 아닐지라도 이것은 당신의 도움 없이도 이 세상에 스스로 받아들여질 것이다' 라고 말한다(5권, 115쪽; 1부, 섹션 8). 도스토옙스키가 바랐던 것처럼 이것은 조시마의 견해가 아닌 우리 눈앞에서 실현되고 있는 이반 카라마조프의 유토피아적 생각이다. 실제로 도스토옙스키의 최악의 두려움 중 일부는, 인간을 본래 가지고 있는 성질에서 벗어나게 하여 우리 스스로를 전지전능하게 만들려는 오늘날의 시도 및 과학적 조류를 볼 때 이미 현실화되어 있다고 할 수 있다. 다음과 같은 수많은 예를 생각해보라. 생물학적 구조, 흐름, 행동주의, 인간 복제 프로젝트(지하인이 만든 108,000가지의 인간 행동의 '일정표'와 크게 다르지 않다), 로봇공학, 인체 냉동 보존술, 유전공학, '가상현실' 인간, 디자이너 베이비, 인공지능, 그리고 사회적 수

---

203 M. M. 바흐친(Bakhtin), 『행위철학』, Vadim Liapunov 번역. Vadim Liapunov and Michael Holquist 편집 (Austin: University of Texas Press, 1993), 7~8쪽.

준에서는 쾌락주의, 촌락의 해체, 익명성의 확산 등 무수히 많은 현대적 사례가 있다. 우리는 아마 가까운 미래에 관념으로부터 태어나게 될 것이다'라고 지하인은 수기의 마지막에서 전하고 있다(5권, 179쪽; 3부, 섹션 10). 이런 세상을 우리 후손들이 좋아할지에 대해서는 답이 없을 것이다. 1860년대라는 이른 시기에 도스토옙스키는 전대미문의 깊이와 선견지명으로 이러한 딜레마를 예견했다.

11. 결론: 도스토옙스키 읽기

게리 솔 모슨

당신은 그곳에 있었어야만 했다

"우리 교수가 삶이란 절대로 예측할 수도 미리 계획을 세우는 것도 불가능하다고 말하던 바로 그때 나는 궁금해졌어. '그런데 왜 그의 강의는 처음부터 끝까지 그토록 완벽하게 구성되어 있을까?', 그런데 한 학생이 복도에서 들어오더니 무례하게도 고함을 질러대는 거야. 교수는 큰 소리로 훈계를 했고 이 학생은 결국 쫓겨났어. 그렇다면 이 상황들 역시 강의의 일부가 아닌지 궁금했지만 교수가 그렇게 놀라는 것을 보니 그건 정해져 있던 게 아닌 게 확실해. 뭐 어쨌든 너도 거기 있었어야 해."

"그러게. 그러고 보니 나도 비슷한 일이 있었어. 우리 철학 교수가 우리에게 말하길. 니체를 읽을 때 가장 중요하게 기억해야 하는 것은 신은 죽었다! 라는 거야 ― 그리고 바로 그때…….”

“그만 말해. 큰 박수갈채가 이어졌겠지.”

“음, 네가 거기 있었어야 했는데.”

(우연히 엿들은 이야기)

당신은 그곳에 있었어야만 했다. 우리는 언제 이렇게 말하는가? 우리는 주로 말하는 사람이 거기 없었다 하더라도 그와 상관없이 진행된 사건을 말할 때 이러한 표현을 주로 사용한다. 이 사건은 정말 일어났다! 만약 교수가 무례한 학생의 방해를 미리 계획하고 있었다면 이야기에서나 벌어질, 삶의 경험과 똑같은 그런 사건을 그는 절대로 창조하지 못했을 것이다. 이런 일들은 이야기에서나 일어날 법한 사건이 현실에서도 일어나기에 발생한다. 우리가 마치 허구세계의 등장인물과 같다는 기묘한 의심도 이때 생겨난다.

『거울 나라의 앨리스』(1871)에서 앨리스가 잠자는 왕과 마주쳤을 때, 트위들덤 & 트위들디 형제는 그녀가 오직 꿈속에서나 존재하는 어떤 것이라고 그녀에게 말한다. 앨리스는 그가 깨어나면 사라질 존재일 뿐이라는 것이다. ‘너는 사라질 거다 - 훅! - 마치 촛불처럼.’ 그녀는 이 말을 듣고 울다가 문득 어떤 사실을 깨닫는다. 자신이 정말로 존재하지 않는다면 울지도 않을 것이라는 사실을 깨닫는다. 이때 트위들덤은 너무나 뻔한 말을 늘어놓는다. “이 눈물들이 ‘진짜(real)’ 눈물방울들이라고 생각하지 않길 바란다.” 이 구절은 우리가 오직 신의 마음속에서만 존재할 수 있다는 사상을 표현하기 위해 종종 인용되기도 한다. 하지만 이 구절은, 우리가 스스로를 이미 쓰인 이야기 속의 사소한 등장인물이라고 상상하는 상황을 잘 설명해주는 예이기도 하다. 작가가 글쓰기를 멈춘다면 우리에게는 무슨 일이 벌어질까? 만약 그가 그 이야기를 전부 폐기해 버린다면 우리는 마치 촛불처럼 사라질까? 아니면 멈춰 있는 현재에 영원히 남겨질까? 우리는 작가에게 계속 이야기를 쓰라고 그를 설득할 수 없다. 작가는 우리가 접근할 수 없는 실제 현실 세계에 존재하기 때문이다. 앨리스가 트위들 형제에게 왕을 깨우면 안 되니 소리 지르지 말라고 하자 트위들덤은 대답한다. '너의 말로는 왕을 깨울 수가 없어. 네가 오직 그의 꿈속에서나 존재하는 어떤 사소한 것일 때는 말이야.' 하지만 우리는 이 중 어떤 것도 믿을 수가 없다. 왜냐하면 우리는 우리의 존재를 느끼고 있기 때문이다. 그리고 무엇보다도 우리는 다른 사람들에 의해서 기술될 수 없고 예측될 수 없는 무언가를 할 수 있다는 사실을 감각으로 느낄 수 있기 때문이다. 그런데 라스콜리니코프는 이야기 속의 등장인물에 불과한데도 우리와 마찬가지로 이런 생각을 할 수 있을 것이다.[204]

삶이 어떤 이야기와 비슷할 때 우리는 뭔가 이상하다고 느낀다. 『전쟁과 평화』에서 톨스토이는 이야기 속 순간을 적어 내려간다. 부상당한 군인들의 생생한 신음을 듣는 순간 로스토프에게는 그들의 신음소리가 꾸며낸 것처럼 들린다. 사람은 실제로 무언가를 경험할 때 그것이 이야기와 달리 실제 사실처럼 느껴지기를 바란다. 그러나 군인의 신음은 로스토프

---

204 Lewis Carroll, Through the Looking Glass and What Alice Found There in The Complete Works of Lewis Carroll (New York : Modern Library, n.d.), pp. 189~190.

에게 익숙한 이야기에 묘사된 신음보다 너무 과해서 그에겐 오히려 더 인위적으로 들렸던 것이다. 그럼 반대로 생각해보자. 우리는 이야기에서 그렇게 하라고 가르쳐 주었기 때문에 배운 대로 신음소리를 내야 하는가? 여기서 이야기란 기교까지 부리며 꾸며내는 듯한 기괴한 신음을 내는 치통을 겪는 남자에 대한 지하인간의 묘사와 같은 것을 말한다. 그런 경우 고통에 대한 우리의 표현이 진짜이면서 인위적이고, 즉흥적이면서 인용된 것은 아닐까?

톨스토이는 이 문제에 대해 항상 의문을 제기했다. 실제 삶의 사건들은 정신없이 난잡한데 반해 이야기 속 사건들은 깔끔하게 정돈되어 있다는 점이『전쟁과 평화』에서는 계속 대비된다. 실제 삶의 사건이 서사와 비슷해지는 유일한 때는 사람들이 너무 많은 역사책을 읽어서 **'역사에 기록된 것처럼'** 행동하기 위해 **'역사적으로'** 행동하려고 하는 순간뿐이다. 그때 그들의 행동은 부조리하며 아무 효과가 없다. 앞으로 전개될 이야기를 위해 황제와 나폴레옹은 끊임없이 극적인 순간을 만들어내려 한다. 그러다 보니 그들은 점점 희극적인 등장인물로 변해간다. 오히려 언제 그 일이 일어났냐고 묻기만 하는 오스트리아의 프란츠 황제가 더 진지하게 보이고, 당시 역사에 더 큰 영향력을 행사하는 것처럼 느껴진다. 이런 맥락에서 일부러 신음을 하는 장면은 톨스토이가 말하고자 하는 바의 핵심이 된다. 그리고 톨스토이가 가진 이러한 태도는『전쟁과 평화』에 대해서도 스스로 회의적인 생각을 갖도록 한다.

도스토옙스키는 톨스토이가 서사와 실제 삶을 대비시킨다는 것을 예리한 눈으로 알아차렸다. 이 주제는 도스토옙스키가 왜 그렇게 『돈키호테』를 좋아했으며, 그가 왜 나스타샤 필립포브나로 하여금 『보바리 부인』을 읽게 했는지 그 이유를 설명해준다. 이러한 생각은 『가난한 사람들』과 『백야』로부터 시작해서 『지하로부터의 수기』와 『노름꾼』에 이르기까지 그의 작품 안에 잘 나타난다. 이것은 『카라마조프가의 형제들』에서 콜랴를 묘사하는 장면과 드미트리의 재판 장면에서도 반복적으로 드러난다. 실제로 도박자가 룰렛을 좋아하는 이유는 승리의 순간과 스릴 넘치는 긴장감이 미리 쓰인다거나 결정될 수 없기 때문이다. 도박자가 믿기를, 그것들은 전적으로 예측불가능하며 순전히 운에 달렸다. 이야기와 달리 룰렛의 결과는 미리 결정되는 것이 아니라, 회전판 위의 작은 공이 움직이는 그 생생한 순간에 달려 있고, 아무도 특정 경우를 미리 예측할 수 없는 것이다. 그는 돈을 얼마나 따는지에 대해서는 관심이 없다. 도박자는 이기자마자 즉시 그 돈을 낭비해 버린다. 아니, 그가 사랑하는 것은 형이상학적으로 정신이 번쩍 드는 순간, 성적 욕망보다 더 강렬한 순간의 극대화된 찰나이다. 도박은 모든 것을 지배한다. 만약 신이 우주를 대상으로 주사위를 던질 수 있다면 말이다.

백년전쟁

'그곳에 당신이 있었어야만 했는데.' 이 말에는 어떤 사건을 완벽하게 설명하기에는 늘 무언가가 부족하다는 뉘앙스가 담겨 있다. 쓸데없는 감상의 과잉 때문에 어떤 사건을 기억할 만한 것으로 만들기 위한 적절한 표현을 찾기 어렵다는 듯, 우리는 좌절이 담긴 몸짓과 목소리로 이 말을 한다. 이러한 사실을 반성하면서, 사건의 전달이 전적으로 불가능하지 않다면 적절한 전달이 왜 이렇게 어려운지 우리는 생각하게 된다. 우리가 어떤 사건을 서술함과 동시에 그 사건이 이야기나 개인적 일화가 되어버린다는 사실은 다음과 같은 과정을 전제한다. 서술할 만한 실제 사건이 발생한다. 그런데 이 사건이 어떤 이야기와 비슷하다고 생각할 이유가 전혀 없음에도 우리는 이야기가 갖는 전체적 시점을 통해 그 사건을 서술하게 되는 것이다. 아마 듣는 사람이 발하는 사람만큼 이러한 사실 때문에 놀라지는 않을 것이다. 듣는 사람은 언제나 소설 같은 이야기를 기대하기 때문이다. 당신 역시 과거 사건을 전달하게 된다면 당신 나름대로 해석해 보는 편이 나을 것이다.

어떤 철학자들이나 사조는 세상의 이야기성에 대해 깊은 믿음을 갖고 있었다. 나는 여기서 히브리의 예언가들 때문에 서양이 순환적인 것과는 반대되는 직선적인 개념으로 시간을 구성했다는 일반적이고 진부한 이야기를 다시 평가하고 싶지는 않다. 하지만 현재의 사건을 다루기에는 순환적인 시간 구성보다 직선적인 시간 구성이 더 낫다는 사실을 언급할 필요는 있다. 만약 순환적인 시간 구성 안에서 무한 반복만이 진행된다면 결정적인 영향력을 갖는 독특한 사건은 있을 수 없기 때문이다. 너무도 당연하지만 순환적인 시간 안에서 우리는 후회할 가능성이 훨씬 더 적다. 하지만 반대급부로 우리가 한 행위가 지금 정말로 중요한 사건이라는 사실을 놓치기는 더 쉬워진다. 악마는 이 영원한 순환성에 가치를 두지 않는 이반 카라마조프가 간과하던 것을 콕 집어 조롱한다.

그러나 현재의 행위에 궁극적인 가치를 두는 몇몇 사상가들도 서사 시간을 충분히 검토할 대상으로 생각하지 않았다. 그때 그 사건이 벌어졌을 때 당신이 거기 있어야 했다. 왜냐하면 서사에서 사건은 이미 끝나 있기 때문이다. 아이였을 때, 나는 백과사전에서 백년전쟁에 대해 읽고 영국을 응원했다. 잔 다르크가 나의 어린 자아에 끼친 슬픔을 자세하게 묘사할 수는 없다. 나는 크레시, 푸아티에, 아쟁쿠르 전투에 흥분했고, 거친 흑태자를 숭배했다. 결국 내가 응원하던 영국이 패배했을 때 엄청난 실망감을 느꼈다. 그리고 나는 이미 결말이 정해져 있는 역사적인 사실을 읽으면서 어떤 결말을 절실하게 **'희망'**했던(만약 결말이 이미 정해진 것이라면 그렇게 되지 말라고) 자기 자신을 되돌아보았다. 자기가 지리학 시험지에 캐나다의 수도가 토론토라고 썼기 때문에 신에게 캐나다의 수도를 토론토로 바꿔달라고 기도했다는 소년에 대한 농담을 떠올렸다. 희망이 소용없는 상황도 있는 법이다.

하지만 소설을 읽는 경험은 우리가 소설을 읽고 있다는 사실을 종종 잊어버리게끔 만든다. 스스로를 등장인물과 동일시하는 한, 우리는 등장인물의 시간에서 같이 살고 있는 것이다. 간접적으로 그들과 희망, 공포를 공유한다. 한편으로 우리는 한 발짝 뒤로 물러나 이야기의 모든 짜임새를 이루는 급박한 전개를 보고, 이미 쓰인 결과를 예측하기도 한다. 두 방법 모두 성공적인 소설 읽기라고 할 수 있다. 우리는 지하인이 리자와 결혼하기를 원하지만 소설의 구조가 이 결말을 배제하고 있다는 것을 알고 있다. 우리가 희망하는 대로 소설의 내용이 흘러가서 우리를 만족시켜 주지는 않을 것이라는 사실을 알아야 한다. 왜냐하면 우리의 희망을 만족시키려면, 소설은 자신의 잘 짜인 구조를 벗어나야 하고 결과적으로 이 소설은 잘 쓴 작품이 되지 못하기 때문이다.

동일화의 욕망과 미적 일관성의 욕망 사이의 간극은 현재성과 소설의 구조 사이의 명백한 차이점을 입증하는 것이다. 문학 활동은 둘 다 요구하지만, 삶은 오직 현재성만으로 충분하다. 우리가 모세나 마르크스 같은 예언가들이 자신들의 이야기로 우리의 결핍을 채워주기를 바라는 것도 이 때문이다. 우리 모두는 소설의 결말이 이미 쓰여 있듯 우리의 미래가 이미 정해져 있으며, 예언가들이 그 정해진 결말을 예지할 수 있다는 생각이 우리의 자유를 한정 짓고 행위의 중요성을 경감시킨다는 사실을 알고 있다. 우리가 무엇을 하든지 간에 우리의 승리는 예정되어 있다. 우리는 자유롭고 싶어 하지만(혹은 자유롭다고 느끼고 싶어 하지만), 동시에 대심문관이 주장하는 것처럼 우리의 미래가 결정되어 있기를 바라기도 한다. 불확실성이 주는 무게가 너무 버거워서 우리는 자유롭지 않은 것을 자유라고 부르며 그 자유를 선택한다. 그리고 우리는 소설을 읽는다.

시간 속의 신

만약에 인간의 자유를 믿은 작가가 있다면 그 작가는 바로 도스토옙스키일 것이다. 자연과 역사의 법칙만으로는 사람들이 하는 일을 완벽하게 설명하지 못한다. 사람들의 선택은 다양하게 이루어질 수 있다. 만약 그렇지 않다면 도덕성이 존재하지 않고 삶도 의미가 없을 것이다. 인간은 사고 능력을 가진 꼭두각시 같은 존재가 아니다. 물론 이러한 시각은 도스토옙스키로 하여금 당대의 물질주의와 과학주의에 대해 생각하게 만들기도 했다. 엘리 알레뷔[205]가 사회과학의 이상이라고 주창했던 **'도덕적 뉴턴주의'**도 이 중 하나였다.[206] 이만큼 명시적이지는 않더라도, 어거스틴부터 라이프니츠와 그 이후 사상가들을 아우르는, 미래를 전지전능하게 지배하는 신성한 권능에 대한 당대의 지배적인 기독교 신학의 전통도 도스토옙스키에게 영향을 미쳤다. 『형이상학 논고』의 유명한 13장에서 라이프니츠는 인간에게 예정된 가장 최종적인 모든 것들은 우리에게 **'개념'**이라는 것에 포함되어 있다고 주장한다. 왜냐하면 신은 영원성으로 이미 우리의 개념을 알고 있기 때문이다. 가능한 미래가 하나의 이상이라고 말하는 것은 신도 실수할 수 있거나, 혹은 신이 마음을 바꿀 수도 있음을 전제로 한다. 어느 경우든, 신은 역사 밖이 아니라 역사 안에서 하나의 존재, 즉 사건들에 의해 영향을 받는 시간 속의 존재인 것이다. 신은 끊임없이 발생하는 의지의 연쇄들로부터 자유로우며, 사건들에 의해 결정되지도 않는다. 하지만 신은 오직 영원성에서 출발하여 끝없이 영원성으로 이어

205 엘리 알레뷔(Élie Halévy, 1870~1937)는 프랑스의 철학자이자 역사가였으며 영국 실용주의자들에 대한 연구물과 19세기 영국사를 저술했다. 그는 1901년 고등사범학교에서 두 편의 논문, 『플라톤주의적인 지식론(La théorie platonique de de la connaisance)』과 『철학적 급진주의의 기원(Les origines du Radicalisme Philosophique)』을 통해 철학 박사 학위를 받았다. 이 중 『철학적 급진주의의 기원』은 이후 그의 첫 대작 『영국 철학적 급진주의의 형성』(La formation du Radicalisme Philosophique, 3권, 1901~1904)의 기초가 된다(역주).

206 엘리 알레뷔(Elie Halévy), 『The Growth of Philosophic Radicalism』, Mary Morris 번역 (Boston : Beacon, 1955).

지는 완벽한 하나의 자유의지만 갖고 있을 뿐이다. 그는 제우스 같은 신이 아니다. 히브리 성서에서 묘사되는 신처럼 자주 화를 내고, 놀라움이나 실망감을 표현하며, 변덕을 부리는 신도 아니다. 신학자들은 신에 대한 이러한 표현을 부족사회의 미개인들이 가진 여러 한계에 대한 은유라고 보는 전형적인 해석을 내놓는다. 또한 물질주의자들의 결정론은 본질적으로 라이프니츠와 일맥상통한다. 자연과 사회의 법칙에 의해 모든 것은 이미 주어져 있다는 것이다. 이런 맥락에서는 도덕적 뉴턴주의가 신을 대체한다고 해도 이상하지 않다.

피터 다미안[207]은 신이 역사 밖에 존재하므로 신은 미래를 바꿀 수 있는 힘을 소유한 만큼 과거를 바꿀 수 있는 힘도 있을 거라는 주장을 펼쳤다. 즉, 실수라는 것을 받아들여 신이 미래를 바꾸지 못한다면 과거도 역시 바꿀 수 없다는 것이다. 이러한 입장에서는 우리가 기도를 하면서 왜 희망, 후회, 비난 그리고 찬양을 계속하는지 이해하기가 힘든 건 사실이다. 똑같은 논리를 적용할 경우 우리가 소설을 반쯤 읽었을 때, 작가가 우리가 이미 읽은 소설의 앞부분을 바꿀 생각이 없는 것만큼이나 우리가 읽어 나가고 있는 소설의 결말을 바꿀 생각도 전혀 없다는 것을 이해할 수 있다. 우디 앨런과는 별개로, 이것은 소설을 읽을 때마다 작품이 매번 다르게 읽힌다고 말하는 것과 전혀 다른 문제이다. 라스콜리니코프는 매번 노파를 살해하게 되고, 희망 없는 공포만을 느끼는 우리는 안나가 전차로 뛰어들

---

207 피터 다미안(Peter Damian, 1007~1072)은 이탈리아 라벤나 출신의 대주교로서 유명한 교부 가운데 한 명이었다(역주).

지 않았으면 하고 바랄 것이다.

만약 미래가 이미 주어져 있는 것이라면 우리는 어떻게 어거스틴이나 라이프니츠 그리고 신을 대체하는 유물론을 만든 사상가들이 주장하듯이 자유로운 인간이 될 수 있는가? 신학적이고 세속적인 측면 모두에서 가장 보편적인 대답은 외부적인 강제가 존재하지 않는다는 식으로 자유의 개념을 재설정하는 것이다. 우리가 자유롭게 무엇을 선택할지 신도 알고 있고 자연의 법칙도 알고 있다. 밀턴이 만든 이러한 사상은 아마도 가장 주목할 만한 것이다. 『실낙원』 3권에 나오는 전능자 신은 다음과 같이 말한다.

"그리하여 그도 믿음 없는 자손들도 타락하리라.

누구의 잘못인가?

그들 자신의 잘못이 아니라면 누구의 잘못인가?

얻을 수 있는 모든 것을 다 얻고도 은혜를 저버리다니

타락하는 건 자유이나 제 발로 충분히 설 수 있도록

난 그를 옳고 바르게 만들었도다.

(……)

그러므로 그들은 정의에 속하도록

창조되었으니 창조주도 그들의 만듦이나

운명을 비난하는 것은 정당하지 못하다.

마치 신이 절대적인 섭리와 높은 예지로써

결정하고 그들의 의지를 지배한 것처럼.

그들의 반역을 정한 것은 그들 자신이지

내가 아니다. 만일 내가 예지했다 해도

그 예지는 그들의 죄에 어떤 영향도 미칠 수 없다.

예지하지 못했다 해도 그들은 틀림없이 죄를 지었을 테니.

그러니 운명의 사소한 충격이나 위협도 전혀 없이,

나의 불변하는 예지에 어떤 영향도 받지 않고,

그들은 판단하는 데 있어서나 또는 선택하는 모든 일에

있어서 모두 자신이 주동하여 죄를 짓는다."[208]

인용한 단락에서 시간의 흐름 밖에 존재하는 전능자 신을 이렇게 표현하는 것이 가능하다면, 그들의 창조주로서 신이 17세기에 지속된 신학 논쟁에 끼어들고 있다는 흥미로운 사실을 발견할 수 있다. 밀턴의 신학에서 인간은 어떤 양식이 요구하는 선에서 자유로운 선택을 하는 소설 속의 등장인물과 비슷하다. 이 인용문에서 지칭하는 **'운명'**은 문학적 측면에서 쓸데없이 난입하는 데우스 엑스 마키나 [209]와 동일하다. 주인공은 주어진 문제를 자신의 행동으로 해결해야 하는데, 이때 만약 주인공 자신이 아닌 외부의 기적 같은 힘이 개입해서 사건을 해결해 버린다면 문학에서는 이를 개연성이 없다고 평가한다. 하지만 잘 짜인 소설에서는 작가가 등장인물

---

208 John Milton, Paradise Lost in Merritt Y. Hughes (ed.), Complete Poems and Prose (New York: Odyssey, 1957), pp. 260~21 (Book III, lines 95~122).

209 "데우스 엑스 마키나(Deus Ex Machina)"는 라틴어로 "기계 장치를 통해 온 신(기계 장치의 신)"이라는 뜻이다. 그리스어 ἀπὸ μηχανῆς θεός에서 차용해온 말이다. "데우스 엑스 마키나"는 아리스토텔레스의 시학을 라틴어로 번역한 책에서 유래했는데 이야기에 관여하지 않던 절대적인 존재가 뜬금없이 이야기에 개입하여 주인공의 문제를 대신 해결하던 상황을 지적한 것이다(역주).

의 실패에 대해 미리 알고 있다는 점이 특정한 영향을 끼치지는 않는다. 이미 확고부동하게 예견되어 있지만, 등장인물들의 행동은 오직 그들 자신에 의해서만 지배된다.

『지하로부터의 수기』, 『노름꾼』, 그리고 『백치』의 작가는 이 세계관과 이러한 세계관에 기반한 문학적인 유사성을 전적으로 수용할 수 없었다. 우리는 도스토옙스키가 당대의 유물론자들과 격렬한 논쟁을 하면서 인간의 자유 선택을 주창했다는 사실을 익히 알고 있다. 이러한 도스토옙스키의 입장은 신학에서는 덜 다루어져 왔지만, 그의 이야기 서사를 통한 실질적인 창작물들은 명백한 신학적 결과물이다. 모든 것을 예지하는 아버지 신, 전지전능한 신은 도스토옙스키의 신앙 안에 아주 약간의 자리조차 차지하지 못해서 화를 내고 있을 정도이다. 도스토옙스키가 강조하는 것은 차라리 신의 아들이다. 역사에 참여하고 인간과 함께 고통 받는 인간 그리스도인 것이다. 그리고 『카라마조프가의 형제들』에서 도스토옙스키는 인간 세계에 실제로 개입하는 성령을 강조한다. 삼위일체를 이루는 가장 첫 번째 형상 대신에 두 번째와 세 번째만을 강조하는 도스토옙스키의 신앙은 이상한 이단처럼 보인다. 신의 의지도 없고 신도 없다. 오직 처녀의 몸에서 난 독생자 아들과 성령만이 있을 뿐이다.

서스펜스

도스토옙스키가 소설의 서사에서 이뤄낸 가장 혁신적이고 놀라운 기법을 이해하기 위해서는, 어느 순간에 하나 이상(전부는 아닐지라도)이 가능할 수 있다는 그의 신념을 먼저 이해해야한다. 만약 한 순간에 단지 두 가지의 가능성(수천 가지가 아니라, 단지 두 가지)만 있다 하더라도 결정론과 라이프니츠의 사상은 효력을 잃는다. 모든 순간은 아니지만 대부분의 순간이 다양한 가능성을 갖는다. 따라서 소설은 사건들을 단단하게 결합하여 결론을 너무나 필연적으로 만든 나머지 대안적 세계가 부조리하게 보이도록 만들어서는 안 된다. 이런 기법은 암묵적으로 소설을 닫힌 시간을 가정하고 쓴 이야기로 만들어 버리기 때문이다. 바로 이것이 소설의 형식에 관해 도스토옙스키가 사유하고 의문을 던진 핵심 논제이다. 어떻게 사람들을 진정으로 자유로운 자들로 재현해내고, 그들의 감각이 자신들을 진정 자유롭게 느끼도록 만들 수 있을까?

나는 도스토옙스키가 고안해낸 네 가지 방법에 대해서 이야기하려고 한다. 그중에서도 첫 번째 방법은 간략한 설명으로 대체할 것이다. 이는 미하일 바흐친이 이미 너무나 놀라운 방식으로 설명했으며 다른 방법들에 비해 상대적으로 명백하게 드러나기 때문이다. 이 첫 번째 방법은 선택하는 현재 순간을 극대화하는 것이다. 등장인물이 결정을 내리지 못해 고뇌에 빠질 때, 독자들은 그가 처한 어려움의 순간에 함께 깊숙이 빠져든다. 이러한 관점에서 본다면 영원성의 시간 안에서 모든 결정이 이미 내려져 있다는 생각은 다소 뻔할 정도로 부조리하게 느껴진다. 드미트리 카라마조프가 주머니에 절구 공이를 쑤셔 넣은 채로 어두운 방 한 구석, 창문 옆에 서서 아버지의 혐오스러운 얼굴에 이성을 잃는 장면을 떠올려보

자. 우리는 그의 생각과 느낌이 어떻게 그의 내면에서 전개되는지 알 수 있다. 그는 엄청나게 극대화된 현재의 순간에 놓여있다. 아버지를 살해할 것인지 아닌지를 최종적으로 결정하는 순간을 드미트리는 살아가고 있는 것이다.

미챠는 옆에서 지켜보면서 꿈쩍도 않고 있었다. 욕지기가 치밀 만큼 혐오스러운 영감의 옆얼굴, 축 늘어진 목살, 달콤한 기대감으로 가득 차서 미소를 띠는 입술, 저 매부리코, 이 모든 것이 방의 왼편에서 비스듬히 새어 나오는 램프의 불빛을 받아 환하게 보였다. 끔찍하고 광포한 악의가 갑자기 미챠의 마음속에서 생겨났다. '바로 저놈이야, 나의 연적, 나를 괴롭히는 놈, 내 인생을 망쳐놓은 놈!' 이렇게 느닷없이 복수심에 가득 찬 광포한 악의가 터져 나왔다. 이 악의는 나흘 전 알료샤와 대화할 때 "아버지를 죽이다니, 어떻게 그런 말을 할 수 있어요, 형?"이라는 알료샤의 물음에 대답하면서 예감했던 바로 그 악의였다.

"나도 모르겠어. 모르겠다고." 그때 그는 이렇게 말했다.

"죽이지 않을지도 몰라, 아니, 죽일지도 몰라. 두려운 게 뭔지 아니? 갑자기 저 결정적 순간이 닥쳤을 때, 아버지의 얼굴이 내 눈에 증오스럽게 비칠지도 모른다는 거야. 아버지의 목살, 아버지의 코, 아버지의 눈, 아버지의 파렴치한 냉소가 증오스러워. 그 인간에게 정이 떨어져. 내가 무서워하는 것이 바로 이런 것이란다. 이것이 나를 감당하기 힘들 정도로 두렵게 만드는 거야……."

이 혐오감이 참을 수 없을 정도로 커지고 있었다. 미챠는 이성을 잃어버렸다.

그는 갑자기 주머니에서 놋쇠로 된 절구공이를 꺼내들었다(14권, 354~355쪽; 8편, 섹션 4).

아마도 나는 그를 죽이지 않을 거야, 아마도 죽일지도 몰라. 우리는 여기서 어떻게 되든 바로 지금 행해져야만 하고 전적으로 본인이 결정해야 하는 격렬한 선택의 순간을 느낄 수 있다. 지금이란 미리 주어진 것이 아니며, 지금은 단 한 번만 일어나는 것이다. 만약 내가 아니라면 누가? 만약 지금이 아니라면 언제? 인용한 단락은 드미트리 의식의 심층부로 우리를 깊숙이 끌고 간다. 3인칭 시점으로 시작하며 전달되던 드미트리의 생각은 바흐친이 잘 분석했듯이 결국에는 내면의 목소리를 인용함으로써 귀결된다. 우리는 도스토옙스키가 **'갑자기'**라는 단어를 왜 그렇게 많이 사용하는지도 알 수 있다. **'갑자기'**는 순수한 의미의 지금, 순수한 의미의 선택으로 단 한 번의 기회, 시간의 흐름 밖에 존재하는 극대화된 순간을 강조하기 위한 것이다. 이 부분과 관련해서 과거에 대한 인식이 현재의 강렬함을 약화시키기 때문에 도스토옙스키가 과거라는 시간을 지워버리려고 했다는 바흐친의 지적은 옳지 않다. 드미트리는 알료샤와 나눈 과거의 대화를 기억한다. 과거는 여기서 잘 작동하고 있다. 하지만 단지 현재의 순간을 강화하는 쪽으로 작용할 뿐이다. 이 순간 드미트리는 (그리고 우리 역시도) 알료샤에게 이러한 순간이 올 것이라고 말했던 장면을 기억한다. 이는 그가 자신이 묘사했던 것과 묘사했던 장면을 기억하는 것을 동시에 행하는 극단적인 분열을 경험하는 순간이다. 이러한 이유로 선택의 순간은 그가 예상했던 것보다 훨씬 더 치열하다. 왜냐하면 그는 자신이 그러한 예감을 기억하리라고는 생각조차 못했기 때문이다.

격렬함, 역겨움, 미수에 그치고 마는 자기통제 등이 점점 **'참을 수 없게'** 자라난다. 이토록 참을 수 없을 정도로 극적인 순간은 당연히 도스토옙스키가 다루는 보편적인 주제이다. 『백치』의 미시킨 공작이 겪는 발작 역시 이러한 예 중의 하나이다. 미시킨은 묵시록에서 더 이상 아무것도 없다고 표현하는 그런 극적인 순간을 갑자기 이해하는 것이다. 그 순간은 모하멧의 물병에서 물 한 방울이 떨어지기에도 부족한 시간이지만 **'간질을 앓는 예언가는 알라의 모든 왕국을 다 둘러보고 올 수 있을 정도의 시간'**이다(8권, 189쪽; 2부, 섹션 5). 미시킨은 바로 이 순간을 살고 있다. 처형장에서, 닥쳐 올 죽음에 대한 강렬한 예감으로 가득 찬 순수한 순간은 두려움에 떨며 처형을 눈앞에 둔 사람으로 하여금 조금이라도 더 빨리 처형자가 자신을 쏴주기를 바라도록 만든다. 그런 경험이 한 번이라도 있었다면 도스토옙스키는 당연히 이런 생각이 무엇인지 파악하고 있었을 것이다. 드미트리의 선택을 학수고대하며, 『죄와 벌』에서 라스콜리니코프는 안에서 빗장이 걸린 문 밖에 코흐가 있는 순간을 고통스럽게 마주한다. 살인 사건의 범인이 바로 열쇠구멍 너머에 있다고 코흐가 의심한다는 것을 그는 알았다. 그래서 그는 말할 수 없는 공포에 휩싸여 자물쇠가 부서져라 문을 흔들어대는 코흐를 바라보았다. 그는 몇 번이고 '이 순간을 한 번에 끝내야 해. 그들에게 고함을 지르는 거야'라고 생각한다. 그들이 들어오면 그는 결투라도 마다하지 않을 생각이었다. 이 모든 일은 그들이 문을 열지 못하고 있는 상황에 벌어진 것인데도 말이다(6권, 68쪽; 1부, 섹션 7). 어찌 됐건 그는 자신이 차라리 빨리 발각되기를 바란다!

드미트리는 무엇을 해야 하는가? 물론 그가 하는 것이 무엇이든 그것은 자유선택이지만, 일단 행해진 일은 돌이킬 수 없다. 내적인 성찰을 보여주는 경험의 극대화는 그의 예감을 독자들이 함께 공유할 수 있도록 한다. 그 이후 텍스트는 정적을 깨뜨린다. **'이 순간이 얼마나 지속될까?'** 와 같은 연쇄적인 의문이 발생하고 독자들은 독자 나름대로의 의심으로 가득 찬 고뇌에 빠지고 기대감은 증폭된다. 도스토옙스키는 종종 작품 속에서 갑작스럽게 정적이 깨지는 순간을 활용한다. 만약 독자가 등장인물의 입장에 있다면, 이 효과는 가장 극적으로 발현될 것이다.

따라서 도스토옙스키만이 자유자재로 다룰 수 있었던 극대화된 서스펜스는 실제 선택의 순간을 우리도 함께 느낄 수 있도록 만드는 기법 중 하나가 된다. 현상학적으로 **'당신이 거기 있었어야 했다'**를 극복하게 만들어 준다. 우리는 소설 안의 세계에 거의 완벽하게 빠져든다. 이런 방식으로 느낄 수 있다면 과연 결정론을 믿을 수 있겠는가?

가능성들로 뒤덮인 구름

도스토옙스키가 자신의 서사에서 사용한 두 번째 방법은 첫 번째 방법과는 정반대의 형식으로 결정론을 반박한다. 이미 다른 저술에서 이 방법에 대해 기술한 적이 있으므로 [210] 여기서는 하나의 예만 들도록 하겠다. 『악령』에서 젊고 부유한, 하지만 마을에서 악행을 일삼는 것으로 악명 높은 패거리들이 미친 '예언자' 세묜 야코블레비치를 방문한다. 이들이 떠나자마자 리자 니콜라예브나와 스타브로긴이 현관에서 서로를 밀치면서 나타난다. 그리고 화자는 다음과 같이 말한다.

> "나는 그들이 둘 다 잠시 동안 서서 서로 모르는 사람인 듯 바라보는 장면을 본 것 같았다. 하지만 내가 군중 속에 있었기 때문에 제대로 본 것이 아닐 수도 있다. 반대로 이것은 거의 확실한데 니콜라이 브세볼로도비치(스타브로긴)를 바라보면서 리자가 빠르게 자신의 손을 그의 얼굴 가까이 들어 올렸던 것이다. 그리고 분명히 그때 그가 뒤로 물러나지만 않았더라면, 그녀는 분명 그를 때렸을 것이다. 아마도 그녀는 (자신의 약혼자인) 마브리키 니콜라예비치와 있었던 그런 사건 바로 다음에 떠오른 그의 얼굴표정이 마음에 들지 않았거나, 혹은 그가 웃는 방식 때문에 화가 났던 모양이다. 사실 내가 아무것도 제대로 보지 못했다는 것을 스스로 인정해야겠지만, 다른 모든 사람이 그렇게 떠들어댔던 것도 사실이다. 그들 역시 그녀가 그를 때렸다는 것을 확실하게 봤다고 장담하지 못했고, 오직 몇몇만이 그것을 봤을 수도 있지만. 하지만 나는 니콜라이 브세볼로도비치가 집에 가는 길 내내 얼굴이 창백했던 것을 기억한다(10권, 260~261쪽; 2부, 5장)."

---

210 게리 솔 모슨, 『서사와 자유: 시간의 그림자』(New Haven: Yale University Press, 1994), 제4장 ('Sideshadowing')..

‘아마도’, ‘반대로’, ‘아마 내가 정확히 본 것은 아닐 수도 있지만’, ‘나는 본 것 같았다’와 같은 언어를 사용하는 것은 도스토옙스키 서사의 가장 일반적인 특징이다. 무언가가 일어날 수도, 혹은 일어나지 않을 수도 있었다. 그리고 만약 무슨 일이 일어나거나 일어나지 않는다면(절대로 확실하지는 않지만 일어날 수 있다 할지라도 많은 사람들이 그것을 의심할 수도 있다는 가정 하에, 물론 그들 모두 믿을 만한 것은 아니지만 항상 실수를 하는 것은 아니기에), 만약 일어났다면, 끝나지 않는 파문이 연속적으로 일어날 수도 있는 각각의 장면 가운데 하나에 불과할 것이다. 어떠한 경우든 일어났을 수도, 일어나지 않았을 수도 있는 행동이란 그 자체로 행동이 아닌 것이나 다름없다. 일어났을 수도 있는 따귀 사건은 사실 일어나지 않았을 수도 있다. 화자는 리자가 스타브로긴의 따귀를 때릴 의도가 있었는데 때리지 않았는지 혹은 반대로 그냥 때리지 않았는지 판단하기 위해 노력하고 있는 것이다.

도스토옙스키가 선택한 이러한 서술 방식의 예는 수없이 많다. 무엇이 일어났는지는 중요하지 않다. 가정된 사건은 일어날 수도 있었던 사건이라는 사실이 중요한 것이다. 때때로 도스토옙스키는 무성하게 피어나는 소문들을 제시한다. 그것이 사실이든 아니든, 각각의 소문들은 그것이 사실일 수도 있는 가능성을 갖는다. 우리는 점차, 시간이 단지 직선상의 한 점이 아니라 시간의 한 순간조차 가능성들의 장이 될 수 있음을 배우고 있다. 만약 테이프가 한 번 더 재생된다면 또 다른 가능성이 흘러나올 것이다. 우리는 라이프니츠의 사상이나 결정론과는 정반대의 세상에서 살고 있다. 우리가 사는 세계는 어느 순간이나 하나 이상의 가능성을 갖는다. 가능성이 실재를 압도한다. 무슨 일이 일어나든, 또 다른 무언가 역시 일어날 수 있었다. 그리고 한 순간을 이해하기 위해 **'또 다른 무언가'**를 붙잡아야 한다. 정확히 같은 맥락에서 우리들 각각은 하나의 삶 그 이상의 삶을 살아갈 수 있다. 그리고 사람을 이해한다는 것은 혹은 그녀가 될 수도 있었던 혹은 할 수도 있었던 **'다른 것'**을 직관적으로 느끼는 것이다. 드미트리는 살인자가 될 수도 있었다, 알료샤는 흔히 알려져 있듯이, 너무나 간단히 혁명가가 될 수도 있었다.

이러한 가정은 더욱 큰 차원에서도 논의될 수 있다. 다음과 같이 생각해보자. 『악령』에서 표트르 스테파노비치가 페드카를 죽였는지 우리는 알 수 없다. 노동혁명당원들이 죽였는지, 이 마을의 5인조가 죽였는지, 아니면 러시아에 살고 있는 한 사람이 죽였는지 알 수 없는 것과 마찬가지다. 우리는 사실 표트르 스테파노비치가 경찰요원이었는지 어떤지도 알 수 없다. 기묘한 일이지만 그가 스테판 트로피모비치의 아들인지 어떤지도 알 수 없다(그는 자신의 어머니가 당시에 폴란드 사람과 어울려 다녔다는 사실을 지적했고 스테판 트로피모비치 역시 그것을 인정했다). 소설에 나타나는 정치적인 색채가 이러한 가정들에 달려 있다. 그리고 무슨 일이 일어났는지에 대한 가장 본질적인 요소가 이 모든 가정들과 밀접히 연결되어 있다. **'또 다른 아버지'**에 관한 추측은 전반적인 **'아버지와 아들'**에 대한 주제를 위협한다. 『카라마조프가의 형제들』에 나타나는 사례가 그러하다. 우리는 이 감질 나는 가능성들과 맞닥뜨렸을 때, 그럴리 없다고 믿으면서도 스메르자코프의 아버지가 표도르 파블로비치가 아닌 카르프라고 불리는 탈옥수일지도 모른다는 사실을 절대 반박할 수 없다. 아니, 시간은 직선적인 것이 아니다. 우리는 다른 수많은 것들을 할 수 있다. 그리고 세상은 너무나 쉽게 또 다른 세상으로 변할 수도 있는 것이다.

진행 중인 의도성

하지만 설령 테이프가 다시 재생되고 외부에서 정확히 똑같은 영향이 주어진다 해도 우리가 다르게 행동할 가능성은 정말로 있는가? 똑같은 일련의 원인들이 결과를 다양하게 생성해낼 수 있는가? 만약 이것이 가능하다면, 결정론은 치열한 논박을 당할 것이며 사회 **'과학'**의 모든 관념은 심리에 관한 것이든, 역사나 도덕에 관한 것이든 진창에 빠질 것이다.

이러한 주장을 입증하기 위해, 라이프니츠로부터 유래한 유럽의 전통적인 주류 철학과는 반대로 도스토옙스키는 자신의 가장 강력한 무기인 심리학을 장착한다. 그는 자유선택과 밀접한 연관성을 갖는 의도의 본질을 증명해 보였다. 1876년 5월의 『작가의 일기』에서 도스토옙스키는 살인미수로 기소당한 카이로바라는 여성의 재판 과정을 기록한다. 따귀를 때리려다 미수에 그친 것처럼 살인 미수는 무언가가 일어날 수도 있었다는 점을 다룬다. 한 가지, 오직 하나의 사건만을 의미하는가? 카이로바는 자신의 애인(남성)이 자기 아내인 벨리카노바와 자신의 침대에서 잠들어 있었다고 진술했다. 면도칼을 집어 들고 애인의 아내에게 달려들었지만 두 사람이 깨어났고 사태는 더 악화되지 않고 끝났다. 만약 두 사람이 깨어나지 않았더라면 그녀가 벨리카노바를 살해했을까? 검사가 논쟁한 것처럼 벨리카노바를 베어버리려고 했던 것이 '그녀의 목적'이었을까? 이런 의문들로 인해 도스토옙스키는 행위란 그 행위 전에 앞서 완전히 형성된 의도에 전적으로 달려 있다고 추정한다. 만약 어떠한 장애물도 끼어들지 않았더라면 그 의도는 행동으로 발현되었을 것이다. 이와 관련하여 존 로크[211]는 다음과 같이 기술한다. 우리는 우리의 의지를 수없이 많이 바꿀 수 있을 것이다. 그러나 우리의 행동은 의지의 **'가장 최종적인 결정'**에 수반되는 것이다. 어떤 경우엔 로크의 말이 맞을 수도 있다. 그러나 도스토옙스키가 반박하듯이 경우에 따라 로크의 말은 너무나 순진하고 일차원적인 헛소리로 들린다.

카이로바가 애초부터 그런 의도를 가졌던 것은 아니었을 것이다. 그러나 그녀는 너무나 화가 났고, 누군가를 살해하고 싶을 정도로 분노가 치밀었기 때문에 면도칼을 사왔다. 하지만 이는 그녀가 확실히 결정 내리지는 않았던 어떤 명백한 목적에서 비롯된 것이었다. 마치 『카라마조프가의 형제들』에서 드미트리가 그 절구 공이로 무엇을 하고 싶은지도 모른 채 절구 공이를 집어든 것과 동일한 이유이다.

"손에 면도칼을 든 채로 계단에 앉아 있을 때조차 그녀는 사람을 죽일 생각을

211 존 로크(John Locke, 1632~1704)는 잉글랜드 왕국의 철학자·정치 사상가이다. 로크는 영국의 첫 경험론 철학자로 평가를 받지만 사회계약론도 동등하게 중요한 평가를 받고 있다. 그의 사상들은 인식론과 더불어 정치철학에 매우 큰 영향을 주었다. 그는 가장 영향력 있는 계몽주의 사상가이자 자유주의 이론가로 널리 알려져 있다(역주).

조금도 하지 못했을 것이다. 침대에 서서 자신의 연인이 연적과 누워서 자고 있는 모습을 볼 때에도 전혀 그런 생각을 하지 않았을 것이다. 이런 생각을 조금이나마 가지고 있는 사람은 이 세상 어디에도 없다. 더욱이, 부조리해 보일 수도 있지만, 그녀가 자신의 연적을 면도칼로 베어버리는 바로 그 순간조차 그녀는 그 여자를 죽이고 싶어 하는지, 아니면 죽이고 싶어 하지 않는지, 그리고 이것이 바로 그녀가 원하던 목적인지 아닌지조차 모르고 있었을 것이라고 나는 감히 말하고자 한다(23권, 9쪽)."

판사는 '**이것**', 즉 살인이 '**그녀가 원하던 목적**'인지 아닌지, 그녀의 의도였는지 아닌지 결정을 내려야한다. 그러나 도스토옙스키 자신은 그녀에게 그런 의도는 없었다고 생각했다. 그녀의 의도는 정해져 있던 것이 아니라 그저 하나의 과정이었다. 한 순간 순간을 발생시키면서 몇 가지 가능성들을 점쳐보면서 다른 가능성들도 들여다보고 외부의 반응이나 발전해 가는 양상을 지켜보면서 바꿔보기도 하는 과정인 것이다. 그리고 이 과정은 항상 다른 방향들로 변화할 수 있는 가능성을 갖고 있다. 카이로바가 무의식적으로 그런 행동을 했다고 말할 수는 없다. 아니, 사실 그녀는 매 순간마다 스스로 무엇을 하고 있는지 매우 강렬하게 느끼고 있었다. 하지만 그녀는 다음 순간 자신이 무엇을 할지에 대해서는 전혀 확신할 수가 없었다. 이러한 종류의 의도는 열려 있는 시간에 존재하는 것으로 검사들에 의해 추정되는, 로크가 지지하는 의도성과는 다르다. 이런 의도는 이미 끝나거나 단지 수행되거나 하는 차원의 것이 아니다. 카이로

바의 행동들은 과정들의 하나하나일 뿐 그 과정들의 결과가 아니다.

만약 카이로바가 제압을 당하지 않았더라면 그녀는 아마도 많은 사건들을 저지를 수도 있었을 것이다. 어쩌면 그녀는 면도칼로 벨리카노바의 목을 따버렸을 수도 있고, '목 놓아 울다가 몸을 한번 부르르 떨고는 가능한 한 빨리 현장에서 도망쳤을 수도 있다.' 혹은 면도칼로 자신의 목을 베어버렸을 수도 있다. 아니면, 우리가 읽은 도스토옙스키 식으로 그녀는 너무나 격분해서 벨리카노바를 살해하는 것에 그치지 않고, '그 시체의 머리를 자르고 코와 입술을 베어내면서 시신을 훼손했을 수도 있다. 갑자기 누군가가 시체의 머리를 발로 차내고 그녀는 자신이 무슨 짓을 저질렀는지 비로소 깨닫게 될 것이다(23권, 10쪽).'

도스토옙스키가 '**어쩌면**'이라는 표현을 통해서, 그리고 자신의 수많은 가능성들의 목록을 제시하면서, 우리에게 전하고자 하는 것은 무슨 일이 일어날지 인간은 알 수 없다는 사실이 아니다. 마치 검사들이 생각하는 것처럼 만약 하나의 단일한 사건만 가능하다면 우리는 그것이 무엇인지 단순히 추측만 해야 하기 때문이다. 그가 진정으로 하고자 하는 말은 따로 있다. '**아마도**'가 바로 본질이다. 똑같은 여자가 '수많은 다양한 일들 가운데 어떤 사건이라도 일으킬 수 있었고 행할 수도 있었으며, 똑같은 영혼이 그 어떤 것도 싹트게 만들었을 수 있다. 정확히 동일한 분위기와 상황 속에서도 이 모든 것이 가능했을 수도 있다는 것이다.' 테이프를 다시 재생시켜 보라. 그러면 다른 결과를 얻으리라. 동일한 상황이 다른 결과를 만들어낸다. 이것은 결정론자들이 세상을 바라보는 시각과 정반대되는 것이며 열려 있는 시간에 대한 믿음을 확인하는 것이다. 인간의 의도는 직선상에 놓일 필요가 없다.

서사학은 신학

만약 인간의 의도가 직선상에 있지 않고 시간이 열려 있다면, 그리고 매 순간이 갖는 가능성들이 하나 이상이라면 서사학의 전통적인 형태는 문제를 설명하기에 너무나 부족하다. 거의 예외 없이 전통 서사학은 단일한 무엇이 주어진 순간에만 가능한 유일한 것이라고 상정하기 때문이다. 결정론에서 가능한 단 하나는 바로 실현되는 무엇이다. 하지만 열려 있는 시간이 지배하는 세계에서는(바흐친이 말했던 것처럼) 잉여적인 가능성들이 항상 존재한다. 결정론자들은 당연히 잘 짜인 구조를 좋아한다. 우리는 하나의 형태가 불가피하고 운명론적으로 결정되어 있는 것을 기쁘게 받아들인다(바흐친이 **'미학의 필요성'**에 대해서 말했을 때, 나는 이것을 이처럼 해석했다).

결말이 **'옳은가'**의 문제는 바로 그러한 방식으로 그것이 일어나야만 한다고 우리가 느끼는 것에 의해 지배당하고 있다. 『분신』의 화자는 주인공의 결말을 다음과 같이 표현한다. '아아! 오랫동안 그는 바로 이렇게 될 것이라는 예감에 쫓겨 왔던 것이다(1권, 229쪽).' 또한 자유를 입증하기 위한 지하인의 모든 시도에 대해서 말해보자. 모든 것이 완벽히 구조적으로 짜여 있는 상황은 결국 그의 역동적인 모든 시도들조차 일정 법칙에 의해 지배당할 뿐임을 알려준다. 그러므로 잘 구축된 사회를 암시하면서 울려 퍼지는 '**편집자**'의 말들은 엄청난 아이러니로 작용한다. "이 모든 '수기'의 필자와 이 수기 자체도 물론 허구이다. 그렇지만 이런 수기의 필자와 같은 인물은 우리 사회를 형성하고 있는 여러 일반적인 조건을 생각해본다면 얼마든지 이 세상에 존재할 수 있을뿐더러 오히려 존재하는 것이 당연할 것이다(5권, 99쪽; 1부, 섹션 1)." 주인공이 결정론을 거부하며 몸부림치는 것은 필연적이다. 그리고 만일 그가 이 편집자의 말을 읽는다면 우리는 얼마나 큰 모멸감을 느낄지 상상해 볼 수 있다.

왜 짜여 있는 구조는 필연성을 요구하는가? 왜 소위 말하는 '가공품이 가진 공통적 편향성'은 항상 필연성과 닫힌 시간을 지향하는가? 내가 생각하기에 그 이유는 적어도 아리스토텔레스 때부터 만들어져서 지금까지 실천되어 온 이론이 구조에 관한 가장 본질적인 관념을 지배하고 있기 때문이다. 행위는 일관되어야 한다는 아리스토텔레스의 사상 이후로 각각의 플롯이 삽화처럼 따로 따로 제시되는 것은 최악으로 여겨졌다. 또한 '**이야기 구성이 완벽한**' 행위만이 모든 것을 단일한 결과로, 전에 발생한 일들의 필연적인 결과로 귀결시킨다고 생각되었다. 무슨 일이 일어나지 않는다면 결론이 날 수 없다. 일견 모순되게 보이는 사건들도 결국은 응당 일어나야만 하는 결론에 부합하는 것으로 판명된다. 그렇지 않은 작품들은 우리가 완결된 작품이라고 느끼지 못하는 것이다. 완결과 구조는 쌍둥이의 개념이다. 하나가 약해지면 다른 하나도 약해진다.

소설의 결말로 향해 가는 과정에서 우리가 어떻게 미혼인 젊은 남자들과 여자들을 쌍쌍이 짝 짓는지, 그리고 어떤 일이 일어날지에 관해 우리 자신이 어떻게 추측해 나가는지 생각해보자. 실제 삶에서 우리는 우리가 짝을 맞춰놓은 것들이 실제로 발생할 것이라고 추정하지 않는다. 하지만 소설과 희극에서 두세 쌍의 결혼이나 갈등의 극적인 해결은 놀라울 만큼 당연하게 여겨진다. 이렇듯 소설이나 희극에 결론을 만들어내는 구조가 있음을 우리가 아는 것은, 사실 놀라운 일이 아니라 당연하다. 이렇게 우리가 확신에 가득차서 내리는 추측은 능수능란한 작가가 이미 소설 안에 만족스러운 구조를 만들어 놓았으리라는 우리의 인식에 의한 것이다. 우리의 인식은 묘사된 세계 속의 사건들이 아니라 이미 잘 구축된 행위들에 일차적으로 기반을 둔다.

문학작품 속의 구조는 시간을 삶 속의 시간과는 다르게 대칭적으로 형성한다. 실제 삶에서 사건들은 이전의 사건들 때문에 발생한다. 하지만 소설에서 사건들은 앞선 사건들뿐만 아니라 뒤따라오는 사건들에 의해서도 발생한다. 이 사건들이 어떤 결말을 향해 가는지가 중요한 것이다. 모든 독자는 이미 주어진 결말이 있는 뒤쪽 방향부터 시작하여 앞쪽의 사건들에 영향을 끼치는 생생하고 명백한 예시 기법을 미리 알아차릴 수 있다. 독자가 등장인물들과 자신을 동일시할 때, 그나 그녀는 희망과 공포를 함께 느끼며 시간을 열려 있는 것으로 평가하게 된다. 오, 오이디푸스, 그렇게 말하지 말게! 하지만 독자가 모든 것을 관조하면서 멀찍이 서있다면 이미 완벽한 구조를 알고 있기 때문에 희망과 공포는 사라진다. 구조에 도덕적으로 수반되는 것은 금욕이다. 종교적 위안이나 역사에 관한 만족스러움을 주는 예언적 가설들이 명백한 결론을 전제하고, 자연스레 그에 수반되는 신성한 종교 이야기 혹은 유사 종교 이야기로 귀결되는 것은 우연한 일이 아니다. 우리는 모든 것을 정당화하기 위해 정해진 계획에 따라 구축된 시간의 구조를 바라보는 것에 익숙하다. 외부로부터 바라보는 이러한 시각에 굴복하면서, 우리는 시간의 구조가 전체를 통합할 것이라고 기대한다. 이로 인해 우리는 그 안의 등장인물처럼 세상을 보게 될 뿐만 아니라, 삶의 바깥에 서 있는 독자, 혹은 역사적 소설을 읽는 독자처럼(세상을 가정하고) 그것이 삶이라고 생각한다. 그러면 아리스토텔레스식으로 사태를 급변시키듯이, 아이러니하게도 사탄이 개입해서 이 세계를 무너뜨리고 싶어 하는 그가 종말을 향해 가도록 우리를 이미 예정된 결말로 이끈다. 『실낙원』 제3권에서 신이 양식화된 역사를 묘사하면서 이미 자신이 완벽하게 짜놓은 계획된 노선을 사탄이 끼어들어 방해할 것이라고 예견할 때, 그는 신학적이지만 동시에 서사학적인 지점에도 참여하는 것이다. 우리는 시를 쓰는 작가와, 무엇이 일어날지뿐만 아니라 이미 일어난 사건까지도 말할 수 있는 만물의 창조주가 모두 시간의 바깥을 주관하고 있다는 사실을 알 수 있다. 이반 카라마조프가 도덕에 기초한 모든 이론을 부정할 때 그는 어떠한 큰 계획으로도 설명할 수 없는 고통스러운 현재에, 그리고 서사학적인 해명으로 위안을 주려는 허구성에 놓인 채 다음과 같이 주장한다. **'나는 사실에 근거하고 싶다.'** 그는 이야기가 아니라 사실이라는 단어를 반복한다. 그리고 인간보다 더 큰 존재가 계획한 시간의 일부분에 속하는 순간이 아니라 현재성을 가지고 있는 '**순간**'이라는 단어를 반복한다. 서사학은 곧 신학인 것이다.

룰렛

따라서 도스토옙스키는 서사 구조에 얽매이고 싶어 하지 않았다. 그는 그것을 대체할 다른 방식을 찾으려고 노력했다. 삶을 바라보는 잘못된 시각과 잘못된 신학을 암묵적으로 지지하는 문학적 입장을 반복하고 싶지 않았기 때문이다. 결론부터 말하자면, 도스토옙스키는 구조를 대체할 무언가를 찾으려 했다. 그는 특정 관점을 지향하지 않더라도 충분한 논리를 갖추어 독자들이 읽기 편한 작품을 쓰기 위한 노력을 계속했다. 밀턴의 신이나 밀턴과는 다른 이야기를 찾을 필요가 있었고, 시간과 시간 바깥의 영역을 분리시킬 필요도 있었다.

도스토옙스키의 생각은 다음과 같았다. 작가가 미리 작품을 계획하지 않는 대신 다양한 상황을 만들어내고 작품이 나아가는 대로 놔둔다면 어떨까? 다른 논문에서 나는 이것을 **'알고리즘적인'** 창작, 혹은 **'가능성에 의한 창작'**이라고 언급한 바 있다.[212] 삶에 더 근접할 수 있지 않을까? 이러한 방식을 쓰면 잘 짜인 계획이 암묵적으로 인간의 자유를 위협하거나 자유를 회유하는 구조에서 벗어날 수 있지 않을까?

이 경우에 작품이 담보하는 의도성은 카이로바의 의도성과 비슷해진다. 작품은 조금씩 생성 되어가는 발전 과정에 놓이게 된다. 신학자들이

212 모슨의 『장르의 경계: 도스토옙스키의 작가일기와 유토피아 문학 전통』(Austin : University of Texas Press, 1981)과 『Hidden in Plain View : Narrative and Creative Potentials in 'War and Peace'』(Stanford University Press, 1987)을 참조.

믿는 신이 아니라, 히브리 성서에 나오는 신처럼, 이것은 자유의지의 연쇄적 발생을 암시한다. 작가는 모든 순간에 자신이 무엇을 하는지 알고 있지만 자신이 무엇을 하도록 예정되어 있는지는 알지 못한다. 그는 단일한 하나의 계획에 이끌리는 것이 아니라, 생성 중인 무한한 가능성들을 따르게 된다. 완결로 치닫는 것이 아니라 현재의 순간이 갖고 있는 수많은 기회들을 극대화시켜 포착하고자 한다. 만일 우리가 이야기하는 결말이, 느슨해 보였던 연결고리들이 꽉 조여지면서, 본래 모든 것을 주관하고 있던 특정 구조가 밝혀지는 순간이라면 이러한 작품에서는 결말이 있을 수가 없다. 왜냐하면 이런 작품에서는 모든 것을 주관하는 특정 구조가 없을뿐더러, 어떤 갈등은 해결될 수도 있지만 그렇지 않은 갈등들도 여전히 남아 있을 수 있기 때문이다. 그리고 이는 마치 우리 삶의 현장과 유사하다. 예를 들어, 『악령』만 해도 얼마나 많은 것이 풀리지 않은 채로 남아 있는가. 도스토옙스키가 이런 방법을 처음으로 시도한 작품은 『백치』이지만 그의 방법은 『악령』에서 더욱 능숙해진다. 『작가의 일기』에서 이 기법이 가장 극대화된다. 나아가 『카라마조프가의 형제들』이 보여주는 구조와 과정의 변증법적 결합은 독특하면서도 놀랍도록 만족스럽다.

발전 과정에 놓인 소설 구조를 표현해낼 새로운 방법을 고안하면서, 도스토옙스키는 수많은 가능성들을 탐욕스럽게 이용한다. 우선 그는 가능성의 기회가 절망적이면서도 정신없이 작동하는 스타일을 발견해냈다. 그리고 상황 자체가 가지고 있는 가치를 만들어냈다. 그 배경을 회상해보자. 도스토옙스키와 그의 새로운 아내는 1867년에 외국으로 갔다. 그의 간질(뇌전증) 발작이 좀 나아질 것이라는 기대와 채무자들의 빚 독촉을 피하기 위한 선택이었다. 극심한 금전적 궁핍 속에서 이 부부는 결혼반지, 그가 그녀에게 주었던 선물들과 옷가지들까지 (빈번하게) 팔아야만 했다. 그의 편지에는 그들의 리넨 의복을 팔아야 했던 순간이 특히 가슴 아픈 순간으로 기록되어 있다. 그의 아내가 일하러 나간 사이 그의 간질 발작은 작가를 괴롭혔고, 그들의 아기 소냐가 죽었을 때 도스토옙스키는 스스로를 책망했다. 그는 항상 룰렛 판에서 이기기를 바랐으나 번번이 돈을 잃기만 했다. 이런 상황에서 그는 소설을 써내야만 했다. 그러나 그의 작품의 질을 떨어트리고 싶지는 않았다. '그냥 보통 정도는 되는 소설을 나는 가장 끔찍하게 생각했다.' [213] 하지만 신중히 작품을 구상할 시간이 없었다.

그는 1867년 8월에 소설을 쓰기 시작했고, 몇몇 개요와 구상을 만들어 냈다. 하지만 이것들 중에서 오늘날 잘 알려진 작품과 관련된 것은 많지 않다. 다만 나스타시야 필립포브나와 유사한 등장인물, 미시킨 공작과 전혀 닮지는 않았지만 서체를 쓰는 것에 능하고 **'백치'**라고 불리는 주인공이 등장할 뿐이다. 자신이 이루어낸 성과에 만족하지 못하고 무언가를 빨리 출판사에 내고 싶어 했던 도스토옙스키는 새로운 돌파구를 찾는다. 소설 전체가 어떻게 진행될지에 대해서는 아직 계획이 없지만 도입부 부분만 보내보기로 한 것이다. '12월 4일부터 12월 18일까지 마음을 정해보겠소', 그는 12월 31일, 친구 마이코프에게 다음과 같이 쓴다. '평균적으로 하루

---

213 조셉 프랭크(Joseph Frank)의 『도스토옙스키: 기적의 시대, 1865~1871』(Princeton University Press, 1995) 245쪽에서 인용.

에 적어도 6개 정도의 각각 다른 플롯이 떠오르는 것 같다네. 내 머리는 쳇바퀴처럼 돌아가고 내가 미쳐버리지 않는 것이 이상할 정도라네. 최종적으로 12월 18일에 나는 소설 쓰는 일에 착수했지(28권/2, 240쪽).' 그가 더 자세히 설명하기를, 이 소설에 관한 **'아이디어'**들은 '다소 예술적인 형태로 내 마음에 섬광처럼 떠오르곤 했다네. 하지만 그건 내가 원하는 만큼이지 완전하게는 아니었지. 아직 완전한 형태를 갖추지 않은 구상을 가지고 소설에 착수했음을 깨닫는 일은 나를 절망적으로 만든다네. 마치 룰렛 판에서처럼 한번 던져보는 기분이랄까. "내가 쓰다보면 진전되어 나가지 않겠는가!" 절대 용납할 수 없는 일이라네(2권/2, 240~241쪽).' 룰렛을 돌리듯 글을 쓰는 것, 그것은 큰 도박이었다. 그리고 아무도 결과를 예측할 수 없었기 때문에 결과는 스스로의 운을 시험해보는 수단이 되었다. 이런 식으로 글을 써내려가는 것이 어떤 이점을 가지고 있었을까?

또 다른 『백치』들

심지어 소설을 건성으로 읽는 행위조차도 전체적인 소설의 내용을 파악하는 데 어려움을 겪도록 만든다. 줄거리는 느슨한 마무리들과 일관적이지 않은 사건들로 가득하고, 전혀 예고되어 있지 않다가 즉흥적으로 발생하는 것처럼 보이는 개연성 없는 사건 진행들이 판을 친다. (실제 삶이 그렇지만) 수많은 등장인물들의 운명과 사건들이 전체적인 구조 안에서 해결되어 나가는, 엄청나게 복잡한 구조를 가지고 있는『황폐한 집』[214]에 비하면『백치』는 정반대의 특징을 가지고 있다고 할 수 있다. 소설의 역사에서 디킨스가 플롯을 가장 잘 짜내는 작가였다면 도스토옙스키는 가장 즉흥적인 작가였다.『황폐한 집』은 소설의 전체적인 구상을 알지 못하면 이해가 어려운 작품이다(디킨스에게 통용되는 법칙). 반면『백치』는 연쇄적으로 발생하는 의지를 느끼지 못하거나, 아무 생각 없이 자신의 설정을 어설프게 손보는 작가를 고려하지 않거나, 매번 수없이 변화하는 그의 방향을 따라가지 않는다면 읽을 수 없는 작품이다. 물론 그는 많은 실수를 저질렀다. 하지만 외려 그런 실수 덕에 독자들은 이 소설에서 더욱 강력한 현실감을 느낄 수 있다. 그는 영감을 일으키는 섬광을 만들어내기도 한다. 이 소설을 학문적으로 엄밀히 설명하기 위한 영웅적 노력은, 도스토옙스키가 저지른 실수를 부정하고 소설 속 구조를 발견하고자한다. 하지만 이런 설명은 소설의 효과를 반감시킬 따름이며, 여러 곳에 산재한 작가의 실수를 고스란히 드러낼 뿐이다.

일관되지 않은 내용 서술 중 특히 흥미로운 예를 들어보자. 1장에서 미시킨은 어린아이처럼 묘사되고 그 스스로도 이 기질에 대해 이야기한다. 하지만 2장에서 레베데프가 자신을 속이려고 하자 미시킨은 '당신은 나를

214 『황폐한 집(Bleak House)』은 영국의 소설가 찰스 디킨스의 장편소설로 1853년에 발표되었다. 작품은 1인칭 화자이자 여주인공인 '에스더 서머슨'의 시점과 디킨스의 시각을 대변하는 3인칭 전지적 작가의 시점에서 현재와 과거를 오가며 서술된다. 영국의 챈서리 법정(Court of Chancery)에서 벌어지는 잔다이스 대 잔다이스 소송(Jarndyce and Jarndyce)과 레스터 데들록 경과 레이디 데들록을 중심으로 일어나는 사교계의 사건, 그리고 에스더의 개인사가 주된 줄거리를 이룬다(역주).

어린애로 보는 군요, 레베데프'라고 말한다. 그리고 젊은 허무주의자와 함께 있기라도 한 듯, 미시킨은 자신이 놀랄 만큼 세상 이치에 밝다는 것을 보여준다. 한편 1장에서는 미시킨이 간질병을 앓고 있다는 암시를 전혀 찾아 볼 수가 없다. 이미 이런 것들에 대해서 지적해 오면서 다른 모순되는 부분들을 찾아냈던 조셉 프랭크는 1장은 '아마 완벽하게 독립적인 다른 소설로 읽힐 정도이다'라고 말한다(프랭크, 『기적의 해』, 325쪽).

소설의 1장에서 가냐는 주요 인물이고 모든 설정은 가까운 미래에 그와 미시킨 사이에 주요한 갈등이 발생할 것을 암시한다. 가냐는 공작을 기분 나쁜 말투로 딱 세 번까지만 소설의 제목과 동명인 **'백치'**라고 부른다. 그리고 가냐는 그들이 서로에게 최고의 친구가 되거나, 아니면 가장 최악의 적이 될 것이라고 말한다. 하지만 사실상 그들은 어떤 관계도 이루지 못한다. 2장에서 가냐는 돌연 백치의 개인 비서 같은 인물이 된다. 그 후로 그는 어떠한 역할도 전혀 수행하지 못한다. 가냐의 경우는 여기 일일이 열거하기에는 너무 많은, 삭제된 플롯 전개 중 한 예일 뿐이다. 어떤 것들은 식물들처럼 보이지만 어떤 것들은 내가 즐겨 표현하는, 모자들처럼 보인다. 그것들은 작가가 자신이 가진 아이디어가 고갈되면 다시 그것들로 돌아와서 미래에는 복잡한 의미를 부여하게 되거나 무언가를 밝혀낼 것처럼 제시된다. 그가 필요로 하는 토끼를 꺼내기 위한 모자 정도인 것이다. 그러나 대부분의 모자들은 그저 선반에 놓여 있다. 미시킨은 자신의 부친이 감옥에서 죽었다고 말하고 왜 그렇게 되었는지 알고 싶다고 한다. 하지만 그의 아버지가 겪은 수감 생활은 소설이 전개되는 과정에서 다시 언급되지 않는다. 몇몇 독자들은 도스토옙스키가 어쩌면 백치의 과거를 비밀로 남겨두고 싶었기 때문에 그런 식으로 이야기를 풀어나간 것이라고 느낄 수도 있다. 같은 방식으로 생각한다면 미시킨의 보호자였던 파블리시체프뿐만 아니라 "또 다른 파블리시체프"가 있다고 가정할 수 있다. 이 얼마나 대단한 플롯상의 금덩어리인가. 미시킨의 부친은 물리적 감옥에서 죽어갔지만, 이 베일에 가려진 인물은 서사적 감옥에서 힘없이 죽어간다. 그는 결코 소설의 이야기가 진행되는 세계로 빠져나와 빛을 보지 못한다. 나는 이야기상의 바스티유 감옥 안에서 빠져나오려고 몸부림치는 수많은 인물들과 (그곳에 존재하는) 탈출하고자 하지만 절대로 벗어나지 못하는 열망들을 말하고 있는 것이다. 그러나 그들의 존재는 마치 감옥 벽에 그들이 남겨놓은 흔적처럼 텍스트에만 남아있을 뿐이다. 이 소설에서 가장 주목해야 하는 '모자'는 1장과 2장 사이 6개월간의 공백이다. 요컨대 그 공백은 작가가 만들어낸 어떤 새로운 플롯 전개를 손쉽게 **'설명'**할 수 있도록 온갖 종류의 사건들이 발생했다고 갖다 붙일 수 있는 기간이다. 잠정적으로 작용하는 일종의 데우스 엑스 마키나(interim ex machina)[215]라고 할 수 있다. 『악령』에서는 소설이 시작하기 전에 인물들이 **'스위스'**에서 보낸 시간이 동일한 역할을 수행한다.

많은 독자들은 소설의 초반부터 충격적인 결말을 예감했을 만하다. 살해당한 나스타시야 필리포브나의 시체 옆에서 로고진과 미시킨이 함께

215 원문의 "interim ex machina"는 "deus ex machina"를 패러디했기에 여기선 "임시 기계신"이라고 하거나 아니면 "잠정적으로 작용하는 데우스 엑스 마키나"라고 할 수 있다.

한 광기 어린 밤은 충격적인 결말이다. 결론이 그렇게 났기 때문에 소설의 도입부가 그렇게 된 것이다. 소설의 도입부에서, 미시킨과 로고진은 기차에서 만나고 작가는 다음과 같이 서술한다. "만약 그들이 그 순간 그들을 그토록 기묘하게 서로 끌리게 만들었던 것이 무엇인지 미리 알았더라면 무척이나 놀랐을 것이다(8권, 5쪽)." 이것이 예시기법이 아닌가? 이런 식으로 논하는 것은 톨스토이가 언급했던 **'회상의 오류'**를 범하는 것이다.[216] 사실이 주어지고 나면, 우리는 불가피하게 우리가 이미 일어난 것을 알고 있는 결과를 도출해낸 특정 경향들을 발견하고 찾으려고 한다. 그리고 그 경향들 안에서 나중에 일어난 사건들의 징후를 보려고 한다. 물론 모든 방향으로 이끌어가는 징후들이 도처에 존재하기 때문에 자신이 원하는 방향을 가리키는 표식을 찾는 것은 어려운 일이 아니다. 이 방법은 점쟁이들, 점성술사들 그리고 경제학자들에게 이미 잘 알려져 있다.

정말로 예시기법이 사용된 것인지 혹은 단지 **'회상'**에 불과한 것인지 확인하는 방법은 무언가 다른 일이 일어났을 때 그 사건의 전조가 되는 강력한 징후가 똑같이 발견되는지를 살펴보는 것이다. 이런 경우에 대답은 명백하다. 만약 나스타시야 필리포브나나 혹은 아글라야를 두고 미시킨과 가냐 사이에 최후의 갈등이 있었다면 1장에서 가냐가 선보이는 위협이 **'예시기법'**이 사용된 명백한 사례로 보였을 것이다. 『악령』에서처럼 이 소설에서 정말로 일어난 사건은 도스토옙스키가 그럴 기회가 있을 때마다 온갖 풀리지 않는 수수께끼를 만들어냈다는 것이다. 그리고 나서 그는 마

216 레오 톨스토이, 『전쟁과 평화』, Ann Dunnigan 번역 (New York : Signet, 1968), 854쪽.

치 시간의 순간 순간을 적어내려 가듯이 이 수수께끼를 활용할 수도 있었고 활용하지 않을 수도 있었다. 이런 수수께끼들은 독자들이 알쏭달쏭하게 느끼는 만큼이나 작가에게도 미지의 것이었다. 즉 그것들은 현실적인 수수께끼였지 단순한 장치 같은 것이 아니었다.

만약 내가 제안한 시험 방법이 충분히 납득되지 않는다면 작품 노트에 남은 증거들을 확인해보자. 학자들도 반복적으로 언급하는 것처럼, 구조를 신봉하는 사람들은 소설의 도입부에서부터 이미 예시기법을 통해 소설의 결말이 암시되었다고 말한다. 하지만 작가가 3장(혹은 4장)을 쓸 때까지도 그는 자신의 소설을 어떻게 결론을 내릴지 확신하지 못했다. 심지어 그 이후, 4장을 쓰기 직전까지 도스토옙스키는 또 다른 가능성들을 기웃거렸다. 그는 로고진이 나스타시아 필립포브나를 살해하도록 만들겠다는 결심을 확고히 하지는 못했다. 카이로바처럼, 도스토옙스키의 의도는 지속적으로 진행 중인 상황에 놓여 있었다. 그리고 작품 노트를 확인해보면 그가 반복적으로 모든 가능한 전개를 다양하게 고려하고 있었음을 알 수 있다(**'하루에도 여섯 가지의 플롯'**).

2장과 3장에 관한 작품노트를 읽다보면 작가에게조차 이 플롯들이 모두 열려 있었다는 사실에 놀라지 않을 수 없다. 어떤 버전에서는 나스타시아 필립포브나가 자살을 하고 다른 버전에서는 그녀가 자연사한다. 아글라야 또한 로고진과 떠나거나 악의로 가냐와 결혼하는 결말이 있었다. 그녀가 나스타시아를 살해할 수도 있었고 미시킨에게 구원을 받을 수도 있었다. 미시킨은 아델라이다와 사랑에 빠지기도 하고 나스타시아 필립포브나가 라돔스키를 유혹하기도 한다. 입폴리트는 누군가를 살해하기도 한다. "N. B가 참회하는 장면으로 소설을 끝내야 하나? 공공연하게 그것을 드러내면서?", "아글라야가 공작과 결혼한다, 혹은 공작이 죽는다", "다시 떠들썩한 소동이 일어난다".[217] 카이로바의 기사를 다시 풀어쓰자면, 이 모든 행위들은 똑같은 사람들에 의해서 똑같은 상황하에서 다르게 수행될 수 있었다. 『백치』에서 시간은 완전히 열려 있다. 이 소설에는 구조가 없으며 오직 충동, 가능성 그리고 실험 계획과 과정만이 존재할 뿐이다.

소설을 쓰면서 도스토옙스키는 시간과 과정이야말로 그가 다루는 명백한 핵심 주제라는 사실을 깨달아 갔다. 그는 책이란 어떻게 그것이 쓰였는지를 함축하고 있는 것이라고 생각했다. 3장에서 부수적인 인물이었던 입폴리트는 소설의 플롯과는 전혀 관련이 없는 40장에 달하는 자기 고백을 늘어놓는다. 구조주의자들이 이 소설을 간추려보려고 하듯이, 『헨리 제임스가 다시 쓴 백치』 버전(로버트 그레이브가 데이비드 카퍼필드를 더 나아지게 만든 것처럼)에서는 입폴리트의 고백 부분이 삭제된다. 하지만 여전히 이 부분은 소설의 백미이다. 열려 있는 과정이라는 주제에 대해 자기 지시적으로 표현하고 있는 이 고백의 일부를 인용하면 다음과 같다.

> "오! 콜럼버스가 실제로 미국 대륙을 발견했을(otkryl) 때보다 발견하는(otkyval) 과정에서 더 행복했다는 것은 확실하다. 그가 가장 행복했던 순간은 어쩌면 새로운 세계를 발견하기 정확히 3일 전, 그의 반항적인 선원들이

217 에드워드 바지올렉(Edward Wasiolek) 편집, 『표도르 도스토옙스키: '백치'에 대한 노트』 (Chicago : University of Chicago Press, 1968), 170, 177, 208쪽.

절망하여 유럽으로 다시 배를 돌리려고 했을 때일지도 모른다. 산산조각 나서 부서진다 한들 중요한 것은 새로운 세계가 아니었다. (…….) 중요한 것은 삶이고, 오로지 삶뿐이다 — 지속적이고 영원한 발견 과정이지 발견 자체가 아니다(8권, 327쪽; 3부, 섹션 5)."

이 책을 다 읽었을 때 우리가 이 소설의 가치를 가장 잘 평가할 수 있는 것은 아니다. 오히려 이 소설을 읽고 있을 때 이 소설이 가진 가치가 선명하게 드러난다. 완전히 발견했다(otkryl), 발견해 나간다(otkryval)는 각각 완료형과 미완료형의 동사다. 『백치』는 미완료형의 측면에서 미학적 영역을 개척해 나간다.

대부분의 작품에서 결말을 미리 아는 것은 우리가 전체의 구조에 좀 더 집중하도록 만들고 작품을 더욱 완벽하게 이해하도록 돕는다. 어차피 이런 작품들은 다시 읽을 때 신의 시점에 모든 초점이 맞춰져 있기 때문에 처음 읽는 것 자체에는 큰 의미가 없다. 심지어 작품을 처음 읽는 것은 어차피 다시 읽을 것을 기대하고 이루어지는 과정일 뿐이라고 해도 과언이 아니다. 지금은 단지 전체 구조의 윤곽을 그려갈 뿐이지만 앞으로는 알 수 있게 될 이 구조 안에 숨어있는 세부사항을 빨리 찾아내는 것이 목적이기 때문이다. 혹은 정치적이거나 신학적인 요소로 소설을 해석하기 위해서 구조를 잘 갖추고 있는 작품을 처음 읽을 때 우리는 마르크스주의자나 라이프니츠주의자들과 비슷해진다. 과정을 경험해 나가는 동시에 구조의 일부라고 생각하면서 전체의 구조를 추측해 나가는 것이다. 하지만

『백치』는 이런 작품들과 전혀 다른 소설일 뿐만 아니라 우리에게 그렇게 삶을 살지 말라는 메시지까지 전달하고 있다. 우리는 이 소설을 다시 읽을 때가 아니라 처음 읽을 때 가장 잘 이해할 수 있다. 가능성으로 가득 차 있고 다양한 결과가 가능한 매 순간들이 가진 가치를 평가할 때, 극대화된 현재의 순간들을 생각하는 것이 아니라 경험해 나갈 때 이 소설의 진가를 확인할 수 있다. 『백치』는 똑같은 설정들 속에서 발생할 수 있었던 수많은 가능성을 보여주는 소설들 가운데 하나이다. 그리고 소설이 자신을 하나의 부분으로 삼으면서, 다음과 같은 메시지를 전달하고 있기도 하다. 중요한 것은 삶이다. 오직 삶만이 중요하다. 영원히 지속될 항구적인 과정이 중요할 뿐, 결과는 전혀 중요한 것이 아니다.

연재물과 서스펜스

> "'노르웨이의 비좁은 산을 통과할 때, 내가 서 있는 한편으로는 가파른 절벽이 솟아올라 있었고 반대편으로는 피오르드가 떨어져 내리고 있었어. 갑자기 트럭 한 대가 최고 속력으로 앞길을 질주하면서 도로를 점령했지. 벗어날 길이 없었어!'
> '그리고 너는 살아남았니?'"

도스토옙스키는 자기 작품의 현재성과 열린 시간의 감각을 극대화하기 위해 연재물이라는 수단을 십분 활용했다. 물론 우리가 디킨스와 트롤로프의 경우에서 확인할 수 있듯이 연재물이라는 조건은 잘 짜여진 구조와 충분히 양립 가능하다. 하지만 출판되는 과정의 한 양상으로 연재물이 가지고 있는 역동적인 성격을 도스토엡스키가 활용했다는 점 역시 충분히 이해가 간다. 도스토엡스키는 작가도 독자들이 등장인물의 운명에 대해 아는 정도, 딱 거기까지만 알고 있다는 일종의 신호로, 연재물이 가진 특성을 써 먹을 수 있다는 것을 깨달았다. 등장인물들의 운명은 열려 있다. 심지어 그들에게는 어떤 운명도 주어져 있지 않을 수도 있다. 작품의 부분들은 단지 열려있는 구조가 아니라 특정하게 정해진 결과가 없다고 독자들이 생각하도록 쓰였다. 디킨스가 자신의 작품노트에 『황폐한 집』의 세부적 윤곽을 모두 적어놓았다 해서 놀랄 사람은 아무도 없다. 그러나 『백치』가 이러한 개요를 가지고 있다고 한다면 엄청난 일이 될 것이다. 대조적으로, 소설의 작품 노트에서는 소설 자체가 가진 극적인 전개를 몇 번이나 무시한다. 작가도 자신의 등장인물들처럼 자신이 다음에 무엇을 할지 결정하기 위해 꽤나 고군분투했던 것이다.

비평가들은 자주 도스토엡스키가 소설에서 세부적으로 그려낸 최근의 범죄들, 실제 세계의 사건들을 인용한다. 그러나 그들은 소설이 일단 시작되고 나면, 지속적으로 언론에 공표된 사건들에 의해 형태가 잡혀가며 나아가 그 사건들에 응답한다는 사실은 간과하고 있다. 우리가 놓치고 있는 부분에서 등장인물들은 그들 스스로(미시킨, 나스타시야 필리포브나, 콜랴와 레베데프) 이러한 기사들을 인용하고 있는 것이다! 2장과 그 이후, 고르스키의 경우만 해도 반복되는 언급들은 도스토엡스키가 1868년 잡지

『목소리』에서 처음 접한 사건들을 묘사하고 있다. 몇 달 후에 첫 번째 장이 출판사에 넘어가고 바로 발표되면서, 독자들이 소설을 그 사건에 대한 최신의 반응이라고 받아들이는 것은 당연했다.

소설의 소재가 된 유명한 마주린과 고르스키의 사건을 단순히 **'소재로'** 묘사한다면 중요한 사실을 놓치게 된다. 소설의 등장인물들은 보통 이 소재를 인식하지 못하고 있는데, 그들이 살인자들과 유사한 이유가 소설 속 등장인물들이 실제 사건을 일으킨 사람들을 의식적으로 따라하기 때문은 아니다. 만약 그렇다면 모든 소설 속 살인자들이 현실의 살인마들을 단지 모방해 본 것에 지나지 않을 것이다. 하지만 나스타시야 필리포브나는 마주린 사건을 정말로 읽는다. 마주린은 로고진과 기묘한 유사성을 갖는다. 두 사람 모두 상인 집안에서 자랐고 모친과 함께 살면서 200만 루블을 상속받았으며 살인을 저지른다. 나스타시야는 로고진이 자신에게도 똑같은 짓을 할지 궁금해 하면서 그 이야기를 자신의 이야기로 받아들이기 시작한다. 로고진은 정말로 그녀를 마주린이 사람을 죽였던 것처럼 죽이게 된다. 시체를 유포로 덮어놓고 썩는 냄새를 없애려고 **'즈다노프 물약'**을 사용한다. 고르스키 사건도 역시 등장인물들이 행동하는 방법에 영향을 끼친다. 따라서 독자들은, 이 연재물에서 일어나는 사건들이 작가의 본래 계획대로 진행되지 않는다는 사실을 깨닫는다. 책은 의지가 연쇄적으로 발생해 나가는 창작품이 되어야지 단일하게 계획된 가공품이 되어서는 안 된다. 등장인물들이 그렇듯, 작가 또한 사건을 통제하지 않고 그것에 반응할 뿐이다.

실제로 진짜 작가(화자나 암시되는 작가가 아니라) 역시 소설 안의 또 다른 등장인물이라고 말할 수 있다. 엄밀히 말해, 그는 사건이 일어난 후가 아니라 사건이 일어나고 있는 순간을 적어 내려가는 기록자이다. 현재성이란 단지 소설적 장치가 아니라 모든 것을 더욱 효과적으로 만드는 진짜 현재를 말한다. 보통 소설에 나타나는 서스펜스가 아무리 강렬할지라도 우리가 소설의 구조를 인식하고 있는 이상 그 효과는 약해지기 마련이다. 소설 분량의 ¾이나 남은 채로 주인공이 죽는 소설은 없다. '**인공물질의 진실**'을 우리가 기억할 때, 현재가 가진 즉시성은 그 효력을 상실한다. 그러나 그 반대라면 독자들은 훨씬 더 큰 서스펜스를 만끽한다. 즉 작가 자신도 사건의 진행 방향을 모르거나, 출판 완료한 작품의 내부 사건 혹은 통제 불가능한 외부 사건에 그의 의도가 이끌리는 경우에 그러하다. 피터 다미안이 말하는 신이 아니라 오직 현재에만 활동할 수 있는 이런 작가는 미래를 가능하게 만들도록 과거를 바꿀 수 없다. 우리에게 결과란 정말로 불확실한 것이다. 그것이 바로 도스토옙스키의 작품들 안에 있는 강렬한 서스펜스가 지닌 비밀일 것이다. 등장인물들뿐만 아니라 소설의 구조, 더 나아가 소설 그 자체도 어느 것 하나 정해지지 않은 아슬아슬한 상황에 놓여 있다.

스스로 진행(자가발전) 중

도스토옙스키는 이러한 장치의 상당수를 직접 고안하지 않고, 다른 것으로부터 차용해 왔다. 그가 영감을 크게 받았던 것은 장편소설 『전쟁과 평화』였다. 도스토옙스키가 『백치』를 연재하고 있을 때 톨스토이의 작품 역시 연재되고 있었다. 그리고 도스토옙스키는 톨스토이를 견제하곤 했다. 『죄와 벌』은 『전쟁과 평화』의 초반부와 같은 잡지에 연재되고 있었다. 이러한 시점에서 본다면, 포르피리 페트로비치는 일정 부분 『전쟁과 평화』를 의식한 인물이라고 할 수 있다. 이 예심판사는 라스콜리니코프에게 삶이란 근본적으로 예측할 수 없는 것이라고 설명한다. "당신이 순수 의지로 완벽한 범죄를 계획할 수 있다고 생각한다면, 당신은 저 불행한 오스트리아의 마크 장군(톨스토이가 막 발표한 원고에 등장하는), 자신이 완벽한 전투를 계획할 수 있다고 생각했던 자를 닮아가는 것이오(6권, 263쪽; 4부, 섹션 5)." 한편 『전쟁과 평화』도 이와 마찬가지로 전체적으로 과정을 중시하는 작품이다. 『백치』처럼, 이 작품 역시 단일한 의지가 아니라 연쇄적으로 발생하는 의지들로 이루어져 있고, 그 결과 예시기법, 완결성, 구조는 거의 드러나지 않는다. 이 작품은 신중하게 선택된 느슨한 사건의 마무리들로 가득하다. 톨스토이는 첫 번째 서문 초안과 '『전쟁과 평화』에 대한 역자의 보태는 말'이라는 제목의 에세이에서 이러한 기법을 일부러 사용했다고 밝힌 바 있다. 그는 자신의 작품이 "최소한 소설이라고 부를 수 있는 요소들인 복잡하게 얽혀가는 플롯, 서사가 멈추면서 드러나는 행복하거나 행복하지 않은 대단원만 갖추고 있다"고 주장한다(톨스토이, 전집, 13권, 54쪽). 이제껏 가장 위대한 소설로 간주되던 작품이 그렇게 여겨지는 것을 부정한 것이다. 왜냐하면 톨스토이의 시각에서, 소설은 우리가 구조라고 부르는 것을 갖추어야 했기 때문이다.

모든 사건이 지향하는 결론을 내리는 것, 혹은 순차적으로 발생하는 최종적인 사건들이 기여하는 전체적인 구조를 계획하는 것을 잠시 제쳐둔 채 톨스토이는 다음과 같이 주장한다. “내가 계획한 작품의 도입부를 출력할 때부터 나는 이것의 결론을 내린다든가 인과적으로 지속시켜 나가겠다는 생각을 버렸다(ibid.).” 구조와 완결성 그리고 대단원을 갖추지 않는 방향으로 이 작품이 쓰였기 때문에 작품의 내용이 얼마나 진전되어 왔든 작가는 언제든지 작품 전체에 손상을 입히지 않으면서 어느 지점에서든지 사건을 조정하고 중단할 수 있었다. 디킨스가 돌연 사망하는 바람에 결론이 나지 않고 미완성작으로 남은 『에드윈 드루드』와는 대조적인 경우라고 할 수 있다. 사람들은 지금까지도, 혹시 미리 정해진 결말이 있지는 않을까 하며 알려지지 않은 결과들을 추측하고 있다. 톨스토이는 그의 작품이 절대로 완결될 수 없음을 강조했다. 사실 작품에 결론이 없다는 것은 말이 안 된다. 작품의 길이 자체는 특별히 제한되어 있기 때문에 이 작품 역시 끝이 있다. 하지만 원칙적으로 이 작품은 항상 더 길게 읽을 수 있는 여지가 남아 있다. 엄격히 말하자면, 『전쟁과 평화』는 엄청 긴 책이 아니라 길이가 정해지지 않은 책인 것이다.

톨스토이는 일련의 ‘세기들’(1805, 1807, 1812, 1825, 1856 — 말할 필요도 없이 그는 1856년 근처에 가지도 않았다)을 통과해 나가는 등장인물들을 만들어 냈고(혹은 아닐 수도 있지만) 각각의 시간에서 그들에게 어떤 일이 벌어지는지 지켜보았다. “나는 그 어떤 단일한 한 세기 안에서도 이러한 (허구의) 등장인물들 간의 관계에서 발생할 결과를 예견하지 않았다." (ibid., 55쪽) 그는 인물들이 맞게 될 미래에 관하여 등장인물들 자신이 알고 있는 딱 그만큼만 알고 있었다. 소설 안에서는 미래를 기대하거나, 예시기법을 사용하거나, 순차적으로 연결되는 그 어떤 부분도 찾아보기 힘들다. '작품 각각의 부분이 자체로 독립적인 흥미로움을 가질 수 있도록 노력했을 뿐이다.' 그러고 나서 톨스토이는 다음과 같이 중요한 말을 한다. "...... 사건의 진행과정으로 이루어져 있지는 않지만 (스스로) 진행해 나가고 있다(ibid.)."『전쟁과 평화』는 스스로 발전해 나가는 과정에 대해 논의하고 있는 소설이다. 하지만 동시에 소설 자체가 무엇을 지향하는 전개가 아닌, 스스로 발전해 나가고 있음을 몸소 입증하기도 한다. 이 소설에서 현재성은 결론을 향해 치닫지도, 전체 소설의 구조를 위해 복종하지도 않는다.

도스토엡스키가 톨스토이의 방법을 확장시켰는데, 톨스토이는 소설 자체가 진행 중인 과정에 놓여 있는 작품을 썼던 수많은 선구자들의 기법을 빌려왔다. 우선 톨스토이가 푸시킨의『예브게니 오네긴』에 상당 부분 의존했다는 점은 분명해 보인다. 푸시킨은 바이런과 스턴이 그 과정을 표현해보기 위한 실험,『돈 주앙』과『트리스트람 샌디』에서 영감을 받았을 것이다. 그리고 이는 다시 그보다 덜 알려진 훨씬 더 이전의 선구자들을 반영한 결과였을 것이다. 그들은 사무엘 버틀러가 17세기에 쓴 영웅풍자시『후디브라스(Hudibras)』같은 작품들을 참조했다. 이러한 발전 라인과 그 라인의 중요성이 현대 비평가들에게는 항상 낯설어 보인다. 왜냐하면 현대에는 우리가 다룰 만한 소설의 발전 과정을 다루는 순수 시학이 없기 때문이다. 우리는 '**회상**'이라는 구조를 부여하지 않고서는 소설을 전혀 들여다볼 수 없기 때문이다.

이러한 시학은 반드시 필요하다. 그 이유는 세계 문학 작품들 중 가장 위대한 걸작들은 방금 언급한 작업 과정을 포함하고 있기 때문이다. 이뿐만 아니라 수많은 다른 작품들에서도 구조와 과정을 절묘하게 결합해내면서 진행과정을 잘 나타내는 요소를 발견할 수 있기 때문이다. 우리가 어떤 과정에 연루되어 있는지 잘 파악하지 못하고 시작할 수는 없다. 하지만 진행과정이 이들 작품에서 어떻게 표현되어 있는지에 대해 제대로 알지 못한다면 이 작품들을 이해조차 할 수 없을 것이다. 어떤 작품에서 의지들이 연쇄적으로 발생하고 있다면 이는 작가가 점차적으로 혹은 갑자기 외부 상황에 대한 반응으로 그의 계획을 수정한 것일 수도 있다. 디킨스가 『마틴 처즐윗(Martin Chuzzlewit)』에서 그랬던 것처럼, 혹은 그 이후에 속편을 내기로 결정했을 수도 있는 것처럼 말이다. 『돈 주앙』에 관해 이야기해 본다면 트롤로프의 펄리셔 연작소설 6권의 모든 부분이 그러하듯, 구조에 의해 지배받고 있는 작품이라고 말할 수도 있을 것이다. 하지만 『돈 주앙』에서는 전체적으로 소설이 나아가는 진행과정이 결국 모든 것을 주관하고 있다. 랍비가 읽듯이 히브리 성서를 해석하는 것은 너무나 쉽다. 각 부분이 다른 부분과 매끄럽게 연결되면서 동일한 것을 일제히 제시하는 책으로 본다면 말이다. 하지만 소설 자체가 스스로 진행 중인 과정에 놓인 구성으로 바라본다면 문제는 달라진다. 그리고 아마 도스토엡스키의 취향은 후자였을 것이다.

자유

'스스로 진행해 나감.' 톨스토이에게 세계란 본질적으로 급변하는 것이며, 예측할 수 없는 대상이다. 아무도 안드레이 공작이 "수억 개의 다양한 가능성들이 즉흥적으로 결정될 것이다"라고 말하는 결과를 미리 예견할 수 없다(『전쟁과 평화』, 930쪽). 즉흥적 결정의 순간, 법칙들은 한낱 환상에 불과하고, 세계는 예측이 불가능할 정도로 긴박하게 돌아가므로, 과학이 아니라 차라리 잘 훈련된 신중함이 영향력을 지닌다. 전쟁터에서나 나머지 삶의 현장에서도 이 말이 적용된다. 쿠투조프 장군이 전략이 아니라, '숙면을 취하는 것'이 전쟁에 임하는 가장 훌륭한 준비라는 입장을 고수하는 것도 이러한 이유에서이다. 더욱이 각각의 순간은 다음 순간을 위해 셀 수 없이 많은 가능성의 결과들을 준비해두고 있다. 아무도 결과의 결과의 결과를 예견할 수 없다. 마찬가지로 진정한 의미에서의 사회과학 또한 있을 수 없다. 오직 가짜 사회과학만이 있을 뿐이다.

톨스토이는 세계가 갖는 이러한 예측 불가능성에 대해 두 가지 서로 다른 논증 사이에서 고민했다. 인간의 자유가 우리가 직면하게 될 미래의 불확실성을 해결할 수 있는가? 때때로 톨스토이는 결정론을 옹호했다. 그는 예측 불가능성에 대해 꽤나 다른 성질의 것이라고 논박한다. 이런 식으로 반박하면서 톨스토이는 결정론의 수용과 법칙이 행성의 운동을 알려주듯이 태양계의 유사체인 사회의 구성 법칙도 발견될 수 있다는 믿음 사이에 존재하는 전통적인 연결고리를 해체하고자 했다. 모든 것은 아마도 이미 결정되어 있을 수도 있다. 하지만 우리는 원칙적으로 여러 가지 이유로 인해 결정해주는 법칙들을 무시하면서 살아간다. 하나의 예로도 이를 충분히 설명할 수 있다. 도덕적 뉴턴주의는 태양계에서 그러하듯, 역사 안에서 발생하는 수없이 많은 현상들이 몇 가지 법칙들로 귀결될 수 있다고 생각한다. 하지만 반대 상황도 충분히 생각해 볼 수 있다. 역사 안에서(물론 이 역사는 일어나는 모든 것을 다 포함하고 있다) 발생하는 현상들만큼이나 수없이 많은 법칙들이 존재할 수도 있다. 만약 그렇다면, 우리가 그 법칙들을 다 알 수 있다고 가정하더라도, 우리가 알고 있는 지식이 그렇게 쓸모 있지는 않을 것이다. 결국 우리는 아무 법칙이 없는 것처럼 행동하게 된다.

그런가 하면 한편으로 톨스토이는 인간의 자유를 지지했다. 그는 결정론이 어느 정도까지는 적용되지만, 결국엔 힘과 권력의 사슬 안에서 더 상위의 것으로 통합된다고 보았다. 나폴레옹에게는 자유가 없었지만 로스토프는 자유를 갖고 있었다. 라브루시카에겐 더 많은 자유가 있었다. 이 경우 예측 불가능성에 대한 두 번째 논증을 생각해 볼 수 있다. 『전쟁과 평화』는 해결되지 않는 대화 속에서 이 두 가지의 논증을 교차시키고 있다. 어떤 경우든지 전체적인 구조를 보여주는 서사 형식은 현실을 잘못 재현할 것이다.

이와는 대조적으로 도스토옙스키는 예측 불가능성에 대한 두 가지 논중을 모두 받아들인다. 입폴리트는 다음과 같이 말하면서 첫 번째 입장을 지지한다고 명확히 밝힌다. "당신도 알잖아요, 그건 전 생애에 걸친 문제예요, 우리한테는 무수히 많은 갈래들이 숨겨져 있어요. 가장 능수능란한 체스 선수들 가운데 가장 똑똑한 사람조차 고작 몇 수 앞밖에 내다보지 못하죠. (…….) 인류의 미래 운명이 결정되어 있다고 믿는다면, 당신은 어떤 자리를 당신이 차지하고 있을 것이라고 어떻게 말할 수 있을까요?(8권, 336쪽; 3부, 섹션 6)" 『카라마조프가의 형제들』에서 조시마 장로는 이런 시각을 몇 번이나 설파한다. 그리고 바닷가에 빵조각을 던지는 것과 다를 게 없는 공리주의자들이 예측하는 결과가 아니라, 지금 현재 존재하는 신을 믿으면서 도덕성의 일상적인 규범에 자신의 자유를 귀속시키는 것이 중요하다고 말한다.

하지만 도스토옙스키는 여전히 자유의지를 믿었다. 테이프를 다시 재생시켜 보라. 그러면 무슨 일이든 일어날 것이다. 미래를 예측하지 못하는 이유는 수없이 많은 원인과 요소들 때문이 아니라 과거가 현재를 완벽하게 규정하지 못하기 때문이다. 현재 때문에 우리가 선택하는 것은 아니다. 그래서 도스토옙스키는 시간을 완결된 구조로 닫아버리지 않는 것을 매우 중요시했다. 그리고 인간의 자유를 극적으로 만들기 위해 문학의 진행 과정을 나타내는 기법들을 개발하는 것이 그에겐 그렇게도 중요했던 것이다. 선택의 무게는 어느 한쪽으로든 기울어지게 되고 현재성이 중요한 문제가 된다. 그리고 사건을 이해하기 위해서 당신은 '또 다른 무언가'

가 일어날 수도 있었다는 사실을 깨달아야 한다. 당신은 일단 나온 결과에 대해서는 뒤돌아보지 말아야 한다. 그리고 이것이 불가피했다는 생각도 해서는 안 된다. 당신은 강렬한 순간에 자신을 완전히 몰입시켜야 한다. 당신이 그곳에 있어야만 된다.

참고문헌

Anderson, Roger B. *Dostoevsky: Myths of Duality*. Gainesville: University of Florida Press, 1986.

Bakhtin, M. M. *Problems of Dostoevsky's Poetics,* ed. and trans. Caryl Emerson. Manchester University Press, 1984.

Belknap, Robert. *The Genesis of 'The Brothers Karamazov': The Aesthetics, Ideology, and Psychology of Making a Text.* Evanston: Northwestern University Press, 1990.

The Structure of 'The Brothers Karamazov'. The Hague: Mouton, 1967.

Bem, A. L. (ed.). *Dostoevskii: Psikhoanaliticheskie etiudy.* Berlin: Petropolis, 1938.

Berdyaev, Nicholas. *Dostoevsky*, trans. Donald Attwater. New York: New American Library, 1974.

Busch, R. L. *Humor in the Major Novels of Dostoevsky.* Columbus, Ohio: Slavica, 1987.

Catteau, Jacques. *Dostoevsky and the Process of Literary Creation*, trans. Audrey Littlewood. Cambridge University Press, 1989.

Chapple, Richard A. *A Dostoevsky Dictionary.* Ann Arbor: Ardis, 1983.

Dalton, Elizabeth. *Unconscious Structure in 'The Idiot': A Study in Literature and Psychoanalysis.* Princeton University Press, 1979.

Dolinin, A. S. *Poslednie romany Dostoevskogo: Kak sozdavalis' 'Podrostok' i 'Brat'ia Karamazovy'* [Dostoevsky's Last Novels: How A Raw *Youth* and *The Brothers Karamazov* Were Created]. Moscow and Leningrad: Sovetskii pisatel', 1963.

Dolinin, A. S. (ed.). *F. M. Dostoevskii v vospominaniiakh sovremennikov* [F.M. Dostoevsky in the Recollections of His Comtemporaries], 2 vols. Moscow: Khudozhestvennaia literature, 1964.

Dostoevskaia, A. G. *Vospominaniia* [Memoirs]. Moscow: Khudozhestvennaia literature, 1971.

Dowler, Wayne. *Dostoevsky, Grigor'ev, and Native-Soil Conservatism.* Toronto: University of Toronto Press, 1982.

Fanger, Donald. *Dostoevsky and Romantic Realism: A Study of Dostoevsky in Relation to Balzac, Dickens and Gogol.* Cambridge, Mass.: Harvard University Press, 1965.

Frank, Joseph. *Dostoevsky: The Seeds of Revolt, 1821-1849.* Prineton University Press, 1976.

Dostoevsky: The Years of Ordeal, 1850-1859. Princeton University Press, 1983.

Dostoevsky: The Stir of Liberation, 1860-1865. Princeton University

Press, 1986.

Dostoevsky: The Miraculous Years, 1865-1871. Princeton University Press, 1995.

Gerigk, H. J. (ed.). *Die Brüder Karamasow*, Dresden University Press, 1997.

Gibson, A. Boyce. *The Religion of Dostoevsky*. London: SCM Press, 1973.

Grossman, Leonid. *Dostoevsky*, trans. Mary Mackler. London: Allen Lane, 1974

Holquist, J. M. *Dostoevsky and the Novel.* Princeton University Press, 1977.

Ivanov, Vyacheslav. *Freedom and the Tragic Life: A Study in Dostoevsky,* trans. Norman Cameron. Wolfeboro, N.H.: Longwood Academic, 1989.

Jackson, Robert Louis. *The Art of Dostoevsky: Deliriums and Nocturnes.* Princeton University Press, 1981.

Dialogues with Dostoevsky: The Overwhelming Questions. Stanford University Press, 1993.

Dostoevsky's Quest for Form: A Study of His Philosophy of Art. Bloomington: Physsardt, 1978.

Jackson, Robert Louis (ed.). *Dostoevsky: New Perspectives.* Englewood Cliffs, N.J.: Prentice Hall, 1984.

Twentieth-Century Interpretations of 'Crime and Punishment': A Collection of Critical Essays. Englewood Cliffs, N.J.: Prentice Hall, 1974.

Jones, John. *Dostoevsky*. Oxford: Clarendon Press, 1983.

Jones, Malcolm V. *Dostoyevsky after Bakhtin: Readings in Dostoyevsky's Fantastic Realism.* Cambridge University Press, 1990.

Dostoyevsky: The Novel of discord. London: Elek, 1976.

Jones, Malcolm V. and Terry, G. M. (eds.). *New Essays on Dostoyevsky.* Cambridge University Press, 1983.

Fyodor Dostievsky: A Writer's Life. London: Macmillan, 1988.

Knapp, Liza. *The Annihilation of Inertia: Dostoevsky and Metaphysics.* Evanston: Northwestern University Press, 1996.

Kravchenko, Maria. *Dostoevsky and the Psychologists.* Amsterdam: Adolf M. Hekkert, 1978.

Leatherbarrow, W. J. *Dostoyevsky: The Brothers Karamazov.* Cambridge University Press, 1992.

Fedor Dostoevsky. Boston: Twayne, 1981.

Fedor Dostoevsky: A Reference Guide. Boston: G. K. Hall, 1990.

Letherbarrow, W. J. (ed.). *Dostoevskii and Britain.* Oxford and Providence: Berg, 1995.

Dostoevsky's 'The Devils': A Critical Companion, Evnston: Northwestern University Press, 1999.

Linnér, Sven. *Dostoevskij on Realism.* Stockholm: Almqvist and Wiksell, 1962.

Starets Zosima in 'The Brothers Karamazov': A Study in the Mimesis of Virtue, Stockholm: Almqvist and Wiksell, 1975.

Malia, Martin. 'What is the intelligentsia?' in Richard Pipes (ed.), *The Russian Intelligentsia.* New York: Columbia University Press, 1961, pp. 1-18.

Martinsen, Deborah A. (ed.). *Literary Journals in Imperial Russia.* Cambridge University Press, 1997.

Matlaw, Ralph. *'The Brothers Karamazov': Novelistic Technique.* The Hague: Mouton, 1967.

Meynieux, André. *La Littérature et le métier d'ecrivain en Russie avant Pouchkine.* Paris: Librairie des cinq continents, 1966.

Pouchkine homme de lettres et la literature professionnelle en Russie. Paris: Librairie des cinq continents, 1966.

Mikhniukhevich, V. A. *Russkii fol'klor v khudozhestvennoi sisteme Dostoevskogo*, Cheliabinsk: Cheliabinsk State University Press,1994.

Miller, Robin Feuer. *'The Brothers Karamazov': Worlds of the Novel.* Boston: Twayne, 1992.

Dostoevsky and 'The Idiot'. Author, Narrator, and Reader. Cambridge, Mass.: Harvard University Press, 1981.

Mochulsky, Konstantin. *Dostoevsky: His Life and Work*, trans. M.

Minihan. Princeton University Press, 1967.

Morson, Gary Saul. *The Boundaries of Genre: Dostoevsky's 'Diary of a Writer' and the Traditions of Literary Utopia.* Austin: University of Texas Press, 1981.

Narrative and Freedom: The Shadows of Time. New Haven: Yale University Press, 1994.

Murav, Harriet. *Holy Foolishness: Dostoevsky's Novels and the Poetics of cultural Critique.* Stanford University Press, 1992.

Nechaeva, V. S. *Zhurnal M. M. i F. M. dostoevskikh 'Vremia' 1861-1863* [The Dostoevskii Brothers' Journal *Time 1861-3*]. Moscow: Nauka, 1972.

Zhurnal M. M. *i F.* M. *Dostoevskikh 'Epokha' 1864-1865* [The Dostoevskii Brothers' Journal *Epoch 1864-5*]. Moscow: Nauka, 1975.

Paperno, Irina. *Chernyshevsky and the Age of Realism: A Study in the Semiotics of Behavior.* Stanford University Press, 1988.

Pattison, George and Thompson, Diane Oenning(eds.), *Dostoevsky and the Christian Tradition*. Cambridge University Press, 2001.

Peace, Richard. *Dostoyevsky: An Examination of the Major Novels.* Cambridge University Press, 1971.

Perlina, Nina. *Varieties of Poetic Utterance: Quotation in 'The Brothers Karamazov'.* Lanham: University Press of America, 1985.

Pipes, Richard (ed.). *The Russian Intelligentsia.* New Yourk: Columbia

University Press, 1961.

Rice, James L. *Dostoevsky and the Healing Art: An Essay in Literary and medical History.* Ann Arbor: Ardis, 1985.

Rosenshield, Gary. *'Crime and Punishment': Techniques of the Omniscient Author.* Lisse: Peter de Ridder, 1978.

Ruud, Charles A. *Fighting Words: Imperial Censorship and the Russian Press, 1804-1906.* Toronto: University of Toronto Press, 1982.

Sandoz, Ellis, *Political Apocalypse: A Study of Dostoevsky's Grand inquisitor.* Baton Rouge: Louisiana State University Press, 1971.

Slattery, D. P. *'The idiot': Dostoevsky's Fantastic Prince. A Phenomenological Approach.* Berne and New York: Lang, 1983.

Steiner, George. *Tolstoy or Dostoevsky? An Essay in the Old Criticism.* London: Faber, 1959.

Stites, Richard. *The Women's Liberartion Movement in Russia: Feminism, Nihilism, and Bolshevism 1860-1930. Princeton University Press, 1978.*

Straus, Nina Pelikan. *Dostoevsky and the Woman Question: Rereadings at the End of a Century.* New York: St Martin's Press, 1994.

Sutherland, Stewart R. *Atheism and the Rejection of God: Contemporary Philosophy and 'The Brothers Karamazov'.* Oxford: Blackwell, 1977.

Terras, Victor. *The Idiot: An Interpretation.* Boston: Twayne, 1990.

A Karamazov Companion: Commentary on the Genesis, Language and Style of Dostoevsky's Novel. Madison: University of Wisconsin Press, 1981.

Reading Dostoevsky. Madison: University of Wisconsin Press, 1998.

The Young Dostoevskij (1846-1849): A Critical Study. The Hague: Mouton, 1969.

Thompson, Diane Oenning. *'The Brothers Karamazov' and the Poetics of Memory.* Cambridge University Press, 1991.

Vetlovskaia, V. E. *Poetika romana 'Brat'ia Karamazovy'* [The Poetics of *The Brothers Karamazov*]. Leningrad: Nauka, 1977.

Vladiv, S. V. *Narrative Principles in Dostoevskij's 'Besy': A Structural Analysis.* Berne, Frankfurt and Las Vegas: Peter Lang, 1979.

Volgin, I. L. *Poslednii god Dostoevskogo* [Dotoevskii's Final Year]. Moscow: Sovetskii pisatel', 1986.

Ward, Bruce K. *Dostoyevsky's Critique of the West: The Quest for Earthly Paradise.* Waterloo, Ontario: Wilfried Laurier University Press, 1986.

Wasiolek, Edward. *Dostoevsky: The Major Fiction.* Cambridge, Mass.: MIT Press, 1964.

Wasiolek, Edward (ed.). *Fyodor Dostoevsky: The Notebooks for 'The Brothers Karamazov',* trans. Victor Terras. Chicago University Press, 1971.

Fyodor Dostoevsky: The Notebooks for 'Crime and Punishment', trans. Edward Wasiolek. Chicago University Press, 1967.

Fyodor Dostoevsky: The Notebooks for 'The Idiot', trans. Katherine Strelsky. Chicago University Press, 1967.

Fyodor Dostoevsky: The Notebooks for 'The Possessed', trans. Victor Terras. Chicago University Press, 1968

Fyodor Dostoevsky: The Notebooks for 'A Raw Youth', trans. Victor Terras. Chicago University Press, 1969.

케임브리지 대학 추천도서

도스토옙스키

초판 1쇄 인쇄 2018 10월 20일
초판 1쇄 발행 2018 10월 25일

지은이 게리 솔 모슨 외
옮긴이 조주관
편　집 이재필
펴낸이 강완구
펴낸곳 써네스트
브랜드 우물이 있는 집
표지디자인 조주관
본문디자인 임나탈리야

출판등록 | 2005년 7월 13일 제 2017-000293호
주　소 | 서울시 마포구 망원로 94, 2층 (망원동)
전　화 | 02-332-9384　　**팩　스** | 0303-0006-9384
이메일 | sunestbooks@yahoo.co.kr
ISBN | 979-11-86430-79-8 (93890)　　값 18,000원

우물이 있는 집은 써네스트의 인문브랜드입니다.

이 도서의 국립중앙도서관 출판예정도서목록(CIP)은 서지정보유통지원시스템 홈페이지(http://seoji.nl.go.kr)와 국가자료종합목록시스템(http://www.nl.go.kr/kolisnet)에서 이용하실 수 있습니다. (CIP제어번호 : CIP2018028970)